KB078312

To all my readers
in Korea
Thank you so much
for reading my books
— I am so happy you
like them.
    Best wishes
        Jojo Moyes
            x

One single mum

어떤 상황에서도
넘어지면 다시 일어서고야 마는
싱글맘 제스

One chaotic family

완전 이상하고 정신없는 가족!
수학 천재 소녀 탠지,
자기만의 세계가 분명한 왕따 소년 니키

One handsome stranger

사고처럼 갑자기
토머스 가족의 삶에 뛰어든
매력적인 이방인, 에드 니콜스

One unexpected love story

전 세계를 사랑으로 물들이는 베스트셀러 작가
조조 모예스가 전하는 불가항력적인 러브 스토리!

So memorable.
－『Publishers Weekly』

The 『One Plus One』 adds up to a delightful summer read.
－『USA Today』

Raw, funny, real and sad, this is storytelling at its best.
－『Marie Claire』

Safety advisory: If you're planning to read Jojo Moyes's
『One Plus One』 on your summer vacation,
slather on plenty of SPF 50.
Once you start the book,
you probably won't look up again
until you're the last one left on the beach.
Moyes's last novel,
『Me Before You』, was an international hit.
Math prodigy Tanzie would probably agree
that this follow-up is just as good – maybe
even fractionally ahead – in its charms.

－『Washington Post』

원 플러스 원

가족이라는 기적

one
Plus
one

원 플러스 원: 가족이라는 기적

조조 모예스 지음 · 오정아 옮김

살림

에드 ED

시드니가 휴게실로 걸어 들어왔을 때, 에드 니콜스는 로넌과 함께 커피를 마시고 있었다. 얼굴이 어렴풋이 기억나는 남자 한 명이 시드니를 따라 들어왔다. 또 한 명의 '양복'이었다.

"계속 찾고 있었습니다."

시드니가 말했다.

"이젠 우릴 찾으셨네요."

에드가 대꾸했다.

"로넌 말고, 당신이요."

에드는 잠시 두 남자를 쳐다보다가, 빨간 고무공을 천장으로 던져 올렸다 받았다. 그가 곁눈질로 로넌을 흘깃 봤다. 인베스타코프가 회사 주식의 절반을 사들인 게 벌써 1년 반 전의 일이지만, 에드와 로넌은 그들을 여전히 '양복'이라고 불렀다. 둘만 있을 때 부르는 이름 중에서는 그나마 나은 편에 속했다.

"디나 루이스란 여자를 아십니까?"

"무슨 일이죠?"

"그 여자한테 새 소프트웨어 출시에 관한 정보를 줬어요?"

"뭐라고요?"

"간단한 질문인데요."

에드가 두 양복을 번갈아 쳐다봤다. 분위기가 묘하게 고조됐다. 에드의 위장이 만원인 엘리베이터처럼 발 쪽으로 서서히 하강하기 시작했다.

"일에 관해 한두 마디 나눈 것도 같아요. 특별한 얘기는 아니었던 걸로 기억하지만."

"디나 루이스라고?"

로넌이 입을 뗐다.

"분명하게 말해줘야 해요, 에드. 그 여자한테 스팩스 출시에 관한 정보를 하나라도 준 적 있어요?"

"없어요. 어쩌면 있을 수도 있고요. 대체 뭐 때문에 이러는 거예요?"

"아래층에 경찰이 와 있어요. 금융감독청에서 나온 인간 둘 하고 당신 사무실을 조사하고 있다고요. 디나 루이스의 오빠가 내부자거래 혐의로 구속됐답니다. 당신한테서 그 소프트웨어 출시에 관한 정보를 들었다고 하고."

"디나 루이스? 우리가 아는 그 디나 루이스를 말하는 거야?"

로넌이 안경을 벗어서 닦기 시작했다. 그가 불안할 때마다 하는 행동이었다.

"그 남자의 헤지 펀드가 첫날 거래에서 올린 수익이 260만 달러랍니다. 그리고 디나 루이스의 개인 구좌에만 19만 달러가 들어갔어요."

"디나 루이스 오빠의 헤지 펀드라고요?"

"이게 다 무슨 소리야?"

로넌이 물었다.

"제가 설명해드리죠. 디나 루이스는 자기 오빠한테 스팩스 출시에 관해 얘기했다고 공식적으로 시인했어요. 여기 있는 에드 씨에게 그 제품이 굉장한 수익을 얻게 될 거라는 얘기를 들었다고 했고요. 그다음엔 어떻게 됐는지 알아요? 이틀 후에 그 여자 오빠의 펀드가 최고 주식 매입처 가운데 하나가 됐어요. 그 여자한테 정확하게 무슨 얘기를 한 겁니까?"

로넌이 에드를 뚫어져라 쳐다봤다. 에드는 생각을 가다듬으려고 기를 썼다. 침을 꿀꺽 삼키는데 창피할 정도로 큰 소리가 났다. 휴게실 너머에서 개발팀 직원들이 칸막이 위로 눈을 내놓은 채에드가 있는 방을 살피고 있었다.

"아무 말도 안 했어요."

에드는 눈을 깜빡였다.

"몰라요. 어쩌면 뭔가 말했을지도 모르죠. 이게 무슨 국가 기밀도 아니잖아요."

"빌어먹을 국가 기밀 맞아요, 에드."

시드니가 말했다.

"내부자거래라고 불리는 일이라고요. 그 여자는 당신한테 날짜와 시간을 들었다고 했어요. 당신이 그 여자한테 이 회사가 억만금을 벌어들일 거라고 했다고요."

"그럼 그 여자가 거짓말하는 거예요! 되는 대로 지껄인 거라고요. 우린 그냥…… 가볍게 사귀는 사이였을 뿐이에요."

"그래서 당신은 그 여자한테 잘 보이려고 되는 대로 지껄인 건가요?"

"그런 거 아니에요."

"너 디나 루이스랑 잤어?"

로넌의 타오르는 듯한 눈빛 때문에 에드는 피부가 따끔거리는 것 같았다.

시드니가 양손을 들어올렸다.

"변호사한테 연락해야 할 거예요."

"내가 왜 변호사를 불러야 하죠? 그 일로 이익을 챙긴 것도 아닌데. 난 디나 오빠가 헤지 펀드를 갖고 있다는 사실조차 몰랐단 말입니다."

시드니가 흘깃 뒤를 돌아봤다. 갑자기 재미난 것이라도 발견한 듯 직원들이 책상 위로 고개를 숙였다. 그가 목소리를 낮췄다.

"그만 가보는 게 좋겠어요. 경찰서로 가서 면담을 해야 한답니다."

"뭐라고요? 말도 안 돼요. 20분 후에 소프트웨어 회의가 있어요. 경찰서고 뭐고 난 아무 데도 못 가요."

"그럼 이 문제가 해결될 때까지 정직 상태라는 걸 알려줘야겠군요."

에드가 반쯤 웃으면서 말했다.

"지금 농담해요? 정직이라뇨? 이건 내 회사라고요."

그들을 외면한 채 에드는 다시 천장으로 고무공을 던졌다. 누구도 움직이지 않았다.

"난 안 가요. 이건 우리 회사예요. 네가 말해줘, 로넌."

에드가 로넌을 보았지만, 로넌의 시선은 바닥에 고정되어 있었다. 에드는 고개를 절레절레 흔드는 시드니를 봤다. 고개를 들자 제복을 입은 두 남자가 시드니 뒤에서 나타났다. 에드는 비서가 입을 가리는 모습을, 그와 문 사이에 선 사람들이 물러나는 모습을, 고무공이 조용히 그의 발치로 떨어지는 모습을 바라봤다.

1
제스 JESS

제스 토머스와 나탈리 벤슨은 나탈리의 집에서 보이지 않을 정도로 먼 곳에 밴을 주차하고 그 안에 축 늘어진 채 앉아 있었다. 나탈리는 담배를 피우고 있었다. 그녀는 6주 전에 네 번째로 금연을 선언했다.

"주당 80파운드 보장에 휴업 수당까지."

나탈리가 비명을 내질렀다.

"빌어먹을. 정말이지 그 귀걸이를 떨어뜨리고 간 여자를 찾아내서 최고의 고객을 잃게 한 대가로 실컷 패주고 싶네."

"결혼한 남자라는 걸 몰랐을 수도 있잖아."

"아니, 분명히 알았어."

나탈리는 딘을 만나기 전에 2년간 사귄 남자가 있는데, 알고 보니 그는 사우스햄프턴 반대편에 가족을 하나도 아니고 둘씩이나 두고 있었다고 말했다.

"결혼 안 한 남자들은 침대 위에 색깔을 맞춘 쿠션을 놓아두지 않아."

"닐 브루스터는 그러잖아."

제스가 대꾸했다.

"닐 브루스터는 소장한 음반의 67퍼센트가 주디 갈런드고, 33퍼센트가 펫샵보이즈인 사람이야."

제스와 나탈리는 지난 4년간 주말마다 함께 청소를 해왔다. '비치프론트 홀리데이 파크'가 절반은 파라다이스고 절반은 건축 현장이던 시절부터였다. 그 시절, 개발업자들은 지역 주민들에게 수영장을 개방하겠다고 약속했고, 고소득층을 노린 지역 개발이 쇠퇴해가는 작은 바닷가 마을에 해악보다는 이익을 가져다줄 거라고 장담했다. 제스와 나탈리는 차 옆구리에 '벤슨 & 토머스 클리닝'이라는 글자가 희미하게 찍힌 흰색 벤을 끌고 다녔다. 처음에는 나탈리가 그 아래에 '지저분하다고요? 저희가 도와드릴까요?'라는 문구도 넣었지만, 두 달간 걸려온 전화의 반 이상이 청소와는 무관한 일이었음을 제스가 지적하자 지워버렸다.

이제는 그들의 고객 대부분이 비치프론트에 있었다. 마을에는 의사, 변호사, 그리고 험프리 부인 같은 특이한 고객을 제외하면 청소부를 고용할 돈이나 의도가 있는 사람이 거의 없었다. 험프리 부인은 관절염 때문에 직접 청소를 할 수 없어서 그들을 고용해야만 했다.

청소 일은 그런대로 좋은 직업이었다. 눈치 볼 상사가 있는 것도 아니고, 원하는 시간에 일할 수 있으며, 대부분은 고객을 직접 고를 수 있었다. 이상하게 들릴지 모르지만, 이 일의 단점은 형편없는 고객(꼭 한 명씩은 있다)을 만나는 것도, 남의 집 변기를 닦다 보면 인생에서 남들보다 한참이나 뒤처진 기분이 든다는 것도 아니었다. 제스는 다른 집 배수구에서 머리카락 덩어리를 빼내는 일에 거부감이 없었다. 휴가용 별장을 빌리는 사람들이 이곳에서 지내는 1주 동안에는 돼지처럼 살아야 한다는 강박을 느끼는 듯해도 상관이 없었다.

제스가 이 일을 하며 싫은 점은, 원하지 않아도 다른 사람들의 삶에 관해 시시콜콜 알게 된다는 것이었다.

제스는 엘드리지 부인의 비밀스런 쇼핑 습관에 관해 줄줄이 얘기할 수 있었다. 유명 브랜드 구두 영수증들이 화장실 휴지통에 쑤셔 박혀 있다거나, 꼬리표가 그대로 달린 채 쇼핑백 안에 담긴 새 옷들이 옷장 안에 수북하다거나 하는 얘기들 말이다. 제스는 리나 톰슨이 아기를 가지려고 4년째 노력하는 중이며, 한 달에 두 번씩 임신 테스트를 한다는 사실도 말해줄 수 있었다(팬티스타킹을 그대로 입은 채로 한다는 루머도 있다). 교회 뒤편의 거대한 저택에 사는 미첼 씨의 연봉이 여섯 자리 숫자라거나(그는 급여 명세서를 복도 탁자에 올려놓았는데, 나탈리는 일부러 그런 거라면서 욕을 해댔다), 그의 딸이 화장실에서 몰래 담배를 피운다는 사실도 말해줄 수 있었다.

마음이 내킨다면, 제스는 흠잡을 데 없이 깔끔한 모습(완벽한 헤어스타일, 우아하게 다듬고 매니큐어를 칠한 손톱, 가볍게 뿌린 값비싼 향수)으로 외출하지만, 더러운 팬티를 화장실 바닥에 내팽개쳐두고 아무렇지도 않게 나오는 여자들의 이름도 말해줄 수 있었다. 집게를 사용하지 않고는 절대로 집어 들고 싶지 않을 정도로 수건을 꾸덕꾸덕하게 만드는 10대 소년들의 이름도 말해줄 수 있었다. 밤마다 각방을 쓰는 부부가 누군지도, '최근에 손님이 아주 많았다'며 손님방의 시트를 갈아 달라거나, 방독면이나 위험물 경고 표지가 필요할 정도로 끔찍한 화장실을 청소해달라면서 밝은 목소리로 말하는 부인들이 누군지도 말해줄 수 있었다.

그리고 가끔씩은 리사 리터처럼 훌륭한 고객을 잡았다가, 청소기를 돌리는 동안 다이아몬드 귀걸이 한 짝과 모르는 게 훨씬 나을 정보들을 얻게 되기도 했다.

"딸아이 걸 거예요. 어젯밤에 들어오다가 떨어뜨렸나보네."

리사 리터가 귀걸이를 든 채 떨리는 목소리로 말했다.

"비슷한 귀걸이 한 쌍을 갖고 있거든요."

"그랬군요. 그럼 따님 발에 채여서 부인 방으로 들어갔나 보네요. 아니면 누군가의 신발에 끼어서 들어갔거나. 종종 그런 일이 있거든요. 부인 귀걸이가 아닌 줄 알았으면 귀찮게 해드리지 않는 건데."

그러고는, 돌아서서 멀어지는 리터 부인을 바라보는 순간, 제스는 진실을 깨달았다. 사람들은 나쁜 소식을 전하는 걸 고마워하지 않았다.

길 끝에서 아장아장 걷던 아기가 갓 베어진 나무처럼 바닥으로 쿵 쓰러지더니 한 박자 쉬고 울음을 터뜨렸다. 쇼핑백을 한 아름 들고 완벽하게 균형을 잡으며 걷던 엄마는 당혹스러운 눈빛으로 아기를 빤히 쳐다봤다.

"지난주에 리터 부인이 하는 얘기 들었잖아. 우릴 자르기 전에 미용사부터 자를 거야."

제스가 핵 참사를 낙관적으로 보기라도 한 것처럼 나탈리는 기가 막히다는 표정으로 그녀를 쳐다봤다.

"리터 부인이 '그 청소부들'을 자르기 전이라는 말이겠지. 그건 완전히 다른 얘기야. 부인은 그 청소부들이 우리든 '스피드 클린

즈'든 '빗자루를 든 하녀'든 상관이 없다고."

나탈리가 머리를 흔들었다.

"전혀 상관없지. 이제 우린 오직 자기 남편이 바람피운 사실을
아는 청소부들일 뿐이야. 부인 같은 여자들한테는 그게 아주 중요
한 문제잖아. 그런 여자들은 남의 이목에 목을 매니까, 안 그래?"

아기 엄마가 쇼핑백들을 내려놓고 허리를 수그려 아기를 일으
켜 세웠다. 제스는 데시보드 위로 맨발을 올리고 손으로 얼굴을
감쌌다.

"젠장. 이제 어디서 그 돈을 메우지, 나탈리?"

"먼지 하나 없는 깨끗한 집이었는데. 1주에 두 번 바닥만 닦으
면 되는 일이었고."

나탈리가 차창 밖을 내다봤다.

"요금도 항상 제때 지불했는데."

제스는 그 다이아몬드 귀걸이가 자꾸 눈앞에 어른거렸다. 어째
서 그걸 모른 체하지 않았을까? 차라리 둘 중에 하나가 귀걸이를
훔쳤어도 이보다는 나았을 것이다.

"좋아, 잘리면 잘리는 거지 뭐. 우리 다른 얘기하자. 펍에 일하
러 가야 하는데 울고 그럼 곤란해."

"마티가 이번 주에는 전화했니?"

"누가 그 얘기를 하재?"

"어쨌든. 전화했어?"

제스가 한숨을 내쉬었다.

"그래."

"지난 주에는 왜 전화 안 했는지 얘기하든?"

나탈리가 데시보드에서 제스의 발을 밀어내며 말했다.

14

"아니."

나탈리의 시선을 느낀 제스가 말을 이었다.

"그리고 돈도 안 보냈어."

"내가 못 살아. 너 아동지원청에 연락하든지 해야지 그냥 두면 안 되겠다. 자기 아이들 생활비 정도는 보내줘야 하잖아."

나탈리와 제스 사이의 해묵은 논쟁이었다.

"그이는…… 아직 완전히 회복하지 못했어. 그런 사람한테 나까지 부담을 줄 순 없잖아. 아직 직장도 구하지 못했고."

제스가 말했다.

"넌 지금 당장 돈이 필요하잖아. 우리가 리사 리터 같은 고객을 찾아내기 전까지는 말이야. 니키는 좀 어때?"

"제이슨 피셔 엄마한테 얘기하려고 그 집에 찾아갔어."

"정말? 난 그 여자 아주 섬뜩하던데. 그래서 그 여자가 자기 아들한테 니키를 가만히 내버려두라고 얘기하겠다디?"

"대강 비슷해."

나탈리는 턱을 떨어트린 채 제스를 빤히 쳐다봤다.

"한 번만 더 문 앞에 나타나면 다음 주 수요일까지 앓아누울 정도로 두들겨주겠다고 하더라. 나랑 우리…… 뭐라더라? …… 우리 '해괴한 애들'까지라고 했던가?"

제스가 조수석 거울을 내리고 머리를 매만져 뒤로 묶었다.

"아, 그리고 자기 아들 제이슨은 파리 한 마리도 죽이지 못하는 애랬어."

"못 말려, 정말."

"그래도 별일은 없었어. 노먼을 데려갔으니까. 게다가 우리 착한 노먼이 그 여자 토요타 옆에 한바탕 실례를 해주셨는데, 내가 주머니에 비닐봉지가 들어 있는 걸 깜빡했지 뭐야."

제스가 다시 데시보드 위로 발을 올렸다. 나탈리는 발을 밀어내고 그 위를 물티슈로 닦았다.

"그건 그렇고, 진심으로 하는 말인데 말이야. 마티가 떠난 지 얼마나 됐지? 2년이던가? 너처럼 젊은 애가 마티가 정신을 차리기만 마냥 기다리고 있을 순 없잖아. 다시 말 등으로 올라타야지."

나탈리가 인상을 쓰며 말했다.

"다시 말 등으로 올라타라. 좋은 말이네."

"리암 스텁스가 너 좋아하잖아. 그 말이라면 확실하게 오를 수 있어."

"XX 염색체만 가졌으면 누구라도 오를 수 있을걸."

제스가 창문을 올렸다.

"책이나 읽는 게 낫지. 그리고 우리 애들은 '새로운 삼촌 만나기' 같은 거 안 해도 이미 겪을 만큼 겪었고."

제스가 거울을 보며 콧잔등에 주름을 잡았다.

"가서 차 올려놓고 펍에 갈 준비나 해야겠다. 가기 전에 고객들한테 추가 의뢰가 없는지 전화나 한 번 돌려볼게. 그리고 또 누가 알겠어. 리사 리터가 우리를 자르지 않을지."

나탈리가 운전석 창문을 내리고 담배 연기를 길게 내뿜었다.

"그러게 말이야, 도로시. 우린 '노란 벽돌 거리' 끝에 있는 '에메랄드 도시'도 청소하게 될 건데."

시코브 가 14번지는 희미한 폭발음으로 가득했다. 최근에 탠지가 계산한 바에 따르면, 니키는 열여섯 살이 된 이후로 여가 시간의 88퍼센트를 자기 방에서 보냈다. 제스는 그런 니키를 비난할 수 없었다.

제스는 복도에 청소함을 내려놓고 재킷을 벽에 걸었다. 2층으로 올라가며 매번 그렇듯, 낡은 카펫으로 눈길이 가자 힘이 빠졌다. 제스가 방문을 열었다. 니키는 헤드폰을 쓰고 누군가에게 총질을 하고 있었다. 머리가 어지러울 정도로 마리화나로 만든 담배 냄새가 방에 진동했다.

"니키."

제스가 불렀다. 누군가 빗발치는 탄환을 맞고 폭발했다.

"니키."

제스가 다가가 헤드폰을 벗기자, 니키가 막 잠에서 깨어난 사람처럼 몽롱한 표정으로 돌아봤다.

"아주 열심이네?"

"잠깐 쉬는 중이에요."

제스가 재떨이를 들어 니키 쪽으로 내밀었다.

"내가 말하지 않았던가?"

"어젯밤에 피운 거예요. 잠을 잘 수가 없어서."

"집 안에선 피우지 말랬잖아, 니키."

마리화나를 끊으라고 말하는 건 무의미했다. 그 동네에서는 모두가 마리화나를 피웠다. 니키가 열다섯 살에 시작하지 않은 것만으로도 다행이라고 제스는 스스로에게 말하곤 했다.

"탠지는 아직 안 왔니?"

제스가 바닥에서 양말짝과 머그잔을 집어 들었다.

"네. 아, 점심 때 학교에서 전화 왔었어요."

"왜?"

니키는 컴퓨터에 무엇인가를 빠르게 입력한 다음 제스를 돌아봤다.

"모르겠어요. 학교에 관한 거라고 하던데요."

제스가 니키의 염색한 검은 머리를 들추자, 광대뼈에 새로운 자국
이 보였다. 니키는 고개를 조금 움직여서 그녀의 손에서 벗어났다.

"괜찮은 거야?"

니키는 어깨를 으쓱하고 시선을 피했다.

"걔들이 또 공격했니?"

"별거 아니에요."

"왜 전화 안 했어?"

"전화기에 요금이 남아 있지 않아서요."

니키가 뒤로 기대며 가상의 수류탄을 발사했다. 컴퓨터 화면에
서 폭발이 일며 불덩이가 치솟았다. 니키는 다시 헤드폰을 쓰고
화면으로 시선을 돌렸다.

8년 전, 니키가 제스의 집으로 왔다. 니키는 마티와 델라의 아들
이었고, 델라는 마티가 10대 때 잠시 사귄 여자였다. 니키는 조용
하고 조심스럽게 그들의 가정으로 들어왔다. 팔다리가 비쩍 마른
아이는 엄청난 식욕을 보였다. 니키의 엄마는 새로운 사람들과 어
울리다 '빅 알'이라고 불리는 남자와 중부지방의 어딘가로 사라져
버렸다. 빅 알은 다른 사람의 눈을 똑바로 쳐다보지 못하고, 맥주
캔이 눈에 띌 때마다 거대한 주먹으로 우그러뜨리는 남자였다. 니
키는 학교 탈의실에서 잠을 자다 발견됐고, 사회복지사가 다시 전
화를 걸어왔을 때 제스는 니키를 자신의 집으로 보내라고 했다.

"딱 너한테 필요한 거네. 먹일 입 하나 늘어나는 거."

나탈리는 말했다.

"그 애는 마티의 아들이야."

"4년 동안 딱 두 번 본 게 다잖아. 넌 아직 스무 살도 안 됐고."

"요즘 가족들은 다 그러잖아."

제스는 나중에 그 결정을 돌아보며, 그것이 마지막 결정타가 아니었을까 생각하곤 했다. 마티가 가족에 대한 책임을 저버리게 한 결정타. 하지만 니키는 착한 아이였다. 머리를 까마귀처럼 검게 물들이고 아이라인을 그리고 다닐지라도, 탠지에게 항상 잘해줬고, 기분이 좋은 날에는 말도 하고, 웃기도 하고, 제스가 어색하게 안아줘도 가만히 있었다. 가끔은 걱정할 사람만 하나 더 늘어난 게 아닌가 하는 생각도 들었지만, 제스는 니키가 온 것이 기뻤다. 정원으로 전화기를 들고 나간 제스가 크게 심호흡을 했다.

"저…… 여보세요? 저는 제시카 토머스라고 합니다. 전화를 하셨다고 들었어요."

잠시 침묵이 흘렀다.

"탠지는……? 무슨…… 무슨 일이 생겼나요?"

"아, 죄송합니다. 일이 생긴 게 아니에요. 말씀을 드렸어야 하는데. 저는 탠지의 수학 교사인 창가레이 선생이라고 합니다."

"아."

제스는 그의 모습을 떠올렸다. 회색 양복을 입은 키가 큰 남자. 얼굴은 장의사 같은 인상을 줬다.

"상의를 좀 드리고 싶어서요. 제가 몇 주 전에 세인트 앤에서 함께 근무했던 전 동료와 흥미로운 대화를 나눴거든요."

"세인트 앤이요?"

제스가 미간을 찌푸렸다.

"그 사립학교 말씀인가요?"

19

"네, 맞습니다. 그 학교에는 수학에 특별한 재능이 있는 아이들을 위한 장학금 프로그램이 있어요. 어머님도 아시다시피 저희 학교에서는 이미 탠지를 천부적인 재능 있는 아이로 꼽고 있고요."

"네. 탠지가 수학을 잘하긴 하죠."

"잘하는 정도가 아닙니다. 어머님. 학교에서 지난주에 탠지에게 자격시험을 치르게 했습니다. 탠지가 말하지 않던가요? 집으로 편지를 보내드렸는데 어머님께서 보셨는지 모르겠네요."

제스가 실눈을 뜨고 하늘을 나는 갈매기를 쳐다봤다. 몇 집 너머에서 테리 블랙스톤이 라디오에서 흘러나오는 노래를 따라 부르기 시작했다. 테리는 아무도 보는 사람이 없다고 생각할 때면 로드 스튜어트 흉내를 내기로 유명했다.

"오늘 아침에 시험 결과를 받았습니다. 탠지가 잘했더군요. 아주 잘했어요. 그래서 부인께서 괜찮으시면, 그 학교에서 탠지를 좀 보고 싶다고 합니다. 장학금 수여자로 적합한지 결정하기 위해서요."

제스는 앵무새처럼 그의 말을 따라했다.

"장학금 수여자로 적합한지요?"

"세인트 앤은 특별한 재능이 있는 아이들에게 수업료의 상당 부분을 감해주고 있어요. 그러니까 탠지가 최고의 교육을 받게 될지도 모른다는 뜻입니다. 탠지는 정말 놀라운 계산 능력을 지녔어요, 토머스 부인. 아이에게 아주 좋은 기회가 될 거라고 저는 확신합니다."

"세인트 앤이요? 하지만…… 버스를 타고 학교를 다녀야 할 텐데요. 교복이랑 다른 물건들도 사야하고. 탠지는…… 거기에 아는 친구가 한 명도 없잖아요."

"친구는 사귀면 되지요. 그런 것들은 사소한 문제입니다, 토머스 부인. 일단은 학교에서 어떤 제안을 하는지 들어보시지요. 탠지는 정말 뛰어난 아이예요."

그는 잠시 말을 멈췄다. 제스가 아무 말도 하지 않자, 목소리를 낮춰 말했다.

"제가 아이들에게 수학을 가르친 지 22년 됐습니다. 그런데 탠지만큼 수학적 개념을 잘 이해하는 아이는 본 적이 없어요. 탠지는 이미 제가 가르칠 수 있는 내용들을 모두 이해하고 있을 겁니다. 연산, 확률, 소수……."

"아, 그런 것들은 말씀하셔도 제가 잘 몰라요, 선생님."

그가 껄껄 웃었다.

"그럼 다시 연락드리겠습니다."

제스는 전화를 내려놓고, 이끼가 낀 하얀 플라스틱 정원 의자에 털썩 앉았다. 그러고는 멍한 눈으로 주변을 훑었다. 마티가 색이 너무 밝다고 한 창가의 커튼, 버려야지 하면서도 여태 버리지 못한 빨간 플라스틱 세발자전거, 색종이 조각처럼 집 앞으로 흩뿌려진 옆집 담배 꽁초들, 개가 고개를 들이밀곤 하는 울타리의 썩은 나무판자. 나탈리가 그릇된 낙관주의라고 부르는 그것을 지녔는데도, 제스는 느닷없이 눈물이 차올랐다.

아이의 아빠가 가정을 떠나면 끔찍한 일이 수없이 뒤따른다. 돈 문제, 아이를 위해 억눌러야 하는 분노, 남편을 훔쳐가기라도 할 것처럼 경계하는 친구들의 시선. 하지만 그보다 더 끔찍한 것은, 어떻게든 살아나가려고 진 빠지도록 발버둥치는 일보다 더 끔찍한 것은, 손 쓸 길 없는 상황에 처한 외짝 부모라는 지위가 지구상에서 무엇보다 외로운 자리라는 사실이다.

2
탠지 TANZIE

세인트 앤의 주차장에는 자동차 스물여섯 대가 주차되어 있었다. 반지르르한 사륜구동 자동차가 열세 대씩 마주보며 두 줄로 세워져 있었다. 주차 공간에서 빠져나가는 차들은 다음 차가 같은 각도로 움직이기 전에 대부분 차의 각을 41도로 해서 빠져나갔다.

탠지는 그 모습을 지켜보며, 엄마와 함께 버스 정류장에서 걸어 들어왔다. 불법이지만 전화 통화를 하는 운전자, 눈을 똥그랗게 뜨고 뒷좌석에 앉은 금발의 아기들에게 뭐라고 얘기하는 운전자가 보였다. 엄마는 턱을 치켜들고 한 손으로 집 열쇠를 만지작거리며 걸었다. 손에 든 것이 자동차 열쇠이고, 근처 어딘가에 차를 세우고 온 것처럼. 엄마는 자꾸 뒤를 흘깃거렸다. 청소하는 집의 주인과 마주칠까봐 그러는 것 같았다. 이 학교에는 무슨 일로 왔느냐고 그 사람이 물을까봐.

세인트 앤의 교정에 들어온 것은 처음이었다. 국민보건서비스 치과가 그 길에 있어서 버스를 타고 지나간 적은 열 번도 넘지만 말이다. 바깥에서 보면 정확히 90도 각도(탠지는 정원사가 각도기를 사용하는지 궁금했다)로 다듬어져 끝없이 이어지는 산울타리와, 아이들에게 쉼터를 제공하려고 운동장을 가로질러 심어놓은 듯한, 가지를 낮게 드리운 커다란 나무들만 보였다.

세인트 앤의 아이들은 다른 아이의 머리를 향해 가방을 날리지도 않았고, 점심 값을 빼앗으려고 벽으로 밀치지도 않았다. 아이들을 교실로 몰고 가며 지친 듯이 말하는 선생들도 보이지 않았다. 여자아이들은 치마의 허릿단을 여섯 번이나 접어 입지도 않았다. 담배를 피우는 사람은 눈을 씻고 봐도 없었다. 엄마가 탠지의 손을 꾹 잡았다. 탠지는 너무 긴장한 것처럼 보이지 않기만 바랐다.

"학교가 좋네요. 그쵸, 엄마?"

엄마가 고개를 끄덕였다.

"그래."

목소리가 가까스로 나왔다.

"창가레이 선생님이 그러는데 이 학교의 대학 준비반 아이들은 하나도 빠짐없이 수학에서 A나 A플러스를 받았대요. 대단하지 않아요?"

"훌륭하구나."

탠지는 한시라도 빨리 교장실에 도착하기 위해 엄마의 손을 살짝 잡아끌었다.

"학교에 오래 있으면 노먼이 날 그리워할까요?"

"오래?"

"세인트 앤은 6시까지 수업이 있잖아요. 화요일과 목요일에는 수학 클럽이 있고. 수학 클럽은 꼭 할 거니까요."

엄마가 탠지를 흘깃 봤다. 엄마는 정말 피곤해 보였다. 최근에는 항상 그랬다. 엄마가 탠지에게 미소랄 수 없는 미소를 지어보였고, 그들은 안으로 들어갔다.

"안녕하십니까, 토머스 부인. 안녕, 코스탠자. 만나게 되어 정말 반갑습니다. 이리로 앉으시지요."

교장실의 높은 천장에는 장미 무늬가 새겨진 하얀 석고 장식이 20센티미터 간격을 두고 있었다. 문양과 문양 한가운데는 작은 장미 봉오리 모양이 들어갔다. 방 안에는 오래된 가구들이 놓여 있었고, 커다란 퇴창으로 크리켓 구장이 내다보였다. 남자 하나가 잔디 깎는 기계에 올라타고 천천히 구장을 오가는 모습이 보였다. 커피와 비스킷이 담긴 쟁반이 작은 탁자 위에 놓여 있었다. 한눈에 보기에도 비스킷은 집에서 구워온 것이었다. 엄마도 아빠가 떠나기 전에는 그런 비스킷을 굽곤 했다.

탠지가 소파 끝에 걸터앉아, 맞은편에 앉은 두 남자를 쳐다봤다. 콧수염을 기른 남자가 미소를 지었는데, 주사를 놓기 전에 간호사들이 짓는 미소와 비슷했다. 엄마는 무릎에 가방을 올리면서 노먼이 씹어놓은 한쪽 구석을 손으로 가렸다. 엄마는 다리를 움찔거렸다.

"이쪽은 크룩섕크 선생입니다. 수학 과장입니다. 그리고 저는 데일리 선생이라고 합니다. 2년 전부터 이곳의 교장을 맡고 있습니다."

탠지가 비스킷에서 눈을 들었다.

"여기서는 빗변도 배우나요?"

"그렇단다."

크룩섕크 선생이 대답했다.

"확률도요?"

"그것도 배우지."

크룩생크 선생이 앞으로 몸을 기울였다.

"네 시험 결과를 보았단다, 코스탠자. 그리고 우린 다음 해에 네가 중등학교 졸업 과정 준비반에 들어가도 문제가 없을 거라고 보고 있어. 너한테는 A 레벨 문제들이 훨씬 흥미로울 거라고 생각하거든."

탠지가 그를 쳐다봤다.

"진짜 시험지도 있나요?"

"옆방에 가면 몇 장 있지. 보고 싶니?"

탠지는 그런 걸 묻는다는 게 믿기지가 않았다. 잠깐 동안, 니키가 그러는 것처럼 "바보 아니에요?" 하고 물어볼까 싶었다. 하지만 그냥 고개만 끄덕이고 말았다. 데일리 선생이 엄마에게 커피를 권했다.

"돌려 말하지 않겠습니다, 토머스 부인. 따님에게 특출한 재능이 있다는 건 잘 아시겠지요. 지금까지 코스탠자 정도의 점수를 받은 사람을 딱 한 명 보았는데, 트리니티 대학에 연구원으로 간 학생이었습니다."

그가 줄줄이 계속 말을 하자, 탠지는 대강 흘려들었다.

"…… 흔치 않은 능력을 지닌 소수의 학생들을 위해 저희는 균등한 기회를 제공하는 새로운 장학금 제도를 만들었습니다." 어쩌고저쩌고, 어쩌고저쩌고. "저희와 같은 학교의 혜택을 받지 못하는 아이들에게 잠재력을 키울 수 있는 기회를 주기 위해서……" 어쩌고저쩌고, 어쩌고저쩌고 "코스탠자의 수학 능력이 어디까지 뻗어나갈지 매우 궁금하기도 하지만, 저희는 코스탠자가 학교생활의 다른 부분들을 접할 기회도 충분히 갖기를 원합니다. 저희 학교는 다양한 스포츠와 음악 교육 과정을 마련하고 있어요." 어쩌고저쩌고, 어쩌고저쩌고 …… "많은 아이들이 외국어를 말할 수 있고……" 어쩌고저쩌고 …… "그리고 드라마 클럽도 있습니다. 또래 여자아이들 사이에서 가장 인기가 좋지요."

"저는 그냥 수학만 엄청 좋아해요."

탠지가 그에게 말했다.

"개하고요."

"개에 관한 건 별로 없지만, 수학에 관해서는 다양한 기회를 제공하고 있단다. 하지만 우리 학교에서 또 어떤 즐거움을 누릴 수 있는지 알면, 아마 놀랄 거야. 탠지는 악기를 다룰 줄 아니?"

탠지가 고개를 저었다.

"외국어는?"

방 안이 약간 조용해졌다.

"취미는 없고?"

"저희는 금요일마다 수영을 하러 가요."

엄마가 대답했다.

"아빠가 가고 나서는 한 번도 안 갔잖아요."

엄마가 미소를 지었지만, 약간 불안정해 보이는 미소였다.

"갔었잖니, 탠지."

"딱 한 번이요. 5월 13일에. 하지만 엄마는 이제 금요일에 일하잖아요."

잠시 후, 크룩섕크 선생이 종이 더미를 들고 돌아왔다. 탠지는 마지막 비스킷을 입에 넣고 선생님 옆으로 가서 앉았다. 선생님은 시험지를 한 다발이나 가져왔다. 탠지가 아직 손도 대지 않은 문제들이 잔뜩 있었다!

탠지는 문제들을 훑어보며 배운 것과 배우지 않은 것을 선생님에게 알려주기 시작했다. 뒤쪽에서 엄마와 교장 선생님이 나누는 이야기가 들렸다. 이야기가 잘 되어가는 것 같아서, 탠지는 시험지로 주의를 돌렸다.

"그래."

크룩섕크 선생이 손가락으로 시험지를 짚으며 조용히 말했다.

"하지만 재생 과정의 기이한 특성은 이거란다. 사전에 설정된 시간만큼 기다렸다가 이것을 포함하는 재생 간격이 얼마나 큰지를 관찰하면, 보통은 평균값보다 간격이 클 거라고 예상해야 한다는 점이지."

탠지도 그럴 거라고 생각했다!

"그러니까 원숭이가 「맥베스」를 자판으로 치는 데 더 오래 걸린다는 말이죠?"

"그렇지."

그가 미소를 지었다.

"재생이론까지 배운 줄은 몰랐구나."

"배운 건 아니에요. 하지만 창가레이 선생님이 한 번 말씀하신 적이 있는데 나중에 제가 인터넷에서 찾아봤어요. 원숭이가 나오는 부분은 정말 마음에 들었어요."

탠지가 시험지를 휙휙 넘겨봤다. 숫자들이 탠지에게 노래를 들려줬다. 머릿속에서 뇌가 윙윙거리며 돌아가는 게 느껴졌고, 탠지는 반드시 이 학교에 다녀야 한다는 걸 알았다.

"엄마."

탠지가 엄마를 불렀다. 보통은 어른들이 이야기할 때 끼어들지 않지만, 너무 흥분한 나머지 예절을 잊고 말았다.

"우리도 이런 문제 구할 수 있어요?"

데일리 선생이 탠지를 바라봤다. 그는 탠지의 예의 없는 행동은 전혀 신경 쓰지 않는 듯했다.

"크룩생크 선생, 그 시험지들 여분 있나요?"

"이걸 가져가면 되겠구나."

그가 시험지 다발을 건네줬다! 그냥 그렇게! 밖에서 벨이 울리자, 아이들이 교장실 창문 앞으로 지나가며 자갈을 밟는 달그락거리는 소리가 들려왔다.

"그럼…… 이제 어떻게 되는 거죠?"

엄마가 물었다.

"저희는 코스탠자…… 탠지에게…… 장학금을 주고 싶습니다."

데일리 선생이 반들거리는 파일을 집어 들었다.

"여기에 안내서와 관련 서류가 들어 있습니다. 장학금은 수업료의 90퍼센트에 해당됩니다. 저희 학교에서 제공하는 장학금 가운데 가장 큰 액수입니다. 이곳에 오기를 희망하는 학생들이 워낙 많기 때문에 보통은 최고 50퍼센트까지만 제공한다는 점을 알아주셨으면 좋겠습니다."

데일리 선생이 탠지에게 접시를 내밀었다. 어찌 된 일인지 접시에는 새로운 비스킷들이 잔뜩 담겨 있었다. 이곳은 정말 최고의 학교였다.

"90퍼센트요."

엄마가 비스킷을 찻잔 받침에 내려놨다.

"물론 장학금을 받더라도, 경제적인 부담이 적지 않다는 점은 저도 이해하고 있습니다. 교복과 차비, 수학여행 등의 경비도 필요하고요. 하지만 이번이 정말 좋은 기회라는 점을 강조하고 싶습니다."

데일리 선생이 몸을 앞으로 기울였다.

"네가 꼭 우리 학교로 왔으면 좋겠다, 탠지. 너희 수학 선생님은 너와 함께 공부하는 일이 더없이 즐겁다고 했어."

"저도 학교가 좋아요."

탠지가 또 다시 비스킷을 집으며 말했다.

"친구들이 절 재미없는 애라고 생각한다는 건 알아요. 하지만 전 집보다 학교가 더 좋아요."

그들이 어색하게 웃었다.

"엄마 때문에 그런 건 아니에요."

비스킷을 또 하나 집으며 탠지가 말했다.

"하지만 엄마는 일을 많이 해야 하니까요."

모두가 입을 다물었다.

"요즘엔 안 그런 사람이 없지."

크룩섕크 선생이 말했다.

"생각해볼 문제들이 많겠지요?"

데일리 선생이 말했다.

"저희에게 묻고 싶은 것도 있을 거고요. 하지만 그 전에 먼저 커피를 마저 드시고, 제가 학생 하나를 붙여드릴 테니까 학교를 한번 돌아보시면 어떻겠습니까? 그러고 나서 이 문제를 곰곰이 생각해보시고요."

탠지는 정원에서 노먼에게 공을 던져주고 있었다. 언젠가는 노먼이 공을 물어오는 날이 있을 거라고 믿으며 꿋꿋하게 던졌다.

탠지가 어딘가에서 읽었는데, 반복은 동물이 무엇인가를 배울 확률을 4배나 증가시킨다고 했다. 노먼도 그 경우에 해당하는지는 확실히 알 수 없지만 말이다.

그들은 동물 보호소에서 노먼을 데려왔다. 아빠가 집을 떠난 후, 아빠가 더 이상 집에 없다는 사실이 알려지면 가족들이 잠자는 사이에 살해당할지도 모른다며 엄마는 잠을 이루지 못했다. 그렇게 뜬눈으로 열하루 밤을 지새운 후 노먼을 데려온 것이다. 노먼은 아이들과도 잘 어울리는 환상적인 경비견이라고 보호소 직원들은 입을 모았다. 그러나 엄마는 계속 이렇게 말했다.

"하지만 너무 크잖아요."

"그러니까 방범 효과가 더욱 크죠."

직원이 활기차게 웃으면서 말했다.

"아이들과도 노먼이 아주 잘 어울린다는 말씀을 드렸던가요?"

2년이 지난 후, 엄마는 노먼이 기본적으로는 먹고 싸는 거대한 기계 같다고 했다. 노먼은 쿠션에다 침을 질질 흘렸고, 잠을 자면서 울부짖고, 온 집 안에 털을 묻혔고 고약한 냄새를 남겼다. 엄마는 보호소 직원의 말이 틀리지 않았다고 했다. 탠지네 집으로는 누구도 침입할 수 없었다. 노먼이 뿜어내는 독가스에 질식할까봐 두려워서 올 수 없을 것이다.

엄마는 한동안 노먼이 탠지의 침대로 올라가지 못하도록 노력했지만 언젠가부터 포기했다. 아침에 일어나보면 노먼은 털복숭이 다리를 쭉 뻗은 채 침대를 4분의 3정도 차지하고 누워 있었고, 탠지는 이불의 한쪽 귀퉁이만 겨우 덮은 채 덜덜 떨고 있었다. 엄마는 개털과 위생 문제에 관해 잔소리를 했지만, 탠지는 별로 개의치 않았다.

탠지가 두 살이던 해, 니키가 집으로 왔다. 어느 날 밤 자러갔다가 아침에 깨어보니 니키가 손님방에 와 있었다. 엄마는 그가 탠지의 오빠이고, 그들과 함께 지낼 것이라고 말해줬다. 탠지는 언젠가 니키에게, 그들 남매가 지닌 공통적인 유전형질이 뭐라고 생각하느냐고 물은 적이 있었다. 그때 니키는 이렇게 대답했다.

"이상한 낙오자 유전자."

탠지는 오빠가 농담을 한다고 생각했지만, 정말인지 아닌지 알 정도로 유전자에 관해 많이 알지는 못했다.

정원 수도에서 탠지가 손을 씻는데, 그들이 말하는 소리가 들려왔다. 니키 방의 창문이 열려 있어 목소리가 밖으로 흘러나왔다.

"수도 요금은 냈어요?"

니키가 물었다.

"아니. 우체국 갈 시간이 없었어."

"마지막 독촉장이라고 되어 있던데."

"마지막 독촉장이라는 건 나도 알아."

엄마가 쏘아붙이듯 말했다. 돈 얘기를 할 때면 늘 그랬다. 잠시 정적이 흘렀다. 노먼이 공을 물었다가 탠지의 발치로 떨어뜨렸다. 미끈거리고 역겨운 공이 그대로 놓여 있었다.

"미안하구나, 니키. 난…… 이 일을 얼른 아빠하고 의논해야 해서 그래. 그 문제는 내일 아침에 해결할 거야. 약속할게. 너 아빠하고 얘기하고 싶니?"

탠지는 오빠의 대답이 무엇일지 알았다. 니키는 이제 아빠와 얘기하고 싶어하지 않았다.

"나야."

창문 바로 아래로 가서 탠지는 꼼짝 않고 서 있었다. 스카이프에서 흘러나오는 아빠의 목소리는 딱딱하게 굳어 있었다.

"무슨 일 있어?"

탠지는 아빠가 그들에게 나쁜 일이 생겼다고 생각하는지 궁금했다. 아빠는 탠지가 백혈병에 걸렸다고 생각하면 집으로 돌아올지도 몰랐다. 언젠가 텔레비전에서 한 소녀의 부모가 이혼했다가 소녀가 백혈병에 걸리자 재결합하는 영화를 본 적이 있었다. 그렇다고 탠지가 백혈병에 걸리고 싶은 건 아니었다. 탠지는 주사 바늘만 봐도 기절하고, 머리카락도 꽤 근사했다.

"아무 일도 없어."

엄마가 대답했다. 니키가 두들겨 맞은 이야기는 하지 않았다.

"그럼 어쩐 일이야?"

잠시 정적이 흘렀다.

"어머님이 실내 장식 바꾸셨어?"

엄마가 물었다.

"뭐?"

"벽지가 달라졌네."

"아. 그거."

할머니의 집 벽지가 바뀌었다고? 탠지는 기분이 이상했다. 이제 아빠와 할머니는 탠지가 알아보지 못하는 집에서 살고 있었다. 아빠를 마지막으로 본 건 348일 전이었다. 할머니를 마지막으로 본건 433일 전이고.

"탠지 학교 문제로 얘기를 좀 해야 해서."

"왜? 탠지가 뭘 어쨌기에?"

"그런 거 아니야, 마티. 세인트 앤에서 탠지에게 장학금을 주겠대."

"세인트 앤이라고?"

"탠지의 수학 능력이 믿을 수 없을 정도로 뛰어나대."

"세이트 앤이라니."

아빠는 믿기지 않는 듯 말했다.

"물론 탠지가 똑똑하다는 건 알았지만……."

아빠는 매우 기뻐하는 것 같았다. 통화 내용을 더욱 잘 들으려고 탠지는 벽에 등을 바짝 붙이고 까치발을 했다. 탠지가 세인트 앤에 다니게 되면 아빠가 돌아올지도 몰랐다.

"우리 딸이 그 귀족 학교에 간다고?"

아빠의 목소리가 자랑스러움으로 부풀어 올랐다. 아마 펍에 가서 친구들에게 자랑할 이야기를 떠올리고 있을 것이었다. 그러니까 아빠가 펍에 갈 수 있다면 말이다. 아빠는 인생을 즐길 돈이 한 푼도 없다고 늘 엄마에게 투덜거렸다.

"그래서 뭐가 문젠데?"

"그러니까…… 장학금이 크긴 한데. 학비를 전부를 대주는 건 아니거든."

"무슨 소리야?"

"그러니까 장학금을 받아도 한 학기당 500파운드씩은 내야 한다는 뜻이야. 그리고 교복도 사야 하고. 등록비로 500파운드도 내야 해."

침묵이 하도 오래 이어져서 탠지는 컴퓨터가 고장이 난 줄 알았다.

"학교에서 그러는데, 입학하고 1년 후에는 지원금을 신청할 수 있대. 학비 보조금이든 다른 명목이든, 자격이 되면 추가로 지원이 가능하댔어. 하지만 첫 해에는 적어도 2,000파운드 정도가 필요해."

그러자 아빠가 웃었다. 소리를 내며 웃었다.

"농담하는 거지?"

"농담하는 거 아냐."

"내가 어디서 2,000파운드를 구하겠어, 제스?"

"내 생각에는……."

"난 직장도 아직 못 구했잖아. 근처에서는 어떤 일도 찾을 수가 없어. 난…… 난 이제 겨우 회복한 사람이야. 미안해, 자기. 하지만 불가능한 일이야."

"자기 엄마가 도와줄 순 없을까? 저축해놓은 돈이 좀 있을지도 모르잖아. 내가 직접 얘기해볼까?"

"안 돼. 엄마는…… 외출하셨어. 그리고 당신이 엄마한테 돈 뜯어내는 것도 원하지 않고. 안 그래도 걱정이 많은 분이야."

"돈 뜯어내려는 거 아니야, 마티. 어머니가 손주를 돕고 싶어할지도 모른다고 생각했어."

"어머니한테는 이제 다른 손주도 생겼어. 엘리나가 아들을 낳았거든."

탠지는 얼어붙은 듯 서 있었다.

"엘리나가 임신한 줄도 몰랐는데."

"말하려고 했어."

탠지에게 아기 사촌이 있었다. 그런데 그런 사실조차 모르고 있었다. 노먼이 탠지의 발치에 털썩 주저앉았다. 그러고는 커다란 밤색 눈으로 그녀를 올려다보더니 끙끙거리면서 천천히 몸을 옆으로 굴렸다. 바닥에 몸을 눕히는 게 몹시 어려운 일이라는 듯이.

"그럼…… 롤스로이스를 파는 건 어때?"

"그건 팔 수 없어. 웨딩 사업을 다시 시작할 거니까."

"2년 내내 우리 차고에서 녹슬고 있었어."

"알아. 조만간 가서 가져올 거야. 이 동네에는 그 차를 안전하게 보관할 장소가 없어서 그래."

목소리에 날이 서 있었다. 두 사람은 자주 이런 식으로 대화를 끝냈다. 엄마가 숨을 깊게 들이쉬는 소리가 탠지의 귀에 들어왔다.

"생각이라도 좀 해볼 수 없어, 마티? 탠지는 이 학교에 정말 다니고 싶어해. 정말로. 거기 수학 선생이랑 얘기하는데 얼굴 전체가 환해지더라. 그런 얼굴은 처음 봤어, 그때 이후로⋯⋯."

"내가 떠난 이후로 말이지."

"그런 뜻으로 말한 거 아니야."

"그러니까 전부 다 내 탓이네."

"전부 당신 탓이라는 게 아니야, 마티. 하지만 그렇다고 가만히 앉아서 당신이 떠난 일이 아이들에게 엄청난 웃음을 안겨준 척은 하지 않을 거야. 탠지는 당신이 왜 자기를 보러오지 않는지 이해하지 못해. 왜 아빠 얼굴을 통 볼 수가 없는지."

"난 오갈 차비를 댈 여력이 없어. 당신도 알잖아. 이런 말은 계속해봤자 소용이 없다고. 그동안 나는 성치 않은 사람이었어."

"당신이 성치 않은 사람이었다는 건 알아."

"탠지는 언제든지 날 보러 올 수 있어. 그러라고 내가 말했잖아. 중간 방학에 둘을 이곳으로 보내줘."

"아직 어려서 애들끼리만 여행하게 할 순 없어. 모두가 갈 차비를 댈 여유도 없고."

"그럼 그것도 다 내 탓이겠군."

"제발 좀."

탠지의 손톱이, 보드라운 손바닥을 파고들었다. 노먼은 계속 탠지를 쳐다보며 기다리고 있었다.

"당신이랑 싸우고 싶지 않아, 마티."

엄마의 목소리는 낮고 신중했다. 진작 알았어야 할 내용을 학생에게 다시 설명하는 선생님처럼.

"이 일에 보탬이 될 방법이 전혀 없는지 당신이 생각해보길 바라는 것뿐이야. 탠지 인생이 걸린 문제니까. 탠지는 어려움을……우리가 겪은 어려움을 겪지 않아도 될지도 모르니까."

"그건 모르는 일이지."

"무슨 소리야?"

"제스, 당신은 뉴스도 안 봐? 대학을 졸업한 사람들도 일을 못 구해서 난리라고. 어떤 교육을 받았는지는 중요하지 않아. 아무리 좋은 교육을 받아도 탠지는 어려움을 겪게 될 거야."

아빠가 잠시 말을 멈췄다.

"이 일 때문에 더 빛내봐야 좋을 거 하나도 없어. 물론 그런 학교에서는 자기네 학교가 특별하고 우리 애도 특별하다면서, 자기네 학교에 오면 애 인생이 놀랍도록 달라질 거라고 하겠지. 그게 바로 그 사람들이 하는 일이니까."

엄마는 아무 말도 하지 않았다.

"그 사람들이 말하는 것처럼 탠지가 똑똑하다면, 자기 앞길은 자기가 알아서 할 거야. 다른 아이들처럼 맥아더 중학교를 다녀도 말이야."

"니키 얼굴을 어떻게 패줄까만 생각하는 저 빌어먹을 자식들처럼 말이지. 얼굴에 화장을 떡칠하고 손톱 부러질까봐 체육을 안하는 여자애들처럼. 탠지는 그 학교에 맞지 않아, 마티. 전혀 맞지 않는다고."

"이제는 속물처럼 말하는군."

"자기 딸이 남들과 조금 다르다는 걸 인정하는 사람처럼 말하는 거야. 그 아이를 받아들여주는 학교에 다녀야 한다고 말하는 거고."

"나로서는 방법이 없어, 제스. 미안해."

멀리서 무슨 소리를 들은 사람처럼 아빠는 정신이 팔린 목소리로 말했다.

"이만 가봐야 해. 탠지에게 일요일에 스카이프로 통화하자고 전해줘."

긴 정적이 흘렀다. 탠지는 숫자를 14까지 헤아렸다. 문이 열리는 소리가 났고, 니키의 목소리가 들렸다.

"얘기가 아주 잘 된 모양이네요."

탠지는 몸을 구부려 노먼의 배를 쓰다듬었다. 노먼의 몸으로 똑똑 떨어지는 눈물을 보지 않으려고 두 눈을 꼭 감았다.

"최근에 우리가 복권 산 적 있던가?"

"아뇨."

이번 정적은 9초 동안 이어졌다. 그러고는 엄마의 목소리가 잔잔한 공기 속으로 울려 퍼졌다.

"그럼, 다시 사기 시작해야겠네."

3
에드 ED

디나 루이스. 학교에서 제일 예쁜 여학생은 아니었을지 몰라도,
에드와 로넌이 캠퍼스 학생들을 대상으로 만든 '맨 정신으로도 데
이트할 여자' 리서치 프로그램에서는 분명히 제일 높은 점수를 차
지했다. 그런다고 디나가 둘 중에 하나를 거들떠 볼 일은 없지만
말이다.

디나는 대학 3년 내내 에드의 존재를 거의 인식하지 못했다. 딱
한 번 비 오던 어느 날, 그를 전철역에서 발견하고 기숙사까지 태
워달라고 했던 때를 제외하고. 에드는 디나를 자신의 미니에 태워
기숙사로 향하는 동안 말문이 막혀 한마디도 제대로 하지 못했다.
기숙사 반대편 끝에 그녀를 내려주며 목 졸린 소리로 "걱정 말아
요" 하고 말한 것이 전부였다. 게다가 그마저도 3옥타브에 걸쳐서
나왔다. 디나는 허리를 굽혀 부츠 밑창에서 과자봉지를 떼어냈고,
우아하게 자신이 앉은 조수석의 바닥으로 그 봉지를 떨어뜨리고
는 문을 닫았다.

에드가 디나에게 홀딱 빠졌다면, 로넌은 그보다 더 심했다. 그는 사랑에 짓눌린 나머지 만화에 나오는 바보처럼 변했다. 디나에게 시를 써서 보냈고, 밸런타인데이에 익명으로 꽃을 보내기도 했다. 구내식당에서 그녀를 향해 미소 지었을 때는 그녀가 그 미소를 알아차리지 못했고, 그럼에도 불구하고 비참하게 보이지 않으려고 애썼다. 그러던 에드와 로넌이 대학을 졸업하고 자신의 회사를 설립한 후, (정말로 소프트웨어를 생각하는 게 여자를 생각하는 것보다 좋아질 때까지) 여자에 대해 생각하던 습관을 소프트웨어에 대해 생각하는 것으로 바꾸자, 디나 루이스는 점차 대학 시절의 추억으로 변해갔다.

"오…… 디나 루이스."

둘은 펍에 앉아 먼 곳을 응시하며, 술을 마시는 사람들의 머리통 위로 디나 루이스의 모습이 슬로우 모션으로 떠오르기라도 하듯 그녀의 이름을 부르곤 했다.

그러고 나서 석 달 전, 라라가 로마의 아파트와 함께 그가 소유한 주식의 절반뿐 아니라 남녀관계에 대한 욕망까지 깡그리 갖고 떠난 지 여섯 달이 되었을 무렵, 디나 루이스가 페이스북에 에드를 친구로 추가했다. 그녀는 뉴욕에서 2년을 보내고 런던으로 돌아온다면서 대학 동창들과 회포를 풀고 싶다고 했다. 에드가 리나를 기억하던가? 샘은? 그들과 어울려 술잔을 기울인 적이 한 번이라도 있던가?

나중에 에드는 이 사실을 로넌에게 말하지 않은 것이 부끄러웠다. 로넌이 새로운 소프트웨어 업그레이드 작업으로 정신없이 바빴기 때문이라고 변명도 해봤다. 로넌은 디나를 극복하기까지 오랜 시간이 걸렸다. 그리고 이제 막 비영리단체에서 일하는 여자와 데이트를 시작한 참이었다. 하지만 진실은 이랬다. 에드는 데이트를 못한 지가 수백만 년은 되었고, 1년 전에 회사를 판 후 그가 어떤 사람이 되었는지 디나 루이스에게 보여주고 싶기도 했다.

돈만 있으면 옷도, 피부도, 머리도, 몸도 다른 사람이 모두 알아서 해결해줬다. 에드 니콜스는 이제 말문이 막혀 버벅거리는, 미니를 끌고 다니는 괴짜가 아니었다. 서른셋인 에드는 잘 알았다. 뚜렷하게 드러내지 않아도 부의 상징은 향기처럼 그를 따라다닌다는 것을.

그들은 소호에 있는 바에서 만났다. 리나가 사정이 생겨 못 나오게 됐다며 디나는 미안하다고 했다. 리나에게 아기가 있다고 말하면서, 감정에 희미한 조소를 담아 눈썹을 들어올렸다. 에드는 한참이 지난 후에야 샘이 오지 않은 사실을 깨달았다. 디나는 로넌의 안부를 묻지 않았다.

에드는 디나에게서 눈길을 떼지 못했다. 디나는 하나도 변하지 않았다. 아니, 더욱 아름다워졌다. 샴푸 광고에 나오는 여자처럼 검은 머리가 어깨 위에서 찰랑거렸다. 그녀는 에드가 기억하는 것보다 더욱 상냥하고 인간미가 있었다. 대학에서 여신처럼 떠받들어지던 여학생들도 대학 문을 나서고 나면 콧대가 약간 꺾이는 모양이었다. 디나는 에드가 하는 모든 농담에 웃음을 터트렸다. 기억과는 다른 그의 모습에 놀라워하는 것이 피부로 느껴졌다. 그러자 에드는 더욱 기분이 좋아졌다.

에드와 디나는 2시간을 함께 보내고 헤어졌다. 그녀가 다시 연락하리라고 기대하지 않았지만 디나는 이틀 후에 전화를 걸어왔다. 이번에 둘은 클럽에 갔다. 에드는 디나와 춤을 추었으며, 디나가 그의 머리에 손을 얹었을 때는 그녀를 침대 위로 쓰러뜨리는 장면을 상상하지 않으려고 무진 애를 써야 했다. 세 번째인가 네 번째 술잔을 앞에 두고 디나는 얼마 전에 남자친구와 헤어졌다고 털어놨다. 너무 안 좋게 끝나서, 다시는 누구와도 깊은 관계를 맺고 싶지 않은 심정이라고 했다. 에드는 그녀의 말에 적절하게 맞장구를 쳐줬다. 그리고 전부인인 라라의 이야기를 들려줬다. 라라는 일이 영원히 자기 첫사랑일 거라고 했고, 돌아버리지 않기 위해 그를 떠나는 거라고 했다.

"과장이 약간 심하네."

디나가 말했다.

"이탈리아 사람이거든. 거기다 배우야. 라라는 과장을 빼면 시체인 사람이고."

"사람이었어, 겠지."

디나가 그의 말을 고쳐줬다. 그녀는 말하면서 에드의 눈을 주시했다. 디나는 에드가 말을 할 때 그의 입술을 쳐다봤는데, 이상하게도 그 행동이 에드의 정신을 흩어놓았다. 에드는 그녀에게 회사에 대해 들려줬다. 에드의 방에서 로넌과 함께 만들어낸 첫 번째 시험 버전, 소프트웨어의 작은 문제점들, 한 언론계 거물이 전용기를 보내와서 텍사스로 가 회의를 한 일. 그리고 그 언론계 거물이 회사를 인수하겠다고 제안했다가 그들이 거절하자 욕설을 퍼부어댄 일 등.

에드는 회사의 주식이 공개되던 날의 이야기도 들려줬다. 그는 욕조 끝에 걸터앉아 전화기로 주가가 오르고 또 오르는 모습을 지켜봤고, 앞으로 그의 삶이 얼마나 달라질지 어렴풋이 깨닫고는 온몸이 떨렸다고 회상했다.

"그 정도로 부자인 거야?"

"그럭저럭."

에드는 자신의 말이 밥맛없게 들리기 직전임을 깨달았다.

"뭐…… 이혼하기 전까지는 지금보다 더 나았지만…… 지금도 그럭저럭 괜찮아. 너도 알겠지만 난 돈에는 별로 관심이 없거든."

에드가 어깨를 으쓱했다.

"그냥 내가 하는 일이 좋을 뿐이야. 우리 회사가 좋아. 발상을 떠올리고 그걸 변형시켜서 사람들이 실제로 활용할 수 있는 뭔가를 만들어내는 일이 좋아."

"하지만 회사를 팔았다며?"

"규모가 너무 커져버렸는데 주변에서 조언을 해줬어. 회사를 팔면 양복 입은 사람들이 재정에 관한 문제는 모두 알아서 처리해준다고 말이야. 난 그런 쪽으로는 관심을 가져본 적이 없거든. 이젠 그냥 주식을 많이 보유하고 있을 뿐이야."

그러고는 그녀를 빤히 쳐다봤다.

"머릿결이 정말 좋네."

에드는 도대체 자신이 왜 이런 말을 하는지 알 수가 없었다.

그녀는 택시 안에서 에드에게 키스했다. 디나 루이스는 완벽하게 다듬은 가느다란 손으로 그의 얼굴을 잡아서 천천히 돌린 후 입을 맞췄다. 에드는 대학을 졸업한 지 12년이 넘었고, 그 사이에 모델이자 배우인 여자와 짧은 결혼 생활까지 했지만, 그의 머릿속에서는 작은 목소리가 여전히 이렇게 외쳐댔다.

'디나 루이스가 내게 키스했다!'

그리고 키스만 한 것이 아니었다. 디나는 택시 기사를 망각한 채 치마를 홱 걷어 올려서 늘씬한 다리로 그를 휘감았다. 그러고는 바짝 몸을 붙이고 셔츠를 끌어올리자 그는 말을 할 수도 생각을 할 수도 없었다. 그의 집 앞에 도착했을 때 에드는 잠긴 목소리로 바보처럼 말했고, 택시 기사가 잔돈을 내줄 때까지 기다리지 않은 것은 물론, 애초에 세지도 않고 돈뭉치를 내밀었다.

섹스는 끝내줬다. 오, 세상에, 정말 좋았다. 디나는 노골적인 움직임도 서슴지 않았다! 라라와 보낸 마지막 몇 달은, 섹스가 마치 라라가 베풀어주는 은혜라도 되는 느낌이었다. 그것도 그녀가 아는 규칙에 따라서 말이다. 그녀에게 충분한 관심을 보였는가, 그녀와 충분한 시간을 함께 보냈는가, 그녀에게 저녁을 사줬는가, 그녀의 기분을 상하게 한 사실을 알고 있는가.

벌거벗은 에드를 바라볼 때 디나 루이스의 눈빛이 갈망으로 환하게 타오르는 것 같았다. 오, 하느님. 디나 루이스라니.

디나는 금요일 밤에 다시 그를 찾아왔다. 옆쪽에 달린 리본이 풀리면 허벅지로 잔물결처럼 천천히 내려가는 깜찍한 팬티를 입고서. 나중에 디나는 마리화나 담배를 피웠고, 원래는 피우지 않는 에드도 기분 좋게 머리가 빙글빙글 도는 느낌을 음미했다. 그녀의 보드라운 머리카락을 어루만지고 있자니 라라가 떠난 이후 처음으로 살맛이 났다. 그러고 나서 디나가 말했다.

"부모님께 자기 얘기했어."

에드는 집중하기가 힘들었다.

"부모님께?"

"괜찮지? 기분이 너무 좋아서…… 그러니까 어떤 기분이냐 하면…… 어딘가에 다시 속한 느낌 같은 거 있잖아."

에드는 천장 한곳을 뚫어지게 바라보고 있다는 걸 깨달았다.

'괜찮아.'

그는 스스로에게 말했다.

'많은 사람들이 부모님께 그런 얘기를 하잖아. 사귄 지 2주 밖에 안 되었어도.'

"그동안 심한 우울증을 앓았거든. 그런데 지금은……."

디나는 에드를 향해 환하게 웃어보였다.

"…… 행복해. 미칠 것 같이. 아침에 눈을 뜨면 자기 생각을 해. 그럼 모든 게 잘 될 것 같아."

에드는 입 안이 이상하게 바싹 말랐다. 그게 마리화나 때문인지는 확실히 알 수 없었다.

"우울증?"

"이제는 괜찮아. 우리 부모님이 많이 도와주셨어. 마지막으로 증상이 나왔을 때 의사에게 데려가서 적당한 약을 처방받게 해주셨거든. 약을 먹으면 확실히 자신을 덜 억제하게 되지만, 그런 거라면 누가 불평을 하겠어! 하 하 하 하!"

에드가 그녀에게 마리화나를 건넸다.

"난 모든 걸 아주 강렬하게 느끼는 편이야. 의사가 그러는데 나는 특별히 예민한 사람이래. 어떤 사람들은 아주 활기차게 살아가지만, 난 그런 사람 중에 하나가 아닌 거지. 가끔 외국 어디에선가 동물이 죽었거나 아이가 살해당했다는 기사를 읽으면, 하루 종일 울기도 한다니까. 정말이야. 대학 때도 그랬는데. 기억 안 나?"

"아니."

디나가 그의 물건 위에 손을 얹었다. 별안간 에드는 그것이 되살아나지 않을 거라는 확신이 들었다.

디나가 그를 올려다봤다. 얼굴을 반쯤 덮은 머리칼을 디나가 후, 하고 불어 넘겼다.

"직장에다 집까지 잃는다는 건 정말 짜증나는 일이야. 철저하게 빈털털이가 된다는 게 어떤 건지 자기는 절대 모를 거야."

디나가 어느 정도까지 얘기할지 가늠하듯 그를 쳐다봤다.

"그러니까 제대로 파산하는 거 말이야."

"그게…… 그게 무슨 말이야?"

"그러니까…… 전 남자친구한테 돈을 좀 많이 빌렸는데, 내가 갚을 능력이 없다고 그랬거든. 신용카드로도 대출을 너무 많이 받았어. 그런데 그 남자는 매일 전화해서 돈 얘기를 끝도 없이 해. 스트레스가 이만저만이 아니야. 내가 어느 정도까지 스트레스를 받는지 그 남자는 몰라."

"빚이 얼마나 되는데?"

디나가 금액을 말했다. 에드의 턱이 아래로 떨어지는 순간, 그녀가 덧붙였다.

"나한테 돈 빌려주겠다는 소린 하지 마. 남자친구 돈은 받지 않을 거니까. 하지만 정말 악몽이야."

에드는 그녀가 '남자친구'라는 단어를 사용한 사실에 큰 의미를 두지 않으려고 했다.

그가 내려다보니 디나의 아랫입술이 파르르 떨리고 있었다. 에드가 침을 꿀꺽 삼켰다.

"저…… 괜찮아?"

너무나 빠르고 환하게, 디나의 얼굴에 미소가 피어올랐다.

"괜찮아! 자기 덕분에 이제 기분이 좋아졌어."

디나가 손가락으로 그의 가슴을 어루만졌다.

"아무튼. 돈 걱정 없이 근사한 저녁을 먹을 수 있어서 행복했어."

그러면서 에드의 젖꼭지에 키스를 했다.

그날 밤 디나는 그의 몸에 한 팔을 올리고 잠들었다. 에드는 잠을 이루지 못하고 누운 채, 로넌에게 전화할 수 있다면 얼마나 좋을까, 하고 생각했다.

다음 주 금요일에도, 그 다음 주 금요일에도 디나가 찾아왔다. 그가 주말에 해야 할 일이 있다고 에둘러 말해도 전혀 눈치채지 못했다. 디나의 아버지는 함께 저녁을 먹으라며 용돈까지 줬다.

"내가 다시 행복해 보여서 안심된다고 하셨어."

전철역에서 깡총깡총 뛰어나오는 그녀에게 에드는 감기에 걸렸다고 말했다. 그러니 입을 맞추지 않는 게 좋겠다고.

"괜찮아. 자기 건 다 내 거니까."

디나는 20분간이나 그의 얼굴에 찰싹 달라붙어 있었다.

그들은 피자집에서 저녁을 먹었다. 에드는 이제 그녀의 모습을 보면 희미한 공포를 느끼기 시작했다. 디나는 항상 '감정'을 느꼈다. 빨간 버스를 보면 행복했고, 카페에 놓인 시든 식물을 보면 눈물이 날 것 같았다. 그리고 모든 것이 너무 지나쳤다. 말하는 데 바빠서 음식을 씹을 때 입을 다물어야 한다는 사실을 잊기도 했다. 에드의 집에서 소변을 볼 때는 화장실 문을 열어두기도 했다. 말 한 마리가 집으로 놀러와 볼일을 보는 것과 비슷한 소리가 들려왔다.

에드는 이런 일에 준비가 되어 있지 않았다. 그는 예전처럼 집에 혼자 있고 싶었다. 고요함과 평범한 일상을 원했다. 외로움을 느낀 적이 있었다는 사실이 믿기지가 않았다.

그날 밤 에드는 섹스하고 싶지 않다고 했다.

"너무 피곤해."

"내가 정신이 번쩍 들게 해줄게……."

디나가 이불 아래로 파고들기 시작했고, 다른 상황에서라면 재미있게 느꼈을 몸싸움이 뒤따랐다. 디나는 입으로 그의 성기를 머금으려고 자세를 잡았고, 에드는 필사적으로 그녀의 겨드랑이를 잡아 끌어올리려 했다.

"이러지 마. 디나. 오늘은…… 오늘은 안 돼."

"그럼 그냥 껴안고 있자. 자기가 내 몸뚱이만 원하는 게 아니란 사실을 알게 됐어!"

디나는 그의 팔을 끌어당겨 어깨로 두르고, 작은 동물처럼 만족스럽게 낑낑거리는 소리를 냈다.

에드 니콜스는 어둠 속에서 눈을 크게 뜬 채 누워 있었다. 그가 심호흡을 했다.

"그러니까…… 디나…… 저기…… 다음 주에 내가 출장을 가거든."

"어디 좋은 데로 가?"

디나가 생각에 잠긴 듯 손가락으로 그의 허벅지를 훑었다.

"어…… 제네바에 가."

"우, 멋지네! 여행 가방에 숨어서 나도 따라갈까? 자기 호텔 방에서 기다리면 되잖아. 자기 골치 아플 때 내가 머리 마사지해주고."

디나가 손가락으로 그의 이마를 쓰다듬었다. 에드는 가까스로 이마를 찡그리지 않았다.

"정말? 그것도 멋지겠네. 하지만 그런 종류의 여행이 아니야."

"자긴 정말 좋겠다. 나도 여행 진짜 좋아하는데. 요 모양 요 꼴로 망하지만 않았어도 바로 비행기에 올랐을 거야."

"그래?"

"내가 열정적으로 좋아하는 게 바로 여행이야. 마음 내키는 대로 여행하면서 자유로운 영혼이 되는 게 좋아."

에드 너머로 팔을 뻗어 그녀가 침실용 탁자에 놓인 담뱃갑에서 담배를 뽑아 불을 붙였다.

에드는 잠시 생각에 잠겼다.

"증권이나 주식 가진 것 없어?"

디나가 그에게서 떨어져 나와 자신의 베개에 누웠다.

"주식 시장에 투자하란 소리는 하지 마, 에드. 도박할 정도로 돈이 남은 게 아니니까."

에드의 입에서 생각보다 먼저 말이 튀어나왔다.

"도박이 아니야."

"세상에 도박 아닌 게 어디 있어?"

"우리 회사에서 곧 새로운 게 나오거든. 몇 주 후에 말이야. 업계의 판도를 바꾸게 될 결정적인 물건이지."

"새로운 거?"

"자세한 얘기는 할 수 없어. 하지만 꽤 오랫동안 이 일을 추진해 왔다는 점은 말할 수 있어. 이게 나오면 우리 주가가 치솟을 거야. 경영 담당자들이 전부 여기에 매달리고 있거든."

디나는 그의 곁에서 조용히 누워 있었다.

"우리가 일에 관해서는 얘기를 별로 나누지 않았다는 거 알아. 하지만 이번 건은 틀림없이 엄청난 돈을 긁어모을 거야."

디나는 확신할 수 없다는 듯이 말했다.

"나한테 지금 이름도 모르는 뭔가에다 내 마지막 남은 몇 파운드를 투자하라고 말하고 있는 거야?"

"몰라도 상관없어. 우리 회사 주식을 좀 사기만 하면 돼."

에드가 옆으로 돌아누웠다.

"몇 천 파운드만 모을 수 있으면, 2주 안에 전 남자친구 돈을 다 갚고도 남을 만큼 벌어들일 거라고 장담해. 그러고 나면 자유의 몸이 되는 거야! 자기가 원하는 건 뭐든 할 수 있어! 세계 여행을 떠나는 거야!"

긴 침묵이 흘렀다.

"이게 바로 자기가 돈 버는 방법이야, 에드 니콜스? 여자들을 침대로 끌어들여서 자기네 주식을 수천 파운드 사게 만드는 거?"

"그런 게 아니라……."

디나가 돌아누웠고, 에드는 그녀가 농담을 하고 있다는 걸 알았다. 디나가 그의 옆얼굴을 어루만졌다.

"자기는 정말 나한테 잘해줘. 그리고 방금 그건 정말 멋진 생각이야. 하지만 놀고 있는 수천 파운드 같은 건 없는 걸."

무슨 말을 하는지 깨닫기도 전에 에드의 입에서 또다시 말이 흘러나왔다.

"내가 빌려주면 되잖아. 나중에 돈을 벌어들이면 갚으면 되는 거고. 그러지 못해도 그건 쓸모없는 조언을 한 내 책임이니까."

디나는 깔깔거리고 웃기 시작하다가, 에드의 말이 진담이라는 걸 깨닫고 웃음을 멈췄다.

"날 위해서 그런 일을 해주겠다고?"

에드가 어깨를 으쓱했다.

"솔직히 말할까? 지금 나한테는 5,000파운드 정도는 있으나 없으나 큰 차이가 없거든."

그리고 널 떼어낼 수만 있다면 그 열 배라도 낼 수 있고.

디나의 눈이 커졌다.

"와. 이런 친절은 누구도 베푼 적이 없어."

"설마…… 그럴 리가."

다음 날 아침 디나가 떠나기 전에, 에드는 수표를 한 장 써줬다. 머리를 올려 핀으로 꽂으면서 디나는 복도에 걸린 거울을 향해 갖가지 표정을 지었다. 그녀에게서 희미하게 사과 향기가 났다.

"이름은 빈칸으로 남겨줘."

에드가 무엇을 하는지 깨달은 디나가 말했다.

"오빠한테 해달라고 할 거니까. 오빠는 증권이니 주식이나 하는 것들을 잘 알거든. 내가 사야 하는 게 뭐라고 했지?"

"정말 모르는 거야?"

"나도 어쩔 수 없어. 자기 옆에 있으면 생각을 제대로 할 수가 없단 말이야."

디나가 그의 사각팬티 안으로 손을 미끄러트렸다.

"최대한 빨리 갚겠다고 약속할게."

"좋을 대로 해. 다만…… 누구에게도 이 일에 관해 말하면 안돼. 알았지?"

그가 과장해 내지른 환호성은 아파트의 벽에서 튕겨 나와, 머릿속에서 울리는 경고의 목소리를 눌러버렸다.

이후 에드는 디나가 보낸 이메일에 꼬박꼬박 답장을 했다. 깊은 관계를 막 끝내고 나면 기분이 얼마나 이상한지, 그리고 혼자만의 시간을 갖는 일이 얼마나 중요한지 이해하는 누군가와 시간을 보낼 수 있어 좋았다고 말했다. 디나는 짧은 답장들을 보내왔고, 특별한 내용도 없었다. 묘하게도 제품 출시나 하늘 높이 치솟은 주가에 관해서는 한 마디도 하지 않았다. 적어도 10만 파운드 이상

벌었을 텐데도 말이다. 어쩌면 디나는 그 수표를 잃어버렸는지도 몰랐다. 아니면 과들루프섬에서 배낭여행을 하고 있는 중인지도 모르고. 에드는 그녀에게 한 말들을 떠올릴 때마다 가슴이 철렁 내려앉는 기분이 들었다. 그래서 될 수 있으면 생각하지 않으려 했다.

에드는 휴대전화의 번호를 바꾸면서 디나에게 알려주지 않은 것은 실수라고 스스로를 설득했다. 차츰 그녀도 이메일을 보내오지 않게 됐다. 그러고는 두 달이 지났다. 에드와 로넌은 변함없이 양복들에 대한 불평을 늘어놨다. 로넌이 그 비영리단체에서 일한다는 여자의 장단점을 늘어놓는 것을 들으며, 에드는 자신이 값진 교훈을 얻었다고 생각했다. 아니면 간신히 위기를 모면했거나. 둘 중에 어느 것인지는 확실히 말하기가 어려웠다.

그 후, 스팩스가 출시되고 2주가 지난 어느 날, 휴게실에 늘어져 고무공을 천장으로 던져 올리며, 로넌이 결제 소프트웨어의 결함을 해소하는 최선의 방법을 설명하는 것을 듣고 있을 때, 재무 책임자인 시드니가 걸어 들어왔다. 그리고 그를 보는 순간, 에드는 벼락같은 깨달음을 얻었다. 세상에는 찰싹 달라붙는 여자친구보다 훨씬 끔찍한 문제들이 존재한다는 것을.

"에드?"

"뭐야?"

짧은 침묵이 흘렀다.

"전화를 늘 그렇게 받는 거야? 도대체 몇 살이 되어야 사교 기술을 터득할래?"

"안녕, 제마."

에드가 한숨을 쉬며, 침대 아래로 다리를 내려 일어나 앉았다.

"너 지난주에 전화하겠다고 했잖아. 나는 또 네가 어디 커다란 가구 같은 데 깔리기라도 했나 싶었지."

에드는 침실을 둘러봤다. 양복 재킷이 의자 등받이에 걸려 있었다. 시계는 일곱 시 십오 분을 가리켰다. 에드가 목덜미를 문질렀다.

"그러게. 일들이 좀 있었어."

"아까 네 회사로 전화했었어. 근데 네가 집에 있다고 하더라고. 어디 아파?"

"아픈 게 아니라, 그냥…… 뭔가 작업 중이야."

"그럼 그건 아버지를 보러 올 시간을 낼 수 있다는 뜻이야?"

에드가 눈을 감았다.

"지금은 좀 바빠서."

침묵이 무겁게 내려앉았다. 에드는 전화선 너머에서 이를 앙다물고 있는 누나의 모습이 눈에 선했다.

"아버지가 너 보고 싶다고 하셨어. 보고 싶다고 하신 지가 100만 년은 됐다고."

"뵈러 갈 거야, 누나. 그냥…… 내가…… 좀 해결해야 할 일이 있어서 그래."

"안 그런 사람이 어디 있니? 전화라도 드려. 알았지? 네 고급 승용차 여덟 대 중에 하나를 끌고 아버지를 뵈러 가지 못한다 해도 말이야. 아버지는 빅토리아 병동으로 옮기셨어. 전화하면 병원에서 그쪽으로 연결해줄 거야."

"두 대야. 그리고 전화드릴게."

누나가 전화를 끊으려는 줄 알았는데, 아니었다. 작은 한숨 소리가 들려왔다.

"나도 지쳤어, 에드. 여기 관리자들이 자꾸 휴가 내는 거 못마땅해 해. 그래서 나도 주말밖에 갈 수가 없어. 엄마는 겨우 버티고 계시고. 나도 정말 도움이 절실하다고."

에드는 죄책감이 들었다. 누나는 불평을 하는 사람이 아니었다. "가도록 노력하겠다고 했잖아."

"너 지난주에도 그렇게 말했어. 거기서 네 시간만 운전하면 되잖아."

"나 지금 런던에 있는 거 아니야."

"그럼 어디야?"

에드가 창밖으로 어두워지는 하늘을 바라봤다.

"남쪽 해안."

"휴가 갔니?"

"휴가 아니야. 설명하자면 복잡해."

"그렇게 복잡하지 않을 걸. 넌 딸린 식구도 없으니까."

"그래. 기억을 되살려줘서 고마워."

"정말, 작작 좀 해라. 그 회사 네 회사잖아. 네가 규정을 만들고. 아니야? 그냥 너한테 2주짜리 휴가를 줘."

다시 한 번 긴 침묵이 흘렀다.

"너 조금 이상하다."

에드가 깊게 숨을 들이마시고 입을 열었다.

"어떻게든 가볼게. 약속해."

"그리고 엄마한테도 전화해."

"알았어."

딸깍 소리가 났다. 전화가 끊겼다.

에드는 잠시 전화기를 물끄러미 쳐다보다가 변호사 사무실로 전화를 걸었다. 전화는 곧바로 자동응답기로 넘어갔다.

그의 아파트에 들이닥친 수사관들은 모든 서랍을 열어봤다. 영화에서 흔히 보듯 내용물을 마구 꺼내 던져놓지는 않았지만, 장갑을 끼고 체계적으로 하나하나 조사해나갔다. 서랍 안에 개켜져 있는 티셔츠 사이를 확인하고, 모든 파일을 검사했다. 노트북 컴퓨터 두 대와 메모리 스틱, 휴대전화 두 대도 가져갔다. 그리고 에드는 이 모든 일이 그를 위한 것이라는 듯 서류에 서명을 해야 했다.

"도시 밖으로 나가 있어요, 에드."

변호사는 말했다.

"그냥 어디론가 가서 머리를 좀 쉬게 해줘요. 필요하면 연락할 테니까요."

그들은 분명 이곳도 수색했을 것이다. 물건이 없어서 한 시간도 안 걸렸을 테지만. 에드는 휴가용 별장의 침실에 앉아, 주변을 둘러봤다. 청소부들이 아침에 펴둔 빳빳하게 풀을 먹인 벨기에 리넨 이불, 만일에 대비해 준비해둔 청바지와 바지, 양말, 티셔츠가 들어 있는 서랍장. 시드니도 그에게 다른 곳으로 가 있으라고 했다.

"이 소식이 알려지면, 우리 주가가 심각하게 떨어질 테니까요."

경찰이 사무실에 들이닥친 이후로 로넌은 에드에게 한마디도 하지 않았다.

에드는 전화기를 내려다봤다. 제마 말고는 이번 일을 설명하지 않고 대화를 나눌 사람이 아무도 없었다. 그가 아는 모든 사람은 기술 분야에서 일했고, 로넌을 제외하면 그중에서 친구라고 부를 사람이 몇이나 될지 확실히 말할 수 없었다. 에드는 벽을 빤히 쳐다봤다. 지난주에 런던까지 네 차례나 오간 이유가, 오로지 일을 하지 않으니 뭘 해야 할지 알 수 없었기 때문이라는 사실에 대해 생각했다. 에드는 지난밤에 대해서도 생각했다. 디나 루이스와 시드니, 그리고 그의 인생에 일어난 빌어먹을 사건을 생각하다 분노를 주체하지 못해 화이트 와인 한 병을 벽으로 던져 박살을 내버렸다. 그리고 혼자 있으면 그런 일이 반복될 가능성이 얼마나 되는지도 가늠해봤다.

다른 방법이 없었다. 에드는 재킷을 걸치고, 뒷문 옆의 벽장에서 열쇠를 꺼낸 뒤, 자동차로 향했다.

4

제스 JESS

탠지는 어려서부터 남다른 구석이 있었다. 한 살 때는 블록을 줄지어 세워놓거나 일정한 모양으로 정렬했다가 그중 몇 개를 빼서 새로운 모양을 만들곤 했다. 두 살 무렵부터는 숫자에 집착하기 시작했다. 학교에 들어가기 전에 이미 서점에서 파는 수학 문제집을 5학년용까지 풀어치웠다. 탠지는 곱셈이 '그저 또 다른 형식의 덧셈일 뿐'이라고 말하곤 했다. 여섯 살에는 '분할'의 의미를 설명할 수 있었다.

마티는 그런 탠지의 능력을 달가워하지 않았다. 그런 능력은 마티를 불편하게 했다. 하지만 마티는 '평범'하지 않은 것이라면 무엇이든 불편해하는 사람이었다. 수학은 여전히 탠지를 가장 행복하게 만드는 것이었다. 어디서든 자리를 잡고 앉아 가족 중 누구도 이해하지 못하는 문제들을 풀어나갔다. 마티의 어머니는 가끔씩 방문했고 그때마다 탠지를 공부벌레라고 부르곤 했다. 좋은 의미가 있는 것처럼 들리지는 않았다.

"그래서 어떻게 할 건데?"

"지금으로서는 딱히 방법이 없어."

"탠지가 그 사립학교 애들하고 어울리면 기분이 이상하지 않겠어?"

"글쎄. 그럴지도 모르지. 하지만 그건 우리 문제지 탠지 문제가 아니잖아."

"탠지가 너한테서 멀어지면 어떻게 해? 상류층 남자를 만나서 자기 배경을 부끄럽게 생각하면 어떻게 할 거냐고. 그럴 수도 있지 않겠어? 내 말은, 그 학교가 탠지에게 오히려 안 좋은 영향을 미칠 수도 있다는 거야. 자기가 어떤 곳에서 자랐는지 망각하게 만들지도 몰라."

제스가 운전 중인 나탈리를 쳐다봤다.

"걔는 '절망적이고 형편없는 동네'에서 자랐어, 나탈리. 탠지가 그 사실을 잊는다면 난 아주 기쁠 것 같아."

제스가 세인트 앤에서 면접을 본 이야기를 나탈리에게 들려주자, 이상한 일이 벌어졌다. 나탈리가 감정이 있는 사람처럼 행동한 것이다. 그녀는 자기 아이들이 공립학교를 얼마나 좋아하는지, 자기 아이들이 '평범'하다는 사실이 얼마나 기쁜지, 남들과 '다르다'는 사실이 아이에게 얼마나 도움이 안 되는지에 대해 오전 내내 떠들어댔다.

반면, 탠지는 몇 달 만에 크게 들떴다. 시험 점수가 나왔는데 수학은 100점, 비언어 추론은 99점이었다(탠지는 1점을 잃었다고 언짢아했다). 창가레이 선생은 전화를 걸어, 다른 곳에서도 지원금을 받게 될지도 모른다고 말했다. 사소한 문제라면서 말이다. 제스는 돈 문제를 '사소한 문제'로 여기는 사람들은 돈에 대한 걱정을 한 번도 해보지 않은 부류일 거라는 생각을 하지 않을 수 없었다.

"탠지는 그 거창한 교복도 입어야 하잖아."

비치프론트에 차를 대며 나탈리가 말했다.

"그 거창한 교복은 입을 일 없어."

짜증스러운 목소리로 제스가 대답했다.

"그럼 다른 애들한테 놀림을 받을 텐데."

"탠지는 그 빌어먹을 학교에 가지 않을 거니까 그 거창한 교복을 입을 일이 없다는 뜻이야. 그 애를 거기 보낼 가망이 없다고, 나탈리. 알겠니?"

차에서 나와 문을 쾅, 하고 닫은 제스는 다른 얘기를 더 듣기 전에 빠른 걸음으로 앞서 걸었다.

비치프론트를 '홀리데이 파크'라고 부르는 것은 지역 주민들 뿐이었다. 개발업자들은 '목적형 리조트'라고 불렀다. 비치프론트는 언덕 꼭대기에 있는 '시브라이트 이동 주택 캠프장' 같은 홀리데이 파크와는 다른 곳이기 때문이다. 시브라이트는 낡아빠진 이동 주택과 텐트가 무질서하게 뒤섞인 곳이었다. 비치프론트는 건축가들이 디자인한 흠잡을 데 없는 '생활공간'으로, 세심하고 깔끔하게 손질된 길들로 둘러싸여 있었다. 그곳은 스포츠클럽과 스파, 테니스 코트, 거대한 수영장, 지나치게 비싼 부티크 몇 곳, 그리고 거주자들이 마을에 있는 허접스러운 가게까지 갈 필요가 없도록 작은 슈퍼마켓까지 갖추고 있었다.

화요일, 목요일, 금요일에 '벤슨 & 토머스'는 클럽 회관이 내다보이는 방 세 개짜리 임대 주택 두 곳을 청소한 후, 그곳보다 나중에 지어진 주택들로 이동했다. 바닷가에 솟아오른 하얀 절벽 위, 앞면이 유리로 된 현대적인 주택 여섯 채가 서 있는 곳으로.

니콜스 씨의 집으로 가는 진입로에는 반들거리는 아우디 한 대가 세워져 있었지만, 제스와 나탈리는 그 차가 움직이는 걸 본 적이 없다. 그의 누나가 두 아이와 남편을 데리고 다녀간 적은 있었다(그들은 얼룩 하나 남기지 않고 떠났다). 하지만 니콜스 씨는 거의 들르지 않았고, 제스와 나탈리가 그곳을 청소하기 시작한 이후로 그가 주방이나 세탁실을 이용한 적은 한 번도 없었다. 제스는 오지도 않을 손님들을 위해 매주 수건과 시트를 갈고, 세탁하고, 다림질하는 것으로 추가 수당을 벌었다.

집은 매우 넓었다. 슬레이트 바닥에 발소리가 울리고, 거실에는 해변의 식물로 짠 비싼 깔개가 깔렸고, 벽에는 값나가는 오디오 시스템이 설치됐다. 유리로 된 앞면으로는 아치 모양의 푸른 수평선이 내다보였다. 하지만 벽에는 어떤 사진도 걸려 있지 않았고, 누군가가 살고 있다는 흔적은 찾아보기 어려울 정도였다. 나탈리는 니콜스 씨가 이곳에 와도 야영하는 것처럼 지내다 갈 거라고 말하곤 했다. 한 번은 나탈리가 화장실에서 립스틱을 발견했고 작년에는 침대 아래에서 레이스가 달린 손바닥만 한 팬티(라펠라 제품이었다)와 비키니 상의를 발견한 것으로 보아, 여자가 있는 것은 분명했다. 하지만 그밖에는 니콜스 씨에 관해 말해주는 것이 거의 없었다.

"니콜스 씨가 왔네."

나탈리가 중얼거렸다. 그들이 대문을 닫고 들어오는데, 성난 남자의 목소리가 복도 끝에서 커다랗게 들려왔다. 나탈리가 인상을 찡그렸다. "청소하러 왔습니다"라고 소리쳤지만, 대답이 없었다.

니콜스 씨의 언쟁은 주방 청소가 끝날 때까지 이어졌다. 그는 머그잔을 하나 사용했고, 휴지통에는 테이크아웃 음식 통 두 개가 들어 있었다. 냉장고 옆으로 한쪽 구석에 자잘한 녹색 유리 파편이 흩어져 있었다. 누군가 대충 큰 조각들만 치우고 나머지는 그냥 내버려둔 듯했다. 벽에는 와인이 묻어 있었다. 제스가 조심스레 자국들을 닦아냈다. 그들은 소곤소곤 말하고, 니콜스 씨의 목소리가 들리지 않는 듯 행동하며, 조용히 일했다.

제스는 식당으로 건너가서, 하나 건너씩 기울여가며 부드러운 천으로 액자의 먼지를 닦아냈다. 베란다에는 잭다니엘 빈 병 하나와 잔 하나가 놓여 있었다. 제스는 그것들을 집어 들고 안으로 들어왔다. 그러면서 니키를 생각했다. 니키는 전날 귀가 긁히고 바지 무릎에 흙을 묻힌 채 학교에서 돌아왔다. 무슨 일이 있었냐는 물음에는 그저 어깨만 으쓱할 뿐이었다. 니키는 이제 스크린 너머에 있는 사람들과 교류하는 삶을 좋아했다. 제스가 한 번도 본 적없고 앞으로도 볼 일이 없는 소년들. 재미로 서로에게 총질을 해 내장을 쏟게 하는, SK8RBOI나 TERM-N-ATOR라고 불리는 사람들. 누가 니키를 비난할 수 있을까? 그 아이에게는 현실이 전쟁터와 다르지 않았다.

세인트 앤에 다녀온 이후 제스는 잠을 이루지 못했다. 밤마다 머릿속으로 계산기를 두드리며 탠지를 웃게 할 방법을 찾았다. 팔물건을 꼽아보고, 돈을 빌려줄 사람이 없는지 아는 얼굴을 모조리 떠올려봤다. 그러나 돈을 빌려줄 가능성이 있는 것은 오직 동네를 맴도는 고리대금 업체 영업 사원들 뿐이었다. 엄청난 이자를 요구하는 사람들. 제스는 그런 업체의 영업 사원들에게 돈을 빌리는 이웃을 본 적이 있었다. 영업 사원들의 눈매는 한순간에 날카롭게 돌변했다. 그리고 제스는 마티가 한 말도 계속 생각했다. 맥아더 중학교가 그렇게 나쁜가? 거기에서도 잘해 나가는 아이들이 있었다. 말썽꾼들과 엮이지만 않는다면, 탠지가 그런 아이들 중에 하나가 되지 말라는 법은 없었다.

냉엄한 현실이 그녀 앞에 장벽처럼 버티고 서 있었다. 제스는 딸아이에게 방법을 찾지 못했다고 말해야 했다. 제스 토머스는, 언제나 길을 찾아내던 그녀는, 평생에 걸쳐 아이들에게 모든 게 잘 될 거라고 말해온 그녀는, 방법을 찾을 수가 없었다.

제스는 청소기를 복도 끝으로 끌고 가다가 정강이를 부딪치고 인상을 썼다. 그녀는 니콜스 씨가 사무실 청소를 원하는지 물어보려고 방문을 두드렸다. 아무 소리도 없어서, 제스가 다시 문을 두드리는데 그가 버럭 소리를 질렀다.

"그래요, 그건 나도 잘 알아요, 시드니. 당신이 열다섯 번도 넘게 말했어요. 하지만 그렇다고……."

너무 늦어버렸다. 문이 반쯤 열리고 만 것이다. 제스는 사과하려고 입을 열었지만 니콜스 씨는 쳐다보지도 않은 채 그녀를 향해 손바닥을 들어올렸다. 꼭 개에게 "멈춰"라고 말하는 것처럼. 그러고는 몸을 기울여 그녀의 면전에다 문을 쾅, 하고 닫아버렸다. 커다란 소리가 온 집안으로 퍼져나갔다. 제스는 충격으로 몸이 굳어버린 채 그 자리에 서 있었다. 무안해서 피부가 다 따끔거렸다.

"내가 말했지."

사십 분 후에 손님용 화장실을 맹렬하게 문질러 닦으며 나탈리가 말했다.

"사립학교에서 예절 따윈 가르치지 않는다니까."

사십 분 후, 제스는 티 없이 깨끗한 하얀 수건과 시트를 세탁물 주머니로 거칠게 쑤셔 넣었다. 그리고는 아래로 내려가 복도에 놓인 청소함 옆에 내려놨다. 나탈리는 문손잡이를 닦고 있었다. 그건 나탈리의 버릇이었다. 나탈리는 꼭지나 문손잡이에 손자국이 나 있는 꼴을 못 보는 성미였다.

"니콜스 씨, 저희 갑니다."

그는 주방에 서서 창밖의 바다를 물끄러미 내다보고 있었다. 한 손을 머리에 얹었는데, 마치 그 사실을 까맣게 잊은 사람 같았다. 머리는 검었고, 그가 쓴 안경 때문에 멋스럽다기보다는 우디 앨런으로 분장한 사람처럼 보였다. 몸매는 운동선수처럼 마르고 탄탄했고, 양복을 입은 폼은 꼭 세례식에 억지로 끌려온 열두 살짜리 아이 같은 인상을 줬다.

"니콜스 씨."

그가 고개를 살짝 흔들더니 한숨을 내쉬고 복도로 나왔다.

"알겠어요."

딴 데 정신을 판 채 말했다. 그는 계속해서 휴대전화의 화면을 흘끔거렸다.

"고마워요."

그들은 기다렸다.

"저, 청소비를 좀 받았으면 하는데요."

제스가 말했다.

문손잡이를 모두 닦은 나탈리는 걸레를 접었다 펴기를 반복했다. 그녀는 돈 얘기하는 것을 끔찍하게 싫어했다.

"관리 회사에서 지불하는 걸로 아는데요."

"3주 동안 지불하지 않았어요. 그리고 사무실에는 늘 사람이 없고요. 저희가 계속 청소하길 원하시면 밀린 요금을 지불해주셔야 합니다."

그가 주머니를 뒤적여 지갑을 꺼냈다.

"알겠어요. 얼마를 드려야 하죠?"

"30파운드씩 3주요. 그리고 3주분의 세탁비하고요."

니콜스 씨가 고개를 들며 한쪽 눈썹을 치켜올렸다.

"전화기에 메시지도 남겼는데요. 지난주에."

니콜스 씨는 고개를 저었다. 그런 것들을 일일이 기억할 수 없다는 듯이.

"전부 얼마죠?"

"전부 해서 135파운드예요."

그가 지폐를 확인했다.

"현금이 그만큼 없네요. 이봐요, 일단 지금 60파운드를 드리고 관리 회사에다 수표를 보내라고 할게요. 됐죠?"

다른 때 같으면 제스는 알겠다고 했을 것이다. 다른 때 같으면 그냥 넘어갔을 것이다. 그가 돈을 떼먹으려고 하는 것도 아니니까 말이다. 하지만 별안간 제스는 요금을 제때 지불하지 않는 부자들에게, 75파운드 정도는 그들에게 아무것도 아니기에 그녀에게도 그럴 거라고 생각하는 그들에게 진절머리가 났다. 면전에서 문을 쾅 닫아놓고 사과 한 마디 안 할 정도로 그녀를 하찮게 여기는 고객들에게 신물이 났다.

"아뇨."

제스의 목소리는 이상할 정도로 또렷했다.

"지금 주셔야 합니다."

니콜스 씨가 처음으로 제스의 눈을 쳐다봤다. 뒤에서 나탈리는 미친 듯이 문손잡이를 문질러댔다.

"고지서 요금을 내야 해서요. 고지서를 보내는 사람들은 지불 기한을 몇 주씩이나 늘려주지 않으니까요."

니콜스 씨는 안경을 벗고, 지나치게 까다롭게 군다는 듯 그녀를 노려봤다. 그런 그가 제스는 더욱 싫어졌다.

"위층에 가서 볼게요."

그렇게 말하고 니콜스 씨는 사라졌다. 그들은 불편한 침묵 속에서, 서랍이 쾅쾅 닫히고 옷장 안의 옷걸이가 부딪히는 소리를 들었다. 마침내 그가 지폐를 한 움큼 쥐고 돌아왔다.

니콜스 씨는 제스에게 눈길을 주지 않은 채, 그중에서 얼마를 떼어내 내밀었다. 제스는 무슨 말인가 하려고 했다. 그렇게 재수 없이 굴 필요는 없지 않으냐, 서로를 인간답게 대한다면 사는 게 좀 더 순조롭지 않겠느냐, 같은 말들. 불안하면 문손잡이를 하염없이 문질러대는 나탈리가 문손잡이를 문에서 절반쯤 떨어뜨려 버릴 말들 말이다. 하지만 제스가 입을 떼려는 순간 전화벨이 울렸고, 니콜스 씨는 말없이 휙 돌아서서 통화를 하기 위해 성큼성큼 복도를 걸어갔다.

"노먼의 바구니 안에 있는 게 뭐예요?"

"아무것도 아니야."

식료품과 물건들을 봉지에서 꺼내면서 제스가 한쪽 눈으로 시계를 흘끔거렸다. 오늘은 페더스에서 세 시간을 일해야 하는데, 일하러 가기까지 한 시간 정도 여유가 있었다. 그동안 차를 마시고 옷을 갈아입어야 했다. 제스는 통조림 두 개를 찬장 안으로 밀어 넣어 시리얼 상자 뒤로 숨겼다. 가장 저렴한 슈퍼마켓 자체 브랜드 라벨을 보는 것도 이제 지겨웠다. 니키가 허리를 숙여 천을 잡아당기자, 개는 어쩔 수 없이 몸을 일으켰다.

"하얀 수건이네요. 제스, 이거 비싼 거예요. 노먼이 수건에 온통 털을 묻혀놨어요. 침하고."

니키가 손가락 두 개로 수건을 집었다.

"나중에 빨 거야."

제스는 니키를 쳐다보지 않았다.

"이거 아빠 거예요?"

"네 아빠 거 아니야."

"그럼……."

"그냥 그렇게 하면 기분이 나아져서 그래, 알겠니? 저기 있는 거 냉장고 좀 넣을래?"

니키가 구부정하게 싱크대에 몸을 기댔다.

"버스 정류장에서 쇼나 브라이언트가 탠지를 놀렸어요. 옷 때문에요."

"옷이 왜?"

손에 토마토 캔을 든 채 제스가 니키에게로 돌아섰다.

"제스가 만든 옷이라고요. 옷에 스팽글도 달리고."

"탠지는 반짝이는 걸 좋아해. 그건 그렇고, 내가 만든 옷이라는 건 개가 어떻게 알았어?"

"개가 어디서 난 옷이냐고 물었는데 탠지가 다 불었거든요. 탠지가 어떤지 잘 아시잖아요."

니키는 제스에게 콘플레이크 한 상자를 받아서 선반에 얹었다.

"쇼나 브라이언트가 바로 그 애예요. 우리 집에 책이 너무 많다고 이상한 집이라고 한 애."

"그럼 쇼나 브라이언트는 멍청한 애네."

니키가 몸을 숙여 노먼을 쓰다듬었다.

"아. 그리고 전기 회사에서 독촉장이 왔어요."

제스가 작게 한숨을 내쉬었다.

"얼만데?"

니키가 종이 더미가 쌓인 찬장으로 가서 종이들을 살펴봤다.

"전부 합하면 200파운드가 넘네요."

제스가 시리얼 상자를 꺼냈다.

"내가 알아서 할게."

니키는 냉장고 문을 열었다.

"차를 팔아야 해요."

"차는 팔 수 없어. 그건 네 아빠의 유일한 재산이야."

가끔 제스는 자신이 왜 남편을 계속 변호하는지 알 수 없었다.

"건강을 회복하면 네 아빠가 알아서 처리할 거야. 자, 이제 넌 위층에 올라가 있어. 손님이 올 거니까."

그 여자가 길을 따라 걸어오는 모습이 보였다.

"에일린 트렌트 아줌마한테 물건 사게요?"

니키는 그 여자가 정원으로 들어와 조심스레 문을 닫는 모습을 지켜봤다.

제스는 볼이 달아오르는 걸 숨길 수 없었다.

"이번 한 번만이야."

니키가 제스를 빤히 쳐다봤다.

"돈이 없다면서요."

"탠지 마음을 다른 데로 돌려보려고 그러는 거야. 그 애한테 학교 문제를 얘기해야 하니까."

제스는 집으로 오는 길에 마음을 정했다. 그런 학교에 다니겠다는 생각 자체가 터무니없었다. 안 그래도 제스의 가족은 하루하루를 근근이 살아가고 있었다. 그런 생각을 품어봤자 아무 소용이 없었다.

니키는 계속 제스를 쳐다봤다.

"하지만 에일린 트렌트 아줌마잖아요. 제스는 그때……."

"탠지가 옷 때문에 놀림을 당한다고 말한 게 바로 너잖아. 때로는 말이야. 니키……."

제스가 허공으로 손을 들어 올렸다.

"때로는 목적이 수단을 정당화하기도 하는 거야."

니키가 계속 빤히 쳐다보자, 제스는 조금씩 마음이 불편해지기 시작했다. 잠시 후 니키는 조용히 위층으로 올라갔다.

"안목 있는 꼬마 숙녀를 위해서 내가 예쁜 물건들을 가져왔어요. 그리고 실례를 무릅쓰고 스팽글이 있는 물건도 몇 개 가져왔답니다. 탠지가 이런 걸 좋아한다는 거 내가 알잖아요."

에일린이 격식을 차린 '가게용' 목소리로 모든 단어를 지나치게 정확히 발음하며 말했다. 제스는 그녀가 킹스 암스 펍에서 강제로 내쫓기는 장면을 꽤 여러 번 본 기억이 났다. 그녀가 쫓겨나는 일은 거의 정기적이었다. 그런 사람에게서 이런 말투가 흘러나오니 약간 이상한 기분이 들었다. 에일린은 양반다리를 하고 바닥에 앉았고, 검은 가방으로 손을 뻗어 옷을 몇 벌 꺼내서는 카펫 위에 조심스레 펼쳐놨다.

"홀리스터 셔츠도 있어요. 여자애들은 홀리스터 옷을 굉장히 좋아하잖아요. 가게에서 사면 놀라 자빠질 정도로 비싸요. 그리고 다른 가방에 고급 브랜드 물건들이 좀 더 있어요. 고가품은 필요 없다고 말하긴 했지만요. 아, 그리고 커피를 주실 거면 설탕 두 스푼만 넣어줘요."

에일린은 매주 동네를 한 바퀴 돌았다. 제스는 언제나 확고한 어조로 "고맙지만 필요 없다"는 말을 반복했다. 이 동네에서는 에일린이 정가표가 그대로 달린 파격적인 가격의 물건을 어디에서 가져오는지 모르는 사람이 없었다.

하지만 이제 상황이 달라졌다. 제스는 층이 있는 셔츠들을 집어들었다. 하나는 반짝이는 줄무늬가 들어갔고, 다른 하나는 연한 장미색이었다. 그 옷을 입은 탠지의 모습이 눈앞에 그려졌다.

"얼마에요?"

"셔츠는 10파운드고, 티셔츠는 5파운드에요. 그리고 운동화는 20파운드고요. 정가표를 보면 알겠지만 가게에서는 85파운드에 팔아요. 난 엄청나게 싸게 파는 거예요."

"그 정도는 쓸 수 없는데."

"그럼 제스는 새로운 고객이니까, 개시 보너스를 드릴게요."

에일린이 노트를 꺼내더니 눈을 가늘게 뜨고 가격표를 봤다.

"그것들을 사면 청바지 한 벌을 드릴게요. 감사하는 뜻으로."

에일린이 미소를 지었다. 얼굴색이 창백했다.

"아래위 세트에다 운동화까지 전부 해서 35파운드예요. 게다가 이번 달에는 작은 팔찌까지 선물로 주고 있어요. 티제이 맥스 쇼핑몰에선 이런 옷들을 이 가격에 절대 못 사요."

제스가 바닥에 펼쳐놓은 옷들을 바라봤다. 그녀는 탠지가 웃는 모습을 보고 싶었다. 인생에는 예기치 못한 행복들이 숨겨져 있다는 걸 탠지에게 느끼게 해주고 싶었다. 그 아이에게 학교 소식을 전할 때 기분을 풀어줄 무엇인가가 있었으면 싶었다.

"잠깐만요."

제스는 주방으로 가서 찬장에 넣어둔 코코아 통을 꺼냈다. 그 안에는 전기 요금으로 모아둔 돈이 있었다. 제스는 자신이 무엇을 하는지 깨닫게 되기 전에 동전을 세어 에일린의 축축한 손바닥 위로 떨어트렸다.

"거래를 트게 되서 반가웠어요."

에일린이 나머지 옷들을 개켜 조심스레 가방에 넣으며 말했다.

"2주 후에 다시 들를게요. 그 전에 필요한 게 있으면, 어디로 연락해야 하는지 아시죠?"

"이 정도면 충분할 것 같아요, 고마워요."

에일린은 다 안다는 표정을 지어 보였다.

모두가 그렇게 말한답니다.

제스가 방 안으로 들어왔는데도 니키는 컴퓨터에서 눈을 떼지 않았다.

"탠지는 수학 클럽을 마치면 나탈리가 데려다줄 거야. 혼자 있어도 괜찮겠니?"

"그럼요."

"담배 피우지 말고."

"네."

"공부도 좀 할 거지?"

"그럼요."

제스는 지금처럼 항상 일해야 하는 게 아니라면 어떤 엄마가 될지 상상해보곤 했다. 케이크를 굽고, 아이들에게 더 많이 웃어주고, 숙제를 하는 동안 곁에서 아이들을 지켜볼 것이다. 그리고 아이들이 해달라는 일을 해줄 것이다. 늘 이렇게 대답하는 대신.

미안, 저녁 좀 올려놓고.

이것 좀 씻어 놓고.

엄마는 가봐야 해, 우리 딸. 일하고 돌아오면 그때 얘기해줘.

제스는 니키를 가만히 바라봤다. 무슨 생각을 하는지 알 수 없는 아이의 표정을. 그러자 이상하게 불길한 예감이 들었다.

"노면 산책시키는 거 잊지 말고. 하지만 주류 판매점 근처로는 가면 안 돼."

"당연하죠."

"저녁 내내 컴퓨터 앞에만 앉아 있지 말고."

제스가 니키의 청바지 뒤춤을 획 끌어 올렸다.

"그리고 청바지 좀 올려 입어라. 안 그럼 엄마가 확 끌어 올려서 똥꼬에 끼게 만든다."

니키가 고개를 돌리고 짧게 웃어 보였다. 제스는 방 밖으로 걸어 나가며, 니키가 웃는 걸 마지막으로 본 게 언제인지 기억나지 않는다는 사실을 깨달았다.

5

니키 NICKY

우리 아빠는 정말 나쁜 자식이다.

6
제스 JESS

페더스 펍은 도서관(1월에 문을 닫았다)과 해피플레이스 피시 앤 칩스 가게 사이에 있다. 안으로 들어가면 아직도 1989년인 듯한 착각이 들게 하는 곳이다. 주인인 데스는 색이 바랜 투어 티셔츠 와 청바지가 아니면 입지 않았고, 날씨가 추우면 허리 부분이 조 이는 가죽 재킷을 하나 더 걸칠 뿐이었다. 펍이 한산한 날, 운이 없는 손님은, '리켄배커 330(리켄배커는 비틀즈의 존 레논이 사용하면 서 유명해진 기타 브랜드-옮긴이)'과 비교할 때 '펜더 스트라토캐스터 (펜더사에서 제조한 일렉트릭 기타-옮긴이)'가 어떤 장점을 가지고 있 는지에 대해 데스로부터 괴로울 정도로 상세한 설명을 듣게 된다. 아니면 '아무것도 안 하고 돈을 벌지요'라는 노래의 가사를 시인 처럼 읊어주는 걸 듣게 되거나.

페더스는 비치프론트 바처럼 깔끔한 곳은 아니었다. 신선한 해 산물 요리나 고급 와인, 빽빽거리는 어린애들까지 고려하는 가족 형 메뉴도 제공하지 않았다. 이곳은 다양한 종류의 죽은 동물을 감자튀김과 함께 내오고, '샐러드'라는 단어에는 코웃음 쳤다. 오락거리라고는 주크박스에서 흘러나오는 톰 페티의 노래나 벽에 걸린 낡아빠진 다트판뿐이었다.

하지만 그것이 바로 비결이었다. 페더스 펍은 바닷가 마을에서 흔히 볼 수 없는 장소, 1년 내내 손님들로 북적거리는 장소가 됐다.

"록산은 왔어요?"

데스가 지하 저장고에서 올라왔을 때, 제스는 감자칩 봉지들을 꺼내놓고 있었다. 그는 신선하고 질 좋은 에일 맥주를 그곳에다 보관했다.

"아니. 엄마랑 뭔가 해야 한대."

그는 잠시 생각했다.

"치유라고 했었나. 아니, 점이라고 했나. 정신과 의사였나. 심리학자였나."

"심령술사요?"

"왜 그런 거 있잖아. 이미 다 아는 내용을 말해주는데 놀라는 척하면서 들어야 하는 거."

"영매요."

"티켓 한 장에 30파운드나 내고 들어가서 싸구려 화이트 와인 한 잔 받고 앉아서는, 누군가 '청중 가운데 J로 시작하는 이름의 친척이 있는 사람 있죠?'라고 물으면 '맞아요!' 하고 소리 지르고 그러는 데."

그가 허리를 숙여 끙 소리를 내며 지하 저장고의 문을 닫았다.

"나도 몇 가지 정도는 예언할 수 있어, 제스. 30파운드를 내라고 하지도 않을 거고. 내가 예언하건대, 그 심령술사라는 작자는 지금 손을 싹싹 비비면서 자기 집에 앉아 있어. 머릿속으로 이렇게 생각하면서 말이야. 이런 멍청한 인간들 같으니라고."

제스가 식기세척기의 트레이를 잡아당겨 깨끗한 잔들을 바 위의 선반에 쌓기 시작했다.

"그런 잡소리들을 믿어?"

"아뇨."

"당연히 안 믿겠지. 제스는 분별 있는 여자니까. 난 가끔 우리 애한테 할 말을 잃는다니까. 애 엄마는 더 심하고. 그 여자는 자기한테 수호천사가 있다고 믿어. 천사 말이야."

데스가 아내 흉내를 내며 어깨를 보면서 톡톡 두드렸다.

"그 천사가 자기를 보호한다고 생각해. 그런데 그 천사도 월급을 죄다 홈쇼핑 채널로 쏟아붓는 걸 막지는 못하던데? 천사가 뭐라고 한 마디쯤 했어야 하는 거 아니냐고. '이봐요, 모린, 개가 그려진 그런 사치스런 다리미판은 당신에게 필요하지 않아요. 정말이에요. 차라리 그 돈을 연금 통장에 넣어요'라고 말이야."

제스는 우울한 기분인데도 웃지 않을 수가 없었다.

"일찍도 왔네."

데스가 비난하듯이 손목시계를 쳐다봤다.

"신발 때문에요."

첼시는 바 아래로 손가방을 던지고 머리를 매만져 정돈했다.

"인터넷 애인 하나하고 채팅을 했거든."

데스는 그 자리에 없는 사람인양 그녀가 제스에게 말했다.

"매력이 아주 철철 넘쳐."

첼시의 인터넷 애인들은 모두 매력이 철철 넘쳤다. 직접 만나기 전까지는.

"이름은 데이빗이야. 요리, 청소, 다림질을 좋아하는 여자를 찾는대. 그리고 가끔 외출하는 것도 좋아하고."

"슈퍼마켓으로 외출?"

데스가 물었다.

첼시는 그의 말을 못 들은 체하며, 수건을 집어 술잔의 물기를 닦기 시작했다.

"너도 해봐, 제스. 여기서 축 늘어진 늙은이들이나 상대하며 썩어가지 말고, 가끔은 밖에 나가서 데이트도 하고 그래야지."

"이봐, 그렇게 늙진 않았어."

데스가 말했다.

그날은 풋볼 중계가 있는 날이었고, 그것은 곧 감자칩과 치즈 조각을 데스가 공짜로 내놓는 날이라는 뜻이었다. 그는 특별히 너그러운 마음이 드는 날이면 미니 소시지롤도 내놓았다. 데스도 얼마든지 가져가라고 했기에, 제스는 손님이 남긴 치즈 조각들을 집으로 가져가 마카로니 앤 치즈를 만들어 먹었다. 남자들이 화장실에 갔다가 실제로 손을 씻는 경우가 얼마나 되는지 나탈리가 통계 수치를 알려주기 전까지는.

바는 손님으로 가득 찼다. 풋볼 경기가 시작됐고, 저녁은 별다른 일 없이 흘러갔다. 중간 광고 시간에 맥주를 따르며 제스는 다시 돈 생각으로 빠져들었다. 학교에서는 6월 말까지라고 했다. 그때까지 수업료를 내지 못하면 끝이었다. 제스는 골똘하게 생각하느라 데스의 말을 거의 듣지 못했는데, 그가 카운터 위로 감자 파이 그릇을 텅, 하고 내려놓으며 말을 이었다.

"계속 말하려고 했었는데 말이야. 다음 주에 우리 가게에 새 금전등록기를 들일거야. 스크린만 두드리면 전부 알아서 해주는 기계로."

제스가 거꾸로 매달린 술병들에서 돌아섰다.

"금전등록기요? 왜요?"

"저 기계는 나보다 더 나이를 먹었잖아. 그리고 여자 바텐더가 제스처럼 전부 계산을 할 줄 아는 게 아니고. 지난번에 첼시 혼자서 바를 본 날이 있었는데, 그날 매상을 계산하니까 11파운드나 비었어. 더블 진 하나, 웹스터 맥주 한 잔, 볶은 땅콩 한 봉지를 주문하면 첼시는 그냥 눈이 몰려버린다니까. 게다가 우리도 이제 시대의 흐름을 따를 때가 됐고."

데스가 가상의 스크린 위로 손을 휙 움직였다.

"디지털의 정확성. 제스도 좋아하게 될 거야. 머리는 전혀 쓸 필요가 없어. 첼시처럼."

"저는 그냥 이걸 쓰면 안 될까요? 컴퓨터에는 영 소질이 없어서요."

"직원 교육을 할 거야. 반나절이면 충분해. 급료는 주지 못하겠지만 말이야. 적당한 사람도 물색해놨지."

"급료가 없다고요?"

"화면을 톡톡 두드리고 휙 쓸기만 하면 돼. 영화 「마이너리티 리포트」에서처럼 말이야. 여기에 그 대머리들은 없지만. 그래도 우리한테는 피트가 있지. 피트!"

리암 스텁스가 펍에 들어선 시간은 아홉 시 십오 분이었다. 제스가 바를 등지고 서 있는데, 그가 바 너머로 상체를 기울여 그녀의 귓가에 속삭였다.

"안녕, 섹시 걸."

제스는 돌아보지 않았다.

"그만 좀 하셔."

"환영해줘서 고마워. 스텔라 한 잔 부탁해, 제스."

그가 바 주변을 흘긋 돌아보고는 말했다.

"그리고 자기한테 있는 또 다른 것도."

"아주 맛있는 볶음 땅콩이 있는데."

"그것보단 좀 더…… 축축한 걸 생각하고 있었는데."

"그럼 맥주나 줄게."

"계속 그렇게 비싸게 굴 거야, 응?"

제스는 학창시절부터 리암을 알았다. 가만히 내버려두면 리암은 여자의 가슴을 산산이 부수고도 남을 부류의 남자였다. 푸른 눈에 입담이 좋은 남자. 고등학교 시절 내내 눈길 한 번 주지 않던 소녀가 교정기를 빼고 머리를 기르자 웃으면서 침대로 끌어들이고는 유쾌하게 손 흔들며 윙크 한 번 해주고 영원히 떠나버릴 남자. 적갈색 머리에 높이 솟은 광대뼈, 가볍게 그을린 피부. 리암은 야간에는 택시를 운전하고, 금요일마다 시장에서 꽃 가판대를 열었다. 그리고 제스가 지나가면 "너하고 나. 달리아 뒤에서. 지금 당장" 하고 진지하게 속삭여서 그녀의 걸음을 흩트려놓았다. 리암의 아내는 마티와 비슷한 시기에 그의 곁을 떠났다("작은 문제 때문이야. 연속해서 몇 번 바람을 피웠거든. 어떤 여자들은 지나치게 까다로워"). 그리고 6개월 전, 펍에서 특별 가격 행사가 있던 날, 그는 여자 화장실에서 제스의 셔츠 위로 손을 얹었고, 제스는 며칠 동안 한쪽 입꼬리를 올린 채 웃으며 걸어 다녔다.

제스가 감자칩 박스들을 버리러 나갔는데, 리암이 뒷문에 모습을 드러냈다. 그가 성큼성큼 다가와서 제스는 정원의 벽에 등이 닿을 때까지 뒷걸음질을 쳐야 했다. 몇 센티미터 떨어지지 않은 곳까지 몸을 밀어붙인 그가 제스에게 속삭였다.

"네 생각을 멈출 수가 없어."

담배는 멀찍이 떼어 들고서 말이다. 리암은 그 정도로 매너가 좋았다.

"모든 여자한테 그렇게 말하지."

"네가 바에서 움직이는 모습을 지켜보는 게 좋아. 절반 정도는 풋볼 경기를 보고, 절반 정도는 널 그 위로 쓰러트리는 상상을 해."

"로맨스가 죽었다고 누가 그런 걸까?"

맙소사, 리암에게서 좋은 냄새가 났다. 후회할 일을 저지르기 전에 빠져나오려고 제스가 몸을 꿈틀거렸다. 리암 스텝스의 근처에 있으면 까맣게 잊고 지내던 그녀의 일부가 되살아나는 느낌이었다.

"그러니까 너랑 로맨스를 즐기게 해달라니까. 너하고 나 둘이서. 제대로 된 데이트를 하는 거야. 우리 한 번 잘해보자고, 제스."

제스가 뒤로 몸을 뺐다.

"뭐라고?"

"들었잖아."

제스가 빤히 쳐다봤다.

"우리 둘이 정식으로 사귀자는 거야?"

"그게 추잡한 말이라도 되는 것 같은 말투네."

제스는 그에게서 빠져나오며 뒷문 쪽을 흘긋 봤다.

"얼른 들어가 봐야 해, 리암."

"나랑 사귀면 왜 안 되는데?"

그가 한 발자국 다가섰다.

"멋질 거라는 거 알잖아……."

목소리가 속삭임으로 바뀌었다.

"왜냐하면 이것도 알기 때문이야. 나는 애가 둘이고 직업도 둘이고 너는 평생을 차 안에서 보낸다는 거. 그리고 딱 3주가 걸릴 것도 알아. 우리 둘이 소파에 누워서 쓰레기를 바깥에 내놓을 차례가 누구인지를 두고 입씨름을 벌이게 되기까지 말이야."

제스가 다정하게 미소를 지어 보였다.

"그렇게 되면 이런 가슴 두근거리는 로맨스는 영원히 물 건너가는 거지."

리암은 제스의 머리칼을 잡아 손가락 사이로 흘러내리게 했다. 그러고는 짐짓 화난 목소리로 나지막하게 말했다.

"아주 냉소적이군. 너 때문에 내 가슴이 찢어지고 말 거야, 제스 토머스."

"너 때문에 난 해고당할 거고."

"그럼 그건, 짧게 한 번 즐기는 것도 안 된다는 뜻?"

제스가 그에게서 빠져나와 달아오른 볼을 가라앉히며 뒷문으로 향했다. 그러다 우뚝 걸음을 멈췄다.

"저기 있잖아, 리암."

담배를 비벼 끄던 리암이 고개를 들었다.

"나한테 500파운드를 빌려주고 싶은 마음은 없겠지?"

"있으면 당연히 빌려주지, 자기."

그는 펍으로 들어가는 제스에게 키스를 날렸다.

여전히 볼을 물들인 제스가 바를 오가며 빈 잔을 치우고 있을 때, 그의 모습이 눈에 들어왔다. 제스는 순간 잘못 봤나 싶어서 다시 한 번 쳐다봤다. 그는 한쪽 구석에 홀로 앉아 있었고, 테이블에는 빈 맥주잔 세 개가 놓여 있었다.

그의 옷차림은 컨버스 운동화와 청바지, 티셔츠로 바뀌어 있었다. 그는 스크린을 두드리며 전화기에 시선을 고정시켰다가, 골이 들어가 환호성이 터지면 한 번씩 고개를 들어 쳐다봤다. 제스가 지켜보는 동안 갈증이 나는 사람처럼 잔을 들어 길게 한 모금 마셨다.

청바지를 입으면 사람들 사이로 섞여들 것이라고 생각한 모양이지만, 온몸에서 '외지 사람'이라는 분위기가 풍겼다. 그는 돈이 너무 많아 보였다. 저처럼 세심하게 계산된 수수한 분위기는 돈을 많이 들이지 않으면 연출할 수 없었다. 그가 바 쪽을 흘긋 보자, 제스는 화들짝 놀라 돌아서며 기분이 우울해지기 시작했다.

"아래 내려가서 과자랑 땅콩 좀 더 가져올게."

제스는 첼시에게 외치고 지하 저장고로 내려갔다.

"윽."

제스는 소리를 죽여 중얼거렸다.

"윽, 윽, 윽, 윽."

제스가 위로 다시 돌아왔을 때 그는 새로운 잔을 앞에 두고 앉아서 전화기에서 머리를 들지 않았다. 밤이 점점 깊어갔다. 첼시는 인터넷 애인들에 관해 이야기했다. 니콜스 씨는 맥주를 몇 잔 더 마셨고, 그가 바에 오려고 일어설 때마다 제스는 어디론가로 사라졌다. 그리고 리암과 눈을 마주치지 않으려고 노력했다. 11시 10분 전이 되었을 때는 데스가 '상습범들'이라고 부르는 얼마 안 되는 손님들만 남아 있었다. 첼시가 외투를 입었다.

"어디 가는 거야?"

첼시가 몸을 숙여 술병들 뒤에 있는 거울을 보며 립스틱을 발랐다.

"데스가 조금 일찍 나가도 된다고 했어."

입술을 꼭 다물었다 떼었다.

"데이트가 있거든."

"데이트? 이렇게 늦은 시간에 누가 데이트를 해?"

"데이빗의 집에서 데이트하기로 했어. 그러니까 상관없어."

제스가 빤히 쳐다보자 첼시가 말을 이었다.

"내 여동생도 올 거야. 셋이 함께 시간을 보내면 멋질 거라고 데이빗이 그랬거든."

"첼시, 너 '부티 콜'이란 말 들어본 적 없니?"

"뭐?"

제스가 잠시 그녀를 쳐다봤다.

"아냐. 그냥…… 재밌게 보내라고."

제스가 그릇과 잔을 식기세척기에 넣고 있을 때, 그가 바에 나타났다. 눈은 반쯤 감겼고, 춤이라도 추기 시작하려는 것처럼 몸이 좌우로 살며시 흔들렸다.

"맥주 한 잔 부탁합니다."

제스는 철망으로 된 선반으로 잔을 두 개 더 밀어 넣었다.

"영업이 끝났는데요. 열한 시거든요."

그는 벽시계를 쳐다봤다. 그러고는 흐릿한 목소리로 말했다.

"1분 남았는데요."

"많이 취하셨어요."

그가 천천히 눈을 껌뻑이며 그녀를 쳐다봤다. 짧고 검은 머리카락이 이마 옆으로 살짝 달라붙어 있었다.

"누군데 나더러 많이 취했다고 하는 거죠?"

"음료를 제공하는 사람이요. 보통은 그런 사람들이 그런 말을 하죠."

제스가 그의 눈을 쳐다봤다.

"제가 누군지도 기억 못 하죠?"

"기억해야 하나요?"

제스는 그를 지그시 쳐다봤다.

"기다려요."

그러고는 바 뒤에서 나와 스윙 도어로 걸어갔다. 그녀는 어리벙 벙한 얼굴로 서 있는 그를 보며 문을 열었다가 얼굴 앞으로 닫히 게 했다. 뭔가를 말하려는 사람처럼 한 손을 들고 입을 벌린 채.

제스가 문을 열고 들어와서 그의 앞에 섰다.

"이제 기억나나요?"

니콜스 씨는 눈을 껌뻑거렸다.

"당신은…… 어제 봤던가요?"

"청소부요. 맞아요."

그가 한 손으로 머리를 쓸어 넘겼다.

"아. 문 때문에 그러는구나. 그게 내가…… 곤란한 대화를 나누 던 중이었어요."

"'나중에요, 고마워요' 정도면 충분했을 텐데요."

"당신 말이 옳아요."

니콜스 씨는 바 위로 몸을 기울였다. 그가 팔꿈치를 바에 올리 다 미끄러뜨렸을 때 제스는 웃지 않으려고 안간힘을 썼다.

"그럼 그 말은 사과로 받아들여도 되겠죠?"

니콜스 씨가 게슴츠레한 눈으로 그녀를 봤다.

"미안해요. 정말, 정말, 정말 미안해요. 진심으로 미안해요, 바아가씨. 그럼 이제 한 잔 주실 거죠?"

"아뇨. 열한 시가 넘었어요."

"그쪽이 계속 말을 걸어서 그런 거잖아요."

"맥주 한 잔 다 마실 때까지 앉아 있을 시간 없어요."

"그럼 샷으로 줘요. 어서요. 난 술이 더 필요하다구요. 보드카한 잔. 여기요. 잔돈은 필요 없어요."

니콜스 씨가 카운터 위로 20파운드짜리 지폐 한 장을 탕, 하고내려놓았다. 충격이 온몸으로 퍼져나가면서 머리가 살짝 뒤로 젖혀졌다.

"딱 한 샷이요. 아니, 더블로 해줘요. 2초면 다 마셔요. 아니 1초."

"안 돼요. 벌써 많이 취했잖아요."

주방에서 데스의 목소리가 날아왔다.

"맙소사, 제스. 그냥 한 잔 줘."

제스는 이를 앙다물고 그대로 서 있다가 돌아서서 보드카 두 샷을 잔에 부었다. 그녀는 금전등록기에 돈을 넣고는 잔돈을 꺼내 바위에 올려놓았다. 니콜스 씨는 잔을 내려놓으며 꿀꺽 소리 나게 술을 삼켰다. 그러고는 돌아서서 살짝 비틀거리며 걸어 나갔다.

"잔돈 잊으셨어요."

"가지세요."

"필요 없어요."

"그럼 이곳 기부금함에 넣어요."

제스가 잔돈을 모아서 그의 손에 쥐어줬다.

"이곳 기부함은 데스 해리스 맴피스 휴가 자금함이라고요. 이러지 말아요, 정말. 그냥 가져가세요."

니콜스 씨는 눈을 껌뻑이며 쳐다보다가, 제스가 문을 열어주자 균형을 잃고 옆으로 두 걸음 물러났다. 그 순간 제스는 그가 주머니에서 꺼내든 것이 무엇인지 알아봤다. 주차장에 서 있는 반들거리는 아우디도.

"집까지 운전해서 가려는 건 아니겠죠?"

"괜찮아요."

그는 제스의 항의를 물리치려다 열쇠를 떨어트렸다.

"밤중에는 차가 한 대도 안 다니는데요 뭐."

"운전은 안 돼요."

"눈치채지 못했나본데요, 우리는 지금 마을에서 한참 떨어진 곳에 있어요."

그가 하늘을 향해 손짓을 했다.

"모든 것에서 아주 멀리 떨어져 있다고요. 여기 이렇게 발이 묶여서, 빌어먹게 멀리 떨어져 있다고."

그의 몸이 앞으로 기울어지며 숨결에서 술 냄새가 확 풍겼다.

"아주, 아주 천천히 가면 돼요."

지독하게 취한 상태라 그의 손에서 열쇠를 빼앗는 일은 민망할 정도로 쉬웠다.

"안 돼요. 그러다가 사고라도 나면 그 책임을 누가 지게요? 안으로 들어가요. 택시를 불러줄 테니까."

제스가 바로 돌아가려고 몸을 돌렸다.

"열쇠 돌려줘요."

"안 돼요."

"내 열쇠를 훔쳐간 거예요."

"운전면허를 정지당할 위기에서 구해준 거예요."

제스는 열쇠를 높이 들었다가 돌아서서 바로 걸어갔다.

"아, 정말."

니콜스 씨는 안 그래도 폭발하기 직전인데 그녀가 짜증을 더한다는 듯이 소리쳤다. 제스는 그를 발로 차버리고 싶었다.

"택시를 부를게요. 그냥…… 거기 앉아 있어요. 택시 안에 무사히 들어가 앉으면 그때 열쇠를 돌려줄 거예요."

제스는 뒤쪽 복도에서 리암에게 문자를 보냈다.

그럼 내가 땡잡은 거라는 뜻이야?

털이 좀 많아도 괜찮다면. 그리고 남자인 것도.

다시 밖으로 나오자 니콜스 씨가 보이지 않았다. 그의 차는 그대로 있었다. 혹시 볼일을 보러 숲으로 들어갔나 싶어 그의 이름을 크게 두 번 불러봤다. 그러고는 아래로 시선을 내리자, 거기, 벤치 위에, 그가 세상모르고 곯아떨어져 있었다.

제스는 그냥 가버릴까도 생각했다. 하지만 날씨가 제법 쌀쌀한데다 바다 안개가 낄지도 몰랐고, 그가 내일 아침에 깨어나면 지갑이 사라졌을 확률이 높았다.

"저건 못 태워."

주차장에 택시를 댄 리암이 운전석 차창 밖으로 말했다.

"괜찮아. 그냥 잠이 든 거야. 목적지는 내가 말해줄 수 있어."

"안 돼. 지난번에도 잠든 사람을 태웠다가 중간에 깨어나서 새 시트에다 온통 토해놨었어. 그러더니 어쩐 일인지 기운을 차려서 줄행랑을 쳤다고."

"이 남자는 비치프론트에 살아. 줄행랑을 치는 일 따위는 없을 거야."

제스가 손목시계를 흘긋 봤다.

"제발, 리암. 시간이 많이 늦었어. 나 집에 가게 좀 해주라."

"그냥 놔두고 가면 되잖아. 미안해, 제스."

"좋아. 그럼 내가 같이 타고 가면 어때? 이 남자가 토하거나 하면 내가 치우면 되잖아. 이 남자 데려다준 다음에 날 집까지 태워다줘. 비용은 이 남자가 대는 걸로 하고."

제스가 벤치 근처에서 니콜스 씨가 떨어뜨린 잔돈들을 주워 세어봤다.

"13파운드면 되겠지?"

리암이 얼굴을 찡그렸다.

"아. 제스. 나 좀 봐줘."

"제발, 리암."

제스가 웃으며 한 손을 그의 팔에 얹었다.

"부탁이에요, 아저씨."

리암이 길을 내려다봤다.

"알았어."

제스가 니콜스 씨의 잠든 얼굴로 머리를 낮췄다가 들어 올리고 고개를 끄덕였다.

"이 사람도 좋대."

리암이 고개를 절레절레 흔들었다. 이전의 시시덕거리는 분위기는 사라지고 없었다.

"자, 리암. 이 남자 좀 차 안에 넣자. 나 정말 집에 가봐야 해."

니콜스 씨는 아픈 아이처럼 제스의 무릎에 머리를 얹고 누웠다. 제스는 손을 어디에 두어야 할지 난감했다. 결국에는 등받이 위로 올린 채, 가는 내내 니콜스 씨가 토하지 않기만 빌었다. 그가 신음

하거나 뒤척일 때마다, 차창을 내리거나 상체를 숙이고 그의 얼굴을 확인했다. '감히 토할 생각도 하지 말아요'라고 제스가 그에게 조용히 말했다. '꿈도 꾸지 말라구요'라고도 했다. 비치프런트에 도착하기 2분 전, 제스의 휴대전화 진동벨이 울렸다. 이웃인 벨린다였다. 제스가 실눈으로 불이 들어온 스크린을 봤다.

그 애들이 또 니키를 공격했어요. 피시 앤 칩스 가게 밖에서 그랬대요. 니젤이 병원으로 데려갔어요.

차갑고 커다란 덩어리가 가슴으로 쿵 내려앉았다.

바로 갈게요.

제스가 빠르게 문자를 보냈다.

제스가 올 때까지 니젤이 니키와 함께 있겠다고 했어요. 난 탠지랑 여기 있을게요.

고마워요 벨린다. 최대한 빨리 갈게요.

니콜스 씨는 자세를 바꾸더니 길게 코 고는 소리를 한 번 냈다. 제스가 그를 물끄러미 쳐다봤다. 비싼 헤어스타일과 색이 진한 청바지를. 그러자 갑자기 분노가 솟구쳤다. 이 남자만 아니었으면 제스는 지금 집에 있었을 것이다. 개를 산책시킨 사람은 니키가 아니라 그녀였을 것이다.

"여기야."

제스가 리암에게 니콜스 씨의 집을 알려줬고, 그들은 양쪽에서 니콜스 씨를 부축해서 집까지 질질 끌고 갔다. 그의 팔이 그들의 어깨 위로 늘어졌다. 생각보다 굉장히 무거워서 제스는 무릎이 꺾일 지경이었다. 대문 앞에 다다랐을 때 니콜스 씨가 조금 움직였고, 제스는 그의 열쇠들 중에서 대문 열쇠를 찾다가 자신의 열쇠를 쓰기로 했다.

"어디에 내려놓을 거야?"

리암이 씩씩거리며 물었다.

"소파에. 위층까지 끌고 올라가는 짓은 못해."

제스는 그의 몸을 밀어서 잠깐 동안 회복 자세를 취하게 했다. 그러고는 안경을 벗긴 후 근처에 놓인 재킷으로 몸을 덮어줬다. 그의 열쇠는 오전에 그녀가 반들반들하게 닦아놓은 사이드 테이블 위에 놓았다. 그러고 나자 제스는 비로소 그 말을 할 수 있었다.

"리암, 나 병원에 좀 데려다주겠어? 니키가 사고를 당했대."

차는 침묵 속에서 텅 빈 도로를 달려갔다. 제스의 마음은 정신없이 요동쳤다. 병원에서 무엇을 보게 될지 두려웠다. 니키는 얼마나 심하게 다쳤을까? 탠지가 그 장면을 목격한 건 아닐까? 그러고 나서는 두려움 아래로 바보 같고 현실적이 문제들이 떠올랐다. 병원에는 오래 머물러야 할까? 거기서 집까지는 택시비가 적어도 15파운드는 나올 텐데.

"여기서 기다릴까?"

리암이 응급실 앞에 차를 대며 물었다. 차가 완전히 서기도 전에 제스는 이미 도로를 가로질러 달리고 있었다.

니키는 응급실의 옆쪽 칸막이 안에 있었다. 간호사가 커튼을 열고 제스를 안으로 들여보내자 니젤이 플라스틱 의자에서 벌떡 일어났다. 창백하고 통통한 얼굴이 걱정으로 팽팽하게 긴장됐다. 니키는 돌아누워 있었다. 광대뼈는 붕대로 덮여 있었다. 그 위로 눈 주위가 검게 물들고 있었다. 머리 선을 따라 굽이치며 임시 붕대가 감겨 있었다.

제스는 흐느낌이 터지려는 걸 가까스로 참았다.

"상처는 꿰맬 거라고 했어요. 하지만 입원해야 할 거래요. 골절인가 뭔가를 확인해야 한다고."

니젤이 어색한 표정을 지었다.

"니키는 경찰에 신고하고 싶지 않대요."

그가 대충 바깥을 가리켰다.

"괜찮다면 난 그만 벨린다에게 가봐야 할 것 같아요. 밤이 너무 늦어서……."

제스는 그에게 겨우 고맙다고 말하고 니키에게 다가갔다. 그녀가 담요 위로 손을 얹었다. 아이의 어깨쯤 되는 곳이었다.

"탠지는 괜찮아요."

니키가 돌아보지 않고 조그맣게 말했다.

"알아, 우리 아들."

제스가 침대 옆에 있는 플라스틱 의자에 앉았다.

"무슨 일이 있었던 거야?"

니키가 희미하게 어깨를 한 번 으쓱했다. 니키는 이 일에 관해 말하고 싶지 않아했다. 말한다고 한들 무슨 소용이 있겠는가? 모두가 아는 사실이었다. 별종처럼 보이면 두들겨 맞는 법이다. 계속해서 별종처럼 보이면 그들은 계속해서 괴롭힐 것이다. 그것이 바로 작은 마을을 지배하는, 참담하고 절대 변하지 않는 암묵적인 규칙이었다.

이번만큼은 제스도 니키에게 해줄 말을 찾지 못했다. 괜찮다는 말은 할 수가 없었다. 이건 괜찮은 일이 아니었기 때문이다. 경찰이 피셔 형제를 처벌할 거라는 말도 할 수가 없었다. 경찰은 한 번도 그들을 처벌한 적이 없었다. 니키가 알지 못하는 사이에 모든 게 변할 거라는 말도 할 수가 없었다. 10대 아이들은 고작해야

2주 앞의 삶을 내다볼 뿐이었다. 니키의 삶이 그때까지, 혹은 빠른 시일 안에 나아질 리 없다는 것은 두 사람 모두 아는 사실이었다.

"니키는 괜찮아?"

제스가 병원에서 나와 느릿느릿 차까지 걸어오자 리암이 물었다. 아드레날린은 모두 분출됐고, 피로에 짓눌린 제스의 어깨는 축 늘어져 있었다. 그녀가 재킷과 가방을 꺼내려고 뒷문을 열었고, 리암은 백미러로 그녀의 모습을 지켜봤다.

"죽지는 않을 거야."

"나쁜 자식들. 조금 전에 너희 이웃하고도 얘기했어. 무슨 수를 내든지 해야지 그냥 두면 안 되겠어."

리암이 백미러를 조정했다.

"면허 걱정만 없으면 내가 직접 손봐주는 건데. 그 자식들 그거 지루해서 그러는 거야. 애들 두들겨 패는 거 말고는 뭘 해야 할지 몰라서 그러는 거라고. 네 물건 빠뜨리지 말고 잘 챙겨, 제스."

제스는 외투를 집으려고 차 안으로 반쯤 올라탔다. 그 순간 뭔가 밟히는 느낌이 들었다. 원통 모양의 물렁한 물건인 듯했다. 발을 치우고 바닥으로 손을 뻗으니, 두툼하게 말린 지폐 뭉치가 잡혔다. 어두컴컴한 차 안에서 제스는 돈 뭉치를, 그리고 옆으로 떨어진 물건을 뚫어져라 쳐다봤다. 사무실에서 사용하는 코팅이 된 신분증이었다. 니콜스 씨가 뒷좌석에 쓰러져 있을 때 주머니에서 빠져 나온 것들이 분명했다. 제스는 생각할 겨를도 없이 그것들을 가방 안으로 쑤셔 넣었다.

"자, 여기."

제스가 지갑으로 손을 뻗자, 리암은 한 손을 들어 보였다.

"아냐, 됐어. 안 그래도 돈 들어갈 데가 많은데."

그가 눈을 찡긋해 보였다.

"나중에 데려다줄 사람이 필요하면 우리 회사로 전화해. 무료로 서비스해줄 테니까. 댄이 분명히 말했어."

"하지만⋯⋯."

"하지만은 무슨. 이제 그만 내려, 제스. 네 아들 간호나 잘하고. 나중에 펍에서 봐."

제스는 고마운 마음에 눈물이 날 것만 같았다. 그녀는 그대로 서서 한 손을 든 채, 주차장을 돌아나가는 리암의 차를 지켜봤다. 리암이 차를 돌리며 차창 밖으로 외쳤다.

"니키한테도 말해주는 게 좋을 거야. 조금만 더 정상적으로 보이려고 노력하면 그렇게 자주 머리가 깨지는 일은 없을지도 모른다고."

7

제스 JESS

제스는 병원의 플라스틱 의자에 앉은 채로 자정을 넘겨 새벽까지 끄덕끄덕 졸았다. 오랫동안 불편한 자세를 하고 있어서 몸이 저리거나, 커튼 너머 병동에서 비극적인 소리가 희미하게 들려오면 가끔씩 잠에서 깼다. 니키가 마침내 잠들었을 때 제스는 새로 꿰맨 자국들을 바라보며 어떻게 해야 이 아이를 보호할 수 있을지 생각해봤다. 그녀는 니키가 무슨 생각을 하는지 궁금했다. 앞으로 또 어떤 일이 벌어질지 상상하자, 이제는 아예 풀어질 생각을 하지 않지만, 다시금 배가 꽉 뭉치는 느낌이 들었다. 아침 일곱 시쯤, 커튼 안으로 간호사가 머리를 들이밀고 토스트와 차를 좀 가져다주겠다고 했다. 이 작은 친절에 또 눈물이 터지려고 해서 제스는 억지로 참았다. 여덟 시가 조금 넘었을 때 의사가 들렀고, 내출혈이 없는지 확인하기 위해 니키를 하룻밤 더 병원에 머물게 할 거라고 알려줬다. 엑스레이 결과에서 원인을 알 수 없는 그림자가 보여서 확실히 하고 싶다고 했다. 제스는 집으로 돌아가 쉬는 것 말고는 할 일이 없었다. 나탈리가 전화를 걸어, 자기 아이들과 함께 탠지를 학교에 데려다줬다고 알렸다. 아무 문제없다고.

아무 문제없다고.

제스는 버스를 타고 집으로 향하다 두 정거장 못 미치는 곳에서 내려 린 피셔의 집으로 찾아갔다. 문을 두드린 후, 할 수 있는 한 정중하게, 제이슨이 한 번만 더 니키를 괴롭히면 경찰에 신고하겠다고 말했다. 린 피셔는 제스에게 침을 뱉고는, 당장 꺼지지 않으면 거지같은 제스의 집 창문에 벽돌을 던질 거라고 소리쳤다. 제스가 돌아서서 걸어 나오는데 집 안에서 자지러지는 웃음소리가 터져 나왔다. 제스가 예상한 것과 특별히 다르지 않았다.

제스는 텅 빈 집 안으로 들어갔다. 그녀는 집세로 빼놓은 돈으로 수도 요금을 냈다. 청소비로 받은 돈으로는 전기 요금을 냈다. 그러고는 샤워하고 옷을 갈아입고, 점심 근무를 하기 위해 펍으로 향했다. 일하는 동안 깊은 생각에 빠져 있느라, 스튜어트 프링글이 엉덩이에 10초 동안이나 손을 올려놓고 있어도 알지 못했다. 제스는 그의 신발 위로 맥주 반 잔을 천천히 쏟아 부었다.

"그렇게까지 할 거 뭐 있어?"

스튜어트가 불평하자 데스가 소리를 질렀다.

"그게 그렇게 아무렇지도 않으면, 데스가 저기 나가서 저 남자 손을 엉덩이에 대고 있으면 되겠네요."

제스는 그렇게 말하고 잔을 씻으러 갔다.

"말 되네."

데스가 중얼거렸다.

제스는 탠지가 돌아오기 전에, 온 집안을 돌아다니며 청소기를 돌렸다. 금방이라도 고꾸라져 혼수상태에 빠질 것처럼 피곤했지만, 속에서 천불이 올라오는 통에 오히려 움직이는 속도가 배로 빨라졌다. 제스도 자신을 제어할 수가 없었다. 청소를 하고 마른 빨래를 개키고 정리했다. 안 그러면 저 퀴퀴한 주차장 벽에 걸린 마티의 낡은 해머를 꺼내 들고 피셔의 집으로 가 그들을 완전히 끝장내버릴 것 같았다. 청소라도 하지 않으면, 잡초가 제멋대로 자란 뒤쪽 정원으로 뛰쳐나가 하늘을 향해 고래고래 비명을 지르고 또 지를 것 같았다. 그리고 영원히 멈추지 못할 것 같았다.

집 앞으로 난 길에서 발소리가 들려올 무렵, 온 집 안에는 가구용 광택제와 주방용 세제가 유독가스처럼 떠돌아 다녔다. 제스는 두 번 심호흡을 하고, 헛기침을 하고, 다시 한 번 심호흡을 한 후 대문을 열었다. 얼굴에는 이미 상대를 안심시키는 미소가 떠올라 있었다. 나탈리가 탠지의 어깨에 손을 얹은 채 정원에 서 있었다. 탠지가 제스에게로 걸어와서 팔을 두르고 그녀의 허리를 꽉 껴안았다. 두 눈은 꼭 감은 채로.

"오빠는 괜찮아, 우리 딸."

제스가 탠지의 머리를 쓰다듬으며 말했다.

"걱정하지 않아도 돼. 남자애들은 원래 가끔 싸우고 그러잖아."

나탈리가 제스의 팔에 살며시 손을 얹고 고개를 작게 흔들었다.

"네 몸도 잘 챙겨."

그렇게 말하고 그녀는 떠났다.

제스는 탠지에게 샌드위치를 만들어주고, 연산 문제를 풀기 위해 정원의 그늘로 걸어 들어가는 아이의 모습을 지켜봤다. 그러면서 세인트 앤에 대한 이야기는 내일 하자고 혼잣말을 했다. 내일은 반드시 말하자고 다짐했다.

그런 다음 제스는 화장실로 들어가서 택시에서 주운 니콜스 씨의 지폐 뭉치를 폈다. 전부 480파운드였다. 화장실 문을 잠근 채로 돈을 펴서 바닥에 놓았다.

제스는 어떻게 해야 하는지 잘 알았다. 당연하지 않은가. 그건 그녀의 돈이 아니었다.

'남의 물건을 훔치면 안 돼.'

'옳은 일을 하면 결국 보답을 받게 될 거야.'

제스는 아이들에게 늘 그렇게 가르쳤다.

'옳은 일을 해.'

하지만 처음 듣는 음흉한 목소리가 제스의 귓가에 나직하게 웅 웅거리기 시작했다.

'어째서 그걸 돌려줘야 하지? 그 남자는 그 돈이 없어도 전혀 아쉽지 않을 거야. 그는 주차장에서도, 택시 안에서도, 집에서도 의식이 없었어. 돈은 어디서든 떨어질 수 있었다고. 그러니까 네가 그 돈을 발견한 건 순전히 행운이야. 주변의 누군가가 주웠다면 어땠을 것 같아? 순순히 주인에게 돌려줬을까?'

그의 보안 카드에는 그의 회사 이름이 '메이플라이'라고 되어 있었다. 니콜스 씨의 이름은 에드였다. 제스는 니콜스 씨에게 돈을 돌려줄 것이다. 빨래 건조기와 박자를 맞추어 그녀의 머리가 빙글빙글 돌아갔다.

그리고 제스는 여전히 돈을 돌려주지 않았다.

과거에는 제스도 돈 생각을 거의 안 하고 살았다. 지역 택시 회사에서 일주일에 닷새를 일하던 마티가 집안의 모든 재정을 관리했다. 보통은 그가 1주에 한두 번 펍에 들렀고 제스가 가끔 나탈리와 저녁 외출을 즐길 정도의 여유가 됐다. 그들은 종종 휴가도 떠났다. 어느 해는 나왔고 어느 해는 못했지만, 그럭저럭 큰 불편 없이 살았다.

그러다 마티가 그런 생활에 진력을 내기 시작했다. 웨일스 지방의 캠핑장에서 휴가를 보낼 때는 8일 연속해서 비가 내렸다. 그러자 마티는 날씨를 감정적으로 받아들이며 점점 더 불만스러워졌다.

"어째서 우린 스페인이나 따뜻한 곳으로 휴가를 가지 못할까?" 그는 흠뻑 젖은 텐트 자락 사이로 밖을 내다보며 중얼거렸다.

"정말 웃기는 짓이야. 이건 빌어먹을 휴가도 아니라고."

마티는 자신의 일도 지긋지긋해하며 점차 불평이 늘어갔다. 다른 기사들은 그를 적대시했고, 경리 부장은 그를 속였으며, 택시는 승객이 줄었다. 그러고 나서 그는 새로운 사업을 구상하기 시작했다. 인기 차트에 올라가기가 무섭게 도로 밀려난 밴드의 싸구려 복제품 티셔츠 제작. 2주 늦게 참여한 다단계 판매 사업. 어느 날 펍에서 돌아온 마티는 수출입업이야말로 자신에게 딱 맞는 일이라고 확신에 차서 말했다. 펍에서 어떤 사람을 만났는데, 그가 인도에서 전기 제품을 싸게 구할 수 있다면서 그들은 물건을 사서 그가 아는 누군가에게 팔기만 하면 된다고 말이다. 그런데 자, 놀라지 마시라, 그 물건을 사기로 한 사람은 그가 보장한 대로 확실한 사람이 아닌 것으로 드러났다. 게다가 물건을 구매한 몇 안 되는 사람들마저도 전압 차이로 터져버렸다고 불평을 해왔고, 나머지 물건들은 차고에 보관했는데도 녹이 슬어버렸다. 그렇게 해서 몇 푼 안 되는 예금마저 쓸모없는 하얀 물건 더미로 변해버렸고, 1주에 열네 개씩 마티의 차에 실려 폐기장으로 운반되어야 했다.

그런 다음 롤스로이스 사업을 계획했다. 적어도 이번 일은 제스에게도 완전히 터무니없게 보이지 않았다. 마티는 롤스로이스를 철회색으로 칠한 다음, 결혼식과 장례식에서 기사로 일해주고 돈을 받을 예정이었다. 그는 이베이를 통해 중부 지방에 사는 한 남자로부터 롤스로이스를 구매했지만, 그 차는 M6도로를 따라 반 정도 달리고 나더니 우뚝 멈춰서버렸다. 후드를 들고 들여다보던 정비공은 시동 모터에 문제가 있는 것 같다고 했다. 하지만 들여다보면 볼수록 새록새록 다른 문제들이 드러났다. 첫 해 겨울에 그 차는 진입로에 세워져 있었고, 쥐들이 의자를 갉아놓아서 일을 시작하려면 먼저 뒷좌석을 교체할 돈이 필요했다. 그러고는 알아보니 롤스로이스 교체용 좌석은 이베이에서 구매하지 못하는 거의 유일한 물건이었다. 그래서 결국 롤스로이스는 차고에 처박힌 채, 그들의 실패를 나날이 상기시키는 물건으로 전락하고 말았다.

마티가 하루의 대부분을 침대에서 보내기 시작했을 때, 제스가 돈 문제를 떠안게 됐다. 우울증은 질병이라고 모두가 말했다. 마티의 친구들은 그가 몸뚱이를 끌고 펍에 가는 이튿날 밤에는 그 병으로 그리 고통 받는 것 같지 않더라고 했지만 말이다.

봉투에서 은행 계좌 내역서를 모두 꺼내고 복도 책상 서랍에서 예금 통장을 꺼내왔을 때, 제스는 마침내 그들이 처한 문제를 봤다. 몇 번인가 마티와 얘기를 해보려 했지만, 그는 머리끝까지 이불을 뒤집어쓰고 자기는 아무것도 해결할 수 없다는 말만 되풀이했다. 자신이 잠시 엄마의 집에 가 있으면 어떻겠냐고 마티가 제안한 것이 바로 그 무렵이었다. 솔직히 말해 제스는 그가 가겠다고 해서 안도했다. 여전히 말이 없고 비쩍 마른 유령 같은 니키와 탠지를 돌보고, 돈을 벌기 위해 일을 두 탕 뛰는 것만으로도 충분히 벅찼다.

"가."

제스가 그의 머리칼을 쓰다듬으며 말했다. 그의 몸에 손을 댄 것이 얼마나 오랜만인지 떠올랐다.

"가서 몇 주간 지내다 와. 잠깐 쉬고 나면 기분이 나아질 거야."

마티는 말없이 제스를 쳐다보며 눈시울을 붉혔고, 그녀의 손을 꼭 잡았다.

그것이 2년 전의 일이었다. 그 후로 둘 중 누구도, 그가 집으로 돌아올 가능성에 대해 진지하게 언급한 적이 없었다.

탠지가 잠자리에 들 때까지 제스는 아무 일도 없다는 듯 평소처럼 행동했다. 나탈리의 집에서 뭘 먹었냐고 물어보고, 탠지가 없는 동안 노먼이 집에서 뭘 했는지 얘기했다. 탠지의 머리를 빗어준 다음, 어린아이에게 하듯 침대 맡에서 『해리 포터』를 읽어줬다. 처음으로 탠지는 차라리 수학 문제를 푸는 게 낫겠다는 말을 하지 않았다.

탠지가 잠든 것을 확인한 후 제스는 병원으로 전화를 걸었다. 간호사는 니키가 편안하게 잘 있다고 전했다. 엑스레이 결과 폐에 구멍이 났다는 어떤 증거도 보이지 않았다. 안면의 경미한 골절은 스스로 아물게 놔두는 수밖에 없다고 했다.

제스는 마티에게 전화를 했고, 마티는 묵묵히 듣고 나서 이렇게 물었다.

"아직도 얼굴에 그런 걸 바르고 다니는 거야?"

"그래, 마스카라를 약간 바르고 다니지."

긴 정적이 흘렀다.

"입도 뻥긋하지 마. 감히 그런 말은 할 생각도 하지 말라고."

제스는 그보다 먼저 전화를 끊어버렸다. 그 후, 아홉 시 사십오 분경에 경찰에서 전화를 걸어왔다. 제이슨 피셔는 그 사건에 대해 아는 바가 없다고 했다는 말을 전했다.

"목격자가 열넷이나 있었어요."

제스의 목소리는 소리를 지르지 않으려고 기를 쓰느라 딱딱하게 굳었다.

"피시 앤 칩스 가게 주인을 포함해서요. 그 애들이 내 아들을 덮쳤다고요. 네 명이서요."

"하지만 목격자들은 가해자를 식별할 수 있을 때에만 도움이 됩니다, 부인. 그리고 브렌트 씨는 실제로 싸움을 한 게 누군지 확실하지 않다고 했습니다."

10대 소년들이 어떤지 잘 알지 않느냐는 듯이 그가 한숨을 푹 내쉬었다.

"피셔 형제는 부인의 아들이 먼저 싸움을 시작했다고 주장하고 있어요."

"우리 아들이 싸움을 걸 확률은 빌어먹을 달라이 라마가 싸움을 걸 확률하고 비슷해요. 그 아이는 이불에 커버를 씌우면서도 누군가 다치지 않을까 걱정하는 아이라고요."

"저희는 오직 증거가 있어야 조치를 취할 수 있습니다, 부인."

피셔 가족. 그들의 평판을 고려하면, 자신이 본 것을 '기억'하는 사람이 한 명만 나와도 제스는 행운으로 여길 것이다. 제스는 잠시 머리를 손 안에 묻었다. 그들은 절대로 그만두지 않을 것이다. 그리고 탠지가 중학교에 들어가는 순간, 다음 차례는 탠지가 될 것이다. 수학을 지나치게 좋아하고, 별난 구석이 있고, 교활함이라곤 전혀 없는 탠지는 그들에게 최고의 표적이 될 것이다. 제스는 또다시 차고에 있는 해머를 떠올리고, 피셔의 집으로 건너가 그 일을 해치우면 어떤 기분일지 상상을…….

전화벨이 울렸다. 제스가 수화기를 홱 집어 들었다.

"이번엔 또 뭐죠? 우리 애가 자기 얼굴을 자기가 쥐어박아서 그렇게 된 거라고 할 건가요? 그래요?"

"토머스 부인?"

제스가 눈을 깜빡거렸다.

"토머스 부인이세요? 창가레이 선생입니다."

"아. 선생님, 죄송해요. 좀…… 안 좋은 때에 전화를 하셨어요."

제스는 자신의 손이 떨리는 모습을 보고 있었다.

"늦은 시간에 전화를 드려서 죄송합니다. 급하게 상의드릴 문제가 있어서요. 제가 흥미로운 걸 하나 발견했어요. 수학 올림피아드라고 하는 건데요."

그가 신중하게 말을 꺼냈다.

"수학, 뭐라고요?"

"스코틀랜드에서 하는 건데, 대회 역사는 얼마 안 되었어요. 재능 있는 아이들을 대상으로 열리는 수학 경연 대회입니다. 아직 탠지를 등록시킬 시간이 남아 있어서요."

"수학 경연 대회라고요?"

제스가 눈을 감았다.

"그거 정말 좋을 거 같은데요, 선생님, 저희가 지금 좀 복잡한 문제가 있어서요, 제 생각에는…….."

"토머스 부인, 상금이 500파운드, 1,000파운드, 5,000파운드나 된답니다. 5,000파운드예요. 탠지가 우승을 하면 적어도 세인트 앤의 첫 해 학비는 해결이 되는 겁니다."

"다시 한 번 말씀해주시겠어요?"

창가레이 선생이 상세하게 설명하는 동안 제스는 의자에 앉아서 들었다.

"실제로 그런 게 있다는 말씀이시죠?"

"실제로 있습니다."

"선생님께서는 탠지가 정말 그 일을 해낼 수 있을 거라고 생각하세요?"

"탠지 또래의 아이들을 위한 부문이 따로 있어요. 탠지가 입상하지 못할 이유는 전혀 없다고 봅니다, 저는."

'5,000파운드야.'

머릿속의 목소리가 노래했다.

'그 돈이면 두 해 학비는 보장되는 거야.'

"그럼 문제가 되는 건 뭔가요?"

"아무것도 없습니다. 뭐 고등수학을 할 수 있어야 하는 건 분명하지만요. 탠지에게는 전혀 문제가 되지 않아요."

제스는 의자에서 일어났다가 다시 주저앉았다.

"그리고 물론 스코틀랜드까지 탠지를 데리고 가야겠지요."

"그런 건 세부 사항일 뿐이에요, 선생님. 세부 사항이요."

제스의 머리가 빙글빙글 돌았다.

"이런 게 정말 있다는 거죠? 농담 아니시죠, 선생님?"

"저는 그렇게 재밌는 사람이 못된답니다, 토머스 부인."

"젠장, 젠장! 창가레이 선생님, 선생님은 정말 훌륭한 분이세요."

그가 어색하게 웃는 소리가 들려왔다.

"그럼…… 이제 어떻게 하면 되나요?"

"제가 탠지의 학업 샘플을 보냈더니 그쪽에서 자격시험을 생략

하겠다고 했어요. 주최측에서는 혜택이 덜한 학교의 아이들을 참가시키는 데 아주 열심이라고 알고 있습니다. 그리고 우리끼리 얘기지만, 탠지가 여자아이라는 게 엄청난 이점이 돼요. 바로 결정을 해야 합니다. 올해의 올림피아드는 닷새 후에 열리거든요."

닷새. 세인트 앤에는 내일까지 등록비를 내야 했다.

제스는 방 한가운데 서서 곰곰이 생각했다. 그러고는 위층으로 달려 올라가서, 타이즈 사이에 넣어둔 니콜스 씨의 돈을 꺼냈다. 그녀는 생각할 겨를도 없이 그 돈을 봉투에 넣고 메모를 휘갈겨 쓴 후, 주의해서 앞면에 주소를 써넣고 '인편'이라는 글자도 써넣었다. 내일 청소하고 돌아오는 길에 들르면 될 듯했다.

제스는 그 돈을 돌려줄 생각이다. 한 푼도 빠짐없이. 그러나 당장은 선택의 여지가 없었다.

그날 밤, 제스는 식탁에 앉아서 대강의 계획을 짜봤다. 그녀는 에든버러까지 가는 기차 시간표와 요금을 알아보고 발작적으로 웃음을 터뜨렸다. 그러고 나서 고속버스표 세 장 가격과 1주 동안 노먼을 맡기는 비용도 알아봤다. 차비는 터미널까지 가는 것을 포함해서 187파운드였고, 노먼을 맡기는 데는 94파운드가 들었다. 제스는 손으로 눈을 가리고 잠시 그대로 있었다. 그러고는 아이들이 잠들었을 때, 롤스로이스 열쇠를 들고 살그머니 집밖으로 빠져나가 차 운전석에서 쥐똥을 쓸어내고 시동을 걸어봤다.

세 번째 시도에서 시동이 걸렸다. 눅눅한 냄새가 배어 있는 차고에 앉아서 엔진을 계속 가동시켰다. 정원 가구와 자동차 부품과 양동이 등이 주변에 흩어져 있었다. 제스가 몸을 기울여서 색이 바랜 납세필 증명서를 유리에서 떼어냈다. 유효기간이 2년이

나 지나 있었다. 제스는 보험도 없었다.

시동을 끄고 어둠 속에 앉아, 희미해지는 기름 냄새를 맡고 있던 제스는 100번째로 같은 생각을 했다.

'옳은 일을 해.'

8

에드 ED

Ed.Nicholls@mayfly.com: 내가 한 말 잊지 마. 카드를 잃어버렸으
면 내용을 다시 알려줄 수 있어.

Deanna1@yahoo.com: 잊지 않을 거야. 그 밤의 기억은 내 머릿
속에 또렷하게 새겨져 있어. ;–)

Ed.Nicholls@mayfly.com: 내가 말한 거 했어?

Deanna1@yahoo.com: 지금 하는 중이야.

Ed.Nicholls@mayfly.com: 좋은 결과가 나오면 알려줘!

Deanna1@yahoo.com: 뭐, 자기의 지난 업적으로 볼 때 다른 결
과가 나온다면 오히려 놀랍지! ;–0

Deanna1@yahoo.com: 자기가 해준 일은 누구도 내게 해준 적이
없는 일이야.

Ed.Nicholls@mayfly.com: 그러지 마. 별거 아니야.

Deanna1@yahoo.com: 우리 만날까? 다음 주말 어때?

Ed.Nicholls@mayfly.com: 당분간은 좀 바빠. 나중에 연락할게.

Deanna1@yahoo.com: 우리 둘 모두에게 잘 된 일인 것 같아 ;-)

에드가 종이 두 장을 끝까지 읽고 나자, 형사는 그의 변호사인 폴 와익스 쪽으로 종이를 밀었다.

"그것들에 관해 하실 말씀이 있나요, 니콜스 씨?"

사적인 이메일의 내용이 공문서에 줄줄이 공개되어 있는 장면을 보는 것은 몹시 괴로운 일이었다. 열망이 넘치는 초기 메일들, 이중적인 의미가 훤히 드러나는 말들, 웃는 얼굴 이모티콘(에드는 대체 몇 살인가? 열네 살?) 같은 것들 말이다.

"아무 말 안 해도 돼요."

폴이 말했다.

"그 이메일들은 어떤 뜻으로도 볼 수 있어요."

에드가 문서를 도로 밀어냈다.

"'좋은 결과가 나오면 알려줘.' 이 말은 성적인 걸 의미할 수도 있다는 겁니다. 이를테면 이메일 섹스 같은 거요."

"오전 열한 시 십사 분에요?"

"그게 뭐 어때서요?"

"훤히 트인 사무실에서 말입니까?"

"저는 관습에 얽매이지 않는 사람이라서요."

형사가 안경을 벗더니 에드를 노려봤다.

"이메일 섹스요? 그런가요? 지금 여기서 말하는 게 그거란 말이에요?"

"아뇨, 뭐 그 경우엔 아니에요. 하지만 그 점은 중요하지 않아요."

"그 점은 아주 중요하다는 걸 말씀드려야겠네요, 니콜스 씨. 이런 것들이 엄청나게 많으니까요. 당신은 계속 연락을 하자면 서……."

그가 종이들을 획획 넘겼다.

"'더 도울 수 있는지 알아볼게'라고 했죠."

"그건 생각하시는 그런 게 아니에요. 디나는 우울증에 빠져 있었어요. 전 애인과 헤어진 일로 힘들어했다고요. 난 그저…… 디나를 조금 편안하게 해주고 싶었을 뿐이에요. 계속 말씀 드렸잖아요."

"몇 가지만 더 묻겠습니다."

그들에게는 물론 묻고 싶은 것들이 있었다. 그들은 에드가 디나를 얼마나 자주 만났는지 알고 싶어 했다. 에드와 디나가 어디를 갔는지, 둘은 정확히 어떤 관계였는지 알고 싶어 했다. 그들은 에드가 그녀의 삶에 관해 많이 알지 못하며, 그녀의 오빠에 대해 아무것도 모른다는 사실을 믿지 않았다.

"정말, 왜들 이러십니까!"

에드가 항변했다.

"형사님은 섹스를 바탕으로 한 관계를 한 번도 가져본 일이 없다는 겁니까?"

"루이스 양은 두 분의 관계가 섹스를 바탕으로 한 게 아니라고 하던데요. '가깝고도 강렬한' 관계였다고 했어요. 대학 시절부터 알아온 사이고, 그 일도 당신이 강하게 권해서 한 거라고 하고요. 루이스 양은 당신의 조언에 따르는 일이 불법일 것이라고는 상상도 못했다고 하더군요."

"하지만 그 여잔…… 그 여잔 지금 우리 사이를 과장하고 있어요. 그리고 전 아무것도 강제로 시킨 적 없습니다."

"그러니까 루이스 양에게 정보를 준 점은 인정하시는 거군요."

"그런 말이 아니에요! 내 말은……."

"제 생각에 제 의뢰인의 말은, 루이스 양이 둘의 관계를 오인한 데 대한 책임을 질 순 없다는 뜻인 것 같습니다."

폴이 중간에 끼어들었다.

"루이스 양이 오빠에게 전한 정보에 대해서도요."

"그리고 우린 진지하게 사귀는 사이가 아니었어요. 그런 종류의 관계가 아니었습니다."

형사는 어깨를 으쓱해 보였다.

"사실 난 두 분이 어떤 관계였는지는 관심이 없어요. 당신이 루이스 양을 흐물흐물하게 녹였는지 어쨌는지도 관심이 없고요. 내가 관심이 있는 건 말입니다, 니콜스 씨, 당신이 2월 28일에 그 아가씨한테 정보를 줬고, 그 아가씨가 자기 친구한테 그게 '엄청난 이익'을 줄 정보라고 말했다는 점이에요. 그리고 그 아가씨와 그 오빠의 은행 잔고는 그 정보가 정말 '엄청난 이익'을 가져다줬다는 사실을 증명하고 있고요."

한 시간 후, 2주 동안의 시간을 얻은 에드는 폴의 사무실에 앉아 있었다. 폴이 잔 두 개에 위스키를 부었다. 에드는 낮 시간에 강한 술을 마시는 일에 기이할 정도로 익숙해졌다.

"디나가 오빠한테 한 말을 내가 책임질 순 없는 거잖아요. 누군가와 사귀려고 할 때마다 금융계에 종사하는 오빠가 있는지 일일이 확인하고 돌아다닐 수도 없는 노릇이고. 난 디나를 도우려고 한 것뿐이에요."

"물론 에드는 그랬죠. 하지만 SFA와 SOCA는 동기가 무엇인지는 상관하지 않아요, 에드. 루이스 양과 그 오빠는 막대한 돈을 벌어들였어요. 에드가 준 정보를 가지고 불법적으로 그 돈을 벌어들였다고요."

"그 약자로 말하는 거 좀 안 하면 안 돼요? 도대체 누구를 말하는지 알 수가 없잖아요."

"그럼 금융 관련 중범죄를 단속하는 모든 기관을 떠올려봐요. 아니면 그냥 중범죄를 단속하는 기관들이나. 지금 에드를 조사하고 있는 게 바로 그 사람들이에요."

"내가 정말 기소되기라도 할 것처럼 말하네요."

에드가 옆에 있는 탁자에 위스키 잔을 내려놨다.

"맞아요, 그럴 확률이 아주 높아요. 그리고 아마 법정에도 곧 서게 될 거고요. 보통 이런 사건은 서둘러 처리하려 드니까요."

에드가 그를 빤히 쳐다보다가, 손 안에 머리를 묻었다.

"정말 악몽 같아요. 난 그냥…… 난 그냥 디나가 떨어져 나가길 바란 것뿐이에요, 폴. 그뿐이라구요."

"지금으로써는 에드가 단지, 감당할 수 없는 상황에 처한 괴짜일 뿐이라고 저 사람들을 설득하는 게 최선이에요."

"훌륭하군요."

"더 나은 생각이 있어요?"

에드가 고개를 저었다.

"그럼 그냥 가만히 있어요."

"난 뭔가 할 일이 필요해요, 폴. 다시 일을 시작해야 한다고요. 일을 안 하면 뭘 해야 할지 알 수가 없어요. 시골 벽지에 처박혀 있다가는 미쳐버리고 말 거예요."

"내가 에드라면 당분간은 그냥 조용히 있겠어요. SFA는 분명이 이 사건을 누설할 거고, 그렇게 되면 세상이 아주 떠들썩해질 거예요. 미디어가 전부 에드를 쫓을 거라고요. 그러니까 1~2주 더 '벽지'에 숨어 있는 게 제일 나은 방법이에요."

폴이 종이에다 메모를 갈겨썼다. 에드는 거꾸로 된 글자들을 바라봤다.

"정말 신문에까지 날 거라고 생각해요?"

"모르겠어요. 그럴 수도 있죠. 가족들한테도 미리 말해두는 게 좋을 거예요. 매스컴에서 부정적인 얘기를 떠들어대도 마음의 준비를 하고 있게."

에드가 무릎 위에 손을 얹었다.

"그럴 순 없어요."

"뭘 그럴 수 없어요?"

"아버지한테 이 일을 알리는 거요. 아버지는 편찮으세요. 이 일을 아시면……."

에드가 머리를 절레절레 흔들었다. 마침내 고개를 드니, 폴이 그를 가만히 쳐다보고 있었다.

"뭐, 결정은 에드가 하는 거죠. 하지만 아까도 말했듯이, 소식이 터졌을 때는 어딘가 멀리 가 있는 게 현명할 거예요. 분명히 메이플라이도 문제가 모두 정리되기 전에는 에드가 사무실 근처로 얼쩡거리는 걸 원하지 않겠죠. 스팩스에 너무 많은 돈이 걸려 있으니까요. 그러니까 회사 사람 누구와도 어울려서는 안 돼요. 전화도 안 되고 이메일도 안 돼요. 혹시라도 누군가 에드의 위치를 알아내면, 제발 부탁이니까 아무 말도 하지 말아요. 누구에게도."

폴이 펜을 톡톡 두드리며 대화가 끝났음을 알렸다.

"그러니까 난 외떨어진 어딘가에 숨어서, 입 꾹 다물고 엄지손
가락이나 돌리고 앉아 있다가 감옥에 가야 한다는 거네요."

폴이 일어나며 책상에 놓인 파일을 덮었다.

"우리 로펌에서 최고의 팀을 투입할 거예요. 그리고 그렇게 되
지 않게 모든 수단을 강구할 거고요."

에드는 폴의 사무실 계단에 서서, 눈을 껌뻑이며 주변을 둘러봤
다. 스테인드글라스로 장식된 건물들, 땀으로 젖은 머리로 헬멧을
눌러 쓰는 택배 기사들, 깔깔거리며 공원으로 샌드위치를 먹으러
가는, 다리를 훤히 드러낸 여자들이 눈에 들어왔다. 그러자 에드
는 예전의 삶이 사무치도록 그리웠다. 네스프레소 기계가 있는 사
무실, 초밥을 먹으러 슬그머니 빠져나가곤 하는 비서, 그리고 도
시의 전경이 훤히 보이는 아파트가 있는 삶. 최고로 끔찍한 일이
휴게실의 소파에 누워 이익과 손실에 관해 끝없이 늘어놓는 '양
복'들의 얘기를 들어야 하는 것인 삶. 에드는 자신의 삶을 다른 사
람의 삶과 비교한 적이 한 번도 없었지만, 이제는 일상을 사는 주
변의 사람들이 지하철을 타고 자신의 집으로 자신의 가족에게로
돌아갈 수 있는 그들이 미치도록 부러웠다. 에드에게 남은 건 무
엇인가? 그는 머지않아 기소를 당할 처지에 놓인 채, 대화 나눌 사
람 하나 없는 텅 빈 집에서 몇 주를 처박혀 있어야 했다.

에드는 일이 그리웠다. 아내도 이만큼 그리워한 적이 없을 정
도로. 꼭 지속적으로 만나온 정부처럼 그리웠다. 규칙적인 일상이
그리웠다. 그는 지난주를 떠올렸다. 어떻게 돌아왔는지 아무 기억
이 없는 채로 비치프론트의 소파에서 깨어나던 날을. 입 안은 탈
지면이 들어찬 듯 바짝 말랐고, 안경은 커피 테이블 위에 얌전히

놓여 있었다. 몇 주 안 되는 사이에 벌써 세 번째로 인사불성이 되도록 취했지만, 깨어났을 때 주머니가 텅 비어 있던 것은 처음이었다.

에드는 휴대전화를 확인했다. 새로 마련한 휴대전화에는 추가한 전화번호가 딱 세 개뿐이었다. 제마가 보낸 보이스 메일 두 개가 들어와 있었다. 그 외에는 누구에게도 전화가 걸려오지 않았다. 에드는 한숨을 내쉬며 삭제 버튼을 누르고, 햇볕이 쨍쨍 내리쬐는 길을 따라 주차장으로 향했다. 에드는 원래 술꾼이 아니었다. 라라는 술을 마시면 뱃살이 는다고 귀가 따갑게 얘기했고, 에드가 두 잔 이상 마신 날에는 코를 곤다고 불평을 했다. 하지만 에드는 지금 술이 몹시 당겼다. 어떤 것도 이 정도로 원한 적이 없을 정도로.

에드는 잠시 자신의 빈 아파트에 앉아 있다가, 피자 레스토랑에서 요기를 하고 돌아와 한동안 또 앉아 있었다. 그리고 나서는 차에 올라 남쪽 해안으로 달렸다. 그가 런던 밖으로 빠져나가는 동안 디나 루이스가 그의 앞에서 춤을 췄다. 에드는 어쩌면 그렇게도 어리석었단 말인가? 어떻게 디나가 다른 사람에게 말할 가능성 대해 한 번도 생각해보지 않았을까? 아니면 더욱 사악한 의도를 눈치채지 못한 것일까? 디나와 오빠가 이 일을 꾸민 건가? 그녀를 차버린 데 대한 일종의 병적인 복수 전략으로?

에드의 분노는 차를 달릴수록 더욱 커져갔다. 에드가 전 부인에게 그랬듯이 디나에게도 아파트 열쇠와 통장을 건네며 관계를 청산했어야 했던 건지도 몰랐다. 차라리 그랬다면 지금보다는 상황이 나았을지도 모른다. 여전히 일과 친구는 남아 있을 테니까. 고달밍 출구 조금 못 미친 지점까지 왔을 때, 에드는 분노를 이기지 못하고 차를 세워 디나의 전화번호를 눌렀다. 전화번호가 저장된 예전 휴대전화는 경찰이 증거물로 가져갔지만, 디나의 전화번호를 기억하고 있었다. 그리고 첫 마디도 이미 생각해두었다. '너 도대체 무슨 짓을 한 거야?'

하지만 그 번호는 사용하지 않는 번호였다. 에드는 손에 전화기를 든 채 일시 정차 구역에 앉아서 천천히 분노를 삭였다. 그는 잠시 망설이다 로넌의 번호를 눌렀다. 외우고 있는 몇 안 되는 번호 중에 하나였다. 전화벨이 여러 번 울린 끝에 그가 전화를 받았다.

"로넌……."

"나 너랑 얘기하면 안 돼, 에드."

로넌은 지친 목소리였다.

"그래. 알아. 난…… 그냥 말해주고 싶어서……."

"뭘? 무슨 말을 하고 싶은데, 에드?"

로넌의 목소리에 스며든 갑작스런 분노에 에드는 말을 잇지 못했다.

"그거 알아? 난 사실 내부자거래니 뭐니 하는 문제에 대해선 관심이 없어. 회사 입장에선 빌어먹을 재앙이라고 해도 말이야. 하지만 넌 내 친구야. 가장 오래된 친구라고. 내가 너였다면 절대로 그런 짓은 못했을 거야."

딸각, 하고 전화가 끊겼다. 에드는 운전대 위로 머리를 떨어뜨리고 몇 분간 그대로 있었다. 그는 가슴 속에서 윙윙대던 소리가 사라지기를 기다렸다. 그러고는 신호를 보내고, 천천히 차를 움직여 비치프론트로 향했다.

"어쩐 일이야, 라라?"

"안녕, 자기. 잘 지내?"

"어…… 썩 잘 지내진 못해."

"오, 저런! 무슨 일이야?"

이게 이탈리아식인지는 알 수 없었지만, 그의 전 부인 라라는 상대의 기분을 풀어주는 묘한 재주가 있었다. 에드의 머리를 콱 끌어안고 머리카락을 쓰다듬으며 법석을 떨고 엄마들처럼 혀를 찼다. 결혼 막바지에는 그런 행동이 거슬렸지만, 한밤중에 텅 빈 도로를 달리는 지금은 향수 같은 게 느껴졌다.

"그게…… 일하고 관련된 문제야."

"오. 일하고 관련된 문제."

라라의 목소리에 본능적으로 가시가 돋쳤다.

"당신은 잘 지내, 라라?"

"엄마 때문에 아주 돌아버리겠어. 그리고 아파트 지붕에 문제가 생겼고."

"일거리는 좀 있어?"

라라가 이로 입술을 깨문 듯한 소리를 냈다.

"웨스트 엔드 쇼 제작사에서 먼저 보자고 해놓고, 나중엔 내가 너무 늙어 보인다는 거야. 늙어 보인다니!"

"당신, 늙어 보이지 않아."

"그러게 말이야! 난 열여섯으로도 보일 수 있는데! 그건 그렇고 자기, 나 자기하고 아파트 지붕에 관해 의논을 좀 해야 해."

"라라, 그건 당신 집이잖아. 당신은 합의금도 받았고."

"하지만 돈이 많이 들어갈 거래. 엄청나게 많이. 난 돈이 하나도 없는데 말이야."

"합의금으로 받은 건 다 어쨌는데?"

에드는 목소리를 높이지 않으려고 애썼다.

"다 썼지 뭐. 오빠가 사업 때문에 돈이 좀 필요했고, 자기도 알다시피 아빠가 건강이 별로 안 좋으시잖아. 그리고 내 카드 값도 좀 있었고……."

"하나도 안 남은 거야?"

"지붕 고칠 만큼은 안 돼. 이번 겨울에 비가 줄줄 샐 거라고 그랬단 말이야. 에드와르도……."

"그럼 지난 12월에 내 아파트에서 가져간 그림을 팔면 되겠네."

에드의 변호사는 그 일에 대해, 집의 자물쇠를 바꾸지 않은 그의 탓이라는 뜻을 넌지시 내비쳤었다. 아마도 다른 사람들은 다 바꾸는 모양이었다.

"난 슬픔에 잠겨 있었어, 에드와르도. 자기가 그리웠다고. 자기를 떠올리게 할 물건을 갖고 싶었던 것뿐이야."

"눈을 마주치는 것도 참을 수 없다고 말한 그 남자를 떠올리고 싶었다고."

"그땐 화가 나서 그렇게 말한 거지."

라라는 마지막에는 언제나 화를 냈다. 에드는 눈을 문지르고, 해안 도로로 나간다고 알리기 위해 깜빡이를 켰다.

"우리가 행복했던 시절을 떠올리게 할 물건이 필요했어."

"있잖아, 다음번에 내가 그리우면 말이야, 우리 둘의 사진이 든 액자 같은 걸 가져가지 그래. 1만 4,000파운드나 되는 한정판 마오쩌둥 실크스크린 초상화 같은 거 말고."

"난 도움을 청할 사람이 아무도 없는데 자기는 아무렇지도 않아?"

라라의 목소리가 속삭임으로 바뀌면서 참을 수 없을 정도로 은

밀하게 들렸다. 에드의 사타구니가 반사적으로 조여들었다. 라라도 그걸 알고 있었다. 에드가 백미러로 뒤를 흘긋 봤다.

"짐 레오나즈한테 부탁하지 왜?"

"뭐?"

"그 남자 부인이 전화했었어. 그다지 즐거운 목소리가 아니더라고, 이상하게."

"딱 한 번뿐이었어! 딱 한 번 데이트한 것뿐이라고. 그리고 내가 누구랑 데이트하건 그건 자기가 상관할 일이 아니지!"

에드는 그녀의 모습이 생생하게 그려졌다. 완벽하게 다듬어진 손을 들어 올린 채, '지구상에서 최고로 짜증나는 남자'와 입씨름을 해야 하는 것이 절망스럽다는 듯 손가락을 쫙 펼치고 있겠지.

"당신이 날 떠났잖아! 남은 인생을 내가 수녀처럼 살아야 되겠어?"

"당신이 날 떠났지, 라라. 5월 27일에. 파리에서 돌아오던 길에. 기억 안 나?"

"그건 중요하지 않은 문제야! 자기는 언제나 중요하지 않은 걸 가지고 내 뜻을 왜곡하더라! 그게 바로 내가 자기를 떠난 이유라고!"

"내가 일만 사랑하고 인간의 감정은 이해하지 못해서 그런 줄 알았는데."

"내가 당신을 떠난 이유는 당신 물건이 콩알만 해서야! 아주 아주 작다고! 새오처럼!"

"새우겠지."

"새우든, 가재든, 세상에서 가장 작은 거 말이야! 아주 작은 게!"

"그럼 당신이 말하려는 건 멸치 같은데. 글쎄 뭐, 내 집에 들어와서 오지게 비싼 한정판 그림을 가져간 일을 생각하면 적어도

'랍스터'정도는 써줘야 하는 거 아닌가 싶지만. 아무튼."

에드는 라라가 퍼붓던 이탈리아식 저주들이 무슨 뜻인지 아직도 궁금했다. 전화를 끊고 운전한 몇 킬로미터가 전혀 기억나지 않았다. 에드는 한숨을 내쉬고 라디오를 켠 뒤, 끝없이 이어지는 까만 도로에 시선을 고정했다.

해안 도로로 막 들어섰을 때 제마에게서 전화가 왔다. 받지 말아야 한다는 사실을 미처 떠올리기 전에 에드는 반사적으로 전화를 받았다.

"말 안 해도 돼. 너 아주 바빠."

"지금 운전 중이야."

"그 핸즈프리 기능인가 뭔가 있잖아. 엄마가 너 그날 점심에 올건지 궁금해하셔."

"무슨 점심?"

"이러지 마, 에드. 몇 달 전에 얘기했잖아."

"미안. 지금 다이어리를 볼 수가 없네."

제마가 깊게 숨을 들이쉬었다.

"엄마가 집에서 특별 메뉴를 준비하실 거야. 아버지는 그날 잠깐 퇴원하실 거고. 엄마는 우리 모두 다 왔으면 하셔. 너도 올 수 있을 거라고 그랬잖아."

"아. 그래."

"뭐가 그렇다는 거야? 내가 한 말을 기억한다는 거야? 아니면 올 수 있다는 거야?"

에드가 손가락으로 핸들을 톡톡 두드렸다.

"잘 모르겠어."

"아버지가 어제 네 소식을 물으셨어. 무슨 프로젝트 때문에 꼼짝 못한다고 내가 말씀드렸지만, 아버지는 많이 약해지셨어, 에드. 이번 일은 아버지한테 아주 중요한 일이야. 엄마한테도."

"누나, 그때 말했지만……"

제마의 목소리가 폭발하듯 차 안으로 쏟아졌다.

"그래, 알아, 너 죽도록 바빠. 진행 중인 일이 있다고 그랬지."

"그래, 진행 중인 일이 있어! 그게 어떤 일인지 누난 상상도 못할 거야!"

"저런, 내가 어떻게 감히 네 일을 이해할 생각을 하겠니? 난 그저 망할 억대 연봉도 못 받는 멍청한 사회복지사일 뿐인데. 내가 말하고 있는 건 우리 아버지야, 에드. 널 그 빌어먹을 학교에 보내려고 모든 걸 희생한 분 말이야. 아버지는 네가 천재라도 되는 줄 아셔. 게다가 아버지는 앞으로 오래 버티지 못하실 거야. 그러니까 꼭 참석해서 네 얼굴을 보여드려. 그리고 죽어가는 아버지들한테 아들들이 하는 말들을 하라고, 알겠니?"

"아버지는 죽어가지 않아."

"네가 그걸 어떻게 알아? 두 달 동안 코빼기 한 번 안 비친 애가!"

"누나, 나도 갈 거야. 지금은 내가 그냥……"

"웃기는 소리 하지 마. 넌 사업가야. 사업가는 일이 되게 하는 사람이야. 그러니까 이 일도 되게 만들어. 안 그럼 내가 장담하는데……"

"전화가 잘 안 들리네, 제마. 미안해, 이 지역은 수신 상태가 영 고르지 않아. 내가……"

에드가 전화기에 대고 쉬이이이, 하며 소리를 냈다.

"점심 한 번이야."

조용히 달래는 듯한 사회복지사의 목소리로 제마가 말했다.

"딱 점심 한 번 같이 하자는 거라고, 에드."

앞쪽에서 경찰차를 발견하고 에드가 속도계를 확인했다. 희미한 전조등 하나만 켜진 후줄근한 롤스로이스 한 대가, 도로 가장자리로 반쯤 올라간 채 가로등 불빛 아래 세워져 있었다. 자그마한 여자아이가 목줄을 채운 거대한 개를 데리고 그 옆에 서 있었다. 에드의 차가 옆으로 지나가자 여자애의 머리가 천천히 돌아갔다.

"너한테는 막중한 책무가 있고, 네가 엄청나게 중요한 일을 한다는 것도 알아. 우리 모두 그 사실을 잘 알고 있다고, 이 대단하신 컴퓨터광 양반아. 하지만 가족끼리 어색하게나마 점심 한 번 같이 하자는 게 그렇게 큰 부탁이니?"

"잠깐만, 제마. 앞쪽에서 사고가 났네."

여자애 옆에는 깜짝 놀랄 정도로 새까만 머리를 하고 어깨가 구부정한, 남자아이인지 여자아이인지 한눈에 분간이 안 되는 10대 한 명이 유령처럼 서 있었다. 그리고 뭔가 끄적이는 경찰관을 잠시 외면하는 또 다른 여자아이 한 명, 아니 머리를 대충 뒤로 동여맨 작은 여자 한 명이 눈에 들어왔다. 여자가 화난 얼굴로 양손을 들어 올리자, 에드는 라라의 모습이 떠올랐다.

자기는 정말 짜증나는 인간이야!

에드는 그곳에서 100미터는 더 달린 후에야, 그 여자를 안다는 사실을 깨달았다. 어디서 본 여자인지 기억해내려고 머리를 쥐어짰다. 바에서 봤나? 홀리데이 파크에선가? 그러다 갑자기 자동차 열쇠를 빼앗는 여자의 모습이 떠올랐다. 그의 집에서 그의 안경을 벗기는 모습도. 이렇게 늦은 시간에 아이들까지 데리고 여기서 뭘 하는 거지? 에드는 차를 세우고 백미러로 뒤를 봤지만, 사람과 차들의 모습만 어렴풋이 보였다. 여자아이는 어두운 길가에 앉아 있었고, 아이 옆에는 거대한 검은 덩어리로 보이는 개 한 마리가 앉아 있었다.

"에드? 너 괜찮은 거야?"

제마의 목소리가 적막을 깨며 들려왔다.

나중에 다시 생각해봐도, 에드는 그때 자신을 멈추게 한 것이 무엇인지 확실히 말할 수가 없었다. 아마도 빈 집에 도착하는 시간을 늦추고 싶어서 그랬을 것이다. 어쩌면 지금처럼 궤도를 벗어난 삶에서는 그런 장면의 일부가 되는 것이 전혀 이상하지 않기 때문이었는지도 몰랐다. 아니면 지금까지 드러난 모든 증거와는 다르게, 그가 완전히 멍청한 놈은 아니라고 스스로를 설득하고 싶어서 그랬는지도 모른다.

"제마, 나중에 다시 전화할게. 내가 아는 사람이 사고를 당했어."

에드는 차를 세웠다가 전, 후진을 반복해 차를 돌렸다. 그리고 희미한 불빛이 비추는 도로를 따라 경찰차가 있는 곳까지 천천히 운전해 갔다. 그가 반대편 길에 차를 세웠다.

"안녕하세요."

에드가 차창을 내리고 말했다.

"무슨 일 있나요?"

9
탠지 TANZIE

탠지의 행복한 기분은 니키의 부어오른 얼굴을 보는 순간 즉시 사라졌다. 니키는 니키처럼 보이지 않았다. 탠지는 자꾸만 다른 데로 도망치려는 눈길을 단단히 붙잡아 오빠를 바라봤다. 탠지의 눈은 심지어 반대편 벽에 붙어 있는 바보 같은 그림마저도 쳐다보려고 했다. 질주하는 말들을 그린 그림인데, 그림 속의 말들은 전혀 말처럼 생기지도 않았다. 탠지는 오빠에게 수학 올림피아드와 세인트 앤에 등록할 방법에 대해 말해줄 생각이었다. 하지만 그럴 수가 없었다. 콧속으로 병원 냄새가 스며들고, 이상한 모양으로 부풀어 오른 니키의 눈을 보자, 다른 생각은 모두 잊었다. 오로지, 피셔 형제가 이렇게 만들었어, 피셔 형제가 이렇게 만들었어, 하는 생각만 머릿속을 맴돌았다. 그러자 약간 겁이 났다. 어떻게 그들이 아는 누군가가 아무런 이유도 없이 이런 짓을 할 수가 있는지 믿을 수가 없었다.

니키가 복도로 나가려고 일어나자, 탠지가 오빠의 손을 가만히 잡았다. 보통 때 같으면 탠지에게 "서둘러, 꼬맹이"라고 말했겠지만, 오빠는 말없이 탠지의 손을 꼭 잡았다.

엄마는 병원 사람들에게 또 똑같은 설명을 해야 했다. 그녀는 니키의 친엄마가 아니지만 엄마나 다름없는 사람이다, 니키를 담당하는 사회복지사는 없다. 탠지는 그런 대화를 들을 때마다 기분이 이상했다. 오빠가 진짜 가족이 아니라는 소리 같아서. 오빠는 분명히 가족인데 말이다. 니키는 아주 천천히 방 밖으로 걸어 나가면서 간호사에게 고맙다는 인사를 잊지 않았다.

"착한 친구예요, 그렇죠? 예의 바르고."

간호사가 말했다.

엄마는 니키의 물건들을 챙겼다.

"그게 제일 안 좋아요."

엄마가 말했다.

"쟤는 그저 자기를 가만히 내버려두길 원할 뿐인데."

"이 동네에서는 그게 잘 안 되죠?"

간호사가 탠지에게 미소를 지었다.

"오빠를 잘 보살펴주렴, 알겠지?"

탠지는 니키의 뒤에서 정문으로 걸어가다가 문득 궁금해졌다. 최근에 그들이 나눈 모든 대화가, 묘한 표정을 지은 상대가 '잘 보살펴'나 '잘 챙겨'란 말을 하는 걸로 끝난다면 그건 과연 무슨 뜻인지.

엄마는 저녁을 준비한 후, 니키에게 서로 색이 다른 알약 세 개를 챙겨줬다. 탠지와 니키는 나란히 소파에 앉아 텔레비전을 봤다. 「토털 와이프아웃」이 방영되고 있었다. 보통 니키는 그 프로를 보면서 아주 조금이지만 웃곤 했다. 하지만 집에 온 이후 니키는 말을 거의 하지 않았고, 탠지가 보기에는 오빠가 턱이 아파서 그러는 건 아닌 것 같았다. 엄마는 위층에서 뭘 하는지 바쁘게 움직였다. 서랍을 여닫고 층계참을 오가는 소리가 들려왔다. 얼마나 바빴는지, 탠지와 오빠가 잠자리에 들 시간이 지났다는 사실조차 알아채지 못했다. 탠지가 손가락으로 오빠를 살그머니 찔렀다.

"아파?"

"뭐가 아파?"

"얼굴 말이야."

"얼굴이 왜?"

"그냥…… 모양이 이상하잖아."

"너도 이상해. 너는 안 아파?"

"하 하."

"난 멀쩡해, 탠지. 그러니까 그만해."

그러고 나서도 탠지가 계속 빤히 쳐다보자, 다시 말했다.

"그만하래도. 그냥…… 잊어버려. 하나도 안 아파."

엄마가 거실로 들어와서 노먼에게 목줄을 채웠다. 노먼은 소파에 누운 채 일어나려 하지 않았고, 네 차례 시도 끝에야 겨우 문밖으로 끌어낼 수 있었다. 탠지는 엄마에게 노먼을 산책시키러 나가는 거냐고 물으려고 했지만, 그 순간 텔레비전에서 참가자가 바퀴에 채여 물속으로 풍덩 빠지는 부분이 나와서 그만 잊어버리고 말았다. 잠시 후에 엄마가 다시 안으로 들어왔다.

"좋아, 애들아. 재킷들을 가져와."

"재킷요? 왜요?"

"왜냐하면, 우린 떠날 거니까. 스코틀랜드로."

엄마는 그게 아무 일도 아니라는 듯이 가볍게 말했다.

니키는 텔레비전에서 눈을 떼지 않았다.

"스코틀랜드로 간다고요?"

"그래. 차로 갈 거야."

"우린 차가 없잖아요."

"롤스로이스를 끌고 갈 거야."

니키가 탠지를 흘긋 봤다가 다시 엄마를 봤다.

"하지만 보험도 없는데요."

"엄만 열두 살 때부터 운전을 했어. 그리고 지금까지 한 번도 사고를 낸 적이 없고. 우린 지방 도로로만 갈 거고 밤새 달리면 거의 도착할 거야. 차를 세우는 사람만 없으면 우린 아무 문제없어."

둘은 엄마를 뚫어지게 쳐다봤다.

"하지만 그때……."

"알아. 내가 무슨 말을 했는지. 하지만 때로는 목적이 수단을 정당화하기도 하는 거야."

"그게 무슨 말이에요?"

엄마가 양손을 공중으로 들어 올렸다.

"니키, 스코틀랜드에서 우리 인생을 바꿀 수학 경연 대회가 열릴 예정이야. 우리한테는 거기까지 갈 차비가 없고. 진실은 그거야. 나도 이 차를 끌고 거기까지 가는 게 현명한 방법이 아니라는 건 알아. 그리고 이게 옳은 일이라고 말하는 것도 아니야. 하지만 너희 둘에게 더 나은 생각이 없다면, 저 차로 가는 것 말고는 방법이 없어."

"저기, 짐을 싸야 하는 거 아니에요?"

"차 안에 다 실어 놨어."

탠지는 오빠도 똑같은 생각을 한다는 걸 알았다. '엄마가 드디어 미쳤어.' 하지만 탠지는 어디선가 미친 사람이 몽유병 환자와 비슷하다는 글을 읽은 적이 있었다. 그들은 건드리지 않는 것이 최선이라고 했다. 그래서 탠지는 천천히 고개를 끄덕였다. 엄마의 의견이 이해가 간다는 듯이. 탠지는 방에서 재킷을 가져왔고 그들은 뒷문으로 나가 차고로 들어갔다. 노먼이 롤스로이스 뒷좌석에서 "알아. 내 생각도 그래"라고 말하는 표정으로 그들을 바라봤다. 차 안에서 희미하게 곰팡이 냄새가 났다. 탠지는 좌석에 손을 대고 싶지 않았다. 탠지가 또 어디선가 읽은 적이 있는데, 쥐들은 쉴 새 없이 오줌을 싸고 다니며 쥐 오줌은 사람에게 질병 800가지를 감염시킬 수 있다고 했다.

"얼른 가서 장갑 좀 가져오면 안 돼요?"

탠지가 물었다. 엄마는 탠지야말로 제정신이 아니라는 듯 쳐다봤지만 이내 고개를 끄덕였다. 탠지는 집으로 달려가 장갑을 가져왔다. 차분히 장갑을 끼고 나니 기분이 조금 나아졌다. 니키는 조심조심 앞좌석으로 들어가서 손가락으로 데시보드 위의 먼지를 닦았다. 엄마는 차고 문을 연 다음 차 안으로 들어와 엔진을 가동시킨 후 조심스럽게 차를 돌려 진입로로 나갔다. 그러고는 차에서 내려 차고 문을 닫고 확실하게 잠갔다. 그러더니 차에 앉아 잠깐 생각했다.

"탠지. 펜하고 종이 좀 있니?"

탠지가 가방을 뒤져 종이와 펜을 꺼내줬다. 엄마는 탠지에게 보여주지 않으려고 하면서 종이에 뭔가 써넣었지만, 탠지는 좌석 사이로 모두 봤다.

피셔, 이 거지 같은 자식아! 내가 경찰에다 말해뒀다. 집 안으로 누군가 침입하면 그건 바로 너일 거라고. 그러니까 그들이 지켜볼 거다!

엄마는 차 밖으로 나가서, 거리에서는 보이지 않는 문 아래 틈에다 쪽지를 끼워 넣었다. 그러고는 다시 좀먹은 운전석으로 올라탔고, 롤스로이스는 낮게 부르릉거리면서 밤거리로 들어섰다.

엄마가 운전하는 법을 잊었다는 사실을 모두가 알게 되기까지 10분이 걸렸다. 백미러나 깜빡이처럼 탠지도 아는 것들을 엄마는 자꾸 틀린 순서로 조작했다. 그리고 양손으로 핸들을 꽉 움켜쥔 채 몸을 바짝 핸들로 기울이고 운전했다. 번화가에서 시속 20킬로미터로 달리고 공영주차장 기둥에다 차문을 긁어대는 할머니들처럼.

그들은 '로즈 앤 크라운' 호텔을 지나고, 다섯 명이 달라붙어 차를 닦아주는 세차장과 카펫 공장을 지났다. 탠지는 차창에 코를 바짝 대고 밖을 내다봤다. 그들은 정말로 마을을 벗어나고 있었다. 탠지가 마지막으로 마을을 벗어난 것은 학교에서 수학여행으로 더들 도어에 갈 때였다. 버스에서 멜라니 애봇이 먹은 걸 전부 토하는 바람에 그 차에 탄 학생 전체가 연쇄 반응을 일으키며 토하기 시작했었다.

"침착해."

엄마는 혼잣말을 했다.

"차분하게 하면 돼."

"차분한 것 같지 않은데요."

니키가 말했다. 그는 반짝이는 작은 화면의 양옆에 달린 버튼을 손가락이 보이지 않을 정도로 빠르게 누르며 닌텐도 게임을 하고 있었다.

"니키, 네가 지도를 봐줘야 해. 닌텐도 게임 하지 말고."

"뭐, 북쪽으로만 가면 되잖아요."

"북쪽이 어딘데? 이 근방에서 운전을 안 한 지가 오래됐단 말이야. 어느 쪽으로 가야하는지 네가 알려줘야 해."

니키가 이정표를 흘끔 봤다.

"우리 M3 도로로 가야 해요?"

"몰라. 내가 너한테 묻고 있잖아!"

"어디 봐요."

탠지가 뒷좌석에서 팔을 뻗어 니키의 손에서 지도를 채갔다.

"어느 길로 가야 한다고요?"

탠지가 지도를 접으려 씨름하는 동안, 차는 로터리를 두 바퀴 돌고 나서 다시 도로로 들어섰다. 탠지는 어렴풋이 이 길을 기억했다. 엄마와 아빠가 그 에어컨들을 팔려고 돌아다닐 때 이 길을 한 번 지나간 적이 있었다.

"뒤쪽에 등 좀 켜주면 안 돼요, 엄마? 아무것도 안 보여요."

엄마가 운전석에서 돌아봤다.

"버튼이 네 머리 위쪽에 있을 텐데."

탠지가 버튼을 찾아 엄지로 눌렀다. 장갑을 벗고 해도 될 뻔했다고 탠지는 생각했다. 쥐들이 무슨 박쥐도 아니고, 천장에 거꾸로 매달려 기어 다니지는 못할 테니까 말이다.

"안 켜지는데요."

"니키, 네가 지도를 봐야 해."

제스가 쳐다보고는 버럭 소리를 질렀다.

"니키!"

"알아요. 볼 거예요. 요 금별들만 따구요. 5,000점이나 된단 말이에요."

탠지가 할 수 있는 한 지도를 잘 접어서 다시 좌석 사이로 밀어 넣었다. 니키는 집중을 하느라 게임기에 머리를 처박고 있었다. 공정하게 말해서, 금별은 정말 따기 어려웠다.

"그거 당장 내려놓지 못하겠니!"

니키가 한숨을 내쉬며 게임기를 탁 닫았다. 그들은 이제 탠지가 처음 들어보는 펍을 지나서 새로 지은 호텔 앞을 지나고 있었다. 엄마는 M3도로를 찾아야 한다고 했지만, 탠지는 여기까지 오는 동안 M3로 가는 길을 알려주는 이정표를 거의 보지 못했다. 탠지 옆에서 노먼이 낮게 낑낑거리기 시작했다. 탠지는 그 소리가 엄마의 신경을 갈가리 찢어놓기까지 약 30초가 걸릴 것으로 예상했다.

엄마는 27초 만에 폭발하고 말았다.

"탠지, 제발 그 개 좀 조용히 시켜. 도저히 운전에 집중을 할 수가 없어. 니키. 얼른 지도를 좀 봐달라니까."

"노먼이 사방에다 침을 흘려요. 잠깐 밖으로 내보내는 게 좋을 것 같아요."

탠지가 옆으로 자리를 이동했다.

니키가 눈을 가늘게 뜨고 앞쪽에 보이는 이정표를 읽었다.

"이 길로 계속 가면 사우스햄프턴이 나올 것 같은데요."

"그건 반대 방향이잖아."

"제 말이 그거예요."

휘발유 냄새가 너무 지독해서, 탠지는 뭔가 새고 있는 게 아닌가 궁금했다. 장갑으로 코를 틀어막았다.

"제 생각엔 원래 있던 곳으로 되돌아가서 다시 시작하는 게 좋겠어요."

니키가 말했다.

엄마는 앓는 소리를 내고서 다음 출구에서 차를 휙 돌렸다. 엄마가 핸들을 오른쪽으로 꺾어서 반대편 도로로 들어갈 때 뭔가 갈리는 소리가 났지만 모두 못 들은 척했다.

"탠지. 제발 개 좀 어떻게 해봐. 부탁이야."

롤스로이스의 페달 하나가 어찌나 뻑뻑한지 제스가 기어를 바꾸려면 그 위로 올라서야 할 지경이었다. 제스가 고개를 들고 마을로 가는 길을 가리켰다.

"여기서 어떻게 해야 하니, 니키? 여기서 나가야 해?"

"오, 맙소사. 얘가 방귀를 뀌었어요. 엄마, 나 숨 막혀 죽을 것 같아요."

"니키, 제발. 지도 좀 제대로 봐봐."

탠지는 그제야 엄마가 운전을 싫어한다는 사실이 기억났다. 엄마는 정보를 빨리 처리하는 걸 잘 하지 못했다. 신경 구조가 그런 일에 적합하지 않기 때문이라고 엄마는 늘 말했다. 게다가 차 안으로 서서히 퍼지는 냄새가 얼마나 지독한지 똑바로 생각을 하기가 몹시 힘들었다. 탠지는 끅끅거리기 시작했다.

"나 죽어요!"

노먼이 커다란 머리를 돌려 탠지를 쳐다봤다. 탠지가 아주 비열한 짓을 하기라도 한 것처럼 슬픈 눈빛이었다.

"갈림길이 두 곳이잖아. 이번에 들어가 다음에 들어가?"

"다음 길이 확실해요. 아, 아니에요. 죄송해요. 이번 길이에요."

"뭐?"

엄마가 차를 확 비틀어서 풀이 난 길가를 아슬아슬하게 비켜가며 출구로 들어갔다. 롤스로이스가 연석을 들이받는 순간, 차가 크게 요동쳐서 탠지는 노면의 개목걸이를 잡기 위해 코를 쥔 손을 놓아야 했다.

"맙소사. 너 제대로……."

"다음 길이라고 말하려고 했는데. 이 길로 가면 몇 킬로미터나 벗어나게 돼요."

"도로에 들어선 지가 30분이나 되었는데 시작할 때보다 목적지에서 더 멀어지다니. 정말이지, 니키, 내가……."

탠지가 번쩍이는 푸른 등을 본 건 그때였다. 탠지는 마음속으로 경찰차가 그냥 지나쳐 가기만 간절히 바랐다. 하지만 지나쳐 가는 대신 점점 그들에게로 가까워지더니 차 안을 온통 푸른빛으로 가득 채웠다.

니키가 괴로운 듯이 몸을 돌려 돌아봤다.

"저기, 제스. 차를 세우라는 것 같은데요."

"제기랄. 제기랄 제기랄 제기랄. 탠지, 넌 이거 못 들었어."

엄마가 깊게 숨을 들이쉬고 핸들을 똑바로 잡고는 속도를 줄이기 시작했다.

니키가 의자로 몸을 약간 수그렸다.

"저기, 제스?"

"나중에, 니키."

경찰차도 멈췄다. 탠지의 손바닥에 땀이 차기 시작했다.

괜찮아, 아무 일도 없을 거야.

"제가 마리화나를 가져왔다는 말을 하기엔 좀 안 좋은 때죠?"

10

제스 JESS

그렇게 해서, 밤 열한 시 사십 분에, 제스는 경찰 두 명과 풀이 돋은 도로변에 서 있었다. 경찰들이 그녀를 주요 범죄자 대하듯 할지도 모른다고 생각했지만, 현실은 더욱 끔찍했다. 제스를 아주아주 멍청한 여자 대하듯 한 것이다. 그들의 모든 말에는 깔보는 듯한 태도가 배어 있었다.

"그러니까 이렇게 늦은 밤에 가족들을 데리고 드라이브를 하시는 일이 잦으신가요, 부인? 전조등이 하나만 켜진 차로요? 납세필 증명서의 유효기간이 2년이나 지났다는 사실은 알고 계셨나요, 부인?"

그들은 아직 보험 문제에 대해서는 확인하지 않은 상태였다. 그러니까 그것 역시 기대해도 좋았다. 니키는 진땀을 흘리며 경찰이 그의 마리화나를 발견하기를 기다렸다. 탠지는 창백한 얼굴로 몇 미터 떨어진 곳에 유령처럼 조용히 서 있었다. 탠지가 불안을 잠재우려고 노먼의 목을 꽉 끌어안을 때 불빛 아래서 스팽글이 달린 재킷이 번쩍거렸다. 모든 일은 순전히 제스의 탓이었다. 더 나빠질 수 없을 정도로 최악이었다.

그런 다음 니콜스 씨가 나타났다. 그가 차창을 내리는 순간, 제스는 얼굴에 남아 있던 얼마 안 되는 핏기마저 싹 가셔버리는 느낌이었다. 그리고 머릿속에 오만 가지 생각들이 스쳤다. 그녀가 감옥에 가면 아이들은 누가 돌볼 것인가? 만일 마티가 돌보게 된다면, 탠지의 발이 이따금 자라므로 발톱이 발가락으로 파고들 때까지 기다리지 말고 새 신발을 사줘야 한다는 사실 같은 걸 기억이나 할까? 그리고 노먼은 누가 돌볼까? 대체 어쩌자고 그녀는 진즉에 했어야 하는 일, 에드 니콜스에게 그 바보 같은 돈 뭉치를 돌려주는 일을 하지 않았을까? 그리고 무엇보다도 에드는 경찰에게 그녀가 도둑이라는 사실을 말하려는 걸까?

하지만 아니었다. 그는 도울 일이 없느냐고 물었다. 경찰관1이 천천히 고개를 돌려 에드를 쳐다봤다. 경찰관1은 떡 벌어진 가슴에 꼿꼿한 자세를 지닌 남자였다. 그는 자신이 하는 말은 매우 중요하고 심각한 것들이라고 생각하면서 자신의 말에 동의하지 않는 이들에게 발끈하는, 그런 부류였다.

"누구시죠?"

"에드워드 니콜스라고 합니다. 이 여자 분과 아는 사이에요. 무슨 일이죠? 차에 문제가 생겼나요?"

에드는 저런 차가 도로에 나와 있다는 사실을 믿을 수 없다는 듯 롤스로이스를 쳐다봤다.

"그렇게 볼 수도 있죠."

경찰관2가 대답했다.

"납세필 영수증 유효기간이 지났어요."

제스는 가슴이 요란하게 방망이질을 하듯 뛰는 걸 모른 척하려고 애쓰며 중얼거렸다.

"애들을 어디로 좀 데려다주려고 한 것뿐이에요. 이제는 도로 집으로 운전해 가게 생겼지만."

"부인은 어디로도 운전하지 않을 겁니다."

경찰관1이 말했다.

"부인의 차는 압수됐어요. 견인차가 이리로 오는 중입니다. 유효한 납세필 증명서 없이 공공 도로로 차를 끌고 나온 것은 자동차세 및 차량등록법 33조 위반입니다. 그 말은 곧 보험도 무효가 될 거라는 뜻이구요."

"보험은 없어요."

경찰관 2명 모두 제스에게로 고개를 돌렸다.

"자동차도 보험이 없고, 저도 없고요."

제스는 니콜스 씨가 뚫어지게 쳐다보는 게 느껴졌다. 알게 뭐란 말인가? 어차피 세부 사항으로 들어가면 전부 알게 될 텐데.

"저희한테 문제가 좀 있었어요. 아이들을 A지역에서 B지역으로 데려다줄 방법이 이것밖에 없었어요."

"세금을 납부하지 않고 보험도 없이 차를 운전하는 일은 범죄라는 사실을 아셔야 합니다. 징역형을 받을 수도 있어요."

"그리고 이건 제 차도 아니에요."

제스가 풀 위에서 돌멩이 하나를 발로 차냈다.

"그 데이터베이스인가 뭔가를 확인하면 다음으로 알게 될 사실이 바로 그걸 거예요."

"저 차를 훔친 겁니까, 부인?"

"아뇨, 훔치지 않았어요. 저 차는 2년 동안 내 차고에 주차되어 있었다구요."

"그건 제 질문에 대한 답변이 아닌데요."

"전 남편 차에요."

"전 남편께서 저 차를 끌고 나온 걸 아십니까?"

"그 남자는 내가 성전환 수술을 하고 이름을 시드로 바꾼다고 해도 모를 거예요. 노스요크서에서 산 지가……."

"저기요, 이제 그만 말하는 게 좋을 것 같네요."

니콜스 씨가 머리를 쓸어 넘겼다.

"당신이 이분 변호사라도 됩니까?"

"변호사가 필요한 상황인가요?"

"세금 미납에 보험도 없이 운전하는 건 33조 위반……."

"네. 그건 말씀하셨고요. 저, 제 생각엔 뭔가 더 말하기 전에 약간의 조언을 얻는 게 좋을 거 같아요, 저……."

"제스예요."

그녀가 말했다.

"제스."

에드가 경찰관들을 쳐다봤다.

"경관님, 이분이 경찰서까지 갈 필요가 있을까요? 몹시 미안하게 생각하고 계신다는 점은 분명한 것 같은데요. 그리고 지금 시각을 생각하면 아이들을 얼른 집으로 보내는 게 좋겠고요."

"부인은 세금을 미납하고 보험 없이 운전한 혐의로 기소될 겁니다. 성함과 주소를 알려주시겠습니까, 부인?"

제스는 이름과 주소를 경찰관1에게 알려줬다.

"차는 그 주소로 등록이 되어 있는 게 맞네요. 하지만 SORN을 신청하셨어요. 그 말은……."

"공공 도로에서 이 차를 몰면 안 된다는 뜻이죠. 알아요."

"그 사실을 나오기 전에 생각하지 않으셨다니 안타깝네요, 그렇죠?"

경찰관은 교사들이 여덟 살짜리를 풀죽게 할 때 짓는 그런 표정으로 제스를 바라봤다. 그 표정의 무엇인가가 제스를 낭떠러지로 확 떠밀었다.

"이것 보세요, 내가 100퍼센트 필요한 일이 아니었다면, 아이들을 이 똥차에 태우고 밤 열한 시에 거리로 나왔을 거라고 생각해요? 그러니까 내가 오늘 저녁에 손바닥만 한 우리 집에 앉아서, '그래, 난 애들과 망할 개를 끌고 밖으로 나가서 엄청나게 골치 아픈 문제 속으로 뛰어들 거야' 그러고는⋯⋯."

"부인이 무슨 생각을 했는지는 제가 알 바가 아닙니다, 부인. 제가 문제 삼는 건 보험도 없고 안전하지 않을지도 모를 차량을 공공 도로로 끌고 나왔다는 점이에요."

"절박한 심정으로 그런 거예요. 알겠어요? 그리고 당신네 그 망할 데이터베이스에서는 나에 관해 아무것도 발견하지 못할 거예요. 난 잘못한 게 아무것도 없으니까⋯⋯."

"아니면 그저 잡히지 않은 것뿐일 수도 있죠."

두 경찰관은 제스를 계속 응시했다. 길가에서 노먼이 커다랗게 한숨을 쉬며 털썩 주저앉았다. 탠지는 텅 빈 눈으로 아무 말 없이 모든 광경을 지켜봤다. 오, 맙소사, 하고 제스가 생각했다. 그녀가 사과의 말을 웅얼거렸다.

"부인은 적절한 서류 없이 차를 운전한 혐의로 기소될 겁니다, 토머스 부인."

경찰관1이 종이 쪽지를 그녀에게 건넸다.

"법원출두명령서를 받게 될 거라고 미리 말씀을 드려야겠네요. 그리고 최고 5,000파운드의 벌금을 물게 될지도 모른다는 말도 요."

"5,000파운드라고요?"

제스가 웃기 시작했다.

"그리고 이걸(경찰은 롤스로이스를 차마 '차'라고 부르지 못했다) 경찰 견인 차량 보관소에서 찾아갈 때 보관 비용을 지불해야 합니다. 하루에 15파운드씩 부과된다는 말씀도 드려야겠군요."

"완벽하네요. 그럼 이 차를 운전하는 게 허락되지 않는데 나중에 보관소에서는 어떻게 끌고 나오죠?"

"견인차가 도착하기 전에 소지품들을 모두 꺼내시는 게 좋을 겁니다. 이 차가 이곳을 떠나는 순간부터는 차량 안에 있는 물건에 대해서는 책임지지 않아요."

"물론 그렇겠죠. 경찰 견인 차량 보관소에서 차가 안전하기를 바라는 건 너무 지나친 요구니까."

제스가 중얼거렸다.

"엄마, 그럼 우리는 어떻게 집으로 돌아가요?"

잠시 침묵이 흘렀다. 경찰들은 시선을 피했다.

"제가 태워다드리죠."

니콜스 씨가 말했다. 제스가 그에게서 물러나며 말했다.

"오. 아뇨, 아뇨. 고맙지만 저흰 괜찮아요. 걸어가면 돼요. 그렇게 멀지 않으니까요."

탠지가 눈을 가늘게 뜨고, 엄마가 지금 진담을 하는 것인지 가늠하려는 듯 쳐다봤다. 제스는 탠지가 외투 아래로 잠옷 하나만 입은 사실을 떠올렸다. 니콜스 씨가 아이들을 흘깃 쳐다봤다.

"저도 그쪽으로 돌아가는 길이에요."

그가 마을 쪽으로 고갯짓을 했다.

"제가 어디 사는지는 아시잖아요."

탠지와 니키는 아무 말이 없었지만, 제스는 니키가 절뚝이며 차로 걸어가서 가방들을 내리기 시작하는 모습을 바라봤다. 니키에게 저 모든 짐을 지고 가게 할 순 없었다. 적어도 3킬로미터는 되는 거리였다.

"고마워요."

제스가 딱딱한 말투로 말했다.

"정말 친절하시네요."

제스는 그의 눈을 똑바로 쳐다보지 못했다.

"부인 아들은 무슨 일을 당한 겁니까?"

경찰관2가 말했다.

"당신네 데이터베이스를 찾아봐요."

제스가 톡 쏘아붙이고는 가방 더미로 걸어갔다.

그들은 경찰차에서 멀어지는 동안 아무 말도 하지 않았다. 제스는 티끌 하나 없는 니콜스 씨의 차 조수석에 앉아서 정면의 도로만 뚫어지게 쳐다봤다. 이보다 더 마음이 불편했던 적이 있는지 기억을 더듬어도 떠오르지 않았다. 아이들이 조금 전의 사건으로 충격을 받아 말을 잃었다는 것은 보지 않아도 알 수 있었다. 제스가 아이들을 실망시킨 것이다. 그녀는 산울타리가 펜스와 벽돌벽으로 바뀌고, 검은 도로가 가로등 길로 변하는 모습을 말없이 지켜봤다. 집을 떠난 지 1시간 반 밖에 되지 않았다는 사실이 도무지 믿기지 않았다. 평생의 시간이 흐른 것 같이 느껴지는데. 벌금

5,000파운드, 거의 확실한 면허 정지, 거기다가 법정 출두까지. 마티는 미친 듯이 화를 낼 것이다. 그리고 제스는 탠지가 세인트 앤에 들어갈 마지막 기회를 날려버렸다. 제스는 울컥 목이 메었다.

"괜찮아요?"

"네."

제스는 계속 니콜스 씨의 시선을 피했다. 그는 이유를 알지 못했다. 당연히 그는 몰랐다. 제스는 그의 차에 타겠다고 한 후, 이게 모두 속임수가 아닌가 하는 생각에 잠시 겁이 났었다. 혹시 경찰이 사라질 때까지 기다렸다가 보복으로 뭔가 끔찍한 일을 하려는 게 아닌가 하고. 하지만 이건 더욱 끔찍했다. 그는 오로지 제스에게 도움이 되고자 했다.

"저, 여기서 좌회전을 해주시겠어요? 저 아래가 저희 집이거든요. 끝까지 가서 좌회전해주세요. 그러고 나서 두 번째 길에서 우회전하시고요."

마을에서 그림처럼 아름다운 부분은 저 뒤로 사라졌다. 이곳 데인홀은 여름에 조차도 나무들이 앙상하고, 벽돌 더미 위에 못 쓰게 된 차들이 얹혀 있었다. 도시의 거리에서 볼 수 있는 작은 받침대 위에 얹힌 조각상처럼 말이다. 집들은 거리에 따라 세 가지 고풍스런 스타일로 나뉘었다. 다닥다닥 붙어 있는 테라스식, 자갈로 마감한 주택, 강화 플라스틱 창문이 달린 벽돌로 지은 주택.

니콜스 씨는 왼쪽으로 차를 돌려 시코울 가로 들어서서 제스가 가리키는 집 앞에 멈췄다. 제스가 뒷좌석을 돌아보니 탠지는 그 사이에 잠이 들었다. 입이 약간 헤벌어졌고, 머리는 노먼의 몸 위에 얹혔다. 노먼은 거대한 몸뚱이의 반을 니키에게 기대고 있었다. 니키는 무표정한 얼굴로 창밖을 내다보고 있었다.

"그래서, 어디로 가시려던 거였나요?"

"스코틀랜드요."

제스가 코를 문질렀다.

"얘기하자면 길어요."

니콜스 씨는 기다렸다.

제스의 다리가 저절로 움찔거리기 시작했다.

"딸 아이를 수학 올림피아드에 데려다줘야 하거든요. 차비가 너무 비싸서요. 결국 경찰한테 걸리는 것보다는 비싸지 않은 걸로 드러났지만요."

"수학 올림피아드요."

"네. 저도 지난주까지만 해도 몰랐던 거예요. 말씀드렸잖아요. 얘기하자면 길다고."

"그럼 이제 어떻게 할 건데요?"

제스가 뒷좌석을 돌아봤다. 탠지는 이제 조그맣게 코까지 골고 있었다. 제스가 어깨를 으쓱했다. 그 말을 차마 입 밖에 낼 수가 없었다. 니콜스 씨의 시선이 니키의 얼굴로 향했다. 그는 처음 본다는 듯 빤히 쳐다봤다.

"네. 거기엔 또 다른 사연이 있어요."

"사연이 참 많은 분이군요."

제스는 그가 생각에 잠긴 건지, 단순히 그녀가 차에서 내리기를 기다리는 건지 알 수가 없었다.

"고맙습니다. 태워주셔서요. 친절한 분이시네요."

"네, 뭐, 제가 신세진 일도 있으니까요. 요전날 밤에 그쪽이 펍에서 저를 집까지 데려다준 거 알아요. 끔찍한 숙취와 함께 소파에서 깨어났는데 제 차는 펍 주차장에 세워져 있더군요."

그가 잠시 말을 멈췄다.

"그리고 어렴풋이 내가 재수 없게 굴었던 것도 기억나고요. 아마 두 번째로 그런 것 같지만요."

"괜찮아요."

제스가 귀까지 빨개져서는 대답했다.

"정말이에요."

니키가 차 문을 열자 탠지가 잠에서 깨어났다. 탠지는 눈을 비비고 깜박이며 제스를 쳐다봤다. 그러더니 천천히 차 안을 둘러봤고, 그날 밤의 일을 기억해내고 이내 표정이 바뀌었다.

"그럼 이제 우린 안 가요?"

제스가 발치에 놓인 가방들을 챙겼다. 그건 관객을 앞에 두고 나눌 이야기가 아니었다.

"안으로 들어가자, 탠지. 밤이 늦었어."

"우린 이제 스코틀랜드로 안 가는 거냐고요?"

제스가 니콜스 씨를 향해 어색하게 미소 지었다.

"고마워요, 정말."

제스는 가방들을 보도로 들어냈다. 밤공기가 놀랍도록 차가웠다. 니키가 집 앞에 서서 기다렸다. 탠지의 목소리가 갈라졌다.

"그럼 나 이제 세인트 앤에는 못 가요?"

제스는 미소를 지으려고 했다.

"그 얘기는 나중에 해, 우리 딸."

"하지만 어떻게 할 건데요?"

니키가 물었다.

"나중에 얘기해, 니키. 일단 집 안으로 들어가자."

"이젠 경찰에 5,000파운드까지 빚졌어요. 그런데 어떻게 스코틀랜드까지 가겠어요?"

"애들아, 제발. 집 안으로 좀 들어가자니까."

노먼이 끙 소리를 내며 뒷좌석에서 몸뚱이를 들어 느릿느릿 차 밖으로 나왔다.

"이번엔 왜 방법을 생각해낼 거라고 안 해요? 엄마는 항상 방법을 찾아냈잖아요."

탠지의 목소리에 공포가 스며 있었다.

"뭔가 방법이 있을 거야."

제스가 트렁크에서 이불을 끌어내며 말했다.

"그건 정말로 방법이 있을 때의 목소리하곤 다르잖아요."

탠지가 기어이 울음을 터트렸다.

생각지도 못한 일이 벌어져서 제스는 충격으로 한동안 멀거니 서 있기만 했다.

"이거 받아봐."

제스가 이불을 니키에게 건네고 탠지를 나오게 하려고 차 안으로 반쯤 들어갔다.

"탠지…… 우리 딸. 그만 나와야지. 너무 늦었어. 나중에 다시 얘기하자."

"세인트 앤에 못 간다는 얘기요?"

니콜스 씨는 감당하기 힘들다는 듯 운전대만 뚫어지게 쳐다봤다. 제스는 조그맣게 사과하기 시작했다.

"얘가 피곤해서 그래요."

딸아이를 품에 안으려고 했지만, 탠지는 그녀의 손을 피해 물러났다.

"정말 죄송해요."

그 순간 니콜스 씨의 전화가 울리기 시작했다.

"제마."

그는 전화가 오리라 예상하고 있던 사람처럼 지친 목소리로 말했다. 앵앵거리는 성난 목소리가 전화기 밖으로 흘러나왔다. 전화기 안에 말벌 한 마리가 갇혀 있는 듯한 소리였다.

"알아."

그가 조용히 말했다.

"난 세인트 앤에 가고 싶단 말이에요."

탠지가 울부짖었다. 안경이 벗겨져 떨어졌고(제스는 안경을 조이기 위해 탠지를 안경점에 데려갈 시간을 내지 못했다) 탠지는 양손으로 눈을 감싸고 있었다.

"제발 나 그 학교 다니게 해줘요. 제발요, 엄마. 나 정말 잘할 자신 있단 말이에요. 제발 다니게만 해줘요."

"쉬잇."

제스는 울컥 목이 메었다. 탠지는 뭔가 해달라고 조른 적이 없는 아이였다.

"탠지……"

니키는 차마 못 보겠는지, 이쪽을 외면한 채 보도에 서 있었다. 니콜스 씨가 전화기로 뭐라고 얘기했지만 그 순간 제스에게는 들리지 않았다. 탠지는 흐느끼기 시작했다. 축 늘어져서 끔찍하도록 무거웠다.

"이제 그만 나오자, 우리 딸."

제스가 탠지를 끌어당겼다. 탠지가 차 문에 몸을 바짝 붙였다.

"제발요, 엄마. 제발. 제발."

"탠지, 그만 내려야 해."

"제발……."

"내려. 어서, 탠지."

"제가 데려다 드리죠."

니콜스 씨가 말했다. 제스의 머리가 문틀에 쿵 부딪혔다.

"뭐라고요?"

"제가 스코틀랜드까지 차로 데려다드리겠다고요."

그는 전화기를 내려놓았지만 여전히 운전대를 뚫어지게 쳐다보고 있었다.

"저도 노섬벌랜드까지 가야할 일이 생겼네요. 거기서 스코틀랜드는 멀지 않죠. 거기까지 데려다 드릴게요."

모두가 조용해졌다. 거리 끝에서 누군가 크게 웃는 소리와 차문이 쾅 닫히는 소리가 들려왔다. 제스가 옆으로 비뚤어진 머리를 잡아당겨 바로 묶었다.

"제안해주신 건 정말 고맙지만, 그럴 수는 없어요."

"아뇨."

니키가 앞으로 몸을 숙였다.

"아뇨, 그럴 수 있어요, 제스."

그가 탠지를 흘긋 봤다.

"정말로요. 그럴 수 있어요."

"하지만 우린 니콜스 씨를 잘 알지도 못하는데요. 그런 폐를 끼칠 수는……."

니콜스 씨는 제스를 쳐다보지 않았다.

"차 한 번 태워드리는 건데요. 정말 별일 아니에요."

탠지가 훌쩍이며 코를 비볐다.

"제발요? 엄마?"

142

제스는 탠지를 쳐다봤다. 그리고 니키의 멍든 얼굴도 쳐다봤다. 그러고는 다시 니콜스 씨를 봤다. 제스는 지금처럼 전력 질주해서 달아나고 싶었던 적도 없었다.

"저는 아무것도 드릴 게 없어요."

제스의 목소리가 살짝 갈라져서 나왔다.

"아무것도요."

니콜스 씨가 한쪽 눈썹을 들어 올리고 개 쪽으로 고개를 돌리며 이렇게 말했다.

"나중에 뒷좌석을 청소해주는 것도요?"

제스의 입에서 흘러나온 숨소리는 외교적인 것이라기보다 안도의 한숨에 더 가까웠다.

"뭐…… 좋아요, 그 정도는 할 수 있겠네요."

"좋습니다."

그가 말했다.

"그럼 우리 모두 몇 시간이라도 눈을 좀 붙이도록 하죠. 제가 내일 아침 일찍 모시러 올 테니까요."

11
에드 ED

데인홀 공영 주택 단지를 떠난 후 에드 니콜스가 자신이 방금 무슨 짓을 저질렀는지 자문하게 되기까지 20분 정도가 걸렸다. 그는 싸움꾼 청소부와 그녀의 괴상한 두 아이와 침을 질질 흘리는 거대한 개 한 마리를 스코틀랜드까지 태워주기로 한 것이다. 대체 무슨 생각으로 그랬단 말인가? 에드는 제마의 목소리가 귀에 들리는 것만 같았다. 목소리에 스민 그 회의까지도.

"알지도 못하는 여자애와 그 가족을 영국 땅 반대편 끝까지 데려다줘야 하는데, 그게 '비상사태'라고. 그렇군."

제마는 '비상사태'라는 단어에 힘을 줬다. 잠시 말을 멈췄다가 덧붙였다.

"예쁜가보네?"

"뭐?"

"그 엄마 말이야. 가슴이 엄청 크니? 속눈썹이 엄청 길어? 곤경에 빠진 여인인가 봐?"

"그런 거 아니야. 그냥……"

그들이 차 안에 있는 동안에는 어떤 말도 할 수가 없었다.

"그 말은 '그렇다'라는 거네."

제마가 깊은 한숨을 내쉬었다.

"정말이지, 에드."

에드는 내일 아침 그 집에 가서 급한 일이 생겼다고 설명하고 사과할 생각을 했다. 그녀도 분명 이해할 것이다. 어쩌면 그녀도 낯선 사람과 한 차를 타고 여행하는 일을 이상하게 생각할지도 몰랐다. 에드가 제안했을 때도 얼씨구나 하고 덥석 받아들인 게 아니었으니까.

아이의 기차표를 사라고 돈을 좀 보태주면 될 것이다. 그리고 그 여자(제스라고 했던가?)가 납세필 증명서도, 보험도 없는 차를 끌고 나온 건 에드의 탓이 아니었다. 조금 전의 일(경찰, 괴상한 아이들, 한밤중의 드라이브)을 놓고 볼 때, 그 여자는 골칫거리가 분명했다. 그리고 에드 니콜스는 정말이지 더 이상의 골칫거리는 사양하고 싶었다.

이런 생각들이 분주히 머릿속을 오가는 동안 에드는 몸을 씻고 이를 닦았고, 그러고 나서 몇 주 만에 처음으로 단잠에 빠져들었다.

* * *

에드는 아홉 시가 약간 지난 시각, 그 집 앞에 차를 세웠다. 그 보다 일찍 도착할 예정이었지만 동네가 가물가물했고, 공영 주택 단지에는 워낙 엇비슷한 길들이 제멋대로 뻗어 있어서 이길 저길 마구잡이로 차를 몰고 돌아다니기를 30분쯤 하고 나서야 겨우 시코울 가를 알아봤다.

축축하고 고요한 아침이었다. 공기에 습기가 많아 묵직하게 느껴졌다. 연한 적갈색 고양이 한 마리를 제외하고 거리는 텅 비어 있었다. 보도 위로 살그머니 걸어가는 고양이의 꼬리가 물음표 모양으로 휘어져 올라갔다. 밝은 데서 보니 동네가 어젯밤보다는 덜 험해 보였다. 하지만 에드는 차 밖으로 나와 문을 잠갔는지 두 번 확인했다.

그가 창문을 올려다봤다. 2층 창문에 분홍색과 하얀색 장식용 깃발이 걸렸고, 포치에는 꽃바구니 두 개가 축 늘어져 매달려 있었다. 옆집 진입로에 쳐진 방수포 아래에 차가 한 대 주차되어 있었다. 그런 다음 그 개가 눈에 들어왔다. 맙소사. 크기가. 에드는 지난밤 자신의 차 뒷좌석에 늘어져 있던 개의 모습을 떠올렸다. 오늘 아침 차에 오르니, 개 냄새가 희미하게 남아 있었다.

에드는 개가 달려들지 않을까 경계하며 출입구 걸쇠를 벗겼지만, 개는 그저 관심이 없다는 듯 거대한 머리를 돌리고 비실비실한 나무의 그늘로 걸어갔다. 거기서 옆으로 털썩 드러누우며, 그가 배를 긁어줄지도 모른다고 막연하게 기대하듯 앞발 하나를 굼뜨게 들어 올렸다.

"고맙지만 사양할게."

에드가 말했다.

그는 집으로 이어지는 길로 걸어가서는 대문 앞에서 멈췄다. 무슨 말을 할 것인지는 미리 생각해뒀다.

안녕하세요, 정말 미안하지만, 갑자기 일과 관련해 몹시 중요한 일이 생겨서요, 며칠 동안 꼼짝을 못하게 됐네요. 하지만 따님의 수학 올림피아드 자금으로 얼마를 기부하고 싶어요. 공부에 그렇게 열심이라는 건 정말 **훌륭**

한 일이라고 생각해요. 자, 이걸 따님의 교통비로 써주세요.

어젯밤에 연습할 때보다는 어쩐지 설득력이 떨어지는 것처럼 들렸지만, 뭐 그래도 어쩔 수 없었다. 에드가 막 문을 두드리려는데, 핀으로 문에 고정된 채 산들바람에 팔랑이고 있는 종이쪽지가 눈에 들어왔다.

피셔. 이 거지 같은 자식아! 내가 경찰에다 말해뒀다.

에드가 상체를 일으키는데 문이 벌컥 열렸다. 그 작은 여자애가 서 있었다.

"저희는 짐 다 쌌어요."

실눈을 뜨고 머리를 한쪽으로 기울이며 아이가 말했다.

"엄마는 아저씨가 오지 않을 거라고 했지만 저는 오실 줄 알았거든요. 그래서 열 시까지는 짐을 풀지 말자고 했어요. 그런데 아저씨는 53분이나 일찍 오셨네요. 제가 예상한 시간보다는 33분이나 일찍 오셨고요."

에드가 눈을 깜빡였다.

"엄마!"

아이가 문을 밀어 활짝 열었다. 제스는 반쯤 걸어오다 얼어붙은 사람처럼 복도에 서 있었다. 잘라낸 청바지에 셔츠를 입고 소매를 둥둥 걷어붙였다. 머리는 말아 올려 핀으로 고정했다. 국토를 종단하는 긴 여행을 하려는 사람처럼은 보이지 않았다.

"안녕하세요."

에드가 어색하게 웃었다.

"아, 오셨네요."

제스가 머리를 흔들었다. 에드는 아이가 한 말이 사실이라는 것을 알았다. 그녀는 에드가 나타나리라고 기대하지 않았던 것이다.

"커피는 드릴 수 있어요. 하지만 우유는 어젯밤에 출발하기 전에 남은 걸 전부 없애버렸네요."

제스의 아들이 눈을 비비며 그의 옆으로 비스듬히 지나갔다. 아이의 얼굴은 여전히 부어올라 있었다. 이제는 보라색 계열과 노란색 계열의 물감을 쓴 인상파 화가의 그림처럼 보였다. 아이가 복도에 놓인 여행 가방과 쓰레기봉투 더미를 바라보다가 물었다.

"이 중에 어떤 걸 가져가는 거예요?"

"전부 다."

여자애가 말했다.

"그리고 내가 노먼 담요도 싸놨어."

제스가 에드를 조심스럽게 쳐다봤다. 에드는 가까스로 입을 열었지만 아무 말도 나오지 않았다. 복도에는 이쪽 끝에서 저쪽 끝까지 낡은 페이퍼백 책들이 줄지어 놓여 있었다.

"이 가방 좀 실어주실래요, 니콜스 아저씨?"

여자애가 그가 있는 쪽으로 가방을 끌어당겼다.

"지금은 오빠가 무거운 걸 들 수가 없어서 제가 들려고 해봤는데요, 제가 들기엔 너무 무거워요."

"물론이지."

에드는 허리를 굽혔다가, 가방을 들기 전에 한순간 멈췄다. 과연 이 일을 어떻게 할 것인가?

"저기요, 니콜스 씨……."

제스가 그의 앞에 서 있었다. 그녀는 에드만큼이나 불편한 표정이었다.

"이 여행 말인데요……."

그 순간 대문이 확 열렸다. 조깅복 바지에 티셔츠를 입은 여자가 야구 방망이를 들어 올린 채 서 있었다.

"그만둬!"

여자가 버럭 고함을 질렀다.

에드가 얼어붙었다.

"손들어!"

"나탈리!"

제스가 소리쳤다.

"치면 안 돼!"

그가 천천히 손을 올리고 여자에게로 돌아섰다.

"이게 대체……."

여자의 시선이 에드를 지나 제스에게로 향했다.

"제스? 오, 맙소사. 난 또 너희 집에 누가 있는 줄 알았어."

"나 있잖아."

여자는 방망이를 내리고 경악한 표정으로 그를 쳐다봤다.

"오, 세상에. 이 분은…… 맙소사, 이를 어째, 죄송해요. 대문 보고는 도둑이 든 줄 알았어요. 전 그쪽이……."

여자가 초조하게 웃으며 제스에게 괴로운 표정을 지어 보였다. 에드가 보고 있지 않는 것처럼.

"누군지 알잖아."

에드가 숨을 내쉬었다. 여자는 방망이를 뒤로 숨기며 미소를 지으려고 했다.

"이 동네가 어떤지 아실 거예요……."

그는 한 발자국 뒤로 물러나며 작게 고개를 끄덕였다.

"그래요, 저기…… 제 전화기를 좀 가져와야겠어요. 차에 두고 왔네요."

에드는 손바닥을 들어 보이며 나탈리 옆으로 빠져나가 집 앞으로 나갔다. 그는 자동차 문을 열었다 닫았고, 그러고는 다시 한 번 잠갔다. 오로지 귓속에서 울려대는 소리 너머로 생각하려 애쓰는 동안 할 일이 필요해서 그런 것뿐이었다. 그 순간 '그냥 차를 몰고 떠나버려!'라는 작은 목소리가 들렸다. 그 목소리는 '그냥 가. 저 여자를 안 보면 되잖아. 지금 같은 상황에서 이런 일을 하면 어쩌자는 거야'라고 부추겼다.

에드는 질서를 좋아했다. 일어날 일을 미리 알고 있기를 좋아했다. 하지만 저 여자와 관련된 모든 것은 일종의…… '경계 없음'을 암시했고, 그것은 에드를 몹시 불안하게 했다.

에드가 다시 집으로 다가가는데, 그들이 반쯤 닫힌 문 뒤에서 나누는 이야기 소리가 작은 정원으로 흘러나왔다.

"안 되겠다고 말할 거야."

"그러면 안 돼요, 제스."

소년의 목소리가 들렸다.

"왜 그러는데요?"

"일이 너무 복잡해져. 난 그 사람 밑에서 일한단 말이야."

"제스는 그 아저씨 집을 청소하는 거잖아요. 그건 다른 경우죠."

"그럼 우리가 그 사람을 잘 모르기 때문이라고 해두자. 탠지한 테는 모르는 남자와 한 차에 타면 안 된다고 말해놓고 어떻게 내가 그런 짓을 하겠니?"

"그 아저씨는 안경을 썼어요. 연쇄살인범이나 뭐 그런 사람일 리가 없다구요."

"데니스 닐슨 희생자들한테 그렇게 말해보렴. 해럴드 시프먼 희생자들한테도."

"제스는 연쇄살인범을 너무 많이 알아요. 혹시라도 저 아저씨가 나쁜 짓을 하려고 하면 노먼한테 공격하게 하면 되잖아요."

소년의 목소리가 다시 들렸다.

"그래. 노먼은 아주 쓸모 있는 개인 데다 과거에도 우리 가족을 보호했으니까."

"저 아저씨는 그 사실을 모르잖아요, 안 그래요?"

"니키. 니콜스 씨는 우리랑 아무 상관이 없는 사람이야. 어쩌다 보니 어젯밤에 우리 일에 말려들게 된 걸 거야. 니콜스 씨도 분명히 내키지 않을 거야. 우린…… 탠지한테 잘 말해서 그만두게 해야 해."

탠지. 에드는 뒤쪽 정원에서 이리저리 뛰어다니는 아이를 바라봤다. 아이의 머리칼이 뒤쪽으로 휘날렸다. 에드는 개가 문 쪽으로 어기적거리며 걸어가는 모습도 바라봤다. 반은 개고 반은 야크인 그 동물이 지나간 길에는 달팽이처럼 드문드문 침방울이 떨어져 있었다.

"가는 동안 계속 곯아떨어지게 하려고 피곤하게 만들고 있어요."

탠지가 불쑥 그의 앞으로 나타나서 숨을 헐떡거렸다.

"그렇구나."

"전 수학을 아주 잘해요. 우린 수학 올림피아드에 가는데요, 제가 거기서 우승을 해서 A레벨 수학을 할 수 있는 학교에 다닐 돈을 따낼 거예요. 아저씨, 제 이름을 바이너리코드로 변환하면 뭔지 아세요?"

에드가 아이를 쳐다봤다.

"탠지가 네 이름 맞니?"

"줄인 이름이지만, 늘 그렇게 써요."

에드가 볼을 부풀렸다.

"음. 좋아. 01010100 01100001 01101110 01111010 01101001 01100101."

"맨 끝에 1010이라고 했어요? 아님 0101이라고 했어요?"

"당연히 0101이지."

에드도 로넌과 이 게임을 하곤 했다.

"와아. 진짜로 맞게 하셨네요."

탠지가 에드를 지나 문을 밀었다.

"전 스코틀랜드에는 한 번도 못 가봤어요. 니키 오빠는 자꾸만 거기에 와일드해기스가 아주 많이 산다고 그래요. 하지만 그건 거짓말이죠?"

"내가 알기론 요즘에는 농장에서만 기른다고 하던데."

에드가 말했다. 탠지가 그를 빤히 쳐다봤다. 그러고는 환하게 웃으며 동시에 으르렁거리는 소리를 냈다. 그 순간 에드는 자신이 스코틀랜드로 가게 될 것임을 깨달았다. 에드가 문을 열자, 두 여자가 입을 다물었다. 그들의 시선은 그가 양손에 하나씩 집어 드는 가방으로 떨어졌다.

"떠나기 전에 물건들을 좀 사야 해요."

에드는 문이 도로 닫히게 놔두면서 말했다.

"그리고 아까 게리 리지웨이를 빠뜨렸어요. 그린 강 킬러요. 하지만 별일은 없을 거예요. 그들은 전부 근시고, 난 원시거든요."

마을을 벗어나기까지 30분 정도가 소요됐다. 언덕 꼭대기의 신호등이 나갔는데 부활절 휴가 차량까지 더해져서, 차들의 행렬이

가다 서다를 반복하며 느린 속도로 전진했다. 제스는 그의 옆에서 어색하게 양손을 무릎 사이에 끼고 조용히 앉아 있었다.

에드가 에어컨을 가동시켰지만 개의 체취는 숨길 수가 없었다. 그래서 에어컨을 끄고 창문 네 개를 모두 활짝 열고 달렸다. 탠지는 계속 조잘거리며 수다를 멈추지 않았다.

"아저씨는 스코틀랜드에 가보셨어요?"

"원래는 어디 사시는데요?"

"거기에 집이 있나요?"

"그럼 왜 여기에 머무시는 건데요?"

에드는 해결해야 할 일이 있다고 대답했다. "검찰 기소와 최고 7년 징역형을 기다리고 있어"라고 답하는 것보다는 그 편이 훨씬 수월했다.

"부인은 있나요?"

"예전엔 있었지."

"바람피운 거예요?"

"탠지!"

제스가 말을 가로막았다.

에드가 눈을 깜빡였다. 백미러를 흘긋 봤다.

"아니."

"「제레미 카일」이라는 프로를 보면요, 보통은 한 사람이 바람을 피워요. 어떤 때는 또 다른 아기가 있어서 유전자 테스트를 해야 하는데요, 그 사람 아기가 맞다는 결과가 나오면 여자는 꼭 누군 가를 때리고 싶은 표정을 지어요. 하지만 대부분은 그냥 울기 시작해요."

탠지가 실눈을 뜨고 창밖을 내다봤다.

"그 여자들은 그냥 화가 난 것뿐이에요. 남자들은 항상 다른 사람하고 아기를 가지니까요. 아니면 여자 친구를 아주 많이 만들거나. 그러니까 통계적으로 그 남자들은 또 다시 그런 일을 할 확률이 아주 높아요. 하지만 거기 나오는 여자들은 아무도 통계에 관심이 없는 것 같았어요."

"아저씨는 「제레미 카일」을 잘 보지 않아서 말이야."

에드가 GPS를 보면서 말했다.

"저도요. 엄마가 일하러 가서 나탈리 아줌마네 집에 있을 때만 봐요. 아줌마는 청소하러 가면서 저녁 때 보려고 녹화를 해놓거든요. 아줌마 하드드라이브에는 45회 분량의 방송이 들어 있어요."

"탠지."

제스가 말했다.

"엄마 생각엔 니콜스 씨가 운전에 집중하고 싶어 하실 것 같은데."

"괜찮습니다."

제스는 머리카락 몇 올을 비비 꼬았다. 좌석 위로 발 하나를 올려놓았다. 에드는 사람들이 좌석에 발을 올리는 걸 굉장히 싫어했다. 신발을 벗고 올리는 것조차 싫었다.

"그럼 아저씨 부인은 왜 아저씨를 떠났는데요?"

"탠지!"

"난 지금 예의 바르게 묻고 있는 건데요. 엄마가 그랬잖아요. 예의 바른 대화를 나누는 건 좋은 일이라고."

"죄송해요."

제스가 말했다.

"아뇨, 정말 괜찮아요."

그러고는 그가 백미러를 보며 탠지에게 말했다.

"아저씨 부인은 아저씨가 일을 너무 많이 한다고 생각했단다."

"「제레미 카일」에서는 아무도 그렇게 말하지 않았어요."

교통 체증이 풀리면서 그들은 왕복4차선 도로로 들어섰다. 날씨가 화창해서 해안 도로를 탈까 했지만, 또다시 교통 체증에 걸릴 위험이 있어서 피하기로 했다. 개는 낑낑거렸고, 니키는 머리를 박고 닌텐도에 집중했다. 탠지는 점점 말수가 줄었다. 에드는 라디오를 켜고 최신 팝송 채널에 맞춘 뒤, 이번 여행이 끔찍해봐야 얼마나 끔찍하겠나, 하고 생각하기 시작했다. 교통 상황만 나쁘지 않으면 그의 인생에서 딱 하루의 시간을 내주는 것뿐이었다. 그리고 그건 집 안에 처박혀 있는 것보다 훨씬 나은 일이었다.

"교통 체증에만 걸리지 않으면 여덟 시간 정도 걸린다고 GPS에 나오네요."

"고속도로로요?"

"네."

그가 왼쪽을 흘깃 봤다.

"아우디 최고급 모델에도 날개는 달려 있지 않더라고요."

에드는 농담이란 걸 알리려고 어색하게 웃었지만, 제스는 여전히 정색을 한 표정이었다.

"저기…… 문제가 좀 있는데요."

"문제요?"

"탠지는 차가 빨리 달리면 멀미를 해요."

"'빨리'라니, 어느 정도를 말하는 거죠? 시속 120킬로 정도요? 140킬로?"

"음…… 실은 한 80킬로 정도요. 아니, 65킬로 정도일 거예요."

에드가 백미러로 뒤를 흘끔 봤다. 그의 상상일 뿐일까, 아니면 정말로 아이의 얼굴이 약간 창백해진 것일까? 탠지는 개의 머리 위에 손을 얹고 창밖을 내다보고 있었다.

"시속 65킬로요?"

에드가 속도를 줄였다.

"농담하는 거죠? 그러니까 지금 스코틀랜드까지 지방 도로로 가야 한단 말이에요?"

"아뇨. 뭐, 그런 말일 수도 있고요. 그리고 어쩌면 탠지도 이제 괜찮아졌을지 몰라요. 하지만 탠지는 차로 여행을 많이 다닌 편이 아니고, 예전에는 그것 때문에 고생을 좀 했거든요…… 전 니콜스 씨의 좋은 차를 더럽히고 싶지 않아서 그러는 것뿐이에요."

에드는 다시 백미러를 봤다.

"지방 도로를 타다니 말도 안 돼요. 그럼 거기까지 며칠은 걸릴 텐데. 아무튼 아이는 괜찮을 거예요. 이 차는 나온 지 얼마 안 된 최신 모델이니까요. 상까지 받은 서스펜션이 달렸고. 이 차에서는 누구도 멀미를 안 해요."

제스는 앞쪽만 바라봤다.

"아이 있어요?"

"그건 왜 묻죠?"

"그냥요."

뒷좌석을 닦아내고 샴푸로 헹구는 데 25분이 걸렸지만, 에드가 차 안으로 머리를 들이밀 때마다 여전히 희미하게 토사물 냄새가 콧속으로 스며들었다. 제스는 주유소에서 양동이를 빌려온 뒤 아이들 가방에서 샴푸를 꺼내 뒷좌석을 닦았다. 니키는 커다란 선글라스로 얼굴을 가린 채 차고 옆에 앉아 있었고, 탠지는 폐결핵 환자처럼 휴지 뭉치로 입을 틀어막고 개와 나란히 앉아 있었다.

"정말 죄송해요."

제스는 계속 사과했다. 소매를 둥둥 걷어붙였고, 일에 집중하느라 얼굴은 단호한 표정으로 굳어 있었다.

"괜찮아요. 닦아낸 건 그쪽인데요 뭐."

"나중에 제가 세차비 드릴게요."

에드는 그녀를 향해 눈썹을 들어올렸다. 그는 아이들이 다시 차에 올랐을 때 옷이 젖지 않도록 뒷좌석에 쓰레기봉투를 깔아주고 있었다.

"제가 할게요. 그렇게 하면 냄새가 좀 덜 날지도 모르겠네요."

어느 정도 시간이 흐른 후, 그들이 다시 차 안으로 들어갔다. 누구도 냄새에 관해서는 말하지 않았다. 에드는 창문을 끝까지 내린 후 GPS를 다시 설정하기 시작했다.

"후, 어디 보자."

그가 말했다.

"스코틀랜드까지 가는 거죠. 지방 도로로?"

그리고 '도착지' 버튼을 눌렀다.

"글래스고우인가요 에든버러인가요?"

"에버딘이요."

그가 제스를 쳐다봤다.

"에버딘이요. 좋아요."

에드는 실망감이 목소리에 스며들지 않게 조심하며 뒤를 돌아봤다.

"모두 괜찮죠? 물은 있어요? 좌석에 비닐 제대로 씌워졌고? 비닐봉지는 제자리에 있나요? 좋아요. 그럼 출발합니다."

에드는 도로로 다시 들어서는 순간 누나의 목소리가 들리는 것
같았다.

하 하 하, 에드. 꼴좋다.

포츠머스를 지날 무렵부터 비가 오기 시작했다. 에드는 줄곧 시
속 60킬로미터를 유지하며 시골길을 달렸고, 차마 끝까지 올릴 수
없어 1센티미터 정도 열어둔 창문 틈으로 가는 빗방울이 들이쳤
다. 에드는 운전 내내 가속 장치를 너무 꾹 밟지 않도록 신경을 써
야 했다. 이처럼 차분한 속도로 달리는 것은 마치 간지러운 곳을
시원스레 긁지 못할 때처럼 끊임없이 좌절감이 일었다. 그는 결국
정속 주행 장치를 켰다.

느린 속도로 달리는 덕분에 에드는 그녀를 몰래 관찰할 기회를
얻었다. 제스는 그가 짜증스러운 짓을 저지르기라도 한 것처럼 계
속 그를 외면한 채 침묵을 지키고 있었다. 에드는 자신의 집 복도
에서 돈을 요구하던 제스의 모습을 떠올렸다. 키가 꽤 작았고 턱
을 약간 위로 치켜든 모습이었다. 그녀는 아직도 에드를 재수 없
는 자식으로 여기는 듯했다.

에드는 '그만 좀 해라'라고 자신을 타일렀다. 그리고 '길어 봐야
2~3일이잖아. 그러고 나면 다시는 볼 일이 없어. 그러니까 친절하
게 대해주자고' 하며 마음을 다독였다.

"그럼…… 청소하는 집이 많은가요?"

그녀가 약간 얼굴을 찌푸렸다.

"네."

"단골손님이 많아요?"

"홀리데이 파크잖아요."

"그 일이…… 원래부터 하고 싶던 일인가요?"

"어렸을 때 나중에 커서 청소부가 되고 싶었냐고요?"

제스가 한쪽 눈썹을 추켜올렸다. 그가 진심으로 묻는 건지 확인하듯이.

"음. 아뇨. 저는 전문 스쿠버다이버가 되고 싶었어요. 하지만 탠지를 가졌고, 유모차를 물에 띄우는 방법을 찾아내지 못했죠."

"좋아요. 그건 바보 같은 질문이었어요."

제스가 코를 살짝 비볐다.

"꿈에 그리던 일은 아니에요. 하지만 그런대로 괜찮아요. 애들 키우면서 하기에도 좋고, 대부분은 청소하는 집 사람들도 좋으니까요."

대부분은.

"그 일로 생계를 유지하는 건가요?"

제스의 고개가 홱 돌아갔다.

"무슨 말씀이죠?"

"말한 그대로예요. 그 일로 생계가 유지되냐고요. 돈벌이가 괜찮나요?"

제스가 시선을 피했다.

"그럭저럭 살 정도는 돼요."

"아니잖아요."

탠지가 뒷좌석에서 끼어들었다.

"탠지."

"엄마는 항상 돈이 충분하지 않다고 하면서."

"말이 그렇다는 거지."

제스가 얼굴을 붉혔다.

"그럼 아저씨는 무슨 일을 하시는데요?"

탠지가 물었다.

"아저씨는 소프트웨어를 만드는 회사에서 일해. 소프트웨어가 뭔지 아니?"

"그럼요."

니키가 고개를 들었다. 에드는 백미러로 니키가 이어폰을 빼는 모습을 지켜봤다. 그가 보는 걸 알자 니키는 다른 곳으로 시선을 돌렸다.

"게임을 만드나요?"

"아니, 게임은 아니야."

"그럼 뭔데요?"

"지난 몇 년간은 현금이 필요 없는 사회에 한층 가까이 다가가게 해줄 어떤 소프트웨어를 작업했단다."

"어떻게 작동하는 건데요?"

"어떤 물건을 사거나 고지서 요금 같은 걸 낼 때, 바코드랑 비슷한 게 저장된 전화기를 흔들기만 하면 돼. 그럼 매 거래마다 아주 아주 적은 액수의 수수료를 지불하게 되지. 그러니까 0.01파운드 정도."

"돈을 지불하려고 돈을 낸다고요?"

제스가 말했다.

"누가 그런 짓을 한대요?"

"그게 바로 오해죠. 은행들은 두 팔 벌려 환영할 거예요. 소매업자들도요. 왜냐하면 카드나 현금, 수표로 등으로 나눌 필요 없이 획일적인 지불 시스템을 갖게 되는 거니까요. 그리고 사용자는 신용카드를 쓸 때보다 더 적은 수수료를 내게 돼요. 그러니까 양측 모두에게 이득인 셈이죠."

"꼭 필요하지 않는 한은 신용카드를 쓰지 않는 사람들도 있어요."

"그럴 경우에는 은행 계좌로 연결되는 거죠. 사용자는 말하자면 아무것도 할 필요가 없고요."

"그러니까 모든 은행과 소매업자가 이 시스템을 선택하면, 우린 선택의 여지가 없는 거네요."

"그렇게 되려면 아주 오래 걸릴 거예요."

차 안에 잠시 침묵이 흘렀다. 제스는 턱까지 무릎을 끌어올리고 팔로 감싸 안았다.

"그러니까 본질적으로 부자들, 그 은행가나 소매업자 같은 사람들 말이에요, 그런 사람들은 더욱 부자가 되고, 가난한 사람들은 더욱 가난해진다는 거네요."

"뭐, 이론적으로는 그럴지도 모르죠. 하지만 그게 바로 묘미예요. 수수료로 떼는 금액은 알아채기 힘들 정도로 아주 적거든요. 그리고 아주 편리하고요."

제스가 뭔가 중얼거렸지만 에드에게는 잘 들리지 않았다.

"수수료가 얼마라고 하셨죠?"

탠지가 물었다.

"한 건당 0.01파운드. 그러니까 1페니 보다 조금 적은 금액이지."

"하루에 몇 건 정도 거래하는데요?"

"스무 건? 쉰 건? 그건 사용자에 따라서 다를 거야."

"그럼 하루에 50펜스네요."

"아저씨 말이 바로 그거야. 그 정도는 아무것도 아니잖니."

"1주면 3파운드 50펜스예요."

제스가 말했다.

"1년이면 182파운드고요."

탠지가 말했다.

"한 건당 수수료가 1페니 보다 얼마나 적은가에 따라 다르겠지만요. 그리고 윤년인지 아닌지에 따라서도 다르고."

에드가 운전대에서 한 손을 들어올렸다.

"많아야 그 정도지. 누구도 그걸 많다고 하진 못할걸."

제스가 조수석에서 뒤를 돌아봤다.

"우리가 182파운드로 뭘 살 수 있지, 탠지?"

"슈퍼마켓에서 파는 교복 바지 두 벌, 교복 블라우스 네 벌, 신발 한 켤레. 그리고 체육 주머니 하나랑 흰 양말 다섯 켤레. 그것도 슈퍼마켓에서 사면요. 그럼 모두 합해서 85파운드 97펜스가 돼요. 그리고 100파운드로는 정확히 9.2일분의 식료품을 살 수 있어요. 손님이 오거나 엄마가 와인 한 병을 사면 달라지겠지만요. 와인도 슈퍼마켓 브랜드로요."

탠지가 잠깐 말을 멈췄다.

"아니면 D등급 부동산에 대한 지방세 한 달분을 낼 수 있어요. 우리 D등급 맞죠, 엄마?"

"맞아. 다시 분류되지 않는 한은 그렇지."

"아니면 비수기에 켄트의 휴양 시설에서 사흘간 묵을 숙박비를 낼 수가 있어요. 세금 포함해서 175파운드니까요."

탠지가 앞으로 몸을 기울였다.

"작년에 우리가 거기 갔었거든요. 엄마가 거기 커튼을 수선해주고 공짜로 하루를 더 있었어요. 그리고 거기엔 워터슬라이드도 있었어요."

다시 한 번 짧은 침묵이 흘렀다. 에드가 뭔가 말하려는 순간, 좌석 사이로 탠지의 머리가 불쑥 나타났다.

"아니면 엄마가 방 네 개짜리 집을 한 달간 청소해주든가요. 시트와 수건 세탁까지 포함해서요. 그러니까 1주에 청소 세 시간, 세탁 1.5시간으로 계산한 거예요."

그러고는 마침내 만족했는지 다시 자기 자리로 돌아갔다.

그들은 5킬로미터를 더 달려서 T자형 삼거리에서 우회전을 하고 다시 좌회전을 한 후 좁은 도로로 들어섰다. 에드는 뭔가 말을 하고 싶었지만, 그의 목소리는 일시적으로 사라지고 없었다. 그의 뒤에서 니키가 다시 이어폰을 귀에 꽂고 고개를 돌렸다. 태양이 구름 뒤로 잠시 숨었다가 고개를 내밀었다.

"그렇긴 해도."

제스가 맨발을 대시보드 위로 올린 채로, 음악을 틀기 위해 앞으로 몸을 기울였다.

"그쪽 일이 성공하기를 기대해보자고요, 네?"

12

제스 JESS

제스의 할머니는 행복한 삶의 열쇠가 건망증이라는 말을 자주 했다. 물론 그건 할머니가 치매에 걸려 당신이 사는 곳을 자꾸 잊어버리기 전에 한 말이지만, 제스는 그 말이 무슨 뜻인지 알 것 같았다. 제스는 그 돈에 관해 잊어야 했다. 자기가 한 짓을 너무 깊이 생각하다가는 니콜스 씨와 한 차에 타고 있는 걸 견디지 못할 것이다. 마티는 제스에게 세계 최악의 포커페이스를 가졌다고 말하곤 했다. 잔잔한 호수에 비친 물체처럼 감정이 표정에 다 드러난다고. 제스는 몇 시간 내로 자신의 죄를 엉겁결에 자백하고 말지도 몰랐다. 아니면 미칠 듯이 긴장해서 좌석 커버를 쥐어뜯기 시작하거나.

제스는 차에 앉아 탠지가 종알거리는 소리를 들으며, 니콜스 씨가 알게 되기 전에 돈을 갚을 방법을 찾아낼 것이라고 마음을 다독였다. 탠지가 받은 상금에서 조금 떼어내면 될 것이다. 그녀는 어떻게든 방법을 찾아낼 것이었다. 제스는 자신을 타일렀다. 니콜스 씨는 그저 그녀의 가족에게 호의를 베푼 남자일 뿐이고, 그녀는 그와 하루에 몇 시간씩 예의 바른 대화를 나눠야 한다고. 그러고는 주기적으로 뒷좌석의 아이들을 흘끔거리며 그것 말고는 방법이 없었잖아?라고 생각했다.

뒤로 느긋하게 기대 앉아 여정을 즐기는 건 힘든 일이 아닐 것이다. 시골길 양옆으로 야생화가 활짝 피었고, 비가 개고 구름이 걷히니 1950년대 엽서에서 볼 수 있는 짙푸른 하늘이 드러났다. 탠지는 다시 토하지 않았고, 마을에서 조금씩 멀어질수록 그녀의 어깨도 차츰 편안하게 내려갔다. 제스는 조금이라도 마음이 편안하다고 느낀 것이 몇 달 만에 처음이라는 사실을 깨달았다. 최근 그녀의 삶은 나지막이 이어지는 북소리처럼 걱정이 끊이지 않았다. 피서 형제가 다음엔 또 무슨 짓을 할까? 니키의 머릿속에는 대체 무슨 생각이 들어 있을까? 탠지를 위해서는 무엇을 할 수 있을까? …… 그리고 이 모든 걱정들 아래로 타악기의 저음 하나가 음울하게 둥둥둥 울려 퍼졌다. 돈. 돈. 돈.

"괜찮아요?"

니콜스 씨가 말했다.

상념에서 끌려나온 제스가 중얼거렸다.

"네. 고마워요."

그들은 서로에게 어색한 표정을 지으며 고개를 끄덕여 보였다. 니콜스 씨도 편해 보이지는 않았다. 꽉 다문 턱과 관절 부위가 하얗게 되도록 운전대를 움켜쥔 손을 보면 알 수 있었다. 제스는 그가 왜 자신들을 스코틀랜드까지 태워주겠다고 했는지 알 수 없었지만, 계속 후회하고 있다는 것은 분명히 느낄 수 있었다.

"저기, 혹시 톡톡 두드리는 것 좀 멈춰주면 안 될까요?"

"톡톡 두드려요?"

"그쪽 발이요. 데시보드 위에 올린."

제스가 자기 발을 쳐다봤다.

"신경이 쓰여서요."

"발을 까닥이지 않았으면 좋겠다고요."

니콜스 씨는 앞유리를 똑바로 쳐다봤다.

"네. 부탁할게요."

제스는 발을 아래로 내렸지만 불편한 것 같아서, 잠시 후에 다시 발을 의자에 올려 깔고 앉았다. 그러고는 머리를 창에 기댔다.

"손이요."

"네?"

"그쪽 손이요. 지금 무릎을 치고 있어요."

제스는 무의식중에 무릎을 두드리고 있었다.

"운전하는 동안 꼼짝 말고 앉아 있길 바라는 건가요?"

"그런 건 아니에요. 하지만 옆에서 자꾸 뭔가 두드리면 집중하기가 정말 힘들어요."

"내 몸 어느 한 부분이라도 움직이면 운전을 할 수가 없나요?"

"그게 아니라니까요."

"그럼 뭔데요?"

"그 톡톡 두드리는 거요. 난 그냥…… 톡톡 두드리는 소리 그게…… 거슬려요."

제스가 숨을 깊게 들이쉬었다.

"얘들아, 아무도 움직이지 마. 알았지? 우린 니콜스 씨를 거슬리게 하면 안 되니까."

"아이들은 안 그래요."

166

그가 온화하게 말했다.

"그쪽만 그러지."

"엄마, 정말 되게 꼼지락거려요."

"고맙구나, 탠지."

제스가 양손을 모아 앞으로 내려놨다. 그러고는 이를 악물고 앉아 가만히 있는 일에만 집중했다. 눈을 감고 돈과 마티의 바보 같은 차 생각, 아이들에 대한 걱정 따위를 깨끗이 쓸어서 저 멀리로 날려 보냈다. 열린 창으로 산들바람이 흘러들어 얼굴 위에서 살랑이고 귓속에 음악이 가득 차자, 제스는 아주 잠시지만 완전히 다른 삶을 사는 여자가 된 듯한 기분에 젖어들었다.

그들은 점심을 먹기 위해 옥스퍼드 근교의 한 펍 앞에 차를 세웠다. 한숨을 내쉬며 차 밖으로 나와 뼈마디를 삐걱거리며 접혀 있던 사지를 쭉 폈다. 니콜스 씨는 펍으로 사라졌고, 제스는 피크닉 테이블에 앉아 샌드위치를 꺼냈다. 그날 아침에 정말로 여행을 떠나게 된 사실을 알고 급하게 준비한 것이었다.

"마마이트 샌드위치네요."

"급해서 어쩔 수가 없었어."

"다른 건 없어요?"

"잼 바른 거 있어."

니키는 한숨을 쉬며 가방으로 손을 뻗었다. 벤치 끝에 앉은 탠지는 이미 수학 문제에 푹 빠져 있었다. 멀미 때문에 차 안에서는 책을 볼 수가 없어서 틈이 날 때마다 활용하기로 했다. 완전히 빠져들어 연습장에 대수 방정식을 휘갈겨 쓰는 탠지를 바라보며, 제스는 어디서 저런 아이가 나왔을까 100번째로 생각했다.

"여기요."

니콜스 씨가 쟁반을 들고 돌아왔다.

"모두 음료를 마시면 좋을 것 같았어요."

그가 콜라 두 병을 아이들 쪽으로 밀었다.

"그쪽은 뭘 좋아하는지 몰라서, 다양하게 사봤어요."

니콜스 씨는 이탈리아 맥주 한 병, 사이다로 보이는 음료 작은 잔 하나, 화이트와인 한 잔, 콜라 또 한 병, 레모네이드 한 잔, 오렌지 주스 한 병을 사왔다. 본인 몫으로는 미네랄워터를 사왔다. 음료들 가운데는 다양한 맛의 감자칩이 작은 산처럼 쌓여 있었다.

"이걸 전부 산 거예요?"

"줄을 서서 사야 해서요. 물어보러 올 수가 없었어요."

"전…… 이만한 돈이 없는데."

"음료수 한 잔 가지고 뭘 그래요. 집 한 채도 아니고."

그때 니콜스 씨의 전화기가 울렸다. 그는 전화기를 집어 들고 주차장을 가로질러 성큼성큼 걸어갔다. 한 손으로 목덜미를 꾹 누른 채 걸어가며 이미 말을 하고 있었다.

"우리 샌드위치 하나 드시겠냐고 내가 물어볼까요?"

탠지가 말했다.

제스는 주머니 깊숙이 한 손을 찔러 넣은 니콜스 씨가 시야에서 사라질 때까지 묵묵히 지켜봤다. 그러고는 대답했다.

"나중에."

니키는 아무 말도 없었다. 어느 상처가 제일 아프냐는 제스의 물음에는 괜찮다고만 웅얼거렸다.

"앞으로 나아질 거야."

제스가 니키에게로 손을 뻗으며 말했다.

"정말이야. 우린 이번 여행을 다녀와서 탠지 문제를 해결하고, 앞으로 어떻게 할지 방법도 마련할 거야. 가끔은 어디론가 떠나는 게 머릿속의 문제들을 정리하는 데 도움이 된단다. 모든 게 좀 더 명확해지거든."

"제 머릿속에 있는 게 문제라고 생각하지 않는데요."

제스는 니키에게 진통제를 건네고, 니키가 콜라와 함께 약을 삼키는 모습을 지켜봤다.

니키는 어깨를 수그리고 발을 끌며 개를 산책시키러 갔다. 제스는 니키가 담배를 가져갔을까 궁금했다. 30킬로미터 전쯤 되는 곳에서 게임기 배터리가 나갔기에 니키는 기분이 가라앉아 있었다. 제스는 저 아이가 게임기에 달라붙어 있지 않을 때는 뭘 해야 할지 모르는 게 아닌가, 하고 걱정했다. 그들은 니키가 멀어지는 모습을 묵묵히 지켜봤다.

원래도 잘 웃지 않던 아이가 점점 더 웃지 않게 됐다는 사실을 제스가 떠올렸다. 아이는 매사에 조심스러웠고, 자기 방에서 나와 있는 얼마 안 되는 시간에는 물 밖으로 나온 물고기처럼 창백하고 연약해 보였다. 제스는 병원에서 체념한 듯 무표정하게 누워 있던 아이의 얼굴을 떠올렸다. 가장 불행한 자식만큼만 행복할 수 있다고 말한 사람이 누구였던가?

탠지는 문제집 위로 고개를 숙였다.

"난 고등학생이 되면 다른 곳에 가서 살 거예요."

제스가 탠지를 쳐다봤다.

"뭐?"

"기숙사 같은 데서 살면 되잖아요. 피셔 가족 근처에서는 정말 살고 싶지 않아요."

탠지가 문제집에 수치 하나를 써넣었다. 그러고는 숫자 하나를 지우고 그 자리에 4를 써넣었다.

"난 그 오빠들이 좀 무섭거든요."

"피셔 형제 말이니?"

"악몽을 꾼 적도 있어요."

제스는 힘겹게 침을 삼켰다.

"무서워할 거 하나 없어. 그 애들은 그냥 멍청이들일 뿐이야. 그 애들이 하는 짓이 바로 비겁한 겁쟁이들이 하는 짓이거든. 그 애들은 정말 아무것도 아니야."

"아무것도 아닌 것 같지는 않던데요."

"탠지, 엄마가 분명히 걔들 문제를 해결할 방법을 찾아낼 거야. 그래서 걔들이 그러지 못하게 손을 쓸 거야, 알겠지? 그러니까 악몽 같은 건 꿀 필요 없어. 엄마가 틀림없이 해결할 거니까."

그들은 침묵 속에 앉아 있었다. 멀리서 트랙터가 지나가는 소리만 간간이 들려올 뿐 도로는 조용했다. 새파란 하늘에서 새들이 선회하며 날았다. 니콜스 씨가 이쪽으로 천천히 걸어오고 있었다. 뭔가 문제를 해결한 사람처럼 허리를 곧게 펴고 걸었고, 손에는 전화기가 느슨하게 들려 있었다. 제스는 눈을 비볐다.

"나 복잡한 방정식을 끝낸 거 같아요. 한 번 볼래요?"

탠지가 숫자로 가득한 페이지를 들어 올렸다. 제스는 딸아이의 사랑스럽고 천진한 얼굴을 바라봤다. 손을 뻗어 탠지의 코로 흘러내린 안경을 올려줬다.

"그럼."

제스가 환하게 웃으며 말했다.

"엄마는 복잡한 방정식 정말 보고 싶어."

다음 여정은 두 시간 반 동안 이어졌다. 그동안 니콜스 씨는 전화를 두 통 받았다. 제마라는 여자(전 부인?)한테 온 전화는 중간에 끊어버렸고, 다른 하나는 사업상 전화가 분명해 보였다. 그들이 주유소에 막 차를 댔을 때, 이탈리아 억양이 있는 여자가 전화를 했다. "에드와르도, 자기야."라는 두 마디를 듣자마자 니콜스 씨는 핸즈프리 홀더에서 전화기를 홱 뽑아서 차 밖으로 나가 주유기 옆에 서서 통화했다.

"안 돼, 라라."

니콜스 씨는 그들에게서 몸을 돌리고 말했다.

"그 문제는 이미 의논했잖아…… 그럼, 당신 변호사가 틀렸어…… 아니, 날 랍스터라고 부른다고 해도 달라지지 않아."

니키는 한 시간 동안 잠을 잤다. 검푸른 머리칼이 부은 광대뼈 위로 흘러내렸지만 자는 동안에는 얼굴이 편안해 보였다. 탠지는 작게 노래를 흥얼거리며 노먼의 털을 쓰다듬었다. 노먼은 낮잠을 자고, 소리 나게 여러 번 방귀를 뀌고, 자신의 체취로 차안을 서서히 물들였다. 하지만 아무도 불평하지 않았다. 그 냄새가 오히려 차 안에 남은 토사물 냄새를 덮어줬기 때문이다.

"아이들이 뭘 좀 먹어야 하지 않아요?"

니콜스 씨가 말했다. 그들은 마침내 조금 큰 마을의 외곽에 들어선 참이었다. 거대하고 반드르르한 사무실 건물이 일정한 간격으로 세워졌고, 건물 정면에는 제스가 한 번도 들어본 적이 없는, 경영이나 기술을 기반으로 하는 회사 이름들이 붙어 있었다. 액세시스, 테크놀로지카, 아반타. 길가로는 주차장이 끝없이 이어졌다. 걷는 사람은 아무도 없었다.

"어딘가 맥도널드가 있을 거예요. 이런 곳에는 보통 여러 개 있게 마련이니까."

"우린 맥도널드에서는 식사 안 해요."

제스가 대꾸했다.

"맥도널드에서 안 먹는다고요."

"원하시면 다시 말씀드릴 수도 있어요. 우린 맥도널드에 안 가요."

"채식주의자인가요?"

"아뇨. 그냥 슈퍼마켓이나 찾아보면 안 될까요? 제가 샌드위치를 만들게요."

"비용 때문에 그러는 거면, 맥도널드가 더 싸게 먹힐 텐데요."

"돈 때문이 아니에요."

제스는 그에게 말할 수 없었다. 혼자 아이를 키우는 엄마로서 제스가 할 수 없는 일이 몇 가지 있다고. 일반적으로 싱글맘이라고 하면 사람들이 머릿속에 그리는 그림이 있다. 수당을 신청하고, 담배를 피우고, 공영 주택에 살고, 맥도널드에서 아이들 밥을 먹이는 모습. 제스도 여기서 몇 가지는 어쩔 수 없지만, 나머지는 그렇지 않았다.

니콜스 씨가 작게 한숨을 쉬었다. 시선은 전방에 고정됐다.

"좋아요, 그럼. 오늘 밤에 머물 곳을 찾아보고, 거기 레스토랑이 있는지 보자고요."

"저희는 그냥 차에서 자든가 하려고 했는데요."

니콜스 씨는 길가에 차를 세우고 고개를 돌려 그녀를 봤다.

"차에서 잔다고요?"

민망해서 제스의 목소리가 날카로워졌다.

"저희는 노먼이 있잖아요. 노먼을 받아주는 호텔은 없을 거예요. 저흰 그냥 여기서 자도 괜찮아요."

그가 전화기를 꺼내 스크린을 두드리기 시작했다.

"개도 받아주는 곳을 찾아볼게요. 이 근방에 한 곳쯤은 있을 거예요. 좀 더 운전해 가야 한다고 해도요."

제스는 볼이 화끈거리는 게 느껴졌다.

"그러지 않으셨으면 좋겠어요."

니콜스 씨는 계속 스크린을 두드렸다.

"정말이에요. 저희는…… 저희는 호텔 비용까지는 댈 돈이 없어요."

니콜스 씨의 손가락이 전화기 위에서 얼어붙었다.

"말도 안 돼요. 차에서 어떻게 잠을 잡니까?"

"이틀 밤쯤은 괜찮아요. 롤스로이스를 끌고 왔어도 그 안에서 잤을 텐데요 뭐. 그래서 이불도 가져온 거고요."

탠지가 뒷좌석에서 지켜보고 있었다.

"하루 예산이 정해져 있어요. 저는 그대로 따르고 싶어요. 괜찮으시다면요."

하루에 밥값으로 12파운드. 그 이상은 안 됐다.

니콜스 씨는 제스가 미치기라도 한 듯 쳐다봤다.

"그쪽은 호텔을 잡으셔도 돼요."

제스가 덧붙였다. 그래주는 게 더 좋겠다는 말은 하지 않았다.

"환장할 노릇이군."

그가 마침내 말했다.

그들은 그로부터 몇 킬로미터를 정적에 잠긴 채로 달렸다. 니콜스 씨는 조용히 열받은 남자의 분위기를 풍겼다. 하지만 이상하게도 제스는 그 편이 나았다. 게다가 탠지가 올림피아드에서 기대한 만큼 훌륭한 성적을 거둔다면, 상금에서 조금 떼어 기차표를 살 수 있을 것이다. 니콜스 씨를 떼어버린다는 생각에 제스는 기분이 훨씬 좋아져서, 그가 트래블 인 호텔에 차를 세울 때도 아무 말도 하지 않았다.

"금방 돌아올게요."

그렇게 말한 니콜스 씨가 주차장을 가로질러 갔다. 열쇠를 빼서 성마르게 쨍그랑거리며 걸어갔다.

"우리 오늘 여기서 자요?"

탠지가 눈을 비비며 주변을 두리번거렸다.

"니콜스 씨는 여기서 잘 거야. 우린 차 안에서 잘 거고. 아마 모험을 떠난 기분일걸!"

제스가 말했다. 잠시 침묵이 흘렀다. 그때 "야호"라고 니키가 말했다. 제스는 니키가 불편한 상태라는 것을 알았다. 하지만 다른 방법이 없었다.

"넌 뒤에서 몸을 쭉 펴고 누워서 자. 탠지랑 나는 앞쪽에서 잘 테니까. 그럼 아주 불편하진 않을 거야."

니콜스 씨가 손차양을 만들어 초저녁 햇살을 가리며 걸어왔다. 제스는 그가 펍에 오던 날 밤에 입은 것과 정확히 똑같은 옷을 입은 사실을 불현듯 깨달았다.

"방이 하나밖에 없대요. 트윈룸이요. 아이들이랑 거기서 자요. 난 근처에서 다른 곳을 찾아볼 테니까요."

"오, 아뇨."

제스가 말했다.

"말씀 드렸잖아요. 더는 도움을 받을 수 없어요."

"그쪽 때문에 그러는 거 아니에요. 아이들 때문이지."

"아뇨."

제스는 좀 더 외교적으로 말하려고 애썼다.

"친절은 정말 고맙지만 저희는 여기서 자도 충분해요."

그가 한 손으로 머리칼을 쓸어 넘겼다.

"난 병원에서 막 나온 아이가 몇 미터 옆에 세워진 자동차의 뒷 좌석에서 자고 있다는 걸 알면서 혼자 호텔 방에서 잘 수는 없어 요. 그럼 나머지 침대에서 니키를 재우죠."

"안 돼요."

제스가 반사적으로 말했다.

"왜요?"

제스는 말할 수 없었다.

그의 표정이 어두워졌다.

"나 변태 아니에요."

"그렇다고 한 적 없어요."

"그럼 어째서 당신 아들이 나와 한 방을 쓰면 안 되는 거죠? 저 애는 키가 나만하다고요, 젠장."

제스가 얼굴을 붉혔다.

"최근에 아이한테 안 좋은 일들이 있었어요. 아이한테서 눈을 떼고 싶지 않아서 그래요."

"변태가 뭐예요?"

탠지가 물었다.

"그럼 내 게임기도 충전할 수 있는데."

뒷좌석에서 니키가 말했다.

"이런 걸 가지고 실랑이를 벌이는 건 웃기는 일이에요. 난 배도 고파요. 저녁을 먹어야 한다고요."

니콜스 씨가 문 안으로 머리를 들이밀었다.

"니키. 너 차 안에서 자고 싶니, 아니면 호텔 방에서 자고 싶니?"

니키가 곁눈으로 제스를 흘끔 봤다.

"호텔 방이요. 그리고 저도 변태 아니에요."

"난 변태에요?"

탠지가 끼어들었다.

"좋아요."

니콜스 씨가 말했다.

"그럼 이렇게 하죠. 니키와 탠지가 호텔 방에서 자는 걸로. 당신은 바닥에서 자면 되겠네요."

"하지만 방값을 낸 건 그쪽인데, 그쪽을 차 안에서 자게 할 순 없어요. 게다가 노먼이 밤새도록 울부짖을 거예요. 걔는 당신을 알지 못하니까."

니콜스 씨가 눈알을 굴렸다. 인내심을 잃어가고 있는 게 눈에 보였다.

"좋아요, 그럼. 아이들이 방에서 자고, 그쪽하고 난 개와 함께 차에서 자죠. 그럼 모두가 행복할 테니까."

그는 행복해 보이지 않았다.

"나 호텔에서 자본 적 한 번도 없는데. 나 잔 적 있어요, 엄마?"

잠시 정적이 흘렀다. 제스는 이제 자신의 힘으로는 어찌할 수 없는 상황이 되어가고 있음을 느꼈다.

"제가 탠지를 잘 챙길게요."

니키가 희망 어린 표정으로 말했다. 얼굴에서 멍이 들지 않은 부분은 누렇게 떠 있었다.

"목욕을 하면 훨씬 나을 것 같고요."

"자기 전에 책도 읽어줄 거야?"

"좀비가 나오는 책이면."

탠지에게 희미하게 웃어 보이는 니키를 제스가 바라봤다.

"좋아."

제스가 말했다. 그러고는 자신이 방금 동의한 것이 무엇인지 깨닫고 욕지기가 올라오는 것을 꾹 눌러 참았다.

미니 마트는 식품 유통 회사 바로 옆에 웅크리고 앉아 있었다. 창문에는 생선 튀김과 탄산음료를 싸게 판다는 문구가 붙어 있었다. 제스는 빵과 치즈, 감자칩, 그리고 지나치게 비싼 사과를 사서 아이들에게 소풍 도시락을 만들어줬다. 아이들은 주차장 근처의 풀이 돋은 비탈에 앉아 샌드위치를 먹었다. 맞은편에서 보랏빛 노을을 뚫고 차들이 우레 같은 소리를 내며 남쪽을 향해 달려갔다. 제스는 니콜스 씨에게도 샌드위치를 권했지만, 비닐봉지에 든 내용물을 보더니 그는 고맙지만 레스토랑에 가서 먹겠다고 했다.

그가 시야에서 사라지자 제스는 바로 긴장이 풀렸다. 아이들을 방에 데려다주면서, 그 방에서 아이들과 함께 자겠다고 하지 않은 일에 살짝 아쉬움이 들었다. 1층에 있는 방은 주차장을 마주보고 있었다. 제스는 니콜스 씨에게 최대한 창문 가까이 차를 대어 달라고 부탁했다. 탠지는 제스를 세 번이나 밖으로 내보내 커튼 사이로 손을 흔들고 유리창에 코를 찌부러뜨려 보였다.

니키는 화장실로 사라져서 한 시간 동안 목욕을 했다. 화장실에서 나와서는 티비를 켜고 침대에 드러누웠다. 지친 기색이 역력했지만 동시에 안도하는 표정이었다. 제스는 니키의 약을 꺼내놓고, 탠지를 목욕시킨 뒤 잠옷으로 갈아 입혔다. 그런 다음 너무 늦게까지 깨어 있지 말라고 주의를 줬다.

"그리고 담배는 피우지 마, 제발."

"어떻게 피워요? 제 담배 가져갔잖아요."

니키가 대꾸했다.

탠지는 옆으로 누워서 수학 문제집을 풀었다. 제스는 개에게 밥을 먹이고 산책을 시킨 후 조수석으로 들어가 앉았다. 그리고 문을 활짝 열어놓고 치즈롤을 먹으며 니콜스 씨가 식사를 마치고 돌아오기를 기다렸다.

아홉 시 십오 분쯤, 희미한 불빛 아래 제스가 가까스로 신문을 읽고 있을 때, 그가 돌아왔다. 전화기를 손에 든 모양으로 보아 방금 전에 통화를 끝낸 듯했고, 제스가 그런 것처럼 그녀를 보자 니콜스 씨도 조금은 반가운 표정이었다. 그가 문을 열고 운전석에 오른 후 문을 닫았다.

"혹시라도 예약을 취소하는 사람이 있으면 연락해달라고 프런트에다 부탁해놨어요."

니콜스 씨는 앞유리를 쳐다봤다.

"호텔 주차장에서 기다린다는 말은 물론 안 했지만."

노먼은 마치 엄청난 높이에서 떨어진 개처럼 아스팔트 바닥에 퍼져 있었다. 제스는 노먼을 차 안으로 데리고 들어와야 할지 망설였다. 아이들이 없는 데다 어둠까지 내리고 나니, 니콜스 씨와 나란히 차 안에 있는 것이 더욱 이상하게 느껴졌다

"아이들은 괜찮은가요?"

"아주 행복해해요. 고마워요."

"아드님은 꽤 심하게 두드려 맞았던데요."

"괜찮아질 거예요."

그러고는 긴 침묵이 흘렀다. 니콜스 씨가 그녀를 쳐다봤다. 그러더니 운전대에 손을 얹고 의자 뒤로 기대어 앉았다. 그가 양손으로 눈을 비비고 그녀를 돌아봤다.

"그래요…… 그러니까 내가 뭔가 그쪽을 언짢게 한 거죠?"

"네?"

"온종일 내가 그쪽을 짜증나게 한다는 듯이 행동했잖아요. 지난번에 펍에서 있었던 일은 미안하다고 사과를 했어요. 난 지금 그쪽을 돕기 위해 내가 할 수 있는 일을 하고 있고요. 그런데도 여전히 내가 뭔가 잘못한 기분이 들어요."

"당신은…… 당신은 잘못한 거 없어요."

제스가 더듬거렸다.

니콜스 씨가 그녀의 얼굴을 빤히 봤다.

"그게 그러니까, 여자들이 사용하는 '잘못한 거 아무것도 없어요' 멘트인가요? 실제로는 내가 뭔가 엄청난 일을 저질렀고 그게 뭔지 추측해내라는 뜻이면서? 그러고 나서는 내가 알아내지 못하면 엄청나게 화를 낼 거고?"

"아니에요."

"이젠 정말 모르겠어요. 그 '아니에요'도 여자들의 '잘못한 거 아무것도 없어요' 멘트랑 같을 수 있으니까."

"나 지금 암호로 말하고 있는 거 아니에요. 그쪽이 잘못한 게 없어요."

"그럼 우리 조금만 편안하게 있으면 안 될까요? 그쪽이 그러면 난 정말 불편해요."

"불편하게 만드는 게 나라고요?"

그가 천천히 그녀 쪽으로 고개를 돌렸다.

"당신은 우리가 차에 타는 순간부터 내내 이 제안을 후회하는 눈치였어요. 아니, 우리가 차에 타기 전부터 그랬죠."

입 닫아, 제스.

그녀가 속으로 외쳤다.

입 닫아, 입 닫아, 입 닫으라고.

"애초에 왜 제안을 했는지도 전 이해할 수가 없다구요."

"뭐라고요?"

"아니에요."

제스가 시선을 피하며 말했다.

"그냥 못 들은 걸로 하세요."

그는 앞 유리 바깥을 빤히 응시했다. 불현듯 견딜 수 없이 피로가 몰려왔다.

"아니면, 내일 아침에 아무 역에나 내려주시든가요. 그럼 더는 귀찮게 하지 않을 테니까."

"그렇게 했으면 좋겠어요?"

그가 물었다.

제스가 가슴으로 무릎을 끌어올렸다.

"그게 제일 나을지도 모르죠."

하늘은 이제 칠흑처럼 어두워졌다. 제스는 말을 하려고 두 번이나 입을 열었지만 아무 말도 하지 못했다. 니콜스 씨는 앞 유리 너머로 호텔 방의 닫힌 커튼을 물끄러미 바라봤다. 생각에 깊이 잠긴 듯했다.

제스는 건너편에서 평화롭게 잠들어 있는 니키와 탠지를 떠올렸고, 아이들과 함께 있었으면 좋겠다고 생각했다. 제스는 속이 울렁거렸다. 어째서 그녀는 아무렇지 않은 척하지 못하는 걸까? 어째서 그에게 좀 더 친절하지 못한 걸까? 제스는 정말 바보였다. 또다시 그녀가 모든 걸 망쳐버렸다.

날씨가 꽤 쌀쌀해졌다. 결국 제스는 뒷좌석에서 니키의 이불을 끌어다가 그에게 내밀었다.

"여기요."

"아."

니콜스 씨가 이불에 그려진 커다란 슈퍼마리오 그림을 쳐다보며 얼떨떨한 얼굴로 말했다.

"고마워요."

제스는 노먼을 차 안으로 들이고, 니콜스 씨와 닿지 않도록 좌석을 충분히 뒤로 기울였다. 그러고는 탠지의 이불을 몸 위로 덮었다.

"잘자요."

제스는 코앞에 있는 고급스러운 내장재를 물끄러미 바라보며 새 차 냄새를 들이마셨다. 마음이 복잡했다. 기차역은 얼마나 멀까? 차비는 얼마나 될까? 그들은 적어도 하룻밤은 비앤비에서 묵어야 했다. 그리고 저 개는 어떻게 해야 할까? 노먼이 가느다랗게 코고는 소리를 들으며 제스는 이제 뒷좌석을 청소할 일은 없겠다고 우울하게 생각했다.

"아홉 시 반이네요."

정적을 깨고 니콜스 씨의 목소리가 들려왔다.

제스는 꼼짝 않고 누워 있었다.

"아홉. 시. 반."

그가 깊은 한숨을 내쉬었다.

"내가 이런 말을 하리라곤 생각지도 못했지만, 이건 정말 결혼 생활보다 더 끔찍하네요."

"왜요, 내 숨소리가 너무 커서요?"

그가 차문을 벌컥 열었다.

"아, 정말."

니콜스 씨는 그렇게 내뱉고 주차장을 저벅저벅 가로질렀다.

제스는 의자를 다시 똑바로 세우고, 니콜스 씨가 길 건너 미니마트로 달려가 형광등을 밝힌 실내로 사라지는 모습을 지켜봤다. 몇 분 후 그는 와인 한 병과 플라스틱 컵 한 줄을 사들고 돌아왔다.

"이건 별로 좋은 생각이 아니겠죠."

그가 다시 운전석에 올라탔다.

"하지만 지금 같아선 전혀 상관없어요."

제스가 술병을 쳐다봤다.

"우리 휴전하죠, 제시카 토머스? 정말 긴 하루였어요. 거지같은 한 주였고. 게다가, 이 차가 넓기는 해도 서로에게 말을 안 하는 두 사람이 함께 타고 가기에는 충분히 넓지 않아요."

니콜스 씨가 제스를 쳐다봤다. 그의 눈빛은 지쳐 있었고, 턱에는 까끌까끌한 수염이 돋기 시작했다. 그 모습이 묘하게 그를 여려보이게 했다.

제스가 컵 하나를 받아들었다.

"미안해요. 난 누군가 우릴 도와주는 일에 익숙하지 않아서 그래요. 그런 사람을 보면……."

"수상쩍어요? 가식적인 거 같고?"

"그런 사람을 보면 나도 다른 사람들하고 교류도 좀 하고 살아야 할 것 같은 기분이 든다고 말하려고 했어요."

그가 숨을 크게 내쉬었다.

"좋아요."

병을 내려다봤다.

"그럼 그런 의미에서…… 아, 이런 젠장."

"왜요?"

"그냥 돌려서 따는 뚜껑인 줄 알았는데."

그마저도 그를 짜증나게 하려고 고의적으로 계획된 일인 양 니콜스 씨가 병뚜껑을 노려봤다.

"끝내주는군. 혹시 병따개 같은 건 안 가져왔겠죠?"

"아뇨."

"슈퍼에서 교환해줄까요?"

"영수증은 받아 왔어요?"

니콜스 씨가 길게 한숨을 내쉬었다. 그때 제스가 이렇게 말했다.

"필요 없어요."

그러면서 그에게서 병을 받아들었다. 제스는 차문을 열고 밖으로 나왔다. 노먼이 머리를 번쩍 들었다.

"설마 그걸로 앞 유리를 부수려는 건 아니죠?"

"그럴 리가요."

제스가 병에서 호일을 벗겨냈다.

"신발 한 짝만 줘봐요."

"예?"

"신발 한 짝요. 슬리퍼로는 안 된단 말이에요."

"부탁인데 이걸 잔으로 쓰진 말아줘요. 전 부인이 자기 하이힐로 그런 적이 있는데, 발 냄새 나는 샴페인을 마시는 게 에로틱한 척하느라고 아주 죽는 줄 알았다고요."

제스가 손을 내밀었다. 니콜스 씨는 결국 신발을 벗어 그녀에게 건넸다. 그가 올려다보자, 제스는 와인 병 아랫부분을 신발 안으로 밀어 넣고 두 개를 함께 조심스레 잡고는 호텔 건물과 나란히 서서 그걸로 벽을 쿵 쳤다.

"지금 뭐하는 거냐고 물어봐야 아무 의미 없겠죠?"

"잠깐만 기다려봐요."

그녀가 이를 악물며 말하고, 다시 신발로 벽을 쳤다. 니콜스 씨는 천천히 머리를 흔들었다. 제스가 몸을 똑바로 펴고 그를 쏘아봤다.

"정 그러면 직접 코르크 마개를 빼보시든가요. 말리지 않을 테니까."

니콜스 씨가 손을 들어올렸다.

"아뇨, 아뇨. 계속해요. 양말에 깨진 유리 조각이 버석거리는 게 정확히 내가 바라는 거니까요. 오늘 밤의 대미를 장식할 일로."

제스가 코르크 마개를 확인하고 다시 한 번 벽을 쳤다. 그러자 마개가 1센티미터 정도 튀어나왔다. 쿵. 또 1센티미터가 올라왔다. 제스는 신발을 조심스레 들고 또다시 벽을 쳤다. 그러고 나서는 짜잔. 제스가 부드럽게 코르크 마개를 뽑고서 니콜스 씨에게 병을 건넸다. 니콜스 씨는 병을 빤히 쳐다보고 그녀를 다시 쳐다봤다. 제스가 신발도 돌려줬다.

"와. 알아두면 정말 유용한 여자군요."

"난 선반도 달 줄 알고, 썩은 마루청도 갈고, 스타킹으로 자동차 팬벨트 대용품을 만들 줄도 알아요."

"정말이에요?"

"팬벨트는 빼고요."

제스가 차 안으로 들어와 와인이 든 플라스틱 컵을 받아들었다.

"한 번 해봤는데 30미터도 못 가서 찢어졌어요. 애꿎은 막스 앤 스펜서 불투명 스타킹 하나만 날려먹었죠."

제스가 와인을 한 모금 마셨다.

"그리고 차에서 몇 주 동안 불에 탄 스타킹 냄새가 났고."

그들 뒤에서 노먼이 잠결에 낑낑거렸다.

"휴전입니다."

니콜스 씨가 말하면서 잔을 들어 올렸다.

"휴전이에요. 그거 마시고 운전할 생각은 아니죠?"

제스가 자기 잔을 들어 올리며 말했다.

"당신이 안 하면요."

"오, 아주 재밌네요."

그러자 불현듯 그 밤이 조금 편안해졌다.

13

에드 ED

그러니까 이것들은 에드가 제시카 토머스에 관해 알게 된 점들이 었다. 그녀는 와인 한두 잔(실은 네다섯 잔)이 들어가고 나자 더이상 예민하게 굴지 않았다.

하나, 남자아이는 그녀의 친아들이 아니었다. 그 아이는 전 남편과 그의 전 여자 친구의 아들이고, 사실상 그 둘은 모두 자신의 아들을 내팽개친 것이나 마찬가지여서, 그 아이에게 남은 것은 이제 제스뿐이었다.

"착한 사람이네요."

에드가 말했다.

"별로요."

그녀가 대답했다.

"니키는 내 아이나 마찬가지에요. 여덟 살 때부터 나랑 살았는걸요. 탠지도 잘 보살펴줘요. 그리고 요즘에는 가족의 형태가 다양하니까요, 안 그래요?"

방어적으로 대답하는 그녀를 보면서 에드는 전에도 이런 대화를 수없이 나눈 게 아닌가 하는 생각이 들었다.

둘, 여자아이는 열 살이었다. 에드는 머릿속으로 계산을 해봤고, 그가 입도 벙긋하기 전에 제스가 먼저 대답했다.

"열일곱이었어요."

"꽤…… 어릴 때네요."

"난 겁 없이 제멋대로 구는 아이였어요. 모든 걸 알았죠. 사실은 아무것도 몰랐지만요. 마티를 만나고 학교를 그만뒀고, 그러고 나서 임신을 했어요. 나도 처음부터 청소부가 되려고 했던 건 아니라고요. 저희 엄마는 학교 선생님이셨어요."

제스의 시선이 그에게로 미끄러졌다. 그 사실에 에드가 충격을 받으리라는 걸 안다는 듯이.

"그렇군요."

"지금은 은퇴하고 콘월에 사세요. 우린 그렇게 사이가 좋은 편이 아니에요. 엄마는 내 '인생의 선택들'에 찬성하지 않으셨죠. 난 열일곱에 아이가 생기면 선택할 수 있는 게 아무것도 없다는 걸 설명할 수가 없었어요."

"지금도 그래요?"

"그럼요."

제스가 손가락으로 머리칼을 꼬았다.

"절대 따라잡을 수가 없거든요. 친구들은 대학에 다니는데 갓난아기를 돌보며 집에 박혀 있어야 해요. 꿈이 뭐였는지 따위의 생각은 아예 할 시간조차 없어요. 친구들은 직장 생활을 시작하는데, 살 집을 구하기 위해 주택 조합을 들락거려야 하죠. 친구들은 생애 첫 자동차와 첫 주택을 구매하는데, 아이를 돌보면서 할 수 있는 일거리를 찾아야만 해요. 아이가 학교에 있는 시간에 할 수 있는 일들은 하나 같이 급여가 아주 형편없는 것들 뿐이죠. 그리고 그것도 경제 상황 바닥을 치기 전의 일이구요. 아, 그렇다고 내 말을 오해하진 말아요. 난 탠지를 낳은 걸 단 1분도 후회한 적 없어요. 니키를 데려온 일도 마찬가지고. 하지만 다시 기회가 주어진다면, 물론, 인생에서 뭔가를 이루고 난 후에 그 아이들을 가질 거예요. 그 아이들한테…… 지금보다 나은 삶을 줄 수 있다면 정말 좋을 것 같거든요."

제스는 의자를 그대로 뒤로 젖힌 채 이런 얘기를 들려줬다. 이불 아래에서 그를 바라보며 팔꿈치를 받치고 누워 있었다. 맨발은 데시보드 위에 얹어뒀다. 이제는 에드도 그 행동이 그렇게 거슬리지 않았다.

"지금이라도 뭔가 새로운 일을 시작할 수 있어요. 아직 젊으니까요. 내 말은…… 방과 후에 아이를 봐주는 학생을 구한다든가 그러면 되잖아요."

제스는 소리를 내어 웃었다. 커다란 물개 울음소리가 났다.

"하!"

자그마한 몸매에 어울리지 않게 웃음소리는 커다랗고 갑작스러웠고 어색했다. 제스가 갑자기 벌떡 일어나 앉아 와인을 벌컥벌컥 들이켰다.

"네. 맞아요, 니콜스 씨. 물론 그러면 되죠."

셋, 제스는 물건 고치는 걸 좋아했다. 그 취미를 직업으로 삼을 수 없을까도 가끔 생각한다고 했다. 그녀는 공영 주택에서도 플러그 전선을 간다든가 화장실 타일을 까는 일 등을 했다.

"단지에서 별의별 일들을 하곤 했어요. 뭔가를 만드는 걸 잘하거든요. 목판 인쇄로 벽지도 만들 수 있어요."

"벽지를 직접 만들어 쓴다고요?"

"그런 눈으로 볼 거 없어요. 탠지 방만 그런 거니까. 난 최근까지 그 애 옷도 만들어 입혔는 걸요."

"어디 제2차 세계대전 시대를 살다 오셨나? 혹시 잼 병하고 끈도 모아둬요?"

"그럼 당신은 어렸을 때 뭐가 되고 싶었는데요?"

"난," 하고 입을 열었던 에드는 말하고 싶지 않아서 주제를 바꿨다.

넷, 제스는 정말 발이 작았다. 신발도 아동용 사이즈를 산다고 했다. (아동용이 더 싸다는 건 두말할 것도 없고.) 제스가 그 말을 하고 난 후 에드는 무슨 변태처럼 저도 모르게 자꾸 그녀의 발을 훔쳐보게 됐다.

다섯, 제스는 아이가 생기기 전에는, 더블 보드카 4잔을 연이어 마시고서도 똑바로 걸을 수 있었다.

"그래요, 술이 아주 셌죠. 피임을 해야 한다는 걸 기억할 정도는 아니었던 모양이지만."

제스는 집에서 술을 마신 적이 거의 없었다.

"펍에서 일하는 동안 누군가 술을 사주면 난 그냥 돈으로 받아요. 그리고 집에 있을 때는, 아이들한테 무슨 일이 일어난다든가 해서 내가 맑은 정신으로 있어야 할 일이 생길까봐 걱정이 되어서요."

제스가 창밖을 물끄러미 바라봤다.

"지금 보니까 이렇게나마 밤 외출 비슷한 걸 하는 게…… 다섯 달 만이네요."

"면전에다 문을 닫아버린 남자하고 차 안에서 싸구려 와인을 마시는 거요."

"난 불평할 생각 없어요."

제스는 아이들을 걱정하는 이유에 대해서는 설명하지 않았다. 에드는 니키의 얼굴을 떠올리고 묻지 않기로 했다.

여섯, 제스의 턱 밑에는 자전거를 타다가 넘어져서 생긴 흉터가 하나 있었다. 넘어졌을 때 상처에 돌이 하나 박혔는데 2주 동안이나 모르고 있었다고 했다. 제스가 에드에게 그 흉터를 보여주려고 했지만 차 안이 너무 어두워서 잘 보이지 않았다. 제스는 또 등뼈 맨 아래쪽에 문신이 하나 있다고 했다.

"마티에 따르면 딱 창녀 문신이죠. 마티는 내가 문신을 하고 오니까 꼬박 이틀 동안 나한테 말을 안 했어요."

제스가 잠시 말을 멈췄다.

"내가 문신을 한 게 아마 그래서였을 거예요."

일곱, 제스의 중간 이름은 '레이(Rae)'다. 이름을 말해야 할 때마다 꼭 철자를 불러줘야 한다고 했다.

여덟, 제스는 청소하는 일이 싫지 않지만, 사람들이 그녀를 '단지' 청소부일 뿐이라는 듯 대하는 것 정말 싫어했다(에드는 여기서 얼굴을 약간 붉혔다).

아홉, 제스는 남편이 떠난 이후 2년 동안 한 번도 데이트를 하지 않았다.

"2년 반 동안 섹스를 안 했다고요?"

"남편은 2년 전에 떠났다고 했잖아요."

"이치에 맞는 계산을 한 것뿐이에요."

제스는 상체를 벌떡 일으키고는 곁눈으로 그를 흘깃 봤다.

"실은 3년 반이에요. 계산을 하자면요. 그러니까, 음, 작년에 있었던 사건 하나만 빼고요. 그렇게 충격받은 얼굴 할 필요 없어요."

"충격받지 않았어요."

에드는 그렇게 말하고 표정을 가다듬으려고 노력했다. 그가 어깨를 으쓱했다.

"3년 반이라니. 그건 겨우, 어디보자. 성인이 된 이후의 삶의 4분의 1에 해당되는 기간이잖아요? 아주 짧은 기간이죠."

"네. 그렇게 말해주니 고맙네요."

그러고 나서 무슨 일이 일이 벌어졌는지 알 수 없었지만, 에드는 어딘가 모르게 분위기가 바뀌었다는 걸 알았다. 제스는 그에게 들리지 않을 정도로 작게 뭐라고 중얼거리고는 머리를 뒤로 모아 묶었다. 에드는 그녀가 긴장을 할 때마다 별 이유 없이 머리를 뒤로 묶는 습관이 있다는 걸 눈치챘다. 마치 뭔가 할 일이 필요한 것처럼. 그러고 나서 제스가 이제 정말 자는 게 좋겠다고 말했다.

에드는 아주 오랫동안 잠이 오지 않을 것 같은 예감이 들었다. 어두운 차 안에서 손을 뻗으면 닿을 거리에 그와 막 와인 두 병을 나눠 마신 매력적인 여자가 누워 있다는 사실이 이상하게 그를 불안하게 했다. 그 여자가 비록 스폰지밥 이불을 덮고 웅크리고 있다고 해도 말이다. 에드는 선루프 너머로 별을 바라봤다. 대형 트럭들이 런던을 향해 달려가는 소리를 들으며, 자신의 현실로부터, 회사와 사무실과 디나 루이스가 남긴 끝도 없는 후유증으로부터 아주 멀리 떨어져 있다는 사실을 떠올렸다.

"아직도 깨어 있어요?"

에드는 고개를 돌리면서 제스가 그를 지켜보고 있었는지 궁금했다.

"아뇨."

"좋아요" 하고 웅얼거리는 소리가 조수석에서 날아들었다.

"진실게임 해요."

에드가 지붕을 향해 눈을 굴렸다.

"어디 해봐요, 그럼."

"먼저 하세요."

에드는 아무것도 떠오르지 않았다.

"뭔가 떠오르는 게 있을 거 아니에요."

"좋아요, 왜 슬리퍼를 신고 있나요?"

"그게 질문이에요?"

"날씨가 아직 춥잖아요. 올봄은 사상 최고로 춥고 습기가 많은 봄이고요. 그런데도 당신은 슬리퍼를 신고 있어요."

"그게 그렇게 신경이 쓰여요?"

"그냥 이해가 안 가서 그래요. 분명히 추워하는 것 같은데."

제스가 발가락을 가리켰다.

"지금은 봄이에요."

"그런데요?"

"봄이라고요. 그러니까 날씨가 점점 따뜻해질 거예요."

"그러니까 신념의 표현으로 슬리퍼를 신는 거네요."

"좋을 대로 생각하세요."

에드는 이 말에 어떻게 대꾸해야 할지 알 수가 없었다.

"좋아요, 내 차례에요."

에드는 기다렸다.

"오늘 아침에 우리를 그냥 놔두고 가버릴까 하는 생각을 했었어요?"

"아뇨."

"거짓말."

"좋아요. 어쩌면 아주 잠깐 했을지도 몰라요. 당신 이웃은 야구 방망이로 내 머리통을 깨부수려고 하고 당신 개는 냄새가 정말 지독하잖아요."

"흠, 핑계 없는 무덤이 어디 있겠어요."

에드는 제스가 좌석에서 몸을 움직이는 소리를 들였다. 그녀의 발이 이불 아래로 사라졌다. 머리카락에서는 코코넛 향기가 났다.

"그런데 왜 가버리지 않았어요?"

에드는 잠시 생각한 다음 대답했다. 아마 제스의 얼굴이 보이지 않았기 때문이었을 것이다. 아니면 와인과 늦은 시각이 그의 방어막을 낮춘 걸지도 모르고. 그게 아니라면 에드가 그런 대답을 했을 리가 없었다.

"왜냐하면 최근에 내가 좀 어리석은 짓을 했거든요. 그래서 내 자신에 대해 뿌듯하게 느낄만한 일을 하고 싶었던 것 같아요."

에드는 제스가 뭔가 말을 하리라고 생각했다. 은근히 그래줬으면 하고 바랐다. 하지만 그녀는 아무 말도 하지 않았다.

에드는 몇 분간 가만히 누워서 가로등 불빛을 멀거니 바라보며 제시카 레이 토머스의 숨소리를 들었다. 그러고는 그가 누군가의 곁에서 잠이 드는 일을 얼마나 그리워했는지 깨달았다. 대부분의 날을 그는 지구상에서 가장 외로운 남자처럼 느꼈다. 에드는 제스의 자그마한 발과 윤이 나는 발톱을 떠올리고, 아무래도 와인을 너무 많이 마신 것 같다고 생각했다. 어리석게 굴지 마, 니콜스. 그가 스스로에게 말하고, 몸을 돌려 제스를 등지고 누웠다.

그러고 나서 잠이 든 모양이었다. 어느새 바깥이 차갑고 창백한 회색으로 변해 있었다. 팔은 저려서 감각이 없는 데다가, 잠에 취해서 몇 분이나 지나서야 겨우 경비원이 운전석 창문을 두드리며 그곳에서 잠을 자면 안 된다고 말하는 소리를 알아들었다.

14

탠지 TANZIE

아침 뷔페 상에는 데니쉬 페이스트리 네 종류와 과일 주스 세 종류가 준비되어 있고, 엄마가 비경제적이라며 절대 사지 않는 작은 개별 포장 시리얼들이 선반 하나에 가득 얹혀 있었다. 엄마는 여덟 시 십오 분에 창문을 두드렸고, 그들에게 재킷을 입고 아침을 먹으러 가라고 했다. 그러면서 주머니에 음식들을 넣을 수 있는 만큼 가져오라고 했다. 엄마는 한쪽 머리가 납작하게 눌렸고, 화장도 하지 않았다. 탠지는 차에서 잠을 자는 것이 생각만큼 그렇게 모험 같지는 않은 것 같다고 생각했다.

"버터나 잼은 안 가져와도 돼. 그리고 포크나 스푼이 필요한 음식도 가져오지 말고. 롤빵이나 머핀, 그런 걸 가져오란 말이야. 들키지 않게 조심하고."

엄마가 뒤쪽을 바라봤다. 거기서 니콜스 씨가 경비원과 언쟁을 벌이고 있는 듯했다.

"그리고 사과도 가져와. 사과는 건강에 좋으니까. 노먼한테 줄

햄도 좀 가져오고."

"햄을 어디에다 넣어 와요?"

"아니면 소시지나. 냅킨에 싸오면 되잖니."

"그건 훔치는 거 아니에요?"

"아냐."

"하지만……."

"거기서 네가 원래 먹을 양보다 약간 더 가져오는 것뿐이야. 넌 그냥…… 네가 호르몬 이상이 있는 손님이라고 상상해봐. 그래서 정말 정말 배가 고프다고."

"하지만 난 호르몬 이상이 없잖아요."

"있을 수도 있다는 거야. 그게 바로 요점이야. 넌 그만큼 배가 고픈 환자야, 탠지. 아침 식사 값을 지불했지만 아주 많이 먹어야 해. 보통 사람이 먹는 것보다 많이."

탠지가 앞으로 팔짱을 끼었다.

"남의 물건을 훔치면 안 된다고 했잖아요."

"훔치는 거 아니라니까. 네가 낸 돈만큼 가져오는 거지."

"하지만 우리가 낸 게 아니잖아요. 니콜스 아저씨가 냈지."

"탠지, 그냥 엄마가 하라는 대로 해, 부탁이야. 그리고 니콜스 씨랑 엄마는 30분 정도 주차장 밖으로 나가 있어야 해. 그냥 엄마가 시키는 대로 하고, 방으로 돌아와서 아홉 시에 떠날 준비를 하고 있어. 알았지?"

제스가 창문 안으로 몸을 굽혀 탠지에게 키스하고 터벅터벅 차로 돌아와 재킷을 어깨에 걸쳤다. 그러다 문득 멈추더니 돌아서서 소리쳤다.

"이 닦는 거 잊지 마. 문제집들도 잘 챙기고."

니키가 화장실 밖으로 나왔다. 몸에 짝 달라붙는 블랙진과 가슴에 'WHATEVS' 라는 글자가 쓰인 티셔츠를 입었다.

"거기에 소시지는 절대 못 넣을걸."

탠지가 오빠의 바지를 쳐다보며 말했다.

"내가 너보다 더 많이 숨겨올 거라는 데 내기라도 걸 수 있어."

탠지의 눈이 오빠의 눈과 만났다.

"좋아, 내기해."

탠지가 말하고는 옷을 갈아입으러 달려갔다.

니키와 탠지가 주차장을 가로지를 때, 니콜스 씨는 눈을 가늘게 뜨고 몸을 앞으로 기울인 채 자동차 앞 유리 너머로 그들을 바라봤다. 솔직히 말해 탠지가 그였어도 눈을 가늘게 뜨고 그들을 쳐다봤을 것이다. 니키는 커다란 오렌지 두 개와 사과 하나를 블랙진 앞쪽에 쑤셔 넣고, 바지에 실례라도 한 사람처럼 뒤뚱거리며 아스팔트를 가로질렀다. 탠지는 쪄 죽을 정도로 덥다고 느끼면서도 스팽글 재킷을 입고 있었다. 후드티 앞쪽에 작은 시리얼 봉지들을 잔뜩 넣어서 재킷을 입지 않으면 임신한 것처럼 보였기 때문이다. 아기 로봇을 임신한 여자애. 그들은 웃음을 멈출 수가 없었다.

"얼른 타, 얼른."

엄마가 둘의 가방을 트렁크 안으로 던져 넣으면서 뒤를 흘끔거렸다.

"뭐 가져왔어?"

니콜스 씨는 차를 출발시켰다. 그들이 돌아가며 장물을 꺼내 엄마에게 건넸고, 니콜스 씨가 백미러로 그 모습을 흘끔거렸다. 니키가 주머니에서 하얀 꾸러미를 꺼냈다.

"데니쉬 페이스트리 세 개요. 조심하세요. 냅킨에 아이싱이 약
간 들러붙었어요. 노먼을 위해 소시지 네 개하고 베이컨 몇 쪽도
가져왔어요. 치즈 두 장하고 요거트 하나, 또⋯⋯."

그가 가랑이 앞으로 재킷을 끌어당기고 인상을 쓰며 손을 깊숙
이 넣어 힘겹게 과일 하나를 끄집어냈다.

"이게 다 이 안에 들어 있었다는 게 저도 믿기지가 않네요."

"그 말에는 대꾸할 말이 없구나. 엄마와 아들의 대화로 적절한
말 중에서는 말이야."

엄마가 말했다.

탠지는 시리얼 여섯 봉지, 바나나 두 개, 잼 샌드위치 한 개를 가
져왔다. 그러고는 자리에 앉아 시리얼 한 봉지를 먹기 시작했다.
노먼이 뚫어지게 쳐다보며 군침을 흘렸고, 입가에서 주르륵 흐른
침 줄기는 종유석처럼 길게 늘어나 니콜스 씨의 차 뒷좌석에 한
강을 이뤘다.

"계란 선반 뒤에 있던 여자가 우릴 본 게 분명해."

"내가 그 여자한테 오빠가 호르몬 이상이 있다고 했거든."

탠지가 말했다.

"오빠는 하루에 세 번, 몸무게의 세 배가 되는 양을 먹지 않으면
기절하고 어쩌면 죽을지도 모른다고 그랬어."

"잘했어."

니키가 대꾸했다.

"개수로 따지면 오빠가 이겼네."

니키가 가져온 음식의 수를 헤아리며 탠지가 말했다.

"하지만 난 기술에서 추가 점수를 땄지."

탠지가 앞으로 몸을 기울여, 모두가 지켜보는 가운데 조심스럽게 커피가 든 종이컵을 양쪽 주머니에서 하나씩 꺼냈다. 주머니에 냅킨을 가득 채워서 컵이 쓰러지지 않게 받쳐뒀다. 탠지는 컵 하나를 엄마에게 내밀고 다른 하나는 니콜스 씨 옆에 있는 컵홀더에 꽂았다.

"넌 정말 천재야."

엄마가 뚜껑을 벗기며 말했다.

"오, 탠지, 엄마한테 지금 얼마나 이게 필요한지 넌 상상도 못할 거야."

엄마는 커피를 한 모금 마시고 눈을 감았다. 그들이 뷔페에서 알뜰하게 음식을 챙겨 와서 그런지, 아니면 니키가 아주 오랜만에 웃는 모습을 보여줘서 그런지, 엄마는 아빠가 떠나고 난 후 처음으로 행복해 보였다. 니콜스 씨는 그들이 한 무리의 외계인이라도 되듯 쳐다봤다.

"좋아, 이제 우린 햄과 치즈, 소시지로 점심 샌드위치를 만들 수 있어. 페이스트리는 지금 먹어도 돼. 과일은 디저트로 남겨두고. 하나 드시겠어요?"

엄마가 오렌지 하나를 니콜스 씨에게 내밀었다.

"아직 좀 따뜻하지만요. 내가 껍질을 벗겨 드릴게요."

"아, 고마워요."

니콜스 씨가 시선을 피하며 말했다.

"하지만 난 그냥 스타벅스에나 잠깐 들를까 해요."

이후의 여정은 꽤 즐거웠다. 교통 정체도 없었고, 엄마는 니콜스 씨를 설득해서 자신이 좋아하는 라디오 채널에 주파수를 고정시키고 노래를 여섯 곡이나 따라 불렀다. 한 곡이 끝날 때마다 노랫소리가 점점 더 커졌다. 엄마는 탠지와 니키에게도 따라 부르게 했는데, 니콜스 씨도 처음에는 질린다는 표정이었지만, 탠지가 보니까 얼마 후부터는 즐거운 듯이 박자에 맞춰 머리를 까딱이고 있었다. 햇빛이 너무 뜨거워져서 니콜스 씨가 선루프를 열었다. 노먼이 벌떡 일어나 자세를 꼿꼿이 하고 공기 냄새를 맡았다. 이 말은 곧 탠지와 니키를 양 문 쪽으로 짓이기지 않는다는 뜻이었으므로 그것 또한 즐거웠다.

그렇게 달리고 있자니, 탠지는 아빠와 살 때 함께 하던 가족 여행이 떠올랐다. 아빠는 항상 차를 너무 빨리 몰았고, 그들은 어디쯤 멈춰 무엇을 먹을지를 두고 늘 티격태격했다. 아빠는 어째서 한 번쯤 펍에서 점심을 먹으면 안 되는지 이해할 수가 없다고 했고, 엄마는 샌드위치를 싸왔는데 그걸 낭비한다는 건 말도 안 되는 일이라고 대꾸했다. 아빠는 또 니키에게 당장 그 게임기에서 눈을 떼고 빌어먹을 경치를 좀 즐기라고 말했고, 니키는 애초에 자기는 오고 싶다고 한 적이 없다고 중얼거려서 아빠를 더욱 화나게 만들었다. 탠지는 아빠를 사랑하기는 하지만, 아빠가 없는 이번 여행이 더 나은 것 같다는 생각이 들었다.

두 시간을 달리고 나자, 니콜스 씨는 다리를 좀 펴야 했다. 노먼도 오줌을 눠야 해서 어느 공원의 가장자리에 차를 세웠다. 엄마가 뷔페 음식을 조금 꺼내놓아서 그들은 공원의 나무 테이블에 앉아 음식을 먹었다. 탠지는 수학 책을 꺼내 복습했고(소수와 2차 방정식), 그러고 나서는 숲 근처로 노먼을 산책시켰다. 노먼은 신이 나서 2분마다 멈춰 서며 뭔가 킁킁거리고 냄새를 맡았다. 움직이는 스포트라이트처럼 나뭇가지 사이로 드문드문 강렬한 햇살이 쏟아져 내렸다. 그들은 사슴 한 마리와 꿩 두 마리도 봤다. 그러자 정말 어딘가로 휴가를 떠나온 기분이 들었다.

"기분 괜찮아, 우리 딸?"

엄마가 앞으로 팔짱을 끼고 걸어오며 물었다. 그곳에서는 피크닉 테이블에서 니콜스 씨에게 이야기를 하는 니키의 모습이 나무 사이로 겨우 보였다. 엄마는 탠지에게 말을 걸었다.

"자신 있어?"

"그런 것 같아요."

"어젯밤에 예전 시험지를 다시 본 거야?"

"네. 소수열이 조금 어렵게 느껴졌지만, 다시 전부 적어놓고 보니까 훨씬 쉽게 느껴졌어요."

"피셔 형제가 나오는 악몽은 안 꿨지?"

"어젯밤에는요. 롤러스케이트를 탈 줄 아는 양배추 꿈을 꿨어요. 이름은 케빈이었어요."

엄마가 한동안 물끄러미 탠지를 쳐다봤다.

"그랬구나."

숲은 바깥보다 시원했다. 이끼와 풀 냄새가 싱그럽게 섞인 축축한 냄새가 났다. 그들의 뒷방에서 나는, 곰팡내뿐인 축축한 냄새하곤 달랐다. 엄마는 길에서 걸음을 멈추고 차 쪽을 돌아봤다.

"엄마가 좋은 일이 생길 거라고 했지?"

그러고는 탠지가 다가올 때까지 기다렸다.

"니콜스 씨는 내일 우리를 그곳까지 데려다줄 거야. 밤을 차분히 보내고 나서 수학 올림피아드를 마치고 나면, 넌 새로운 학교에서 새로 시작하게 되는 거야. 그러고 나면, 희망사항이지만, 우리 삶도 조금은 나은 쪽으로 변하겠지. 그리고 이것도 재밌지 않니? 이번 여행 말이야. 즐겁지 않아?"

엄마의 시선은 계속 차가 있는 곳에 가 있었다. 그리고 입으로는 이 말을 하면서 머릿속으로는 딴생각을 할 때의 목소리로 말했다. 탠지는 엄마가 차에 있는 동안 화장을 한 사실을 알아봤다. 탠지가 "엄마" 하고 불렀다.

"왜?"

"우리가 뷔페에서 한 거요, 그건 음식을 훔친 거나 마찬가지 아니에요? 그러니까 비례적으로 볼 때요, 우린 우리 몫보다 더 많이 가져온 거잖아요."

엄마가 잠시 발을 쳐다보며 생각했다.

"그게 그렇게 마음에 걸리면, 나중에 네가 받은 상금에서 5파운드를 떼어내 호텔로 보내자. 어때?"

"우리가 가져온 것들을 생각하면 6파운드는 넣어야 할 걸요. 6파운드 50펜스나."

"그럼 그렇게 하면 되지. 자, 이제 우린 어떻게든 머리를 짜내서 이 늙은 뚱보 개를 좀 달리게 해야 해. 그래야 차 안에서 곯아떨어질 정도로 피곤해질 거고, 또 여기서 볼일을 보게 해야 앞으로 130킬로미터를 달리는 동안 방귀를 안 뀌지."

그들은 다시 도로로 들어섰다. 비가 내리기 시작했다. 니콜스 씨는 시드니라는 사람한테서 '노상 받는 전화'를 받고, 주가와 시장 움직임에 대해 이야기한 후, 약간 심각한 표정이 됐다. 그래서 엄마는 한동안 노래를 부르지 않았다. 탠지는 수학 문제집을 슬금슬금 보지 않으려고 애썼다(엄마가 그러면 멀미를 할 거라고 했다). 다리가 자꾸 가죽 시트에 들러붙어서 반바지를 입은 게 후회

됐다. 거기다 숲에서 노먼이 뭘 묻혀 왔는지 고약한 냄새가 물씬 물씬 풍겼지만, 니콜스 씨가 그들과 악취를 풍기는 개를 더는 못 참아주겠다고 할까봐 아무 말도 하지 않았다. 그래서 탠지는 손가락으로 코를 쥐고 입으로만 숨을 쉬었고, 가로등 서른 개를 지날 때마다 콧구멍에 한 번씩 바람을 쐬어줬다.

"무슨 생각하니, 탠지?"

엄마가 뒷좌석을 돌아봤다.

"순열과 조합에 대해 생각하고 있었어요."

엄마는 탠지가 무슨 소리를 하는지 이해하지 못할 때마다 짓는 미소를 지어 보였다.

"그러니까 그 아침 뷔페에 있던 과일 샐러드를 생각하고 있었 어요. 그게 바로 조합하고 비슷하거든요. 거기엔 사과, 배, 바나나 같은 게 어떤 순서로 들어 있는지는 중요하지 않잖아요, 그죠? 하 지만 순열에서는 그게 중요해요."

엄마는 여전히 멍한 표정이었다. 니콜스 씨가 백미러로 들여다 보다가 엄마에게로 고개를 돌렸다.

"그러니까 서랍에서 색색의 양말을 꺼낸다고 상상해봐요. 만일 서랍에서 색이 다른 여섯 켤레의 양말을 꺼낸다면, 전부 열두 짝 이 되겠죠. 그러면 '6곱하기 5 곱하기 4곱하기 3가지'의 서로 다 른 조합으로 양말들을 꺼낼 수가 있어요, 그렇죠?"

니콜스 씨가 말했다.

"하지만 열두 개 모두 다른 색이라면, 엄청난 수의 다른 조합으 로 양말들을 꺼낼 수가 있어요. 거의 5억 가지는 될 거예요."

"우리 집 양말 서랍 상황하고 비슷하게 들리네."

엄마가 말했다. 니콜스 씨가 다시 탠지를 보면서 싱긋 웃었다.

"그러니까, 탠지. 12켤레의 양말이 들었지만 안을 볼 수 없는 서랍이 있다면, 양말을 몇 개나 꺼내 보아야 그 안에 적어도 짝이 맞는 두 켤레가 들어 있다는 걸 알게 될까?"

탠지는 이 문제를 아주 오랫동안 생각하느라 니콜스 씨가 니키에게 말하기 시작할 때 듣지 못했다.

"지루하니? 내 전화기 빌려줄까?"

"정말요?"

축 늘어져 앉아 있던 니키가 상체를 벌떡 일으켰다.

"그래. 내 재킷 주머니 안에 있어."

니키는 다시 스크린에 찰싹 들러붙었고, 엄마와 니콜스 씨는 대화를 시작했다. 두 사람은 마치 차 안에 다른 사람이 탄 사실을 잊어버린 것 같았다.

"아직도 양말 생각을 하고 있나요?"

그녀가 물었다.

"아뇨. 그런 문제를 계속 생각하다가는 머리가 망가지고 말걸요. 그런 건 당신 딸한테나 맡겨둬야죠."

잠시 침묵이 흘렀다.

"그럼 어디, 그쪽 부인 얘기나 들어보죠."

"전 부인이에요. 그리고 고맙지만 사양하겠습니다."

"왜요? 바람을 피운 게 아니라면서요. 보아하니 부인께서도 그런 것 같지는 않은데요. 그랬다면 당신은 그 표정을 지었을 테니까요."

"무슨 표정이요?"

다시 한 번 짧은 침묵이 흘렀다. 가로등을 열 개쯤 지나간 정도.

"내가 그 표정을 지은 적이 있는지 확실히 모르겠지만, 아뇨, 그쪽도 바람피우지 않았어요. 그리고 그 얘기는 하고 싶지 않아요.
그건…….”

“사적인 얘기라고요?”

“개인적인 문제에 관해 얘기하는 걸 좋아하지 않아서 그래요.
그쪽은 전 남편 얘기 하고 싶어요?”

“아이들 앞에서요? 그럼요. 그건 언제나 좋은 생각이죠.”

그러고 나서 몇 킬로미터를 달리는 동안 아무도 말을 하지 않았
다. 엄마는 창문을 톡톡 두드리기 시작했다. 탠지는 니콜스 씨를
흘끔 봤다. 엄마가 뭔가를 톡톡 두드릴 때마다 그의 턱에서 작은
근육이 움찔거렸다.

“그럼 무슨 얘기를 할까요? 난 소프트웨어에는 별로 관심이 없
고, 당신도 내가 하는 일은 전혀 알고 싶지 않을 텐데. 난 그 양말
관련 수학에 관해선 잘 몰라요. 그렇다고 계속 들판을 가리키며
‘오, 저기 소 좀 봐요’라는 말만 하고 있을 수는 없잖아요.”

니콜스 씨가 한숨을 내쉬었다.

“그러지 말아요. 스코틀랜드까지는 아직 한참을 더 가야해요.”

가로등 서른 개만큼의 침묵이 흘렀다. 니키는 니콜스 씨의 휴대
전화로 창밖의 풍경을 사진으로 담고 있었다.

“이름은 라라예요. 이탈리아 사람이고. 모델이에요.”

“모델이라고요.”

엄마가 커다랗게 웃었다.

“물론 그렇겠죠.”

“그건 대체 무슨 뜻이죠?”

니콜스 씨가 언짢은 듯이 말했다.

“당신 같은 남자들은 전부 모델들하고 사귀더라고요.”

"나 같은 남자라뇨?"

엄마가 입술을 꽉 다물었다.

"나 같은 남자라는 게 무슨 뜻이에요? 그러지 말고 얼른 말해 봐요."

"부자인 남자요."

"나 부자 아니에요."

엄마가 고개를 절레절레 흔들었다.

"말도 안 돼."

"아니에요."

"아마 부자라는 말을 어떻게 정의하느냐에 달렸을 거예요."

"나도 부자들 볼만큼 봐왔어요. 나 정도는 부자가 아니에요. 물론 넉넉한 형편인 건 맞아요. 하지만 부자하고는 거리가 멀어요."

엄마가 고개를 돌려 그를 봤다. 니콜스 씨는 자신이 지금 누구와 얘기를 하는지 전혀 몰랐다.

"집을 한 채 이상 보유하고 있나요?"

니콜스 씨가 깜박이를 켜고 핸들을 돌렸다.

"그럴 거예요."

"차를 한 대 이상 가지고 있어요?"

그가 곁눈질로 제스를 흘긋 봤다.

"네."

"그럼 부자 맞아요."

"아니에요. 부자는 전용기와 요트가 있어야죠. 직원들도 두고."

"그럼 난 뭐죠?"

니콜스 씨가 고개를 흔들었다.

"직원은 아니에요. 당신은……."

"뭔데요?"

"당신 얼굴을 떠올리면서 직원으로 불러야 할지 어떨지 생각하는 중이에요."

엄마가 웃기 시작했다.

"여종업원. 청소하는 아낙네."

"그래요, 아니면 그런 거든지요. 좋아요, 그럼 당신은 어떤 사람을 부자라고 부르죠?"

엄마는 비닐봉지를 열고 뷔페에서 가져온 사과를 한 개 꺼내 한입 베어 물었다. 잠시 동안 사과를 씹더니 이렇게 말했다.

"부자는 따로 생각하지 않고도 고지서 요금을 제때에 내는 사람들이에요. 휴가를 떠날 수 있는 사람들, 1월이나 2월의 생활비를 미리 당겨쓰지 않고서도 크리스마스를 보낼 수 있는 사람들이구요. 사실, 망할 놈의 돈 생각을 항상 하고 살 필요가 없다면 부자인 거예요."

"돈 생각은 모두가 해요. 부자들도요."

"그래요, 하지만 당신은 어떻게 하면 더 많은 돈을 벌지를 생각하는 거잖아요. 반면에 난 또 일주일 살아갈 돈을 어떻게 마련할지를 생각해요."

니콜스 씨가 못마땅한 듯 헛기침을 했다.

"정말 믿을 수가 없네요. 난 지금 당신을 스코틀랜드로 데려다주고 있는데, 당신은 내가 무슨 도널드 트럼프 같은 사람이라고 잘못 판단하고는 사람을 이렇게 곤란하게 만들다니."

"곤란하게 만들지 않았어요."

"만들었어요."

"난 그저 당신이 부자라고 생각하는 것과 실제로 부자인 게 차이가 있다는 점을 지적한 것뿐이에요."

어색한 침묵이 흘렀다. 엄마는 말을 너무 많이 해버린 사람처럼 얼굴을 붉히더니, 사과를 커다랗게 한 입씩, 시끄러운 소리를 내며 베어 먹기 시작했다. 탠지가 그렇게 먹으면 뭐라고 하면서. 탠지는 양말 순열 문제에서 주의가 흩어졌다. 그들은 지금까지 꽤 즐거운 시간을 보내고 있었기에 탠지는 엄마와 니콜스 씨가 이야기를 멈추지 말았으면 싶었다. 그래서 앞좌석 사이로 머리를 들이밀었다.

"제가 어디선가 읽었는데요, 우리나라에서 상위 10퍼센트에 속하려면 한 해에 14만 파운드 이상 벌어야 한대요."

탠지가 거들 듯이 말했다.

"그러니까 니콜스 이저씨가 그만큼 벌지 못한다면 아저씨는 부자가 아닌 거죠."

탠지는 둘에게 웃어 보이고는 자기 자리로 되돌아갔다. 엄마는 니콜스 씨를 쳐다봤다. 계속 쳐다봤다. 니콜스 씨가 머리를 비볐다. 그러고는 잠시 후에 말했다.

"저기, 우리 잠시 멈춰서 차나 마시고 갈까요?"

몰턴 마스턴은 꼭 관광객들을 위해 지어진 곳 같았다. 모든 것은 회색 화산암으로 만들어졌고 아주 오래됐다. 모든 정원이 완벽했다. 벽의 꼭대기는 자잘한 푸른 꽃들로 뒤덮였고, 책에서 튀어나온 것 같은 이파리를 길게 늘어뜨린 깔끔한 바구니들이 걸려 있었다. 가게들은 크리스마스카드에서 흔히 볼 수 있는 그런 종류였다. 시장 광장에는 빅토리아 시대의 의상을 입은 여자가 트레이에서 빵을 팔았다. 관광객 한 무리가 주변을 지나가다 사진을 찍었다.

탠지는 처음에 창밖을 내다보느라 정신이 없어서 오빠의 상태를 눈치채지 못했다. 새하얗게 질린 니키의 얼굴을 본 것은 차가 주차장 안으로 들어설 때였다. 탠지는 오빠에게 다친 가슴이 아프냐고 물었지만, 오빠는 아니라고 대답했다. 탠지가 다시, 바지 안으로 들어간 사과를 꺼내지 못해서 그러냐고 묻자 니키는 "아냐, 탠지. 이제 그만해"라고 말했다. 하지만 오빠의 말투로 보아 무슨 일이 있는 게 분명했다. 탠지는 엄마를 봤지만, 엄마는 니콜스 씨를 쳐다보지 않으려고 애쓰느라 바빴고, 니콜스 씨는 제일 좋은 주차 공간을 찾느라 난리였다. 노먼은 그저 "물을 필요도 없어"라고 말하는 표정으로 탠지를 올려다봤다.

그들은 차 밖으로 나와 몸을 폈고, 니콜스 씨는 우리 모두 차와 케이크를 먹자면서, 자신이 사겠으니 겨우 차 한 잔 갖고 돈 문제를 들먹이고 그러지 말자고 했다. 엄마는 뭔가 할 말이 있는 사람처럼 눈썹을 들어 올렸다가 그냥 "고마워요"라고 중얼거렸지만 썩 내키는 표정은 아니었다.

그들은 '소우 옛날 찻집'이라는 이름의 카페에 들어가 앉았다. 탠지는 중세 시대에는 찻집이 없었을 거라고 확신했지만, 아무도 그 문제를 신경 쓰지 않는 듯했다. 니키가 자리에서 일어나 화장실로 향했다. 니콜스 씨와 엄마는 카운터에서 케이크와 차를 고르고 있어서 탠지는 니콜스 씨의 전화기를 눌렀다. 액정에 가장 처음 뜬 것이 니키의 페이스북 페이지였다. 니키는 다른 사람이 자기 물건을 보는 걸 몹시 싫어하기 때문에 탠지는 잠시 기다렸다. 그리고 오빠가 화장실에 간 것이 확실해지자 화면을 확대해 읽기 시작했다. 그러고 나서는 그대로 얼어붙었다. 피셔 형제는 남자들이 다른 남자들에게 저속한 짓을 하는 사진과 글로 니키의 타임라인을 도배해놓았다. 그리고 니키를 '고자 새끼', '호모 새끼'라고 불렀다. 그 단어들의 정확한 뜻을 몰랐지만 나쁜 말이라는 건 알았기에, 탠지는 별안간 토할 것만 같았다. 엄마가 쟁반을 들고 돌아오는 모습이 보였다.

"탠지! 니콜스 씨 전화기 조심해!"

전화기가 테이블 가장자리로 달그락거리며 놓였다. 탠지는 다시 건드리고 싶지 않았다. 오빠가 화장실에서 울고 있는 게 아닐까 걱정이 됐다. 탠지라면 그랬을 테니까. 탠지가 고개를 들자 엄마가 그녀를 빤히 쳐다보고 있었다.

"무슨 일이야?"

"아무 것도 아니에요."

엄마가 자리에 앉아 오렌지 컵케이크가 놓인 접시를 탠지의 앞으로 밀어줬다. 탠지는 이제 아무것도 먹고 싶지 않았다. 케이크에 색색의 설탕 가루가 뿌려져 있다고 해도.

"탠지. 왜 그래? 엄마한테 말해봐."

탠지는 손이 닿으면 데이기라도 할 듯이 손가락 끝으로 전화기를 밀어 엄마 앞에 놓았다. 엄마는 인상을 썼고, 그러고는 전화를 내려다봤다. 버튼을 누르고 뚫어져라 쳐다봤다. 엄마는 "맙소사"라고 조용히 탄식했다. 얼마 뒤에 니콜스 씨가 엄마 옆으로 와 앉았다. 니콜스 씨는 탠지가 지금껏 본 것들 중에서 가장 큰 초콜릿 케이크 조각을 들고 와서는 이렇게 물었다.

"다들 만족해요?"

아저씨는 만족스러워 보였다.

"이 빌어먹을 후레자식들."

엄마가 말했다. 그러고는 눈에 눈물이 그렁그렁 고였다.

"뭐라고요?"

니콜스 씨가 케이크를 한입 물고 물었다.

"그게 변태하고 비슷한 말이에요?"

엄마의 귀에는 탠지의 말이 들리지 않는 듯했다. 엄마는 요란한 소리를 내며 의자를 뒤로 확 밀치고 화장실로 성큼성큼 걸어가기 시작했다.

"거긴 남자 화장실이에요, 아주머니."

엄마가 화장실 문을 밀자 한 여자가 말했다.

"저도 글을 읽을 줄 알아요. 고마워요."

엄마는 그렇게 말하고 안으로 사라졌다.

"왜 그래? 무슨 일이야?"

니콜스 씨가 입 안에 든 케이크를 겨우 삼키고 물었다. 그는 엄마가 사라진 곳을 흘깃 봤다. 그러고는 탠지가 아무 말도 하지 않자, 자신의 전화기를 내려다보며 두 번 톡톡 두드렸다. 처음에는 그냥 뚫어지게 쳐다봤다. 그러더니 스크린을 움직이며 모두 읽었다. 탠지는 기분이 약간 이상했다. 니콜스 씨가 그걸 봐도 괜찮은지 확신할 수가 없었기 때문이다.

"이게…… 네 오빠한테 일어난 일하고도 관련이 있는 거니?"

탠지는 울고 싶었다. 피셔 형제가 그들의 즐거운 하루를 망쳐버린 기분이었다. 마치 피셔 형제가 여기까지 그들을 따라온 것만 같았고, 그들은 피셔 형제에게서 영원히 벗어날 수 없을 것만 같았다. 탠지는 말을 할 수가 없었다. 커다란 눈물방울이 테이블로 톡 떨어지자 니콜스 씨가 탠지의 이름을 부르며 냅킨을 내밀었다. 탠지가 받아 눈물을 닦았다. 그러고 나서도 터져 나오는 흐느낌을 숨기지 못하자, 니콜스 씨는 테이블을 돌아와 탠지의 어깨를 감싸며 꼭 안아줬다. 그는 커다랗고 듬직했고, 레몬과 남자 냄새가 났다. 탠지는 아빠가 떠난 이후로는 남자 냄새를 맡지 못했고, 그 사실을 깨닫자 더욱 슬퍼졌다.

"에이. 그만 울어."

"죄송해요."

"죄송할 거 아무것도 없어. 누군가 아저씨 누나한테 그런 짓을 했다면 아저씨도 울었을 거야. 그건…… 그건…….'"

그가 전화기를 껐다.

"세상에."

그가 고개를 흔들며 볼을 부풀렸다.

"걔들이 니키한테 자주 그러니?"

"모르겠어요."

탠지가 코를 훌쩍거렸다.

"이젠 말을 별로 안 하거든요."

니콜스 씨는 탠지가 울음을 멈출 때까지 기다렸다. 그러고는 다시 테이블을 돌아가서 마시멜로와 초콜릿 조각, 엑스트라 크림을 얹은 핫초코를 주문해 가져왔다.

"모든 병을 고쳐준단다."

그가 탠지에게로 잔을 밀어줬다.

"아저씨 말을 믿어봐. 아저씨는 다 알아."

그리고 이상하게도, 그 말은 사실이었다.

탠지가 핫초코와 컵케이크를 다 먹어 갈 때쯤 엄마와 니키가 화장실에서 나왔다. 엄마는 언제나처럼 아무 일도 없다는 듯 밝게 웃고 있었다. 니키의 어깨에 팔을 둘렀는데, 니키가 엄마보다 머리 반 정도는 크기에 그 모습은 약간 어색해 보였다. 니키는 탠지 옆자리로 미끄러지듯 들어와 앉아서 케이크를 뚫어져라 쳐다봤다. 니콜스 씨가 니키를 쳐다보기에 탠지는 그가 전화기에서 본 것에 대해 뭔가 말하려는가 싶었지만, 그는 아무 말도 하지 않았다. 아마도 니키를 난처하게 하고 싶지 않아서 그러는 것 같았다. 어쨌거나 이렇게 해서 행복한 날은 막을 내렸다고 탠지는 우울하게 생각했다.

엄마는 밖에 묶여 있는 노먼을 확인하러 나갔다. 니콜스 씨는 커피를 두 잔째 시켜서 뭔가 생각하는 사람처럼 천천히 젓기 시작했다. 그러다가 눈만 들어 니키를 바라보며 조용히 말했다.

"니키. 너 해킹에 대해서 좀 아니?"

탠지는 왠지 들으면 안 될 것 같아서, 2차방정식 문제들만 열심히 쳐다봤다.

"아뇨."

니키가 대답했다.

니콜스 씨는 테이블 건너로 상체를 수그리고 목소리를 낮췄다.

"그럼, 지금이 시작하기에 적당한 때인 것 같은데."

"오빠랑 아저씨 어디 갔어?"

엄마가 돌아와서 카페 안을 둘러봤다.

"니콜스 아저씨 차에 갔어요. 아저씨가 잠깐 방해하지 말아달라고 했어요."

탠지가 연필 끝을 깨물었다. 엄마의 눈썹이 머리 선이 있는 곳까지 휙 올라갔다.

"니콜스 아저씨는 엄마가 그럴 거라고 했어요. 그러면 이렇게 말하랬어요. 그 문제를 해결하고 있다고요. 그 페이스북 문제요."

"아저씨가 뭘 한다고? 어떻게?"

"아저씨는 엄마가 그 말도 할 거랬어요."

탠지는 5처럼 쓴 2를 지우고, 후 불어서 가루를 날렸다.

"아저씨는 두 사람한테 20분만 달라고 했어요. 그리고 엄마를 위해 차 한 잔을 다시 주문해놨고, 기다리면서 꼭 케이크를 먹어보라고 했어요. 끝나고 나면 우릴 부르러 오겠다고요. 그리고 엄마한테 초콜릿 케이크가 정말 맛있다고 전해달래요."

엄마는 반가운 표정이 아니었다. 탠지가 자리에 앉아 만족스러운 답을 얻을 때까지 문제를 푸는 동안, 엄마는 안절부절 못하며 자꾸 창밖을 내다봤다. 뭔가 말하려는 듯 입을 열었다가 그냥 다시 닫곤 했다. 엄마는 초콜릿 케이크도 먹지 않았다. 니콜스 씨가 테이블 위에 놓고 간 5파운드 지폐는 그대로 놓여 있었다. 혹시라도 카페 문이 열렸을 때 바람에 날아갈까봐 탠지가 지우개를 그 위에 올려놓았다.

마침내, 카페 여자가 그들의 테이블 근처를 빗자루로 쓸며 조용한 메시지를 보내고 있을 때, 문이 열리며 작은 벨이 딸랑 울렸고 니콜스 씨가 니키와 함께 들어왔다. 니키는 주머니에 손을 넣은 채였고 머리카락이 눈을 덮었지만, 얼굴에 살짝 히죽거리는 미소가 걸려 있었다. 엄마는 자리에서 일어나 니콜스 씨와 니키를 번갈아 쳐다봤다. 뭔가 말하고 싶은 마음은 굴뚝같지만 무슨 말을 해야 할지 모르는 눈치였다.

"여기 초콜릿 케이크 먹어봤어요?"

니콜스 씨가 말했다. 얼굴에는 은근히 경쾌한 표정이 떠올라 있었다. 게임 쇼 진행자처럼.

"아뇨."

"저런. 정말 맛있는데요. 고마워요! 여기 케이크 정말 최곱니
다!"

그가 카페 여자에게 소리쳤고, 여자는 눈을 반짝이며 환하게 웃
었다. 니콜스 씨와 니키는 바로 다시 밖으로 나갔고, 평생을 친구
로 지낸 사람들처럼 어깨를 맞대고 큰 걸음으로 길을 가로질렀다.
서둘러 물건을 챙겨 그들을 따라 밖으로 나서는 탠지와 엄마를
남겨두고서.

15

니키 NICKY

언젠가 신문에서 털 없는 개코원숭이에 관한 기사를 읽은 적이 있었다. 그 개코원숭이의 피부는 보통 우리가 생각하는 것과 달리, 전체가 검은색이 아니라 분홍색과 검은색으로 얼룩덜룩했다. 멋지게 아이라이너를 그린 것처럼 눈 주위가 검었고, 긴 젖꼭지는 한쪽이 분홍색, 다른 한쪽은 검은색이었다. 마치 가슴 달린 데이빗 보위 원숭이 버전이라도 되듯이 말이다.

하지만 그 개코원숭이는 언제나 혼자였다. 알고 보니 개코원숭이들은 '다름'을 좋아하지 않았다. 문자 그대로 단 한 마리도 그 개코원숭이와는 어울리지 않았다. 그래서 사진마다 혼자 있는 모습이 담겨 있었다. 동료 하나 없이 홀로 먹이를 찾아다니는 취약한 모습으로. 다른 개코원숭이들도 그 원숭이가 자신들과 같은 개코원숭이라는 걸 알지만, 그와 함께 다녀야 한다는 유전적인 욕구보다 다른 걸 싫어하는 기질이 더욱 강하게 작용했다. 니키는 이 말을 꽤 자주 떠올렸다. '홀로인 털 없는 개코원숭이보다 더 슬픈

것은 없다.'

니콜스 씨는 소셜 네트워킹의 위험성에 관한 설교를 늘어놓거나, 이번 일을 학교 선생님이나 경찰에 알려야 한다고 말하려는 게 분명해 보였다. 하지만 그는 차 문을 열더니 트렁크에서 노트북 컴퓨터를 꺼낸 뒤, 변속 기어 근처에 있는 연결 장치를 이용해서 전원을 켜고 인터넷에 접속했다.

"좋아."

니키가 조수석으로 들어가 앉았을 때 니콜스 씨가 말했다.

"그 녀석에 관해 아는 걸 전부 말해봐. 형제, 자매, 생일, 애완동물, 주소…… 뭐든지 다."

"네?"

"녀석의 패스워드를 알아내야 해. 자 어서…… 뭔가 아는 게 있을 거 아니야."

그들은 주차장에 앉아 있었다. 벽에는 낙서 하나 없었고, 버려진 쇼핑 카트가 굴러다니지도 않았다. 이곳은 말하자면, 수킬로미터를 걸어가 쇼핑 카트를 돌려주고 오는 사람들이 사는 곳이었다. 니키는 어디엔가 '잘 보존된 마을'이라는 팻말이 있을 거라는 데 돈이라도 걸 수 있었다. 머리가 희끗한 여인 하나가 그들 옆으로 차를 대다가 눈이 마주치자 빙그레 웃어 보였다. 진심에서 우러나는 미소. 어쩌면 니키의 어깨에 커다란 머리통을 걸친 노먼을 보고 웃은 건지도 모르지만.

"니키?"

"네. 지금 생각하고 있어요."

니키는 피셔에 관해 아는 것을 모두 끄집어내기 시작했다. 피셔의 주소, 누나 이름, 엄마 이름, 그의 생일까지 알았다. 바로 3주 전이었기 때문인데, 피셔는 아빠가 생일 선물로 사준 4륜 오토바이를 한 주 만에 박살내버렸다.

니콜스 씨는 계속 키보드를 두드렸다.

"아니. 아니. 잘 생각해봐. 분명히 뭔가 있을 거야. 무슨 음악을 좋아하지? 응원하는 스포츠팀은? 아, 핫메일 계정이 있네. 좋았어, 그걸 넣어보자."

아무것도 맞지 않았다. 불현듯 니키가 뭔가 떠올렸다.

"터리사요. 터리사를 엄청 좋아해요. 그 가수요."

니콜스 씨가 키보드를 두드려보고 고개를 흔들었다.

"그럼 '터리사의 엉덩이'를 쳐보세요."

니콜스 씨가 그대로 넣었다.

"아닌데."

"'터리사를따먹었다'라고 붙여 쓰면요?"

"아냐."

"터리사 피셔."

"으음. 아냐. 아이디어는 좋았지만."

그들은 생각에 잠겨 앉아 있었다.

"그냥 이름을 넣어보면 어떨까요?"

니키가 말했다.

니콜스 씨는 고개를 저었다.

"자기 이름을 패스워드로 쓸 정도로 멍청한 사람은 없어."

니키가 그를 빤히 봤다. 니콜스 씨는 글자들을 쳐 넣고 스크린을 봤다.

그는 "와, 놀랍네"하며 니키를 보고는, "넌 타고 났어"라고 덧붙이며 몸을 뒤로 기댔다.

"그럼 이제 뭘 하실 건데요?"

"우린 제이슨 피셔의 페이스북 페이지에 약간 장난을 칠거야. 내가 직접 할 건 아니지만. 난…… 저…… 현재로써는 내 IP주소를 노출하는 어떤 짓도 해서는 안 되거든. 하지만 부탁할 만한 사람을 알지."

그가 어딘가로 전화를 걸었다.

"하지만 우리가 했다는 걸 알지 않을까요?"

"어떻게? 우린 지금 본질적으로는 그 녀석인데. 너를 추적해낼 어떤 증거도 남지 않을 거야. 아마 눈치채지도 못할걸. 잠깐만. 제즈?…… 나 에드야. 그래. 그래, 당분간은 좀 조용히 지내고 있어. 너한테 부탁할 게 하나 있어서 말이야. 5분도 안 걸리는 거야."

니키는 그가 제즈에게 제이슨 피셔의 패스워드와 이메일 주소를 불러주는 걸 듣고 있었다. 그는 피셔가 한 친구에게 '몇 가지 골치 아픈 문제를 일으켰다'고 했다. 그러고는 니키를 곁눈으로 흘끔거리며 말했다.

"그냥 재미 좀 보라고, 알았지? 내용을 쭉 읽어보면 대강 감이 올 거야. 내가 직접 하면 좋겠지만, 지금 상황에서는 작은 거 하나라도 걸릴 게 없어야 하거든. …… 그래, 만나면 얘기해줄게. 정말 고마워."

니키는 이렇게 해킹이 쉽다는 게 믿기지가 않았다.

"다시 제 페이지를 해킹하지 않을까요?"

니콜스 씨는 전화기를 내려놓았다.

"글쎄, 그건 두고 봐야겠지. 하지만 패스워드로 자기 이름 밖에 떠올리지 못하는 녀석이라면 컴퓨터 실력이 그렇게 뛰어나진 않을 것 같은데."

그들은 차 안에 앉아서, 제이슨 피셔의 페이스북 페이지를 계속 새로고침하며 기다렸다. 그리고 얼마 후, 마법 같이, 변화가 생기기 시작했다. 피셔는 정말 형편없는 머저리 자식이었다. 그의 페이스북 담벼락에는, 같은 학교의 이 여자애와 저 여자애한테 그가 어떻게 '할' 거라거나, 아무개가 어째서 갈보인지, 패거리가 아닌 무수한 아이들을 그가 어떻게 두들겨 팼는지 따위가 가득 적혀 있었다. 메시지 내용도 거의 비슷했다. 니키는 자신의 이름이 들어간 메시지를 얼핏 봤지만, 니콜스 씨가 빠르게 읽고 스크롤을 올려버렸다. "이런 건 읽을 필요 없어"라고 말하면서. 피셔가 머저리처럼 말하지 않을 때는 크리시 테일러에게 메시지를 보낼 때뿐이었다. 피셔는 크리시를 정말 좋아한다면서 자기 집으로 놀러오지 않겠냐고 그녀에게 물었다. 크리시는 딱히 관심이 없는 것 같았지만, 피셔는 계속 메시지를 보냈다. 피셔는 크리시를 '정말 죽여주는' 곳에 데려갈 것이며, 아버지 차를 빌릴 수 있다고 했다(그럴 수 없다. 아직 나이도 안 된다). 피셔는 또 크리시가 학교에서 제일 예쁘며, 그녀 때문에 정신을 차릴 수가 없다면서, 그의 친구들이 이 사실을 안다면 그를 '정신 이상자'라고 생각할 거라고 했다.

"로맨스가 죽었다고 누가 그래?"

니콜스 씨가 중얼거렸다. 그리고 그 일이 시작됐다. 제즈는 피셔의 친구 두 명에게 메시지를 보내서, 이제 폭력에 반대하며 더 이상 그들과는 어울리고 싶지 않다고 했다. 피셔는 크리시에게도 메시지를 보내서, 아직도 그녀를 좋아하지만 그녀와 데이트하기 전에 먼저 해결해야 할 문제가 있다고 알렸다. 그는 '거지 같은 병균에 감염돼서 의사가 약을 써야 한대. 그래도 우리가 함께

하는 날에는 멋지고 깨끗한 사람이 되어 있을 거야. 알겠지?'라고
적었다.

"아, 진짜!"

니키는 얼마나 많이 웃었는지 갈비뼈가 다 아팠다.

"우와, 진짜!"

'제이슨'은 스테이시라는 이름의 여자애에게 정말 좋아한다고
고백하고, 그의 엄마가 아주 멋진 옷을 골라줬으니 그녀가 원한다
면 언제든 데이트를 할 수 있다고 말했다. 그는 똑같은 메시지를
같은 학년인 앤젤라라는 여자애한테도 보냈다. 앤젤라는 그가 밥
맛없다고 했던 아이였다. 제즈는 또 데니 케인에게서 새로 온 메
시지를 삭제했다. 인기 많은 풋볼 경기 티켓을 몇 장 얻었다며 제
이슨이 원하면 한 장 줄 수 있지만, 그날 중으로 말해줘야 가능하
다는 내용이었다. 그날은 바로 오늘이었다.

제즈는 피셔의 프로필 사진도 울부짖는 당나귀 이미지로 바꿔
놓았다. 그러자 니콜스 씨는 화면을 쳐다보며 잠시 생각하다가 전
화기를 집어 들었다.

"그 녀석 사진은 그냥 두는 게 좋겠어, 친구. 이번에는."

니콜스 씨가 제즈에게 말했다.

"왜요?"

전화를 끊은 니콜스 씨에게 니키가 물었다. 그 당나귀 사진은
꽤 근사했다.

"녀석이 눈치채지 못할 정도로 교묘하게 하는 편이 좋아. 우리
가 피셔의 개인 메시지만 건드리면 녀석은 십중팔구 아무것도 눈
치채지 못할 거야. 우린 이쪽에서 메시지를 보내고 삭제하는 거
지. 이메일 알림 기능도 끌 거야. 그러면 친구들과 그 여자애는 녀

석이 점점 바보가 되어 간다고 생각할 거야. 피셔는 그 이유를 전혀 알지 못할 거고. 그게 바로 이 일의 핵심이지."

니키는 도저히 믿을 수가 없었다. 피셔의 삶을 순식간에 엉망으로 만들 수 있는 사람이 있다니. 제즈가 다시 전화를 걸어서 로그아웃 했으니 그들도 페이스북 페이지를 닫으라고 했다.

"그게 끝인가요?"

니키가 물었다.

"지금은 그렇지. 약간 장난을 친 정도니까. 하지만 기분이 좀 풀리지 않았니? 그리고 제즈가 네 페이스북 페이지도 청소할 거니까, 피셔가 올린 것들은 남김없이 사라질 거야."

니키는 약간 당황스러웠다. 숨을 크게 내쉬었는데 흐느낌처럼 떨려서 나왔기 때문이다. 니키는 정말 기분이 나아졌다. 문제가 해결되었거나 상황이 달라진 건 아니지만, 이번만은 웃음거리가 되었다고 느끼지 않을 수 있어서 좋았다.

니키는 호흡이 원래대로 돌아올 때까지 티셔츠 끝자락을 만지작거렸다. 니콜스 씨도 아는 눈치였다. 밖에는 오직 차들과 노인들 뿐인데, 뭔가 구경거리가 있기라도 하듯 창밖을 유심히 내다보고 있었기 때문이다.

"아저씨는 왜 이런 일을 하세요? 해킹 문제도 그렇고, 저희를 스코틀랜드까지 데려다주는 것도 그렇고요. 제 말은 그러니까, 아저씨는 우리를 잘 알지도 못하잖아요."

니콜스 씨는 계속 창밖을 내다보다가, 딱히 니키에게 하는 게 아닌 것처럼 말했다.

"네 엄마에게 빚을 좀 졌거든. 그리고 난 약자를 괴롭히는 아이들을 싫어하고. 알겠지만 그런 아이들은 예전에도 있었어."

니콜스 씨가 한동안 잠자코 앉아 있자, 니키는 갑자기 걱정이 됐다. 혹시 그가 니키에게 뭔가 얘기하게 하려는 게 아닌가 하고 말이다. 학교의 상담 교사들이 그러듯이. 자기가 무슨 친구라도 되듯 굴면서, 여기서 하는 얘기는 '우리 사이의 비밀'이라고 쉰 번도 넘게 말해서 오히려 으스스하게 만드는 그런 짓.

"한 마디만 할게."

드디어 시작이네, 하고 니키는 생각했다. 노먼이 어깨에 떨어뜨린 침방울을 니키가 스윽 닦았다.

"지금까지 내가 알 만한 가치가 있다고 느낀 사람은 모두 학교에서 약간 다른 부류에 속하던 사람들이었어. 넌 너와 같은 사람들을 찾기만 하면 돼."

"저와 같은 사람요?"

"너희 종족."

니키가 얼굴을 찌푸렸다.

"왜, 평생을 어디에도 속하지 못한 것처럼 느끼며 살다가, 어느 날, 어딘가로 들어섰는데, 거기가 대학이건 사무실이건 어떤 클럽이건 간에 들어서자마자 '아, 그들이 여기 있었구나' 하는 느낌이 오는 사람들 말이야. 그러면서 갑자기 고향에 온 듯 마음이 편안해지고."

"전 어디서도 고향에 온 듯 편안하게 느껴지지 않는데요."

"지금은 그렇겠지."

니키는 그 말을 곰곰이 생각해봤다.

"그럼 아저씨는 어디에서 그렇게 느끼셨는데요?"

"대학 때 컴퓨터실에서. 난 컴퓨터만 아는 괴짜였거든. 거기서 절친한 친구가 된 로넌을 만났지. 그리고…… 내 회사도."

니콜스 씨의 얼굴이 한순간 굳어졌다.

"하지만 전 졸업할 때까지 꼼짝 못하는 걸요. 우리가 사는 데는 종족 같은 것도 없어요."

니키가 앞머리를 내려 눈을 가렸다.

"피셔의 방식을 따르든지 피셔를 피해 다니든지 둘 중에 하나뿐이에요."

"그럼 인터넷에서 찾으면 되잖아."

"어떻게요?"

"글쎄. 너와 같은…… 관심사를 가진 사람들이 모이는 온라인 그룹을 찾아보는 건 어때? 같은 생활 방식을 가진 사람들."

니키는 그의 표현을 알아들었다.

"아. 그러니까 아저씨도 제가 게이라고 생각하시는 거네요, 그죠?"

"아냐. 아저씬 그저 인터넷이 공간이 넓다는 걸 말하고 있는 거야. 어딘가에 분명히 너와 같은 관심사를 가졌거나 너와 비슷한 삶을 사는 사람이 있을 거라는 거지."

"저와 비슷한 삶을 사는 사람은 아무도 없어요."

니콜스 씨가 노트북 컴퓨터를 닫아서 케이스에 넣었다. 그는 모든 전원을 뽑고 나서 카페 쪽을 흘깃 봤다.

"그만 돌아가보는 게 좋겠구나. 우리가 뭘 하고 있는지 네 엄마가 엄청 궁금할 테니까."

그가 차문을 열다가 다시 돌아봤다.

"블로그 같은 데 글을 올리면 어떨까?"

"블로그요?"

"진짜 이름을 밝힐 필요는 없어. 하지만 네 삶에서 일어나는 일에 관해 얘기하기에 좋은 공간이지. 몇 가지 키워드를 넣어두면 사람들이 널 찾아낼 거야. 그러니까 너와 같은 사람들 말이야."

"마스카라를 바르는 사람들요. 풋볼이나 뮤지컬을 싫어하는 사람들."

"커다랗고 냄새 고약한 개와 수학 영재 여동생이 있는 사람들. 분명히 어딘가에 한 사람은 있을 거라고 장담해."

니콜스 씨는 잠시 생각했다.

"있을 거야. 혹스톤 어딘가에. 투펠로나."

니키는 앞머리를 좀 더 끌어내려 멍을 가렸다. 멍은 이제 누리끼리한 색으로 변해 있었다.

"알려주셔서 고마운데요, 블로그는…… 별로 제 취향이 아니라서요. 그건 중년 아줌마들이 자기 이혼 얘기나 고양이 얘기 같은 거 쓰는 데잖아요. 아니면 네일 아트가 취미인 사람들이 수다 떠는 곳."

"거기다 그냥 풀어놓으라는 거지."

"아저씨도 블로그해요?"

"아니."

니콜스 씨는 차 밖으로 나갔다.

"난 딱히 누군가에게 얘기를 하고 싶지는 않거든."

니키도 그를 따라 차 밖으로 나왔다. 니콜스 씨가 열쇠고리를 차 쪽으로 들자, 텅 하고 고급스러운 소리를 내며 차 문이 잠겼다. 그가 "아무튼"이라고 말하며 목소리를 낮췄다. 그리고 "우린 여기서 아무 대화도 나누지 않은 거다, 알았지? 순진한 애한테 개인 정보 해킹 방법을 가르친 걸 알면 누구라도 반가워하지 않을 테니까"라고 덧붙였다.

"제스는 괜찮을 걸요."

"제스만을 말하는 게 아니야."

니키가 그의 눈을 똑바로 쳐다봤다.

"괴짜 클럽 첫 번째 규칙. 괴짜 클럽은 절대 존재하지 않는다."

그들이 주차장을 가로질러 탠지와 엄마에게로 가자, 탠지가
"그 양말 문제요" 하며 입을 열었다. 손에는 숫자로 뒤덮인 냅킨
한 장을 들고 있었다.

"저 풀었어요. 만일 양말을 N개 갖고 있다면, N분의 1의 N제
곱을 여러 개 더해야 해요."

탠지가 안경을 똑바로 했다.

"한번에 풀었네. 나도 똑같은 방법을 제안했을 거야."

니콜스 씨가 말했다. 그러자 엄마는 탠지나 니콜스 씨 같은 사
람은 평생 처음 본다는 듯, 니키를 쳐다봤다.

16

탠지 TANZIE

차 안으로 돌아가고 싶은 사람은 아무도 없었다. 니콜스 씨의 자동차처럼 훌륭한 모델이라고 해도 차 안에서 시간을 보내는 색다른 경험은 금방 식상하게 느껴졌다. 엄마는 막 주사를 놓으려는 사람 같은 목소리로, 오늘은 정말 긴 하루가 될 거라고 선언했다. 니콜스 씨는 적어도 뉴캐슬까지는 운전해 간 다음 거기서 개를 받아주는 비앤비를 찾아볼 계획이므로 그들은 모두 출발하기 전에 화장실을 다녀와야 했다. 아마 밤 10시는 되어야 목적지에 도착할 것 같았다. 니콜스 씨는 그곳에서 하루만 더 운전해 가면 에버딘에 도착할 수 있을 것이라고 계산했다. 대학 근처에서 묵을 곳을 찾으면, 탠지는 다음 날 맑고 산뜻한 정신으로 경연 대회를 치를 수 있었다. 그가 탠지를 쳐다봤다.

"네가 혹시 이젠 이 차에 적응해서 시속 65킬로미터 이상으로 달려도 괜찮다면 또 달라지겠지만."

탠지가 머리를 좌우로 흔들었다.

"아니라고."

니콜스 씨는 약간 실망한 표정이었다.

"그럼, 뭐."

그가 뒷좌석을 돌아보다가 눈을 껌뻑였다. 크림색 가죽 시트에 초코볼 한두 개가 뭉개져 들러붙었고, 바닥에는 숲 주변에서 묻어 온 진흙이 딱딱하게 굳어 있었다. 니콜스 씨는 탠지가 쳐다보는 걸 보고는 별거 아니라는 듯이 살짝 웃어줬다. 얼굴에는 다른 말이 쓰여 있었지만. 니콜스 씨가 다시 운전대를 잡았다.

"좋아요, 그럼 갑니다."

그가 엔진을 가동시켰다.

그 후로 한 시간 동안 모두가 침묵을 지켰다. 니콜스 씨는 라디오 4 채널에서 하는 기술 관련 프로그램을 들었다. 엄마는 집에서 가져온 책을 읽었다. 도서관이 문을 닫은 이후, 중고품 가게에서 1주에 두 권씩 페이퍼백 책을 사왔지만, 지금까지는 시간을 내지 못해 그중에 딱 한 권을 읽었을 뿐이다.

오후가 무르익다 저물어갔고, 시원하게 비가 쏟아졌다. 탠지는 창밖을 보며 머릿속으로 수학 문제를 풀어봤지만, 풀이 과정을 눈으로 볼 수가 없으니 집중하기가 어려웠다. 여섯 시쯤 되었을 때, 니키가 힘이 드는지 몸을 뒤척이기 시작했다.

"이번에는 언제쯤 서죠?"

엄마는 깜빡 졸았던 모양이었다. 갑자기 몸을 꼿꼿이 세우며 졸지 않은 척하면서 시계를 흘끔 봤다.

"여섯 시 십 분쯤."

니콜스 씨가 대답하자 탠지가 다시 질문했다.

"저녁 먹으면 안 돼요?"

"저는 좀 걸어야겠어요. 갈비뼈가 아프기 시작해요."

"밥 먹을 데를 찾아보자꾸나."

니콜스 씨가 말했다.

"레스터로 우회해서 카레 요리를 먹어도 좋고."

"전 그냥 샌드위치를 먹었으면 좋겠어요. 어디 들어가서 밥 먹을 시간도 없잖아요."

그리고 마지막으로 엄마가 말했다. 니콜스 씨는 작은 마을을 지나고, 또 하나를 지난 다음, 상점 거리로 가는 표지판들을 따라 차를 몰았다. 날이 어두워지기 시작했다. 그들의 차는 상점들을 모두 지나 슈퍼마켓 앞에서 멈춰 섰고, 엄마는 크게 한숨을 쉬며 밖으로 나가 슈퍼 안으로 달려 들어갔다. 그들은 비가 들이치는 차창 밖으로 엄마의 모습을 지켜봤다. 엄마는 냉장고 앞에 서서 뭔가 집었다가 다시 내려놓았다.

"왜 그냥 만들어놓은 샌드위치를 사면 안 되는 거지?"

니콜스 씨가 시계를 보며 중얼거렸다.

"그럼 2분 안에 돌아올 텐데."

"너무 비싸요. 그리고 누구의 손이 닿았는지 알 수가 없잖아요. 제스는 작년에 3주 동안 슈퍼마켓에서 샌드위치를 만드는 일을 했었어요. 제스 옆에서 일하던 여자는 치킨 샌드위치 안에 들어가는 닭고기를 써는 도중에 코를 후비더래요."

니키가 말하자 니콜스 씨는 조용해졌다.

"슈퍼마켓 브랜드 햄일 확률이 20퍼센트야."

니키가 엄마를 지켜보면서 말했다. 탠지는 이렇게 말했다.

"슈퍼마켓 브랜드 햄일 확률은 50퍼센트야."

"가서 슬라이스 치즈도 사라고 해야겠구나."

니콜스 씨가 말했다.

"슬라이스 치즈를 살 확률은 얼마 정도나 되겠니?"

"구체적으로 말씀하셔야 해요."

니키가 말했다.

"'데릴리'나 싸구려 슈퍼마켓 브랜드인 오렌지색 슬라이스 치즈나 뭐 그런 걸로요. 웃기는 이름이 붙은 거."

"쾌적한 골짜기 치즈."

"사랑스런 젖통 체다."

"그런 이름은 역겹잖아."

"투덜이 암소 슬라이스."

"이제 그만 좀 하지. 너희 엄마가 그 정도는 아니잖니."

니콜스 씨가 말했다. 탠지와 니키는 깔깔대고 웃기 시작했다. 그때 엄마가 차문을 열고 비닐봉지를 들어 보였다.

"슈퍼에서 참치 페이스트를 특가로 파네. 샌드위치 먹을 사람?"

"저희 샌드위치는 한 번도 안 드시네요."

니콜스 씨가 마을을 따라 차를 몰 때 엄마가 말했다. 니콜스 씨는 방향 지시등을 켜고 옆으로 돌아 탁 트인 길로 들어섰다.

"샌드위치를 안 좋아해요. 학교 생각이 나서."

"그럼 뭘 드시는데요?"

엄마는 샌드위치를 열심히 먹었다. 차에 참치 냄새가 가득 차는 건 시간 문제였다.

"런던에서요? 아침에는 토스트를 먹었어요. 초밥이나 국수 같은 걸로 점심을 먹고, 저녁에는 자주 들르는 테이크아웃 음식점이 있었고요."

"테이크아웃 음식을 먹는다고요? 매일 저녁을요?"

"외출하지 않으면요."

"외출은 얼마나 자주 하는데요?"

"요즘요? 전혀요."

엄마는 니콜스 씨를 한참 쳐다봤다.

"그래요, 당신네 펍에서 퍼마시는 거 빼고요."

"정말로 매일 같은 걸 먹는단 말이에요?"

니콜스 씨는 약간 민망한 표정이었다.

"다른 종류의 카레를 먹으면 되죠."

"돈이 엄청 들겠네요. 그럼 비치프론트에서는 뭘 먹는데요?"

"테이크아웃 음식이요."

"'라지'에서요?"

"네. 거길 알아요?"

"오, 알죠."

차 안에 침묵이 내렸다.

"왜요?"

니콜스 씨가 입을 열었다.

"거기 안 가요? 왜 그러는데요? 너무 비싸다고요? 지금 통감자 구이를 만드는 게 얼마나 쉬운지 말하려는 거죠? 난 통감자 구이 안 좋아해요. 샌드위치도 안 좋아하고. 그리고 난 요리하는 것도 좋아하지 않아요."

아마도 배가 고파서 그랬겠지만 니콜스 씨의 말투가 갑자기 심술궂어졌다.

탠지가 몸을 기울여 앞좌석 사이로 말했다.

"나탈리 아줌마는요, 치킨 잘프레지를 시켰다가 거기에서 털이

나온 적도 있대요."

니콜스 씨가 대꾸하려고 입을 여는 순간, 탠지가 덧붙였다.

"그리고 그건 머리에서 빠진 털이 아니었대요."

가로등 스물세 개가 지나가고서야 니콜스 씨가 말했다.

"그런 걱정을 지나치게 많이 하는구나."

너니턴을 지난 어딘가에서, 탠지는 자기 몫의 샌드위치를 조금 씩 떼어 노먼에게 먹이기 시작했다. 참치 페이스트는 참치 맛이 나지 않았고, 빵은 자꾸 입천장에 들러붙었다. 니콜스 씨가 주유소에 차를 댔다.

"저기 샌드위치는 끔찍할 텐데요."

엄마가 매점 안을 쳐다보며 말했다.

"몇 주는 묵은 걸 거예요."

"샌드위치 사려는 거 아니에요."

"패스티도 파나요?"

니키가 안을 흘끔거리며 말했다.

"나 패스티 정말 좋아하는데."

"그것들은 더 끔찍해. 개고기가 잔뜩 들었을 걸."

탠지가 손으로 노먼의 귀를 막았다.

"매점에 갈 건가요?"

엄마가 니콜스 씨에게 물으면서 지갑을 열었다.

"아이들한테 초콜릿 좀 사다주시겠어요? 특별 간식으로."

"저는 크런치요."

기분이 좋아져서 니키가 말했다.

"전 에어로 민트로요."

탠지가 말했다.

"큰 거 사도 돼요?"

엄마가 돈을 내밀었다. 하지만 니콜스 씨는 오른쪽을 쳐다보고 있었다.

"당신이 좀 사줄래요? 난 길 건너로 갈 거라서요."

"어디 가는데요?"

니콜스 씨는 배를 쓰다듬더니 돌연 행복한 얼굴이 됐다.

"저기요."

'키스네 케밥'에는 바닥에 박힌 플라스틱 의자 여섯 개가 놓여 있었다. 창가에 다이어트 콜라 캔 열네 개가 줄지어 있었고, 앞의 b자가 빠진 네온사인이 붙어 있었다. 기다란 형광등이 달린 실내로 들어갈 때 니콜스 씨의 걸음걸이가 경쾌하게 변하는 모습을 탠지가 차창 너머로 지켜봤다. 그는 카운터 뒤쪽 벽을 쳐다보다가, 꼬치에 끼워져 천천히 돌아가는 커다란 갈색 고깃덩어리를 손으로 가리켰다. 탠지는 어떤 동물이 저런 모양을 하고 있을까 아무리 생각해봐도 버펄로 밖에 떠오르지 않았다. 사지가 절단된 버펄로.

가게 안에서 남자가 고기를 자르기 시작하자, 니키의 목소리는 갈망이 가득한 신음으로 변했다.

"우리도 저거 하나 먹으면 안 돼요?"

"안 돼."

엄마는 단호했다.

"니콜스 아저씨는 부탁만 하면 분명히 하나 사주실 건데."

그러자 엄마가 쏘아붙였다.

"니콜스 씨는 이미 우리한테 충분히 베풀었어. 더는 공짜로 얻어먹는 짓은 할 수 없어. 알겠니?"

니키는 탠지를 보며 눈알을 굴렸다.

"알았어요."

그가 침울하게 말했다.

"미안하구나."

잠시 후에 엄마가 말했다.

"엄마는 그냥…… 우리가 아저씨를 이용해먹는다고 생각할까 봐 그런 거야."

"하지만 누군가 제안한 걸 받아들여도 이용해먹는 거예요?"

탠지가 물었다.

"아직도 배고프면 사과를 먹든가. 아니면 아침에 가져온 머핀을 먹어. 분명히 몇 개 남았을 거야."

니키가 조용히 하늘을 향해 눈을 굴렸다. 탠지는 한숨을 쉬었다.

니콜스 씨가 차문을 열었고, 뜨겁고 기름진 고기의 냄새를 몰고 안으로 들어왔다. 기름으로 얼룩진 하얀 종이에 케밥이 감싸여 있었다. 노먼의 입에서 침 두 줄기가 주르륵 흘러내렸다.

"정말 안 먹을 거야?"

그가 니키와 탠지를 돌아보며 유쾌하게 말했다.

"칠리소스는 조금만 뿌렸는데."

"아니에요. 정말 고맙지만, 괜찮아요."

엄마가 단호하게 말하면서 니키에게 눈빛으로 경고했다.

"전 안 먹을래요."

탠지가 조용히 말했다. 맛있는 냄새가 솔솔 풍겨왔다.

"저도 괜찮아요."

니키가 말하면서 고개를 돌렸다.

너니턴, 마켓 보스워스, 콜빌, 애쉬비 드라주크. 이정표들이 계속해서 획획 지나갔다. 탠지는 지금 영국 땅을 달리는 중이라는 걸 알지만, '잔지바르'나 '탄자니아' 같은 이정표를 본다고 해도 다를 게 없었다. 탠지는 계속해서 애쉬비 드라주크, 애쉬비 드라주크, 하고 반복해서 중얼거리면서 그런 이름을 갖고 있다면 얼마나 좋을까 생각했다. 안녕하세요, 이름이 어떻게 되시죠? 저는 애쉬비 드라주크라고 해요. 안녕, 애쉬비! 그거 정말 멋지네! 코스탠자 토머스도 글자 수는 똑같지만, 리듬이 달랐다. 탠지는 코스탠자 드라주크도 생각해봤는데 글자 수가 다르고, 애쉬비 토머스는 밋밋하게 들렸다.

코스탠자 드라주크.

엄마는 조수석 등을 켜놓고 계속 책을 읽었다. 니콜스 씨는 운전석에서 계속 몸을 뒤척이다가 결국 입을 열었다.

"그 지도에요…… 앞쪽에 레스토랑 같은 데 없나요?"

그들은 도로로 들어선 후 389개의 가로등을 지나왔다. 지금까지는 보통 탠지네 가족 중 누군가가 쉬었다 가자고 제안을 해왔다. 탠지는 계속 목이 마르거나, 음료수를 너무 많이 마셔서 화장실에 가야 했다. 노먼은 20분마다 밖으로 나가겠다고 낑낑댔지만, 정말로 필요해서 그러는 건지 그들만큼이나 지루해서 잠시 쿵쿵대며 돌아다니고 싶어서 그러는 건지 정확히 분간하기 힘들었다.

"아직도 배가 고파요?"

엄마가 책에서 고개를 들었다.

"아뇨. 난…… 화장실에 좀 가야 해서요."

엄마는 다시 책으로 돌아갔다.

"오, 저희는 신경 쓰지 마세요. 그냥 나무 뒤에서 보고 오세요."

"그런 종류 말고요."

그가 중얼거렸다.

"그럼, 케그워스가 제일 가까운 마을인 것 같은데요. 거기 가면 분명히 들어갈 데가 있을 거예요. 아니면 왕복4차선 도로로 들어가면 휴게소가 있을 거고요."

"얼마나 먼데요?"

"10분쯤?"

"좋아요."

그가 고개를 끄덕이며 혼잣말을 하듯이 말했다.

"10분 정도면 괜찮아요"라고 말하는 그의 얼굴이 기이하게 번들거렸다.

"10분은 가능해요."

니키는 이어폰을 꽂고 음악을 듣고 있었다. 탠지는 노먼의 커다랗고 보드라운 귀를 어루만지며 끈 이론에 관해 생각했다. 그런데 갑자기 니콜스 씨가 차를 틀어 도로변에 차를 댔다. 모두가 앞쪽으로 확 쏠렸다. 노먼은 거의 좌석에서 굴러 떨어질 뻔했다. 니콜스 씨가 운전석 문을 열어젖히고 뒤쪽으로 달려갔다. 탠지가 차 안에서 지켜보는 가운데, 그는 배수로 옆에 웅크리고 한 손으로 무릎을 받친 채 상체를 들썩이기 시작했다. 창문이 닫혀 있는데도 그가 내는 소리를 듣지 않을 수가 없었다. 그들은 모두 뚫어져라 쳐다봤다.

"우와. 굉장하게 쏟아져 나오네. 저건 마치…… 와, 무슨 에일리언 같아."

니키가 말했다.

"오, 세상에."

엄마가 말했다.

"구역질 나."

탠지가 뒤쪽 차창 너머로 쳐다보며 말했다.

"빨리. 그 키친타월 좀 줘봐, 니키."

엄마가 말했다.

그들은 엄마가 차 밖으로 나가 니콜스 씨를 도와주는 모습을 지켜봤다. 그는 허리를 꺾고 있었다. 엄마는 탠지와 니키가 뒤쪽 유리창으로 내다보는 걸 보고, 쳐다보지 말라는 표시로 손을 휙 흔들었다. 좀 전까지 엄마도 똑같이 보고 있었으면서.

"아직도 케밥 먹고 싶어?"

탠지가 니키에게 물었다.

"넌 사악한 요정이 틀림없어."

니키가 몸을 부르르 떨었다.

니콜스 씨는 이제 막 걸음마를 배운 아이처럼 걸어서 차로 돌아왔다. 얼굴은 누렇게 떴고, 자잘한 땀방울이 얼굴에 송골송골 맺혀 있었다.

"아저씨 되게 안 좋아 보여요."

탠지가 그에게 말했다.

니콜스 씨는 다시 운전석으로 들어와 앉았다.

"괜찮아질 거야."

그가 속삭이듯 말했다.

"이젠 괜찮아."

엄마가 좌석 사이로 손을 뻗으며 비닐봉지, 하고 입모양으로 말했다.

"만일에 대비해서요."

엄마는 쾌활하게 말하고는 창문을 약간 열었다.

니콜스 씨는 다음 몇 킬로미터를 천천히 운전했다. 속도가 얼마나 느렸는지 뒤쪽에서 차 두 대가 전조등을 계속 번쩍거렸다. 그중에 한 대는 앞으로 추월해가면서 성난 듯이 경적을 길게 울렸다. 니콜스 씨는 운전에 집중하기가 힘들었는지 가끔씩 차선을 살짝 넘어갔지만, 엄마가 완강하게 침묵을 지키는 걸 보고 탠지도 아무 말 하지 않기로 했다.

"이제 얼마나 가야 하죠?"

니콜스 씨는 계속 중얼거렸다.

"얼마 안 남았어요."

엄마는 아무것도 모르면서 그렇게 말했다. 어린아이 대하듯 그의 팔을 토닥이면서.

"아주 잘 하고 있어요."

니콜스 씨가 고통스러운 눈빛으로 엄마를 쳐다봤다.

"조금만 참아요."

엄마는 학생을 지도하듯 차분하게 말했다. 그러고는 1킬로미터쯤 더 갔을 때, 그가 "오, 맙소사" 하고 내뱉더니 브레이크를 콱 밟았다.

"나……."

"펍이에요!"

엄마가 소리를 지르며 다음 마을의 외곽에 보이는 불빛을 가리켰다.

"저기요! 저기까지는 갈 수 있어요!"

니콜스 씨의 발이 액셀러레이터를 콱 밟자 탠지의 볼이 뒤로 밀렸다. 그는 주차장으로 활주해 들어가서 문을 열어젖히고 차 밖으로 비틀거리며 나가 몸을 끌고 펍 안으로 들어갔다. 그들은 차 안에 앉아서 기다렸다. 그 안이 몹시 조용해서, 엔진이 탁탁거리는 소리까지 들을 수 있었다. 5분 후, 엄마는 차 안을 따뜻하게 하려고 몸을 기울여 운전석 문을 닫았다. 그러고는 돌아보며 그들에게 웃어줬다.

"에어로는 어땠어?"

"맛있었어요."

"나도 에어로 좋아하는데."

니키는 눈을 감고 음악에 맞춰 고개를 까딱거렸다.

한 남자가 주차장에 차를 세우고 그들의 차를 유심히 쳐다봤다. 머리를 위로 높이 묶은 여자도 타고 있었다. 엄마가 미소를 지어 보였다. 여자는 엄마의 미소에 화답하지 않았다. 10분이 흘렀다.

"제가 들어가서 모시고 나올까요?"

니키가 이어폰을 빼며 시계를 봤다.

"안 그러는 게 좋을 것 같아."

엄마가 대답했다. 엄마의 발이 바닥을 톡톡 두드리기 시작했다. 다시 또 10분이 흘렀다. 그러다 마침내, 탠지가 주차장에서 노먼을 산책시키고 엄마는 몸이 일그러진 것 같다면서 차 뒤쪽에서 스트레칭을 하고 있을 때, 니콜스 씨가 나타났다. 그의 얼굴은 종잇장처럼 새하얗게 변해 있었다. 탠지는 지금까지 그토록 얼굴이 하얀 사람을 본 적이 없었다. 그리고 누군가 꼭 싸구려 지우개로 그의 이목구비를 지워놓은 것만 같았다.

"여기서 잠시 쉬었다 가는 게 좋겠어요."

그가 말했다.

"펍에서요?"

"펍 말고요."

그가 뒤를 흘긋 봤다.

"펍은 분명히 아니죠. 한…… 몇 킬로미터쯤 더 가서요."

"내가 운전할까요?"

엄마가 말했다.

"아뇨."

모두가 동시에 대답하자, 엄마는 애써 웃으면서 기분이 상하지 않은 척했다.

블루벨 헤이븐은 16킬로미터 이내에서 유일하게 '빈방 있음' 표시가 붙은 곳이었다. 그곳에는 고정시켜놓은 이동식 주택 차량 열여덟 대가 주둔해 있었고, 그네 두 개와 모래 상자가 있는 놀이터가 하나 있었다. 근처에는 '개 출입 금지' 표지판이 붙어 있었다. 니콜스 씨가 운전대 위로 머리를 떨어뜨렸다.

"다른 데를 찾아보죠."

그러고는 인상을 쓰며 허리를 꺾었다.

"1분만 기다려줘요."

"그럴 필요 없어요."

"개를 차 안에 둘 수 없다면서요."

"차 안에 두지 않을 거예요. 탠지."

엄마가 그녀를 불렀다.

"선글라스를 가져와."

정문 옆에 '접수처'라고 되어 있는 이동식 주택이 보였다. 엄마가 먼저 들어가고, 탠지는 선글라스를 끼고 바깥 계단에서 기다리며 버블글라스로 된 유리문 안을 지켜봤다. 피로해 보이는 뚱뚱한 남자가 의자에서 일어나며 남은 차량이 딱 하나라면서 엄마한테 운이 좋았다고 했다. 게다가 특별 가격으로 해주겠다고 했다. 엄마가 "얼만데요?"라고 묻자 주인은 "80파운드예요"라고 대답했다.

"하룻밤에요? 이동식 주택 차량에서 자는데요?"

"토요일이잖습니까."

"일곱 시인데 아직까지 비어 있잖아요."

"누군가 또 오실지도 모르죠."

"그래요. 마돈나가 어디선가 갑자기 나타나서 자기 일행과 묵을 곳을 찾을 수도 있겠죠."

"그렇게까지 말씀하실 건 없고요."

"그렇게까지 바가지를 씌울 것도 없어요. 30파운드로 해요."

엄마가 주머니에서 지폐를 꺼내며 말했다.

"40파운드요."

"35파운드."

엄마가 돈을 내밀었다.

"이게 우리가 가진 전부예요. 아, 그리고 개도 한 마리 있어요."

그가 두툼한 손을 들어올렸다.

"저기 안내문 보이죠? 개는 안 돼요."

"저 개는 맹인 안내견이에요. 우리 딸아이 개라구요. 장애가 있다는 이유로 받아주지 않는 건 불법인 거 아시죠?"

니키가 문을 열고, 탠지의 팔꿈치를 잡아 안으로 안내했다. 노먼이 참을성 있게 앉아 있는 동안, 검은 안경을 낀 탠지는 가만히 서 있었다. 아빠가 떠나고 난 후 포츠머스에서 고속버스를 타야했을 때, 이런 연기를 두 번 한 적이 있었다.

"제대로 훈련을 받은 개예요."

엄마가 말했다.

"아무 문제도 일으키지 않아요."

"얘는 내 눈이에요."

탠지가 말했다.

"얘가 없으면 제 인생은 아무것도 아니에요."

남자는 탠지의 손을 빤히 쳐다보다가 또 얼굴을 쳐다봤다. 그의 턱밑살이 노면을 연상시켰다. 탠지는 티비 쪽을 쳐다보면 안 된다는 사실을 단단히 되새겼다.

"저를 정말 곤란하게 만드시네요, 아주머니."

"오, 그러지 않으면 좋겠는데요."

엄마가 유쾌하게 말했다. 그가 고개를 설레설레 흔들며 커다란 손을 내리고는, 힘겹게 열쇠 보관함으로 움직였다.

"골든 에이커스로 가세요. 두 번째 길, 오른쪽에서 네 번째예요. 공중화장실 근처요."

니콜스 씨는 이동식 주택 차량에 도착할 때쯤엔 너무 몸이 안 좋아서 그들이 어디에 있는지도 모르는 것 같았다. 그는 계속 조그맣게 앓는 소리를 내며 배를 움켜잡고 있다가 '화장실'이란 푯말을 보자 작게 비명을 내지르고 사라졌다. 그들은 거의 한 시간 동안이나 그를 볼 수 없었다.

골든 에이커스는 전혀 황금빛이 아니었고 반 에이커도 안 되어 보였지만, 엄마는 찬밥 더운밥 가릴 때가 아니라고 했다. 차량 안에는 작은 침실 두 개가 있고, 거실의 소파는 침대로 변환되는 것이었다. 엄마는 트윈 베드가 있는 방에서 니키와 탠지가 자고, 니콜스 씨는 다른 방에서 자면 된다고 했다. 그리고 엄마는 소파를 쓰겠다고 했다. 그들의 방은 그럭저럭 괜찮았다. 비록 니키의 발이 침대 끝으로 튀어나오고 사방에서 담배 냄새가 났지만 말이다. 엄마는 창문을 조금 열어놓고 이불을 꺼내 침대를 정돈했다. 그러고는 니콜스 씨가 돌아오면 샤워하고 싶을 거라며 뜨거운 물이 나올 때까지 수도꼭지를 틀어놨다.

탠지는 화장실에서 이동식 변기를 구경한 다음, 코를 창문에 바짝 대고 레저용 차량의 불빛을 헤아리기 시작했다(사람이 든 곳은 오직 두 곳뿐인 듯했다. "이 거짓말쟁이 자식" 하고 엄마가 말했다).

엄마가 전화기를 충전하기 시작하자 정확히 15초 만에 벨이 울렸다. 엄마는 화들짝 놀라서 콘센트에 연결한 채로 전화기를 집어 들었다.

"여보세요? 데스?"

엄마의 손이 입으로 날아올라갔다.

"오, 세상에. 데스. 제가 제시간에 돌아가지 못할 것 같아요."

전화기 저편에서 한바탕 쏘아대는 목소리가 한풀 꺾여 흘러나왔다.

"정말 미안해요. 제가 뭐라고 했는지는 저도 알아요. 하지만 예기치 못하던 일들이 생겼어요. 저는 지금……."

엄마가 탠지에게 얼굴을 찌푸려 보였다.

"우리가 지금 어디 있지?"

"애쉬비 드라주크 근처요."

"애쉬비 드라주크에 있어요."

엄마가 말했다. 그러고는 손을 머리카락에 파묻었다.

"에쉬비 드라주크요. 알아요. 정말 죄송해요. 여정이 계획했던 대로 풀리지 않았고 차를 운전하는 사람이 지금 탈이 났어요. 전화기 배터리는 다 되었고 거기다…… 네?"

엄마가 탠지를 흘끗 봤다.

"모르겠어요. 아마 화요일 이전에는 안 될 거예요. 어쩌면 수요일까지 못 갈지도 모르고요. 생각보다 오래 걸려서요."

그러자 탠지의 귀에도 그가 고함치는 소리가 들렸다.

"첼시가 대신 좀 해주면 안 될까요? 저도 첼시 대신 일해준 적이 많은데요. 한창 붐비는 기간이라는 건 저도 알아요. 알아요, 데스, 정말 미안해요. 제가……."

엄마가 말을 멈췄다.

"아뇨. 그 전까지는 못 가요. 아뇨. 정말 죄송…… 그게 무슨 말이에요? 전 지난 1년 동안 한 번도 빠진 적이 없었어요. 저는…… 데스?…… 데스?"

엄마는 전화를 끊고 전화기를 빤히 쳐다봤다.

"그 펍 주인아저씨예요?"

탠지는 그 펍 주인아저씨 데스를 좋아했다. 어느 일요일 오후에 노먼과 함께 펍 밖에 앉아서 엄마를 기다리는데, 데스가 감자칩한 봉지를 준 적이 있었다. 그 순간, 문이 벌컥 열리면서 니콜스 씨가 쓰러질 듯이 들어왔다.

"누워야겠어요."

그는 중얼거리며 잠시 몸을 똑바로 세웠다가 꽃무늬 소파 쿠션 위로 풀썩 쓰러졌다. 니콜스 씨는 잿빛 얼굴을 하고 퀭한 눈으로 엄마를 올려다봤다.

"나 누워요. 미안해요."

그가 웅얼거렸다. 엄마는 그대로 앉아서 전화기만 뚫어져라 쳐다봤다. 니콜스 씨가 눈을 껌뻑이며 엄마를 봤다.

"나한테 전화한 거예요?"

"날 해고했어요. 믿을 수가 없어. 그가 날 해고했다고요."

17

제스 JESS

그 밤은 조금 유별났고, 종잡을 수 없었다. 시간은 서로 충돌했다가 부드럽게, 끊임없이 흘러갔다. 제스는 남자가 저렇게 아파하는 모습은 처음 봤다. 잠을 자려는 시도는 애초에 포기했다. 이동식 주택의 캐러멜색 벽을 물끄러미 쳐다보다 책을 조금 읽고 나서 꾸벅꾸벅 졸았다. 니콜스 씨는 제스 옆에서 신음하며 누워 있다가 가끔 한 번씩 일어나서 힘겹게 공중화장실을 들락거렸다. 제스는 아이들이 자는 방의 문을 닫고 앉아 그를 기다렸고, L자 모양의 소파 끄트머리에서 깜빡 졸다가 니콜스 씨가 비틀거리며 들어오면 물과 휴지를 건넸다.

새벽 세 시가 조금 지났을 무렵, 니콜스 씨가 샤워를 하고 싶다고 했다. 제스는 그에게 화장실 문을 걸지 않겠다는 약속을 받고 나서, 그의 옷을 빨래방(세탁기 겸 건조기 한 대가 놓인 창고)으로 가져가 60분짜리 세탁을 선택하고 3파운드 20펜스를 썼다. 잔돈이 없어서 건조기는 사용하지 못했다.

다시 이동식 주택으로 돌아왔을 때 니콜스 씨는 여전히 화장실 안에 있었다. 제스는 아침까지는 마르기를 바라며 그의 옷을 히터 위쪽 옷걸이에 널고, 조용히 화장실 문을 두드렸다. 아무런 대답도 들리지 않고, 물 흐르는 소리와 수증기만 흘러나왔다. 제스는 안을 들여다봤다. 샤워실 유리에 김이 서려 있었지만, 기진맥진한 채 바닥에 주저앉은 그의 모습은 알아봤다. 제스는 유리 패널에 눌린 넓은 등을 빤히 바라보며 잠시 기다렸다. 파리한 빛깔의 역삼각형 등은 놀랍도록 근육이 발달되어 있었다. 그가 손을 들어 지친 듯이 얼굴을 쓸어내렸다.

"니콜스 씨?"

제스가 그의 뒤에서 조용히 불렀다. 그가 대답하지 않자 다시 한 번 불렀다.

"니콜스 씨?"

그러자 그가 고개를 돌려 그녀를 봤다. 눈언저리가 벌겠고, 머리는 아래로 축 처졌다.

"젠장. 일어설 수가 없어요. 물은 점점 차가워지기 시작하고."

그가 말했다.

"도와줘요?"

"아뇨. 네. 아, 맙소사."

"기다려봐요."

제스는 수건을 들고 그를 가려야 할지 자신을 가려야 할지 알지 못한 채, 팔을 뻗어 물을 잠갔다. 팔이 온통 젖었다. 그러고는 쭈그려 앉아서 그가 수건으로 몸을 감싸고 기대앉게 해줬다.

"팔을 내 목에 걸쳐요."

"당신은 한 줌밖에 안 되잖아요. 도로 엎어질 거예요."

"나 보기보다 튼튼해요."

그는 꿈쩍도 하지 않았다.

"당신이 날 좀 도와줘야 해요. 아무리 내가 튼튼하다고 해도 당신을 둘러업기까지는 못해요."

그가 젖은 팔을 그녀에게 두르면서 수건 끝자락을 허리에 꽂았다. 제스는 몸을 샤워실 벽에 단단히 의지했고, 마침내 두 사람이 비틀거리며 일어섰다. 유용하게도 이동식 주택이 아주 작아서 매 걸음마다 그가 벽에 기댈 수 있었다. 그들은 비척거리며 소파로 향했다.

"내 인생이 이 꼴로 변했군요."

제스가 소파 옆에 놓아둔 양동이를 쳐다보며 그가 앓는 소리를 했다.

"그래요."

제스는 벽지가 일어난 벽과 니코틴에 절은 실내장식을 바라봤다.

"나도 이보다는 멋진 토요일 밤을 보낸 적이 있는데 말이죠."

새벽 네 시가 조금 지난 시각이었다. 제스는 눈이 뻑뻑하고 쓰려서 잠시 감고 있었다.

"고마워요."

그가 힘없이 말했다.

"뭐가요?"

그가 똑바로 몸을 세웠다.

"한밤중에 휴지를 가져다준 거요. 구역질나는 내 옷을 빨아준 것도. 샤워실에서 나를 데리고 나와준 것도. 그리고 키스네 케밥이라는 이름의 가게에서 그 수상쩍은 케밥을 사 먹은 건 전적으로 내 탓이라는 듯이 단 한 번도 행동하지 않아준 것도요."

"전적으로 당신 탓이긴 하죠."

"봐요. 이렇게 분위기를 망친다니까."

그가 베개를 받치고 뒤로 기대고는 팔뚝으로 눈을 가렸다. 효과적으로 두른 수건 위로 널찍한 가슴이 드러났다. 제스는 쳐다보지 않으려고 애썼다. 작년 8월, 데스가 무분별하게 주최한 펍 비치발리볼 대회 때를 빼면, 남자의 벗은 상체를 마지막으로 본 게 어제인지 기억나지 않았다.

"방에 가서 좀 누워요. 그럼 더 편안할 거예요."

그가 한쪽 눈을 빼꼼 떴다.

"스폰지밥 이불도 있어요?"

"내 분홍색 줄무늬 이불이 있어요. 그래도 당신을 변함없이 남자답게 생각할 거라고 약속해요."

"당신은 어디서 자게요?"

"여기서요. 소파도 좋잖아요."

그가 반대하려 하자 제스가 덧붙였다.

"어차피 오래 잘 것 같지도 않으니까요."

니콜스 씨는 제스의 부축을 받아 작은 침실로 들어갔다. 그는 그마저도 통증이 느껴진다는 듯 침대 위로 쓰러지며 신음을 내뱉었다. 제스는 이불을 끌어당겨 조심스레 몸 위로 덮어줬다. 눈 아래로 잿빛 그림자가 졌고, 목소리는 나른했다.

"몇 시간만 자고 나면 다시 출발할 수 있을 거예요."

"그럼요."

제스는 유령처럼 창백한 얼굴을 바라봤다.

"천천히 푹 쉬어요."

"그나저나 여긴 어디쯤이죠?"

"오, 우린 노란 벽돌 거리 어딘가에 있어요."

"모두를 살린 위엄 있는 사자가 사는 거긴가요?"

"「나니아」랑 혼동하고 있네요. 이쪽은 비겁하고 쓸모없는 사자 예요."

"그럴 줄 알았어요."

그러고는 마침내 그가 잠들었다. 제스는 조용히 방을 나가서 좁은 소파에 몸을 누이고 시계를 보지 않으려고 애썼다. 제스와 니키는 전날 밤 니콜스 씨가 공중화장실에 갔을 때 지도를 보면서 가장 빠른 길을 찾아 두었다. "아직도 시간은 충분해"라고 제스가 혼잣말을 했다. 그러고는 마침내, 그녀 역시, 잠속으로 빠져들었다.

*　*　*

니콜스 씨의 방에서는 아침까지 아무 소리도 들리지 않았다. 제스는 그를 깨울까도 생각했지만, 문 쪽으로 갈 때마다 샤워실 바닥에 주저앉은 그의 모습이 떠올라서 매번 문손잡이에서 손을 멈췄다. 어쩌면 그가 토사물에 기도가 막혀 죽었을지도 모른다고 니키가 지적해서 딱 한 번 문을 열어봤다. 니콜스 씨가 그저 죽은 듯이 자고 있을 뿐이라는 사실을 알게 되었을 때 니키는 아주 약간 실망하는 표정이었다. 아이들은 노먼을 데리고 나가(탠지는 진짜처럼 보이기 위해 선글라스도 썼다) 편의점에 들러 먹을거리를 사온 후에 소곤거리며 아침을 먹었다. 제스는 남은 빵을 샌드위치로 탈바꿈시켰다("오, 좋네요" 하고 니키가 말했다). 그리고 이동식 주택 안을 청소한 뒤(뭔가 할 일이 필요해서), 테스에게 다시 사과하는 보이스메일을 남겼지만 그는 확인하지 않았다.

그러고 나자 작은 방의 문이 삐걱 열리고, 니콜스 씨가 모습을 드러냈다. 티셔츠와 사각팬티 차림으로 눈을 껌뻑이면서. 그가 손을 들어 인사했다. 뺨에 베개 자국이 길게 났다.

"우린 지금……?"

"애쉬비 드라주크에 있어요. 아니면 그 근처에요. 비치프론트하고는 많이 다르죠."

"시간이 많이 늦었나요?"

"열 시 사십오 분이에요."

"열 시 사십오 분요. 좋아요."

턱에 까칠하게 수염이 자랐고, 한쪽 머리는 비죽 뻗쳤다. 제스는 얼른 책을 읽는 척했다. 그에게서 따뜻하고 졸린 남자의 냄새가 났다. 제스는 그게 얼마나 강력한 냄새인지 잊고 있었다.

"열 시 사십오 분이라."

그가 턱에 돋은 수염을 문지르고 휘청거리며 창문으로 걸어가서 밖을 내다봤다.

"한 100만 년은 잔 것 같은 기분이에요."

그는 제스 건너편 소파로 풀썩 주저앉아서 턱을 비볐다.

"아저씨."

제스 옆에서 니키가 말했다.

"탈옥 경보요."

"응?"

니키가 볼펜을 흔들었다.

"그 죄수들을 다시 감방에 넣어야 한다구요."

니콜스 씨는 니키를 유심히 보다가, 제스에게 시선을 돌렸다. 당신 아들이 미쳤나봐요, 라고 말하는 눈빛으로. 니키의 시선을 쫓아 아래를 본 제스는 재빨리 눈길을 돌렸다.

"오, 맙소사."

니콜스 씨가 미간을 찌푸렸다.

"오, 맙소사 뭐요?"

"적어도 저녁 정도는 먼저 사주는 게 순서 아닌가요?"

제스가 그렇게 말하고 벌떡 일어나서 아침 먹은 것들을 치우기 시작했다. 귀까지 새빨개지는 게 느껴졌다.

"아."

니콜스 씨가 아래를 내려다보고 얼른 자세를 바꿔 앉았다.

"미안해요. 그래요. 알겠어요."

그가 소파에서 벌떡 일어나 화장실로 향했다.

"난, 저, 그…… 샤워를 한 번 더 해도 괜찮을까요?"

"아저씨 쓰시라고 따뜻한 물을 남겨놨어요."

한쪽 구석에서 연습문제에 고개를 처박고 있던 탠지가 말했다.

"어제 아저씨한테서 진짜 고약한 냄새가 났어요."

니콜스 씨가 다시 나타난 것은 20분 후였다. 축축하게 젖은 머리에서 샴푸 향기가 났고, 수염은 깨끗이 깎여 있었다. 제스는 소금과 설탕을 섞은 물을 열심히 휘저으며, 니콜스 씨의 벗은 몸을 생각하지 않으려고 애썼다. 제스가 그에게 물 잔을 내밀었다.

"이게 뭐예요?"

그가 얼굴을 찡그렸다.

"수분 용액이요. 어젯밤에 잃은 걸 보충해야 하니까."

"나더러 소금물을 마시라는 거예요? 밤새도록 아팠던 사람한 테?"

"그냥 마시기나 해요."

니콜스 씨가 오만상을 찌푸리고 켁켁대는 동안, 제스는 아무것도 바르지 않은 토스트와 블랙커피를 준비했다. 그는 작은 테이블에 앉아 커피를 홀짝이며 토스트를 몇 입 먹었고, 10분 후에는 놀라움이 깃든 목소리로 몸이 정말 나아졌음을 알렸다.

"'사고 없이 운전할 수 있을 정도'로 나아졌다는 뜻인가요?"

"사고라는 건……."

"도로변으로 뛰쳐나가는 거요."

"명확하게 짚어줘서 고마워요."

그는 좀 더 자신 있게, 또 한 입 토스트를 베어 먹었다.

"그래요. 하지만 20분 정도만 시간을 줘요. 확실하게 내가 정말……."

"차 안에서 안전할지 보려고요?"

"하."

그가 씩 웃었다. 웃는 모습을 보니 반가웠다.

"네. 그거죠. 아, 정말 훨씬 나아졌어요."

그는 테이블의 플라스틱 상판을 손으로 쓸었다. 커피를 벌컥벌컥 마시고는 만족스럽게 한숨을 내쉬었다. 그러고는 구워놓은 토스트를 모두 먹더니 더 있냐고 묻고는 주위를 둘러봤다.

"모두 그렇게 내가 먹는 걸 빤히 쳐다보지만 않으면 더 좋겠지만요. 내 몸 어딘가가 또 삐져나온 걸까봐 걱정이 된다구요."

"그럼 바로 아실 걸요."

니키가 말했다.

"우리가 전부 비명을 지르며 달아날 거니까."

"엄마가 그랬는데, 아저씨 신체 기관 하나가 거의 나올 뻔 했다면서요?"

탠지가 말했다.

"그러면 어떤 기분일지 궁금했어요."

니콜스 씨가 제스를 쳐다보며 커피를 저었다. 제스의 얼굴이 벌 겋게 달아오를 때까지 그는 시선을 떼지 않았다.

"솔직하게 말할까? 최근 들어 토요일 밤마다 느끼는 기분하고 그렇게 많이 다르지 않았단다."

탠지는 시험지를 찬찬히 들여다본 후 조심스럽게 접었다.

"숫자에서 재밌는 점은요,"

지금까지 완전히 다른 얘기를 하고 있었던 것처럼 탠지가 말을 꺼냈다.

"항상 숫자인 게 아니라는 점이에요. 무슨 말이냐 하면, i는 허 수이고, Pi는 초월함수잖아요. 그리고 e도 마찬가지고요. 하지만 이것들을 함께 놓으면, e의 i제곱 곱하기 pi는 마이너스 1이에요. 그러니까 존재하지 않는 숫자가 되는 거예요. 마이너스 1은 숫자 가 아니잖아요. 숫자가 있어야 하는 공간일 뿐이지."

"무슨 소린지 아주 잘 알아듣겠네."

니키가 말했다.

"난 이해하겠는데."

니콜스 씨가 말했다.

"나도 몸이 있어야 하는 곳에 그냥 공간만 있는 느낌이거든."

그가 커피를 마저 마시고 잔을 내려놓았다.

"자. 이제 난 가뿐해요. 그럼 출발해볼까요."

오후 내내 도로를 달리는 동안 바깥 전경이 조금씩 변해갔다. 언덕이 점점 가파르게 변하면서 목가적인 풍경이 적어지고, 산울타리 벽은 단단한 회색 화산암으로 바뀌었다. 하늘은 열렸고, 주변의 빛은 점점 밝아지며 전형적인 산업 도시의 전경이 멀리 보였다. 붉은 벽돌로 지은 공장들, 머스터드 색깔의 연기를 뿜어내는 거대한 발전소들. 제스는 니콜스 씨가 운전하는 모습을 슬금슬금 훔쳐봤다. 처음엔 갑자기 배를 움켜잡지나 않을까 경계하는 눈초리로, 나중엔 평소의 얼굴색이 돌아온 것에 희미한 만족을 느끼며.

"오늘 중엔 에버딘까지 못 갈 것 같은데요."

그가 미안해하는 목소리로 말했다.

"갈 수 있는 만큼 가까이 가고, 내일 오전에 나머지 거리를 달리면 되죠."

"나도 정확히 그러자고 하려고 했어요."

"아직 시간이 충분한데요, 뭐."

"충분하죠."

그로부터 몇 킬로미터를 달리는 동안 제스는 가끔씩 졸기도 하면서, 걱정해야 하는 모든 일들에 대해 걱정하지 않으려고 노력했다. 그녀는 슬그머니 거울을 조정해 뒷좌석에 앉은 니키를 봤다. 여행을 떠나온 지 얼마 안 되었는데 벌써 멍이 희미해졌다. 전보다 말도 많아진 것 같았다. 그러나 제스에게는 여전히 마음을 터놓지 않았다. 그녀는 니키가 저대로 평생 변하지 않을까봐 이따금 걱정이 되곤 했다. 틈날 때마다 사랑한다고 말해주고, 그들은 그의 가족이라고 말해도 별로 달라지지 않는 것 같았다.

"너무 늦었어. 그 정도로 나이를 먹었다면, 이미 정신적인 손상을 입었다고 봐야겠지. 그건 내가 잘 알아."

니키가 그들과 함께 살게 됐다는 소식을 들었을 때, 제스의 어머니는 그렇게 말했다.

교사인 어머니에게는 여덟 살짜리 서른 명이 앉은 교실을 쥐 죽은 듯 고요하게 만든 뒤, 그 상태를 유지할 수 있는 능력이 있었다. 우리 안으로 양떼를 몰고 가는 목동처럼 아이들을 고분고분 시험에 임하게 할 수도 있었다. 하지만 그런 어머니가 자신을 향해 흐뭇한 미소를 지어준 기억이 제스에게는 없었다. 자기가 낳은 아이를 바라보기만 해도 절로 지어지는 그런 미소 말이다.

어머니는 대부분 옳았다. 제스가 중학생이 된 첫 날에는 이렇게 말씀하셨다.

"이제부터 네가 하는 선택들은 앞으로 남은 네 인생을 좌우할 거야."

제스에게는 오직 나비처럼 그녀를 꼼짝 못하게 속박하려는 사람의 말로밖에 들리지 않았다. 그게 바로 문제였다. 누군가를 항상 속박하려 들면 그들은 결국 옳은 말에도 귀를 막아버린다.

제스는 탠지를 가졌을 때 나이도 어리고 어리석었지만, 아이를 낳으면 엄마가 얼마나 사랑하는지 하루도 빼놓지 않고 말해줄 거라는 건 알았다. 아이를 안아주고, 눈물을 닦아주고, 스파게티면처럼 다리를 휘감고 소파 위로 털썩 드러누울 것이었다. 그 애를 사랑으로 보호할 것이었다. 제스는 탠지가 아주 어렸을 적에는 부부의 침대에서 함께 재웠다. 그녀가 아이를 품에 안고 자면, 마티는 누울 자리가 없다고 투덜대며 다른 방으로 가곤 했다. 제스는 마티의 말을 귓등으로 들었다.

그러고 나서 2년 후에 니키가 나타나고, 다른 사람의 아이를, 그것도 여덟 살이나 먹은, 골치 아픈 내력을 지닌 아이를 맡다니 제정신이냐고 모두가 물을 때(그런 아이들이 나중에 어떻게 되는지 잘 알잖아). 제스는 그들의 말을 무시했다. 조심스러운 눈빛을 하고 모두에게서 적어도 30센티미터 이상 떨어져 있는 작은 아이에게서, 제스는 단번에 예전에 그녀도 느껴본 적 있는 감정의 그림자를 발견했기 때문이다.

엄마가 아이를 꼭 안아주지 않으면, 네가 바로 인생 최고의 선물이라는 말을 해주지 않으면, 심지어 집에 있다는 사실 조차 눈치채지 못하면, 아이에게 어떤 일이 일어나는지 제스는 잘 알았다. 마음속의 작은 부분이 단단히 봉인된다. 엄마가 필요하지 않게 된다. 누구도 필요하지 않게 된다. 그리고 그러고 있다는 걸 알지도 못한 채 기다린다. 누군가 가까이 다가왔다가 자신에게서 뭔가 마음에 들지 않는 점을 발견하게 되기를, 처음에는 보지 못한 뭔가를 발견하고 점점 차갑게 변해가다 그들 역시 사라져버리기를. 바다 안개처럼. 자신을 낳아준 엄마조차 진정으로 사랑해주지 않는다면 뭔가 잘못된 게 틀림없으니까. 그렇지 않은가?

마티가 떠났을 때 크게 충격을 받지 않은 이유도 그래서였다. 무엇 때문에 충격을 받겠는가? 그는 제스에게 상처를 줄 수 없었다. 그녀에게 정말로 소중한 건 두 아이뿐이었고, 그 아이들에게 아무 문제가 없다는 걸 알게 하는 일이었다. 세상 모두가 돌을 던져도, 엄마만 뒤에서 버티고 있다면 아무 문제가 없는 것이다. 그런 사람은 마음 속 깊은 곳으로부터 사랑을 받고 있다는 걸 안다. 자신이 사랑받을 만한 존재라는 걸 안다. 제스는 지금까지 살아오면서 자랑할 만한 일을 많이 하지는 못했지만, 무엇보다 뿌듯하게 여기는 것은 탠지가 그 사실을 안다는 점이었다. 특이한 꼬마이긴 해도, 그 애가 안다는 걸 제스는 알았다.

니키에게는 아직 노력 중이었다.

"배고파요?"

니콜스 씨의 목소리가 반쯤 졸던 그녀를 깨웠다.

제스가 몸을 세웠다. 목이 철사 옷걸이처럼 구부러진 채 뻣뻣하게 굳었다.

"엄청요."

제스가 어색하게 고개를 돌리며 말했다.

"어디 멈춰서 점심 먹을래요?"

태양이 모습을 드러냈다. 그들 왼편으로 반짝이는 빛줄기를 뿜어내며 광활하고 탁 트인 푸른 들판에 강렬한 빛을 비췄다. 신의 손가락. 탠지는 그렇게 부르곤 했다. 제스는 앞쪽의 함에서 지도를 꺼내 휴게소 위치를 찾아보려 했다.

니콜스 씨가 그녀를 쳐다봤다. 어딘가 당혹스러운 표정이었다.

"저기 말이에요. 나도 당신이 만든 샌드위치를 먹고 싶은데요."

18

에드 ED

스태그 앤드 하운즈 비앤비는 숙박 시설 안내서에도 나오지 않는 곳이었다. 웹사이트도 브로셔도 없었다. 그 이유를 짐작하기는 어렵지 않았다. 펍은 황량하고 바람이 몰아치는 황무지 쪽에 홀로 놓여 있었다. 회색 건물 앞쪽에 놓인 이끼 낀 플라스틱 정원용 가구는 방문객이 거의 없음을 암시하거나, 손님이 많이 오기를 희망해서 놓은 것이었다. 침실들은 보아하니 마지막으로 장식을 바꾼 지가 몇 십 년은 된 듯했다. 반짝이는 분홍 벽지에 레이스 커튼이 달렸고, 샴푸나 휴지처럼 유용한 물건은 없었다. 그저 작은 자기 조각상 몇 개만 놓였다. 2층 복도 끝에 공용 화장실이 하나 있는데, 어두운 녹색 세면대와 욕조에는 석회 자국이 나 있었다. 트윈룸에 놓인 작은 상자 모양 티비에서는 채널이 세 개밖에 잡히지 않았고, 그마저도 희미한 잡음이 들렸다. 니키는 화장실 휴지 위에 쪼그리고 앉은, 코바늘 뜨개 드레스를 입은 플라스틱 인형을 발견하고 몹시 놀라워했다.

"마음에 드는데요."

불빛 가까이 인형을 들어서 반짝이는 합성수지 치맛단을 살펴
며 말했다.

"너무 촌스러워서 오히려 멋있어 보여요."

이런 곳이 아직도 존재한다는 사실이 믿기지가 않았다. 하지만
에드는 시속 65킬로미터로 여덟 시간 넘게 운전했고, 스태그 앤드
하운즈는 방 하나당 하룻밤에 25파운드밖에 하지 않았다. 제스를
만족시킬 수 있는 가격이었다. 그들은 노먼까지 기꺼이 받아줬다.

"오, 저희는 개를 아주 좋아해요."

흥분한 포메라니안 몇 마리 사이로 디킨스 부인이 간신히 걸어
갔다. 그녀가 핀으로 세심하게 고정한 머리를 살짝 쓰다듬었다.

"저희는 사람보다 개를 더 좋아해요. 그렇지 않아, 잭?"

아래층 어딘가에서 툴툴거리는 소리가 들려왔다.

"사람보다 훨씬 비위를 맞추기가 쉽지요. 원하시면 그 덩치 큰
친구를 오늘 밤 방 안으로 데리고 들어가셔도 좋아요. 우리 애들
은 새로운 수컷을 보면 아주 반가워한답니다."

부인이 에드를 향해 짓궂게 고개를 까딱했다. 디킨스 부인은 방
문 두 개를 열고 들어가보라고 손짓했다.

"니콜스 씨와 부인이 묵을 곳은 아이들 바로 옆방이에요. 오늘
밤엔 다른 손님이 없으니까, 아주 조용할 거예요. 아침에는 시리
얼이 몇 가지가 준비되고, 잭이 달걀을 얹은 토스트를 만들어드릴
수도 있어요. 잭이 만든 토스트는 맛이 아주 좋답니다."

"고맙습니다."

부인이 에드에게 열쇠를 건네고, 꼭 필요한 것보다 조금 오래
그와 시선을 맞췄다.

"제가 보기에 그쪽은…… 살짝 익힌 걸 좋아해요, 맞죠?"

에드는 부인이 다른 사람에게 말한 건가 싶어 뒤를 돌아봤다.

"그렇죠, 아니에요?"

"전…… 아무래도 상관이 없어요."

"아무래도…… 상관이…… 없으시다."

부인이 천천히 반복하며 계속 그를 응시했다. 그녀는 한쪽 눈썹을 올리며 다시 웃어 보이고, 아래층으로 향했다. 넘실거리는 털의 바다처럼 그녀 발치에서 작은 개들이 따라 내려갔다. 곁눈으로 흘끔 보니 제스가 능글맞게 웃고 있었다.

"아무 말 말아요."

그가 가방들을 침대 위로 옮겼다.

"내가 제일 먼저 샤워해요."

니키가 등허리를 눌렀다.

"난 공부해야 해요."

탠지가 말했다.

"올림피아드가 시작되기까지 정확히 열일곱 시간 삼십 분 남았어요."

책들을 모아 겨드랑이에 끼고 탠지가 옆방으로 사라졌다.

"먼저 노먼을 산책시켜주러 가자, 우리 딸."

제스가 말했다.

"바람도 좀 쐬고. 그럼 나중에 잠도 잘 올 거야."

제스는 가방을 열고 후드티를 꺼내 입었다. 팔을 위로 치켜들 때 초승달 모양으로 배의 맨살이 살짝 드러났다. 그 창백한 피부를 보고 에드는 이상할 정도로 깜짝 놀랐다. 후드티의 목선 위로 그녀의 얼굴이 불쑥 나왔다.

"적어도 30분은 나가 있을 거예요. 어쩌면…… 더 길어질지도 모르고요."

제스는 묶은 머리를 바로 잡고, 계단 쪽으로 눈길을 주며 눈썹을 추켜올렸다.

"그냥…… 말해두는 거예요."

"재밌네요."

두 사람이 사라지는 동안 웃음소리가 들려왔다. 에드는 나일론 침대보 위로 몸을 누이고, 머리칼이 정전기로 부스스 일어나는 걸 느끼며 주머니에서 전화기를 꺼냈다.

"좋은 소식이 있어요."

폴 와익스가 말했다.

"경찰이 초동 수사를 마쳤어요. 예비 결과는 에드에게 명백한 동기가 없다는 걸 보여주고 있어요. 에드가 디나 루이스나 그 오빠의 거래 활동으로 이익을 취했다는 어떤 증거도 나오지 않았거든요. 더욱 중요한 건, 에드가 스팩스 출시로 다른 직원들이 벌어들인 몫보다 더 많은 돈을 벌었다는 흔적이 없다는 점이에요. 물론 전체 주식 보유량을 고려하면 더 높은 비율의 수익을 올린 건 분명하지만, 에드와 연계된 어떤 역외 계정도 찾지 못했고, 자금을 숨기려는 어떤 시도도 발견하지 못했어요."

"그런 건 없으니까요."

"그리고, 조사팀이 그러는데 마이클 루이스의 가족 명의로 된 몇 개의 계좌를 발견했답니다. 그의 행동을 감추려는 시도가 분명한 거죠. 그들은 또 마이클 루이스가 출시 발표 직전에 상당한 양을 거래한 기록도 손에 넣었어요. 또 하나의 위험 신호인 셈이죠."

폴이 계속 이야기를 이어갔지만, 전화기 수신 상태가 고르지 못해 제대로 들리지 않았다. 에드가 일어나 창가로 걸어갔다. 정원에서 탠지가 행복한 비명을 지르며 빙글빙글 달리고 있는 모습이 보였다. 작은 개들이 캉캉거리며 탠지를 따라 달렸다. 제스는 팔짱을 끼고 선 채 웃고 있었다. 노먼은 정원 한가운데 우뚝 서서 모두를 물끄러미 바라봤다. 광란의 바다 한가운데 떠 있는 움직이지 않는 물체처럼. 에드가 한쪽 귀를 틀어막았다.

"그럼 이제 돌아가도 된다는 뜻인가요? 다 해결된 거예요?"

그의 사무실 전경이 사막의 신기루처럼 눈앞으로 떠올랐다.

"아직 흥분하진 말아요. 덜 좋은 소식도 있으니까. 마이클 루이스는 주식만 거래한 게 아니에요. 주식의 옵션도 거래했어요."

"뭘 거래해요?"

에드는 눈을 깜빡거렸다.

"나한텐 지금 그게 폴란드어나 마찬가지로 들려요."

"정말 몰라요?"

잠시 침묵이 흘렀다. 목재 패널로 마감한 사무실에 앉아 한심하다는 듯 눈알을 굴리는 폴의 모습이 에드의 머릿속에 그려졌다.

"옵션은 거래자가 차입금을 이용해서 이익을 현저하게 높일 수 있게 하죠."

"그게 나랑 무슨 상관인데요?"

"마이클 루이스가 옵션으로 얻은 이익이 심각할 정도로 많아서, 이번 케이스의 진행 속도가 빨라졌어요. 그래서 나쁜 소식을 전하게 되었고요."

"그건 나쁜 소식이 아니잖아요?"

폴이 한숨을 내쉬었다.

"에드, 왜 디나 루이스한테 수표를 써줬단 말을 안 했어요?"

에드가 눈을 깜빡거렸다. 그 수표.

"그 여자가 당신이 발행한 5,000파운드짜리 수표를 자기 계좌로 입금했어요."

"그래서요?"

"그래서,"

일부러 더 천천히 또박또박 발음하는 말투에서, 에드는 다시 한번 그가 눈알을 굴리는 모습을 떠올렸다.

"그것 때문에 디나 루이스가 한 일에 에드가 재정적으로 연계가 됐어요. 그 거래의 일부를 에드가 가능하게 한 거죠."

"그건 겨우 몇 천 파운드 밖에 안 되는 돈이잖아요! 디나를 도우려고 준 거라고요. 디나는 무일푼이었어요!"

"그 거래로 이득을 얻었건 아니건 간에, 에드가 루이스의 재정적인 이익에 관심을 가졌던 점이 분명하고, 그 거래는 스팩스가 출시되기 직전에 이뤄졌어요. 그 이메일들은 증거가 될 수 없다고 주장할 수 있지만, 이건 그냥 말뿐인 게 아니에요, 에드."

에드는 황무지로 눈길을 돌렸다. 탠지가 침을 질질 흘리는 개에게 막대기를 흔들면서 펄쩍펄쩍 뛰고 있었다. 안경을 코에 삐뚜름하게 걸친 채 깔깔거리며 웃었다. 제스가 뒤에서 탠지를 덥석 안아 꽉 껴안았다.

"무슨 뜻이죠?"

"무슨 뜻이냐 하면요, 에드. 당신을 변호하는 일이 훨씬 더 힘들어졌다는 뜻이에요."

에드는 평생을 통틀어 딱 한 번 아버지를 크게 실망시켜드린 일이 있었다. 물론 에드가 전반적으로 아버지에게 실망스런 아들이 아니었다고 말하려는 건 아니다. 아버지가 당신을 닮은 아들을 원하셨다는 건 에드도 분명히 알았다. 강직하고, 다부지고, 투지가 넘치는 아들. 말하자면 해병 같은 아들이라고 할까. 하지만 아버지는 이 조용하고 컴퓨터밖에 모르는 괴짜 소년에게 은밀히 느낀 실망감을 밟아 뭉개고, 자신이 제대로 이끌지 못하는 아들을 비싼 교육이 알아서 해줄 것이라고 믿었다.

부모가 직장을 다니며 모은 빈약한 자금으로 에드만 사립학교에 보냈다는 사실은 그들 가족의 '내밀한 원성'을 샀다. 그 일이 제마 앞에 얼마나 큰 정서적 장애물로 작용할 것인지 알았다고 해도 부모님이 똑같은 일을 했을지 에드는 가끔 궁금했다. 에드만 사립학교에 보낸 것은 순전히 제마가 무엇이든 척척 잘해내는 아이였기 때문에 사립학교에 보낼 필요가 없어서 그런 거라고 아무리 설명해도 제마는 믿으려 들지 않았다. 에드는 눈을 뜨고 있는 모든 시간을 방 안에서, 혹은 컴퓨터 모니터에 찰싹 달라붙어 보내는 아이였다. 운동에는 영 젬병이었고.

하지만 그 모든 증거에도 불구하고, 전직 헌병이자 북부의 작은 주택금융조합 보안 책임자였던 아버지는 '운동이 사람을 만든다'는 교훈을 믿으며, 그 비싼 사립학교가 아들을 훌륭하게 만들어줄 것이라고 확신했다.

"이건 우리가 네게 주는 아주 좋은 기회다, 에드워드. 네 어머니나 내가 받은 것보다 훨씬 나은 교육이야."

아버지는 반복해서 말했다.

"그 기회를 낭비하지 말거라."

그래서 첫 해 학기 말에 아버지가 성적표를 열었을 때, 에드는

핏기가 가시는 아버지의 얼굴을 불편한 마음으로 지켜봤다. 성적
표에는 '학업에 관심이 없고', '부진한 성적' 그리고 가장 끔찍한
'협동심이 부족한'과 같은 말들이 적혀 있었다. 에드는 학교가 마
음에 들지 않는다는 말을 아버지에게 할 수 없었다. 그곳은 그저
남을 깔보기 좋아하고, 지나친 권리가 주어지고, 시끄럽게 떠들기
나 하는 부잣집 아이들이 모인 곳이었다. 에드는 학교에서 아무
리 럭비 경기장을 돌게 해도 럭비를 좋아하게 되는 일은 없을 거
라는 말도 할 수 없었다. 그가 정말 관심이 있는 것은 화소로 이루
어진 화면의 가능성과 그것으로 창조할 수 있는 것들이라는 점도,
그것으로 평생 먹고 살 수 있으리라 생각한다는 점도 설명할 수
없었다. 그 모든 것이 빌어먹을 낭비였다는 사실에, 실망감으로,
아버지의 얼굴이 아래로 축 처졌다. 에드는 선택의 여지가 없다는
걸 깨달았다.

"내년에는 더 잘할게요, 아빠."

에드 니콜스는 이제 며칠 안에 런던 시경에 출두해야 했다.

전 군대 동료들에게 그렇게 자랑하던 아들("물론 나는 그 애가
하는 일을 정확히 이해하지는 못하지. 하지만 이런 소프트웨어 사
업이 앞으로는 크게 장래성이 있는가보더라고")이 내부자거래 혐
의로 기소될 가능성이 높다는 소식을 들었을 때 아버지가 어떤
표정을 지을지 에드는 상상해봤다. 아버지의 쇠약한 목 위에서 머
리가 돌아가는 모습을, 충격을 감추려고 애써도 지친 이목구비가
아래로 축 처지는 모습을, 당신은 어떤 말도, 어떤 일도 할 수 없
다는 사실을 깨닫고 가만히 입을 다무는 모습을 그려봤다.

그런 다음 에드는 마음을 정했다. 그는 변호사에게 부탁해 할
수 있는 한 소송 절차를 연장할 것이다. 그가 저질렀다는 범죄가

세상에 공표되는 순간을 미룰 수만 있다면 전 재산이라도 쏟아부을 것이었다. 하지만 가족 점심 모임에는 갈 수가 없었다. 아버지가 아무리 편찮으시다고 해도. 그게 아버지를 돕는 길이었다. 아버지에게서 떨어져 있는 것이 아버지를 보호하는 길이었다.

에드 니콜스는 공기 청정제와 낙심의 냄새가 떠도는 작은 호텔의 분홍 침실에 서서, 어두운 황야를, 젖은 풀 위로 털썩 주저앉아, 옆에 앉은 개의 귀를 잡아당기는 작은 소녀를, 혀를 늘어뜨리고 커다란 이목구비로 바보스럽고도 황홀한 표정을 만들고 있는 개를 내다봤다. 그러면서 에드는 알 수가 없었다. 분명히 그는 옳은 일을 하고 있는데도, 어째서 이처럼 완벽하게 쓸모없는 놈인 듯 느껴지는지.

19

제스 JESS

탠지는 잔뜩 긴장했다. 저녁도 먹지 않겠다고 했고, 아래층에는 잠시 쉬러도 내려오지 않으려고 했다. 아이는 분홍색 나일론 침대 보 위에 웅크리고 앉아 수학 문제와 씨름하면서 아침에 먹다 남 은 빵을 조금씩 뜯어 먹었다. 탠지는 수학과 관련된 것이라면 긴 장하는 법이 없었기에 제스는 이런 상태가 놀라웠다. 탠지를 안심 시키려고 갖은 애를 써보았지만 그 아이가 하는 말을 전혀 이해 할 수 없을 때는 쉽지 않은 일이었다.

"우린 거의 다 온 거야! 아무 문제가 없어, 탠지. 그러니까 걱정 안 해도 돼."

"나 오늘 밤에 잘 수 있을까요?"

"당연히 잘 수 있지."

"만약에 자지 못하면, 내일 시험은 형편없이 망칠 거예요."

"만약에 자지 못한다고 해도 넌 틀림없이 잘할 거야. 그리고 엄 만 네가 잠을 자지 못하는 걸 한 번도 못 봤어."

"걱정을 너무 많이 해서 잠들지 못할까봐 걱정돼요."

"엄만 그런 걱정 안 해. 그냥 편안하게 생각해. 우리 탠지는 괜찮을 거야. 아무 것도 걱정할 필요 없어."

제스는 딸아이에게 입을 맞추다가, 생살이 드러날 때까지 물어뜯은 아이의 손톱을 봤다.

니콜스 씨는 정원에 있었다. 30분 전에 제스와 탠지가 있던 곳을 이리저리 돌아다니며, 전화기에 대고 열심히 얘기하고 있었다. 니콜스 씨는 멈춰 서서 전화기를 들여다보기를 두어 번 반복하더니, 하얀 플라스틱 정원 의자 위로 올라섰다. 아마도 수신 상태가 나은 곳을 찾고 있는 모양이었다. 니콜스 씨는 불안정하게 기우뚱거리며 의자 위에 서 있었다. 손을 휘저으며 욕설을 퍼붓는 자신의 모습을 안쪽에서 호기심 어린 시선으로 바라보는 사람들에 대해서는 전혀 의식하지 못했다.

바의 창문으로 내다보던 제스는 나가서 그를 방해해도 좋을지 알 수가 없었다. 디킨스 부인은 카운터 건너에서 수다를 떠는 중이었고, 그녀 주변으로 나이 지긋한 남자 몇이 모여 앉아 있었다. 그들이 맥주잔 너머로 무심하게 제스를 쳐다봤다.

"일 전화죠, 그쵸?"

디킨스 부인이 제스의 시선을 따라 창밖을 내다봤다.

"오. 네. 끝이 없어요."

제스가 웃어 보였다.

"제가 술을 한 잔 사려고요."

제스가 마침내 밖으로 나갔을 때, 니콜스 씨는 나지막한 돌담에 앉아 있었다. 무릎에 팔꿈치를 괴고 물끄러미 풀을 쳐다봤다.

제스가 맥주잔을 내밀자, 그는 잠시 멀뚱히 쳐다보다가 "고마워요." 하며 잔을 받았다. 지쳐보였다.

"괜찮아요?"

"아뇨."

그는 맥주를 길게 한 모금 마셨다.

"아무것도 괜찮지 않아요."

제스는 조금 떨어져서 앉았다.

"내가 도울 일은 없어요?"

"네."

그들은 말없이 앉아 있었다. 그곳은 매우 평화로웠다. 황무지 위로 살랑거리는 미풍과 건물 안쪽에서 나직하게 들려오는 말소리를 빼고는 아무것도 없었다. 제스가 주변의 풍경에 대해 말하려는 순간, 조용한 공기를 가르며 그의 목소리가 터져 나왔다.

"알게 뭐야, 우라질!"

니콜스 씨가 격한 어조로 말했다.

"될 대로 되라고 해!"

제스가 움찔했다.

"내 인생이 이렇게…… 엉망진창이 되어버린 걸 믿을 수가 없어요."

그의 목소리가 갈라졌다.

"수년간 일하고 또 일해왔는데, 한순간에 모든 게 무너져 내리다니 믿을 수가 없어요. 그럼 나는 무엇 때문에 그렇게 열심히 일한 거죠? 대체 뭐 때문에요?"

"그냥 식중독에 걸린 것뿐이잖아요. 당신은 곧……."

"그 망할 케밥을 말하는 게 아니에요."

니콜스 씨가 머리를 손 안에 파묻었다.

"하지만 그 일에 대해서는 말하고 싶지 않아요."

그가 경고하는 눈빛을 보냈다.

"알았어요."

"그게 문제라구요. 난 법적으로 누구에게도 그 얘기를 할 수가 없어요."

제스는 그를 보지 않았다.

"난 누구에게도 말하지 않아요."

제스가 한쪽 다리를 쭉 펴며 노을을 바라봤다.

"그리고 난 예외 아닌가요? 청소하는 아낙네니까."

니콜스 씨가 길게 숨을 내쉬다가 "젠장"이라고 나직이 뱉었다. 그러고는 머리를 수그린 채, 짧고 검은 머리를 손으로 긁어 넘기며, 제스에게 말하기 시작했다. 상처주지 않고 끝낼 방법을 찾지 못했던 여자 친구에 관해, 그의 삶이 어떻게 무너져 내렸는지에 관해 이야기했다. 그의 회사에 관해, 지금 그는 지난 6년간 미친 듯이 작업해온 작품의 출시를 축하하며 회사에 있어야 한다는 사실에 관해 이야기했다. 하지만 그 대신에, 자신이 아는 모든 것과 모든 이로부터 멀리 떨어진 채, 범죄 혐의로 기소 당할 가능성을 눈앞에 두고 있다는 사실도 말해줬다. 그의 아버지에 관해, 그리고 방금 전에 전화해서 그가 이 여행에서 돌아오는 즉시 내부자 거래 혐의로 고발당한 런던의 경찰청에 출두해야 한다는 소식을 알린 그의 변호사에 관해서도 이야기했다. 그리고 그 혐의로 최고 20년 형을 선고받을 수도 있다는 것도 말해줬다. 니콜스 씨가 이야기를 마쳤을 때 제스는 숨이 차오르는 것만 같았다.

"내가 일해온 모든 것이었어요. 내가 소중히 여긴 모든 것. 난 내 사무실조차 갈 수가 없어요. 내 아파트로 돌아가는 것도 안 되

271

고. 언론에서 소식을 듣고 찾아왔는데 내가 실수로라도 말을 흘릴까봐. 난 아버지도 보러갈 수 없어요. 그랬다간 당신 아들이 얼마나 빌어먹게 멍청한지 알게 된 채 돌아가실 테니까요. 그런데 웃기는 게 뭔지 알아요? 아버지가 보고 싶다는 거예요. 난 아버지가 미치도록 보고 싶어요."

제스는 몇 분간 가만히 이야기를 소화시켰다. 니콜스 씨가 하늘을 보며 암울하게 웃었다.

"그리고 제일 끝내주는 게 뭔지 알아요? 오늘이 내 생일이라는 거예요."

"뭐라구요?"

"오늘이요. 내 생일이에요."

"오늘이요? 왜 말하지 않았어요?"

"왜냐하면, 난 서른네 살이거든요. 서른네 살 먹은 남자가 생일 얘기를 들먹이면 얼간이처럼 보여요."

그가 맥주를 벌컥벌컥 들이켰다.

"그리고 식중독으로 그 난리를 치고 나니까, 별로 축하할 기분도 아니고요."

니콜스 씨가 곁눈으로 제스를 흘끗 봤다.

"게다가 말해줬으면 차 안에서 생일 축하 노래를 불렀을 거 아니에요."

"그럼 여기서 부를래요."

"제발요. 지금 상황만으로도 충분히 끔찍해요."

제스는 머리가 어질어질했다. 니콜스 씨가 그 모든 사연을 짊어지고 다녔다는 걸 믿을 수가 없었다. 그가 아닌 다른 누군가였다면, 어깨 위로 팔을 두르고 위로의 말을 건넸을 것이었다. 하지만 니콜스 씨는 지금 까칠한 상태였다.

"상황은 나아지기도 하잖아요."

제스는 다른 말이 떠오르지 않았다.

"당신을 망친 그 여자는 업보를 치를 거예요."

니콜스 씨가 얼굴을 찡그렸다.

"업보요?"

"내가 애들한테 자주 하는 말하고 비슷해요. 선한 사람은 복을 받는다고요. 그냥 신념을 갖고……."

"그럼 내가 과거에 아주 나쁜 놈이었나보네."

"그러지 말아요. 당신한테는 아직 남은 것들이 있잖아요. 차도 있고, 그 좋은 머리도 있고. 비싼 수임료를 지불하는 변호사도 있고. 분명히 문제가 잘 해결될 거예요."

"어쩌면 그렇게 전부 낙관적으로 볼 수 있죠?"

"왜냐하면 모든 상황은 나아지게 마련이니까요."

"기차표 살 돈을 고민하던 사람에게서 그런 말이 나오는군요."

제스는 계속 바위투성이인 비탈을 응시했다.

"오늘은 당신 생일이니까, 그 말은 그냥 못 들은 걸로 할게요."

니콜스 씨는 한숨을 내쉬었다.

"미안해요. 날 도우려고 한 말이라는 거 알아요. 하지만 지금으로서는 당신의 그런 확신이 조금 피곤하게 느껴지네요."

"아뇨, 당신이 피곤하게 느끼는 건, 알지 못하는 세 사람과 집채만 한 개를 태우고 수백 킬로미터를 운전한 거예요. 2층으로 올라가서 느긋하게 목욕을 해요. 그러고 나면 기분이 나아질 거예요. 어서요."

니콜스 씨는 유죄 선고를 받은 사람처럼 터덜터덜 안으로 들어갔다. 제스는 그대로 앉아서 녹색 석판처럼 앞으로 펼쳐진 황무지를 바라봤다. 감옥에 갈지도 모르는 상황에 놓여 있는 게 어떤 기분일지 상상해봤다. 사랑하는 일에도, 사랑하는 사람에게도 가까이 갈 수 없다는 게 어떤 기분일지. 니콜스 씨 같은 사람이 감옥 생활을 하는 모습도 상상해봤다.

잠시 후 제스는 빈 잔을 들고 안으로 들어갔다. 바에서 디킨스 부인이 「경매로 나온 집」이라는 프로를 보고 있었다. 남자들은 그녀 뒤에서 조용히 같이 보거나, 물끄러미 맥주잔을 응시했다.

"디킨스 부인? 실은 오늘이 저희 남편 생일이거든요. 부탁 하나만 들어주시겠어요?"

8시 반이 되자 니콜스 씨가 마침내 아래층으로 내려왔다. 그날 오후에 입었던 것과 똑같은 옷을 입었다. 그 전날에 입은 옷과도 똑같았다. 하지만 머리가 축축하게 젖었고 수염이 깨끗이 깎인 것으로 보아 목욕을 했다는 걸 알 수 있었다.

"그럼 대체 가방 안에는 뭐가 들었어요? 시체라도 들었나요?"

제스가 물었다.

"네?"

그가 바 쪽으로 걸어왔다. '윌킨슨 소드' 비누 향이 희미하게 풍겼다.

"떠나온 이후로 계속 같은 옷만 입잖아요."

그가 확인하듯 몸을 내려다봤다.

"아. 아뇨. 이건 깨끗한 옷이에요."

"똑같은 티셔츠와 청바지를 입는다는 거예요? 매일?"

"생각할 필요가 없으니까요."

제스는 그를 빤히 쳐다보다가 하려던 말을 꿀꺽 삼켰다. 오늘은 그의 생일이므로.

"오. 당신은 보기 좋네요."

그제야 봤다는 듯이 그가 불쑥 말했다.

제스는 푸른 선드레스와 카디건으로 갈아입었다. 올림피아드 날에 입으려고 아껴두었지만, 오늘이 더 중요하다는 생각이 들었기 때문이다.

"고마워요. 누군가는 주변 환경에 어울리려는 노력을 해야 하니까요. 안 그래요?"

"뭐요, 그 야구 모자하고 개털 묻은 청바지를 두고 나온 거요?"

"조금 있으면 그렇게 빈정댄 거 후회할 걸요. 내가 깜짝 놀랄 일을 준비했으니까."

"깜짝 놀랄 일?"

그는 즉시 경계하는 표정이 됐다.

"좋은 일이에요. 여기요."

제스가 미리 준비한 두 잔 중에 한 잔을 건넸다. 디킨스 부인은 바에서 제스가 먼지 쌓인 병들을 확인하자, 1997년 이후로는 칵테일을 만든 적이 없다며 즐거워했다.

"몸이 좀 나아진 것 같아서요."

"이게 뭔데요?"

니콜스 씨가 의심스러운 눈초리로 잔을 쳐다봤다.

"스카치하고 트리플 섹하고 오렌지 주스요."

니콜스 씨가 한 모금 마셨다. 그러고는 크게 한 모금 더.

"괜찮은데요."

"좋아할 줄 알았어요. 특별히 당신을 위해 만들었거든요. 이름은 '짜증나는 녀석'이라고 하죠."

　엉성한 잔디 한가운데 하얀 플라스틱 테이블이 놓였고, 그 위에 스테인리스 포크와 나이프 두 세트가 준비됐다. 그리고 중앙에는 와인 병에 꽂힌 초가 놓였다. 제스가 마른 행주로 싹싹 닦아내어 의자에는 이끼가 남지 않았다. 제스가 그를 위해 의자 하나를 빼 줬다.

　"우린 야외에서 식사할 거예요. 생일 선물이에요."

　제스는 그녀를 바라보는 니콜스 씨의 눈빛을 모르는 체했다.

　"지금 자리에 앉을 거면 주방에 가서 당신이 왔다고 알릴게요."

　"설마 아침에 먹던 머핀이 나오는 건 아니겠죠?"

　"머핀은 당연히 아니죠."

　제스는 짐짓 기분이 상한 척 주방으로 걸어가며 중얼거렸다.

　"탠지와 니키가 남은 것들을 모두 처리했답니다."

　제스가 다시 테이블로 돌아왔을 때, 노먼이 니콜스 씨의 발 위에 퍼져 앉아 있었다. 제스는 그가 분명 발을 치우고 싶을 거라고 생각했지만, 그녀도 예전에 발을 깔려봐서 아는데 노먼은 죽도록 무거워서 도저히 움직일 수가 없다. 그저 발이 죽어서 검게 변한 채로 떨어져나가기 전에 녀석이 몸을 움직여주기만 기도하는 수밖에 없다.

　"식전주는 어땠어요?"

　니콜스 씨가 빈 칵테일 잔에 시선을 줬다.

　"맛있었어요."

　"그럼 이제 메인 코스가 나올 거예요. 오늘 저녁에는 둘이서 오붓하게 식사해야 할 것 같네요. 다른 손님들은 할 일이 좀 있어서."

"심각한 10대 연속극 보는 거 하고, 미칠 듯이 복잡한 대수방정식 푸는 거요?"

"우리 가족을 너무 잘 아시네요."

제스가 의자에 앉았다. 그 순간, 디킨스 부인이 접시 두 개를 높이 들고 잔디를 가로질러 걸어왔다. 발치에서 포메라니안들이 캉캉거렸다.

"여기 있어요."

접시들을 테이블에 놓았다.

"스테이크 앤 키드니 파이에요. 길 위의 이언네서 온 거예요. 이언네 고기 파이는 기가 막히게 맛있답니다."

제스는 이제 너무 배가 고파서 이언이라도 먹을 수 있을 것 같았다.

"정말 맛있어 보이네요. 고마워요."

제스가 무릎 위로 냅킨을 펼치며 말했다.

디킨스 부인이 처음 보는 사람처럼 그곳을 빙 둘러봤다.

"우린 여기 나와서 식사를 한 적이 한 번도 없어요. 멋진 생각이네요. 다른 손님들한테도 권해봐야겠어요. 그 칵테일들도요. 패키지로 판매해도 좋을 것 같고."

제스는 바에 앉은 나이 지긋한 남자들을 떠올렸다.

"안 그러면 아쉬울 거예요."

그녀가 니콜스 씨에게 식초를 건네며 말했다. 니콜스 씨는 일시적으로 멍한 상태였다.

디킨스 부인이 앞치마에 손을 문질렀다.

"니콜스 씨, 부인께서 남편 분이 즐거운 생일을 보내게 하겠다고 단단히 신경을 쓰셨답니다."

디킨스 부인이 한쪽 눈을 찡긋하며 말했다. 니콜스 씨가 부인을 올려다봤다.

"오. 제스와 함께 있으면 조용할 날이 없죠."

그가 다시 제스에게 시선을 줬다.

"그럼 결혼하신 지는 얼마나 됐나요?"

"10년이요."

"3년 됐어요."

"아이들은 전 남편과의 사이에서 얻었어요."

제스가 파이를 썰며 말했다.

"오! 그럼……."

니콜스 씨는 "제가 제스를 구제해줬죠"라고 말했다. 그리고 얼른 "도로변에서요"라고 덧붙였다. 제스는 "맞아요" 하며 맞장구를 쳤다.

"정말 로맨틱하네요."

디킨스 부인의 미소가 살짝 흔들렸다.

"딱히 그렇지도 않아요. 사실 제스는 그때 체포되려던 참이었거든요."

"내가 다 설명했잖아요. 우와, 이 감자튀김 정말 맛있네요."

"설명했죠. 그리고 그 경찰들은 이해심이 아주 많은 사람들이었어요. 그때의 상황을 생각해보면."

디킨스 부인이 주춤주춤 뒷걸음질 쳤다.

"멋져요. 두 분이 여전히 함께 있는 모습이 정말 보기 좋네요."

"그럭저럭 지내는 거죠."

"지금으로서는 선택의 여지가 없어요."

"맞아요."

"토마토소스 좀 가져다주시겠어요?"

"오, 좋은 생각이에요. 토마토소스 좋죠."

디킨스 부인이 사라지자, 니콜스 씨가 촛불과 접시들을 향해 고갯짓을 했다. 그러고는 눈을 들어 제스를 바라봤다. 더는 우거지상을 하고 있지 않았다.

"내가 지금껏 먹어본 파이하고 감자튀김 중에 최고네요. 북부 요크셔 황무지에 있는 웬 듣도 보도 못한 비앤비에서 먹어본 것 중에서는요."

"그렇게 말해주니 기쁘네요. 생일 축하해요."

그들은 다정한 침묵 속에서 식사를 했다. 따끈한 음식과 강한 칵테일이 이토록 기분을 풀어줄 수 있다는 사실이 놀라웠다. 노먼이 끙끙대며 옆으로 털썩 돌아누운 덕분에 니콜스 씨의 발이 풀려났다. 그는 다리를 펼 수 있는지 확인하는 사람처럼 조심스레 다리를 뻗어봤다. 그러더니 제스를 쳐다보며, 다시 채워진 칵테일 잔을 들어올렸다.

"고마워요. 정말로요."

그가 안경을 벗고 있어서 제스는 그의 속눈썹이 말도 안 되게 길다는 걸 알아봤다. 그러자 탁자 한가운데 놓인 촛불이 이상할 정도로 신경쓰이기 시작했다. 제스가 디킨스 부인에게 장난처럼 부탁해서 놓은 초였다.

"그건…… 제가 할 수 있는 최소한의 선물이에요. 당신은 우릴 구제해줬잖아요. 도로변에서요. 당신이 아니었으면 우린 어떻게 됐을지 상상이 안 돼요."

니콜스 씨가 감자튀김 또 한 개를 포크로 찍어 높이 들었다.

"직원 보살피는 걸 내가 좀 좋아해서요."

"난 부부 행세 쪽이 더 마음에 드는데요."

"건배."

그가 제스를 보며 싱긋 웃자, 눈가에 주름이 잡혔다. 그 미소가
얼마나 순수하고 의외였는지, 제스는 저도 모르게 그를 향해 빙그
레 웃었다.

"내일을 위해 건배해요. 그리고 탠지의 미래를 위해."

"더는 거지 같은 일이 없기를 바라며."

"나도 거기에 건배할래요."

저녁이 무르익어 밤이 되었고, 두 사람은 술기운이 오른 데다,
누구도 차에서 잠들지 않아도 되고 급하게 화장실로 뛰어가는 일
도 없을 거라는 행복한 자각이 더해지면서 점점 더 긴장이 풀어
졌다. 니키가 아래층에 내려와 앞머리 너머로 구석 자리에 앉은
남자들을 미심쩍게 바라봤다. 그러다 그들도 똑같이 미심쩍은 눈
초리로 쳐다보자 티비를 보려고 방으로 올라갔다. 제스는 신맛이
강한 독일산 화이트와인을 세 잔 마시고, 탠지가 뭘 좀 먹었는지
확인하려고 안으로 들어갔다. 그녀는 탠지에게 열 시 넘어서까지
공부하지 않겠다는 약속을 받아냈다.

"다른 방에서 공부해도 돼요? 오빠가 티비를 켜놨어요."

"그러렴."

"엄마한테서 와인 냄새가 나요."

탠지가 뾰족하게 말했다.

"그건 우리가 지금 휴가 비슷한 걸 보내고 있기 때문이야. 엄마
들은 휴가 비슷한 걸 보낼 땐 와인 냄새를 풍겨도 괜찮아."

"피이."

탠지는 뚱한 표정을 지어 보이고 다시 책으로 돌아갔다.

니키는 싱글 침대 하나에 대자로 누워 티비를 보고 있었다. 제스가 방문을 닫고 킁킁거리며 냄새를 맡았다.

"담배 피운 거 아니지?"

"제 담배 계속 갖고 계시잖아요."

"그렇지, 참."

제스는 완전히 잊고 있었다.

"그런데 담배 없이도 잘 잤네. 어젯밤에도 그 전날 밤에도."

"그러네요."

"좋은 일이네, 그치?"

니키는 어깨를 으쓱했다.

"네가 하려던 말은 이거 같은데. '더 이상은 단순히 잠들기 위해서라도 불법 약물을 사용하지 않게 되니 정말 좋네요.' 자, 잠깐만 일어나봐. 매트리스 옮기는 것 좀 도와줘야 해."

니키가 움직이지 않자 제스가 말했다.

"저 안에서 엄마가 니콜스 씨랑 함께 잘 수는 없잖아. 그러니까 이 방에다 침대 하나를 더 만들어야 해, 알겠니?"

니키는 한숨을 내쉬었지만 이내 일어나서 제스를 도왔다. 제스는 이제 니키가 움직일 때 인상을 쓰지 않는다는 걸 알아봤다. 탠지의 침대 옆으로 매트리스를 놓고 나니 겨우 문으로 드나들 정도의 공간이 남았다. 문은 이제 15센티미터 정도밖에 열리지 않았다.

"한밤중에 화장실에 가야 하면 아주 웃기겠는데요."

"자기 전에 다녀와. 다 큰 애가."

제스는 니키에게 탠지의 잠을 방해하지 않게 열 시가 되면 티비를 끄라고 말하고, 아이들을 2층에 남겨두고 밖으로 나왔다.

두껍고 찬 저녁 바람에 촛불이 꺼진 지는 이미 오래였다. 그리고 더는 서로의 얼굴이 보이지 않게 되자, 두 사람은 안으로 들어갔다. 대화는 부모님에 관한 것부터 첫 직업, 전 남편과 전 부인에 이르기까지 두서없이 흘러갔다. 제스는 마티에 관해 들려줬다. 그녀의 생일에 선물이랍시고 전기 연장 코드를 사와서는 "당신이 필요하다고 했잖아!"라고 항변했던 이야기. 답례로 니콜스 씨는 전 부인인 라라에 관해 들려줬다. 그는 그녀의 생일에 근사한 호텔에서 친구들과 아침을 먹은 뒤 하비 니콜스 백화점에서 마음껏 쇼핑하라며 기사 딸린 차를 보내줬다. 그런데도 라라는 점심 때 그를 만나서 그가 하루를 통째로 휴가 내지 않았다고 엄청 불평했다고 했다. 제스는 전 부인 라라의 진하게 화장한 뺨을 한 대 갈겨주고 싶다고 생각했다(제스는 사실 진하게 화장한 얼굴이라기보다 드랙퀸 쪽에 가까운 얼굴을 상상했다).

"이혼 수당을 지불해야 했나요?"

"꼭 해야 하는 건 아니었지만, 그냥 했어요. 내 아파트에 마음대로 들어와서 내 물건을 세 번째로 가져가기 전까지는요."

"물건은 돌려받았고요?"

"괜히 번거로운 상황까지 갈 만한 물건이 아니었어요. 마오쩌둥 실크스크린 초상화가 라라한테 그렇게 소중하다면 가지라고 하죠 뭐."

"얼마나 하는데요?"

"네?"

"그, 그럼요."

그가 어깨를 으쓱했다.

"몇 천 파운드 정도요."

"당신하고 난 다른 나라 말을 하고 있는 거 같네요, 니콜스 씨."

"그래요? 좋아요, 그럼, 전 남편은 양육비를 얼마나 보내오죠?"

"한 푼도 안 보내요."

"한 푼도?"라고 말하는 그의 눈썹이 저 위로 올라갔다. 그리고 "전혀 안 보낸단 말이에요?"라고 다시 물었다.

"정신적으로 문제가 있어서 그래요. 그런 사람을 비난할 수는 없잖아요."

"당신과 아이들이 생활고를 겪는데도요?"

제스가 이걸 어떻게 설명할 수 있을까? 그녀 자신도 2년이 걸려 깨달았다. 아이들은 아빠를 그리워했지만, 제스는 마티가 떠난 사실에 몰래 안도했다. 그가 또 어떤 무분별한 계획으로 그들의 미래를 희생시키려 할지 걱정하지 않아도 된다는 사실에 안도했다. 제스는 그의 저조한 기분에, 아이들을 피곤해하는 모습에 지쳐 있었다. 그리고 무엇보다 옳은 일은 전혀 하지 않으려는 그에게 진력이 났다. 마티는 열여섯 살의 제스를 좋아했다. 제멋대로이고 충동적이며 책임감이라고는 손톱만큼도 느끼지 않는 제스. 하지만 그녀의 어깨에 책임을 얹어주고 그로 인해 변한 모습은 좋아하지 않았다.

"마티가 정상을 회복하면 분명히 자기 몫을 다하게 만들 거예요. 하지만 우린 괜찮아요."

아이들이 잠들어 있는 2층 쪽을 제스가 흘깃 올려다봤다.

"이번 기회는 우리한테 전환점이 될 거예요. 게다가 당신은 절대 이해하지 못하겠지만, 그리고 모두가 우리 아이들을 조금 이상하게 본다는 것도 알지만, 나야말로 운이 좋은 사람이에요. 그 애들이 있어서요. 착하고 재밌는 아이들이거든요."

제스는 자신의 잔에 와인을 붓고 한 모금 마셨다. 와인이 점점
더 술술 넘어갔다.

"좋은 애들이에요."

"고마워요."

제스가 말했다.

"사실, 오늘 한 가지를 깨달았는데요, 내가 아무것도 안 하면서
아이들과 함께 시간을 보낸 적은 지난 며칠이 처음인 거예요. 바
깥 일을 하거나 집안일을 하거나, 장을 보거나 그밖의 일들을 처
리해야 한다며 종종거리지 않고 말이에요. 그냥 아이들과 어울리
며 시간을 보내니까 정말 좋네요. 바보처럼 들릴지도 모르겠지만
말예요."

"바보처럼 들리지 않아요."

"그리고 니키가 잠을 자요. 그 애는 좀처럼 자지 않거든요. 그
애한테 당신이 뭘 해줬는지 나는 잘 모르지만요, 그 애는……."

"아, 우린 그냥 균형을 약간 바로잡은 것뿐이에요."

제스가 잔을 들어올렸다.

"그럼 당신 생일에 좋은 일이 하나 있었네요. 당신이 우리 아들
기분을 북돋아줬어요."

"그건 어젠데요."

제스가 잠시 생각했다.

"한 번도 토하지 않은 건 어때요?"

"좋아요. 그만하죠."

마침내 니콜스 씨의 몸 전체가 긴장을 풀었다. 그는 테이블 아
래로 긴 다리를 쭉 펴고 뒤로 기대어 앉았다. 다리 하나가 그녀의

다리 위에 한동안 놓여 있었다. 제스는 잠시 다리를 치워야 한다고 생각했지만 그러지 않았고, 이제는 그 사실을 강조하는 꼴이 되지 않고서는 치울 수가 없었다. 그녀의 맨다리에 전기가 일듯 강렬한 존재감이 느껴졌다. 그 느낌이 꽤 좋았다.

파이와 감자튀김과 마지막 라운드 사이에 분명히 무슨 일인가 일어났기에 단순히 술기운에 그런 건 아니었다. 그녀는 니콜스 씨가 분노와 절망을 느끼지 않기를 바랐다. 그가 환하고 나른한 미소, 얼굴에 퍼져 있는 억눌린 분노를 스르륵 밀어내는 듯한 그 미소를 짓기를 바랐다.

"아는지 모르겠지만, 난 당신 같은 사람은 처음 봤어요."

그가 테이블을 응시하며 말했다.

제스는 청소부나 바리스타에 관한 농담을 하려다가, 가슴이 철렁 내려앉으면서 샤워실에서 본 그의 탄탄한 상체가 떠올랐다. 그러고는 니콜스 씨와 섹스를 하면 어떤 기분일지 궁금했다. 자신의 생각에 얼마나 충격을 받았는지, 제스는 하마터면 그 생각을 소리 내어 말할 뻔했다. 니콜스 씨와 섹스를 하면 좋을 것 같아. 시선을 피하며 얼굴을 붉힌 제스는 남은 와인을 한 입에 털어 넣었다.

니콜스 씨가 그녀를 쳐다봤다.

"기분 나빠하지 말아요. 좋은 뜻으로 말한 거니까."

"기분 나쁘지 않아요."

귀까지 분홍빛으로 물든 제스가 대꾸했다.

"당신은 내가 지금껏 만나온 사람 중에 가장 긍정적인 사람이에요. 도무지 자기 처지를 한탄하는 법이 없어요. 장애물이 막아서면 그냥 타고 넘어요."

"그러다가 바지를 찢어먹고 아래로 굴러 떨어지고요."

"그래도 계속 가죠."

"누군가 도와주면요."

"좋아요. 비유가 점점 혼란스러워지네요."

그가 맥주를 쭉 들이켰다.

"난 그저…… 당신에게 말해주고 싶었어요. 여정이 거의 끝나간다는 건 알아요. 하지만 무척 즐거웠어요. 기대한 것보다 더요."

무슨 말을 하려는지 알기도 전에 제스의 입에서 말이 나왔다.

"네. 나도 그래요."

그들은 가만히 앉아 있었다. 그가 제스의 다리를 봤다. 제스는 그가 자신이 생각하는 걸 생각하는지 궁금했다.

"그거 알아요, 제스?"

"뭐요?"

"당신이 이제 더는 꼼지락거리지 않는다는 거요."

그들은 서로를 바라봤다. 제스는 눈길을 돌리고 싶었지만 그럴 수가 없었다. 니콜스 씨는 제스에게 오직 구제불능의 수렁에서 빠져나가 앞으로 나아가기 위한 수단일 뿐이었다. 하지만 이제 제스의 눈에는 오직 그의 커다란 검은 눈과 굳건한 손등, 티셔츠 아래에서 움직이는 가슴만 보일 뿐이었다.

다시 말 위로 올라타야 해.

그가 먼저 시선을 피했다.

"와! 시간 좀 봐. 이제 그만 들어가서 좀 자야겠어요. 내일 일찍 일어나야 한다고 했죠."

그의 목소리가 조금 지나치게 컸다.

"맞아요. 벌써 열한 시가 다 됐네요. 내가 계산한 바로는 여기서 일곱 시에는 출발해야 거기에 정오까지 갈 수 있어요. 어때요, 괜찮을 것 같아요?"

"음…… 물론이죠."

제스가 자리에서 일어나는데 몸이 살짝 흔들려서 그의 팔을 잡으려 했지만 그는 이미 일어나 가고 없었다.

그들은 이른 아침 식사를 예약했다. 그러고는 디킨스 부인에게 약간 부담스러울 정도로 쾌활한 목소리로 잘 자라고 인사하고, 펍 뒤편에 있는 계단으로 천천히 올라갔다. 뒤에서 그가 올라오고 있다는 사실을 예리하게 의식하느라 제스는 그와 무슨 얘기를 나누는지도 거의 알지 못했다. 걸을 때마다 엉덩이가 움직일 것이다. 그가 나를 보고 있을까? 제스의 마음이 예상치 못한 방향으로 소용돌이쳤다. 그녀의 맨 어깨 위로 그가 머리를 숙여 키스하면 어떤 기분일지 스치듯이 궁금했다. 그런 생각을 하면서 저도 모르게 작은 신음을 흘렸을지도 모른다고 제스는 생각했다.

두 사람이 층계참에서 멈췄다. 제스가 그를 향해 돌아섰다. 사흘을 내리 함께 보냈으면서도 그를 처음 보는 느낌이었다.

"그럼, 잘 자요, a와 e를 쓰는 제시카 레이 토머스."

제스의 손이 문손잡이 위에 얹혔고, 그녀의 숨이 목에 걸렸다. 긴 시간이었다. 그게 그렇게 좋지 않은 생각일까? 제스가 손잡이를 아래로 내리고 몸을 기울였다.

"그럼…… 내일 아침에 봐요."

"커피는 내가 만들게요. 당신이 매일 먼저 일어나지만요."

제스는 뭐라고 답해야 할지 알 수가 없었다. 그저 물끄러미 바라만 봤다.

"저…… 제스?"

"네?"

"고마워요. 전부 다요. 아플 때 돌봐준 것도, 생일 파티를 해준 것도…… 내일 말할 기회가 없을까봐 미리 말해두는 거예요."

그러고는 한쪽 입꼬리를 올리며 웃었다.

"전 부인들 가운데서는 당신이 분명 최고였어요."

제스가 문을 밀었다. 뭔가 말하려다가, 문이 움직이지 않는다는 사실에 주의가 흩어지고 말았다. 제스가 돌아서서 다시 문손잡이를 내려다 봤다. 문은 3센티미터 정도 열리더니 더는 열리지 않았다.

"왜요?"

"문이 안 열려요."

제스가 두 손으로 문을 밀었다. 꿈쩍도 하지 않았다.

니콜스 씨가 문으로 다가가서 밀어봤다. 아주 조금 더 열렸다.

"잠긴 게 아닌데요."

그가 문손잡이를 돌려봤다.

"안에서 뭔가 가로막고 있어요."

제스가 쪼그리고 앉아 안을 들여다봤고, 니콜스 씨는 계단의 등을 켰다. 5센티미터 정도 되는 틈새로 제스는 문 너머에 있는 노먼의 덩치를 알아봤다. 노먼은 거대한 등을 이쪽으로 향한 채 매트리스 위에 누워 있었다. 제스가 쉿소리를 내며 "노먼, 저리 비켜"라고 했지만 노먼은 움직일 생각을 안 했다.

"노먼!"

"내가 밀면 깨지 않을까요?"

니콜스 씨가 몸무게 전체를 문에 싣고 힘껏 떠밀었다.

"맙소사."

제스가 고개를 가로저었다.

"당신은 우리 개를 몰라요."

그가 손잡이를 놓자 문이 부드럽게 달칵, 하고 닫혔다. 그들은 서로를 빤히 쳐다봤다.

"그래도……."

그가 마침내 입을 열었다.

"저 방에 침대가 두 개 있어요. 그러니까 괜찮아요."

제스가 미간을 모으며 말했다.

"그게. 노먼이 누워 있는 게 바로 그중에 하나예요. 아까 내가 매트리스를 이리로 옮겨놨거든요."

그가 힘 빠진 눈으로 그녀를 봤다.

"문을 두드려볼까요?"

"탠지가 스트레스가 심해요. 문을 두드리면 그 애가 깰지도 몰라요. 괜찮아요. 난…… 난…… 그냥 의자에서 자면 돼요."

그가 반박하기 전에 제스는 얼른 화장실로 향했다. 몸을 씻고 이를 닦으며, 플라스틱 틀에 끼워진 거울을 바라봤다. 술기운으로 발개진 얼굴을 물끄러미 쳐다보며, 제스는 꼬리에 꼬리를 무는 생각들을 멈추려고 안간힘을 썼다.

방으로 돌아오자, 니콜스 씨가 진회색 티셔츠 하나를 들어서 제스에게 건넸다.

"여기요."

그는 티셔츠를 제스에게 던져주고 화장실로 향했다. 제스는 그 옷으로 갈아입고, 옷에 밴 향취가 어렴풋이 불러일으키는 성적인 동요를 무시하며, 옷장에서 여분의 담요와 베개를 꺼내 의자 위로 몸을 웅크리고 편안한 자세를 찾았다. 아주 긴 밤이 될 것 같았다.

몇 분 후에 니콜스 씨가 방으로 돌아와서 머리 위의 등을 껐다. 그는 하얀 티셔츠와 푸른 사각팬티를 입고 있었다. 다리에는 꾸준히 운동해온 사람 특유의 뚜렷하고 긴 근육들이 잡혀 있었다. 제스는 그것들이 몸에 닿으면 어떤 감촉일지 바로 알았다. 그 생각에 저도 모르게 침을 꿀꺽 삼켰다. 그가 올라가자, 작은 침대가 소리를 내며 아래로 푹 꺼졌다.

"거기서 괜찮겠어요?"

"아주 좋아요!"

제스가 너무 크게 말했다.

"당신은요?"

"자는 동안에 스프링 하나가 날 찔러 죽이면, 올림피아드 장소까지 내 차를 가져가요."

그는 제스를 조금 더 쳐다보다가, 침대 옆 스탠드를 껐다.

칠흑 같은 어둠이 내렸다. 바깥에서, 보이지 않는 돌담의 틈새로 희미한 바람이 신음하듯 빠져나가는 소리가 들렸다. 나무들이 바스락대고, 차 문이 쾅 닫히고, 엔진이 항의하듯 그르렁대는 소리도 들렸다. 옆방에서 노먼이 잠결에 낑낑거리는 소리가 석고보드로 발린 얇은 벽을 통해 거의 여과 없이 들려왔다. 제스의 귀에는 니콜스 씨의 숨소리도 들렸다. 전날 밤에도 바로 옆에서 보냈건만, 스물네 시간 전과 달리 그의 존재가 날카롭게 의식됐다. 그가 니키를 웃게 하던 모습, 운전대 위로 손을 얹은 모습이 떠올랐다.

몇 주 전에 니키가 말한 표현이 기억났다. YOLO(You Only Live Once). 인생은 한 번뿐이다. 제스는 그 말이, 결과가 어찌되든 마음 내키는 대로 사는 멍청이들의 변명에 지나지 않는다고 했다.

제스는 리암을 떠올렸다. 그는 지금 누군가와 섹스를 하고 있을 것이 분명했다. 블루 패럿에서 일하는 연갈색 머리 여자 바텐더, 또는 그 꽃 파는 밴을 모는 네덜란드 여자와. 제스는 첼시가 한 말도 떠올렸다. 싱글맘과 사랑에 빠질 남자는 세상천지에 없으니 제스에게 아이가 없다고 거짓말을 하라고 했다. 제스도 속으로는 그 말이 맞다는 걸 알기에 첼시에게 화를 냈다.

제스는 니콜스 씨가 감옥에 가지 않더라도, 이 여행이 끝나면 그를 다시 볼 일이 없으리라는 사실도 떠올렸다. 그러고 나서 제스는, 어떤 생각도 깊게 하기 전에, 바닥으로 담요를 떨어뜨리고 조용히 일어났다. 침대까지는 겨우 네 발자국이었다. 제스는 아크릴 섬유 카펫에 묻힌 맨발을 꼬부린 채 망설였다. 그때까지도 자신이 무슨 일을 하고 있는지 확신이 없었다. 인생은 한 번뿐이야. 다음 순간, 잉크 빛 어둠 속에서 희미한 움직임이 일었고, 제스는 이불을 들쳐 침대 안으로 들어가며 니콜스 씨가 몸을 돌려 그녀에게로 향하는 것을 봤다.

제스는 그의 가슴에 자신의 가슴을 맞대고, 따뜻한 다리에 자신의 차가운 다리를 대었다. 손바닥만한 침대에는 옴짝달싹할 공간이 없었고, 매트리스가 아래로 푹 꺼지며 둘의 몸이 더욱 바짝 붙었다. 제스의 등에서 몇 센티미터 안 되는 곳에서 가파른 절벽처럼 매트리스가 아래로 떨어졌다. 둘이 어찌나 바짝 붙었는지, 그의 애프터셰이브 로션과 치약의 향까지 맡을 수 있었다. 그의 가슴이 오르락내리락 하는 것이 느껴졌다. 그녀의 심장이 불규칙하게 쿵쿵 뛰었다. 제스는 그의 표정을 읽으려고 머리를 약간 기울였다. 그가 놀라울 정도로 묵직한 오른팔을 이불 위로 얹어 제스를 가까이 끌어당겼다. 다른 손으로 그녀의 손을 잡고 천천히 꼭 쥐었다. 건조하고 보드라운 손이 그녀의 입에서 조금 떨어진 곳에 놓였다. 제스는 고개를 숙여 손 마디에 입을 맞추고 싶었다. 제스는 입술을 들어 그의……

'인생은 한 번뿐이야.'

제스는 어둠 속에 누운 채, 갈망으로 온몸이 굳었다.

"나랑 섹스하고 싶어요?"

제스가 어둠에 대고 나직하게 말했다. 긴 정적이 흘렀다.

"내가 한 말 들었……"

"네."

그가 입을 열었다.

"그리고…… 아뇨."

제스가 완전히 돌로 변하기 전에 그가 다시 입을 열었다.

"그러면 모든 게 너무 복잡해질 것 같아서 그래요."

"복잡할 거 없어요. 우린 둘 다 젊고, 외롭고, 약간 화가 나 있어요. 그리고 오늘 밤이 지나면 서로를 다시 볼 일이 없을 거예요."

"어째서요?"

"당신은 런던으로 돌아가서 도시의 삶을 살 테고, 나는 저 아래 남쪽 해안에서 내 삶을 살 테니까요. 전혀 심각하게 생각할 거 없어요."

그는 잠시 입을 다물었다.

"제스…… 난 그렇게 생각하지 않아요."

"내게 끌리지 않는 거로군요."

제스는 당혹스러운 나머지 까칠하게 말했다. 문득 그가 했던 전 부인에 관한 이야기가 떠올랐다. 라라는 빌어먹을 모델이었다고. 제스가 그에게서 몸을 떼자, 그의 손이 그녀를 더욱 단단하게 안

왔다.

"당신은 아름다워요."

그의 목소리가 제스의 귓가에서 웅얼거렸다. 제스는 기다렸다. 그가 엄지로 그녀의 손바닥을 쓸었다.

"그럼…… 어째서 나랑 자지 않으려는 건데요?"

그는 아무 말도 하지 않았다.

"내 말 잘 들어요. 난 지난 3년간 누구와도 잔 적이 없어요. 말하자면 다시 말에 올라야 하는 상황인데, 그게 이번이면…… 당신이면 좋을 것 같아서 그래요."

"내가 말이 되어 달라구요."

"그런 뜻이 아니에요. 비유적인 표현으로 말이 필요하다는 거였어요."

"우린 또다시 이상한 비유들로 돌아왔네요."

"이봐요, 당신이 아름답다고 생각하는 여자가 조건 없는 섹스를 제안하고 있어요. 여기에 무슨 문제가 있는지 난 이해할 수가 없네요."

"세상에 조건 없는 섹스란 없어요."

"뭐라고요?"

"사람은 늘 뭔가를 원해요."

"난 당신한테 아무것도 원하지 않아요."

제스는 그가 어깨를 으쓱하는 게 느껴졌다.

"지금은 아닐지도 모르죠."

"와."

제스가 모로 누웠다.

"그 여자한테 정말 된통 데였네요, 그죠?"

"난 그저……."

제스가 발로 그의 다리를 쓸었다.

"내가 당신을 유혹하려고 이러는 거 같아요? 여우 같은 간계를 부려 당신을 옭아매려고요? 여우 같은 간계와 나일론 침대보와 파이와 감자튀김으로?"

제스가 그의 손에 깍지를 끼우며, 속삭임에 가깝게 목소리를 낮췄다. 제어가 풀리고 무모해진 느낌이었다. 그를 향한 갈망이 너무도 강렬해서 제스는 정말로 정신을 잃을지도 모르겠다는 생각이 들었다.

"난 관계를 원하는 게 아니에요, 에드. 당신하고든 누구하고든요. 내 삶에는 그런 '하나 더하기 하나의 관계' 같은 게 들어갈 공간이 없어요."

제스가 약간 고개를 젖혀서, 그의 입술이 그녀의 입술에서 몇 센티미터 떨어진 곳에 있었다.

"그 점은 누가 봐도 분명할 거라고 생각했는데요."

그가 엉덩이를 뒤로 살짝 뺐다.

"당신은…… 믿을 수 없을 정도로 설득력이 강하군요."

"그리고 당신은……."

제스가 다리로 그의 몸을 휘감아 가까이 끌어당겼다. 그의 단단한 부분이 몸에 닿자 순간적으로 아찔했다. 그가 침을 꿀꺽 삼켰다. 제스의 입술은 이제 그의 입술에서 몇 밀리미터 떨어져 있을 뿐이었다. 제스는 온몸의 신경이 그녀의 피부로 집중된 것 같았다. 아니면 그의 피부이거나. 이제는 분간이 가지 않았다.

"오늘이 마지막 밤이에요. 앞으로 최악의 상황이라고 해봐야 청소기 너머로 눈이 마주치는 것 정도일 거고, 난 멋진 남자와 함께 보낸 멋진 밤으로 오늘 밤을 기억할 거예요. 알고 보니 정말로 멋진 남자인 남자와 말이에요."

제스의 입술이 그의 턱을 가볍게 스쳤다. 깔끄러운 수염이 느껴졌다. 제스는 그 턱을 깨물고 싶었다.

"당신은 물론, 생애 최고의 섹스를 나눈 밤으로 기억할 거고."

"그러고는 끝이라고요."

그가 잠긴 목소리로, 정신이 산란한 듯 말했다.

제스가 더욱 가까이 다가갔다.

"그러고는 끝이에요."

"당신은 협상가로 나서도 대성하겠어요."

"계속 그렇게 말만 할 거예요?"

제스는 앞으로 움직여 자신의 입술을 그의 입술에 포갰다. 몸이 거의 움찔했다. 그가 저항을 포기하고 다가와 지그시 입술을 누르며 달콤하게 입을 맞췄다. 제스는 더 이상 아무 생각도 나지 않았다. 오로지 그만을 원했다. 갈망으로 온몸이 활활 타올랐다.

그러고는 그가 뒤로 물러났다. 제스는 에드 니콜스가 그녀를 보고 있다는 걸 눈이 아니라 느낌으로 알았다. 그의 눈이 어둠 속에서 검게 빛났다. 헤아릴 수 없는 표정을 담은 채. 그가 손을 움직이다 그녀의 배를 가볍게 스쳤다. 제스는 저도 모르게 부르르 떨었다.

"제기랄,"

그가 조용히 말했다.

"망할."

그러고는 신음을 내뱉더니 말했다.

"내일 나한테 고맙다고 할 거예요."

그는 조용히 제스에게서 떨어져 나와 침대 밖으로 내려섰다. 그리고 의자로 걸어가서, 그 위에 앉아, 커다랗게 한숨을 쉬며, 몸 위로 담요를 끌어당기고 돌아누웠다.

20

에드 ED

에드 니콜스는 눅눅한 주차장에서 8시간을 보내는 것이 밤을 보내는 최악의 방법일 거라고 생각했다. 그다음은 더비 근처의 어느 이동식 주택에서 내장 속의 내용물을 모조리 게워내며 보내는 거라고 생각했다. 그런데 그가 틀렸다. 두 가지 모두 아니었다. 밤을 보내는 가장 끔찍한 방법은 살짝 취한 미인을 몇 미터 옆에 둔 작은 방에서, 그러니까 자신과 섹스를 하고 싶다고 했는데 멍청하게 자신이 거절한 미인을 옆에 두고 보내는 것이었다.

제스는 잠이 들었다. 아니면 그런 척을 한 것이거나. 에드로서는 알 수가 없었다. 에드는 세상에서 최고로 불편한 의자에 앉아서, 커튼 틈새로 달빛이 스민 검은 하늘을 바라봤다. 오른쪽 다리가 저려오기 시작했고, 담요 밖으로 삐져나온 왼발은 얼음처럼 차가웠다. 그는 침대 밖으로 뛰쳐나오지 않았다면 지금쯤 어떻게 하고 있을지 생각하지 않으려고 애썼다. 그랬다면 아마 제스를 껴안고, 그녀의 살갗에 입을 맞추며, 그녀의 나긋나긋한 다리를 몸에 휘감은 채…….

아니다.

다음 중에 하나가 될 것이 분명했다. (1)섹스가 형편없어서 서로에게 굴욕감을 느끼고, 올림피아드 장소까지 가는 다섯 시간을 고문처럼 보내거나, (2)섹스는 좋았지만 아침에 일어나니 서로 너무 어색해서 여전히 남은 여정을 고문처럼 보낼 것이다. 아니면 더욱 끔찍하게 (3)섹스는 환상적이었고(에드는 그럴 것이라고 추측했다. 제스의 입술을 떠올리기만 해도 계속 발기가 되었으므로), 순전히 성적인 교감을 기초로 서로에게 감정을 키워나가게 될 것이다. 그러고는 (4)두 사람이 아무런 공통점이 없을 뿐 아니라 다른 면에서는 전혀 어울리지 않는다는 사실에 적응해야 하거나, (5)전혀 어울리지 않는 건 아니라는 사실을 알게 되지만, 그가 감옥에 가게 될 것이다. 그리고 이런 것들은 제스에게 아이가 둘 있다는 사실을 고려하지 않았을 때의 이야기다. 그 아이들에게는 에드와 같은 사람이 아니라, 안정적인 삶이 필요했다. 에드도 아이들을 좋아하지만, 인도 아대륙을 좋아하는 것처럼 추상적으로 좋아하는 것뿐이었다. 그러니까, 그런 곳이 존재한다는 것은 반갑지만 그곳에 관한 지식은 전혀 없으며, 실제로 그곳에서 시간을 보내고 싶다는 열망도 느낀 적이 없는 그런 곳 말이다.

그뿐 아니라, 이 모든 것은 에드가 남녀 관계에 영 꽝이라는 요소를 빼놓고 생각한 것이었다. 그는 상상할 수 있는 최악의 재앙이었던 두 관계를 막 청산한 사람이었다. 게다가 빠져나올 방법이 없어서 울며 겨자 먹기로 자동차 여행을 하는 중이었다. 그런 여행에서 만난 사람과 잘 될 확률이란 보나마나 매우 낮을 터였다. 그리고 그 '말'에 관한 대화는 솔직히, 좀 이상했다.

이런 점들은 에드가 전혀 고려하지 못한 더욱 당황스러운 가능성으로 방향을 틀었다. 혹시 제스가 사이코라면? 관계를 원치 않는다는 둥 하는 소리는 그를 낚아 올리기 위한 수단이라면? 물론, 제스는 그런 여자로는 보이지 않았다. 하지만 디나도 그러지 않았던가.

에드는 뒤엉킨 상념들에 묻힌 채 앉아 있었다. 이 중에 하나라도 로넌과 의논할 수 있다면 얼마나 좋을까, 하고 생각하면서. 하늘이 오렌지색으로 물들었다가 네온 블루색으로 바뀌고, 다리에 완전히 감각이 사라지고, 관자놀이를 가볍게 조이던 숙취가 머리를 쪼갤 듯한 두통으로 바뀔 때까지. 서서히 기어드는 빛 속에서, 제스의 얼굴과 몸의 윤곽이 점점 또렷이 드러났다. 에드는 보지 않으려고 애썼다.

그리고 좋아하는 여자와 섹스를 하는 것이 오직 좋아하는 여자와 섹스를 하는 것일 뿐이던, 일련의 복잡한 공식을 수반하지 않던 그 시절을 그리워하지 않으려고 애썼다. 그러니까 탠지만이 겨우 이해할 정도로 엄청나게 복잡하고 어려운 공식 말이다.

"서둘러. 시간이 많지 않단 말이야."

티셔츠를 입은 창백한 좀비인 니키를 제스가 차 안으로 몰아넣었다.

"전 아침도 못 먹었는데요."

"네가 일어나라고 할 때 일어나지 않아서 그런 거잖아. 가는 길에 요깃거리를 사줄 테니까 기다려. 탠지. 탠지? 노먼은 볼일 봤니?"

납 빛깔을 한 아침 하늘은 그들의 귀 언저리까지 내려와 있는 듯했다. 약하게 보슬비가 내리고 있었지만 머지않아 거센 빗줄기로 변할 것이었다. 에드가 운전석에 앉아 있는 동안, 제스는 맹렬히 뛰어다니며 정리하고, 야단치고, 약속했다. 그가 한 20분밖에 자지 못한 사람처럼 정신이 혼미한 상태로 일어난 후로, 제스는 내내 저런 상태였다. 그와는 눈 한 번 맞추지 않았다. 탠지가 조용히 뒷좌석으로 올라탔다.

"기분 괜찮아?"

그가 하품을 하며 백미러로 탠지를 봤다. 탠지가 말없이 고개를 끄덕였다.

"긴장은?"

탠지는 아무 말도 하지 않았다.

"속이 안 좋아?"

탠지가 고개를 끄덕였다.

"이번 여행에선 그게 유행이잖아. 괜찮아. 탠지는 아주 잘할 거야. 정말로."

탠지는, 다른 어른이 그런 말을 했다면 에드 자신이 던졌을 법한 시선을 던지고, 창밖을 내다봤다. 탠지의 동그란 얼굴이 창백했다. 어젯밤에 탠지가 몇 시까지 공부했는지 궁금했다.

제스가 노먼을 뒷좌석으로 밀어 넣었다. 노먼과 함께 젖은 개의 냄새가 물씬 풍겨들었다. 제스는 탠지가 안전벨트를 맸는지 확인하고, 조수석에 올라 마침내 에드에게로 고개를 돌렸다. 그리고 읽기 힘든 표정으로 말했다.

"가죠."

에드의 차는 이제 에드의 차처럼 보이지 않았다. 겨우 사흘 만에, 이를 데 없이 깔끔하던 크림색 내부는 새로운 냄새와 얼룩이 뱄고, 개털로 뒤덮였으며, 스웨터와 신발짝이 좌석에 널려 있거나 좌석 밑에 끼워져 있었다. 바닥은 초콜릿 껍질과 감자칩 조각으로 버석거렸다. 라디오 채널은 그가 이해하지 못하는 분야의 이야기에 고정됐다.

그러나 시속 65킬로미터로 차를 모는 동안 무슨 일인가 일어났다. 그가 있어야 할 곳은 여기가 아닌 다른 곳이라는 희미한 감각이, 그도 알지 못하는 사이에, 사라지기 시작했다. 그는 지나가는 사람들을 흘깃거리는 자신을 발견했다. 음식을 사고, 차를 운전하고, 아이들을 학교로 데려다주거나 집으로 데리고 오는, 그와는 완전히 다른 세계의 사람들. 남쪽으로 몇 백 킬로미터 떨어진 곳에서 벌어진 작은 드라마에 관해서는 아무것도 모르는 사람들. 그러자 모든 문제가 사뭇 작게 느껴졌다. 거대하게 버티고 서서 그를 압도하듯 내려다보는 게 아니라 모형 마을의 문제처럼 느껴졌다.

옆에 앉은 여자의 날카로운 침묵, 백미러로 보이는 니키의 잠든 얼굴("10대들한테는 '열한 시 이전'이란 말은 없는 거나 마찬가지래요"라고 탠지가 설명했다), 개가 때때로 뿜어내는 악취 가스에도 불구하고, 목적지에 가까워지면서 에드는 서서히 깨닫게 됐다. 그는 차와 삶을 오롯이 그의 것으로 되돌려 받는다는 사실에 손톱만큼의 안도감도 느끼지 못했다. 그의 감정은 좀 더 복잡했다. 그가 뒷좌석에만 음악이 크게 들리고 앞좌석에는 들리지 않게 스피커를 조정했다.

"괜찮아요?"

제스는 돌아보지 않았다.

"괜찮아요."

에드는 아이들이 듣고 있지 않은지 흘깃 뒤를 확인했다.

"어젯밤 일 말이에요."

그가 입을 열었다.

"잊어버려요."

에드는 자신의 결정을 후회한다고 말해주고 싶었다. 푹 꺼진 싱글 침대로 돌아가지 않으려고 용을 쓰느라 실제로 몸이 아플 정도였다고. 하지만 그래 봤자 무슨 소용이 있을까? 전날 밤에 제스가 말했듯이, 그들은 다시 볼 이유가 없는 사람들이었다.

"난 잊어버릴 수 없어요. 당신에게 설명하고 싶은……."

"설명할 거 없어요. 당신이 옳았어요. 정말 바보 같은 생각이었어요."

제스는 다리를 깔고 앉은 채, 시선을 피해 창밖을 내다봤다.

"그냥 내 삶이 너무……."

"정말이에요. 전혀 문제되지 않아요. 난 그저……."

제스가 깊은 한숨을 내쉬었다.

"난 그저 탠지의 올림피아드 장소에 제시간에 도착하고 싶을 뿐이에요."

"하지만 난 이렇게 끝내고 싶지 않아요."

"끝내고 말고 할 것도 없는 걸요."

그녀가 발을 데시보드 위로 얹었다. 마치 '어서 가죠' 하고 말하는 것처럼.

"에버딘까지는 몇 킬로미터나 돼요?"

좌석 사이로 탠지의 얼굴이 나타났다.

"얼마나 남았냐고?"

"아뇨. 사우스햄프턴에서부터요."

에드는 재킷에서 전화기를 꺼내 탠지에게 건넸다.

"지도 앱에서 찾아보렴."

탠지가 스크린을 두드리며 미간을 모았다.

"약 900킬로미터 정도요?"

"그 정도 될 것 같네."

"우리가 시속 65킬로미터씩 달리면, 적어도 하루에 여섯 시간은 달려야 해요. 그리고 내가 멀미를 안 했다면 우린……."

"하루 만에 도착할 수 있지. 잘만 하면."

"하루 만에요."

탠지는 멀리 보이는 스코틀랜드 언덕에 시선을 둔 채 그 정보를 곱씹었다.

"하지만 그랬다면 우린 이렇게 멋진 시간을 보내지 못했을 거 아니에요, 그렇죠?"

에드가 제스를 흘끔 봤다.

"그렇지, 이런 시간은 못 보냈지."

제스의 시선이 그에게로 향한 것은 잠시 뒤였다. 그녀는 "맞아, 우리 딸" 하고 말끝을 흐렸다가 "이런 시간은 못 보냈지"라고 덧붙였다. 제스의 미소가 이상하게 슬퍼 보였다.

차는 매끄럽고 효율적으로 목적지까지 거리를 줄여갔다. 그들은 스코틀랜드 경계를 넘었고, 에드는 분위기를 띄우려고 애썼지만 성공하지 못했다. 탠지가 화장실을 가야 해서 한 번 멈췄고, 20분 후에는 니키가 가겠다고 해서("저도 어쩔 수가 없어요. 아까는 가고 싶지 않았단 말이에요") 또 한 번 멈췄다. 그리고 노먼 때문에 세 번(두 번은 가짜 경보였다)을 멈춰야 했다. 제스는 말없이 앉아서 시간을 확인하고 손톱을 물어뜯었다. 니키는 졸음에 겨운 눈으로 확 트인 바깥 풍경을 바라보고 있었다. 굽이치는 언덕 위에 돌로 지은 집이 몇 채 보였다. 에드는 여행 후에 니키에게 어떤 일이 일어날지 궁금했다. 그에게 도움이 될 만한 일을 쉰 개도 넘게 추천할 수 있었지만, 그 나이 때 자신에게 누군가 뭔가 제안한다고 상상해보니 귓등으로 듣고 넘길 것 같았다. 제스가 집으로 돌아가면 저 아이를 어떻게 보호할지 에드는 걱정이 됐다.

전화벨이 울렸다. 에드가 전화를 흘깃 바라봤고, 가슴이 철렁 내려앉는 것을 느꼈다.

"라라."

"에드와르도. 자기. 나 자기랑 아파트 일을 좀 의논하려고."

제스가 돌연 굳어지면서 시선이 흔들리는 게 느껴졌다. 그는 문득, 전화를 받지 말걸 그랬다는 후회가 들었다.

"라라, 지금은 좀 곤란해."

"별로 큰돈도 아니야. 당신한테는. 변호사한테 물어봤더니 이 정도는 당신한테 돈도 아니랬어."

"전에 말했잖아, 라라. 우린 최종 합의를 했다고."

에드는 불현듯 차 안의 세 사람이 미동도 없이 앉아 있다는 사실을 의식했다.

"에드와르도. 자기야. 나 당신하고 이 문제를 해결해야 한단 말이야."

"라라……."

에드가 입을 열기 전에, 제스가 손을 뻗어 전화기를 홱 잡아 뺐다. 그리고 이렇게 말했다.

"여보세요. 라라, 저는 제스라고 해요. 정말 미안한데요, 에드는 더 이상 돈을 줄 수가 없어요. 그러니까 이렇게 전화해봤자 소용 없어요."

짧은 적막이 흘렀다. 그러고는 폭발하듯 목소리가 들려왔다.

"당신 누구야?"

"난 그이의 새 부인이에요. 오, 그리고 그이는 마오쩌둥 그림을 돌려받기를 원해요. 그냥 변호사한테 전해주시면 돼요. 알았죠? 편한 시간에 전해주세요. 고맙습니다."

그 후로 마치 핵폭발이 일어나기 몇 초전과 같은 적막이 흘렀다. 하지만 무슨 일이 일어날지 확인하기 전에, 제스는 통화 종료 버튼을 꾹 누르고 전화기를 그에게 내밀었다. 에드는 조심스레 받아서 완전히 꺼버렸다.

"고마워요"라고 그가 말했다. 그리고 얼른 "아마도요"라고 한 번 더 말했다.

제스는 그를 보지 않고 "천만에요"라고 대답했다.

에드가 백미러로 보니, 확실한 건 아니지만, 니키가 웃지 않으려고 안간힘을 쓰며 앉아 있는 것 같았다.

에든버러와 던비 사이의 나무가 우거진 좁은 길에서, 자동차는 천천히 속도를 줄이다 완전히 멈춰야 했다. 소떼가 길을 막았기 때문이다. 차 주변으로 느릿느릿 지나가는 소들은 희미한 호기심이 어린 눈으로 차 안의 승객들을 들여다봤다. 검은 털이 돋아난 머리에서 눈망울이 데굴데굴 굴렀다. 소떼들은 출렁이는 검은 바다 같았다. 노먼이 소들을 뚫어지게 쳐다봤다.

"에버딘 앵거스네요."

니키가 말했다.

아무런 경고도 없이, 별안간 노먼이 창으로 몸을 던지며 이를 드러내고 으르렁거렸다. 차가 한쪽으로 기우뚱했고, 뒷좌석은 엉킨 팔과 소음과 몸부림치는 개로 대혼란이 일었다. 니키와 제스가 개를 잡으려고 안간힘을 썼다.

"엄마!"

"노먼! 그만해!"

개가 탠지를 깔아뭉개고 올라서서 창문에 얼굴을 바짝 붙였다. 에드는 노먼 아래서 이리저리 흔들리는 탠지의 반짝이는 분홍 재킷만 얼핏 봤다. 제스가 뒷좌석으로 뛰어들어 개의 목줄을 잡았다. 그들은 노먼을 끌어당겨 창문에서 떼어놓았다. 노먼은 벗어나려 몸부림쳤고, 날카롭게 발작적으로 낑낑댔다. 그리고 커다란 침방울을 사방으로 뿌렸다.

"노먼, 이 바보 같은 녀석! 도대체……."

"노먼은 소를 한 번도 본 적이 없잖아요."

탠지가 똑바로 앉으려 애쓰며 말했다.

"맙소사, 노먼."

니키가 인상을 썼다.

"괜찮니, 탠지?"

"괜찮아요."

소들은 개가 짖거나 말거나 아랑곳하지 않고 차 주변으로 어슬렁어슬렁 지나갔다. 김이 잔뜩 서려버린 차창 너머로, 뒤쪽에서 따라오는 농장 관리인의 모습이 어렴풋이 보였다. 그는 무표정한 얼굴로 자신이 보살피는 소들처럼 느릿느릿 걷고 있었다. 옆으로 지나가면서 보일 듯 말 듯 고개를 끄덕여 보였다. 세상의 시간을 모두 가진 사람처럼. 노먼은 낑낑거리며 목줄을 당겼다.

"노먼이 저러는 건 처음 봤어요."

제스가 헝클어진 머리를 매만지며 볼 안에 바람을 가득 넣어 얼굴을 부풀렸다.

"소고기 냄새를 맡은 건가."

"그런 본성이 있는 줄은 몰랐는데요."

에드가 말했다.

"내 안경."

탠지가 우그러진 금속 조각을 들어올렸다.

"엄마, 노먼이 내 안경을 부러뜨렸어요."

열 시 십오 분이었다.

"안경이 없으면 아무것도 안 보이는데."

제스가 에드를 쳐다봤다. 젠장.

"좋아."

그가 말했다.

"탠지, 비닐봉지를 들고 있을래? 아무래도 속도를 좀 내야 할 것 같구나."

스코틀랜드의 도로는 넓고 한산했다. 에드가 어찌나 속도를 높여 달렸는지 GPS는 목적지까지 걸리는 시간을 계속 다시 알려줬다. 1분이라도 단축할 때마다 그는 승리감이 차올랐다. 탠지는 두 번 토했다. 제스는 길에 내려 토하게 하자고 했지만, 에드는 그녀의 말을 들어주지 않았다.

"탠지가 정말 안 좋아요."

제스가 말했다.

"나 괜찮아요."

탠지는 계속 그렇게 말했다. 비닐봉지에 아예 얼굴을 처박고 있었다.

"정말이에요."

"멈추지 않아도 되겠니, 우리 딸? 1분만 멈췄다 갈까?"

"아뇨. 계속 가요. 우웨엑……."

멈출 시간이 없었다. 잠시 멈춘다고 나아지지도 않았다. 니키는 고개를 돌린 채 손으로 코를 틀어막고 있었다. 심지어 노먼까지도 창밖으로 있는 대로 머리를 내밀고 신선한 공기를 들이마셨다.

에드는 반드시 그들을 제시간에 데려다줄 것이었다. 몇 달 만에 머릿속에 목적의식이 가득했다. 그리고 마침내, 에버딘이 그들 앞으로 서서히 모습을 드러냈다. 거대한 은회색 건물들, 먼 하늘을 찌를 듯이 높이 솟은 기묘하게 현대적인 건물들. 에드는 도시의 풍경을 바라보며 시내로 차를 몰았다. 도로가 좁아지고 자갈 깔린 길로 변해갔다. 부두를 통과하자 오른편에 대형 선박들이 정박한 모습이 보였다. 그리고 그곳에서부터 교통이 느려지며 에드의 자신감이 흐트러지기 시작했다. 불안감이 가중되는 가운데 그들은 침묵 속에 앉아 있었고, 에드는 단숨에 에버딘을 통과할 수 있는 길을 찾아 미친 듯이 스크린을 두드렸다. GPS가 그에게 반항하기 시작하며 단축했던 시간을 고스란히 더해놓았다. 대학 건물까지는 15분, 19분, 22분이 걸렸다. 25분. 너무 늦었다.

"뭐 때문에 이렇게 늦어지는 거죠?"

제스가 누구에게랄 것 없이 말했다. 라디오 버튼을 이리저리 누르며 교통 방송을 찾으려 했다.

"뭐 때문에 이렇게 막히냐구요."

"교통량이 많아서 그렇죠."

"그건 설명이 되지 않아요."

니키가 대꾸했다.

"교통 체증은 당연히 교통량이 많아서 생기는 거죠. 아니면 뭐 때문이겠어요?"

"사고가 난 걸지도 몰라."

탠지가 말했다.

"하지만 체증 자체도 교통량에 포함되는 거지."

에드가 생각하듯이 말했다.

"그러니까 이론적으로는 여전히 교통량이 문제인 거야."

"아뇨, 교통량이 교통 자체를 늦추는 건 완전히 다른 얘기라구요."

"하지만 결과는 같잖아."

"하지만 그건 정확하지 않은 설명이에요."

제스가 GPS를 들여다봤다.

"우리 여기에만 좀 집중하면 안 될까요, 여러분? 우리가 제대로 가고 있나요? 대학 근처에 부두가 있는 줄은 몰랐는데요."

"부두를 뚫고 지나가야 대학이 나와요."

"확실해요?"

"확실해요, 제스."

에드가 긴장을 억누르며 말했다.

"GPS를 봐요."

잠시 침묵이 흘렀다. 신호등이 두 번 바뀌는 동안 누구도 움직이지 않았다. 반면 제스는 안절부절 못하면서 혹시라도 못 보고 지나친 뻥 뚫린 길이 없나 주변을 두리번거렸다. 에드는 그녀를 비난할 수 없었다. 그도 같은 기분이었다.

"새 안경을 맞출 시간이 없겠는데요."

신호등이 네 번째로 바뀔 때 에드가 말했다.

"탠지는 안경 없이는 아무것도 못 봐요."

"약국에 들렀다간 정오까지 도착하지 못할 거예요."

제스가 입술을 깨물었다. 그러고는 뒷좌석으로 돌았다.

"탠지? 혹시 깨지지 않은 렌즈로 볼 수는 없을까? 전혀 안 되겠니?"

비닐봉지에서 푸르스름한 얼굴이 고개를 들었다.

"해볼게요."

차들은 멈춰 서서 오도 가도 못하고 있었다. 그들은 점차 말을 잃었고, 차 안의 공기는 긴장감으로 팽팽해졌다. 노먼이 낑낑거리기 시작하자 모두가 한목소리로 소리쳤다.

"시끄러워, 노먼!"

에드는 혈압이 올랐다. 어째서 30분 일찍 출발하지 않은 걸까? 어째서 좀 더 나은 길을 찾지 못한 거지? 제시간에 도착하지 못하면 무슨 일이 일어날까? 초조하게 무릎을 두드리는 제스의 모습을 훔쳐보고 에드는 그녀도 같은 생각을 하고 있다는 걸 알았다. 그러고 나서 알 수 없게도, 신의 장난처럼, 교통 체증이 풀렸다.

에드는 자갈 깔린 도로를 가르며 차를 쌩쌩 몰았다. 제스가 마부처럼 데시보드 쪽으로 몸을 기울이고 외쳤다.

"가요! 가요!"

굽은 도로에서 바퀴가 미끄러졌고, GPS는 속도를 따라잡지 못해 딸꾹질하듯 방향을 안내했다. 그들은 날듯이 대학 캠퍼스 안으로 들어가서, 군데군데 서 있는 기둥에 되는 대로 붙인 작은 표지를 따라 '다운즈관'이 나올 때까지 달렸다. 그곳은 매력 없는

1970년대 느낌이 나는 회색 화강암 사무실 건물이었다.

차는 건물 앞 주차 공간으로 날카로운 소리를 내며 들어갔다. 에드가 시동을 끄자 모든 것이 멈췄다. 그가 한숨을 길게 내쉬고 시계를 흘끗 봤다. 열두 시까지 6분 정도가 남았다.

"여기에요?"

제스가 밖을 내다봤다.

"여기에요."

제스는 갑자기 온몸이 마비된 듯했다. 정말로 그곳에 왔다는 사실이 믿기지 않는 것처럼. 제스가 안전벨트를 풀고 주차장을 내다봤다. 소년 몇이 세상의 모든 시간을 가진 양 느긋하게 걸어가며 휴대용 전자기기로 뭔가 읽고 있었다. 그들 뒤로 긴장한 얼굴을 한 부모들이 보였다. 아이들은 모두 사립학교 교복을 입고 있었다.

"난 좀 더…… 큰 곳일 줄 알았어요."

제스가 말했다.

니키가 뿌옇게 흩뿌리는 부슬비를 뚫고 건물을 바라봤다.

"그러게요. 고급 수학은 만인이 좋아하는 과목인데 말이죠."

"나 아무것도 안 보여요."

탠지가 말했다.

"그럼 안으로 들어가서 등록해요. 난 탠지가 낄 안경을 구해볼 테니까요."

제스가 그에게로 돌아섰다.

"하지만 도수가 맞지 않을 텐데요."

"그래도 없는 것보다는 낫잖아요. 어서 들어가요. 어서요."

에드는 제스의 시선을 느끼며 다시 요란하게 주차장을 빠져나가 시내로 향했다.

7분을 소요하며 세 번을 시도한 끝에, 독서용 안경을 팔 정도로 규모가 큰 약국을 발견했다. 에드가 어찌나 극적으로 차를 세웠던지, 노먼의 거대한 머리통이 총알처럼 튕겨 나와 그의 어깨에 쿵, 하고 부딪혔다. 개는 꿍얼대며 뒷좌석에 다시 제대로 자리를 잡았다.

"여기서 기다려."

에드가 노먼에게 말하고 약국 안으로 달려 들어갔다. 장바구니를 든 나이 지긋한 여자 하나가 점원 둘과 나직하게 얘기를 나누고 있었고, 그 외에는 아무도 없었다. 에드는 탐폰과 치약, 티눈약, 크리스마스 선물 세트가 놓인 선반들을 활주하듯 지나간 뒤, 계산대 옆에서 안경 진열대를 발견했다. 빌어먹을. 에드는 탠지가 근시인지 원시인지 기억나지 않았다. 제스에게 물어보려고 전화기로 손을 뻗었지만 전화번호를 알지 못했다.

"젠장. 젠장. 젠장."

에드는 제자리에 서서 기억을 더듬었다. 탠지의 안경은 도수가 꽤 높아 보였다. 안경을 벗고 있는 모습은 한 번도 보지 못했다. 그렇다면 근시라는 뜻이 아닐까? 아이들은 죄다 근시가 아니었던가? 글씨를 보려고 멀찍이 떼어 드는 건 분명히 어른들이었다. 에드는 결정하지 못하고 10초간 망설이다가, 진열대에 걸린 모든 안경을 뽑기 시작했다. 근시용, 원시용, 낮은 도수, 강한 도수의 안경들을 전부 뽑아서 투명 비닐봉지 안에 넣어 카운터 위에 올려놓았다.

나이든 여자와 얘기를 나누던 점원이 말을 멈췄다. 안경들을 내려다봤다가 그를 올려다봤다. 점원의 눈길이 셔츠 깃에 묻은 노먼의 침을 주시하자, 에드는 옷소매로 슬그머니 닦아냈다. 그러다가 재킷의 깃에까지 묻히고 말았다.

"전부 다 주세요. 전부 살 겁니다."

그가 말했다.

"30초 내로 계산해주시면요."

점원이 자신의 윗사람을 쳐다봤다. 그녀는 꿰뚫을 듯한 시선으로 에드를 쳐다보다가 보일 듯 말 듯 고개를 끄덕였다. 점원은 말없이 계산을 하며 안경을 하나씩 포장하기 시작했다.

"아뇨. 시간이 없어요. 그냥 한꺼번에 넣어주세요."

에드가 직접 팔을 뻗어 안경들을 비닐봉지에 쓸어 넣었다.

"포인트 카드 갖고 계신가요?"

"아뇨. 없어요."

"저희는 오늘 특별 행사로 다이어트 바를 두 개 가격에 세 개씩 드리고 있어요. 원하시면……."

에드가 카운터 아래로 떨어지는 안경 하나를 재빨리 잡았다.

"다이어트 바는 필요 없어요. 고맙습니다. 계산을 좀 빨리 해야 해서요."

"전부 174파운드입니다."

그녀가 마침내 말했다.

점원은 마치 방송국의 몰래카메라 프로에서 나온 사람들이 몰려들어오지 않나 기대하듯 어깨 너머를 흘긋거렸다. 하지만 에드는 휘갈겨 서명을 하고 비닐봉지를 잡아채서 차를 향해 달려갔다. 가게를 나서는데 스코틀랜드 억양으로 "매너가 없네"라고 말하는 소리가 들려왔다.

그가 캠퍼스로 돌아왔을 때 주차장에는 아무도 없었다. 건물 입구에 바짝 차를 대고, 지친다는 듯 다시 뒷좌석으로 기어오르는 노면을 남겨두고 건물 안으로 뛰어 들어갔다.

"수학 올림피아드가 어디죠? 수학 올림피아드 하는 곳?"

에드는 소리가 울리는 복도를 달려가며 사람들에게 크게 물었다. 한 남자가 말없이 손가락으로 코팅된 표지판을 가리켰다. 에드는 한 번에 두 계단씩 날듯이 올라가서 또 하나의 복도를 따라 대기실까지 달려갔다. 책상 뒤에 두 남자가 앉아 있었다. 반대편 끝에 제스와 니키가 서 있었다. 그녀가 그에게로 걸어왔다.

"사왔어요."

에드가 의기양양하게 비닐봉지를 들어보였다. 숨이 턱까지 차서 말을 할 수가 없었다.

"탠지는 들어갔어요."

제스가 말했다.

"시험이 시작됐어요."

에드가 거칠게 숨을 몰아쉬며 시계를 올려다봤다. 열두 시 칠 분이었다.

"실례합니다."

에드가 책상에 앉은 남자에게 말했다.

"저 안에 들어간 아이에게 안경을 전해줘야 하는데요."

남자가 천천히 고개를 들었다. 에드가 그의 앞으로 들어 올린 비닐봉지를 쳐다봤다.

에드는 책상 위로 몸을 기울이며 봉지를 그에게 내밀었다.

"이곳으로 오는 길에 안경이 깨졌어요. 아이는 안경이 없으면 아무것도 못 봅니다."

"죄송합니다, 선생님. 누구도 들여보낼 수가 없어요."

에드가 고개를 끄덕였다.

"아뇨, 들여보낼 수 있어요. 이보세요, 제가 무슨 부정행위를 하려고 하는 게 아니지 않습니까. 아이의 시력을 알지 못해서 가게에 있는 안경을 전부 사가지고 온 거예요. 직접 확인해보셔도 좋습니다. 전부 다요. 보세요. 암호 같은 게 아니에요. 그냥 안경들일 뿐이에요."

에드가 봉지를 그의 앞에서 열어 보였다.

"가져다주시면 아이가 맞는 걸 고를 겁니다."

남자가 천천히 고개를 가로저었다.

"선생님, 저희는 다른 학생들을 방해할 어떤 일도……."

"아뇨, 아뇨. 가능해요. 이건 비상사태니까요."

"규정에 그렇게 되어 있어서 안 됩니다."

에드는 10초쯤 그를 노려봤다. 그러고는 몸을 꼿꼿이 세우고 한 손으로 머리를 짚으며 걸어 나오기 시작했다. 에드는 다시 혈압이 오르는 걸 느꼈다. 불 위에서 보글보글 끓어오르는 주전자처럼.

"그거 알아요?"

에드가 돌아서서 말했다.

"우린 여기까지 오는데 꼬박 사흘 밤낮이 걸렸어요. 그 사흘 동안 내 멋진 차는 토사물을 뒤집어썼고, 개 한 마리가 묻힌 입에 담기도 끔찍한 것들로 엉망이 되었습니다. 나는 개를 좋아하지도 않는 사람이에요. 게다가 전혀 모르는 거나 마찬가지인 사람하고 차 안에서 잠을 잤어요. 그런 잠을 말하는 게 아닙니다. 그리고 이성을 가진 사람이라면 머물지 않을 곳에서 묵으면서, 10대 남자애의 꽉 끼는 바지 안에 들어갔던 사과를 먹고, 인육이 든 게 틀림없는 케밥도 먹었어요. 런던에서는 개인적으로 더없이 중대한 일이 진행 중인데, 나는 알지도 못하는 사람들과 900킬로미터를 달

315

려왔단 말입니다. 물론 아주 좋은 사람들이지만요. 왜냐하면 그런 나조차도 이 올림피아드가 그들에게 굉장히, 정말 굉장히 중요하다는 걸 알기 때문이에요. 절대적으로 중요하다는 걸 말입니다. 그리고 저 안에 있는 소녀가 무엇보다 좋아하는 게 수학이라는 걸 알기 때문이고요. 그런데 그 소녀가 안경을 받지 못해서 아무것도 보지 못하면, 당신네 대회에서 정당하게 겨루지 못하게 됩니다. 정당하게 겨루지 못하면, 그 아이는 정말로 가고 싶어 하는 학교에 갈 유일한 기회를 날려버리게 돼요. 그리고 그런 일이 일어나면 내가 무슨 짓을 할지 아십니까?"

남자가 에드를 뚫어지게 쳐다봤다.

"난 저 교실로 들어가서 모든 학생의 시험지를 빼앗아 스무 조각이 넘게 쫙쫙 찢어버릴 거예요. 경비를 부를 새도 없이 눈 깜짝할 새에 해치울 겁니다. 내가 왜 그런 짓을 하려는지 알아요?"

남자가 침을 꿀꺽 삼켰다.

"아뇨."

"이 모든 일을 한 보람이 있어야 하기 때문이에요."

에드가 남자에게로 걸어가서 가까이 몸을 숙였다.

"꼭 그래야만 하니까요."

에드의 얼굴에 무슨 일인가 일어났다. 이전에 한 번도 느껴보지 못한 모양으로 얼굴이 일그러지는 것이 느껴졌다. 그러는 동안 제스가 걸어와서 그의 팔에 조심스레 손을 얹었다.

제스는 남자에게 안경이 든 봉지를 건넸다.

"이 안경들을 아이한테 전해주시면 저희는 정말 고맙게 생각할 거예요."

그녀가 조용히 말했다. 남자는 일어나더니 책상을 돌아 문으로 걸어갔다. 시선은 계속 에드에게 고정됐다.

"방법을 알아보죠."

그러고는 그의 등 뒤로 조용히 문이 닫혔다.

그들은 차가 있는 곳까지 말없이 걸었다. 비가 오고 있다는 걸 의식한 사람은 아무도 없었다. 제스는 차에서 가방들을 내렸다. 니키는 청바지 주머니에 손을 깊이 찔러 넣고 조금 떨어진 곳에 서 있었다. 바지가 몹시 꽉 끼어서 그렇게 깊이 넣지는 못했지만.

"우리가 해냈네요."

제스가 희미하게 미소를 지어 보였다.

"내가 그럴 거라고 했잖아요."

에드가 차를 향해 고갯짓을 했다.

"끝날 때까지 여기서 기다릴까요?"

제스가 코에 주름을 잡았다.

"아뇨. 괜찮아요. 안 그래도 너무 오랫동안 당신을 붙잡고 있었는 걸요."

에드의 미소가 약간 작아졌다.

"오늘 밤에는 어디서 잘 건데요?"

"탠지가 잘 해내면 하룻밤쯤 고급 호텔에서 보내려고요. 탠지가 잘 해내지 못하면……"

제스가 어깨를 으쓱했다.

"버스 정류장에서 자죠 뭐."

제스는 그런 일은 아마 없을 것이라는 듯이 말했다.

제스가 차 뒷문으로 걸어갔다. 노먼은 비가 내리는 걸 보더니 나오지 않으려고 마음을 먹었는지 그녀를 올려다봤다.

제스는 문 안으로 머리를 들이밀었다.

"노먼, 이제 갈 시간이야."

아우디 뒤쪽으로 젖은 땅에 가방 무더기가 자그마하게 쌓였다. 제스가 가방에서 재킷을 꺼내서 니키에게 건넸다.

"입어. 날씨가 쌀쌀하잖아."

공기에서 바다의 소금기가 느껴졌다. 에드는 불현듯 비치프론트가 떠올랐다.

"그럼…… 이제…… 끝인가요?"

"끝이에요. 태워줘서 고마워요. 난…… 우린…… 정말 고맙게 생각해요. 안경이랑 전부 다요."

그날 처음으로, 두 사람이 서로를 제대로 바라봤다. 에드는 하고 싶은 말이 100만 가지는 되는 것 같았다.

니키가 어색하게 한 손을 들어올렸다.

"맞아요. 니콜스 아저씨. 고맙습니다."

"아. 이거."

에드는 앞좌석 서랍에서 꺼내 주머니에 넣어둔 전화기를 니키에게 던져줬다.

"예비로 갖고 있던 거야. 난…… 저…… 이제 필요하지 않아서 말이야."

"정말요?"

니키가 한 손으로 전화기를 받아서 믿을 수 없다는 듯이 들여다봤다.

제스가 인상을 썼다.

"그건 받을 수 없어요. 이미 신세를 너무 많이 졌는데."

"별거 아니에요. 정말이에요. 니키가 받지 않으면 어디 재활용품 센터 같은 곳에 보내야 하는 건데요 뭐. 오히려 귀찮은 일을 덜 어주는 거예요."

제스가 뭔가 할 말이 있는 것처럼 발을 내려다봤다. 그러고는 고개를 들어 기운차게 머리를 뒤로 묶었다.

"다시 한 번 고마워요."

그녀가 에드에게 손을 내밀었다. 에드는 망설이다 손을 잡으면서, 어젯밤의 기억이 스치는 걸 무시하려 했다.

"아버지 일도 잘 풀리기를 바랄게요. 점심 식사도요. 그리고 그 일 문제도. 분명히 잘 될 거예요. 때로는 좋은 일도 일어난다는 사실을 잊지 말아요."

그녀가 손을 거두자, 에드는 묘하게도 뭔가를 잃어버린 기분이었다. 제스는 돌아서며 정신이 이미 다른 곳에 가 있는 듯 어깨 너머로 주변을 살폈다.

"좋아. 어디 마른 곳을 찾아서 짐을 좀 놓아두자."

"잠깐만요."

에드가 재킷에서 명함을 꺼내 숫자를 갈겨쓰며 그녀에게로 걸어갔다.

"전화줘요."

숫자 하나가 번졌다. 에드는 그녀가 그 숫자를 유심히 쳐다보는 걸 봤다.

"3이에요."

에드가 숫자를 다시 쓰고, 쑥스러운 10대가 된 기분으로 주머니에 손을 찔러 넣었다.

"탠지가 어떻게 지내나 나도 알고 싶어요. 부탁해요."

제스가 고개를 끄덕였다. 그러고는 경계를 게을리 하지 않는 목동처럼 니키를 몰며 사라졌다. 에드는 그 자리에 서서, 커다란 가방을 짊어진 그들이 씩씩대는 고집불통 개와 함께 회색 콘크리트 건물을 돌아 완전히 사라질 때까지 지켜봤다.

차 안은 고요했다. 에드는 아무도 말하지 않는 동안에도, 희미하게 김이 서린 창문이나 끊임없이 뭔가 움직이는 어렴풋한 느낌에 익숙해져 있었다. 밀폐된 공간에 다른 사람과 함께 있으면 감지되는 느낌말이다. 작게 들려오는 니키의 게임기 소리, 제스가 끊임없이 꼼지락거리는 소리 같은 것. 이제 혼자가 되어 차 안을 둘러보니, 버려진 집에 들어온 기분이 들었다. 뒤쪽 재떨이에 과자 부스러기와 사과 속이 쑤셔 박혀 있었고, 좌석에는 초콜릿이 묻어 있었다. 뒷좌석 주머니에 꽂힌 신문들도 보였다. 뒤쪽 창가에 그의 젖은 옷이 걸려 있었다. 좌석 옆쪽에 반쯤 박혀 있는 수학 책이 에드의 눈에 들어왔다. 탠지가 급하게 나가면서 놓고 간 모양이었다. 에드는 그걸 가져다줘야 하나 잠시 생각했다. 하지만 무슨 소용이 있단 말인가? 이미 너무 늦었는데.

이미 너무 늦었다.

에드는 주차장에 앉아, 마지막 남은 부모들이 차로 돌아가거나 아이들을 기다리며 시간을 때우는 모습을 지켜봤다. 그는 몸을 수그려 머리를 운전대에 얹고 한동안 그러고 있었다. 그러고 나서, 마지막으로 그의 차만 남았을 때, 열쇠를 꽂아 시동을 걸고 주차장을 빠져나갔다.

30킬로미터 정도를 달리고 나서야 에드는 얼마나 지쳤는지 알게 됐다. 사흘 밤의 선잠, 숙취, 수백 킬로미터의 운전이라는 조합이 건물 파괴용 철구처럼 그를 공격해 눈꺼풀이 자꾸만 감겼다. 라디오를 켜고 창문을 열었는데도 졸음을 쫓지 못하자, 에드는 커피를 마시기 위해 노변 카페에 차를 댔다.

점심시간이었음에도 카페 안은 반이나 비어 있었다. 반대편 끝에 양복을 입은 남자 두엇이 앉아, 휴대전화 화면에 빠져 있거나 서류 작업에 몰두했다. 그들 뒤편 벽에는 메뉴판이 붙었는데, 소시지, 달걀, 베이컨, 감자튀김, 콩 등이 다양하게 섞인 열여섯 가지의 메뉴가 적혀 있었다. 에드는 입구에서 신문을 하나 집어 들고 테이블로 향했다. 그러고는 주문을 받으러 다가온 웨이트리스에게 커피를 주문했다.

"죄송합니다, 손님. 이 시간대에는 식사하는 분들을 위해 자리를 남겨둬야 해서요."

웨이트리스의 억양이 강해서 에드는 무슨 말인지 겨우 알아들었다.

"아. 알겠어요. 그럼……."

영국 주요 기술 업체
내부자거래 관련 조사 중

에드는 신문의 헤드라인을 뚫어지게 바라봤다.

"손님?"

"네?"

그의 피부가 따끔거리기 시작했다.

"식사를 주문하셔야 한다구요. 자리에 앉으시려면요."

금융감독원은 어젯밤 영국의 한 기술 업체에 대해 100만 파운드에 달하는 내부자거래 혐의로 조사 중이라고 밝혔다. 이번 조사는 유럽과 북미 양쪽에서 진행되고 있는 것으로 알려졌고, 런던과 뉴욕의 증권거래소, SEC, 그리고 금융감독원에 상응하는 미국의 기관이 관여하고 있다.

아직은 관계자 구속이 진행되지 않았으나, 런던 경시청의 한 소식통은 '오직 시간문제일 뿐'이라고 전했다.

"손님?"

웨이트리스가 두 번 부를 때까지도 에드는 듣지 못했다. 그가 고개를 들었다. 빗질해 부풀린 머리를 하고 코에 주근깨가 돋은 젊은 여자가 서 있었다.

"뭘 드시겠어요?"

"아무거나요."

그의 입은 가루처럼 바짝 말랐다.

잠시 침묵.

"저, 오늘의 스페셜 메뉴를 알려드릴까요? 아니면 저희 인기 메뉴나요?"

오직 시간문제일 뿐이라고.

"저희는 하루 종일 제공하는 번스 아침 메뉴……."

"좋아요."

"그리고 저희는…… 번스 아침 메뉴로 하시겠어요?"

"네."

"흰 빵과 검은 빵 중에 어떤 걸로 하시겠어요?"

"아무거나요."

빤히 쳐다보는 웨이트리스의 시선이 느껴졌다. 하지만 그녀는 곧 주문서에 글씨를 휘갈겨 쓰고는 조심스레 주문장을 허리에 꼽고 사라졌다. 에드는 테이블에 놓인 신문을 응시했다. 지난 일흔두 시간 동안 세상이 온통 뒤죽박죽이 돼버린 것처럼 느껴졌지만, 앞으로 다가올 일에 비하면 약간 맛만 본 것뿐이었다.

"지금 클라이언트랑 있어.

"1분도 안 걸려."

그가 숨을 들이쉬었다.

"아버지 생신에 못 갈 것 같아."

짧고 불길한 침묵이 흘렀다.

"제발 지금 내가 환청을 듣는 거라고 말해줘."

"갈 수가 없어. 일이 생겼어."

"일."

"나중에 설명할게."

"아니. 끊지 말고, 기다려."

에드는 손으로 가린 수화기 너머로 작게 들려오는 소리를 들었다. 아마 으스러질 듯이 수화기를 움켜쥐고 있겠지.

"샌드라, 내가 한판 붙을 일이 좀 생겼네요. 이따가……."

발자국 소리. 그러고는 누군가 볼륨을 최고로 높인 듯 소리가 쏟아졌다.

"못 온다고? 너 나하고 지금 빌어먹을 장난을 하자는 거야? 못 온다고?"

"미안해."

"이런 소릴 듣고 있다니 정말 믿을 수가 없네. 너 엄마가 얼마나 힘들게 그 자리를 마련하셨는지 알기나 해? 두 분이 네가 온다고 얼마나 기대하고 계시는지 알기나 하냐고. 아버지는 지난주에 일어나 앉아서 널 마지막으로 본 게 언제인지 계산까지 해보시더라. 12월이야, 에드. 넉 달 전이라고. 그 넉 달 동안 아버지는 점점 안 좋아졌어. 넌 그 빌어먹을 잡지를 보내는 거 말고는 쓸모 있는 짓이라곤 하나도 못했고."

"아버지가 「뉴요커」 좋아한다고 하셨어. 소일거리 삼아 읽으시면 좋을 거라고 생각했어."

"아버지는, 망할, 거의 아무것도 보지 못해, 에드. 네가 한 번이라도 들렀다면 알았겠지만 말이야. 그리고 엄마는 그 긴 글들을 읽느라 하도 지겨워서 뇌가 귀로 흘러내릴 지경이라고."

제마의 호통은 계속 이어졌다. 마치 헤어드라이어를 최고로 틀어서 귀에 대고 있는 기분이었다.

"엄마는 아버지 생일에 아버지가 좋아하는 요리가 아니라 네가 좋아하는 요리를 준비하고 계셔. 그 정도로 엄마가 널 보고 싶어 한다고. 그런데 스물네 시간 전에 전화를 해서 오지 못한다고 알려? 아무런 설명도 없이? 너 이게 대체 무슨 짓이야?"

에드의 귀가 실제로 뜨끈해졌다. 그는 눈을 감은 채 앉아 있었고, 다시 눈을 떴을 때는 두 시 이십 분이었다. 올림피아드는 이제 4분의 3을 지난 시점이었다. 에드는 대학 강당에 앉아 있는 탠지의 모습을 떠올렸다. 시험지 위로 고개를 수그린 아이 주변에는 여분의 안경들이 흩어져 있을 것이다. 에드는 부디 탠지가, 숫자가 가득한 종이를 마주하고, 긴장을 풀고 자신이 타고난 장기를 유감없이 발휘하기를 바랐다. 에드는 니키의 모습도 떠올렸다. 몰래 담배 피울 곳을 찾아 바깥을 어슬렁거리고 있을 아이를.

커다란 가방 위에 앉은 제스의 모습도 떠올랐다. 개를 곁에 두고, 기도하듯 양손을 맞잡아 무릎에 얹은 채 앉아 있을 것이다. 열렬히 소망하면 마침내 좋은 일이 일어날 거라고 확신하면서.

"넌 인간이란 종족의 수치야, 에드. 정말로."

누나가 눈물로 목이 메었다.

"알아."

"아, 그리고 두 분께 내가 말씀드릴 거란 생각은 하지 마. 네 뒤 치다꺼리는 하지 않을 거니까."

"제마. 부탁이야. 이유가 있어……."

"꿈도 꾸지 마. 두 분 마음 아프게 하고 싶으면 네가 직접 해. 난 이제 빠질 거야, 에드. 네가 내 동생이라는 사실이 믿기지가 않는 구나."

누나가 전화를 끊자, 에드는 힘겹게 침을 삼켰다. 그러고는 길고 천천히, 떨리는 숨을 내뱉었다. 다를 게 뭐가 있는가? 그들이 진실을 알게 되면 이보다 배는 되는 심한 말들을 할 텐데.

바로 그 순간이었다. 절반은 빈 레스토랑의 빨간 가죽 의자에 앉아, 그가 원하지도 않았던 아침 메뉴가 서서히 굳어가는 모습을 보면서, 에드는 마침내 자신이 얼마나 아버지를 그리워하는지 깨달았다. 마음을 든든하게 하는 아버지의 끄덕임, 주춤거리는 아버지의 미소가 얼굴로 퍼져나가는 모습을 볼 수 있다면 무엇이라도 내놓을 수 있을 것 같았다. 15년 전 집을 떠난 이후로 에드는 한 번도 집을 그리워한 적이 없었다. 그런데 지금은 걷잡을 수 없이 그리웠다. 레스토랑에 앉아서 기름기 번들거리는 창문으로 도로 위를 쌩쌩 달리는 차들을 바라보는데, 정확히 알 수 없는 무엇인가가 거대한 파도처럼 그를 덮쳤다. 이혼과 경찰 조사, 디나 루이스 문제를 겪으면서도 그런 적이 없었건만, 에드는 어른이 된 후 처음으로, 자신이 눈물을 참으려고 애쓰고 있다는 걸 알았다.

그는 손으로 눈을 꾹 누르고 이를 악문 채, 어금니가 꽉 맞물리는 느낌 외에는 아무것도 느껴지지 않을 때까지 가만히 앉아 있었다.

"괜찮으세요?"

그 젊은 웨이트리스의 눈에 희미하게 경계의 빛이 어렸다. 이 남자가 골칫덩어리가 될 것인지 가늠하고 있는 듯했다.

"괜찮아요."

아무렇지 않은 것처럼 말하려고 했지만, 에드의 목소리가 갈라져서 나왔다. 웨이트리스가 여전히 의심스러운 기색을 지우지 못하자, 그가 덧붙였다.

"편두통이 있어요."

여자의 표정이 즉시 펴졌다.

"오. 편두통. 그거 정말 짜증스럽죠. 약은 갖고 있나요?"

에드가 고개를 가로저었다. 아직은 말을 하면 안 될 것 같았다.

"어딘가 불편하신 줄 알았어요."

여자는 잠시 그 앞에 서 있었다.

"잠깐만 기다리세요."

여자가 카운터로 걸어가며, 정교하게 비틀려 핀이 꽂힌 뒷머리로 한 손을 올렸다. 몸을 기울여 에드에게는 보이지 않는 어딘가를 더듬더니 다시 천천히 걸어왔다. 여자는 홀깃 뒤를 돌아보고는 호일로 포장된 알약 두 개를 테이블 위에 놓았다.

"손님들께 알약 같은 걸 드리면 안 되지만, 이 약은 정말 효과가 좋거든요. 제 편두통에는 이거 밖에 안 들어요. 그리고 커피는 안

드시는 게 좋겠어요…… 편두통이 더 심해지거든요. 물을 한 잔 가져다 드릴게요."

에드가 눈을 껌뻑이며 그녀를 봤다가, 알약을 내려다봤다.

"괜찮아요. 이상한 약 아니에요. 그냥 편두통 약이에요."

"정말 친절한 분이네요."

"효과가 나려면 20분 정도 걸려요. 하지만 그러고 나면…… 오! 살 거 같아!"

여자가 웃으면서 코를 찡긋했다. 두껍게 칠한 마스카라 아래로 에드는 상냥한 두 눈을 봤다. 여자는 마치 그 자신으로부터 그를 보호하려는 듯 커피잔을 가져갔다. 에드는 다시 제스를 떠올렸다. 좋은 일도 일어난다. 때로는 가장 기대하지 않은 순간에.

그 순간 에드의 전화벨이 울렸다. 도로변 카페 안에 벨소리가 울려 퍼졌고, 에드는 휴대전화의 화면을 봤다. 알지 못하는 번호였다.

"니콜스 씨세요?"

"그런데요?"

"니키예요. 니키 토머스요. 저기. 귀찮게 해드려서 정말 죄송한데요. 아저씨 도움이 필요해요."

21

니키 NICKY

주차장으로 들어서는 순간 니키는 탠지가 올림피아드에 출전하기로 한 것이 좋은 생각이 아니었음을 분명히 알았다. 다른 아이들은 전부(많아 봐야 한둘을 빼고) 남자아이였다. 그리고 탠지보다 두 살 이상 많았다. 대부분 아스퍼거 증후군 진단 척도가 낯설지 않을 것처럼 보였다. 그들은 모직 블레이저를 입고, 웃긴 모양으로 머리를 잘랐으며, 치아 교정기를 했고, 적당한 중산층 가정의 아이임을 보여주는 평범한 셔츠를 입고 있었다. 아이들의 부모들은 볼보를 몰았다. 분홍 바지에 제스가 꽃 장식을 꿰매준 데님 재킷을 입은 탠지는 마치 우주에서 떨어진 존재인 양 동떨어져 보였다.

니키는 노먼이 안경을 망가뜨리기 전부터 탠지가 불편해한다는 걸 알았다. 탠지는 긴장과 멀미로 자기만의 작은 세계에 틀어박혀 점점 조용해졌다. 니키가 기분을 풀어주려고 했지만(탠지한테 꽤 지독한 냄새가 났으므로 그건 정말이지 장대하도록 이타적인 행동이었다), 에버딘으로 들어설 무렵에는 손이 닿지 않을 정도로 깊은 곳까지 파고들어서 소용이 없었다. 제스는 오직 제시간에 도착하는 데만 신경을 쏟느라 탠지의 상태를 눈치채지 못했다. 제스의 머릿속은 온통 니콜스 씨와 탠지의 안경, 멀미 봉투 생각뿐이었다. 제스는 사립학교 아이들이 맥아더 중학교 아이들만큼이나 비열해질 수 있다는 생각은 1분도 하지 못했다.

제스는 접수처로 가서 등록하고 이름표와 서류를 챙기고 있었다. 니키는 니콜스 씨의 전화기를 확인하며 노먼이 사람들을 방해하지 않게 한쪽 옆으로 비켜서 있었다. 그래서 강당 입구에서 자리 배치도를 올려다보는 탠지 옆으로 두 명의 소년이 접근할 때도 유의해서 보지 않았다. 이어폰을 끼고 있어 말소리도 들리지 않았고, 디페시 모드의 노래에 빠져 있느라 주변에서 일어나는 일을 눈치채지 못했다. 탠지의 의기소침한 얼굴을 보기 전까지는. 니키가 이어폰을 잡아 뺐다.

치아 교정기를 한 소년이 탠지를 위아래로 훑어봤다.

"너 제대로 온 거 맞아? 저스틴 비버 팬미팅은 저 아래쪽에서 한다는 거 알지?"

비쩍 마른 소년이 웃음을 터트렸다.

탠지가 눈을 동그랗게 뜨고 그들을 봤다.

"올림피아드에 참가한 적은 있어?"

"아니."

탠지가 말했다.

"와, 놀라운데. 하긴 올림피아드 참가자 중에 모피 필통을 가져오는 애가 그리 많다고는 할 수 없지. 너 모피 필통 가져왔냐, 제임스?"

"어이쿠, 깜빡 잊고 안 가져왔네."

"우리 엄마가 만들어준 거야."

탠지가 딱딱하게 말했다.

"너네 엄마가 만들어줬다고."

두 소년이 서로를 쳐다봤다.

"그거 혹시 행운의 필통이냐?"

"너 끈 이론 같은 건 알아?"

"내 생각엔 끈 이론보다는 악취 이론 같은 걸 알 거 같은데. 아니면…… 야, 제임스, 무슨 이상한 냄새 나지 않냐? 토사물 냄새 같은 거? 누군가 엄청 긴장했나본데?"

탠지가 고개를 움츠리고 그들을 지나 화장실로 달려갔다.

"거긴 남자화장실이야!"

소년들이 외치고는 배를 잡고 웃었다. 니키는 가까스로 노먼의 줄을 난방 장치에 묶었다. 그러고는 소년들이 강당 안으로 걸음을 옮길 때 앞으로 나섰다. 니키가 치아 교정기 소년의 목덜미에 손을 얹었다.

"이봐, 꼬마야. 이봐!"

소년이 빙글 돌아섰다. 두 눈이 휘둥그레졌다. 니키는 바짝 다가서서 속삭임에 가까울 정도로 목소리를 낮췄다. 얼굴에 아직 누르스름한 멍과 상처가 남았다는 사실이 돌연 기쁘고 유용했다.

"자식아. 얘기 좀 하자. 한 번만 더 내 여동생한테 그 따위로 말했다간…… 내 여동생뿐 아니라 누구의 여동생에게도 마찬가지야. 그랬다간 이 몸이 직접 돌아와서 네 다리를 복합방정식처럼 확 묶어버릴 거야. 알겠나?"

소년이 고개를 끄덕였다. 입이 벌어졌다. 니키는 최선을 다해

피셔 사이코의 눈빛으로 소년을 노려봤다. 소년의 목젖이 커다랗
게 움직일 때까지.

"겁먹으니까 안 좋지?"

소년이 고개를 끄덕였다. 그러자 니키가 소년의 어깨를 툭툭 두
드려줬다.

"그래. 말이 통하니 좋네. 이제 들어가서 시험 봐."

니키는 돌아서서 화장실로 향했다. 그때 선생 하나가 손을 올리
며 미심쩍은 표정으로 다가섰다.

"잠깐만요. 내가 방금 본 게……."

"저 애한테 행운을 빌어준 거냐고요? 맞아요. 굉장한 애네요. 정
말 굉장해요."

니키는 존경스럽다는 듯이 고개를 설레설레 흔들고, 탠지를 데
리러 남자화장실로 들어갔다.

제스와 탠지가 여자화장실에서 나왔을 때, 제스가 비누로 문질
러 빤 탠지의 웃옷이 푹 젖어 있었다. 탠지의 얼굴은 창백하고 울
긋불긋했다.

"저런 애송이 같은 자식들은 신경 쓸 거 없어, 탠지."

니키가 벌떡 일어나며 말했다.

"네 시험을 망치려고 저러는 거야."

"어떤 녀석이야?"

제스의 표정은 차갑게 굳었다.

"알려줘봐, 니키."

안 될 일이었다. 그랬다간 탠지에게 중요한 경연 대회를 제스가
불을 뿜어대는 것으로 시작할 테니까.

"어떤 애였는지 기억이 안 나요. 아무튼 제가 다 해결했어요."

니키는 그 말이 마음에 들었다.

'제가 다 해결했어요.'

"난 아무것도 안 보여요, 엄마. 안 보이는데 어떻게 문제를 풀어요?"

"니콜스 씨가 안경을 구해 올 거야. 걱정 마."

"안 그러면 어떻게 해요? 아예 돌아오지 않으면요?"

나라면 돌아오지 않을 걸, 하고 니키는 속으로 생각했다. 그들은 니콜스 씨의 좋은 차를 엉망으로 만들었다. 그리고 그는 떠나올 때보다 10년은 더 늙어 보였다.

"돌아올 거야."

제스가 말했다.

"토머스 부인. 이제 대회를 시작해야 합니다. 따님은 30초 안에 자리에 들어가 앉아야 해요."

"저기요, 몇 분만이라도 시작을 좀 늦춰줄 순 없을까요? 아이는 안경을 꼭 받아야 해요. 안경이 없으면 아무것도 못 봐요."

"안 됩니다, 부인. 30초 안에 자리에 앉지 않으면, 죄송하지만 따님 없이 대회를 시작해야 할 것 같습니다."

"그럼 제가 같이 들어가면 안 될까요? 제가 문제를 읽어주게요."

"하지만 안경이 없으면 글씨를 쓸 수 없단 말이에요."

"그럼 엄마가 대신 써주면 되지."

"엄마……."

탠지는 자신감을 완전히 잃었다. 제스가 니키를 쳐다보며 머리를 살짝 흔들었다. 어떻게 해야 해, 라고 말하듯이.

니키가 동생 옆에 웅크리고 앉았다.

"넌 할 수 있어, 탠지. 이런 것쯤은 물구나무를 서서도 할 수 있을 걸. 시험지를 눈에 아주아주 가까이 대고 천천히 보면 돼."

탠지가 시험장 안을 멍하니 바라봤다. 문 너머에서 학생들이 느릿느릿 자리로 이동해서 책상으로 의자를 당겨 앉고 연필을 정리해 놓았다.

"그리고 니콜스 아저씨가 오면 바로 안경을 들여보내줄게."

"그래. 들어가서 열심히 하기만 하면 돼. 우린 여기서 기다릴 테니까. 노먼도 바로 벽 너머에 있을 거고. 우리 모두 그럴 거야. 그러고 나서 점심 먹으러 가면 돼. 스트레스받을 필요 전혀 없어."

클립보드를 든 여자가 이쪽으로 걸어왔다.

"대회에 참가할 거니, 코스탠자?"

"얘 이름은 탠지예요."

니키의 말을 여자는 듣지 못한 듯했다. 탠지는 잠자코 고개를 끄덕인 후, 그녀를 따라 들어가 책상 하나로 가서 앉았다. 탠지는 정말 작아 보였다.

"잘할 수 있어, 탠지!"

니키가 갑자기 고함친 소리가 벽에 부딪혀 튕겨나오자, 강당 뒤쪽에 서 있던 남자가 혀를 찼다.

"골문 깊숙이 차 넣는 거야, 탠지!"

"아, 진짜."

누군가 중얼거렸다.

"골문 깊숙이 차 넣어!"

니키가 다시 소리치자, 제스가 놀라 쳐다봤다. 다음 순간 종이 울리고, 그들 앞에서 탁, 하고 문이 닫혔다. 이제 하릴없이 몇 시간을 보내야 하는 니키와 제스, 노먼만 남았다.

"좋아."

제스가 마침내 문에서 시선을 떼며 말했다. 양손을 주머니에 넣었다가 다시 꺼내고, 머리를 매만지고 한숨을 쉬었다.

"좋아."

"아저씨는 올 거예요."

니키는 돌연 확신할 수 없는 기분이 됐다.

"알아."

그러고는 침묵이 계속 이어져서 그들은 서로를 쳐다보며 어색하게 웃었다. 복도는 서서히 비어갔다. 행사 진행 요원 한 명이 남아서 중얼거리며 연필로 명단을 훑어 내렸다.

"아마 길이 막히나봐요."

"아까 보니까 엄청 막히더라."

니키는 문 너머에 있는 탠지의 모습이 보이는 것만 같았다. 실눈을 뜨고 시험지를 쳐다보다가, 오지 않을 도움의 손길을 찾아 두리번거리는 모습. 제스는 천장을 올려다보며 작게 욕을 내뱉었고, 머리를 두 번이나 다시 묶었다. 니키는 제스도 비슷한 장면을 떠올리고 있는 것 같다고 생각했다.

그때 어디선가 소란스러운 소리가 들려오고 니콜스 씨가 나타났다. 그는 온갖 종류의 안경이 든 비닐봉지를 높이 쳐들고 미친 사람처럼 복도를 달려왔다. 그러더니 책상 앞으로 다가가서 진행 요원들과 언쟁을 벌이기 시작했는데, 마치 하늘이 무너져도 자신이 지는 일은 없을 거라고 생각하며 덤비는 사람 같았다. 니키는 걷잡을 수 없이 안도감이 밀려들어 밖으로 나가야 했다. 그곳에서 그는 벽을 등지고 주저앉아, 무릎에 머리를 얹고 기다려야 했다.

호흡이 꺽꺽대는 커다란 흐느낌으로 변하지 않으리라는 확신이 들 때까지.

니콜스 씨에게 작별 인사를 하자니 기분이 묘했다. 그들은 보슬비를 맞으며 니콜스 씨의 차 옆에 서 있었다. 제스는 계속 아무렇지도 않은 것처럼 행동했다. 그렇지 않다는 게 얼굴에 뻔히 드러나 있는데도. 니키는 진심으로 고맙다는 말을 하고 싶었다. 해킹 문제도, 여기까지 태워준 것도, 그냥 이상할 정도로 친절하게 대해준 것도. 하지만 니콜스 씨가 갑자기 여분의 전화기를 내밀었고, 니키는 목이 졸린 소리로 고맙다는 말만 겨우 했다. 그러고는 끝이었다. 그들은 니콜스 씨의 차가 멀어지는 소리를 못 듣는 척하며, 노먼을 데리고 캠퍼스를 가로질렀다.

그 건물 복도에 들러서 제스가 가방들을 화장실에 잘 숨겨놓았다. 그런 다음 니키를 향해 돌아서더니, 있지도 않은 보풀을 그의 어깨에서 털어낸 후 말했다.

"자, 그럼 개를 산책시키러 가볼까?"

니키가 말이 별로 없는 것은 사실이었다. 할 말이 없어서 그런 것은 아니었다. 진심으로 이야기를 하고 싶은 사람이 없어서 그런 것뿐이었다. 여덟 살 때 아빠와 제스에게로 온 이후, 사람들은 그에게 '감정'에 대해 말하게 하려고 무진 애를 썼다. 그게 무슨, 끌고 다니면서 이 사람 저 사람에게 열어 보일 수 있는 커다란 배낭이라도 되듯이. 하지만 니키는 자신이 무슨 생각을 하는지도 잘 모를 때가 많았다. 정치나 경제에 대한 견해는 물론, 자신에게 일어난 일에 대한 견해도 없었다. 심지어 친엄마에 대한 견해도 없었다. 엄마는 중독자였다. 니키보다 약물을 더 좋아하는 사람이었다. 그런 엄마에 대해 더 무슨 말을 할 수 있을까?

니키는 사회복지사들의 권유로 상담을 받기도 했다. 상담 선생님은 그에게 일어난 일에 대해 그가 화를 내길 바라는 듯했다. 니키는 엄마가 그를 보살펴줄 수 없는 상태였음을 이해하기 때문에 화가 나지 않는다고 말했다. 엄마가 개인적인 감정이 있어서 그런 것도 아니니까 말이다. 니키가 아닌 다른 아이였어도 엄마는 똑같이 버렸을 것이다. 엄마는 그저…… 슬픈 사람이었다. 어렸을 때도 거의 보지 못해서, 아무 관계가 없는 사람처럼 느껴지기도 했다. 하지만 상담 선생님은 계속 말했다.

"감정을 솔직하게 털어놔야 해, 니콜라스. 네게 일어난 일을 내면화하는 건 좋지 않아."

선생님은 작은 인형 두 개를 주면서 '엄마가 너를 버린 일에 대해 네가 어떻게 느끼는지' 행동으로 보여 달라고 했다.

니키는 그녀의 상담실에 앉아서 인형을 가지고 놀며 니콜라스라고 불려야 한다는 생각이 그를 파괴적으로 만든다는 말은 하고 싶지 않았다. 니키는 특별히 화를 잘 내는 사람이 아니었다. 친엄마뿐 아니라 제이슨 피셔에 대해서도 마찬가지였다. 누구도 이런 그를 이해하지 못하겠지만 말이다. 피셔는 그저 누군가를 공격하는 것 말고는 다른 일을 할 지능이 안 되는 멍청이일 뿐이었다. 가슴 깊은 곳에서는 피셔 자신도 가진 게 아무것도 없다는 것을, 앞으로 어떤 것도 되지 못하리라는 것을 알고 있었다. 그는 허풍쟁이일 뿐이었고, 누구도 그를 진심으로 좋아하지 않았다. 그래서 그는 모든 관심을 밖으로 돌려, 자신이 느끼는 나쁜 감정들을 가장 가까이에 있는 만만한 사람에게로 옮겨놓는 것이다(봤는가?

상담 치료가 유용한 일을 하기도 했다).

그래서 제스가 산책을 하자고 했을 때, 니키는 경계심이 발동했다. 그는 감정에 대한 거창한 대화는 나누고 싶지 않았다. 그 문제에 대해서는 아무 말도 하고 싶지 않았다. 얘기만 나오면 피해가려고 단단히 마음먹고 있는데, 제스가 머리를 긁적이며 말했다.

"니콜스 씨가 없는 게 이상한 건, 나만 그런 건가?"

다음은 그들이 나눈 이야기다.

에버딘의 건물들이 보여주는 뜻밖의 아름다움.

그들의 개.

개가 볼일을 보면 사용할 비닐봉지를 둘 중에 누가 가져왔는지.

개가 볼일을 보면 아무도 밟지 못하도록 근처에 주차된 차 밑으로 누가 차 넣을 건지.

풀로 신발 끝을 깨끗하게 닦는 최고의 방법.

풀로 신발 끝을 깨끗이 닦는 일이 실제로 가능한지 아닌지.

니키의 얼굴. 아직도 아프니? (대답: 아뇨. 이젠 안 아파요.)

니키의 다른 부분들. 거기는 아파? (아뇨, 아뇨, 그리고 약간요, 하지만 나아지고 있어요.)

니키의 청바지. 어째서 그가 항상 청바지를 바짝 올려 입지 않고 속옷을 드러내놓고 다니는지.

니키의 속옷은 어째서 니키 개인의 문제인지.

롤스로이스에 대한 이야기를 아빠에게 해야 할지 말아야 할지. 니키는 그냥 도둑맞은 척하라고 했다. 아빠가 어떻게 알겠는가? 그리고 아빠는 그런 일을 당해도 쌌다. 하지만 제스는 아빠에게 거짓말을 하는 건 공정하지 못하다며 그래서는 안 된다고 했다.

그러고는 한동안 말이 없었다.

니키는 괜찮은가? 집에서 떠나오니 기분이 나은가? 집으로 돌아갈 생각을 하면 걱정이 되는가? 여기서부터 니키는 말을 멈추고, 어깨만 으쓱거리기 시작했다. 무슨 말을 하겠는가?

그들이 나누지 않은 이야기들은 이런 것들이었다.

정말로 5,000파운드를 가지고 집으로 돌아가면 어떤 기분일지.

탠지가 그 학교에 들어가고 니키가 대학 준비 과정에 들어가기 전에 학교를 그만두면, 제스는 세인트 앤에서 탠지를 데려오는 일을 매일 그에게 맡길 것인지.

축하하는 뜻으로 오늘 밤에 분명히 사다 먹을 테이크아웃 음식. 케밥은 빼고.

괜찮다고 말했지만 제스가 분명히 추워하고 있다는 사실. 팔뚝의 잔털들이 죄다 일어나 있었다.

니콜스 씨. 특히 제스와 그가 어젯밤에 실제로 함께 잤는지. 그리고 어째서 서로에게 팩팩거리면서 아침 내내 10대처럼 계속 서로를 훔쳐봤는지. 솔직히 니키는 제스가 가끔 모두를 바보로 아는 게 아닌가 싶을 때가 있었다.

하지만 대화를 나누는 건 그런대로 괜찮았다. 니키는 좀 더 자주 해도 괜찮겠다는 생각까지 들었다.

두 시에 시험장의 문이 열렸을 때, 그들은 문 밖에서 기다리고 있었다. 탠지는 모피 필통을 앞으로 그러쥐고 첫 번째 무리에 섞여 걸어 나왔다. 제스는 축하할 준비를 하며 팔을 활짝 벌렸다.

"그래, 어땠어?"

탠지는 그들을 물끄러미 쳐다봤다.

"잘 봤어, 탠지?"

니키가 싱긋 웃었다.

다음 순간, 별안간 탠지의 얼굴이 일그러져서 모두가 그대로 얼어붙었다. 제스가 허리를 굽혀 탠지를 가까이 끌어당겼다. 아마자신의 얼굴에 떠오른 충격을 감추기 위해 그랬을 것이다. 니키도 탠지를 안아줬다. 노먼은 탠지의 발치에 앉았다. 다른 아이들이 줄지어 밖으로 나가는 동안, 탠지는 흐느낌을 억누르며 무슨 일이 있었는지 이야기해줬다.

"처음 30분 동안은 아무것도 못했어요. 어떤 사람들 말은 억양이 너무 심해서 알아들을 수가 없었고요. 그리고 제대로 보이지도 않았어요. 그래서 완전히 얼어버려서 시험지를 계속 쳐다봤는데, 안경을 받았을 때는 나한테 맞는 걸 찾느라 엄청나게 시간이 오래 걸렸고, 그러고 나서는 첫 번째 문제부터 이해할 수 없었어요."

제스는 행사 진행 요원을 찾아 복도를 훑었다.

"엄마가 얘기해볼게. 무슨 일이 있었는지 설명할 거야. 넌 볼 수가 없었잖아. 그건 중요한 문제니까, 어쩌면 그 점을 감안해서 점수를 조정할 수 있을지도 몰라."

"아뇨. 그러지 말아요. 난 첫 번째 문제부터 이해하지 못했다고요. 맞는 안경을 쓰고 나서도요. 거기서 말하는 대로 풀어낼 수가 없었어요."

"하지만 어쩌면……."

"내가 다 망쳐버렸어요."

탠지가 울부짖었다.

"다시 보고 싶지 않아요. 그냥 집에 가고 싶어요."

"망친 거 하나도 없어, 우리 딸. 진짜야. 넌 최선을 다했어. 그게 제일 중요한 거야."

"하지만 아니잖아요. 그 돈이 없으면 난 세인트 앤에 갈 수 없으니까."

"그건, 분명히 뭔가…… 걱정 마, 탠지. 엄마가 방법을 찾아볼 거야."

제스는 그 어느 때보다 확신 없는 미소를 지어 보였다. 그리고 탠지는 바보가 아니었다. 탠지는 억장이 무너진 듯 비통하게 울었다. 니키는 탠지가 그렇게 우는 걸 처음 봤다. 그런 탠지를 보고 있자니 니키조차도 울고 싶어졌다.

"그만 집에 가요."

더는 견딜 수 없게 되었을 때 니키가 말했다. 그러자 그 말에 탠지는 더욱 서럽게 울었다. 제스가 그를 올려다봤다. 완전히 길을 잃은 사람의 표정으로. 꼭 니키에게 묻고 있는 것 같았다. 니키, 나 어떻게 해야 해? 그러자 제스조차도 알지 못한다는 사실에, 니키는 세상이 뭔가 단단히 잘못됐다는 느낌이 들었다. 그리고 마리화나를 빼앗아가지 않았더라면 얼마나 좋을까, 하고 생각했다. 니키 평생에 담배 한 모금이 이토록 절실했던 적은 없었다.

그들이 복도에서 기다리는 동안 다른 참가자들은 부모와 함께 차로 돌아갔다. 그리고 불현듯, 예기치 못하게도, 니키는 자신이 분노를 느끼고 있음을 깨달았다. 그는 여동생을 기죽게 만든 그 멍청한 자식들에게 화가 났다. 앞이 안 보이는 소녀를 위해 규정을 아주 조금 완화해달라는 요청을 거부한 수학 올림피아드에도 화가 났다. 그들이 그토록 먼 길을 달려와서 또다시 실패했다는 사실에도 화가 났다. 마치 그의 가족은 제대로 하는 일이 하나도 없다는 걸 증명이라도 하듯이 말이다.

마침내 복도에 그들만 남았을 때, 제스가 뒷주머니로 손을 뻗어 작은 카드를 꺼냈다. 그녀는 그걸 니키에게 내밀었다.

"니콜스 씨에게 전화해봐."

"이미 한참 가셨을 텐데요. 그리고 아저씨가 뭘 할 수 있겠어요?"

제스가 입술을 깨물었다. 그러고는 반쯤 돌아서다 다시 그에게로 돌아섰다.

"아저씨가 우릴 마티에게 데려다줄 수 있을 거야."

니키가 그녀를 뚫어지게 봤다.

"부탁이야, 니키. 어색할 거라는 건 알아. 하지만 다른 생각을 떠올릴 수가 없어서 그래. 탠지는 뭔가 기운을 북돋을 일이 필요하잖니. 아빠를 보면 좋아할 거야."

그는 30분 만에 돌아왔다. 멀지 않은 곳에서 요기를 하고 있었다고 했다. 니키가 나중에 생각해보니, 그때 조금 더 분명하게 생각할 수 있었더라면, 에드가 왜 멀리 못 갔는지, 간단하게 요기를 하는데 왜 그리 오랜 시간이 걸렸는지 의아했을 것이다. 하지만 니키는 차에서 조금 떨어진 곳에서 제스와 언쟁을 벌이느라 바빴다.

"네가 아빠를 보고 싶어 하지 않는다는 건 알지만……."

"전 안 가요."

"탠지에게는 꼭 필요한 일이야."

제스의 얼굴은 단호한 표정으로 굳어져 있었다. 다른 사람의 감정을 고려하는 척하지만, 실은 그들에게 자신이 원하는 일을 하게 하려고 할 때의 표정이었다.

"이런다고 상황이 나아지지 않는다고요."

"너를 위해서는 아니겠지. 니키, 네가 아빠에게 몹시 복잡한 감정을 갖고 있다는 거 알고, 그런 너를 비난하지도 않아. 너한테 얼마나 혼란스러운 시간이었는지……."

"전 혼란스럽지 않아요."

"탠지는 지금 완전히 바닥으로 떨어졌어. 사기를 북돋아줄 뭔가가 절실해. 그리고 마티가 있는 곳은 여기서 멀지 않고."

제스가 니키의 팔에 손을 얹었다.

"니키, 거기 가서도 아빠가 정말 보고 싶지 않으면, 그냥 차 안에서 기다리면 되잖아? 정말 미안하구나."

니키가 말이 없자 제스가 말을 이었다.

"나도 네 아빠가 못 견디게 보고 싶은 건 아니야. 하지만 이럴 수밖에 없잖니."

니키가 무슨 말을 할 수 있겠는가? 무슨 말을 해도 제스는 믿지 않을 텐데. 그리고 니키 자신도 한 5퍼센트는 여전히 자신이 틀렸을지 모른다고 생각했다.

제스는 니콜스 씨에게로 걸어갔다. 그는 차에 기대어 이쪽을 지켜보고 있었다. 탠지는 차 안에 조용히 앉아 있었다.

"부탁이에요. 우리를 마티의 집으로 좀 데려다주시겠어요? 마티 어머니 댁 말이에요. 미안해요. 이미 우리한테 넌더리가 났겠지만, 그리고 우리가 정말 골칫덩어리였다는 것도 알지만…… 부탁할 사람이 아무도 없어요. 탠지…… 그 아이한테 아빠가 필요해요. 내가…… 우리가 그를 어떻게 생각하건 탠지는 아빠를 봐야 해요. 여기서 한두 시간만 가면 될 거예요."

니콜스 씨가 빤히 쳐다봤다.

"그래요, 천천히 가야 하니까 좀 더 걸리겠죠. 하지만 부탁인데…… 난 이 일을 되돌려놓아야만 해요. 꼭 그래야만 해요."

니콜스 씨가 옆으로 물러나서 조수석 문을 열었다. 그는 허리를 조금 수그려 탠지에게 웃어 보였다.

"가죠."

그들은 모두 안도하는 얼굴이었다. 하지만 그건 어리석은 생각이었다. 정말로 어리석은 생각. 그들이 그 벽지에 관해 묻기만 했어도, 니키는 왜 그런지 이유를 말해줬을 것이었다.

22

제스 JESS

제스가 마지막으로 마리아 코스탠자를 본 것은 리암의 형에게 밴을 빌려서 그녀의 집으로 마티를 데려다준 날이었다. 마티는 글래스고까지 가는 마지막 160킬로미터를 이불을 덮고 잠들어 있었고, 티끌 하나 없는 응접실에서 제스가 그녀의 아들의 정신적인 문제를 설명하는 동안 마리아 코스탠자는 제스가 그를 죽이기라도 할 것처럼 바라봤다.

마리아 코스탠자는 제스를 좋아한 적이 없었다. 집에서 염색한 머리에 반짝거리는 손톱을 한 열여섯 살짜리 여고생보다는 자기 아들이 더 나은 사람을 만나야 마땅하다고 생각했다. 처음에 매겨진 낮은 평가는 제스가 어떤 일을 하건 바뀌지 않았다. 마리아는 제스가 집을 손수 꾸미는 것을 특이하게 여겼다. 아이들 옷을 직접 만들어 입히는 것을 못 말리게 별나다고 생각했다. 어째서 옷을 만들어 입히는지, 어째서 집안을 꾸미는 데 사람을 쓰지 않는지에 대해서는 한순간도 생각해보지 않았다. 주방 싱크대에 물이 넘쳤을 때 그 아래로 기어들어가 배수관과 씨름을 하는 사람이 어째서 제스인지도.

제스는 노력했다. 정말 노력했다. 예의를 차려 행동했고, 욕을 하지도 않았다. 마티에게도 충실했다. 세상에서 최고로 놀라운 아기를 낳아서 깨끗이 씻기고 밥을 먹이고 쾌활하게 키웠다. 문제의 원인이 제스가 아니라는 사실을 알기까지 5년이 걸렸다. 마리아 코스탠자는 모든 일을 못마땅하게 바라보는 사람이었다. 제스는 그녀가 마음에서 우러난 미소를 짓는 모습을 본 적이 없었다. 이웃이나 친구의 소식, 예컨대 누구네 자동차 타이어에 구멍이 났다든가, 누군가 불치병에 걸렸다는 소식 같은 걸 전하려 할 때 빼고는.

차 안에서 그녀의 집으로 두 번이나 전화를 했지만 아무도 받지 않았다.

"할머니가 아직도 일하고 계신가보다."

제스가 전화를 끊으며 탠지에게 말했다.

"아니면 갓난아기를 보러 갔거나."

"통화가 안 되는데도 계속 그쪽으로 가요?"

니콜스 씨가 그녀를 흘깃 봤다.

"부탁해요. 우리가 도착할 때까지는 분명히 들어와 계실 거예요. 저녁에는 외출을 안 하시거든요."

백미러에서 시선이 마주치자 니키는 눈길을 돌렸다. 니키가 아무리 부정적으로 나와도 제스는 그 아이를 탓할 수 없었다. 마리아 코스탠자가 탠지에게 미지근한 반응을 보였다면, 자신이 알지도 못하던 손자가 나타났을 때 보인 반응은 그들 가족이 몽땅 옴에 걸렸다고 했을 때 보일 법한 반응과 맞먹었다. 제스는 그녀가 오래 전부터 니키의 존재를 알지 못했다는 사실에 기분이 상한 건지, 사생아라는 말과 자신의 아들이 중독자와 관계한 사실을 말하지 않고는 니키의 존재를 설명할 길이 없으므로 아예 깡그리 무시하기로 한 건지 알 수가 없었다.

"아빠 많이 보고 싶니, 탠지?"

제스가 뒷좌석을 돌아봤다. 노먼에게 몸을 기댄 탠지의 얼굴은 우울하고 지쳐보였다. 탠지의 시선이 제스에게로 미끄러지더니 아주 작게 고개를 끄덕였다.

"아빠 보면 굉장히 반가울 거야. 할머니도."

제스가 밝은 목소리로 말했다.

"왜 진작 이 생각을 못 했나 몰라."

그들은 침묵 속에 차를 달렸다. 탠지는 노먼에게 기대어 꾸벅꾸벅 졸았고 니키는 가만히 앉아 어두워지는 하늘을 바라봤다. 제스는 음악을 켤 기분이 나지 않았다. 에버딘에서 일어난 일에 대해 그녀가 어떻게 느끼는지 아이들이 보게 할 수 없었다. 그녀 자신도 생각하고 싶지 않았다. 한 번에 하나씩만 생각해. 그녀는 스스로를 타일렀다. 탠지를 원래대로 되돌려놓는 일만 신경 써. 그런 다음에 어떻게 할지 생각하면 되는 거야.

"괜찮아요?"

니콜스 씨가 물었다.

"네."

그는 제스의 말을 믿지 않는 눈치였다.

"탠지는 아빠를 보면 기분이 나아질 거예요. 내가 알아요."

"올림피아드는 내년에 또 참가하면 돼요. 그때는 이미 해봤으니까 익숙할 거고."

제스가 애써 미소를 지었다.

"니콜스 씨. 그 말은 굉장히 낙천적으로 들리는데요."

니콜스 씨가 쳐다봤다. 동정이 가득한 눈빛이었다.

제스는 그의 차로 돌아오니 마음이 놓였다. 모두가 이 안에 있는 동안에는 나쁜 일이 일어나지 않을 것처럼, 이상하게 안전한 느낌이 들기 시작했다. 제스는 마리아 코스탠자의 아담한 응접실에서 그들이 거기까지 오게 된 사건들을 설명하는 자신의 모습을 그려봤다. 롤스로이스에 대해 이야기할 때 마티가 어떤 표정을 지을지도 그려봤다. 내일 버스 정류장에서 버스를 기다릴 그들의 모습도 떠올렸다. 집까지 가는 길고 긴 여정의 첫 단계가 될 것이었다. 제스는 그들이 돌아올 때까지 니콜스 씨에게 노면을 봐달라고 부탁할까 잠시 생각했다. 그러다 무모하게 시작한 이번 여정으로 얼마나 많은 돈이 깨지게 되었는지 기억나서 억지로 생각을 다른 데로 돌렸다. 한 번에 하나씩만 생각해야 했다. 그러고는 제스가 잠시 졸았던 모양이다. 누군가 그녀의 팔을 잡는 게 느껴졌다.

"제스?"

"으음?"

"제스? 내 생각엔 다 온 것 같은데요. GPS에 입력한 주소가 여기라고 되어 있어요. 봐요, 맞아요?"

제스가 몸을 세우며, 결리는 목을 풀었다. 하얗고 깔끔한 테라스식 주택의 창문들이 제스를 빤히 쳐다보고 있었다. 그녀는 반사적으로 배가 꼬였다.

"몇 시죠?"

"일곱 시 조금 못 되었어요."

제스가 눈을 비비는 동안 그는 가만히 기다렸다.

"불이 켜져 있네요. 집에 오셨나봐요."

제스가 똑바로 앉았을 때 그가 뒷좌석을 돌아봤다.

"얘들아. 다 왔어. 이제 아빠를 보러 갈 시간이야."

탠지는 집으로 걸어가며 엄마의 손을 꼭 잡았다. 니키는 니콜스 씨와 기다리겠다며 차 밖으로 나오기를 거부했다. 제스는 탠지를 들여보낸 후 다시 와서 니키를 설득하기로 했다.

"아빠 볼 생각하니까 신나?"

탠지가 고개를 끄덕였다. 작은 얼굴에 희망의 빛이 떠오르자, 제스는 한순간, 그녀의 결정이 옳았다는 느낌이 들었다. 제스에게 는 비록 괴로운 일이지만, 이 여행에서 그들은 뭔가 얻게 되는 것 이다. 제스와 마티의 문제가 무엇이든 나중에 해결하면 됐다.

앞쪽 계단에 작은 배럴통 두 개가 새로 놓여 있었다. 제스가 알 지 못하는 보라색 꽃들도 가득 심겨져 있었다. 제스는 재킷을 정 돈하고, 탠지의 머리를 매만져주고, 허리를 숙여 탠지의 입가를 닦아낸 후, 초인종을 눌렀다.

마리아 코스탄자는 탠지를 먼저 봤다. 탠지를 보고, 고개를 들 어 제스를 보았고, 알아보기 힘든 몇 개의 표정들이 그녀의 얼굴 을 빠르게 스쳐 지나갔다. 제스는 활기차게 웃어 보였다.

"안녕하세요, 어머니. 저희가, 저, 근처에 왔다가요, 마티를 잠깐 보지 않고 그냥 간다는 건 말도 안 된다는 생각이 들어서요. 어머 니도 뵙고요."

마리아 코스탄자가 그녀를 빤히 쳐다봤다.

"전화도 드렸었어요."

제스가 책을 읽듯 단조로운 목소리로 말했다. 그녀가 듣기에도 어색한 말투였다.

"몇 번이나요. 메시지를 남길까 했지만⋯⋯."

"안녕하세요, 할머니."

탠지가 앞으로 달려가 할머니에게 몸을 던졌다. 마리아 코스탠자의 손이 아래로 내려왔고, 탠지의 등에 어설프게 놓였다. 제스는 그녀가 머리를 너무 진하게 염색했다고 생각했다. 마리아 코스탠자는 잠시 그렇게 서 있다가 차 쪽으로 흘긋 시선을 줬다. 차 안에서 니키가 백미러로 무표정하게 이쪽을 바라보고 있었다.

맙소사, 딱 한 번이라도 좀 반가운 척하면 죽기라도 하나요?

제스는 속으로 투덜거렸다.

"니키는 조금 있다가 올 거예요."

제스가 계속 굳건하게 미소를 지었다.

"방금 깨어났거든요. 저는⋯⋯ 애한테 잠깐 시간을 주려고요."

그들은 마주 보며 서 있었다.

"그래서⋯⋯."

제스가 입을 열었다.

"그 애는⋯⋯ 그 애는 여기 없어."

마리아 코스탠자가 말했다.

"일을 하나요?"

제스는 의도보다 더 열렬한 목소리로 말했다.

"그러니까, 정말 잘 됐다는 뜻이었어요. 마티가⋯⋯ 일을 할 정도로 나아졌다면요."

"그 애는 여기 없단다, 제시카."

"어디가 아픈가요?"

오, 맙소사, 무슨 일이 생겼어.

제스는 생각했다. 그러고 나서 봤다. 마리아 코스탠자의 얼굴에서 처음 보는 감정이 떠오르는 것을.

제스는 표정을 감추려 애쓰는 그녀를 바라봤다.

"그럼 어디 있나요?"

"네가…… 아무래도 그 애하고 직접 이야기를 해보는 게 좋겠구나."

마리아 코스탠자는 손을 입으로 가져갔다. 더는 이야기하지 못하게 막으려는 것처럼. 그러더니 부드럽게 손녀의 품에서 빠져나왔다.

"잠깐 기다리렴. 주소를 가져다줄 테니까."

"주소요?"

탠지와 제스를 문간에 남겨두고 문을 반쯤 열어둔 채, 마리아 코스탠자는 작은 복도 안으로 사라졌다. 탠지가 어리둥절한 표정으로 올려다봤다. 제스는 아무 걱정 말라는 듯이 웃어 보였다. 미소는 전처럼 쉽게 나오지 않았다. 문이 다시 열렸다. 마리아 코스탠자가 종이 한 장을 내밀었다.

"여기서 한 시간쯤 걸릴 거야. 교통에 따라서는 한 시간 반이 걸릴지도 모르고."

제스는 그녀의 표정이 딱딱하게 굳어 있다는 걸 알아챘고, 그러고 나서는 그녀 너머로 작은 복도를 바라봤다. 마리아 코스탠자를 알아온 지난 15년 동안 아무것도 바뀌지 않은 복도를. 아무것도. 제스의 머리 뒤쪽 어딘가에서 작은 종이 울리기 시작했다.

"그렇군요."

제스는 더 이상 웃고 있지 않았다.

마리아 코스탠자가 눈길을 돌렸다. 몸을 수그려 탠지의 볼에 손을 얹었다.

"갔다가 다시 할머니 보러 올 거지?"

그녀가 제스를 올려다봤다.

"다시 데려다줄 거지? 못 본 지가 한참 되었구나."

그 말없는 호소가, 이중적인 그녀가 보이는 인정의 표정이, 지난 15년간 그녀가 한 어떤 행동보다도 제스를 불안하게 만들었다. 제스는 탠지를 데리고 차로 돌아갔다.

니콜스 씨가 쳐다봤다. 그는 아무 말도 하지 않았다.

"여기요."

제스가 종이를 내밀었다.

"여기로 가야 해요."

니콜스 씨는 말없이 GPS에 주소를 입력하기 시작했다. 제스의 심장이 쿵쿵 뛰었다.

제스는 백미러를 들여다봤다.

"넌 알고 있었지."

탠지가 이어폰을 귀에 꽂았을 때 그녀가 말했다.

니키가 앞머리를 잡아당기며 할머니 집을 쳐다봤다.

"마지막으로 몇 번 스카이프로 통화할 때 알았어요. 할머니는 절대 그런 벽지로 바꿀 리가 없었으니까요."

제스는 마티가 어디에 있는지 묻지 않았다. 이제는 그녀도 알 것 같았다.

그들은 조용히 한 시간을 달렸다. 제스는 아무 말도 할 수 없었다. 100만 가지 가능성이 머리를 스쳤다. 그녀는 백미러로 니키를 흘끔거렸다. 아이는 무표정하게 고개를 돌리고 길가만 뚫어지게 바라봤다. 이곳에 오는 걸 그토록 내켜하지 않던, 심지어 지난 몇 달간은 아빠와 말도 섞으려 하지 않던 니키의 행동을 제스는 천천히, 새로운 각도에서 돌이켜봤다.

그들은 어스름이 내린 전원 지대를 달려 신도시와 주택단지 외곽으로 향했다. 주택단지는 갓 지어진 새집들로 조성되었고, 길게 휘어지는 세심한 구도로 지어졌다. 바깥에는 의지의 표명인 양 번쩍이는 새 차들이 주차되어 있었다. 니콜스 씨가 캐슬 코트에 차를 세웠다. 벚나무 4그루가 보초병처럼 좁은 보도를 따라 서 있었다. 보도는 마치 누구의 발길도 닿지 않은 것처럼 보였다. 집은 새로 지은 티가 났다. 리젠시풍 창문들이 어슴푸레 빛을 발했고, 보슬비로 슬레이트 지붕이 반짝거렸다. 제스가 차창 밖으로 집을 뚫어지게 쳐다봤다.

"괜찮아요?"

여기까지 오는 동안 니콜스 씨가 내뱉은 유일한 말이었다.

"애들아, 너희는 여기서 잠깐만 기다려."

제스는 그렇게 말하고 차 밖으로 나갔다. 대문 앞으로 걸어가서 종이에 적힌 주소를 다시 확인했고, 황동 문고리로 문을 두드렸다. 안쪽에서 티비 소리가 들렸다. 환한 빛 아래로 누군가 움직이는 희미한 그림자가 보였다.

제스는 다시 문을 두드렸다. 그녀는 비가 내리는 것도 의식하지 못했다. 복도를 따라 걸어오는 발소리가 들렸다. 문이 열리고, 그녀 앞에 금발의 여인이 서 있었다. 검은 모직 원피스에 어울리는 구두를 신었고, 매장이나 은행에서 일하지만 록음악도 즐긴다는 인상을 완전히 포기하고 싶지 않은 여자들이 선택하는 스타일로 머리를 잘랐다.

"마티가 여기 있나요?"

제스가 말했다. 여자는 입을 열듯 하다가 제스를 위아래로 훑어 봤다. 슬리퍼를 신은 발과 구겨진 하얀 바지를. 그러고는 몇 초 후 에 살짝 표정이 굳어지는 걸 보고, 제스는 그녀가 자신을 알아봤 다는 것을 알았다. 여자는 제스가 누군지 알았다.

"기다리세요."

여자가 말했다.

문이 반쯤 닫히고, 좁은 복도를 향해 그녀가 외치는 소리가 들 렸다.

"마트? 마트?"

마트.

그의 목소리가 들렸다. 웃음소리와 티비 프로에 관해 뭐라고 말 하는 소리가 한풀 꺾여 들려왔다. 여자의 목소리가 확 낮아졌다. 제스는 반투명 유리판 뒤로 그들의 그림자를 봤다. 그러고는 문이 열리고, 그가 서 있었다.

마티는 머리를 길렀다. 길게 기른 앞머리는 10대처럼 세심하게 옆으로 넘겨져 있었다. 제스가 알지 못하는 짙은 남색 청바지를 입었고, 살이 많이 빠졌다. 마치 제스가 모르는 사람인 것 같았다. 그의 얼굴이 백지장처럼 하얘졌다.

"제스."

제스는 말을 할 수가 없었다.

둘은 서로를 빤히 쳐다봤다. 그가 힘겹게 침을 삼켰다.

"말하려고 했어."

그 순간까지도 제스는 마음 한구석으로 이것이 진실임을 믿지 않으려 했다. 뭔가 커다란 착오가 있는 것이라고 생각했다. 마티는 친구와 지내고 있다거나, 마티의 상태가 다시 안 좋아졌는데 자존심 강한 마리아 코스탄자가 이를 인정하지 않는 거라고. 하지만 눈앞에 보이는 광경은 착오가 아니었다.

제스는 목소리를 되찾기까지 잠시 시간이 걸렸다.

"여기야? 그동안 당신이 지낸 곳이…… 여기란 말이야?"

제스는 비틀비틀 뒤로 물러서며, 더없이 깔끔한 앞쪽 정원과 창문 너머로 들여다보이는 거실을 빤히 바라봤다. 진입로에 주차된 차에 엉덩이가 부딪혀, 제스는 한 손을 뻗어 균형을 잡았다.

"그동안 내내? 지난 2년 동안 우린 근근이 먹고 살았는데, 당신은 이런 고급스런 집에서 신형…… 신형 토요타를 굴리며 살았다고?"

마티가 난처한 얼굴로 흘긋 뒤를 봤다.

"얘기 좀 해, 제스."

그 순간 제스는 식당의 벽지를 봤다. 두꺼운 줄무늬 벽지. 그러자 앞뒤가 모두 맞아떨어졌다. 정해진 시간에만 통화해야 한다고 그가 고집을 부리던 일. 일반 전화로는 도통 전화를 걸어오지 않았던 점. 제스가 평상시와 다른 시간에 전화하면 마리아 코스탄자가 매번 그가 자고 있다고 말한 점. 그리고 어떻게 해서든 빨리 전화를 끊으려 한 점.

"얘기 좀 하자고?"

제스는 반쯤 웃고 있었다.

"좋아. 어디 얘기해보자, 마티. 내가 먼저 해볼까? 지난 2년간 나는 당신한테 어떤 것도 요구하지 않았어. 돈이나 시간도 요구하지 않았고, 아이들을 봐달라거나 뭔가 도와달라고 하지도 않았어. 왜냐하면 당신이 아프다고 생각했으니까. 우울증을 앓고 있다고 생

354

각했으니까. 당신 엄마랑 살고 있다고 생각했으니까."

"엄마랑 살았어."

"언제까지?"

그가 입술을 꽉 다물었다.

"언제까지, 마티?"

제스의 목소리가 날카로웠다.

"15개월."

"당신 엄마랑 15개월을 살았다고?"

마티가 발을 쳐다봤다.

"여기서 15개월을 살았다고? 당신 여기서 1년 넘게 산 거야?"

"말하려고 했어. 하지만 당신이 분명히……."

"내가 뭐…… 난리를 칠까봐? 당신은 여기서 호화로운 생활을 하고 있는데 아내랑 애들은 당신이 남기고 간 거지 같은 삶에서 허우적대고 있다고?"

"제스……."

문이 벌컥 열리는 바람에 제스가 말을 멈췄다. 마티 뒤로 작은 소녀가 나타났다. 금발 생머리를 늘어뜨리고, 두꺼운 홀리스터 티셔츠를 입고, 컨버스 운동화를 신었다. 아이가 마티의 소매를 잡아당겼다.

"아저씨가 좋아하는 프로예요, 마티."

아이는 입을 열다가 제스를 보고 멈췄다.

"엄마한테 가 있으렴."

그가 제스를 흘끔거리며 조용히 말했다. 그러고는 아이의 어깨에 살며시 손을 얹었다.

"금방 갈게."

아이가 경계하듯 제스를 쳐다봤다. 탠지 또래의 아이였다.

"어서."

그가 문을 당겨 열었다.

제스의 가슴이 무너져 내린 것은 바로 그 순간이었다.

"그 여자…… 그 여자한테도 애가 있어?"

그가 침을 꿀꺽 삼켰다.

"둘."

제스의 손이 얼굴과 머리로 올라갔다. 제스는 돌아서서 멍하니 보도로 걸어갔다.

"오, 맙소사. 오, 맙소사."

"제스, 이러려고 한 건 절대……"

제스가 빙글 돌아서 마티에게 몸을 날렸다. 제스는 그의 바보 같은 얼굴과 비싼 돈을 들인 머리를 뭉개버리고 싶었다. 그가 아이들에게 어떤 고통을 줬는지 알게 하고 싶었다. 대가를 치르게 하고 싶었다. 마티는 차 뒤로 몸을 움츠렸고, 자신이 무슨 짓을 하는지 알기도 전에 제스는 차를 힘껏 발로 차기 시작했다. 그 커다란 바퀴를, 반짝이는 패널을, 새하얗고 반드르르하고 티끌하나 묻지 않은 그 바보 같은 차를.

"당신은 거짓말을 했어! 우리 모두에게 거짓말을 했다고! 그런데 난 당신을 보호하려고 했어! 정말 믿을 수가 없어…… 믿을 수가……."

제스는 계속 발길질을 했고, 금속이 우그러지자 희미한 만족감을 느꼈다. 발에 찌르르한 통증이 일었을지라도. 제스는 조금도 개의치 않고 차고 또 찼고, 주먹으로는 창문을 마구 쳤다.

"제스! 차에다 그러면 어떻게 해! 돌았어?"

제스는 마티에게 주먹을 퍼부을 수 없었기에 차에 퍼부었다. 분노에 차 흐느끼면서, 아무것도 상관 않고, 손과 발로 차를 때렸다. 꺽꺽대는 숨소리가 귓속에서 커다랗게 들렸다. 잠시 후 마티가 끼어들어 그녀의 팔을 단단히 잡아 차에서 떼어놓을 때, 제스는 순간적으로 자신의 삶이 완전히 제어 불가능하게 변한 게 아닌가 하는 두려움이 들었다. 그러고 나서 마티의 눈을, 그 비겁한 눈을 보았고, 머릿속에서 커다랗게 윙윙거리는 소리를 들었다. 제스는 박살을 내고 싶었다.

"제스."

니콜스 씨의 팔이 그녀의 허리를 둘러 뒤로 가만히 당겼다.

"놔요!"

"아이들이 보고 있어요. 이제 그만해요."

손 하나가 그녀의 팔에 얹혔다.

제스는 숨을 쉴 수가 없었다. 온몸을 가르며 신음이 올라왔다. 순순히 뒤로 몇 걸음 끌려갔다. 마티가 뭐라고 소리쳤지만 머릿속에서 울려대는 소음 때문에 들을 수가 없었다.

"어서요…… 이리 와요."

아이들. 제스는 차를 바라봤고, 충격으로 눈이 커다래진 탠지의 얼굴과 그 뒤로 미동도 없이 앉아 있는 니키를 봤다. 제스가 고개를 돌려 반대편의 집을 바라봤다. 거실에서 두 개의 작고 창백한 얼굴이 밖을 내다보고 있었다. 그 뒤로 그들의 엄마도. 제스가 쳐다보는 걸 보자 그녀가 블라인드를 내렸다.

"당신은 돌았어."

자동차의 움푹 들어간 패널을 쳐다보며 마티가 소리를 질렀다.

"빌어먹을. 완전히 돌았다고."

제스는 온몸을 떨기 시작했다. 니콜스 씨가 어깨를 감싸 안고 그녀를 그의 차로 데려갔다.

"들어가서 좀 앉아요."

그러고는 제스가 들어가자 문을 닫았다. 마티가 보도를 천천히 걸어 그들 쪽으로 다가왔다. 예전의 그 거들먹거리는 걸음걸이로 다가오는 걸 보니 마치 잘못한 쪽이 그녀라고 말하고 있는 것처럼 보였다. 제스는 그가 싸움을 걸려고 오는 줄 알았지만, 5미터 정도로 가까워졌을 때 그는 확인하듯 몸을 구부려 차 안을 살폈다. 다음 순간, 뒷문이 벌컥 열리며 탠지가 뛰쳐나가 그에게 달려가는 소리가 들렸다.

"아빠!"

탠지가 외쳤다. 그가 두 팔로 탠지를 휙 안아 올렸고, 제스는 더 이상 자신의 감정이 무엇인지 알 수가 없었다.

제스는 얼마 동안 바닥을 쳐다보며 앉아 있었는지 알 수 없었다. 생각을 할 수가 없었다. 아무것도 느낄 수 없었다. 보도 쪽에서 웅얼거리는 소리를 듣고만 있는데, 어느 순간 니키가 다가와 그녀의 어깨에 손을 얹었다.

"죄송해요."

니키의 목소리가 갈라졌다. 제스는 뒤로 손을 뻗어 니키의 손을 꽉 잡았다.

"네 잘못, 아니야."

그녀가 속삭였다. 마침내 차문이 열리고 니콜스 씨가 머리를 들이밀었다. 얼굴이 젖어 있었고 옷깃에서 빗물이 뚝뚝 떨어져 내렸다.

"탠지가 여기서 한두 시간 정도 머물 거예요."

제스가 그를 쳐다보다 돌연 경계의 눈빛이 됐다.

"오, 안 돼요. 탠지를 데려갈 수 없어요. 그런 짓을 하고선……."

"이건 당신과 그의 문제가 아니에요, 제스."

제스가 집 쪽을 돌아봤다. 앞문이 약간 열려 있었다. 탠지는 이미 안으로 들어가고 없었다.

"하지만 여기 머물 순 없어요. 저들과 함께……."

니콜스 씨가 운전석으로 들어왔다. 그러고는 팔을 뻗어 그녀의 손을 잡았다. 그의 손이 얼음처럼 차갑고 축축했다.

"탠지는 힘든 하루를 보냈어요. 아빠와 잠시 시간을 보내고 싶다고 그 아이가 원했어요. 그리고 제스, 이제 이게 그의 삶이라면, 탠지도 분명히 그 일부가 되어야 해요."

"하지만 그건……."

"공평하지 않아요. 알아요."

그들 셋은 차 안에 앉아서 환하게 불 밝힌 집을 바라봤다. 제스의 딸이 그 안에 있었다. 마티의 새로운 가족과 함께. 누군가 손을 쑥 집어넣어 제스의 심장을 움켜쥐고 갈비뼈 밖으로 뜯어내는 것만 같았다.

제스는 창에서 눈을 떼지 못했다.

"탠지 마음이 바뀌면 어떻게 해요? 그럼 탠지는 혼자 있게 될 텐데. 그리고 우린 저 사람들을 모르잖아요. 난 저 여자를 몰라요. 저 여자는……."

"탠지는 아빠와 함께 있어요. 괜찮을 거예요."

제스가 그를 쳐다봤다. 그의 얼굴에는 동정이 어렸지만, 목소리는 이상할 정도로 단호했다.

"어째서 그의 편을 드는 거죠?"

"그를 편드는 게 아니에요."

니콜스 씨는 제스의 손을 꼭 잡았다.

"우리 어디 가서 밥이나 먹죠. 한두 시간 후에 돌아오면 되니까요. 근처에 있다가 탠지가 원하면 바로 돌아오면 돼요."

"아뇨. 전 남을래요."

뒤쪽에서 목소리가 들려왔다.

"제가 탠지와 함께 있을게요. 그럼 탠지 혼자 있는 게 아니니까요."

제스가 돌아봤다. 니키는 창밖을 바라보고 있었다.

"괜찮겠니?"

"괜찮을 거예요."

니키의 얼굴에는 아무런 표정이 없었다.

"그리고 아빠가 뭐라고 하는지 들어보고 싶기도 하고요."

니콜스 씨가 대문까지 니키를 데려다줬다. 제스는 양아들을, 딱 붙는 블랙진을 입은 길고 호리호리한 다리를, 문이 열릴 때 조심스럽고 어색한 자세로 서 있는 모습을 지켜봤다. 금발의 여자가 니키에게 미소를 지었다. 그러고는 니키 뒤로 은밀하게 차를 훔쳐봤다. 제스는 멀리서 여자를 지켜보면서, 그녀가 자신에게 겁을 먹고 있을지도 모른다고 생각했다. 그들 뒤로 문이 닫혔다. 제스는 눈을 감았다. 그 문 너머에서 일어나는 일을 상상하고 싶지 않았다.

니콜스 씨가 차 안으로 들어오자, 차가운 공기가 훅, 하고 끼쳐 들어왔다.

"기운을 내요. 괜찮을 거예요. 우린 알지도 못하는 사이에 돌아와 있을 거니까."

그들은 도로변 카페에 앉아 있었다. 제스는 음식을 삼킬 수가 없었다. 그래서 커피를 마셨고, 니콜스 씨는 샌드위치를 샀지만 그녀 맞은편에 앉아 있기만 했다. 그도 무슨 말을 해야 할지 잘 모르는 듯했다. 두 시간이야, 라고 제스는 속으로 되뇌었다. 두 시간만 지나면 아이들을 되돌려 받게 돼, 하며 제스는 한 번 더 스스로를 타일렀다. 제스는 아이들과 다시 차를 타고 그곳에서 멀어지고 싶었다. 마티에게서, 그의 거짓에서, 그의 새로운 여자 친구와 가족인 척하는 사람들에게서. 제스는 식어가는 커피를 그대로 놓아둔 채, 시계 바늘이 움직이는 것을 지켜봤다. 1분이 지나가는 데에 평생이 걸리는 것처럼 느껴졌다.

그리고 떠나기로 예정한 시간 10분 전에, 전화가 걸려왔다. 제스가 전화기를 홱 집었다. 모르는 번호가 떠 있었다. 마티의 목소리가 들렸다.

"오늘 밤에 아이들을 여기서 재우면 안 될까?"

제스는 깜짝 놀랐다.

"오, 그건 안 돼."

겨우 목소리를 되찾고서 그녀가 말했다.

"그렇게 그냥 아이들을 데리고 있게 할 순 없어."

"난…… 아이들한테 설명을 하려는 거야."

"그럼 어디 잘해봐. 난 아무리 들어도 이해할 수 없으니까."

작은 카페에 제스의 목소리가 울렸다. 근처에 앉은 사람들이 고개를 돌려 쳐다봤다.

"당신한테는 말할 수가 없었어, 제스. 아까처럼 나올 줄 알았으니까."

"오, 그러니까 내 탓이라는 거네. 당연히 내 탓이지!"

"우린 끝난 사이였어. 당신도 분명히 알았고."

제스는 일어나 있었다. 언제 일어났는지 기억에 없었다. 무슨 이유에서인지 니콜스 씨도 일어나 있었다.

"우리 관계에 대해선 눈곱만큼도 관심 없어, 알겠어? 하지만 우린 당신이 떠난 후에 최저 생계비로 겨우겨우 살았어. 그런데 이제 당신은 딴 사람하고 하고 살면서 그 사람 애들을 부양하고 있다는 걸 알게 됐어. 우리 애들을 위해서는 손가락 하나 까딱할 수 없다고 해놓고 말이야. 그래, 그런 일이라면 난 분명히 안 좋은 반응을 보일 거야, 마티."

"내 돈으로 사는 거 아니야. 린지 돈으로 사는 거지. 당신 애들을 위해 린지 돈을 쓸 수는 없어."

"내 애들이라고? 내 애들?"

제스는 이제 테이블 밖으로 나와 무턱대고 문으로 걸어가고 있었다. 니콜스 씨가 웨이트리스를 부르는 소리가 어렴풋이 들렸다.

"탠지는 정말 여기서 하룻밤을 보내고 싶어 해. 그 수학 뭔가 때문에 속이 많이 상했잖아. 나보고 엄마한테 허락을 받아달라고 했어. 부탁이야."

제스는 말문이 막혔다. 추위가 몰아치는 주차장에 서서, 눈을 꾹 감은 채, 관절이 하얘지도록 전화기를 움켜쥐고 서 있을 뿐이었다.

"그리고 니키하고도 얘기를 좀 하고 싶어."

"당신은…… 도저히 믿을 수가 없어."

"그냥…… 애들하고 문제를 정리할 시간을 좀 주면 안 될까? 당신하고 나는 나중에 얘기할 수 있으니까. 오늘 밤, 그 애들이 여기 있는 동안만 함께 보내게 해줘. 나 애들 정말 보고 싶었어, 제스. 모두 내 탓이라는 거 알아. 그동안 형편없이 굴었다는 것도 알고. 하지만 이렇게 밝혀지고 나니까 사실 좀 후련하기도 해. 무슨 일이 벌어지고 있는지 당신이 알게 된 것도 후련하고. 난 그저…… 이제 앞으로 나아가고 싶어."

제스는 앞쪽만 멍하니 바라봤다. 멀리서 경찰차의 푸른 등이 번쩍거렸다. 발이 욱신거리기 시작했다. 잠깐의 적막 끝에 그녀가 마침내 입을 열었다.

"탠지 바꿔줘."

짧은 정적이 흐르고 난 후, 문소리가 들렸다. 제스가 숨을 깊게 들이마셨다.

"엄마?"

"탠지? 우리 딸? 잘 있는 거지?"

"잘 있어요, 엄마. 여기 거북이들도 있어요. 그중에 하나는 다리가 불구예요. 이름이 마이크래요. 우리도 거북이 키우면 안 돼요?"

"그건 나중에 얘기하자꾸나."

전화기 너머로 그릇이 부딪히는 소리와 수돗물이 흐르는 소리가 들려왔다.

"저, 너 정말 거기서 자고 싶니? 내키지 않으면 안 자도 되는 거 알지? 넌…… 네가 하고 싶은 대로 하면 되는 거야."

"나 여기서 자고 싶어요. 수지도 친절하게 대해줘요. 「하이 스쿨 뮤지컬」 잠옷도 빌려준댔어요."

"수지라고?"

"린지 아줌마 딸이요. 친구네 집에서 자는 거랑 비슷한 기분일 거예요. 그리고 수지는 그것도 있어요. 알갱이로 그림을 만들어서 다림질을 하면 완성이 되는 그거요."

"그렇구나."

잠시 대화가 끊겼다. 제스는 뒤쪽에서 작게 들려오는 사람들의 말소리를 들었다.

"그럼 내일 몇 시에 데리러 올 거예요?"

제스가 침을 꿀꺽 삼키며 목소리를 일정하게 유지하려고 애를 썼다.

"아침 먹은 후에. 아홉 시쯤. 하지만 그 전에라도 마음이 바뀌면 엄마한테 바로 전화해, 알았지? 아무 때나 전화해도 돼. 그럼 엄마가 바로 데리러 갈 테니까. 한밤중이어도 괜찮아. 전혀 상관없어."

"알아요."

"언제라도 갈게. 사랑해, 우리 딸. 전화하고 싶으면 바로 해."

"알았어요."

"그리고…… 오빠 좀 바꿔줄래?"

"사랑해요, 엄마. 내일 봐요."

니키의 목소리에서는 어떤 감정도 읽을 수가 없었다.

"저도 같이 있겠다고 했어요. 탠지 옆에 있으려고 그런 것뿐이에요."

"그래. 엄마랑 아저씨는 바로 근처에 있을 거야. 그 여자는…… 괜찮니? 그러니까 너희 모두 괜찮겠어?"

"린지요. 괜찮아요."

"그리고 넌…… 너도 괜찮아? 네 아빠는……."

"저도 괜찮아요."

긴 침묵이 흘렀다.

"제스?"

"응?"

"괜찮아요?"

제스는 두 눈을 꽉 감았다. 조용히 숨을 들이쉬었고, 쉴 새 없이 흐르는 눈물을 손으로 닦아냈다. 몸 안에 눈물이 그렇게 많은지 이전에는 몰랐었다. 그 눈물에 목소리까지 젖어들지 않았다고 확신할 때까지 제스는 니키의 물음에 답하지 않았다.

"난 괜찮아, 우리 아들. 그럼 오늘 밤 재밌게 보내고, 엄마 걱정은 하지 말고. 내일 아침에 데리러 갈 테니까."

니콜스 씨가 뒤에 와 있었다. 묵묵히 전화기를 받아들며 제스에게서 시선을 떼지 않았다.

"오늘 밤에 잘 곳을 찾아냈어요. 개를 받아주는 곳으로."

"어디 바 없나요?"

손등으로 눈가를 훔치며 제스가 물었다.

"네?"

"나 취하고 싶어요, 에드. 아주아주 많이요."

그가 팔을 내밀자 제스가 잡았다.

"그리고 아무래도 발가락이 부러진 것 같아요."

23

에드 ED

옛날 옛날에 에드는 누구보다도 낙관적인 한 여자를 만났다. 그녀는 봄이 오기를 바라는 마음으로 슬리퍼를 신었고, 티거처럼 콩콩 뛰듯이 인생을 살아갈 것 같았다. 다른 사람이라면 벌써 쓰러졌을 일들도 그녀만은 건드리지 못하는 듯했다. 아니면 그녀 역시 쓰러졌지만 오뚝이처럼 바로 튀어 올랐는지도 모른다. 그녀는 늘, 쓰러지면 미소를 지으며 일어나서, 먼지를 툭툭 털고 계속 나아갔다. 에드는 그녀의 행동을 더없이 영웅적이라고 보아야 할지, 더없이 바보스럽다고 보아야 할지 알 수가 없었다.

그러다 칼라일 근처의 방 네 개짜리 고급 주택 앞에서, 바로 그 여자가, 자신이 믿어온 모든 것을 빼앗기고 에드의 차 조수석에 앉아 멍하니 밖을 내다보는 유령이 되어버리는 과정을 목격하게 됐다. 그녀에게서 낙관주의가 빠져나가는 소리가 들리는 것만 같았다. 그러자 에드의 가슴 속에서 뭔가가 쩍 갈라졌다.

그는 마티의 집, 아니 그의 여자 친구의 집에서 20분 거리에 있는 호숫가 통나무집을 예약했다. 150킬로미터 이내에는 개를 받아주는 호텔이 없었지만, 마지막에 들른 호텔의 접수 직원이 친구의 며느리가 운영하는 곳이라면서 문을 연 지 얼마 안 되는 이곳을 소개해줬다. 명랑한 여인인 호텔 직원은 에드를 '친구'라고 여덟 번이나 불렀다. 호숫가 통나무집은 최소한 사흘치 방값을 내야했지만, 에드는 개의치 않았다. 제스도 묻지 않았다. 그녀는 지금 그들이 어디에 있는지도 알지 못하는 것 같았다.

프런트에서 열쇠를 받은 뒤, 나무 사이로 좁은 길을 따라가서 통나무집 앞에 차를 세웠다. 에드는 제스와 개를 내려주고 그들이 안으로 들어가는 모습을 지켜봤다. 제스는 다리를 심하게 절룩거렸다. 문득 미친 듯이 차에 발길질을 하던 제스의 모습이 떠올랐다. 슬리퍼를 신고서 말이다.

"천천히 목욕해요."

실내의 불을 모두 켜고 커튼을 치면서 에드가 말했다. 바깥은 이제 깜깜해서 아무것도 보이지 않았다.

"어서요. 긴장을 좀 풀어요. 난 먹을 걸 사올게요. 얼음 팩도."

제스가 돌아보고 고개를 끄덕였다. 고맙다는 뜻으로 미소를 지었지만 전혀 미소 같지 않았다.

그곳에서 제일 가까운 슈퍼마켓은 이름뿐인 슈퍼마켓이었다. 깜빡거리는 형광등 아래에는 시들시들한 채소 두 바구니와 듣도 보도 못한 회사에서 나온 통조림들만 놓여 있었다. 에드는 데우기만 하면 되는 식품들과 빵, 커피, 우유, 냉동 완두콩, 그리고 제스를 위해 진통제를 샀다. 와인 몇 병도. 제스뿐 아니라 에드도 술이 필요했다.

에드가 계산대 앞에 서 있는데 휴대전화에서 알림벨이 울렸다.

주머니에서 힘겹게 전화기를 꺼내면서 제스인가 싶었다. 그러고 나서 제스의 전화는 이틀 전에 요금이 다 됐다는 사실을 기억해냈다.

잘 지냈니. 내일 못 온다니 서운하구나.

조만간에 보게 되기를 바란다.

사랑하는 엄마가.

추신: 아버지도 사랑한다고 전해달라신다. 요즘은 조금 안 좋으시구나.

"22파운드 80펜스요."

점원이 두 번을 말하고 나서야 에드는 비로소 들었다.

"아. 미안해요."

에드가 주머니를 뒤져 카드를 꺼내 내밀었다.

"카드 기계는 고장 났는데요. 저기 써 붙여 놨는데."

에드가 그녀의 시선을 따라갔다. '현금이나 수표만 가능.' 볼펜으로 공들여서 두 겹으로 써 놓은 글자들이 보였다.

"농담하는 거죠?"

"제가 왜 농담을 하겠어요?"

그녀가 입 안에 있는 뭔가를 골똘하게 씹었다.

"현금이 있는지 모르겠네요."

그녀가 무표정하게 에드를 응시했다.

"카드는 안 받나요?"

"저기 써 있는 게 그 말인데요."

"그럼…… 수동 카드 기계는 없어요?"

"이 동네 사람들은 대부분 현금으로 계산해서요."

에드가 이 동네 사람이 아니라는 건 누구라도 알 거라는 표정이었다.

"좋아요. 그럼 어디를 가야 카드 기계가 있죠?"

"칼라일이요."

그녀가 에드를 바라보며 천천히 눈을 깜빡였다.

"현금이 없으면 그것들을 도로 가져다두셔야 해요."

"있을 거예요. 잠깐만 기다려줘요."

뒤에서 한숨을 쉬며 눈알을 굴리는 사람들을 모른 척하며, 에드는 주머니를 뒤적였다. 기적적으로, 야채 볶음만 빼면 계산할 수 있을 정도의 현금이 모였다. 에드가 돈을 세었고, 점원은 허세를 부리듯 눈썹을 올리며 금전등록기를 두드리고 야채 볶음을 한쪽으로 밀었다. 에드는 차까지 가기도 전에 찢어질 것 같은 봉지 안으로 물건들을 담으며, 어머니를 생각하지 않으려고 기를 썼다.

제스가 절뚝이며 아래층으로 내려왔을 때, 에드는 요리를 하고 있었다. 실은 요리라기보다, 두 개의 플라스틱 그릇을 전자레인지에 넣고 돌리고 있었다. 요리 분야에서는 이 이상을 해본 적이 없는 에드였다. 목욕 가운을 입은 제스는 머리에 하얀 수건을 터번처럼 감았다. 여자들이 수건으로 어떻게 그렇게 하는지 에드는 도무지 이해할 수가 없었다. 그의 전부인도 그랬다. 아마도 생리나 손 씻기처럼 여자들이 어려서부터 배우는 것 중에 하나인 모양이라고 에드는 생각하곤 했다. 제스의 맨 얼굴이 아름다웠다.

"여기요."

에드가 와인잔을 내밀었다. 제스는 잔을 받았다. 에드가 난로에 불을 지펴뒀고, 여전히 생각에 잠긴 제스는 불꽃 앞에 앉았다. 제스에게 발에 대고 있으라고 냉동 완두콩을 건넨 에드는 봉지에 적힌 설명을 보며 다른 음식들을 전자레인지에 넣었다.

"니키에게 문자 보냈어요."

포크로 비닐 덮개에 구멍을 내며 에드가 말했다.

"우리가 어디서 묵는지 알려주려고요."

제스가 와인을 한 모금 마셨다.

"잘 있대요?"

"잘 있어요. 저녁을 먹으려던 참이랬어요."

제스가 움찔하자, 에드는 그녀의 머릿속에 그런 가정적인 장면을 밀어 넣은 자신의 말을 즉시 후회했다.

"발은 좀 어때요?"

"아파요."

제스가 와인을 쭉 들이켜고 잔을 내려놓는 모습을 에드가 지켜봤다. 얼굴을 찡그리며 제스가 일어나자 냉동 완두콩 봉지가 바닥으로 떨어졌다. 그녀는 자신의 잔에 와인을 따르더니, 뭔가 떠올랐다는 듯 가운 주머니로 손을 넣어 투명한 비닐봉지를 꺼냈다.

"니키의 마리화나예요. 지금 같은 때가 바로 니키의 약을 사용해야 할 때죠."

반박할 테면 하라는 듯이 제스가 도전적으로 말했다. 그가 아무 말도 하지 않자, 탁자에서 여행 안내서를 가져와서 무릎에 얹고 되는대로 마리화나 담배를 말았다. 제스는 담배에 불을 붙이고 깊이 빨아들였다. 기침을 참으며 다시 한 번 빨아들였다. 수건이 늘어지기 시작하자 짜증스럽게 당겨 풀었고, 그러자 젖은 머리칼이 어깨 위로 쏟아져 내렸다. 제스가 다시 담배를 빨아들이고 눈을 감았다. 에드에게 연기를 내뿜었다.

"내가 들어왔을 때 나던 냄새가 이거였어요?"

제스가 한쪽 눈을 떴다.

"내가 망신스러운가 보네요."

"아뇨. 둘 중에 하나는 운전을 할 수 있을 정도로 정신이 또렷해야 해서 그래요. 탠지가 데리러 오라고 할 경우를 대비해서. 난 괜찮아요. 정말이에요. 당신은 계속 해요. 내 생각에…… 당신한테 필요한 건……."

"새로운 삶이요? 마음을 추스르는 것? 끝내주는 섹스?"

제스가 서글프게 웃었다.

"오, 아니죠. 깜빡했네요. 난 그것조차 제대로 못하는데."

"제스……."

그녀가 한 손을 들었다.

"미안해요. 알겠어요. 밥이나 먹어요."

그들은 주방 공간 옆쪽에 놓인 합판으로 만든 탁자에 앉아 밥을 먹었다. 카레는 그럭저럭 먹을 만했지만 제스는 손도 대지 않았다. 에드가 접시들을 옆으로 쌓아두고 설거지 준비를 하는데, 제스가 그를 마주봤다.

"나 그동안 정말 멍청했어요, 그쵸?"

에드는 접시 하나를 든 채 싱크대에 기대어 섰다.

"그게 무슨……."

"욕조에 앉아서 깨달았어요. 오랫동안 아이들에게 실없는 소리들을 지껄여왔다는 걸요. 다른 사람을 잘 보살피고 옳은 일을 하면 모든 일이 잘 될 거라고 했죠. 남의 물건을 훔치지 마라. 거짓말 하지 마라. 옳은 일을 해라. 그러면 나머지는 우주가 다 알아서 해줄 것이다. 나 참, 전부 헛소리인데 말이에요, 안 그래요? 누구도 그렇게 살지 않는데."

제스의 목소리는 약간 불분명했다. 고통으로 끝이 갈라졌다.

"그렇지 않……."

"아니라고요? 난 지난 2년간 파산 상태였어요. 그런데도 마티를 보호하면서 어떻게든 스트레스를 더하지 않으려고, 자기 아이들 일로 귀찮게 하지 않으려고 기를 썼다구요. 그런데 그러는 동안 마티는 새 여자 친구와 저렇게 잘 살고 있었어요."

제스는 놀랍다는 듯 고개를 절레절레 흔들었다.

"난 아무것도 의심하지 않았어요. 단 1분도. 그리고 욕조에 앉아 있는 동안 깨달았어요…… '받고 싶은 대로 남에게 해주라'는 말, 그건 다른 사람들도 그렇게 할 때에만 성립된다는 걸요. 이 세상은 그런 말에 콧방귀도 안 뀌는 사람들로 가득해요. 그런 사람들은 원하는 걸 얻을 수만 있다면 누구라도 짓밟고 올라가죠. 그게 바로 자기 자식들이라고 해도."

"제스……."

에드는 그녀에게로 가까이 다가갔다. 무슨 말을 해야 할지 떠오르지 않았다. 그녀를 끌어안아주고 싶었지만 무엇인가가 그를 가로막았다. 제스는 다시 와인을 따르고 건배하듯 잔을 들어올렸다.

"그 여자랑 사는 건 전혀 문제되지 않아요. 그것 때문에 이러는 게 아니에요. 마티 말처럼 우리 둘은 이미 오래 전에 끝난 사이니까. 하지만 자기 자식들을 도울 능력이 전혀 안 된다는 헛소리는? 탠지 수업료를 조금이라도 마련해볼 생각조차 안 하겠다는 건?"

제스가 와인을 크게 한 모금 마시고 천천히 눈을 껌벅거렸다.

"그 여자애가 입은 옷 봤어요? 홀리스터 셔츠 하나가 얼만지 알아요? 67파운드에요. 어린애 셔츠 하나가 67파운드나 한다구요. 마약쟁이 에일린이 옷 팔러 왔을 때 가격표를 봤어요."

제스가 성난 듯이 눈가를 닦았다.

"지난 2월 니키 생일에 마티가 뭘 보냈는지 알아요? 10파운드 짜리 상품권을 보냈어요. 컴퓨터 게임 상품권요. 10파운드로는 한 개도 못 사는데. 중고만 살 수 있죠. 그런데 웃기는 건요, 우리 가 그때 정말 기뻐했다는 거예요. 마티가 점점 나아지고 있다는 뜻으로 받아들였거든요. 난 아이들한테 그랬죠. 일을 하지 않는 사람한테는 10파운드도 큰돈이라고."

제스는 웃기 시작했다. 웃음소리가 끔찍하게 황량했다.

"그동안 내내…… 그는 얼룩 하나 없는 새 소파와 색을 맞춘 커 튼이 있는 고급스런 집에서 그 빌어먹을 보이밴드 머리를 하고 살고 있었던 거예요. 나한테는 말할 용기조차 없었으면서."

"비겁한 사람이에요."

에드가 말했다.

"맞아요. 하지만 바보는 나예요. 난 쓸데없이 애들을 끌고 그 먼 길을 달려왔어요. 내가 애들한테 더 나은 기회를 줄 수 있다고 생 각하고서요. 수천 파운드의 빚을 졌고, 펍의 일자리도 잃었어요. 탠지에게 시키면 안 될 일을 시켜서 자신감을 완전히 잃게 만들 었어요. 그게 다 무엇 때문인지 알아요? 내가 진실을 보지 않으려 고 했기 때문이에요."

"진실요?"

"우리 같은 사람들은 죽었다 깨어나도 성공할 수 없다는 거요. 우린 절대 위로 올라갈 수 없어요. 바닥에서 빌빌대고 돌아다닐 뿐이지."

"그렇지 않아요."

"당신이 뭘 아는데요?"

제스의 목소리에 분노는 전혀 깃들지 않았다. 오직 혼란스러움

뿐이었다.

"어떻게 이해할 수 있겠어요? 당신은 런던에서 몹시 심각한 범죄에 휘말렸어요. 엄밀히 따지면 당신이 저지른 거나 마찬가지죠. 당신이 여자 친구한테 억만금을 벌게 해줄 주식이 뭔지 알려줬으니까. 하지만 당신은 무사히 빠져나올 거예요."

에드가 잔을 입으로 가져가려다 그대로 멈췄다.

"분명히 그럴 거예요. 몇 주 정도 살게 될지도 모르고, 집행유예를 받고 무거운 벌금을 내게 될지도 모르죠. 하지만 당신에게는 비싼 수임료를 받는 변호사들이 있어요. 그들이 당신을 곤경에서 구해줄 거예요. 당신을 위해 논쟁하고 싸워줄 거예요. 당신은 집도, 차도, 자금도 있어요. 그러니 진정으로 걱정할 필요가 없는 거예요. 그런 사람이 우리 삶을 어떻게 이해하겠어요?"

"그렇게 말하면 좀 억울한데요."

에드가 부드럽게 말했다. 제스는 눈길을 돌리고, 담배를 빨아들였다. 그리고 눈을 감은 채로 허공으로 연기를 뿜어냈다. 달콤한 연기가 천장으로 피어올랐다. 에드가 제스 곁으로 앉으며 손가락 사이에서 담배를 빼냈다.

"이건 별로 좋은 생각이 아닌 것 같아요."

제스가 다시 빼앗아 들었다.

"좋은 생각인지 아닌지 알려주지 않아도 돼요."

"이런다고 나아지지는 않을 것 같아요."

"당신이 뭐라고 생각하든 상관……."

"난 당신 적이 아니에요, 제스."

그녀는 에드를 노려봤지만, 이내 고개를 돌려 불꽃을 바라봤다. 그가 일어나 가기를 기다리는 건지 에드는 확실히 알 수 없었다.

"미안해요."

제스가 마침내 입을 열었다. 목소리는 판지처럼 딱딱했다.

"괜찮아요."

"괜찮지 않아요."

제스가 한숨을 푹 쉬었다.

"나는…… 당신한테 전부 덮어씌우면 안 되는 건데."

"이해해요. 힘든 하루였잖아요. 그럼, 난 목욕하러 갈게요. 그러고 나선 우리 둘 다 좀 자는 게 좋겠어요."

"이것만 마저 피우고 올라갈 게요."

제스가 다시 담배를 빨아들였다.

에드는 잠시 기다렸다가, 불꽃을 바라보며 앉은 제스를 남겨두고 두고 위층으로 올라갔다. 목욕 생각 외에는 아무것도 떠오르지 않는다는 것은 그만큼 에드가 지쳐 있다는 증거였다.

물속에서 깜빡 잠이 든 모양이었다. 에드는 욕조에 가득 물을 받아서 잡히는 대로 입욕제를 쏟아 붓고, 고마운 마음으로 들어앉아서 그날 하루에 쌓인 긴장을 뜨거운 물로 풀던 참이었다.

에드는 생각을 하지 않으려고 애썼다. 아래층에서 스산하게 불꽃을 바라보고 있을 제스에 대해서도, 몇 시간 거리에서 오지 않을 아들을 기다리는 어머니에 대해서도. 에드는 그저 잠시라도 아무 생각 없이 쉬고 싶었다. 그는 숨 쉴 수 있는 선에서 최대한 머리를 물속으로 담갔다.

에드는 잠시 졸았다. 하지만 이상한 긴장이 슬금슬금 뼛속으로 파고들었다. 눈을 감고 있어도 긴장이 풀리지 않았다. 그러고 나서 그 소리를 들었다. 멀리서 엔진이 속도를 높이는 듯한, 귀에 거슬리는, 고르지 않은 소음. 전기톱이 윙윙거리는 소리 같기도 하고, 운전자가 속도 내는 법을 배우는 소리 같기도 했다. 에드는 소리가 멈추길 바라며 한쪽 눈을 떴다. 이 숙소에서만큼은 약간이나마 평화를 누릴 수 있으리라고 믿었다. 딱 하룻밤만이라도. 어떤 시끄러움이나 사건 없이. 그것이 그렇게 큰 요구였을까?

"제스?"

소음이 짜증날 정도로 거슬리기 시작하자, 에드가 그녀를 불렀다. 아래층에 오디오 시설이 있는지 물어볼 생각이었다. 음악을 틀어 저 소리를 덮어버릴 수 있는지. 그러고 나서 아까부터 어렴풋하게 불안을 느낀 이유가 무엇인지 깨달았다. 저건 바로 그의 차가 내는 소리였다.

에드는 상체를 벌떡 일으키고, 욕조에서 뛰쳐나가 허리에 수건을 둘렀다. 아래층으로 달려 내려가서 텅 빈 소파와 노먼을 지나쳤다. 불 앞에 누워 있던 노먼이 의아한 듯이 머리를 들었다. 에드가 힘겹게 대문을 열자, 찬바람이 몸뚱이를 후려쳤다. 통나무집 앞에 세워둔 그의 차가 토끼처럼 앞으로 튕겨 나가, 자갈이 깔린 곡선의 진입로로 들어서는 모습이 눈에 들어왔다. 에드는 계단에서 펄쩍 뛰어내려 차로 달려가며, 앞 유리 너머로 길을 보려고 목을 길게 빼고 운전대를 잡은 제스를 알아봤다. 그녀는 전조등도 켜지 않았다.

"맙소사, 제스!"

에드는 잔디를 가르며 전속력으로 달려갔다. 몸에서 물을 뚝뚝 흘리며 허리에 두른 수건을 한 손으로 움켜쥔 채, 제스가 진입로를 돌아 도로로 들어서기 전에 그녀를 막으려고 미친 듯이 잔디를 가로질렀다. 제스가 이쪽으로 고개를 돌렸다가 그를 보고 눈이 휘둥그레졌다. 그녀가 힘껏 기어를 올릴 때 우두둑 소리가 차 밖에서 들렸다.

"제스!"

에드가 차를 따라잡았다. 보닛으로 몸을 던져 손으로 탕 치고는, 옆으로 달려가 가까스로 운전석 문을 비틀었다. 제스가 잠금 장치로 손을 뻗기 전에 문이 열렸다. 그의 몸이 옆으로 휘청했다.

"뭐하는 짓이에요?"

그러나 제스는 멈추지 않았다. 에드는 흔들리는 문을 밀치며 한 손으로 운전대를 잡고, 부자연스럽게 큰 걸음으로 달렸다. 발아래서는 날카로운 자갈들이 느껴졌다. 수건은 이미 오래전에 사라졌다.

"놔요!"

"차 세워요! 제스, 차를 세우라고요!"

"물러나요, 에드! 그러다 다친단 말이에요!"

제스가 그의 손을 쳐냈고, 차가 왼쪽으로 위험하게 방향을 틀었다.

"대체……."

에드가 뛰어들어 겨우 열쇠를 뺐다. 차가 크게 흔들린 후 갑자기 멈췄다. 에드는 차문에 오른쪽 어깨를 세게 부딪쳤다. 제스는 운전대에 코를 심하게 찧었다. 에드가 옆으로 쿵 쓰러지며 어딘가에 머리를 세게 박았다. 그리고 숨을 헐떡이며 바닥에 누웠다. 머리가 빙글빙글 돌았다. 에드는 잠시 후에 정신을 차리고, 열려 있는 문을 잡고 비틀거리며 일어났다. 흐릿한 시야 너머로, 그들이 호수에서 얼마 떨어지지 않은 곳에 있다는 것을 알았다. 잉크처럼 검은 호수가 바퀴 가까이에서 일렁였다. 제스는 운전대 위에 양팔을 얹고 그 사이에 얼굴을 파묻고 있었다. 그녀가 어떻게든 차를 다시 움직일지도 모른다는 생각에, 에드는 얼른 팔을 뻗어 수동브레이크를 당겼다.

"이게 대체 무슨 짓이에요? 무슨 짓을 한 거예요?"

에드의 전신으로 아드레날린과 통증이 빠르게 퍼져나갔다. 악몽이 따로 없었다.

"맙소사, 머리가. 오 이런. 수건이 어디 갔지? 빌어먹을 수건은 어디로 간 거야?"

다른 통나무집들에서 깜빡이며 불이 켜졌다. 에드가 흘긋 올려다보니, 창가에서 그를 내다보는 사람들의 윤곽이 보였다. 에드는 거기에 통나무집이 있는 줄도 몰랐다. 그는 한 손을 오므려 최대한 주요 부위를 가리고, 반은 걷고 반은 뛰다시피 하며 진흙투성이로 바닥에 뒹구는 수건을 집으러 갔다. 에드는 '여기 볼 거 아무것도 없어요'(밤공기가 차가워서 이 말은 즉시 현실이 됐다)라고 말하듯 사람들을 향해 손을 들어 올렸고, 그러자 몇몇이 급히 커튼을 내렸다. 에드가 차로 돌아오자, 제스는 아까와 똑같은 자세로 앉아 있었다.

"당신 오늘 밤 얼마나 취했는지 알아요?"

그가 열린 문 안으로 소리쳤다.

"마리화나를 얼마나 피웠는지 아냐고요. 그러다 죽을 수도 있었어요. 우리 둘 다 죽을 뻔했다고요."

에드는 그녀를 마구 흔들고 싶었다.

"더 거지 같은 일들을 당하고 싶어서 안달이라도 난 거예요? 대체 왜 이러는 거예요?"

그러고는 그 소리를 들었다. 제스는 머리를 손에 묻고 울고 있었다. 조용하고 처량한 소리가 들려왔다.

"미안해요."

에드는 약간 기세가 꺾인 채 수건을 허리에 단단히 감았다.

"무슨 짓을 한 거예요, 제스?"

"아이들을 데려오고 싶었어요. 그 집에 놔둘 수가 없었어요. 마티와 함께는 안 돼요."

에드가 숨을 들이쉬었고, 주먹을 쥐었다 풀었다.

"그 얘기는 이미 끝났잖아요. 아이들은 아주 잘 있어요. 문제가 있으면 전화하겠다고 니키가 그랬어요. 그리고 우린 내일 눈뜨자마자 아이들을 데리러 갈 거예요. 당신도 분명히 알잖아요. 그런데 대체 왜……."

"난 두려워요, 에드."

"두려워요? 뭐가요?"

제스의 코에서 피가 흘렀다. 검붉은 피가 입술 위로 흘러내렸고, 눈에는 마스카라가 검게 번져 있었다.

"난…… 난 아이들이 마티 집에 있는 걸 좋아하게 될까봐 두려워요."

제스의 얼굴이 일그러졌다.

"아이들이 돌아오고 싶지 않다고 할까봐 두려워요."

제스 토머스는 그에게 가볍게 기대며 그의 맨 가슴에 얼굴을 묻었다. 그리고 마침내 에드는 그녀를 끌어안고, 품속에서 그녀가 흐느끼게 내버려두었다.

에드는 종교를 믿는 사람들이 계시적 체험에 대해 말하는 걸 들은 적이 있었다. 한순간 모든 것이 분명해지고, 헛되고 덧없는 것들은 모조리 사라져버린 느낌을 받는다고 했다. 에드는 자신에게 그런 일이 일어날 가능성은 거의 없다고 생각했다. 하지만 칼라일 근처의 어느 호숫가 혹은 운하라고 불러도 좋을 어느 물가의 통나무집에서, 에드 니콜스는 그런 순간을 맞이하게 됐다.

그 순간 에드는 잘못된 일을 바로잡아야 한다는 것을 깨달았다. 에드는 자신의 일로 느낀 어떤 감정보다도 맹렬하게 제스가 당한 일을 부당하게 느꼈다. 제스를 껴안고 그녀의 정수리에 입을 맞추며, 그의 몸에 꼭 붙은 그녀를 느끼며, 그녀와 아이들을 행복하게 하기 위해, 그들을 안전하게 보호하고 그들에게 정당한 기회를 주기 위해 할 수 있는 모든 일을 할 것임을 깨달았다. 나흘 만에 그런 걸 어떻게 아느냐고 에드는 자문하지 않았다. 평생 이보다 분명하게 느낀 일도 없었다. 에드가 그녀의 머리에 대고 조용히 말했다.

"다 잘 될 거예요. 내가 그렇게 만들 거니까요."

에드는 그러고 나서 그녀에게, 고백하는 사람처럼 나지막한 목소리로, 지금까지 그가 만난 여자들 중에 가장 놀라운 여자라고 말해줬다. 그러고는 제스가 부은 눈으로 그를 올려다봤을 때, 에드는 그녀의 코피를 닦아주고, 입술에 부드럽게 자신의 입술을 포개고, 지난 마흔여덟 시간 동안 원했던 일을 했다. 물론 처음에는 너무 바보 같아서 알지 못했지만 말이다. 에드는 그녀에게 키스했다. 그리고 그녀가 다시 그에게, 처음에는 망설이듯, 그러다 차츰 열정적으로, 한 손을 살며시 그의 목으로 올리며, 눈을 꼭 감고서 키스했을 때, 에드는 그녀를 번쩍 안아서 통나무집으로 데려갔다. 그리고 그녀가 오해하지 않으리라고 확신하는 방식으로 그녀에게 보여주려 애썼다.

왜냐하면 그 순간, 에드 니콜스는 자신이 제스보다는 마티에 가깝다고 느꼈기 때문이다. 그는 어떤 일과 마주하기보다 그 일로부터 도망치기 바쁜 비겁한 사람이었다. 그리고 이제 그런 모습은 바뀌어야 했다.

"제스?"

그녀의 살갗에 입을 대고 에드가 부드럽게 말했다. 얼마의 시간이 흐른 후였고, 삶 전체가 180도 바뀐 듯한 느낌에 경이로워하며 누워 있을 때였다.

"부탁 하나만 들어줄래요?"

"또요?"

제스가 졸린 듯이 말했다. 그녀의 손이 가볍게 그의 가슴에 얹혔다.

"세상에."

"아뇨. 내일요."

에드가 그녀의 머리로 고개를 숙였다.

제스가 자세를 바꿔서 자신의 다리로 그의 다리를 쓸어내렸다. 에드는 그녀의 입술이 살에 닿는 걸 느꼈다.

"물론이죠. 무슨 부탁인데요?"

에드가 천장을 올려다봤다.

"나와 함께 아버지 댁에 가줄래요?"

24

니키 NICKY

제스가 가장 잘하는 말("다 잘 될 거야"와 "어떻게든 방법을 마련할 거야"와 "오, 세상에, 노먼!" 다음으로)은 가족에는 다양한 형태와 크기가 있다는 것이다.

"엄마, 아빠, 아이 두셋, 이거 다 옛말이라고."

제스는 말한다. 마치 계속해서 말하다 보면 모든 사람이 실제로 믿게 되기라도 하듯이. 과거에 우리 가족이 이상한 형태를 하고 있었다면, 지금은 그야말로 말도 안 되는 형태를 하고 있다.

지금까지 나한테는 전임제 엄마, 그러니까 보통 사람들에게 있는 그런 엄마가 없었다. 그런데 내게 시간제 엄마가 생긴 모양이다. 린지. 린지 포가티. 그 아줌마가 나를 어떤 애라고 생각하는지는 모르겠다. 아줌마가 곁눈으로 나를 흘끔거리며, 혹시라도 내가 사악하고 '고딕스럽게' 거북이를 씹어 먹거나 다른 사고를 치지는 않을까 가늠하려 애쓰던 모습이 기억난다. 아빠는 아줌마가 지방의회에서 높은 자리에 있다고 말해줬다. 마치 자기가 출세하기라도 한 것처럼 굉장히 자랑스럽게 말했다. 아빠가 아줌마를 바라보는 그런 눈길로 제스를 바라본 적이 있는지 기억나지 않았다.

이 집으로 들어오고 한동안은 정말 어색했다. 나한테는 말하자면, 내가 어울리지 않는다고 느껴지는 곳이 한 군데 더 늘어난 셈이었다. 집은 정말 정말 깨끗했고, 우리 집과는 달리 책이 하나도 없었다. 제스는 화장실을 제외한 모든 곳에 책을 쌓아두는데 말이다. 화장실에도 변기 옆에 한 권씩은 있었다. 이런 데서 이렇게 평범한 사람처럼 살면서 우리한테는 계속 거짓말을 했다는 사실이 도저히 믿기지 않아, 나는 아빠를 계속 쳐다봤다. 그리고 같은 이유로 아줌마도 싫었다. 아빠가 싫은 것처럼.

그러다가 저녁을 먹으며 탠지가 무슨 말을 했는데, 린지 아줌마가 웃음이 터졌다. 정말 바보 같이 꺽꺽거리며 웃어서, 속으로 내가 '뱃고동 포가티' 하고 읊조릴 정도였다. 아줌마는 손으로 입을 틀어막았고, 그런 소리는 절대로 내면 안 된다는 듯이 아빠와 눈짓을 주고받았다. 그러고는 아줌마의 눈가에 잡힌 주름으로 눈길이 갔는데, 왠지 모르게 그 모습에 아줌마가 괜찮은 사람일지도 모른다는 생각이 들었다.

내 말은, 아줌마 가족도 이상한 형태인 건 마찬가지 아닌가, 라는 생각이 들었다는 것이다. 아줌마에게는 수지와 조시라는 아이가 있고, 아빠도 있었다. 그리고 갑자기 나(고스 보이, 아빠는 그렇게 불렀다. 재밌다는 듯이)와 안경을 두 개 겹쳐 쓴 탠지가 나타났다. 탠지는 안경 하나로는 잘 보이지 않는다며 그 위에 또 하나를 겹쳐 쓰고 있었다. 그리고 제스는 아줌마네 집 앞에서 차를 발로 차면서 미친 사람처럼 굴었다. 엄마한테 마음이 있는 게 분명한 니콜스 아저씨는 그곳에서 유일한 어른인 듯 조용히 돌아다니며 모두를 진정시켰다. 그리고 아빠는 내 생모에 관해 말해야 했을 것이다. 내가 제스의 집으로 들어온 뒤 처음 맞은 크리스마스에 그랬던 것처럼, 친엄마가 아줌마네 집 앞에 나타날지도 모르기 때문이다. 그 첫 크리스마스에 친엄마는 우리 집 창문에 병을 던지고 목이 쉬도록 비명을 질러대는 통에 이웃이 경찰을 불렀다. 그러니까 이 모든 걸 고려할 때, '뱃고동 포가티' 아줌마도 자신의 가족이 애초에 생각한 것과는 상당히 다른 모습이라고 느낄 것이다.

왜 이런 소리를 여기에다 하고 있는지 나도 잘 모르겠다. 지금은 새벽 세 시 반이고, 다른 사람들은 모두 잠들었고, 나는 탠지와 함께 조시의 방에 있는데 조시는 자기 컴퓨터(조시와 수지는 각자 자기 컴퓨터가 있었다. 당연히 매킨토시)가 있고, 비밀번호를 기억하지 못해서 게임은 할 수 없었다. 나는 니콜스 아저씨가 블로그에 관해 했던 말을 계속 생각하고 있었다. 내 생각을 블로그에 꺼내놓으면, 영화 「꿈의 구장」에 나온 야구 관중처럼, 나의 종족이 찾아올지도 모른다는 말.

여러분은 나와 같은 종족이 아닐지도 모른다. 특가 판매 타이어나 포르노 같은 걸 검색하다가 오타가 나서 잘못 들어온 사람일지도 모른다. 그래도 나는 여기에 내 이야기를 꺼내놓으려고 한다. 혹시라도 나와 비슷한 사람이 방문할 때를 대비해서.

그리고 지난 24시간 동안 깨달은 바가 있기 때문이다. 나는 다른 사람들처럼 가족들 사이로 편안하게 들어가지 못할지도 모른다. 그러니까 동그란 구멍에 꼭 맞는 작고 동그란 핀들처럼 말이다. 우리 가족은 모든 핀과 구멍이 이전에 다른 곳에 속해 있던 것이어서, 너무 꽉 끼거나 한쪽으로 약간 기우뚱했다. 하지만 내가 하고 싶은 말은 이것이다. 일상에서 멀어져서 그런지, 아니면 지난 며칠간의 체험이 너무 강렬해서 그런지, 아빠가 나를 만나서 정말 기쁘다며 눈물을 글썽이는데 불현듯 깨달음이 왔다. 아빠는 얼간이지만, 나의 얼간이고, 내게 있는 유일한 얼간이였다. 그리고 병원의 침대 곁에서 내 어깨에 손을 얹던 제스,

나를 이곳에 남겨둘 생각에 전화선 너머에서 억지로 눈물을 삼키던 제스. 분명히 세상이 무너진 듯 느낄 텐데도 학교 문제에 관해 아주아주 의연하게 행동하려고 애쓰는 내 여동생, 그런 그들을 떠올리니 내가 어딘가에 속해 있다는 걸 알게 됐다.

나는 그러니까, 그들에게 속해 있는 것이다.

25

제스 JESS

에드는 베개에 기대어 제스가 화장하는 모습을 지켜봤다. 그녀는 작은 통에 든 컨실러를 얼굴의 멍에 덧바르고 있었다. 에어백에 부딪힌 관자놀이 부분에 퍼렇게 든 멍은 대충 가려졌다. 하지만 코는 보라색으로 물들었고, 혹처럼 솟아오른 부위는 피부가 팽팽하게 당겨졌다. 그리고 무허가 업소에서 성형수술을 받은 여자처럼 윗입술이 엄청나게 부풀어 올랐다.

"어디서 코를 한 방 언어맞은 사람 같아요."

제스가 손가락으로 입술을 조심스레 문질렀다.

"그쪽도 마찬가지예요."

"뭔가에 언어맞긴 했죠. 내 차요. 당신 덕분에."

제스가 살짝 고개를 기울이고 거울을 통해 그를 봤다. 그가 천천히 한쪽 입꼬리를 끌어올리며 웃었다. 턱에는 거뭇하게 수염이 돋았다. 제스는 마주 웃어주지 않을 수 없었다.

"제스, 그렇게 덧바르는 게 도움이 될까 싶은데요? 뭘 해도 두들겨 맞은 사람처럼 보일 거예요."

"난 당신 부모님께 문에 부딪혔다고 말하려고 했는데요. 슬픈 목소리로요. 당신 쪽을 흘끔거리면서."

에드가 한숨을 쉬고 기지개를 켜며 눈을 감았다.

"오늘 해 질 무렵까지 그분들이 내가 한 일 중에서 그걸 제일 나쁜 일로 생각한다면, 아마 난 이번 일을 걱정하지 않아도 될 거예요."

제스는 멍을 가리는 걸 포기하고 화장품 가방을 닫았다. 에드의 말이 맞았다. 하루 종일 얼음 팩으로 마사지를 하지 않는 한 구타당한 것처럼 보이지 않을 방법이 없었다. 화끈거리는 윗입술을 혀로 조심스럽게 훑어봤다.

"이걸 전혀 못 느꼈다니 믿을 수가 없어요. 우리가 어제…… 어젯밤에요."

어젯밤.

제스가 침대로 기어올라 에드 곁에 벌렁 드러누웠다. 그의 몸이 닿는 느낌이 좋았다. 1주 전만 해도 두 사람이 제대로 만난 적도 없었다는 사실이 도무지 믿기지 않았다. 에드가 졸음에 겨운 눈을 뜨고, 손을 뻗어 제스의 머리카락을 만지작거렸다.

"그게 다 내 동물적인 매력의 힘이죠."

"아니면 마리화나 두 대랑 메를로 와인 한 병 반의 힘이거나."

에드가 제스의 목에 팔을 두르고 가까이 끌어당겼다. 제스는 눈을 감으며 그의 체취를 들이마셨다. 에드에게서 기분 좋은 섹스의 냄새가 났다.

"그러지 마요."

그가 화난 척하며 말했다.

"오늘 나 상태 좀 안 좋아요."

"목욕물 받아줄게요."

제스가 차문에 부딪힌 머리의 상처를 살짝 어루만졌다. 둘은 길고 천천히, 그리고 달콤하게 키스를 나눴다. 가능성이 보였다.

"기분 괜찮아요?"

"최고예요."

그가 한쪽 눈을 떴다.

"아뇨. 점심 말이에요."

순간적으로 표정이 심각해지며 에드가 베개로 다시 머리를 뉘였다. 제스는 괜히 얘기를 꺼냈다 싶었다.

"아뇨. 하지만 끝내고 나면 기분이 나아지겠죠."

제스는 화장실에서 홀로 괴로워하다가 여덟 시 사십오 분에 마티에게 전화를 걸어, 해결할 일이 있어서 아이들을 세 시에서 네 시 사이에 데리러 가겠다고 했다. 부탁한 게 아니었다. 이제부터는 그녀가 결정하고 그에게 따르라고 할 요량이었다. 그는 탠지를 바꿔줬고, 탠지는 노먼이 자기 없이 어떻게 지내는지 물었다. 개는 마치 3D 양탄자처럼 불 앞에서 몸을 쭉 펴고 널브러져 있었다. 아침 먹을 때를 제외하고 지난 열두 시간 동안 한 번이라도 꿈쩍했는지 제스는 확신할 수 없었다.

"겨우 살아 있어."

"아빠가 베이컨 샌드위치를 만들 거래요. 그러고 나서 공원에 갈 거예요. 아빠랑 나랑 니키 오빠만요. 린지 아줌마는 수지를 발레에 데려다줘야 해요. 수지는 일주일에 두 번 발레 레슨을 받는대요."

"재밌겠네."

발로 차주고 싶은 것에 대해 쾌활한 목소리로 말할 수 있는 건 초능력이 아닐까 제스는 생각했다.

"세 시 좀 넘어서 데리러 갈게."

다시 전화를 받은 마티에게 제스가 말했다.

"탠지한테 외투 입히는 거 잊지 마."

"제스."

전화를 끊으려는 순가 그가 불렀다.

"왜?"

"애들은 아주 잘 있어. 둘 다. 난······."

제스가 침을 꿀걱 삼켰다.

"세 시 넘어서야. 더 늦어지면 전화할게."

제스가 노먼을 산책시키고 돌아오니, 에드는 일어나서 아침 식사를 마친 후였다. 부모님 댁으로 향하는 동안, 두 사람은 차 안에서 침묵을 지켰다. 에드는 면도를 한 후 티셔츠를 두 번이나 갈아입었지만, 제스의 눈에는 똑같아 보였다. 그녀는 운전하는 에드의 곁에 말없이 앉아 있었다. 아침이 흐르고 거리를 달릴수록 전날 밤의 친밀감이 조금씩 흐려지는 것이 느껴졌다. 제스는 몇 번이나 입을 열었지만, 무슨 말을 해야 할지 몰랐다. 누군가 피부를 한 꺼풀 벗겨내서 신경 끝이 죄다 드러난 기분이었다. 웃음소리는 턱없이 컸고, 움직임은 남의 눈을 의식한 듯 부자연스러웠다. 아주 오랫동안 잠에 빠져 있는데 누군가 갑자기 흔들어 깨운 기분이었다.

제스가 정말 원하는 것은 에드를 어루만지고 그의 허벅지에 손을 얹는 것이었다. 하지만 그들은 이제 침대 밖으로 나왔고, 가혹

할 정도로 환한 빛 아래 있었고, 그런 행동을 해도 괜찮은지 확신할 수 없었다. 에드가 어제의 일을 어떻게 생각하는지도.

제스가 멍든 발을 들어 올려서 냉동 완두콩 봉지를 얹었다. 잠시 후에 뗐다가 다시 얹었다.

"괜찮아요?"

"네."

제스는 달리 할 일이 없기에 그러고 있는 것이었다. 그녀가 에드에게 살짝 웃어주자 그도 웃어 보였다. 제스는 몸을 기울여 키스하면 어떨까 생각했다. 그의 목덜미를 살며시 쓸어내려 어젯밤처럼 그녀를 바라보게 하면 어떨까. 안전벨트를 풀고 옆 좌석으로 몸을 기울여서 억지로 도로변에 차를 세우고, 20분간 그가 아무 생각도 하지 않게 해주고 싶었다. 그런 다음에는 나탈리를 떠올렸다. 3년 전, 충동적으로 굴고 싶은 마음에, 트럭을 모는 딘에게 깜짝 펠라티오를 해줬다고 했다. 딘은 지금 뭐하는 거냐고 고함을 치고, 미니 메트로 슈퍼마켓 뒤편을 그대로 들이받았다. 그리고 그가 미처 바지를 추어올리기도 전에, 나탈리의 고모 도린이 슈퍼마켓에서 뛰쳐나와 모두 보고 말았다. 도린은 그날 이후 나탈리를 전과 다른 시선으로 바라봤다.

그러니까 그러지 않는 게 좋았다. 에드가 운전하는 모습을 제스는 계속 훔쳐봤다. 그녀는 이제 에드의 손을 볼 때마다, 자신의 몸에 올려져 있던 모습이 저절로 떠오른다는 걸 깨달았다. 배의 맨살을 천천히 어루만지며 내려가 음모를 부드럽게 쓸던 모습도. 오, 맙소사. 제스는 얼른 다리를 꼬고는 창밖을 뚫어져라 쳐다봤다. 에드의 마음은 다른 곳에 가 있었다. 에드는 점점 조용해졌고, 턱 근육은 단단히 조여지고, 손은 운전대에 꽉 고정됐다.

제스는 다시 앞으로 고개를 돌리고, 냉동 완두콩 주머니를 발등에 제대로 놓은 다음, 기차를 생각했다. 가로등도. 수학 올림피아드도. 그들은 묵묵히 차를 달렸고, 그들의 생각은 트윈 바퀴처럼 나란히 윙윙거리며 굴러갔다.

에드의 부모님이 사는 곳은 회색 돌로 지어진 빅토리아풍 주택이었다. 테라스식 거리의 끝이었는데, 그곳의 집들은 창가 화단을 누가 더 깔끔하고 예쁘게 꾸미는지 서로 겨루기라도 하는 것 같았다. 에드는 차를 세우고 시동을 껐다. 그러고는 움직이지 않았다.

제스가 무심코 팔을 뻗어 에드의 손을 건드렸다. 그녀가 거기 있다는 걸 잊어버린 사람처럼 에드가 고개를 돌려 그녀를 봤다.

"정말 나랑 같이 들어가도 괜찮겠어요?"

"그럼요."

제스가 약간 더듬었다.

"진심으로 고마워요. 아이들을 데리러 가고 싶었을 텐데."

제스가 그의 손에 잠시 손을 얹었다.

"괜찮아요."

둘은 함께 집까지 걸어갔고, 에드는 잠시 멈췄다가, 대문을 날카롭게 두드렸다. 서로를 흘긋 쳐다보고 어색하게 웃으며 문이 열리기를 기다렸다. 그리고 조금 더 기다렸다.

30초쯤 지나고 나서, 에드가 다시 더욱 크게 문을 두드렸다. 그러고는 웅크리고 앉아 우편물 투입구로 안을 들여다봤다.

에드가 일어나서 전화기를 꺼냈다.

"이상하네요. 제마가 분명히 오늘 점심이라고 했는데. 확인해볼게요."

그가 휴대전화에서 메시지를 확인하고 고개를 끄덕인 후, 다시 문을 두드렸다.

"안에 누가 있다면 분명히 들었을 거예요."

제발 한 번만이라도 좀 집으로 걸어가 문들 두드렸을 때 예상대로 일이 진행되면 좋겠다고, 제스는 스치듯이 생각했다. 머리 위에서 덜걱거리며 창문이 올라가는 소리가 들려서 그들은 깜짝 놀랐다. 에드가 한 걸음 뒤로 물러나서 옆집을 올려다봤다.

"에드 아니니?"

"안녕하세요, 해리스 부인. 저희 부모님을 뵈러 왔는데요. 혹시 어디 계신지 아세요?"

부인이 인상을 찌푸렸다.

"오, 에드. 얘야, 너희 부모님은 병원에 가셨어. 아버지 상태가 오늘 아침에 안 좋아진 것 같더구나."

에드가 손으로 눈을 가렸다.

"어느 병원이죠?"

부인이 잠시 망설였다.

"왕립 병원이야. 왕복4차선 도로를 타고 6킬로미터 정도 가면 돼. 도로 끝에서 왼쪽으로 돌아서……."

"알겠습니다, 해리스 부인. 어디 있는지 알아요. 고맙습니다."

"몸조리 잘 하시라고 전해주렴."

부인은 그렇게 외쳤고, 제스는 창문이 내려가는 소리를 들었다. 에드는 이미 차 문을 열고 있었다.

그들은 몇 분 후에 병원에 도착했다. 제스는 말이 없었다. 무슨 말을 해야 할지 몰랐다. 어느 순간에 용기를 내어 이렇게 말했다.

"그래도 당신을 보면 기뻐하실 거예요."

하지만 그건 바보 같은 말이었고, 에드는 생각에 빠져 있느라 듣지도 못한 듯했다. 그가 접수처에서 아버지의 이름을 대자, 직원이 손가락으로 스크린을 훑었다.

"암 병동이 어딘지 아시죠?"

스크린에서 고개를 들고 그녀가 말했다. 그들은 엘리베이터를 타고 두 층을 올라갔다. 에드는 인터컴으로 그의 이름을 말한 후, 병동 문 옆에 놓인 항균 로션으로 손을 소독했다. 마침내 문이 달칵 열렸고, 제스는 에드를 따라 안으로 들어갔다.

한 여자가 복도를 따라 그들에게로 걸어왔다. 펠트 스커트에 색깔이 있는 타이즈를 입었고, 끝이 삐죽삐죽한 짧은 머리를 했다.

"안녕, 제마."

에드가 걸음을 늦추며 말했다. 여자는 믿을 수 없다는 표정으로 그를 쳐다봤다. 어금니가 꽉 물렸고, 순간 제스는 그녀가 뭔가 말을 하려는 줄 알았다.

"만나서 반……."

에드가 입을 열었다. 불시에 여자의 손이 날아와 에드의 뺨을 갈겼다. 짝, 하는 소리가 복도로 울려 퍼졌다.

에드가 뺨을 감싸고 비틀거리며 뒤로 물러섰다.

"이게 무슨……."

"재수 없는 자식. 이 빌어먹을 재수 없는 자식아."

그녀가 소리쳤다. 두 사람이 서로를 노려봤다. 에드는 피가 나는지 확인하듯 손을 내려 손바닥을 펴 봤다. 여자는 자신의 행동에 놀란 표정으로 손을 흔들어 털었다. 그리고 잠시 후 제스에게 조심스레 손을 내밀었다.

"안녕하세요. 제마라고 해요."

제스는 망설이다가, 손을 잡고 살짝 흔들었다.

"제스라고 합니다."

그녀가 얼굴을 찌푸렸다.

"급한 도움이 필요한 아이를 둔 엄마요."

제스가 고개를 끄덕이자, 제마가 위아래로 천천히 훑어봤다. 그녀의 미소는 적대적이라기보다는 지쳐 보였다.

"그래 보이네요. 좋아. 엄마는 복도 끝에 계셔, 에드. 얼른 가서 인사드리는 게 좋을 거야."

"걔가 여기 왔다고? 에드가?"

암회색 머리를 깔끔하게 틀어 올린 여인이 놀라며 물었다.

"오, 에드! 너로구나. 오, 얘야. 이렇게 보게 되다니. 그런데 얼굴은 왜 이러니?"

에드는 어머니를 안아주고는, 어머니가 코를 만지려 하자 손을 피하며 제스를 흘끗 봤다.

"저는…… 문에 부딪혀서 그래요."

어머니가 다시 에드를 안으며 등을 토닥였다.

"오, 널 보게 되어서 얼마나 기쁜지 모르겠구나."

에드는 어머니 품에 가만히 안겨 있다가 부드럽게 빠져나왔다.

"엄마, 이쪽은 제스라고 해요."

"저는…… 에드 친구예요."

"만나서 정말 반가워요. 난 앤이에요."

그녀의 시선이 제스의 얼굴 위로 빠르게 움직이며, 멍든 코와 살짝 부은 입술을 봤다. 그녀는 잠시 망설이다가 묻지 않기로 마음을 정했다.

"에드한테 얘기 많이 들었다는 인사는 못하겠네요. 하지만 얘는 뭐에 대해서도 얘기를 많이 하지 않아요. 그러니까 제스가 나한테 들려줘야 해요."

어머니가 에드의 팔에 손을 얹으며, 미소가 약간 흐려졌다.

"근사한 점심을 준비했는데……."

제마가 어머니에게 한 걸음 다가서며 핸드백 안을 뒤적이기 시작했다.

"아버지 상태가 다시 안 좋아졌잖아요."

"아버지가 얼마나 이 날을 기다리셨다고. 사이먼과 디어드리한테도 약속을 취소한다고 연락을 해야 했어. 두 사람이 막 고원지대에서 출발했을 때 말이다."

"유감이네요."

제스가 말했다.

"그러게요. 뭐 어쩔 수 없지요."

그녀는 기운을 되찾은 듯했다.

"정말이지 이건 병 중에서도 가장 몹쓸 병이에요. 난 감정적으로 받아들이지 않으려고 무진 애를 쓰고 있어요."

그녀가 제스에게로 몸을 기울이며 쓸쓸하게 웃어 보였다.

"가끔 난 방에 들어가서 이 병에 대고 아주 끔찍한 욕을 퍼붓기도 해요. 그러면 밥은 아주 질겁하지만."

제스도 그녀에게 웃어줬다.

"원하시면 저도 거들어드릴게요."

"오, 제발 그렇게 해줘요! 멋진 생각이에요. 고약한 욕일수록 좋아요. 그리고 큰 소리로 할수록 좋고. 반드시 큰소리로 빽 내질러야 해요."

"소리 지르는 건 제스가 잘할 걸요."

에드가 입술을 톡톡 두드리며 말했다. 잠시 침묵이 흘렀다.

"연어를 통째로 한 마리 샀는데."

앤이 누구에게랄 것 없이 말했다. 제스는 자신을 관찰하는 제마의 시선을 느꼈다. 청바지 위로 문신이 보일까봐 무의식중에 티셔츠를 당겨 내렸다. 제스는 '사회복지사'라는 단어만 들으면, 언제나 관찰당하는 기분이 들었다. 앤이 그녀를 지나 에드를 향해 팔을 활짝 벌렸다. 또다시 갈구하듯 에드를 꼭 끌어안는 모습에 제스는 조금 움찔했다.

"오, 애야. 우리 아들. 내가 좀 아들한테 심할 정도로 들러붙는 엄마라는 건 알지만, 부디 이 엄마를 만족시켜주렴. 우리 아들을 이렇게 보니 정말 좋구나."

에드도 어머니를 안아주며 제스를 잠시 쳐다봤다. 죄지은 표정으로.

"어머니가 날 마지막으로 안아준 건 1997년이었죠."

제마가 중얼거렸다. 자신이 소리 내어 말하고 있다는 걸 알지 못하는 것처럼 보였다.

"저희 엄마는 아마 한 번도 안아주지 않으셨을걸요."

제스가 말했다. 제마가 그녀를 쳐다봤다.

"저…… 내가 동생 얼굴 갈긴 것 말이에요. 내가 무슨 일을 하는지는 아마 동생한테 들었을 거예요. 그냥 보통 때는 사람들을 그렇게 때리고 그러지 않는다는 걸 강조해야 할 것 같은 기분이 드네요."

"남동생은 항상 예외죠."

그 순간 제마의 눈에 따듯한 빛이 스쳤다.

"그거 참 합리적인 규칙이군요."

"그 문제는 신경 쓰지 마세요. 사실 저 자신도 요 며칠간 몇 번이나 그러고 싶었거든요."

밥 니콜스는 병원 침대에 누워 턱까지 담요를 덮고 있었다. 손은 가볍게 담요 위에 얹었다. 낯빛은 밀랍처럼 누르스름하게 창백했고, 살갗 아래로 두개골이 드러나 보일 정도로 야위었다. 그들이 들어가자 그의 머리가 천천히 문 쪽을 향했다. 산소마스크가 침대 옆 탁자에 놓여 있었고, 그의 볼에 희미하게 움푹 들어간 자국이 있는 걸로 보아 얼마 전까지 마스크를 착용하고 있었던 듯했다. 그의 모습은 보고 있기가 고통스러울 정도였다.

"안녕하세요, 아버지."

에드가 충격을 감추려고 기를 쓰는 모습을 제스는 가만히 지켜봤다. 그가 몸을 구부려 아버지에게 다가가다, 주춤하고는 어깨에 가볍게 손을 얹었다.

"에드워드."

아버지가 쉰 목소리로 말했다.

"우리 에드 좋아 보이지 않아요, 밥?"

에드의 어머니가 말했다. 아버지는 푹 꺼진 눈꺼풀 아래로 그를 좀 더 살펴봤다. 그러고는 느릿하고 신중하게 말했다.

"아니. 누군가에게 아주 죽도록 두들겨 맞은 꼴을 하고 있네."

에드의 광대뼈에 누나에게 맞은 자국이 새롭게 남은 게 제스의 눈에 들어왔다. 제스는 저도 모르게 다친 입술로 손이 올라갔다.

"얘는 그동안 어디 있었던 거요?"

"아버지, 여긴 제스라고 해요."

아버지의 눈길이 그녀에게로 향했다. 눈썹이 0.5센티미터 정도 올라갔다.

"그쪽 얼굴은 또 왜 그런 거요?"

그가 제스에게 속삭였다.

"차랑 약간 다툼이 있었어요. 제 잘못이에요."

"저 애 얼굴도 그래서 그런 거고?"

"네."

그가 제스의 얼굴을 물끄러미 쳐다봤다.

"골칫덩이처럼 생겼네."

그가 말했다.

"아가씨 골칫덩이요?"

제마가 그에게로 몸을 기울였다.

"아버지! 제스는 에드 친구예요."

그는 제마의 말을 일축했다.

"살날이 얼마 남지 않았다는 데에 작은 이점이 있다면, 내키는 대로 말을 할 수 있다는 거야. 저쪽은 별로 기분 나빠하는 것 같지 않구나. 기분 나빠요? 미안하지만 이름이 기억나지 않네요. 머릿속에 뇌세포가 남지 않은 것 같아."

"제스예요. 그리고 기분 나쁘지 않습니다."

그가 계속 쳐다봤다.

"그리고 맞아요. 아마 저는 골칫덩이일 거예요."

제스도 그를 바라보며 말했다.

그의 얼굴에 천천히 미소가 퍼져나갔고, 제스는 언뜻 그가 병을 앓기 전에 어떤 모습이었을지 상상이 갔다.

"그렇다니 반갑군. 나는 항상 골칫덩이인 여자들을 좋아했으니까. 그리고 이놈은 컴퓨터 앞에만 너무 오래 앉아 있었고."

"기분은 좀 어떠세요, 아버지?"

밥 니콜스가 눈을 껌뻑였다.

"난 죽어가고 있어."

"우리 모두 죽어가고 있어요, 아버지."

제마가 대꾸했다.

"네 그 사회복지사 궤변을 늘어놓을 생각은 하지 마라. 난 불쾌하고 빠르게 죽어가고 있어. 신체 기능은 몇 가지 남지 않았고, 인간으로서의 품위는 거의 남지 않았어. 아마 크리켓 시즌이 끝날 때까지도 버티지 못할 거다. 그렇게 말하면 네 물음에 대한 답이 되겠냐?"

"죄송해요. 자주 뵈러 오지 못해서."

"바빴잖냐."

"말이 나왔으니까……."

에드가 입을 열었다. 손은 주머니에 깊이 찔러 넣었다.

"아버지. 드릴 말씀이 있어요. 모두에게요."

제스가 급하게 일어섰다.

"저는 가서 샌드위치라도 좀 사올게요. 말씀들 나누시게요."

제마가 그녀를 살피는 시선이 느껴졌다.

"음료도 좀 사오고요. 차나 커피 괜찮으시죠?"

밥 니콜스가 그녀 쪽으로 머리를 돌렸다.

"방금 왔잖소. 그냥 여기 있어요."

제스가 에드를 쳐다봤다. 그가 작게 어깨를 으쓱했다.

"무슨 얘긴데 그러니, 얘야?"

어머니가 그를 향해 한 손을 뻗었다.

"너 괜찮은 거야?"

"전 괜찮아요. 뭐. 괜찮은 편이에요. 그러니까 건강은 나쁘지 않아요. 하지만……"

에드가 마른침을 삼켰다.

"아뇨, 전 괜찮지 않아요. 꼭 말씀드려야 할 게 있어요."

"뭔데?"

제마가 물었다. 에드가 크게 숨을 들이마셨다.

"좋아요. 제가 하려는 말은 이거에요."

"뭐."

제마가 재촉했다.

"맙소사, 에드. 무슨 말이냐고."

"저 내부자거래 혐의로 조사를 받고 있습니다. 회사도 정직 상태고요. 다음 주에 경찰서에 출두해야 하는데 아마 기소될 것 같아요. 그리고 감옥에 가게 될지도 모르고요."

방 안이 침묵에 잠겼다고 말한다면 너무나 불충분한 설명이었다. 마치 누군가 방 안의 공기를 싹 빼버린 느낌이었다. 제스는 기절할 것만 같았다.

"농담하는 거지?"

에드의 어머니가 입을 열었다.

"아뇨."

"저는 내려가서 차를 사오는 게 좋겠어요."

제스가 말했다. 누구도 제스에게 주의를 기울이지 않았다. 에드의 어머니가 플라스틱 의자 위로 천천히 주저앉았다.

"내부자거래?"

제마가 제일 먼저 입을 열었다.

"그건…… 그건 정말 심각한 범죄잖아, 에드."

"그래 알아, 제마."

"진짜 내부자거래를 말하는 거야? 뉴스에 나오는 그런 거?"

"맞아."

"에드에겐 실력 있는 변호사가 있어요."

누구도 제스의 말을 듣지 않는 듯했다.

"수임료가 아주 비싼 변호사요."

에드의 어머니가 입으로 손을 가져가다 중간에 멈췄다. 그리고는 천천히 내렸다.

"이해할 수가 없구나. 언제 그런 일이 있었다는 거니?"

"한 달쯤 전에요. 그 내부자거래 혐의와 관련된 일은요."

"한 달 전이라고? 그런데 왜 우리한테는 말하지 않았어? 우리가 도울 수 있었을지도 모르는데."

"그럴 수 없었어요, 엄마. 누구도 못 도와요."

"하지만 감옥이라니? 범죄자처럼 감옥에 간다는 거니?"

앤 니콜스는 얼굴이 창백해졌다.

"감옥까지 갈 정도면 범죄자인 게 맞죠, 엄마."

"사람들이 해결할 거야. 뭔가 실수가 있었다는 걸 알게 되겠지만, 어쨌든 모두 해결할 거야."

"아뇨, 엄마. 그렇게 되지는 않을 것 같아요."

다시금 긴 정적이 흘렀다.

"넌 괜찮겠니?"

"괜찮을 거예요. 제스가 말한 대로, 실력 좋은 변호사들이 있거든요. 지금도 있고. 그 사람들은 벌써 내가 금전적인 이익을 조금도 취하지 않은 점을 증명했어요."

"돈을 번 것도 아니라고?"

"실수를 저지른 것뿐이에요."

"실수?"

제마가 말했다.

"그게 무슨 소리야. 어떻게 실수로 내부자거래를 할 수 있다는 거야?"

에드는 어깨를 펴고 누나를 바라봤다. 숨을 크게 들이쉬고, 제스 쪽을 흘끗 봤다. 그러고는 천장을 올려다봤다.

"어떤 여자와 섹스를 했어. 좋아한다고 생각했거든. 하지만 그 여자는 내가 생각하던 것과는 다르다는 걸 알게 됐고, 상처 같은 걸 주고받지 않고 조용히 떠나줬으면 싶었어. 그런데 그 여자가 여행을 하고 싶다고 했어. 그래서 성급하게 결정을 내리고 여자한테 빚을 갚고 여행을 떠날 수 있는 여분의 돈을 마련할 방법을 말해줬어."

"내부 정보를 줬구나."

"맞아. 스팩스에 관해서. 최근에 출시한 우리 회사 주력 상품."

"맙소사."

제마가 고개를 저었다.

"믿을 수가 없어, 정말."

"언론에는 아직 내 이름이 공개되지 않았어. 하지만 곧 공개될 거야."

에드는 주머니에 손을 넣은 채 가족들을 똑바로 쳐다봤다. 오직 그녀만이 그의 손이 떨리는 걸 감지했는지 제스는 궁금했다.

"그래서…… 저…… 그래서 집에 올 수 없었어요. 알게 해드리고 싶지 않아서요. 아시기 전에 어떻게든 문제가 해결되었으면 했거든요. 하지만 그런 일은 이제 불가능하게 되었네요. 그리고 죄송하다고 말씀드리고 싶었습니다. 일이 터지자마자 말씀드렸어야 하는 건데. 그리고 더 자주 찾아뵈었어야 하는 건데. 하지만 전…… 전 가족들이 진실을 모르기를 바랐어요. 제가 모든 걸 엉망진창으로 만들었다는 걸 모르길 바랐어요."

제스의 오른 다리가 자기 마음대로 움찔거렸다. 제스는 바닥 타일의 흥미로운 모양에 집중하며 다리를 멈추려고 애썼다. 제스가 마침내 시선을 들었을 때, 에드는 아버지를 뚫어지게 쳐다보고 있었다.

"어떠세요?"

"뭐가 어떠냐는 거냐?"

"아무 말씀 안 하실 거예요?"

밥 니콜스가 베게에서 천천히 머리를 들어 올렸다.

"무슨 말을 듣고 싶은 거냐?"

에드와 아버지가 서로를 똑바로 쳐다봤다.

"멍청한 짓을 저질렀다는 말을 듣고 싶은 거냐? 그렇다면 그렇게 말해주마. 네 눈부신 이력을 망쳐버렸다는 말을 듣고 싶은 거냐? 그렇다면 그것도 말해주마."

"밥……."

"자, 무슨 말을……."

느닷없이 그가 기침을 하기 시작했다. 힘이 없으면서도 뭔가 긁어대는 소리가 났다. 앤과 제마가 그를 도우려고 얼른 다가가, 휴지를 건네고 물이 든 잔을 내밀고 암탉 한 쌍처럼 법석을 떨며 혀를 찾다. 에드는 아버지의 침대 발치에 우두커니 서 있었다. 그의 어머니가 다시 물었다.

"감옥이라고? 진짜 그 감옥을 말하는 거니?"

"앉으세요, 엄마. 숨을 크게 들이마시고."

제마가 어머니를 의자로 모시고 갔다.

누구도 에드에게 다가가지 않았다. 어째서 아무도 그를 안아주지 않을까? 이 순간 그가 얼마나 외로운지 어째서 아무도 보지 못하는 걸까?

"죄송해요."

에드가 조용히 말했다. 제스는 더 이상 듣고 있을 수가 없었다.

"제가 한 말씀 드려도 될까요?"

또렷하고 조금 큰 듯한 목소리가 제스의 귀에도 들렸다.

"에드는 제가 우리 아이들을 돕지 못할 때 그 아이들을 도와줬습니다. 그 말씀을 드리고 싶었어요. 저희 상황이 정말 절박했거든요. 그런데 에드가 차로 저희를 남쪽 끝에서 북쪽 끝까지 데려다줬어요. 제가 아는 한 아드님은…… 아주 멋진 사람이에요."

모두가 제스를 쳐다봤다. 제스는 에드의 아버지에게로 시선을 옮겼다.

"에드는 친절하고 똑똑하고 현명한 사람이에요. 그가 하는 일에 모두 동의하는 건 아니지만요. 에드는 잘 알지도 못하는 사람들에게 친절을 베풀 정도로 착한 사람이에요. 에드가 내부자거래를 했든 안 했든, 저는 제 아들이 나중에 커서 에드 반만큼만 된다고 해도 정말 행복할 거예요. 아니 행복 이상일 겁니다. 기뻐서 날뛸 거예요."

그들은 모두 제스를 뚫어지게 쳐다봤다. 제스는 덧붙였다.

"그리고 저는, 에드와 자기 전에 이미 그렇게 생각하고 있었어요."

누구도 입을 열지 않았다. 에드는 자기 발만 쳐다봤다.

"그건,"

앤이 살짝 고개를 끄덕였다.

"그러니까, 그건……."

"커다란 깨우침을 주는 말이네요."

제마가 말했다. 앤의 목소리가 잦아들었다.

"오, 에드워드."

밥은 한숨을 내쉬고 눈을 감았다.

"괜히 야단들 떨고 그럴 거 없소."

그가 다시 눈을 뜨고는 침대 머리를 올려달라는 신호를 보냈다.

"이리 오너라, 에드. 내가 볼 수 있게. 시력이 형편없구나."

그가 다시 물을 달라고 손짓하자, 그의 아내가 물잔을 입술에 대줬다. 밥이 고통스럽게 물을 삼키고, 침대 옆을 톡톡 두드리며 에드에게 앉으라고 했다. 그는 손을 뻗어 아들의 손 위에 가볍게 얹었다. 보고 있기 안쓰러울 정도로 허약한 모습이었다.

"넌 내 아들이다, 에드. 네가 아무리 멍청하고 무책임하다 해도, 아버지가 너한테 느끼는 감정은 조금도 변하지 않아."

그가 인상을 썼다.

"네가 다르게 생각했다는 사실에 화가 나는구나."

"죄송해요, 아버지."

에드의 아버지가 천천히 고개를 흔들었다.

"아버지가 큰 도움을 주지는 못할 것 같다. 어리석은 데다, 숨도 가쁘고……."

그가 시무룩한 표정을 지어 보이고, 고통스럽게 침을 넘겼다. 그의 손이 에드의 손을 꼭 쥐었다.

"실수는 누구나 하는 법이다. 가서 합당한 벌을 받아. 그런 다음 돌아와서 다시 시작해."

에드가 그를 쳐다봤다.

"다음번엔 더 잘하는 거야. 그럴 수 있다는 거 아버지는 안다."

바로 그 순간 앤이, 느닷없이 울음을 터트렸다. 속수무책으로 눈물이 쏟아져 옷소매에 얼굴을 묻었다. 밥이 천천히 고개를 돌려 그녀를 봤다.

"오, 여보."

그가 부드럽게 불렀다. 그 순간 제스는 조용히 문을 열고 밖으로 나갔다.

병원의 가게에서 전화기에 요금을 충전하고, 에드에게 그녀가 어디에 있는지 문자메시지로 알려준 후, 제스는 발을 치료하기 위해 응급실에서 기다렸다. 폴란드 출신의 젊은 의사는 심하게 멍든 것이라고 말했다. 제스가 어쩌다 그 꼴이 되었는지 설명해도 그는 눈 하나 깜빡하지 않았다. 의사는 발에 붕대를 감고 진통제 처방을 써주고는, 제스의 슬리퍼를 돌려주며 충분히 쉴 것을 권했다.

"자동차는 이제 그만 차시고요."

그가 클립보드에서 눈길을 떼지 않은 채 말했다.

제스는 절뚝이며 위층으로 올라가서 빅토리아 병동 복도에 놓인 플라스틱 의자에 앉아 기다렸다. 병동 안은 따뜻했고, 주변 사람들은 목소리를 낮춰 속삭이듯 말했다. 제스가 잠시 졸음에 빠졌던 모양이었다. 밥의 병실에서 에드가 나왔을 때 화들짝 놀라 잠에서 깼다. 제스는 에드에게 재킷을 건넸고, 그는 말없이 받아들었다. 잠시 후 제마가 복도로 나왔다. 그녀는 동생의 얼굴에 조심스레 손을 얹었다.

"이 바보 녀석."

에드는 고개를 수그린 채 주머니에 손을 깊이 찔러 넣고 서 있었다. 니키처럼.

"멍청하고 멍청한 바보 녀석. 전화해."

그가 뒤로 물러났다. 눈가가 벌겠다.

"농담 아니야. 나도 법원에 같이 갈 거야. 혹시 보호관찰기관에 아는 사람이 있을지도 모르니까. 그 사람이 널 개방 교도소로 가게 도와줄 거야. 네가 그거 말고는 다른 짓을 하지 않은 이상, A등급으로 분류될 리는 없을 거 아냐."

제마의 시선이 제스에게로 잠깐 움직였다가 다시 에드에게로 향했다.

"그거 외에는 아무 짓도 하지 않은 거 맞지?"

에드가 몸을 숙여 제마를 꽉 끌어안았다. 그리고 아마 그 모습을 본 것은 제스뿐이었으리라. 에드가 포옹을 풀며 두 눈을 질끈 감았다 뜨는 모습을.

그들은 병원을 나서 하얀 빛이 쏟아지는 봄날의 거리로 들어섰다. 이해하기 어렵게도, 현실의 삶은 어떤 일에도 불구하고 끊임없이 계속되는 듯했다. 차들은 좁은 공간으로 후진을 하고, 버스는 사람들을 토해내고, 근처 난간을 칠하는 일꾼의 라디오 소리는 크게 울려 퍼졌다. 제스는 약 냄새 가득한 병동에서 멀어진 사실에 고마워하며, 에드의 아버지 위로 만져질 듯 떠도는 죽음의 망령으로부터 멀어진 사실에 고마워하며 심호흡을 하고 있다는 걸 알았다. 에드는 똑바로 앞만 보며 걸었다. 차까지 가서는 걸음을 멈추고 텅, 하는 소리를 내며 잠긴 문을 열었다. 그러고는 멈췄다. 움직일 수 없는 사람처럼. 에드는 한 팔을 살짝 앞으로 뻗은 채 멍하니 차를 바라보며 서 있었다.

제스는 잠시 기다리다가, 천천히 그쪽으로 돌아갔다. 그녀가 그의 손에서 열쇠를 받았다. 마침내 그의 시선이 제스에게로 향했을 때, 제스는 그의 허리에 팔을 두르고 꼭 끌어안았다. 그의 머리가 서서히 내려와 그녀의 어깨에 묵직하게 놓일 때까지.

26

탠지 TANZIE

아침을 먹으며 대화를 시작한 건 니키였다. 그들은 티비에 나오는 가족처럼 식탁에 둘러앉아 아침을 먹고 있었다. 탠지는 곡물 시리얼을, 수지와 조시는 초콜릿 크루아상을 먹었다. 초콜릿 크루아상은 그들이 제일 좋아하는 것이어서 매일 아침에 먹는다고 수지가 말해줬다. 아빠와 아빠의 다른 가족과 함께 식탁에 앉으니 기분이 이상했지만, 생각했던 것만큼 나쁘지는 않았다. 아빠는 배를 쓰다듬으며 몸매를 유지해야 한다면서 통밀 플레이크를 먹었다. 직장에 다니는 것도 아닌데 왜 그래야 하는지 탠지는 알 수 없었다.

"한창 준비하고 있단다."

무슨 일을 하느냐고 탠지가 물을 때마다 아빠는 그렇게 대답했다. 린지 아줌마네 주차장에도 작동하지 않는 에어컨이 쌓여 있는지 탠지는 궁금했다. 아줌마는 아침을 거의 먹지 않는 것 같았다. 니키는 토스트 한쪽을 계속 만지작거렸다. 오빠는 아침을 먹는 일이 별로 없었다. 여행을 떠나오기 전까지는 아침 먹는 시간에 일어난 적도 거의 없었다. 니키는 그렇게 토스트 조각을 만지작거리다가 아빠를 쳐다보며 이렇게 말했다.

"제스는 언제나 일을 해요. 언제나요. 제 생각에 그건 공평하지 않아요."

아빠가 입으로 가져가던 숟가락을 딱 멈췄다. 니키가 무례한 말을 할 때면 그랬던 것처럼 아빠가 버럭 화를 낼지도 모른다고 탠지는 생각했다. 한동안 아무도 입을 열지 않았다. 그러다 린지가 아빠의 손을 잡으며 미소를 지었다.

"저 애 말이 맞아, 자기."

아빠는 얼굴을 약간 붉히며, 이제부터는 달라질 거라고 말했다. 그러면서 우리는 모두 실수를 저지른다고 덧붙였다. 그러자 탠지가 용기를 얻어서 아빠에게 그건 아니라고 말했다. 정확히 말하면 모든 사람이 실수를 저지르는 건 아니라고. 탠지는 연산 문제에서 실수를 저질렀고, 노먼은 소들 때문에 실수를 저질러 탠지의 안경을 깨뜨렸고, 엄마는 롤스로이스로 실수를 저질러 경찰에게 걸렸지만, 니키 오빠는 탠지의 가족 중에서 유일하게 실수를 저지르지 않은 사람이라고 말이다. 하지만 말하는 중간에 오빠가 식탁 아래로 다리를 차며 눈짓을 했다.

왜? 탠지가 눈으로 오빠에게 묻자 입 닫아, 하고 오빠가 눈으로 말했다. 우씨, 나한테 입 닫으라고 하지 마, 라고 탠지의 눈이 말했다. 오빠는 더 이상 탠지를 보지 않았다.

"초콜릿 크루아상 하나 먹겠니, 탠지?"

린지는 대답을 듣기도 전에 크루아상 하나를 탠지의 접시에 올려놓았다.

린지가 어젯밤 탠지의 옷을 빨아 말려줘서, 옷에서는 난초와 바닐라 향 섬유 유연제 냄새가 났다. 이 집에는 모든 것에서 향기가 났다. 어떤 것도 그 자체의 냄새는 허락하지 않는다는 듯이. 벽 아래쪽에는 '희귀한 꽃과 열대 우림의 고급스러운 향기'를 뿜어내는 작은 기기들이 꽂혀 있었고, 화장실에는 방향제 그릇과 수백만 개의 초들("향초들을 정말 좋아한단다")이 놓여 있었다. 탠지는 이 집에 들어온 이후로 계속 코가 간지러웠다.

아침을 먹은 후 린지는 수지를 발레 수업에 데리고 갔다. 탠지는 아빠와 공원으로 향했다. 공원에 갈 나이가 지났기에 탠지는 지난 2년간은 간 적이 없었다. 하지만 아빠의 기분을 상하게 하고 싶지 않아서, 그네에 올라타고 아빠에게 몇 번 등을 밀게 해줬다. 니키는 주머니에 손을 찌른 채 서서 지켜봤다. 게임기는 니콜스 씨의 차에 두고 왔고, 담배를 피우고 싶어 죽겠다는 표정이었지만, 아빠 앞에서 담배를 피울 정도로 담이 크지는 않을 것이었다.

그들은 튀김 음식 전문점에서 점심을 먹었고("린지 아줌마한테는 비밀이다." 아빠는 그러면서 또 배를 쓰다듬었다), 아빠는 별것 아닌 것처럼 니콜스 씨에 관해 물었다.

"그 아저씨는 누구야? 네 엄마 남자친구니?"

"아뇨."

더 이상 묻기 곤란할 정도로 단호하게, 니키가 대답했다. 아빠는 니키의 태도에 충격을 받은 것 같았다. 정확히 말해 무례하다고 할 수는 없지만, 아빠가 뭐라고 생각하든 상관없다는 태도였다. 그리고 니키는 이제 아빠보다 키가 컸다. 하지만 탠지가 그 사실을 지적했을 때 아빠는 별로 놀라는 것 같지 않았다.

그러고 나서 외투를 가져오지 않은 탠지가 추위를 느꼈고, 그들은 집으로 돌아갔다. 수지는 이미 발레 수업을 마치고 돌아와 있었다. 둘은 함께 게임을 했고, 니키는 위층에 있는 컴퓨터를 쓰러 올라갔다. 잠시 후 수지는 자기 방으로 탠지를 데려가며, 자기 방에 DVD 플레이어가 있으니 영화를 볼 수도 있다고 했다. 수지는 매일 밤 잠들기 전에 DVD를 하나씩 본다고 했다.

"너희 엄마는 책 안 읽어줘?"

탠지가 물었다.

"엄마는 시간이 없어. 그래서 DVD 플레이어를 사준 거야."

수지는 선반 하나를 좋아하는 영화 DVD로 가득 채워두었고, 아래층에서 다른 가족들이 수지가 좋아하지 않는 영화를 보면 자신은 여기 올라와서 본다고 했다.

"마티 아저씨는 갱 영화를 좋아해서 엄마랑 그런 영화를 주로 보거든."

수지가 코를 찡그리며 말했다. 탠지는 몇 분이 지나고 나서야, 수지가 말하는 게 자기 아빠라는 사실을 깨달았다. 그러고는 무슨 말을 해야 할지 몰랐다.

"너 재킷 예쁘더라."

수지가 탠지의 가방 안을 들여다보며 말했다.

"엄마가 크리스마스 선물로 만들어준 거야."

"너희 엄마가 이걸 만들었다고?"

수지가 재킷을 들어 올리자, 엄마가 재킷 소매에 달아준 스팽글이 불빛을 받아 번쩍거렸다.

"와, 세상에. 너희 엄마 패션 디자이너나 뭐 그런 거야?"

"아니. 우리 엄만 청소부야."

수지는 탠지가 농담을 하기라도 한 것처럼 웃었다.

"이것들은 다 뭐야?"

가방에 든 수학 문제집들을 보고 수지가 물었다.

탠지는 입을 굳게 다물었다.

"이거 수학 문제 아니야? 맙소사, 이건 무슨…… 지렁이 글씨 같아. 아니면…… 그리스어나."

수지가 킥킥거리며 종이를 획획 넘겨보고는 끔찍한 물건이라도 되듯 손가락 두 개로 집어 들었다.

"너희 오빠 거니? 혹시 너희 오빠 수학광이야?"

"나도 몰라."

거짓말에 서투른 탠지가 얼굴을 붉혔다.

"윽. 웬 천재 소년. 공부 벌렌가봐."

수지가 문제집들을 한쪽으로 밀어놓고, 탠지의 옷들을 꺼냈다.

"네 옷에는 전부 스팽글이 달렸니?"

탠지는 아무 말도 하지 않았다. 수지에게 설명하고 싶지 않아서 바닥에 문제집들을 그대로 두었다. 그리고 올림피아드에 대해서도 생각하고 싶지 않았다. 그래서 이제부터는 수지처럼 되려고 노력하는 게 더 편할지도 모른다고 생각했다. 수지는 매우 행복해 보였고, 아빠도 그 집에 사는 게 정말 행복해 보였기 때문이다. 그런 다음에는 더 이상 아무것도 생각하고 싶지 않아서, 탠지는 아래층으로 내려가 티비를 보자고 했다.

그들이 「판타지아」를 4분의 3정도 봤을 때, 아빠가 부르는 소리가 들렸다.

"탠지, 엄마 왔다."

엄마는 막 언쟁을 시작하려는 사람처럼 턱을 치켜든 채 문간에서 있었다. 탠지가 걸음을 멈추고 빤히 얼굴을 쳐다보자, 엄마는 그제야 떠올랐다는 듯 갈라진 입술 위로 손을 얹었다. 그러고는 말했다.

"넘어져서 그래."

탠지가 엄마 뒤쪽을 보며 차에 앉은 니콜스 씨를 쳐다보자, 엄마가 재빨리 덧붙였다.

"아저씨도 넘어졌어."

탠지에게는 아저씨 얼굴이 보이지도 않고, 그들이 아저씨 차를 타고 가는지 버스를 타고 가는지 알고 싶어 본 것뿐인데. 그러고 나자 아빠가 말했다.

"요즘엔 당신하고 접촉하는 건 죄다 상처를 입나보네?"

엄마가 아빠를 노려봤고, 아빠는 수리가 어쩌고 하는 소리를 중얼거렸다. 그러고는 탠지 가방을 가져오겠다고 했고, 탠지는 크게 안도의 한숨을 내쉬며 엄마 품으로 달려갔다. 린지의 집에서 즐거운 시간을 보냈지만, 탠지는 노먼이 보고 싶었고 엄마와 함께 있고 싶었다. 그리고 갑자기 무지무지하게 피곤했다.

니콜스 씨가 빌린 통나무집은 꼭 광고에서 튀어나온 집 같았다. 은퇴한 노인들이 시간을 보내기에 좋은 곳, 혹은 소변 문제가 있는 사람들이 먹는 약 광고 같은 것 말이다. 그 집은 호숫가에 있었고, 주변에 다른 집도 몇 채 있었지만, 대부분은 나무 뒤에 숨어 있거나 다른 집 창문과 정면으로 마주 보지 않는 각도로 세워져 있었다. 물 위에서 오리 쉰여섯 마리와 거위 스무 마리가 물장구를 치고 있었다. 하지만 차를 마실 시간쯤 되자, 오직 세 마리만 남아 있었다. 노먼이 오리와 거위를 쫓을 줄 알았지만, 노먼은 그저 풀 위에 철퍼덕 드러누워 지켜보기만 했다.

"멋진데요."

바깥에 있는 것을 별로 좋아하지도 않는 니키가 말했다. 그는 숨을 깊이 들이쉬고, 니콜스 씨의 전화기로 사진을 두 장 찍었다. 오빠가 나흘 동안 담배를 한 번도 피우지 않았다는 사실을 탠지는 불현듯 떠올렸다.

"그렇지?"

엄마가 대꾸하며 호수를 바라봤다. 엄마가 숙박비를 나눠 내는 문제를 꺼냈을 때, 니콜스 씨는 듣고 싶지도 않다는 듯 손을 올리며 '아뇨, 아뇨, 아뇨' 하는 뜻의 소리를 냈다. 그러자 엄마가 얼굴을 살짝 붉히며 그만뒀다.

바비큐 파티를 하기에 적당한 날씨는 아니었지만, 그들은 야외에서 바비큐 요리로 저녁을 먹었다. 엄마가 여행의 마지막을 바비큐 파티로 장식하면 재밌을 거라면서, 언제 또 그런 시간을 가져보겠냐고 고집을 부렸다. 엄마는 모두를 만족시키려고 단단히 마음먹은 사람처럼 남들보다 두 배는 더 떠들었다. 그리고 때로는 가진 것에 감사하며 삶을 즐기기도 해야 하는 법이므로 예산을 초과하기로 했다고 선포했다. 엄마는 그런 식으로 니콜스 씨에게 고맙다는 말을 하고 싶었던 것 같았다. 그리하여 그들은 소시지와 매콤한 소스를 바른 닭다리와 롤빵과 샐러드를 샀고, 엄마는 하얀 플라스틱 통에 든 싸구려 아이스크림이 아닌, 고급 아이스크림 두 통을 샀다. 아빠가 새로 살게 된 집에 관해서는 아무것도 묻지 않았지만, 엄마는 탠지를 여러 번 껴안으며 보고 싶었다고 말했다. 겨우 하룻밤을 못 본 것뿐인데 우습지 않느냐고 하면서.

그들은 서로에게 재밌는 얘기를 들려줬다. 탠지는 겨우 '갈색이고 기다란 게 뭐게'(대답: 막대기)라는 질문 하나밖에 떠올리지 못했지만 모두가 크게 웃어줬다. 그러고 나서는 긴 빗자루를 땅에 세우고 손잡이 끝에 이마를 댄 채 쓰러질 때까지 빙글빙글 도는 게임을 했다. 엄마도 게임에 한 번 참여했는데, 붕대를 친친 감은 발로 잘 걷지도 못했고, 돌면서도 계속 '아야, 아야, 아야' 하고 앓는 소리를 냈다. 탠지는 여느 때와 달리 바보처럼 행동하는 엄마가 웃겨서 깔깔거리고 웃었다. 니콜스 씨는 계속, "아니, 고맙지만 사양할게"라면서 지켜보기만 했다. 그러다 엄마가 절뚝이며 다가가 귓속말로 뭐라고 소곤거리자, 눈썹을 치켜 올리며 "정말요?" 하고 물었다. 엄마가 고개를 끄덕이자 아저씨가 말했다.

"그렇다면, 좋아요."

그러고 나서 아저씨가 꽈당 넘어졌을 때, 실제로 땅이 약간 흔들렸다. 그러자 웬만해선 어떤 일도 하지 않는 니키마저 게임에 동참했고, 장님 거미처럼 다리를 뻗으며 넘어져서 이상한 소리로 웃었다.

"허 허 허 허."

탠지는 그렇게 크게 웃는 오빠를 정말 오랜만에 봤다. 어쩌면 처음 본 건지도 몰랐다. 탠지는 여섯 번이나 게임을 했다. 나중에는 온 세상이 요동치듯 출렁거렸다. 잔디에 등을 대고 쓰러져서 빙빙 도는 하늘을 쳐다보며, 탠지는 그 모습이 그들의 가족과도 비슷하다고 생각했다. 사람들이 보통 생각하는 것과는 상당히 다른 모습이니까.

그들은 음식을 먹었고, 엄마와 니콜스 씨는 와인을 마셨다. 탠지는 뼈에서 고기를 모두 발라내 노면에게 줬다. 개들에게 닭 뼈를 주면 죽을 수도 있기 때문이다. 그러고 나서 그들은 외투를 걸치고, 통나무집에서 등나무 의자들을 가지고 나와 호숫가에 일렬로 놓았다. 그리고 어두워질 때까지 그곳에 앉아 물 위를 떠다니는 새들을 구경했다.

"여기 참 마음에 드네요."

엄마가 적막을 깨며 말했다. 누가 봐도 되는 것이었는지 모르겠지만, 니콜스 씨가 손을 뻗어 엄마의 손을 꼭 잡았다.

니콜스 씨는 저녁 내내 조금 슬퍼 보였다. 탠지는 이유를 알지 못했지만, 여행이 끝나가서 그러는 게 아닐까, 하고 속으로 추측해봤다. 하지만 호숫가로 찰랑이는 물소리가 어쩌나 고요하고 평화로운지, 탠지가 저도 모르게 잠이 든 모양이었다. 나중에 니콜스 씨가 그녀를 안고 2층으로 올라간 것과, 엄마가 이불을 덮어주며 사랑한다고 말한 것이 어렴풋이 기억났다. 하지만 그날 저녁의 일 가운데 가장 기억에 남는 것은, 누구도 올림피아드 얘기를 꺼내지 않았고, 그래서 탠지는 아주아주 고마워했다는 것이다.

왜냐하면 이런 일이 있었기 때문이다. 엄마가 바비큐를 준비하는 동안, 탠지는 니콜스 씨에게 컴퓨터를 빌려 통계수치를 찾아봤다. 사립학교에 다니는 저소득층 가정 아이들에 대한 수치였는데, 탠지는 몇 분 안 되어, 자신이 실제로 세인트 앤에 다니게 될 확률이 한 자리 숫자임을 알게 됐다. 그리고 입학시험에서 얼마나 높은 점수를 받았는지는 중요하지 않다는 것도 알게 됐다. 탠지는 여행을 떠나오기 전에 이 수치를 확인했어야 했다. 숫자에 주의를 기울이지 않으면 반드시 문제가 생기게 되어 있는데 말이다. 니키가 위층으로 올라왔다가 탠지가 무엇을 하는지 봤다. 그는 잠시 말없이 서 있다가 탠지의 팔을 토닥이며 말했다. 맥아더 중학교에 있는 아는 사람들에게 탠지를 보살펴달라고 부탁하겠다고.

그들이 린지의 집에 있을 때, 아빠는 사립학교가 성공을 보장하는 건 아니라고 말했다. 아빠는 세 번이나 그 말을 했다. 성공은 오로지 네 마음에 달려 있단다. 확고한 의지가 있어야 해. 그러고 나서는 수지에게 머리하는 법을 배우라고 했다. 탠지에게도 그런 스타일이 잘 어울릴 거라면서.

엄마는 소파에서 잘 거라며, 탠지와 니키에게 두 번째 침실에서 자라고 했다. 하지만 탠지가 보기에 엄마는 소파에서 자지 않은 것 같았다. 한밤중에 목이 말라 아래층에 내려갔는데 엄마는 거기에 없었다. 그리고 아침에 일어나니, 니콜스 씨가 매일 입던 회색 티셔츠를 엄마가 입고 있었다. 탠지는 아저씨가 무슨 옷을 입고 내려올지 궁금해서, 20분간이나 아저씨의 방문을 보며 기다렸다.

아침에 호수 위로 엷은 안개가 끼었다. 그들이 차에 짐을 싣는데, 마술사의 묘기처럼 물위로 안개가 피어올랐다. 노먼이 풀 위를 쿵쿵거리며 돌아다녔다. 꼬리가 천천히 흔들렸다.

"토끼들이야."

니콜스 씨(아저씨는 또 다른 회색 티셔츠를 입고 있었다)가 말했다. 아침 공기가 제법 쌀쌀했고, 나무에서 산비둘기가 조용히 구구거렸다. 탠지는 슬픈 기분이 들었다. 아주 좋은 곳에서 지내는데 그만 떠나야 할 때가 온 것처럼.

"나 집에 가고 싶지 않아요."

엄마가 트렁크를 닫을 때 탠지가 조그맣게 말했다.

엄마는 움찔했다.

"뭐라고, 우리 딸?"

"집에 가고 싶지 않다고요."

엄마가 니콜스 씨를 흘깃 보더니, 탠지에게 애써 웃어보였다.

그러고는 천천히 걸어와서 말했다.

"아빠랑 함께 있고 싶다는 뜻이니, 탠지? 네가 정말 원한다면 엄마가……."

"아뇨. 이 통나무집이 좋아서 그래요. 여기 있는 게 좋아서."

탠지는 또 이렇게 말하고 싶었다. 모든 계획이 엉망이 되었으니 집으로 돌아가봐야 별것 없잖아요. 게다가 여기는 피셔 형제도 없고요. 하지만 탠지는 엄마의 얼굴을 보고는 엄마도 똑같은 생각을 하고 있다는 걸 알았다. 왜냐하면 엄마가 즉시 니키를 봤고, 니키가 어깨를 으쓱했기 때문이다.

"뭔가를 시도해보는 건 부끄러운 일이 아니라는 것, 알지?"

엄마가 둘에게 시선을 줬다.

"우리는 모두 뭔가를 이루려고 최선을 다했고, 그 일을 이루지는 못했지만 그 과정에서 좋은 것들도 얻었잖니. 웬만해선 가볼 일이 없는 지방들을 구경했고, 몇 가지를 배웠고, 아빠 문제도 정리했어. 친구도 새로 사귀었고."

엄마는 린지와 그녀의 아이들을 말하는 거겠지만, 시선은 니콜스 씨에게로 가 있었다.

"그러니까 전체적으로 볼 때 우리가 시도를 한 건 잘한 일이야. 계획대로 풀리지 않았다고 해도 말이야. 그리고 혹시 또 알아? 우리가 집에 도착하면 상황이 좀 나아져 있을지."

니키의 표정은 아무것도 보여주지 않았다. 탠지는 오빠가 돈 생각을 하고 있다는 걸 알았다. 그러고 나서는 오전 내내 말이 없던 니콜스 씨가 차로 걸어와, 문을 열며 말했다.

"그래요. 나도 그 문제를 생각해봤는데요. 길을 약간 돌아서 갈까 해요."

27

제스 JESS

집으로 돌아오는 차 안에서 그들은 모두 조용했다. 심지어 노먼도 더는 낑낑거리지 않았다. 이제는 이 차가 자기 집이라는 사실을 받아들인 것처럼 말이다. 제스는 이번 여행을 계획하는 동안 탠지를 수학 올림피아드에 데려다준 이후의 일은 생각한 적이 없었다. 지난 며칠간 이상하고 정신없는 여행을 하면서도 생각한 적이 없었다. 그저 탠지를 그곳에 데려다주고 탠지가 시험을 치르기만 하면 모든 것이 해결되리라 여겼다. 제스는 여행 전체가 사흘 이상으로 길어질 가능성에 대해서도 생각해본 적이 없었다. 통장에 정확히 13파운드 81펜스가 남아서, 혹시라도 카드를 먹어버릴까봐 현금인출기에 카드를 넣지 못하게 되리라는 생각도 해보지 않았다. 제스는 이런 말들을 에드에게 하지 않았다. 에드는 말없이 정면만 응시하고 있었다.

에드.

제스는 속으로 그 이름을 반복해서 불러봤다. 그것이 어떤 의미도 지니지 않게 될 때까지. 에드가 웃으면 그녀도 웃음이 나왔다. 에드의 표정이 슬퍼지면 그녀의 가슴도 미어졌다. 제스는 아이들과 어울리는 에드의 모습을 지켜봤다. 니키가 전화기로 찍은 사진들을 구경하며 감탄하고, 탠지가 지나가는 말로 한 얘기, 마티였다면 하늘을 향해 눈알을 굴렸을 얘기도 진지하게 받아들이는 모습을 보면서, 제스는 에드가 오랫동안 그들의 삶에 함께 하기를 소망했다. 에드와 둘만 있을 때면, 그는 제스를 바짝 끌어당기고, 자신의 소유물이라는 듯 그녀의 허벅지에 손을 얹었다. 그의 숨결이 부드럽게 귓속으로 흘러들면, 제스는 모든 일이 잘 될 거라는 조용한 확신이 들었다. 에드가 그렇게 만들 거라는 확신이 아니었다. 에드에게는 해결해야 할 자신의 문제가 있었다. 하지만 그들이 결합하면 어떻게든 더 나은 결과가 나올 것 같았다. 그들이 모든 일을 잘 되게 만들 것이었다.

왜냐하면 제스가 에드 니콜스를 원했기 때문이다. 그녀는 어둠 속에서 다리로 그의 몸을 휘감고 몸 안에서 그를 느끼고 싶었다. 그의 땀과 포옹과 탄탄한 몸을 원했고, 그의 입술이 그녀의 입술에 포개어지기를 바랐다. 그들이 차를 달리는 동안, 제스는 뜨거웠던 지난 이틀 밤의 장면들을 꿈결처럼 떠올렸다. 그의 손, 그의 입, 그녀가 절정에 다다랐을 때 아이들을 깨우지 않기 위해 그가 했던 행동. 제스는 운전석으로 다가가 그의 목에 얼굴을 묻고 그의 등을 쓰다듬으려는 자신을 가까스로 억제했다.

제스는 아주 오랫동안 아이들과 일, 고지서와 돈만을 생각하며 살아왔다. 지금은 머릿속이 온통 에드로 가득 찼다. 에드가 돌아보면 얼굴이 화끈 달아올랐다. 에드가 그녀의 이름을 부르면, 어둠 속에서 속삭이듯 부르는 소리로 들렸다. 그가 커피를 건네며 가볍게 손이 스치면, 전기가 온몸을 꿰뚫고 지나갔다. 그의 눈길이 그녀에게 머물면 기분이 좋았고, 그가 무슨 생각을 하는지 궁금했다.

제스는 그에게 이런 기분을 어떻게 설명하면 좋을지 알 수가 없었다. 마티를 만난 건 너무 어렸을 때였고, 페더스에서 리암 스텁스가 그녀의 셔츠 위로 손을 얹었던 밤을 빼고는 누구와도 관계 비슷한 것을 시작한 적이 없었다.

제스 토머스는 학교를 졸업한 이후 제대로 된 데이트를 해본 적이 없었다. 이 말은 그녀 자신에게도 터무니없게 들렸다. 에드가 모든 것을 바꿔놓았다는 사실을 제스는 그에게 이해시켜야 했다.

"노팅엄까지 계속 가려고 하는데, 다들 괜찮죠?"

에드가 그녀를 보며 말했다. 코에는 아직 희미하게 멍이 남아 있었다.

"저녁 늦게 어딘가에 도착할 거예요. 그럼 목요일에는 한번에 집까지 갈 수 있어요."

그러고 나면요?

제스는 묻고 싶었다. 하지만 데시보드에 발을 올리며 말했다.

"좋은 생각이네요."

그들은 점심을 먹기 위해 휴게소에 차를 세웠다. 이제 아이들은 샌드위치 말고 다른 것을 먹자고 말하기를 포기했고, 패스트푸드점과 고급 커피 전문점은 무관심에 가까운 눈으로 스윽 훑어보고 말았다. 그들은 몸을 펴고 스트레칭을 했다.

"소시지롤 어때요?"

에드가 매점을 가리키며 말했다.

"커피하고 따끈한 소시지롤. 아니면 코니시 패스티나. 내가 살 게요. 자자."

제스가 그를 쳐다봤다.

"그러지 말아요, 음식 독재자님. 나중에 과일도 먹으면 되잖아요. 그렇죠?"

"겁나지 않아요? 케밥으로 그렇게 당해놓고?"

햇빛에 눈이 부신 에드가 손차양을 만들고 그녀를 봤다.

"인생을 위험하게 살기로 마음먹었거든요."

전날 밤, 한쪽 구석에서 에드의 노트북 컴퓨터를 조용히 두드리던 니키가 마침내 자러간 후, 에드가 그녀에게로 왔다. 에드의 맞은편 소파에 앉아서 티비를 보는 척하며 기다리면서, 제스는 10대로 돌아간 기분이었다. 하지만 니키가 슬그머니 올라가고 나자, 그는 곧장 그녀에게 다가오는 대신 노트북 컴퓨터를 열었다.

"뭘 하고 있었어요?"

에드가 스크린을 확인하자, 제스가 물었다.

"글을 쓰고 있었네요."

"게임을 한 게 아니구요? 총이나 폭탄 같은 거 없어요?"

"없어요."

"걔가 잠을 자요."

제스가 속삭이듯 말했다.

"여행을 떠나온 후로 매일 밤에 잠을 자요. 마리화나 없이도."

"잘 됐네요. 난 몇 년은 못 잔 기분인데."

에드는 여행을 하는 며칠 동안 10년은 더 늙은 듯했다. 그가 제스를 가까이 끌어당겼다.

"그러니까,"

그가 부드럽게 말했다.

"제시카 레이 토머스. 오늘 밤에 나 좀 자게 해줄 거예요?"

제스는 그의 아랫입술을 살피면서, 엉덩이 위에 놓인 손의 감촉에 정신을 빼앗겼다. 갑작스레 환희가 밀려왔다.

"아뇨."

"훌륭한 대답이에요."

그들은 방향을 돌려 미니마트에서 멀어졌다. 그리고 현금인출기나 초만원인 화장실을 찾는 불만스런 표정의 여행객들을 헤치며 나아갔다. 제스는 또다시 샌드위치를 만들지 않아도 된다는 생각에 너무 기뻐하는 것처럼 보이지 않으려고 표정을 관리했다. 버터가 든 따끈한 파이 냄새가 멀리까지 흘러왔다.

아이들은 주문이 적힌 종이와 돈을 쥐고 긴 줄이 있는 가게 안으로 사라졌다. 에드는 그녀에게로 돌아왔고, 북적이는 사람들이 둘의 모습을 아이들에게서 가려줬다.

"뭐해요?"

"그냥 쳐다봐요."

에드가 가까이 올 때마다 제스는 정상 체온에서 몇 도는 올라간 기분이 들었다.

"쳐다봐요?"

"당신한테 가까이 가는 게 불가능해서요."

에드의 입술이 그녀의 귓가로 다가왔다. 그의 목소리가 제스의 살갗에서 진동했다. 제스는 피부가 따끔거렸다.

"무슨 소리에요?"

"당신한테 부도덕한 짓을 하는 상상을 하거든요. 줄곧 그랬어요. 완전히 부적절한 짓들 말이에요."

에드가 그녀의 청바지 허리를 잡고 끌어당겼다. 제스는 목을 뒤로 빼고 아이들이 보이지 않는지 확인했다.

"당신이 생각하던 게 그거라고요? 운전하는 내내요? 입 딱 다물고 아무 말 않던 그 시간 동안?"

"그래요."

그가 제스 너머로 가게를 흘끗 봤다.

"뭐, 그거하고 음식 생각요."

"내가 좋아하는 두 가지!"

에드의 손가락이 제스의 옷 아래 맨살을 쓰다듬었다. 제스의 배가 기분 좋게 조여들었다. 다리에 이상하게 힘이 빠졌다. 에드를 원하는 것처럼 마티를 원했던 적은 한 번도 없었다.

"샌드위치만 빼고요."

"샌드위치 얘긴 두 번 다시 하지 말자고요."

에드가 손바닥을 제스의 등허리에 대고 사람들의 눈을 의식하면서 최대한 가까이 붙어 섰다.

"이러면 안 되는 거 알지만,"

그가 중얼거렸다.

"잠에서 깨어났을 때 정말 행복했어요."

그가 제스의 얼굴을 찬찬히 훑어봤다.

"그러니까, 말하자면, 진짜 어처구니없을 정도로요. 내 삶 전체가 재앙으로 바뀌었는데, 난 그냥…… 괜찮았어요. 당신을 보면 안심이 돼요."

제스의 가슴과 목에서 뜨겁고 커다란 덩어리가 올라오는 것 같았다.

"나도 그래요."

제스가 속삭였다.

에드가 햇빛을 피해 실눈을 뜨면서 제스의 표정을 가늠하려고 했다.

"그러니까 난…… 그저 말에 불과한 게 아니란 얘기에요?"

"절대 아니에요. 좋은 의미로 말하면 그렇다고 할 수도……."

에드가 고개를 숙여 그녀에게 키스했다. 절대적인 확신이 깃든 키스였다. 군주가 죽고 나라가 쓰러져도 눈치채지 못할 그런 키스. 제스가 거기서 빠져나온 건 오직, 서 있는 능력을 상실한 엄마의 모습을 아이들에게 보여주지 않기 위해서였다.

"아이들이 오네요."

에드가 말했다.

제스는 그를 바보같이 쳐다보고 있다는 걸 깨달았다.

"골칫덩이."

아이들이 종이 봉지를 높이 들고 다가올 때, 에드가 흘긋 그녀를 봤다.

"아버지는 그렇게 말씀하셨죠."

"마치 본인은 그렇게 생각하지 않은 것처럼 말하네요."

제스는 뒤로 쳐져서, 니키에게 뭔가 말하는 에드를 지켜보면서 볼이 식기를 기다렸다. 니키가 봉지를 열어서 그들이 고른 메뉴를 보여줬다. 살갗에 햇살이 내려앉는 것이 느껴졌고, 사람들의 말소리 너머로 새들의 지저귐이 들려왔다. 자동차 매연과 따끈한 패스티 냄새가 콧속으로 스며들었다. 그리고 전혀 예상치 못한 말이 제스의 머릿속에서 메아리쳤다. 행복이라는 게 바로 이런 느낌이구나.

그들은 봉지 안에 얼굴을 묻은 채, 천천히 차로 되돌아갔다. 탠지가 몇 걸음 앞서 걸어갔다. 가느다란 다리가 힘없이 땅을 디디는 모습을 보면서, 제스는 뭔가 빠졌다는 걸 알아챘다.

"탠지? 네 수학 문제집들은 어디 있니?"

탠지는 뒤돌아보지 않았다.

"아빠네 집에 놔두고 왔어요."

"오. 엄마가 아빠한테 전화해줄까?"

제스가 가방을 뒤적이며 전화기를 찾았다.

"바로 우편으로 부쳐달라고 하면 되니까. 그럼 우리보다도 먼저 도착할 거야."

"아니에요."

탠지가 대꾸했다. 머리를 살짝 제스 쪽으로 기울였지만 시선을 맞추지는 않았다.

"고마워요."

니키의 시선이 제스에게로 향했다가 다시 여동생에게로 향했다. 그러자 묵직한 무언가가 제스의 명치에 자리를 잡았다.

그들은 아홉 시가 다 되어서 마지막 숙소에 도착했다. 모두 지쳐서 축 늘어져 있었다. 여정의 마지막 구간을 비스킷과 사탕을 먹으며 보낸 아이들은, 기진맥진하고 짜증이 난 상태여서 잠자리를 살피러 곧장 2층으로 올라갔다. 노먼이 그 뒤를 따랐고, 노먼 뒤로 에드가 짐을 들고 들어왔다.

호텔은 넓고 하얗고 고급스러워 보였다. 리터 부인이 전화기에 담은 사진으로 보여줬음직한, 그리고 나중에 제스와 나탈리가 한숨지으며 이야기했음직한 그런 곳이었다. 에드는 전화로 방을 예약했고, 제스가 비용 문제로 항의하기 시작하자 약간 날카로운 목소리로 이렇게 말했다.

"우린 모두 지쳤어요, 제스. 그리고 내가 다음으로 잘 방은 감옥일지도 몰라요. 오늘 밤은 그냥 좋은 데서 자도록 해요, 알겠죠?"

복도 하나에 서로 맞물려 있는 세 개의 방은 호텔의 별관처럼 보였다.

"내 방."

니키가 안도의 한숨을 내쉬며 23호실의 열쇠를 돌렸다. 제스가 문을 밀어 열어주자, 목소리를 낮춰 말했다.

"저는 탠지를 사랑하지만요, 걔가 얼마나 코를 고는지 모르실 거예요."

"노먼이 좋아할 거예요."

제스가 24호실 문을 열어주자 탠지가 말했다. 개는 마치 그 말에 동의한다는 듯 즉시 침대 옆에 철퍼덕 퍼졌다.

"오빠랑 방을 같이 써도 괜찮은데요, 엄마, 오빠가 코를 엄청 골아요."

두 아이 모두 제스가 어디서 자는지 궁금하지 않은 듯했다. 제스는 아이들이 다 알면서도 괜찮다고 생각하는 것인지 궁금했다. 아니면 아직도 제스나 에드가 차 안에서 잔다고 생각하는 것일까?

니키는 에드의 노트북 컴퓨터를 빌려갔다. 탠지는 티비 리모컨 작동법을 알아내더니 프로그램 하나만 보고 자겠다고 했다. 잃어버린 수학 책들에 관해서는 이야기하려 하지 않았다. "그 얘기는 하고 싶지 않아요"라고 말하기까지 했다. 탠지가 제스에게 그렇게 말한 것은 처음이었다.

"어떤 일이 한 번 제대로 안 됐다고, 다시 시도하지 못하는 건 아니야, 우리 딸."

탠지의 잠옷을 침대 위로 꺼내 놓으며 제스가 말했다. 탠지의
표정에는 전에 없던 지혜가 엿보였다. 그리고 다음으로 탠지가 한
말은 제스의 가슴을 찢어 놓았다.

"그냥 우리한테 주어진 걸로 어떻게든 해결하는 게 제일 좋을
것 같아요, 엄마."

"어떻게 해야 하죠?"

"아무것도 하지 말아요. 탠지는 지금 진절머리가 난 것뿐이에
요. 그럴 만도 하죠."

에드가 가방들을 한쪽 구석으로 놓았다. 제스는 욱신거리는 발
의 통증을 무시하며 거대한 침대에 걸터앉았다.

"하지만 그건 탠지답지 않아요. 탠지는 수학을 사랑하는 애예
요. 항상 그래왔다구요. 그런데 이젠 수학과는 완전히 담을 쌓으
려는 애처럼 굴어요."

"이제 이틀이 지났잖아요, 제스. 그냥…… 놔둬요. 스스로 알아
서 정리할 테니까요."

"어떻게 그렇게 확신하죠?"

"똑똑한 애들이에요."

에드가 전등 스위치로 걸어가서 충분히 어두워질 때까지 불을
낮췄다.

"애들 엄마처럼요. 하지만 제스가 고무공처럼 튕겨 올라온다고
애들도 항상 그럴 거라고 생각하면 안 돼요."

제스가 그를 쳐다봤다.

"비난하는 거 아니에요. 탠지에게 긴장을 풀 시간을 주면 괜찮

아질 거라고 생각하는 거지. 탠지는 그대로 탠지예요. 그 사실이 변하지는 않아요."

에드가 물 흐르듯 유연한 동작으로 티셔츠를 벗어 의자로 떨어뜨렸다. 제스의 생각은 곧장 뒤죽박죽이 됐다. 그의 벗은 몸통을 보면 제스는 손을 대지 않고는 못 배겼다.

"어쩌다 그렇게 현명해진 거죠?"

제스가 말했다.

"글쎄요. 아마도 전염된 게 아닐까 싶은데요?"

그가 그녀에게 두 걸음 다가가서 무릎을 꿇고 그녀의 슬리퍼를 벗겼다. 다친 발은 더욱 조심스럽게 벗겨냈다.

"발 좀 어때요?"

"욱신거려요. 하지만 괜찮아요."

에드가 그녀의 셔츠로 손을 뻗었다. 묻지 않고 천천히 지퍼를 내렸고, 드러나는 맨살에 시선을 고정했다. 에드는 딴 생각을 하는 것처럼 보였다. 제스를 생각하고 있지만, 수킬로미터 밖에 있는 뭔가를 생각하는 것도 같았다. 지퍼가 끝에 가서 걸리자, 제스가 부드럽게 손을 얹어 지퍼를 열어서 그가 어깨 너머로 벗겨낼 수 있게 양쪽으로 벌렸다. 에드는 잠시 그대로 서서 제스를 바라봤다.

그가 제스의 벨트를 열고 청바지 지퍼를 내렸다. 그의 손가락은 신중하고 정확하게 움직였다. 그 모습을 바라보며 제스의 귀에 맥박이 뛰는 소리가 들리기 시작했다.

"이제 누군가 당신을 돌봐줘야 할 시간이에요, 제시카 레이 토머스."

지나치게 큰 욕조 안에서 제스가 그에게 기대어 누웠을 때, 에드워드 니콜스는 그녀의 허리에 다리를 휘감고 머리를 감겨줬다. 부드럽게 매만지며 머리카락을 헹구고, 샴푸가 눈에 들어가지 않게 수건으로 눈가를 닦았다. 제스가 직접 하려고 했지만, 에드가 그러지 못하게 했다. 미용사 외에는 누구도 제스의 머리를 감겨준 적이 없었다. 제스는 무방비로 노출된 기분이 들었고, 이상하게 감정이 벅차올랐다. 머리를 다 감긴 에드는 모락모락 김이 피어오르는 향기로운 물속에서 그녀를 안고 귀 끝에 입을 맞췄다. 두 사람은 로맨틱한 이벤트는 이 정도면 됐다고 동의했다. 그녀 아래에서 솟아오르는 그를 느끼고 제스가 돌아누워 몸을 낮췄다. 그들은 욕조의 물이 넘쳐흐를 때까지 사랑을 나눴다. 제스는 그를 몸 안에서 느끼고픈 욕망과 발의 통증 중에 어떤 것이 더 고통스러운지 알 수 없었다.

얼마 후, 둘은 다리를 휘감고 물속에 반쯤 잠겨 누워 있었다. 그리고 웃기 시작했다. 샤워실 안에서 사랑을 나누는 건 그야말로 상투적이지만, 욕조 안에서 그러는 건 우스꽝스러웠고, 이 정도로 문제가 많은 상황에서 이 정도로 행복하다는 건 더욱 터무니가 없었다. 제스가 몸을 틀어 그와 나란히 누우며, 그의 목에 팔을 감고 젖은 가슴을 맞대었다. 그러면서 제스는 확신했다. 다시는 누구도 이처럼 가깝게 느끼지 못하리라는 것을. 제스는 양손으로 에드의 얼굴을 잡고, 그의 턱과, 멍이 든 관자놀이와, 입술에 입을 맞추었다. 그러면서 무슨 일이 생기더라도 이 느낌을 잊지 않겠노라고 되뇌었다. 에드가 얼굴을 쓸어 물기를 닦았다. 표정이 돌연 심각하게 변했다.

"이게 거품이라고 생각해요?"

"음, 거품이 아주 많은데요. 이건⋯⋯."

"아뇨. 우리요. 우린 평상시의 규칙들이 적용되지 않는 이상한 여행을 하는 중이에요. 현실은 적용되지 않아요. 이 여행은⋯⋯ 현실에서 잠깐 빠져나온 거니까."

욕실 바닥에 물이 한강을 이뤘다.

"그거 보지 말아요. 나한테 말해줘요."

제스가 그의 쇄골에 입술을 대고 생각에 잠겼다. 그러고는 다시 고개를 들었다.

"닷새가 조금 넘는 동안 우리는 질병과 심란해하는 아이들, 아픈 가족, 예상치 못한 폭력, 부러진 발, 경찰과 차 사고에 대처해야 했어요. 그 정도면 현실이라고 말하기 충분할 것 같은데요."

"난 당신의 사고가 마음에 들어요."

"난 당신의 모든 게 마음에 들어요."

"우린 서로한테 헛소리를 너무 많이 하는 것 같네요."

"난 그것도 마음에 들어요."

물이 차가워지기 시작했다. 제스가 그의 품에서 빠져나와 온열 수건걸이로 손을 뻗었다. 에드에게 수건을 건네고, 따뜻하고 폭신한 호텔 수건의 기분 좋은 촉감을 음미하며 제스도 수건으로 몸을 감쌌다.

에드는 한 손으로 열심히 머리를 문질렀다. 제스는 문득, 그가 호텔의 폭신한 수건에 너무 익숙해서 다른 수건과의 차이를 느끼지 못하는 게 아닐까, 하는 생각이 들었다. 그러자 갑자기 뼛속까지 지치는 기분이었다.

제스는 이를 닦은 후, 욕실 불을 끄고 방으로 돌아갔다. 에드는 이미 거대한 호텔 침대에 누워, 그녀가 들어오도록 이불을 젖히고 있었다. 그가 침대 옆 스탠드를 껐고, 제스는 어둠 속에서 그의 곁으로 누웠다. 촉촉한 피부가 닿는 걸 느끼며, 매일 밤이 이렇다면 어떨까 생각해봤다. 제스는 과연 그의 다리를 휘감고 싶은 욕망을 느끼지 않고 조용히 그의 곁에 누워 있을 수 있을까.

"난 앞으로 어떤 일을 겪게 될지 몰라요, 제스."

그녀의 생각을 듣기라도 한 것처럼, 에드가 어둠을 향해 말했다. 경고하듯이.

"당신은 괜찮을 거예요."

"정말이에요. 당신의 그 낙관주의 속임수도 이 일에는 안 통해요. 무슨 일이 일어나든 난 모든 걸 잃게 될 거예요."

"그래서요? 난 원래부터 아무것도 없었는데."

"하지만 난 멀리 가야 할지도 몰라요."

"아닐 거예요."

"그럴 거예요, 제스."

그의 목소리는 거북할 정도로 단호했다. 무슨 말을 할지 생각하기도 전에 제스의 입에서 말이 흘러나왔다.

"그럼 기다릴게요."

에드가 그녀 쪽으로 머리를 기울이는 게 느껴졌다. 정말이냐고 묻듯이.

"기다릴 거예요. 당신이 원한다면요."

집까지 가는 마지막 여정에서 에드는 전화를 세 통 받았다. 모두 핸즈프리로. 그의 변호사(억양이 어찌나 위엄 있던지, 왕족이 만찬에 도착했음을 알리는 일을 맡으면 제격일 듯했다)는 돌아오는 화요일에 에드가 경찰서에 출두해야 한다고 알렸다. 아무것도 변한 것이 없다고 했다. 에드는 앞으로 무슨 일이 일어날지 알고 있다고, 가족들에게도 알렸다고 말했다. 그렇게 말하는 에드의 어조에 제스는 가슴이 내려앉았다. 그래서 더는 참을 수가 없었다. 그녀가 팔을 뻗어 에드의 손을 잡았고, 그는 제스를 쳐다보지 않은 채, 그녀의 손을 꾹 잡았다.

에드의 누나는 지난밤에 아버지가 잘 주무셨다는 소식을 전했다. 그들은 아버지가 염려하던 보험증서, 서류 캐비닛의 잃어버린 열쇠들, 그리고 제마가 점심으로 무엇을 먹었는지에 관해 긴 대화를 나눴다. 죽음에 관해서는 누구도 이야기하지 않았다. 제마가 제스에게 안부를 전해달라고 했을 때 제스는 크게 소리를 질러 그녀에게 인사했다. 겸연쩍으면서도 기분이 좋았다.

점심을 먹은 후에는 루이스라는 남자로부터 전화를 받았고, 그들은 시장 가치와 점유율, 담보 대출 시장의 상황에 대해 의논했다. 에드가 비치프론트에 관해 이야기하고 있다는 것을 제스는 한참이 지나서야 깨달았다.

"팔 때가 되었어요."

전화를 끊은 후 에드가 말했다.

"그래도, 당신도 말했듯이, 나한테 아직 처분할 재산이 있으니 다행이죠."

"전부 얼마나 들어가는데요? 기소되면요?"

"오. 아무도 말해주지 않아요. 하지만 행간을 읽어보면, '거의 전 재산'쯤 될 거예요."

보이는 것 이상으로 에드가 속이 상한지, 제스는 알 수 없었다.

그밖에도 에드가 누군가에게 전화를 걸었지만 음성메시지로 넘어갔다.

"로넌입니다. 메시지를 남겨주세요."

에드는 아무 말도 남기지 않고 전화를 끊었다.

매 킬로미터마다, 밀려오는 파도처럼, 막을 수 없는 냉혹한 현실이 그들을 향해 서서히 다가왔다.

그들이 마침내 집에 도착했다. 네 시가 조금 넘은 시각이었다. 장대비는 보슬비로 잦아들었고, 도로는 축축하게 젖어 기름이 발린 듯 미끄러워 보였다. 마구잡이로 뻗은 데인홀의 거리들은 봄소식을 전하려고 고군분투 중이었다. 거기에, 제스가 기억하는 것보다 작고 초라한 그녀의 집이 있었다. 묘하게도 그녀와는 상관없는 곳처럼 느껴졌다. 에드가 차를 세웠고, 제스는 차창 밖으로 집을 내다봤다. 페인트칠이 벗겨진 2층 창문들이 눈에 들어왔다. 마티가 제대로 작업해야 한다고 우기던 창문들. 그는 먼저 사포질을 해서 남은 칠을 벗겨내고 충전제로 갈라진 틈을 메워야 한다고 주장했지만, 늘 바쁘거나 너무 피곤해서 그 일을 할 수가 없었다. 그곳에 앉아서 그들이 돌아오길 기다리던 온갖 문제들이 떠올라서 제스는 돌연 우울해졌다. 여행하는 동안 그녀가 저지른 더욱 큰 문제들도 떠올랐다. 그러고 나서 에드를, 탠지를 도와 가방을 들어주고 니키의 말에 웃어주며 이야기를 더 잘 들으려고 몸을 기울이는 그의 모습을 보자, 우울함이 가라앉는 듯했다.

에드는 집으로 오던 길에 DIY 매장에 들렀다. 그들은 마을에서 한 시간 거리에 있는 그곳까지 돌아서 온 참이었다. 그는 매장에서 물건이 든 커다란 상자를 들고 나와, 가방이 든 트렁크에 넣느라고 씨름을 했다. 아마도 비치프론트의 집을 팔기 전에 깔끔하게 손질을 해두려는 모양이었다. 그 집을 어떻게 더 깔끔하게 만들지, 제스로서는 알 수 없었지만 말이다.

에드는 마지막 가방을 문 옆에 내려놓고 그 자리에 서 있었다. 손에는 상자를 들고 있었다. 아이들은 즉시 자기들 방으로 사라졌다. 마치 귀소 본능 실험 중인 동물들처럼. 그러자 어수선한 작은 집과 우드칩 벽지, 줄줄이 쌓인 낡은 페이퍼백 책들이 제스는 약간 창피했다.

"내일 아버지 댁으로 돌아가려고 해요."

에드가 떠난다는 생각에 제스는 반사적으로 찌릿한 아픔을 느꼈다.

"좋은 생각이에요. 잘 됐어요."

"며칠 동안만요. 경찰서에 가기 전까지요. 하지만 그 전에 이것들을 먼저 달아놓으려고요."

제스가 상자를 내려다봤다.

"보안 카메라하고 동작 감지 전등이에요. 다는 데 몇 시간도 안 걸릴 거예요."

"우릴 위해 산 거였어요?"

"니키가 두드려 맞았잖아요. 탠지도 분명히 안전하지 못하고. 이거라도 달아놓으면 다들 조금은 안심할 수 있을 것 같았어요. 그러니까…… 내가 여기에 없어도요."

제스가 상자를 쳐다봤다. 그것이 무엇을 뜻하는지. 그녀는 무슨 말을 하고 싶은지 알기도 전에 입부터 열었다.

"당신이…… 당신이 직접 할 필요 없어요."

제스가 더듬거렸다.

"나 DIY 제품 조립 잘하거든요. 내가 할게요."

"사다리에 올라가겠다고요. 다친 발로?"

에드가 한쪽 눈썹을 들어 올렸다.

"이것 보세요, 제시카 레이 토머스. 언젠가는 당신도 다른 사람이 당신을 돕게 허락해야 할 거예요."

"그럼 난 뭘 할까요?"

"가만히 앉아 있어요. 다친 다리를 위로 올려놓고. 이따가 나는 니키랑 시내로 가서 혐오스러울 정도로 건강에 안 좋고 돈만 낭비하는 테이크아웃 음식을 사올 거예요. 왜냐하면 나한테는 그게 마지막 테이크아웃 음식이 될지도 모르니까요. 한동안은요. 아무튼 음식을 사와서 우린 여기서 그걸 먹을 거예요. 그러고 나선 당신과 내가 드러누워서 서로의 배가 얼마나 불룩한지 경이로운 눈으로 바라볼 거고."

"오, 맙소사. 당신이 음란한 말하는 거, 나 정말 좋아해요."

그래서 제스는 앉아 있었다. 아무것도 하지 않고. 소파에. 탠지가 곁에 와서 한동안 앉아 있었고, 에드는 집 밖에다 사다리를 놓고 올라가 창문으로 그녀에게 드릴을 흔들어 보였다. 그러고는 떨어질 것처럼 휘청거리는 척해서는 제스를 걱정하게 만들었다.

"난 지난 8일 동안 두 곳의 병원을 들락거렸어요. 세 곳으로 늘리고 싶지 않다구요."

제스가 창문을 통해 뿌루퉁하게 외쳤다. 그러고 나서는, 가만히 앉아 있는 데 소질이 없는 그녀는 빨랫감을 모아 세탁기에 넣었다. 하지만 그런 후에는 움직이는 것은 다른 사람들에게 맡기고 다시 자리에 앉았다. 발을 쉬게 하는 것이 그 발로 뭔가를 하는 것보다 훨씬 덜 고통스럽다는 것을 인정했기 때문이다.

"저기면 괜찮을까요?"

에드가 물었다.

제스가 절뚝거리며 바깥으로 나갔다. 에드는 정원으로 물러나서 집의 정면을 바라보고 있었다.

"저기다 카메라를 달면 제스네 집 정원으로 들어오는 사람뿐 아니라 집 주변을 어슬렁거리는 사람들까지 잡을 수 있다는 걸 알았어요. 봐요, 카메라에 볼록 렌즈가 달렸죠?"

제스는 흥미로운 척하려고 애썼다. 그녀는 아이들이 자러 올라가면 에드를 설득해서 자고 가게 할 수 있을지 생각하고 있었다.

"그리고 흔히, 이런 물건들은 달려 있는 것만으로도 범죄를 억제하는 효과가 있어요."

그게 그렇게 어리석은 생각일까? 에드는 아이들이 깨기 전에 집을 빠져나가면 된다. 하지만 굳이 그럴 필요가 있을까? 니키와 탠지는 그들 사이에 감정이 오가는 걸 분명히 알고 있을 텐데.

"제스?"

에드가 그녀 앞에 서 있었다.

"음?"

"저기에 구멍을 뚫고 벽 안으로 전선을 넣기만 하면 돼요. 그걸 접속함에 연결하면 간단하게 전부 연결할 수 있을 거예요. 내가 배선 작업은 좀 하거든요. DIY는 아버지가 가르치신 것 중에 내가 유일하게 그럭저럭 해냈던 거예요."

에드는 남자들이 전동 공구를 들었을 때 지을 법한 만족스러운 표정을 지었다. 그는 주머니를 더듬어 나사들을 확인하고는 제스를 신중하게 쳐다봤다.

"내가 한 말, 한 마디라도 들었어요?"

제스가 죄지은 사람처럼 씩 웃었다.

"당신은 구제불능이에요, 정말로."

잠시 후에 그가 말했다.

보는 눈이 없는지 주변을 흘긋 둘러본 에드가 그녀의 목에 부드럽게 팔을 두르고 끌어당겨 입을 맞췄다. 그의 턱에 까칠한 수염이 잔뜩 돋아 있었다.

"이제 나 작업하게 해줘요. 방해하지 말고. 가서 테이크아웃 메뉴나 찾아봐요."

제스는 미소를 머금고 절뚝이며 주방으로 돌아가서 서랍을 뒤지기 시작했다. 마지막으로 테이크아웃 음식을 주문한 게 언제인지 기억나지 않았다. 최근 메뉴는 없을 거라고 거의 확신했다. 에드는 전선을 연결하러 2층으로 올라갔다. 벽의 밑부분을 보아야 해서 가구들을 움직여야 할 것이라고 아래층으로 소리를 질렀다.

"그래요."

제스도 소리쳐 답했다. 에드가 접속함을 찾는 동안 머리 위에서 커다란 물건이 바닥에 끌리는 요란한 소리가 들려왔다. 제스는 그 소리를 들으며, 자신이 아닌 다른 누군가가 그 일을 한다는 사실에 경이로움을 느꼈다.

제스는 소파에 기대어 앉아 얼마 안 되는 메뉴들을 하나씩 살펴보기 시작했다. 행주를 넣는 서랍에서 찾아낸 오래된 메뉴들이었다. 소스가 튀었거나 오래되어 누렇게 변색된 종이들을 한 장씩 떼어내며 봤다. 테이크아웃이 가능한 중국 음식점은 분명히 문을 닫았을 것이라고 생각했다. 환경 위생 문제로 단속에 걸렸다는 말을 들은 적이 있다. 피자집은 믿을 만한 곳이 못 됐다. 카레집 메뉴는 그런대로 나쁘지 않았지만, 나탈리의 잘프레지에서 나왔다던 구불거리는 털 생각을 떨칠 수가 없었다. 그래도, 치킨 볼티, 필라우 라이스, 포파덤은. 제스는 메뉴에 정신이 팔려 있느라, 에드가 천천히 계단을 내려오는 소리도 듣지 못했다.

"제스?"

"내 생각엔 이게 좋을 거 같아요."

제스가 메뉴를 들어올렸다.

"출처를 알 수 없는 털 하나는 훌륭한 잘프레지를 먹는 작은 대
가로⋯⋯."

에드의 표정을 본 것은 그때였다. 그리고 그의 손에 들린 물건도.

"제스?"

에드의 목소리는 다른 사람의 목소리처럼 들렸다.

"어째서 내 보안 출입증이 당신 서랍 안에 있죠?"

28

니키 NICKY

니키가 아래층으로 내려왔을 때, 제스는 정면을 똑바로 응시한 채 홀로 앉아 있었다. 마치 최면에 빠진 사람 같았다. '블랙 앤 데커' 드릴이 창턱에 덩그러니 놓여 있었고, 사다리도 집 앞에 그대로 걸쳐져 있었다.

"니콜스 아저씨는 테이크아웃 음식점에 가셨어요?"

니키는 메뉴를 선택할 기회가 사라졌다는 생각에 약간 화가 났다. 제스는 듣지 못한 것 같았다.

"제스?"

제스의 얼굴이 얼어붙은 듯 굳어 있었다. 그녀가 고개를 살짝 흔들고, 조용히 말했다.

"아니."

"그럼 돌아오시는 거죠?"

잠시 후에 니키가 물었다. 그러고는 냉장고 문을 열었다. 니키 자신도 뭘 기대하고 열었는지 알 수 없었다. 안에는 쪼글쪼글한

레몬 한 팩과 브랜스톤 피클 반 병이 들어 있었다.

침묵이 길게 이어졌다.

"모르겠어."

제스가 말했다. 그러고는 다시, "모르겠어"라고 말했다.

"그럼…… 테이크아웃 음식은 못 먹겠네요?"

"응."

니키가 실망스럽다는 듯 신음을 내뱉었다.

"그래도 아저씨는 언젠가 다시 들르셔야 할 걸요. 내가 아저씨 노트북 컴퓨터를 갖고 있으니까."

두 사람 사이에 말다툼이 있었던 게 분명하지만, 제스는 아빠와 다퉜을 때와는 다른 행동을 보였다. 아빠와 다퉜을 때는 방문을 쾅, 하고 닫으며 나지막하게 '얼간이'라고 중얼거리거나, '내가 왜 이런 멍청한 자식을 데리고 살아야 하나?'라고 말하는 듯이 입을 꽉 다물고 단호한 표정을 지었다. 지금 제스는 여섯 달 밖에 살지 못한다는 선고를 들은 사람 같았다.

"괜찮아요?"

제스는 눈을 깜빡이더니, 열을 재는 것처럼 한 손을 이마에 올렸다.

"저. 니키. 내가…… 좀 누워야겠어. 네가…… 네가 알아서 좀 해결하겠니? 남은 게 있을 거야. 음식이. 냉장고 안에."

제스와 함께 살아온 지난 세월 동안, 제스가 그에게 알아서 해결하라는 말을 한 적은 단 한 번도 없었다. 2주 동안 독감을 앓으면서도 그러지 않았다. 니키가 무슨 말을 하기 전에, 제스가 돌아서서 절뚝이며 계단을 올라갔다. 아주 천천히.

처음에 니키는 제스가 괜히 과장하는 거라고 생각했다. 하지만 스물네 시간이 지난 후에도 제스는 여전히 방에서 나오지 않았다. 니키와 탠지는 제스의 방 앞을 서성이며 조용히 속삭였다. 그러고 나서는 차와 토스트를 준비해 가져갔지만, 제스는 벽만 물끄러미 쳐다보고 있을 뿐이었다. 창문은 여전히 열려 있고, 바깥은 제법 쌀쌀했다. 니키는 창문을 닫고, 사다리와 드릴을 차고에 가져다두려고 밖으로 나갔다. 차고는 롤스로이스가 없으니 휑해 보였다. 니키가 한두 시간 후에 접시를 가지러 돌아가보니, 차와 토스트는 차갑게 식은 채 침대 옆 탁자에 그대로 놓여 있었다.

"여행을 하느라 지쳐서 그런 거야."

탠지가 늙은 여자처럼 말했다. 하지만 제스는 다음 날에도 침대에서 나오지 않았다. 니키가 들어가서 보니, 이불은 거의 구김이 없었고, 제스는 침대에 들어갈 때와 똑같은 옷을 입고 있었다.

"어디 아파요? 의사를 부를까요?"

니키가 커튼을 젖히며 물었다.

"그냥 좀 쉬고 싶어서 그래, 니키."

제스가 나직하게 말했다.

"나탈리 아줌마가 왔었어요. 제스가 전화할 거라고 했어요. 청소에 관한 일이라고 하시던데요?"

"아줌마한테 내가 아프다고 해."

"하지만 아프지 않잖아요. 경찰에서도 전화 왔었어요. 언제 차를 가져갈 거냐고요. 그리고 창가레이 선생님한테서도 전화 왔었는데, 뭐라고 해야 할지 몰라서 그냥 자동 응답기가 돌아갈 때까지 안 받았어요."

"니키, 부탁이야."

제스의 얼굴이 너무 슬퍼 보여서 니키는 더 이상 아무 말도 할 수가 없었다. 제스는 잠시 기다렸다가, 이불을 턱까지 끌어올리고 돌아누웠다.

니키는 탠지에게 아침을 챙겨줬다. 이제는 아침마다 이상할 정도로 유용한 사람이 된 기분이었다. 심지어 마리화나 담배조차 그립지 않았다. 니키는 노먼을 정원으로 내보내고 개가 어지른 것들을 치웠다. 니콜스 씨는 방범등을 창가에 남겨두고 떠났다. 등은 아직 상자 안에 있었고, 비가 와서 젖기는 했지만 누구도 훔쳐가지 않았다. 니키는 상자를 안으로 가지고 들어와 물끄러미 쳐다보며 앉아 있었다.

니콜스 씨에게 전화할까도 생각했지만, 전화해서 뭐라고 해야 할지 몰랐다. 게다가 니콜스 씨에게 또 와달라고 부탁하기도 좀 그랬다. 사람은 누군가와 함께 있기를 원하면 결국에는 어떻게 해서든 그들에게로 가니까. 니키는 누구보다 그 사실을 잘 알았다. 엄마와 아저씨 사이에 무슨 일이 있었는지 모르지만, 아저씨가 노트북 컴퓨터를 찾으러 오지 않을 정도로 심각한 일인 것만은 분명했다. 그렇다면 둘 사이에 끼어드는 게 과연 옳은 일인지 확신할 수 없었다.

니키는 자신의 방을 청소했다. 해안가를 산책하며 니콜스 씨의 전화기로 사진을 몇 장 찍었다. 한동안 인터넷에 접속했지만 게임은 지겨웠다. 니키는 창밖으로 중심가 거리의 건물 지붕들과 멀리 보이는 레저 센터의 오렌지색 벽돌 건물을 바라봤다. 더 이상은 하늘에서 외계인을 쏘아대는 무장한 로봇이 되고 싶지 않았다. 방구석에 처박혀 있고 싶지 않았다. 니키는 확 트인 도로를 달리던 때를 떠올렸다. 그들을 태우고 엄청난 거리를 달린 니콜스 씨의 차와, 다음 목적지가 어디인지조차 모르고 달리던 끝없는 시간들. 그리고 니키는 깨달았다. 그는, 무엇보다도, 이 작은 마을을 벗어나고 싶어 한다는 것을. 니키는 자신의 종족을 찾고 싶었다.

니키는 심사숙고 끝에, 제스가 방에서 나오지 않은 지 이틀째 되던 날 오후에, 이제는 조금 난리를 쳐도 되는 시점이라고 결론 내렸다. 좀 있으면 다시 학교가 시작되는데, 탠지와 개와 집안일을 챙기면서 제스까지 보살필 방법이 떠오르지 않았다. 니키는 청소기를 돌리고, 세탁기 안에서 퀴퀴한 냄새가 나기 시작하는 젖은 빨래들을 발견하고 다시 세탁기를 돌렸다. 그러고는 탠지와 함께 가게에 가서 빵과 우유와 노먼이 먹을 사료를 샀다. 니키는 티를 안 내려고 했지만, 그를 호모 새끼나 괴물 따위로 불러대는 아이들이 바깥을 어슬렁거리지 않아서 크게 안도했다. 그리고 어쩌면, 정말로 어쩌면, 상황이 달라질 거라는 제스의 말이 맞을지도 모른다고 생각했다. 그의 인생에서 새로운 시기가 마침내 시작되었는지도 모른다고.

잠시 후, 니키가 우편물들을 확인하고 있을 때 탠지가 주방으로 왔다.

"가게에 다시 다녀오면 안 돼?"

니키는 고개를 들지 않았다. 'J. 토머스 부인' 앞으로 온 공문을 뜯어봐야 할지 고민하고 있었다.

"방금 전에 다녀왔잖아."

"그럼 나 혼자 다녀와도 돼?"

니키가 고개를 들고는 움찔 놀랐다. 탠지가 머리에다 이상한 짓을 해놓았다. 한쪽 옆의 머리를 올려서 반짝이는 핀들을 다닥다닥

꽂았다. 탠지는 다른 애처럼 보였다.

"엄마한테 카드를 주려고. 기운 내라고."

탠지가 말했다. 니키는 카드 정도로는 기운이 나지 않을 거라고 확신했다.

"만들어서 주면 되잖아, 탠지? 괜히 돈 쓰지 말고."

"항상 만들어서 줬단 말이야. 가끔 가게에서 파는 카드를 받으면 기분이 좋잖아."

니키가 탠지의 얼굴을 찬찬히 살폈다.

"화장했어?"

"립스틱만 발랐어."

"제스는 바르지 말라고 할 거야. 지워."

"수지는 바르던데."

"제스가 보면 기분이 더 안 좋아질 것 같아서 그래, 탠지. 그러니까 지워. 가게 갔다 돌아오면 오빠가 화장하는 법 제대로 가르쳐줄게."

탠지가 옷걸이에서 재킷을 내렸다.

"가는 길에 지울게."

탠지가 어깨 너머로 말했다.

"노면 데리고 가."

니키가 소리쳤다. 제스라면 그렇게 말했을 테니까. 그런 다음 커피를 한 잔 만들어서 2층으로 올라갔다. 이제 제스 문제를 해결할 시간이었다.

방 안은 컴컴했다. 오후 두 시 사십오 분이었다.

"옆에다 놔줘."

제스가 중얼거렸다. 방 안에는 텁텁한 공기와 씻지 않은 몸에서 나는 냄새가 가득 고였다.

"비가 그쳤어요."

"잘 됐네."

"제스, 이제 그만 일어나야 해요."

제스는 아무 말이 없었다.

"정말로요. 그만 일어나세요. 방에서 이상한 냄새가 나기 시작
해요."

"피곤해, 니키. 그냥…… 휴식이 필요해서 그래."

"제스는 휴식이 필요하지 않아요. 제스는…… 제스는 우리 집
의 티거 같은 사람이잖아요."

"부탁이야, 우리 아들."

"이해할 수가 없어요, 제스. 대체 왜 이러는 거예요?"

제스가 아주 느리게 돌아누워, 한쪽 팔꿈치를 받치고 상체를 일
으켰다. 아래층에서 노먼이 뭔가를 보고 짖기 시작했다. 집요하고
별스럽게. 제스가 눈을 비볐다.

"탠지는 어딨니?"

"가게에 갔어요."

"뭘 좀 먹었어?"

"네. 그렇지만 시리얼이 다예요. 전 피시핑거 외에는 할 줄 아는
요리가 없고, 탠지는 피시핑거는 물려서 쳐다보지도 않으려고 하
고요."

제스는 니키를 바라보더니, 다시 창밖을 바라봤다. 뭔가를 가늠
하려는 듯이. 그러고는 말했다.

"그는 돌아오지 않을 거야."

제스의 얼굴이 일그러졌다.

개는 이제 바깥에서 심하게 짖어대고 있었다. 바보 같이. 니키는 제스가 한 말에 정신을 집중하려 애썼다.

"정말요? 영원히요?"

굵은 눈물방울이 제스의 볼을 타고 흘러내렸다. 손등으로 눈물을 닦아낸 제스가 고개를 흔들었다.

"제일 바보 같은 게 뭔지 아니, 니키? 내가 실제로 그 일을 잊고 있었다는 거야. 그런 짓을 했다는 걸 잊고 있었어. 여행을 하는 동안 너무나 행복해서, 그 전까지의 있었던 일은 전부 다른 사람한테 일어난 일인 것만 같았어. 오, 저 빌어먹을 개."

제스가 무슨 말을 하는 건지 니키는 잘 이해되지 않았다. 제스가 정말로 아픈 게 아닐까 하는 생각이 들었다.

"전화하면 되잖아요."

"해봤어. 하지만 받지 않아."

"제가 거기 한 번 가 볼까요?"

말을 꺼내자마자 니키는 약간 후회했다. 그는 니콜스 씨를 정말 좋아하지만, 누군가를 자신의 곁에 머물게 할 수 없다는 사실을 누구보다 잘 알기 때문이었다. 자신을 원하지 않는 사람에게 아무리 매달려봐야 소용이 없다. 제스는 달리 말할 사람이 없기 때문에 니키에게 말하는 건지도 몰랐다.

"난 아저씨를 사랑했어, 니키. 얼마 보지도 않은 사람한테 그런 소리를 한다고 우습게 들릴지 모르지만, 난 그를 사랑했어."

제스의 말은 충격이었다. 감정이 고스란히 드러나 있었다. 그러나 니키는 도망치고 싶지 않았다. 그는 침대에 앉아 몸을 기울이고, 비록 여전히 신체 접촉에는 익숙하지 않았지만, 제스를 안아 줬다. 항상 니키보다 큰 것처럼 느껴졌지만 제스는 상당히 작았다. 제스가 니키에게 머리를 기댔고, 니키는 이번만큼은 뭔가 말하고 싶었지만, 뭐라고 해야 할지 알 수 없어서 슬퍼졌다.

그 순간 노먼이 발작적으로 짖기 시작했다. 스코틀랜드에서 소를 봤을 때와 비슷했다. 니키가 이상하게 생각하며 제스에게서 몸을 뗐다.

"쟤가 왜 저렇게 미칠 듯이 짖지?"

"빌어먹을 개 같으니라고. 아마 그 56번지에 사는 치와와 때문일 거야."

제스가 코를 훌쩍이고 눈가를 닦았다.

"일부러 노먼을 괴롭히는 게 틀림없어."

침대에서 내려온 니키가 창문으로 걸어갔다. 노먼은 정원에 있었다. 울타리가 썩어 반쯤 부서진 나무 패널 두 개 사이로 머리를 내밀고 미친 듯이 짖고 있었다. 노먼의 모습이 평소와 다르다는 것을 니키는 몇 초 후에야 알아봤다. 개는 꼿꼿하게 몸을 세웠고 털은 온통 곤두섰다. 니키가 커튼을 좀 더 당겨 열자, 길 건너에 있는 탠지의 모습이 눈에 들어왔다. 피셔 형제 둘과 처음 보는 소년 하나가 탠지를 벽 쪽으로 몰아세웠다. 니키가 지켜보는 가운데 그들 중 하나가 탠지의 재킷을 움켜잡았고, 탠지가 손길을 뿌리치려고 했다.

"야! 야!"

니키가 소리를 질렀지만 그들은 듣지 못했다. 니키의 심장이 쿵쿵 뛰었다. 내리닫이창을 붙잡고 씨름을 했지만 열릴 생각을 하지 않았다. 니키는 유리를 두드려서 그들의 행동을 멈추게 하려고 했다.

"야! 젠장. 야!"

"왜 그래?"

제스가 침대에서 빙글 돌아앉았다.

"피셔 형제예요."

탠지가 찢어지게 비명을 질렀다. 제스가 침대에서 펄쩍 뛰어내렸고, 노먼이 아주 짧은 순간 멈췄다가, 울타리에서 가장 약한 부분으로 몸을 던졌다. 노먼은 마치 숫양을 들이받는 개처럼 사방으로 나뭇조각을 날리며 울타리를 뚫고 나갔다. 그리고 탠지의 목소리가 들려오는 곳을 향해 곧장 달려갔다. 피셔 형제가 빙글 돌아서 자신들을 향해 날아오는 거대하고 검은 미사일을 바라보며 입을 벌리는 모습이 보였다. 그리고 나서 날카로운 브레이크 소리와, 놀랄 정도로 크게 쿵, 하고 부딪히는 소리가 들려왔다. 제스가 '오, 맙소사, 오, 맙소사' 하고 외쳤고, 그러고는 영원히 이어질 듯한 정적이 찾아들었다.

29
탠지 TANZIE

탠지는 한 시간 가까이 자기 방에서 엄마에게 줄 카드를 그렸다. 카드에 뭐라고 쓸지 아무리 생각해도 떠오르지 않았다. 엄마는 아픈 것 같았지만, 오빠는 엄마가 정말로 아픈 건 아니라고 했다. 니콜스 씨가 아팠던 것처럼 말이다. 그러니까 '쾌유를 비는 카드'를 쓰는 건 맞지 않아 보였다. '행복하세요!'라는 문구를 넣을까 생각해봤지만 무슨 지시문처럼 들렸다. 자칫하면 비난으로 들리는 것 같기도 하고. 그래서 그냥 '사랑해요'라고 쓰려고 했지만, 빨간 글자로 넣고 싶은데 빨간색 사인펜이 말라버려서 나오지 않았다. 그리고 나서는 엄마의 말을 떠올렸고, 가게에서 파는 카드를 사야겠다고 마음먹었다. 엄마는 아빠가 연애 시절에 낯간지러운 문구가 들어간 밸런타인데이 카드를 사준 것 말고는 한 번도 카드를 준 적이 없다고 했었다. 엄마는 '연애 시절'이라는 단어를 말할 때 웃음을 터트리곤 했다.

탠지는 그저 엄마가 기운을 차리게 하고 싶었다. 엄마들은 집안을 책임지며 일을 처리하고 부산하게 아래층을 돌아다녀야지, 생각이 저 멀리 가 있는 사람처럼 어두운 방에 누워 있으면 안 됐다. 탠지는 겁이 났다. 니콜스 씨가 가버린 이후 집이 너무 조용했고, 뱃속에는 커다란 덩어리가 웅크리고 있는 것 같았다. 뭔가 안 좋은 일이 일어나려고 하는 것처럼. 그날 아침, 잠에서 깨어난 탠지는 엄마 방으로 가서 침대로 기어들었다. 엄마는 팔을 벌려 탠지를 안고 이마에 입을 맞췄다.

"엄마 아파요?"

"그냥 피곤해서 그래, 탠지."

엄마의 목소리는 세상에서 가장 슬프고 가장 피곤하게 들렸다.

"곧 일어날 거야. 약속할게."

"이러는 게…… 나 때문이에요?"

"뭐?"

"더 이상 수학 공부를 하려고 하지 않아서요. 그것 때문에 엄마가 슬픈 거예요?"

그러자 엄마의 눈에 눈물이 고였고, 탠지는 괜히 일을 더 악화시킨 기분이었다.

"아냐, 탠지."

엄마는 탠지를 더욱 가까이 끌어안았다.

"아냐, 우리 딸. 너랑 수학하고는 전혀 상관없어. 그런 생각은 꿈에도 하지 마."

하지만 엄마는 일어나지 않았다.

그래서 탠지는 오빠가 준 2파운드 50펜스를 주머니에 넣고 길을 따라 걷고 있었다. 오빠는 카드를 사봤자 소용없을 거라고 생각하는 눈치였다. 그렇다면 싼 카드를 사고 초콜릿을 사면 어떨까, 싼 카드는 기대한 효과를 내지 못하는 게 아닐까 등을 생각해보고 있을 때, 차 한 대가 옆으로 와서 섰다. 비치프론트로 가는 길을 묻는 사람(늘 그런 사람들이 있었다)일 거라고 생각했지만, 제이슨 피셔였다.

"야, 괴물."

피셔가 불렀고, 탠지는 계속 걸어갔다. 머리에 젤을 발라 뾰족하게 세운 피셔가 눈을 가늘게 떴다. 평생을 그런 눈으로 싫어하는 것들을 째려본 사람처럼.

"내가 불렀잖아, 괴물."

탠지는 그를 쳐다보지 않으려고 애썼다. 심장이 쿵쿵 뛰기 시작했다. 걸음의 속도를 약간 높였다. 피셔가 차를 앞으로 몰았고, 탠지는 그가 가버리려는 줄 알았다. 하지만 그는 차를 세우더니 밖으로 나와 건들건들 탠지 앞으로 걸어왔다. 그래서 그를 밀치고 지나가지 않으면 앞으로 갈 수가 없게 됐다. 피셔는 몸을 한쪽으로 기울이고, 어리석은 사람에게 뭔가를 설명하듯 말했다.

"누군가 말을 걸었을 때 대답을 안 하는 건 무례한 행동이야. 엄마가 그런 것도 안 가르쳐주디?"

탠지는 잔뜩 겁을 먹어서 아무 말도 할 수가 없었다.

"네 오빠 어딨어?"

"몰라요."

목소리가 속삭임처럼 작게 나왔다.

"알면서 왜 거짓말해, 요 네눈박이 꼬맹이 괴물아. 네 오빠가 내 페이스북에 장난질을 해놓고 현명한 짓이라고 생각하는 모양인데. 응?"

"오빠가 그런 거 아니에요."

탠지가 대꾸했다. 하지만 탠지는 정말 거짓말에 소질이 없었고, 피셔는 그것이 거짓말임을 단박에 알아봤다. 그가 두 걸음 더 다가섰다.

"가서 네 오빠한테 똑똑히 전해. 내가 그 건방진 자식을 곧 잡으러 간다고. 그 자식은 자기가 영리하다고 생각하지. 내가 그 자식 프로필을 확실하게 손봐주겠다고 전해."

이름을 기억할 수 없는 그의 사촌이 피셔에게 뭐라고 중얼거렸지만, 탠지에게는 들리지 않았다. 그들은 이제 차 밖으로 모두 나와서 탠지를 향해 걸어왔다.

"맞아."

제이슨 피셔가 말했다.

"네 오빠한테 뭔가 알려줄 필요가 있어. 내 것을 건드리면 우린 그 자식 것을 건드린다는 거."

그가 턱을 치켜들더니 소리 나게 침을 뱉었다. 푸르스름한 침 덩어리가 탠지 앞으로 떨어졌다. 탠지는 가까스로 숨을 쉬면서, 저들의 눈에도 그 사실이 보이는지 궁금했다.

"차에 타."

"뭐라고요?"

"빌어먹을 차 안으로 들어가라고."

"싫어요."

탠지가 뒤로 물러나기 시작했다. 주변을 두리번거리며 행인이 없는지 살폈다. 새장에 갇힌 새처럼 갈비뼈 안에서 심장이 거세게 날뛰었다.

"망할 차 안으로 들어가, 코스탄자."

피셔는 마치 그녀의 이름이 역겨운 것이라도 되듯 내뱉었다. 탠지는 그곳에서 달아나고 싶었지만, 달리기가 엄청 느려서 금방 잡힐 게 뻔했다. 길을 건너 집 쪽으로 가고 싶었지만 집까지는 거리가 너무 멀었다. 그 순간 손 하나가 그녀의 어깨를 잡았다.

"얘 머리 좀 봐."

"너 남자애들에 대해서 좀 알아, 네눈박이?"

"당연히 모르겠지. 얘 상태를 좀 보라고."

"립스틱도 발랐네, 요 꼬맹이 계집애가. 그런대도 여전히 뚱뚱하고 못생겼지만."

"그러네. 하지만 얼굴을 볼 필요는 없잖아, 안 그래?"

그들은 웃기 시작했다.

탠지의 입에서는 다른 사람인 것 같은 목소리가 나왔다.

"저리 비켜요. 니키 오빠는 아무 짓도 안 했어요. 우릴 그냥 내버려두라구요."

"우릴 그냥 내버려두라구요."

그들이 조롱하듯 따라했다. 피셔가 한 발 더 다가섰다. 목소리를 낮춰 말했다.

"빌어먹을 차 안으로 들어가, 코스탠자."

"건드리지 마!"

피셔가 탠지의 옷자락을 와락 움켜쥐었다. 차가운 파도처럼 공포가 탠지를 덮치며 목이 콱 조여들었다. 탠지는 기를 쓰고 그를 밀어내려 했다. 소리를 지를 수도 있었지만 길에는 아무도 없었다. 두 명이 탠지의 팔을 잡아서 차가 있는 곳으로 끌고 갔다. 그들이 끙끙대며 힘을 쓰는 소리를 들으면서 탠지는 보도에서 발디딜 곳을 찾아 허우적거렸다. 그들이 바른 데오도란트 냄새가 콧속으로 흘러들었다. 탠지는 차 안으로 절대 들어가면 안 된다는 걸 잘 알았다. 거대한 동물이 턱을 벌리듯 그녀 앞에서 차문이 열렸을 때, 불현듯 낯선 남자의 차에 오른 여자들에 관한 미국의 통계 자료가 기억났기 때문이다. 차 안에 발을 들이는 순간 생존 가능성은 72퍼센트로 떨어졌다. 그 통계 자료는 더없이 확실하게 느껴졌다. 탠지는 그것을 단단히 가슴에 새긴 채, 닥치는 대로 때리고 차고 깨물었다. 발끝에 물렁한 살이 닿는 순간 누군가 욕설을 내뱉었고, 뭔가 탠지의 옆머리를 가격했다. 탠지는 휘청거리다가 쿵 소리를 내며 바닥으로 쓰러졌다.

　모든 것이 옆으로 기울었다. 허둥지둥 뛰어다니는 소리와 먼 외침이 들렸다. 탠지가 머리를 들자 앞이 온통 뿌옜지만, 한 번도 본 적이 없는 빠른 속도로 노먼이 길을 가로질러 그녀를 향해 달려오는 모습을 본 것 같았다. 사납게 이를 드러내고 눈을 부릅뜬 노먼은 개가 아닌 악마처럼 보였다. 다음 순간 빨간 물체가 획 지나갔고, 날카로운 브레이크 소리가 들렸다. 그리고 검은 뭔가가 공중으로 날아가는 모습이 탠지의 눈에 들어왔다. 그런 다음 들려온 것은 비명뿐이었다. 끊이지 않고 계속 이어지는 비명, 세상이 끝날 때의 소리, 세상에서 가장 끔찍한 소리. 그리고 탠지는 그 소리가 자신의 비명이라는 것을 깨달았다.

30

제스 JESS

개는 바닥에 누워 있었다. 제스는 맨발로 숨이 턱에 차도록 달려 갔다. 양손을 머리에 올린 남자 하나가 휘청거리며 서 있었다.

"보지도 못했어요. 보지도 못했다구요. 개가 그냥 길로 뛰어들 었어요."

니키는 노먼 옆에서, 얼굴이 백짓장처럼 새하얘진 채, 노먼의 머리를 끌어안고 중얼거렸다.

"정신 차려, 노먼, 정신 차려."

탠지는 충격으로 눈이 커다래져서는 팔을 옆으로 딱 붙인 채 서 있었다.

제스가 무릎을 꿇었다. 노먼의 눈알은 유리구슬 같았다. 입과 귀에서 피가 조금씩 흘러나왔다.

"오, 안 돼. 이 바보 같은 녀석. 오, 노먼. 안 돼."

제스는 노먼의 가슴에 귀를 대봤다. 아무 소리도 들리지 않았 다. 울음이 복받쳐 올랐다.

제스는 어깨에 놓인 탠지의 손을 느꼈다. 제스의 티셔츠를 움켜쥐고 있었다.

"엄마, 어떻게 좀 해봐요. 어떻게 좀 해봐요."

탠지가 무릎을 꿇으며 노먼의 털에 얼굴을 파묻었다.

"노먼, 노먼."

그러고는 울부짖기 시작했다.

탠지의 울부짖음 아래로, 의미가 분명치 않은 니키의 말이 들려왔다.

"그 자식들이 탠지를 차에 태우려고 한 거야. 널 말리려고 했지만 창문이 열리지 않았어. 창문이 열리지 않아서 소리를 질렀는데, 얘가 울타리를 뚫고 달려 나갔어요. 얘는 알았어요. 탠지를 도우려고 한 거예요."

나탈리가 길을 따라 달려왔다. 셔츠 단추는 엉뚱한 구멍에 잘못 채워졌고, 머리의 반은 롤러가 말려 있었다. 나탈리는 탠지를 안고 흔들어 달래면서 소리를 멈추게 하려고 했다. 노먼의 눈은 움직임이 전혀 없었다. 노먼의 머리로 가까이 다가가며 제스는 가슴이 찢어지는 것만 같았다.

"동물 병원 응급실에 전화했어요."

누군가 말했다.

제스는 노먼의 커다랗고 말랑한 귀를 쓰다듬었다.

"고마워요."

"뭔가 해야 해요, 제스."

니키가 다급하게 다시 말했다.

"당장요."

제스가 니키의 어깨에 떨리는 손을 얹었다.

"노먼은 떠난 것 같아, 니키."

"아뇨. 그런 말 하지 말아요. 그렇게 말하면 안 된다고 한 게 바로 제스잖아요. 우린 포기하지 않아요. 제스는 다 괜찮아질 거라고 말하는 사람이에요. 그러니까 그런 말은 하지 말아요."

그러고는 탠지가 다시 통곡하기 시작했다. 니키도 얼굴을 일그러뜨리더니, 팔을 구부려 얼굴을 가리고 숨이 넘어갈 듯 크게 흐느꼈다. 마침내 둑이 터져버린 것처럼.

제스는 도로 한가운데 앉아 있었다. 차들은 그녀를 피해 주변으로 방향을 약간 틀어서 지나갔다. 무슨 일인지 궁금한 이웃들이 집 앞에서 서성거렸다. 제스는 늙은 개의 피투성이가 된 거대한 머리를 무릎에 얹은 채, 하늘을 향해 고개를 들고 소리 없이 외쳤다. 이제 어쩔 건데요? 대체 어쩔 거냐고요?

31
탠지 TANZIE

엄마는 탠지를 집 안으로 데리고 들어갔다. 탠지는 노먼을 홀로 남겨두고 싶지 않았다. 입을 떡 벌리고 쳐다보거나 수군거리는 낯선 사람들에게 둘러싸여 아스팔트 위에서 홀로 죽어가게 할 수는 없었다. 하지만 엄마는 탠지의 말을 듣지 않았다. 옆집에 사는 나이젤이 달려 나와 노먼을 맡겠다고 하자, 엄마는 곧장 탠지를 꽉 감싸 안았다. 탠지가 몸부림치며 노먼 곁에 있겠다고 소리를 지르자, 엄마의 목소리가 탠지의 귓가에 들려왔다.

"괜찮아, 우리 딸, 안으로 들어가자, 보지 말고, 다 괜찮을 거야."

하지만 대문을 닫고 탠지를 끌어당겨 머리를 맞대었을 때, 엄마의 눈은 눈물로 젖어 있었다. 탠지는 그들 뒤에서 니키가 흐느끼는 소리를 들었다. 마치 흐느끼는 걸 어떻게 하는지 모르는 사람처럼 이상하게 들쭉날쭉한 소리로 흐느꼈다. 그리고 엄마는 마침내 탠지에게 거짓말을 하고 있었다. 이 일은 괜찮아질 수 없었다. 절대로 그럴 수 없었다. 이 일은 모든 것의 끝이었다.

32

에드 ED

"때로는."

제마가 뒤쪽 테이블을 흘깃 거리며 말했다. 아이 하나가 얼굴이 새빨개지도록 비명을 지르며 활모양으로 등을 재꼈다.

"최악의 부모를 목격하는 건 사회복지사가 아니라 바리스타라 는 생각이 들어."

제마가 활기차게 커피를 휘저었다. 뭔가 말을 하고 싶은 충동을 억누르는 것처럼. 나선형으로 곱슬거리는 금발을 멋스럽게 등으 로 늘어뜨린 아이의 엄마는 계속 달래는 목소리로 아이에게 그만 하고 베이비치노를 마시라고 말했다.

"왜 펍으로 가면 안 되는지 모르겠어."

에드가 말했다.

"오전 열한 시 십오 분에? 세상에, 어째서 저 엄마는 그냥 그만 하라고 말하지 않는 거야? 아니면 데리고 나가든가? 이젠 아무도 아이 관심을 다른 데로 돌릴 줄 모르는 거야?"

아이가 더 크게 비명을 질렀다. 에드는 머리가 아파왔다.

"우리가 나가면 되잖아."

"어디로?"

"펍으로. 거기가 더 조용할 것 같은데."

제마가 물끄러미 쳐다보다가, 뭔가 확인하듯 손가락으로 그의 턱을 쓸었다.

"에드, 어젯밤에 얼마나 마셨어?"

에드는 진이 다 빠져서 경찰서에서 나왔다. 그 후에 그들은 법정 변호사(에드는 이미 그의 이름을 까먹었다)와 폴 와익스, 두 명의 다른 변호사들과 만났다. 둘 중에 하나는 내부자거래 사건을 전문으로 담당하는 사람이었다. 그들은 마호가니 탁자에 둘러앉아, 마치 공연을 구성하듯 소송에 대해 직설적으로 정리해 펼쳐놓아서 에드도 분명히 알게 했다. 그에게 불리한 점은 다음과 같았다. 이메일 흔적, 디나 루이스의 증언, 그녀 오빠의 전화 통화, 내부자거래 행위를 근절하고자 하는 FSA의 새로운 투지. 그의 서명이 들어간 수표.

디나는 자신이 한 일이 잘못된 일이었음을 몰랐다고 맹세했다. 그리고 에드가 돈을 받으라고 강요했다고 주장했다. 그녀는 그가 제안한 일이 불법이라는 사실을 알았다면 절대로 하지 않았을 것이라고 강조했다. 오빠에게도 말하지 않았을 것이라고.

에드에게 유리한 증거는 그 거래로 그가 한 푼의 이익도 얻지 않은 점이었다. 에드의 사건을 맡은 법률팀은 (그의 생각에는 약간 심하다 싶을 정도로 쾌활하게) 그의 무지와 어리석음, 그가 돈 관련 문제에 경험이 없다는 사실, 회사에서 중역으로서 막중한 책임을 맡고 있으며 그의 부재는 큰 여파를 미치리라는 점 등을 강조할 예정이라고 했다. 그들은 디나 루이스가 자신이 하는 일에 대해 분명히 알고 있었다고 주장할 것이었다. 그리고 그와 디나의 짧은 교제 기간은 사실상 그녀와 그녀 오빠가 에드에게 덫을 놓은 것이라는 사실을 증명한다고 주장할 것이었다. 조사팀은 에드의 모든 계좌를 조사했는데도 아무것도 발견하지 못했다는 사실에 만족했다. 그는 매년 한 푼도 빠짐없이 세금을 냈다. 그는 투자도 하지 않았다. 모든 것을 단순하게 유지하길 좋아했다.

그리고 수표는 그녀 앞으로 발행된 것이 아니었다. 그녀가 가지고 있기는 했지만, 이름은 그녀 본인의 필체로 들어가 있었다. 그들은 디나가 교제 기간 중에 그의 집에서 빈 수표를 가져갔다는 주장을 펼 계획이었다.

"하지만 그건 아닌데요."

에드가 말했다. 아무도 그의 말을 듣지 않는 듯했다. 그들은 실형을 선고받게 될 수도 있지만, 어찌 되었든 무거운 벌금형은 면하기 어려울 거라고 말했다. 더불어 메이플라이와의 관계도 끝이었다. 그는 아마 꽤 오랫동안 이사직을 맡는 일이 금지될 것이다. 에드는 이 모든 것에 대비해야 했다. 그들은 자기들끼리 의논하기 시작했다. 얼마 후 에드가 말했다.

"저는 죄를 인정하고 싶습니다."

"뭐라고요?"

방 안이 쥐 죽은 듯 고요해졌다.

"내가 디나에게 그렇게 하라고 했어요. 그 일이 불법이라는 건 생각지 못했어요. 난 그냥 디나가 멀리 가주기를 바란 것뿐이에요. 그래서 내가 디나에게 돈을 손에 넣을 방법을 알려준 거예요."

그들은 서로를 쳐다봤다.

"에드……."

에드의 누나가 입을 열었다.

"난 진실을 말하고 싶어요."

변호사 하나가 앞으로 몸을 기울였다.

"우리는 꽤 강력한 변론을 펼칠 수 있어요, 니콜스 씨. 그들이 유일하게 실질적인 증거로 확보한 것이 수표인데, 거기에 적힌 글씨가 니콜스 씨의 것이 아니라는 점으로, 우리는 루이스 씨가 자신의 목적을 위해 니콜스 씨의 계좌를 사용한 거라고 성공적으로 주장할 수 있습니다."

"하지만 그 수표는 제가 준 게 맞아요."

폴 와익스가 상체를 앞쪽으로 기울였다.

"에드, 이 점을 분명히 알아야 해요. 죄를 인정하면 실형을 선고받을 확률이 엄청나게 높아져요."

"상관없어요."

"윈체스터에서 안전을 위해 스물세 시간 독방에 갇혀 있게 되면 상관있어질걸."

제마가 말했다.

에드는 누나의 말이 귀에 들어오지 않았다.

"난 그냥 진실을 말하고 싶은 것뿐이에요. 진실은 그거예요."

"에드."

에드의 누나가 그의 팔을 잡았다.

"법정에는 진실이 설 자리가 없어. 네가 그러면 상황이 더 악화되기만 해."

그러나 에드는 고개를 저으며 의자 뒤로 기대어 앉았다. 그리고 더는 아무 말도 하지 않았다.

그들이 그를 제정신이 아니라고 생각한다는 건 알았지만 아무래도 상관없었다. 에드는 그런 것들을 걱정하는 척할 기분이 아니었다. 그는 그저 멍하니 앉아 있었고, 주로 그의 누나가 질문을 했다. 에드는 금융시장 서비스법 어쩌고저쩌고 하는 얘기를 들었다. 개방교도소와 징벌적 과징금과 형사재판법 어쩌고저쩌고 하는 얘기도 들었다. 하지만 솔직히 말해서 그 어떤 것도 에드의 관심을 끌지 못했다. 그가 잠시 감옥에 가게 될 거라고? 그래서 뭐? 그는 어차피 모든 것을 잃었다. 두 번씩이나.

"에드? 내가 한 말 들었니?"

"미안."

미안하다. 요즘 그가 하는 말은 이런 것들이 전부인 듯했다. '미안해요, 못 들었어요. 미안, 딴 데 정신이 가 있었네. 미안해요, 내가 다 망쳐버렸어요. 미안해요, 나를 바보로 안 사람과 사랑에 빠질 정도로 멍청해서.'

에드는 그녀를 떠올릴 때마다 그러듯이, 저도 모르게 어금니를 악물었다. 그녀는 어떻게 그에게 거짓말을 할 수 있었을까? 어떻게 1주 가까이 차 안에 나란히 앉아 있었으면서, 자신이 한 일에 대해 입도 벙긋하지 않을 수가 있을까?

어떻게 그에게 경제적인 어려움에 관해 이야기할 수가 있을까? 그의 주머니에서 돈을 훔쳐놓고 어떻게 그에게 신뢰에 관해 이야기하고, 그의 품으로 쓰러질 수가 있을까?

결국 그녀는 아무 말도 할 필요가 없었다. 그녀의 침묵이 모두 말해줬다. 그가 든 보안 출입증을 알아보고, 믿을 수 없는 표정으로 더듬거리며 설명하려 하기까지 잠깐 흐른 침묵.

말하려고 했어요.

당신이 생각하는 그런 일 아니에요. 입으로 올라가는 손.

잊고 있었어요.

오, 맙소사. 그건…….

그녀는 라라보다 더 나빴다. 라라는 그의 매력에 대해 자신만의 방식으로 정직하게 행동했다. 라라는 돈을 좋아했다. 자신이 원하는 대로 바꿔놓은 그의 겉모습을 좋아했다. 라라와 그는 마음 한 구석으로, 그들의 결혼이 일종의 계약임을 이해하고 있었다. 그는 다른 사람들의 결혼 생활도 크게 다르지 않을 거라고 스스로를 설득했다.

하지만 제스는? 제스는 마치 에드만이 그녀가 진정으로 원한 유일한 남자인 것처럼 행동했다. 그녀가 좋아하는 건 에드의 진짜 모습이라고 생각하게 만들었다. 그가 속에 있는 걸 전부 토해낼 때도, 두드려 맞은 얼굴을 하고 있을 때도, 부모님과 만나기를 두려워할 때도. 그녀가 원하는 건 에드라고 생각하게 했다.

"에드?"

"미안, 뭐라고?"

에드가 양손에 묻고 있던 머리를 들어올렸다.

"힘들다는 거 알아. 하지만 넌 이겨낼 거야."

누나가 팔을 뻗어 그의 손을 꽉 쥐었다. 뒤쪽에서 아이가 또 찢어지게 비명을 질렀다. 에드는 머리가 지끈거렸다.

"그래."

에드가 말했다. 제마가 떠나자마자 에드는 펍으로 향했다.

그들은 에드의 수정된 진술에 따라 공판을 서둘러 진행시켰고, 에드는 공판 전까지 며칠을 아버지와 함께 보냈다. 그것은 에드의 선택에 의한 것이기도 하고, 런던의 아파트에는 아무것도 없기 때문이기도 했다. 매매를 위해 모든 짐과 가구를 창고로 옮겼다.

아파트는 내놓자마자 부른 가격 그대로 팔려나갔다. 집을 보러 온 사람 하나 없었다. 부동산 중개인은 별로 놀라는 기색이 아니었다.

"이 구역에서 집 나오기를 기다리는 사람들 명단이 있습니다."

에드가 여벌의 열쇠를 건네자 그가 말했다.

"안전하게 돈을 박아둘 곳을 찾는 투자자들이죠. 아마 아파트는 몇 년간 그냥 텅 비어 있을 겁니다. 그러고 나선 슬슬 팔아볼 생각을 하겠죠."

에드는 부모님의 집에서 사흘 밤을 머물렀다. 어린 시절에 그가 쓰던 방에서, 침대 머리맡의 오돌토돌한 벽지를 손으로 따라가며 늦도록 잠을 이루지 못했다. 10대인 누나가 쿵쿵거리며 계단을 오르는 소리, 아버지의 말이 모욕적이라며 방문이 부서져라 닫는 소리가 들리는 것만 같았다. 아침에는 어머니와 앉아 아침을 먹었다. 그러면서 아버지가 다시는 집으로 돌아오지 못한다는 사실을 서서히 이해했다. 언짢은 듯 신문 귀퉁이를 넘기면서 보지도 않고 진한 블랙 커피가 든 머그잔으로 손을 뻗던 아버지. 이제 더는 식탁에 앉은 아버지의 모습을 볼 수가 없다는 것이다. 어머니는 때때로 울음을 터트렸고, 미안하다며 손을 흔들어 보이면서 냅킨으로 눈가를 꾹꾹 눌렀다. 난 괜찮아, 정말 괜찮아, 애야. 그냥 모른 척하렴.

빅토리아 병동의 덥고 답답한 3호 병실에서, 밥 니콜스는 점점 더 적게 말하고 적게 먹고 적게 움직였다. 에드는 굳이 의사에게 묻지 않아도 무슨 일이 일어나고 있는지 잘 알았다. 살이 녹아내린 듯 사라지며, 두개골 위로 반투명한 베일처럼 살갗만이 남았다. 눈은 움푹 꺼져 검은 그림자가 졌다.

그들은 체스를 뒀다. 아버지는 게임을 하다가 깜빡 잠이 들곤 했다. 아버지가 말을 움직이다가 잠들면, 에드는 침대 곁에서 참을성 있게 아버지가 깨어나길 기다렸다. 아버지는 눈을 뜨고 무엇을 하던 중이었는지 깨닫고는, 입을 굳게 다물고 눈을 내리깔았다. 그러면 에드는 아버지가 게임을 놓친 게 한 시간이 아니라 1분이라는 듯, 자신의 말을 움직였다.

그들은 이런저런 이야기도 나누었다. 심각한 이야기는 아니었다. 아버지나 에드나 그런 얘기를 나누는 성격들이 아니었다. 크리켓과 날씨에 관해 이야기했다. 에드의 아버지는 언제나 재밌는 얘기를 들려주는, 보조개가 들어간 간호사 이야기를 했다. 아버지는 에드에게 어머니를 잘 보살펴 달라고 부탁했다. 어머니가 일을 너무 많이 한다고 걱정이었다. 배수구를 청소한 남자가 과도한 비용을 청구했다고 걱정했다. 작년 가을에 큰돈을 들여 잔디밭에 이끼 제거 작업을 해놓았는데, 그 결과를 보지 못하게 되어 속상하다고 했다. 에드는 아버지의 말에 반박하지 않았다. 그랬다면 아버지는 자신을 어린애 취급한다고 느꼈을 것이다.

"그래서, 그 폭죽은 어디 있냐?"

어느 날 저녁에 아버지가 물었다. 두 수만 두면 체크메이트인 상황이었다. 에드는 어떻게 방어할지 고심하고 있었다.

"그 뭐요?"

"네 여자 말이다."

"라라요? 아버지, 우린 이미…….."

"그 아이 말고. 다른 아이 말이야."

에드가 숨을 들이마셨다.

"제스요? 제스는…… 저…… 집에 있을 거예요. 아마도."

"난 그 아이가 마음에 들더구나. 너를 바라보는 눈길이 남달랐어."

아버지가 성 모양 말인 룩을 천천히 검은 사각형 안으로 움직이며 덧붙였다.

"네게 그 아이가 있다는 게 기쁘구나."

그가 고개를 살짝 끄덕였다.

"골칫덩이."

아버지는 혼잣말 하듯 중얼거리고는 미소를 지었다.

에드의 작전은 산산조각 났다. 아버지는 그를 세 수 만에 물리쳤다.

33

제스 JESS

수염을 기른 남자가 하얀 가운에 손을 닦으며 반회전문 밖으로 나왔다.

"노먼 토머스?"

제스는 노먼에게 성이 있다는 생각을 한 번도 한 적이 없었다.

"노먼 토머스의 보호자이신가요? 품종을 알 수 없는 굉장히 커다란 개요."

그가 턱을 내리고 제스를 똑바로 쳐다봤다.

제스가 플라스틱 의자에서 허둥지둥 일어났다.

"내상이 심각합니다."

그는 거두절미하고 말했다.

"골반이 부러졌고, 갈비뼈도 여러 대 부러졌습니다. 앞 다리 하나도 골절됐고요. 붓기가 빠지기 전에는 안쪽의 상황을 정확히 알기 어렵습니다. 그리고 안 됐지만 왼쪽 눈은 살리기 어렵겠어요."

그의 푸른 플라스틱 신발에 새빨간 피가 얼룩져 있는 모습이 제스의 눈에 들어왔다.

탠지가 그녀의 손을 꽉 잡는 것이 느껴졌다.

"그래도 살아 있는 거죠?"

"헛된 희망을 드리고 싶지 않습니다. 앞으로 마흔여덟 시간이 고비가 될 겁니다."

탠지가 제스 옆에서 나지막하게 신음을 흘렸다. 기쁨인지 분노인지 짐작하기 어려운 감정이 스며 있었다.

"저와 잠시 좀 가시죠."

그가 제스의 팔꿈치를 끌어당기며 아이들을 등지고 목소리를 낮췄다.

"노면의 부상 정도를 고려할 때, 녀석을 보내주는 게 최선일지도 모른다는 생각이 든다는 점도 말씀드려야 할 것 같습니다."

"하지만 마흔여덟 시간을 견뎌내고 살아남으면요?"

"그때는 회복할 가능성이 있겠죠. 하지만 말씀드렸듯이, 토머스 부인, 저는 헛된 희망을 드리고 싶지 않습니다. 녀석은 아주 튼튼한 개가 아니에요."

주변에서 순서를 기다리는 사람들이 무릎 위에 고양이가 든 캐리어를 얹고 조용히 지켜보고 있었다. 작은 개들은 의자 밑에서 조그맣게 헐떡이며 앉아 있었다. 니키는 어금니를 앙다문 채 수의사를 뚫어지게 쳐다봤다. 눈가에 마스카라가 번져 얼룩이 졌다.

"그리고 치료를 진행해도 치료비가 만만치 않을 겁니다. 수술도 한 번 이상, 아니 여러 번 해야 할 거고요. 보험이 있나요?"

제스가 고개를 가로저었다. 수의사는 곤란한 표정이 됐다.

"치료를 시작하면 엄청난 비용이 들 거라는 말씀을 안 드릴 수가 없네요. 거기다 회복한다는 보장도 없습니다. 치료가 다음 단계로 들어가기 전에 이 사실을 분명하게 이해하셔야 합니다."

노먼을 살린 것은 나이젤이었다고, 제스는 나중에 들었다. 그는 집으로 달려가서 오들오들 떨고 있는 탠지와 노먼의 사체를 덮을 담요 두 장을 가지고 나왔다. 그러고는 제스에게 아이들을 데리고 집으로 들어가라고 일렀다. 하지만 그는 노먼의 머리 위로 조심스레 담요를 덮다가 멈칫하더니, 나탈리에게 말했다.

"봤어요?"

제스는 처음에 그의 말을 듣지 못했다. 사람들의 웅성거림과 탠지의 흐느낌, 근처에서 아이들이 우는 소리로 주변이 시끌벅적했다. 아이들은 노먼을 알지 못했지만, 길 위에 개 한 마리가 미동도 없이 누워 있는 것이 얼마나 슬픈 일인지 본능적으로 이해하고 있었다.

"나탈리? 노먼 혀요. 보세요. 노먼이 헐떡이는 것 같아요. 얘를 같이 좀 들어 올립시다. 차에 태워야 해요. 얼른요!"

노먼을 들어올리기 위해 제스의 이웃 세 명이 달려들었다. 그들은 노먼을 차 뒷좌석에 조심스레 누이고, 교외에 있는 동물 병원으로 번개처럼 달려갔다. 차 안이 온통 노먼의 피로 얼룩졌을 텐데도 그에 대해서는 한 마디도 하지 않은 나이젤이 제스는 한없이 고마웠다. 그들은 병원에서 전화를 걸어 제스에게 최대한 빨리 오라고 전했다. 제스는 재킷 아래 잠옷을 입고 있었다.

"그럼 어떻게 하시겠습니까?"

리사 리터는 제스에게, 언젠가 남편이 손을 댔다가 잘못됐던 큰 거래에 대한 이야기를 해준 적이 있었다.

"5,000파운드를 빌렸는데 돌려주지 못하면 그건 빌린 사람의 문제야."

리사 리터가 남편의 말을 옮겼다.

"500만 파운드를 빌렸는데 돌려주지 못한다면 그건 은행의 문제지."

제스는 애원하는 듯한 딸아이의 얼굴을 바라봤다. 날것 그대로의 감정이 드러난 니키의 얼굴도 바라봤다. 마침내 표현할 수 있게 된 비탄과 사랑과 두려움의 감정이 아이의 얼굴에 떠올라 있었다. 제스만이 이 일을 바로잡을 유일한 사람이었다. 그 외에는 누구도 이 일을 바로잡지 못할 것이다.

"어떻게든 살려주세요."

제스가 말했다.

"치료비는 마련해볼게요. 그러니까 계속 진행해주세요."

짧은 적막이 흘렀을 때, 제스는 의사가 그녀를 어리석다고 생각한다는 걸 알았다. 하지만 그런 사람들을 수없이 다뤄온 의사는 능숙하게 다음 행동으로 넘어갔다.

"그럼 이쪽으로 오시겠어요? 부인께서 서명하셔야 될 서류들이 있습니다."

나이젤이 그들을 집까지 태워다줬다. 제스는 돈을 지불하려고 했지만, 그는 퉁명스럽게 손을 흔들며 말했다.

"이웃 좋다는 게 뭐예요?"

벨린다가 집에서 뛰쳐나와 그들을 맞으며 눈물을 흘렸다.

"우린 괜찮아요."

제스가 멍하니 중얼거리며, 여전히 간헐적으로 몸을 떠는 탠지를 감싸 안았다.

"우린 괜찮아요. 고마워요."

병원에서는 노먼의 상태에 변화가 있으면 전화하겠다고 했다. 제스는 아이들에게 자러 들어가라고 말하지 않았다. 방에 아이들을 혼자 있게 두고 싶지 않았다. 제스는 대문을 잠그고, 빗장을 두 번 지른 후, 옛날 영화를 틀었다. 그러고는 코코아 세 잔을 만들고, 이불을 아래층으로 가져와 덮고서, 양쪽 옆으로 아이를 하나씩 끼고 영화를 봤다. 하지만 셋은 그저 화면에 시선을 둔 채, 각자의 생각으로 빠져들었다. 전화벨이 울리지 않기를 기도하고 또 기도하면서.

34

니키 NICKY

이건 꼭 들어맞지 않는 가족에 관한 이야기다. 약간 괴짜스럽고 화장보다 수학을 더 좋아하는 작은 소녀. 그리고 화장을 좋아하지만 어떤 종족과도 어울리지 못하는 소년. 그리고 꼭 들어맞지 않는 가족들에게는 이런 일이 일어난다. 그들은 낙담하고 빈털털이가 되고 슬픔에 빠진다. 여기에 해피엔딩이란 없어요, 여러분.

엄마는 이제 침대에 머물지 않지만, 노먼의 바구니를 닦거나 내려다볼 때마다 눈물을 훔친다. 엄마는 일하고 청소하고 집안일을 처리하느라 늘 바쁘다. 고개를 축 늘어뜨리고 이를 악문 채 그 일들을 해나간다. 엄마는 페이퍼백 책들을 상자 세 개에 담아서 중고품 가게에 도로 가져다줬다. 백날 가야 책을 읽을 시간을 낼 수가 없고, 소설 따위에 믿음을 가져봐야 아무 소용이 없다면서.

나는 노먼이 그립다. 매일 불평만 하던 존재를 이 정도로 그리워한다는 게 좀 이상하기는 하지만. 노먼이 없으니 집안에 적막이 흘렀다. 하지만 노먼이 처음 마흔여덟 시간을 넘기고, 우리 가족이 병원으로부터 노먼이 회복 가능하다는 전화를 받고 환호한 이후, 나는 다른 문제를 걱정하기 시작했다. 어젯밤 탠지가 자러가고 병원에서는 아직 전화가 오지 않았을 때, 엄마와 함께 소파에 앉아 있다가 내가 물었다.

"그럼 이제 우리 어떻게 해요?"

엄마가 티비에서 시선을 떼고 나를 봤다.

"그러니까 노먼이 살아나면요."

엄마도 그 생각을 해봤는지 길게 한숨을 내쉬었다. 그러고는 이렇게 말했다.

"그거 아니, 니키? 우리에겐 선택의 여지가 없다는 거. 노먼은 탠지의 개야. 그리고 노먼이 탠지를 구했고. 선택의 여지가 없을 때는 모든 일이 꽤 간단해."

엄마가 정말 그 말을 믿는다고 해도, 그리고 실제로 모든 일이 간단하다고 해도, 추가로 들어가는 돈은 엄마의 어깨에 얹히는 또 하나의 짐과 같다는 것을 나는 알고 있었다. 새로운 문제가 추가될 때마다 엄마가 더욱 늙고, 기운 없고, 지쳐 보인다는 것도. 엄마는 니콜스 아저씨에 대해서는 이야기하려 하지 않았다.

두 사람이 함께 그런 시간을 보내놓고 어떻게 단칼에 관계를 끊을 수 있는지 나는 믿을 수가 없었다. 어떻게 한순간 더없이 행복해 보이다가 다음 순간 아무것도 아닌 관계가 될 수 있는지. 나이가 들면 그런 문제들이 전부 해결되는 줄 알았는데, 보아하니 아닌 모양이었다. 그것 참 기대되는군.

나는 엄마 방으로 올라가서 엄마를 꼭 안아줬다. 다른 집에서는 별거 아닌 일이겠지만 우리 집에서는 그렇지 않다. 그거 말고는 엄마를 위로하기 위해 내가 할 수 있는 일이 없었다.

그러니까 내가 이해할 수 없는 점은 이것이다. 우리 가족은 기본적으로 옳은 일을 하려는 사람들인데, 어째서 이런 거지 같은 일들만 생기는지 이해할 수가 없다. 내 여동생처럼 똑똑하고 착하고 누구보다 천재 같은 아이가, 어째서 악몽을 꾸다 울면서 깨어나야 하는지, 나는 어째서 새벽 네 시에 뜬눈으로 누운 채, 동생을 진정시키기 위해 층계참을 가로지르는 엄마의 발소리를 듣고 있어야 하는지 이해할 수가 없다. 그리고 날씨가 마침내 따뜻하고 화창해졌는데도 어째서 내 동생은 피셔 형제가 다시 잡으러 올지도 모른다고 두려워하며 집 안에만 머물러 있어야 하는지. 그 애가 어떻게 6개월 후에, 다른 아이들과 똑같아지지 않으면 자기 오빠처럼 머리통을 발로 채이게 된다는 것이 주된 메시지인 학교에 다닐 수 있을지. 수학이 빠진 동생을 떠올리면, 마치 전 우주가 미쳐 돌아가는 듯한 기분이 든다. 그건 마치…… 치즈가 들지 않은 치즈버거, '결별'이란 단어가 빠진 제니퍼 애니스톤 관련 기사 헤드라인과 같다. 탠지가 더 이상 수학을 하지 않는다면 어떤 아이가 될지 나는 상상할 수가 없다.

이제 겨우 밤에 잠을 자는 일에 익숙해진 내가, 어째서 아무 소리도 들리지 않는 아래층에 귀를 기울이며 뜬눈으로 누워 있어야 하는지, 어째서 가게로 신문이나 간식을 사러 갈 때면 속이 울렁거리며 어깨 뒤를 흘끔거리고 싶은 충동과 싸워야 하는지 이해할 수가 없다.

어째서 모두에게 침을 묻히는 짓 말고는 나쁜 짓이라곤 한 적이 없는, 덩치만 커다랗고 쓸모없고 정 많은 개가, 자기가 사랑하는 사람을 보호하려 했다는 이유로 한쪽 눈을 잃고 심한 내상을 입어 수술을 받아야 하는지 이해할 수가 없다.

무엇보다도, 남을 괴롭히고, 도둑질하고, 모든 걸 망가뜨리는 사람들(그러니까 한마디로 나쁜 자식들)이 어떻게 그런 짓을 하고도 무사히 넘어가는지 이해할 수가 없다. 누군가의 밥값을 빼앗으려고 남의 옆구리에 주먹질을 하는 아이들, 사람을 바보 취급하면서 재밌다고 생각하는 경찰들. 자기들과 다르다고 남을 놀려대는 아이들. 혹은 집을 나가자마자 페브리즈 냄새가 나는 새 집에서, 토요타를 몰고 얼룩 하나 없는 소파를 가진 여자와 새로운 삶을 시작한 아빠들. 그런 그가 바보 같은 농담을 할 때, 그가 마치 자기를 사랑하는 가족들에게 2년 내내 거짓말을 해온 비열한 자식이 아니라 신의 선물이라도 되듯 웃어주는 여자와 새로운 삶을 시작하는 아빠들 말이다.

블로그에 잔뜩 우울한 이야기들만 늘어놓아 미안하지만, 그것이 바로 지금 우리가 살아가는 모습이다. 우리 가족, 영원한 패배자들의 이야기. 별 이야기도 없지 않나?

엄마는 선량한 사람들에게는 좋은 일이 일어난다는 말을 입에 달고 살아왔다. 그런데 엄마는 이제 그 말을 하지 않는다.

35

제스 JESS

경찰은 노먼이 사고를 당하고 나흘째 되던 날 찾아왔다. 정원으로 들어오는 경찰의 모습을 거실 창문으로 지켜보던 제스는, 한순간 노먼이 죽었다는 소식을 전하러 왔나, 하는 바보 같은 생각을 했다. 붉은 머리를 깔끔하게 하나로 묶은 젊은 여자 경찰이었다. 제스가 한 번도 본 적이 없는 사람이었다. 제스가 문을 열자, 경찰은 도로 교통사고 신고가 들어와서 나왔다고 설명했다.

"설마,"

제스가 복도를 따라 주방으로 향하며 말했다.

"그 운전자가 차량 파손으로 우릴 고소할 거란 말을 하시려는 건 아니죠?"

그런 일이 있을지도 모른다고 경고한 것은 나이젤이었다. 그의 말에 제스는 웃음을 터트렸다. 경찰이 자신의 수첩을 봤다.

"현재로써는 그런 일은 없습니다. 차량 손상은 경미한 것으로 보이고요. 그리고 운전자가 제한 속도를 넘겼는지에 대해서는 엇

갈린 진술들이 있었습니다. 하지만 사고가 일어나게 된 경위에 대해서는 다양한 신고가 있었어요. 그래서 몇 가지 확인을 좀 부탁드리려고 찾아왔습니다."

"확인해주면 뭐해요?"

제스가 다시 설거지를 계속 하려고 돌아서며 말했다.

"당신들은 신경도 안 쓸 거잖아요."

이 말이 어떻게 들릴지 제스도 잘 알았다. 지역 주민 절반이 그렇듯 적대적이고, 방어적이고, 억울해하는 것처럼 들릴 것이었다. 제스는 이제 상관없었다. 하지만 이 경찰은 너무 신참이었고 너무 열정적이었다.

"그래도 무슨 일이 있었는지 말씀해주실 수 있을까요? 5분 이상 걸리지 않을 겁니다."

그래서 제스는 그녀에게 말해줬다. 상대가 자신의 말을 믿을 거라고 기대하지 않는다는 듯 생기 없는 목소리로. 제스는 피셔 형제와 그들 사이에 있었던 일들에 대해 이야기했다. 딸아이는 이제 정원에서 노는 것조차 두려워한다는 사실도 이야기했다. 소만한 덩치의 아둔한 개와, 동물 병원에 들어가는 그 개의 치료비가 호화로운 호텔 스위트룸의 숙박비와 맞먹을 정도라는 것도 이야기했다. 또 아들의 유일한 목표가 가능한 한 이 마을에서 멀리 벗어나는 것인데, 시험을 치르는 해에 피셔 형제가 그 아이를 괴롭힌 덕분에 그런 일이 일어날 가망이 거의 없다는 사실도 이야기했다.

경찰은 그녀의 말에 지루해하는 기색이 없었다. 주방 찬장에 기대어 선 채 제스의 말을 수첩에 받아 적었다. 그러고는 제스에게 그 울타리를 보여달라고 했다.

"저기예요."

제스가 창밖으로 가리켰다.

"가벼운 나무로 덧댄 부분이 보일 거예요. 그리고 그 사고는, 그걸 사고라고 부를 수 있는지 모르겠지만, 오른쪽으로 45미터 정도 되는 지점에서 일어났어요."

제스는 경찰이 바깥으로 걸어 나가는 모습을 지켜봤다. 에일린 트렌트가 쇼핑 카트를 끌면서 산울타리 너머로 제스에게 쾌활하게 손을 흔들었다. 그러다가 정원에 있는 게 누군지 알아보고는 고개를 움츠리며 급하게 다른 길로 걸어갔다.

경찰은 바깥에서 10분이나 머물렀다. 그녀가 다시 안으로 들어왔을 때 제스는 세탁기에서 세탁물들을 꺼내고 있었다.

"뭐 하나 여쭤봐도 될까요, 토머스 부인?"

뒷문을 닫으면서 경찰이 말했다.

"그게 그쪽 일이잖아요."

"아마 이번 일에 대해서는 열두 번도 넘게 설명을 하셨겠지요. 그런데 여기 CCTV 카메라요. 그 안에 필름이 들어 있나요?"

그 경찰의 요청에 따라 경찰서를 찾은 제스는, 조사실 3호의 플라스틱 의자에 앉아서 그녀와 나란히 필름에 담긴 사건 장면을 세 번이나 봤다. 볼 때마다 소름이 끼쳤다. 자그마한 아이가 화면 가장자리를 따라 천천히 걸어간다. 소매에 달린 스팽글이 햇빛에 반사되어 번쩍거린다. 아이는 잠시 멈춰 서서 코로 흘러내린 안경을 추어올린다. 차 한 대가 속도를 늦추고 차문이 열린다. 세 명이 나온다. 탠지는 뒤로 약간 물러나며 불안한 듯 뒤쪽의 거리를 흘끔거린다. 손들이 올라간다. 그리고 나서는 세 명이 모두 탠지에게 덤벼들고, 제스는 더 이상 볼 수가 없다.

"이건 결정적인 증거라고 할 수 있어요, 토머스 부인. 필름 상태도 좋고요. 검찰에서도 기뻐할 겁니다."

그녀가 들뜬 듯이 말했고, 몇 초가 지나서야 제스는 그 말이 무슨 뜻인지 이해했다. 누군가 이 문제를 심각하게 받아들이고 있는 것이다. 물론 피셔는 처음에 그 사실을 부정했다. 그들은 탠지와 '장난을 치고' 있었던 거라고 했다.

"하지만 우리에겐 탠지의 증언이 있어요. 그리고 목격자도 두 명 나왔고요. 그리고 제이슨 피셔의 페이스북 페이지 스크린샷도 확보해뒀어요. 거기에다 자기가 어떻게 하려고 했는지 줄줄이 적어 놨더라고요."

"뭘 어떻게 해요?"

경찰의 미소가 잠시 희미해졌다.

"따님에게 하려던 못된 짓이요."

제스는 더 이상 묻지 않았다. 피셔가 자기 이름을 패스워드로 사용하곤 했다는 익명의 정보를 얻었다고 했다. 경찰은 '모지리'라는 단어를 썼다.

"부인께만 말씀드리지만,"

제스를 밖으로 안내하며 그녀가 말했다.

"해킹으로 얻은 증거물은 법원에서 인정되지 않아요. 하지만 저희에겐 충분한 도움이 됐다고 할 수 있죠."

사건은 처음에 모호한 용어로 보도됐다. 청소년 몇 명이 미성년자 폭행 및 납치 미수 혐의로 체포됐다는 기사가 지역신문들에 실렸다. 그러나 다음 주에도 그들에 관한 기사가 실렸고, 이번에는 이름까지 실렸다. 피셔 가족은 공영 주택을 비우라는 통보를 받은 듯했다. 그들에게 괴롭힘을 당한 것은 토머스 가족뿐이 아니었던 것이다. 신문에 언급된 주택조합의 말에 따르면, 그들은 오래 전에 마지막 경고장을 받았다고 했다. 니키가 찻잔 위로 지역 신문을 들어 올리고 읽어줬다. 그들은 모두 자신이 들은 이야기를 믿을 수가 없어서 잠시 침묵했다.

"정말로 피셔 가족이 다른 데로 이사해야 한다고 쓰였니?"

제스가 포크를 입에 가져가려다 말고 물었다.

"그렇게 쓰였는데요."

니키가 대답했다.

"그럼 그 가족은 어떻게 되는데?"

"신문에는 서리로 이사할 거라고 되어 있어요. 친척들하고 함께 살 거래요."

"서리라고? 하지만……."

"주택조합은 더 이상 그 가족을 도울 책임이 없대요. 가족 누구에 대해서도요. 제이슨 피셔도. 그의 사촌과 가족들도."

니키가 신문을 훑었다.

"삼촌인지 누군지하고 함께 살 거라는데요. 게다가 이 동네로 돌아오지 못하도록 금지 명령이 내려졌어요. 보세요, 여기 사진도 두 장 실렸어요. 그 자식 엄마가 울면서 자기네들이 오해를 받고 있다고, 제이슨은 파리 한 마리도 못 죽이는 애라고 말하는 사진."

니키가 식탁 위로 제스에게 신문을 밀어줬다. 제스는 니키가 제대로 이해한 건지 확인하려고 기사를 두 번 읽었다. 제스 본인이 제대로 이해했는지 확인하기 위해서도.

"피셔 가족이 이 동네로 돌아오면 아예 구속된다는 거네?"

"봤죠, 엄마?"

니키가 빵을 씹으며 말했다.

"엄마 말이 맞았어요. 상황은 정말 변하네요."

제스가 갑자기 동작을 멈췄다. 신문을 처다봤다가, 다시 니키를 봤다. 니키 본인이 제스를 뭐라고 불렀는지 깨달을 때까지. 그러고는 서서히 얼굴을 붉히며 그녀가 모른 척해주기를 바라는 듯했다. 그래서 제스는 목으로 올라오는 덩어리를 꿀꺽 삼키고, 손바닥 아래로 양쪽 눈가를 훔치고는 잠시 그릇을 노려봤다. 그러고는 다시 먹기 시작했다.

"그러네."

제스가 가까스로 말했다.

"좋은 소식이야. 아주 좋은 소식."

"엄마는 정말 상황이 변한다고 생각해요?"

탠지의 눈은 커다랗고 어둡고 경계심이 어려 있었다.

제스는 포크와 나이프를 내려놓았다.

"그런 거 같아, 우리 딸. 사람은 누구나 안 좋은 시기를 겪기도 하잖니. 그러니까 엄만 상황이 변한다고 생각해."

그러자 탠지는 니키를 봤다가 다시 제스를 봤고, 그러고는 계속 밥을 먹기 시작했다.

삶은 계속됐다. 제스는 토요일 점심에 페더스로 걸어가서 다시 일하게 해달라고 간청했다. 마지막 20미터는 절뚝이는 다리를 숨기며 걸었다. 데스는 '시티 오브 파리'에서 일하던 여자를 채용했다고 했다.

"진짜 파리는 아니야. 그건 실속 없는 짓이지."

"그 여자는 펌프가 고장 나면 분해할 줄 안대요?"

제스가 물었다.

"남자 화장실 물탱크를 고칠 수 있을까요?"

데스가 바에 몸을 기댔다.

"아마 못하겠지, 제스."

데스는 80년대에 유행한 앞은 짧고 뒤는 긴 스타일의 머리를 통통한 손으로 쓸어 넘겼다.

"하지만 난 믿음직한 사람이 필요해. 제스는 그렇지 않고."

"이러지 말아요, 데스. 2년 동안 겨우 한 주를 빠진 거잖아요. 부탁이에요. 난 일자리가 필요해요. 정말 정말 필요하다고요."

데스는 생각해보겠다고 했다.

아이들은 학교로 돌아갔다. 탠지는 매일 방과후에 제스가 자신을 데리러 학교로 오기를 바랐다. 니키는 여섯 번이나 깨우지 않아도 스스로 알아서 일어났다. 제스가 샤워를 마치고 나오면 아침을 먹고 있기까지 했다. 항불안제 처방을 새로 받아달라는 부탁도 하지 않았다. 아이라이너 선은 완벽했다.

"생각해봤는데요. 학교를 계속 다니는 게 좋을 것 같아요. 학교에 머물면서 A레벨 과정을 들으려고요. 그러면 탠지가 중학교에 들어가도 내가 옆에 있어줄 수 있고요."

제스가 눈을 깜빡거렸다.

"굉장히 좋은 생각인데."

제스는 나탈리와 청소하면서 피셔 가족의 마지막 날들에 대한 소문을 들었다. 그들은 전기 콘센트를 죄다 뜯어놓고, 주방의 회반죽벽을 발로 차서 구멍을 내놓고 떠났다고 했다. 일요일 밤에는 누군가(나탈리는 의미심장한 표정을 지었다) 주택조합 사무실 밖에 있던 매트리스에 불을 질렀다는 소문도 전했다.

"그래도 마음이 좀 놓이지?"

나탈리가 말했다.

"그럼."

"근데 그 여행 얘기는 안 해줄 거야?"

나탈리가 몸을 펴고 허리를 문질렀다.

"물어보려고 했었어. 니콜스 씨랑 스코틀랜드까지 함께 여행한 기분이 어땠는지 말이야. 무지하게 이상했을 거야, 그치?"

제스가 싱크대로 몸을 기댄 채, 창문 너머로 초승달 모양의 끝없는 바다를 바라봤다.

"그런대로 괜찮았어."

"차 안에만 갇혀 있었을 텐데, 할 말이 없거나 그러지 않았어? 나라면 분명히 그랬을 거야."

눈물이 고이며 눈이 따끔거려서 제스는 얼룩을 본 것처럼 스테인리스 싱크대를 문질러 닦았다.

"아니. 신기하게도 그렇지 않더라."

* * *

진실은 이것이었다. 제스에게 에드의 부재는 모든 것을 덮어버리는 두꺼운 담요처럼 느껴졌다. 그녀는 에드의 미소가, 입술이, 살갗이, 검고 부드러운 털이 배꼽을 향해 구불구불 기어오르는 아랫배가 그리웠다. 그가 곁에 있으면 드는 느낌, 어쩐지 더욱 매력적이고 섹시하고 더 나은 사람이 된 듯한 그 느낌이 그리웠다. 어떤 일도 가능할 것 같은 그 느낌도 그리웠다. 그토록 짧은 시간을 알아온 사람을 잃은 것뿐인데 몸의 일부를 잃은 것처럼 느껴진다는 것과 음식의 맛을 느끼지 못하게 하고, 세상을 온통 칙칙한 색으로 보이게 할 수 있다는 사실이 믿기지가 않았다.

마티가 떠났을 때는 오직 현실적인 문제와 관련된 느낌뿐이었다. 제스는 아빠가 사라지면 아이들이 어떻게 느낄지 걱정이 됐다. 돈도 걱정됐고, 저녁 시간에 펍에서 일할 때 아이들을 누가 봐줄지, 목요일마다 누가 쓰레기를 밖으로 내놓을지 걱정이 됐다. 하지만 주로 느낀 것은 희미한 안도감이었다.

에드는 달랐다. 에드의 부재는 아침에 눈을 뜨면 제일 먼저 심한 타격으로 다가왔고, 한밤중에는 블랙홀처럼 느껴졌다. 제스의 마음 한구석에서는 끊임없이 그와 대화를 이어갔다. 미안해요, 그러려던 게 아니에요, 사랑해요.

무엇보다 괴로운 것은, 그녀에게서 오직 최고의 면만 보던 남자가 이제는 최악의 면을 기억한다는 점이었다. 에드에게 제스는 이제, 그를 실망시키거나 그의 삶을 망친 다른 여자들보다 나을 것이 없었다. 아니, 아마도 그 여자들보다 끔찍할 것이었다. 그리고 그건 제스의 잘못이었다. 아무리 발버둥을 쳐도 벗어날 수 없는 사실이었다. 일이 이렇게 된 것은 전적으로 제스 탓이었다.

제스는 사흘 밤을 생각하고 나서, 에드에게 편지를 썼다. 마지막에는 이렇게 적었다.

그래서 한순간의 잘못된 생각으로, 나는 내 아이들에게 되지 말라고 가르친 바로 그런 사람이 되고 말았어요. 우린 모두 결국에는 시험을 거치게 되고, 난 그 시험을 통과하지 못했네요.

미안해요.

당신이 그리워요.

추신: 내 말을 믿지 못하겠지만, 꼭 갚을 생각이었어요.

제스는 봉투에 전화번호를 적고 20파운드를 넣은 후, '첫 번째 납입금'이라고 표시했다. 그리고 나탈리에게 부탁해서 비치프론트 프런트에 에드의 우편물들과 함께 놓아달라고 했다. 다음 날 나탈리는 비치프론트 2호에 '매매' 표지가 붙었더라는 말을 전했다. 그녀는 곁눈으로 제스를 훔쳐보더니, 더는 니콜스 씨에 대해 묻지 않았다.

닷새가 지나고, 그가 응답하지 않으리라는 걸 깨달았을 때, 제스는 뜬눈으로 밤을 지새웠다. 그러고는 더 이상은 비참해하며 누워 있어서는 안 된다고 단호하게 자신을 타일렀다. 이제 앞으로 나아가야 할 때였다. 결별의 아픔이라는 사치를 누릴 여유가 싱글 맘에게는 없었다.

월요일에 제스는 차 한 잔을 앞에 두고는 주방 식탁에 앉아서 신용카드 회사로 전화를 걸었다. 회사에서는 월 최소 상환액을 늘려야 한다는 말을 전했다. 제스는 경찰서에서 온 편지를 뜯었다. 납세필 영수증과 보험 없이 운전한 일에 대해 1,000파운드의 범칙금이 부과되며, 항소를 원할 경우에는 다음에 적힌 방법으로 법정 심리를 신청하라고 되어 있었다. 견인 차량 보관소에서 온 편지도 뜯어봤는데, 롤스로이스를 지난 목요일까지 보관한 비용으로 120파운드를 지불해야 한다고 되어 있었다. 제스는 동물 병원에서 온 첫 번째 치료비 청구서를 뜯었다가 도로 봉투에 집어넣었다. 이 정도 소식만으로도 하루 동안 소화하기에 벅찼다. 마티는 중간 방학에 아이들을 보러 와도 괜찮은지를 묻는 문자 메시지를 보내왔다.

"어때?"

제스가 아침 식탁에서 아이들에게 물었다. 아이들은 어깨를 으쓱했다. 화요일에 제스는 청소를 마치고 시내로 가서, 비용이 싼 변호사 사무실을 찾았다. 거기서 25파운드를 내고, 마티에게 이혼과 밀린 양육비를 요구하는 편지 초안을 작성했다.

"얼마 동안 밀렸나요?"

여자가 물었다.

"2년이요."

여자는 고개를 들지도 않았다. 그녀가 매일 어떤 종류의 이야기들을 듣는지 제스는 궁금해졌다. 여자는 숫자를 입력해보더니 컴퓨터 화면을 제스 쪽으로 돌렸다.

"계산된 금액이에요. 꽤 많죠. 남편 분은 분납하게 해달라고 할 거예요. 다들 그러니까요."

"좋아요."

제스는 가방으로 손을 뻗었다.

"알아서 해주세요."

제스는 처리해야 할 일들을 하나씩 체계적으로 해나갔다. 그녀는 이 작은 마을 너머로 큰 그림을 보려고 애썼다. 재정적인 문제를 겪는 작은 가족, 그리고 본격적으로 시작하기도 전에 끝나버린 짧은 연애 너머로. 인생은 때로, 순전히 의지력으로 극복해야 하는 장애물의 연속이기도 하다고 제스는 자신을 타일렀다. 그녀는 끝없이 펼쳐진 바다를 바라보면서, 공기를 한껏 들이마시고, 턱을 치켜들고, 이 일을 견뎌내리라고 다짐했다. 제스는 지금까지 무슨 일이든 견뎌냈다. 결국 행복은, 누구의 권리도 아니다.

제스는 조약돌이 덮인 해변을 따라 걸었다. 발이 푹푹 빠져드는 해변을 걸어가 방파제를 넘으면서 손가락으로 다행스러운 점들을 꼽아봤다. 주머니 속에서 손가락들이 피아노를 치듯 움직였다. 탠지는 안전했다. 니키도 안전했다. 노먼은 점차 나아지고 있었다. 결국은 그게 제일 중요한 문제가 아니던가? 나머지는 그저 사소한 사항일 뿐이었다.

이틀 후, 그들은 정원으로 나가 낡은 플라스틱 의자에 앉았다. 탠지는 머리를 감고 제스의 무릎 위에 앉았다. 제스는 탠지의 엉킨 머리를 빗으로 빗겨줬다. 제스는 아이들에게 니콜스 씨가 돌아오지 않는 이유를 말해줬다.

니키가 그녀를 빤히 쳐다봤다.

"아저씨 주머니에서요?"

"아니. 주머니에서 떨어진 거야. 택시 안에 있었어. 하지만 누구 것인지는 알았지."

아이들은 충격으로 아무 말도 하지 못했다. 제스는 탠지의 얼굴을 볼 수가 없었다. 니키의 얼굴도 보지 못할 것 같았다. 제스는 계속 딸아이의 머리를 매끄럽게 풀며 조심스레 빗질을 계속했다. 제스의 목소리는 차분하고 이성적이었다. 그렇게 하면 자신이 한 일을 아이들에게 이해시킬 수 있기라도 하듯이.

"그 돈으로 뭘 했는데요?"

탠지의 머리는 미동도 없었다.

제스가 마른침을 삼켰다.

"이제는 기억도 안 나네."

"내 등록비 내는 데 썼어요?"

제스는 빗질을 계속했다. 엉킨 머리를 풀고 빗어 내렸다. 당기고, 당기고, 빗어 내리고.

"정말 기억이 안 나, 탠지. 그리고 그 돈으로 뭘 했는지는 중요하지 않아."

제스는 말하는 내내 니키의 시선을 느꼈다.

"그럼 왜 말해주는 건데요?"

당기고, 풀고, 빗어 내렸다.

"왜냐하면…… 엄마가 끔찍한 실수를 저질렀고, 그래서 후회한다는 걸 너희에게 알려주고 싶으니까. 아무리 돈을 갚을 생각이었다고 해도, 그 돈을 가져와서는 안 되는 거였어. 그건 변명의 여지가 없는 행동이야. 그리고 에드는…… 니콜스 아저씨는 그 사실을 알았을 때 엄마를 떠날 권리가 충분히 있었어. 왜냐하면, 다른 사람과의 관계에서 가장 중요한 건 신뢰거든."

제스는 목소리를 일정하고 냉정하게 유지하려고 애썼다. 그런데 점점 힘들어졌다.

"그러니까 엄마가 너희 둘을 실망시켜서 미안한 마음이라는 걸 알아줬으면 좋겠어. 매일 너희에게 어떻게 행동해야 하는지 말해 놓고 엄마 자신은 완전히 그 반대되는 행동을 하다니. 너희에게 말하지 않으면 엄마는 위선자가 되기 때문에, 이렇게 털어놓고 있는 거야. 하지만 잘못된 일을 하면 결과가 따른다는 걸 너희에게 알려주고 싶어서 말하는 것이기도 해. 엄마의 경우에는 좋아하는 사람을 잃었지. 아주 많이 좋아하는 사람을."

아이들은 침묵을 지켰다. 잠시 후, 탠지가 손을 뻗었다. 제스의 손이 닿자 잠시 꼭 잡았다.

"괜찮아요, 엄마. 우리는 모두 실수를 하니까."

제스는 눈을 감았다. 그녀가 다시 눈을 떴을 때, 니키가 머리를 들었다. 혼란스러운 표정이었다.

"아저씨는 그냥 줬을 거예요."

희미하지만 놓칠 수 없는 분노의 흔적이 목소리에 스며 있었다. 제스가 니키를 쳐다봤다.

"아저씨는 그냥 줬을 거라고요. 부탁하기만 했어도."

"그래."

제스의 손이 탠지의 머리 위에서 얼어붙었다.

"그래, 그 점이 제일 안타까워. 아저씨는 분명 그랬을 거야."

36

니키 NICKY

한 주가 흘렀다. 그들은 매일 버스를 타고 노먼을 보러갔다. 수의
사가 눈을 꿰매서 구멍이 뚫려 있지는 않지만, 여전히 보기에 우
울한 모습이었다. 노먼의 얼굴을 처음 보던 날 탠지는 울음을 터
트렸다. 회복되어 일어나 걷게 되면 노먼이 한동안 여기저기 부딪
힐 거라고 병원에서 말해줬다. 오랫동안 잠을 자며 보낼 거라는
말도 해줬다. 니키는 설사 그런대도 아무도 전과의 차이를 느끼지
못할 거라는 말은 하지 않았다. 노먼은 타일이 깔린 우리 안의 바
닥에 누워 있었다. 제스는 노먼의 머리를 쓰다듬으며 착하고 용감
한 개라고 말해줬고, 노먼이 가만히 꼬리를 흔들자 눈을 깜빡이며
고개를 돌렸다.

　금요일에, 제스는 입구에서 탠지와 기다리라고 니키에게 말하
고는 프런트로 걸어가서 직원에게 청구서에 관한 이야기를 했다.
니키가 보기에 청구서에 관한 이야기 같았다. 그들은 종이 한 장
을 출력했고, 또 한 장을 출력하더니, 믿을 수 없게도 세 번째 종

이를 출력했다. 제스는 손가락으로 세 장의 종이를 훑었고, 맨 밑 부분에서는 작게 숨이 막히는 소리를 냈다. 제스는 여전히 다리를 절룩거렸지만, 그날 그들은 걸어서 집으로 돌아왔다.

지저분한 회색에서 반짝이는 푸른색으로 바다의 색이 바뀌면서, 마을은 조금씩 붐비기 시작했다. 피셔 가족이 사라진 것은 처음에 조금 이상하게 느껴졌다. 다들 그 사실을 믿기 힘들어하는 듯했다. 하지만 타이어가 긁히는 일이 사라지고, 워보이즈 부인은 다시 저녁에 빙고 게임을 하러 다니기 시작했다. 니키는 가게까지 무사히 다녀오는 일에 익숙해지면서, 더는 마음을 졸이지 않아도 된다는 사실을 깨달았다. 하지만 아무리 그 사실을 되뇌어도 마음은 받아들이려 하지 않았다. 탠지는 제스 없이는 아예 밖으로 나가지도 않았다.

니키는 열흘 가까이 블로그를 열어보지 않았다. 노먼이 다치고 분노가 끓어올라 어딘가에 쏟아내지 않고는 견딜 수 없었을 때, 니키는 블로그에 '우리 패배자 가족'이라는 글을 썼다. 물건을 깨부수고 사람을 치고 싶을 만큼 격렬한 분노를 느낀 적이 없는 그였지만, 피셔 형제가 그런 짓을 한 후 며칠간은 미치도록 분노를 느꼈다. 핏속에서 분노가 독처럼 끓어올랐다. 니키는 비명을 지르고 싶었다. 그 끔찍스러운 며칠 동안 그나마 도움이 되었던 것이 글을 써서 분노를 꺼내놓는 일이었다. 마치 누군가에게 얘기하는 기분이었다. 그 사람이 비록 니키를 알지 못하고, 관심도 없는 사람이라고 해도 말이다. 니키는 그저 무슨 일이 있었는지 누군가 들어주기를, 그 일이 얼마나 부당한지 알아주기를 바랐다.

분노가 가라앉고 피셔 가족이 대가를 치르게 된 소식을 듣자, 니키는 바보가 된 듯한 기분이 들었다. 누군가에게 너무 많은 말을 하고 난 뒤, 속마음을 너무 꺼내 보였나 싶어서 다음 몇 주간 자신의 말이 잊히기를 기도할 때가 있지 않은가. 혹시라도 그 말이 악용되지 않을까 걱정하면서. 딱 그런 기분이었다. 게다가 그런 일을 꺼내봐봐야 무슨 소용이 있을까? 그런 감정적인 헛소리에 귀를 기울이는 사람들은 자동차 충돌 사고 현장을 지나다가 차를 세우는 사람들과 비슷했다.

처음에 니키는 글을 지울 생각으로 블로그를 열었다. 그런데 이런 생각이 들었다. 아니야, 이미 본 사람들이 있을 거야. 글을 내리면 더욱 바보처럼 보일 뿐이야. 그래서 피셔 가족이 쫓겨난 얘기를 짤막하게 적고 끝내기로 마음먹었다. 이름을 밝히지는 않겠지만, 뭔가 좋은 소식도 적어놓아서 우연히 블로그를 방문한 사람이 니키의 가족에게 비극적인 일만 일어나는 것은 아니라는 사실을 알게 하고 싶었다. 니키는 지난주에 올린 감정적이고 거친 글을 다시 읽어보고는 부끄러워서 발가락이 오그라들 지경이었다. 사이버 공간에서 어떤 사람들이 그 글을 읽었을지 궁금했다. 얼마나 많은 사람들이 그를 괴짜일 뿐 아니라 바보라고 생각할지. 니키가 화면을 아래로 내렸다. 그러고는 댓글들을 봤다.

힘내요, 고스 보이. 저런 사람들은 정말 구역질나요.

친구가 이 블로그를 링크해줘서 봤는데 눈물이 나서 혼났답니다. 걔가 괜찮아야 할 텐데요. 부디 기회가 되면 어떻게 되었는지 글을 올려주세요.

안녕하세요, 니키. 나는 포르투갈에 사는 빅터라고 해요. 개인적으로 니키를 아는 건 아니지만, 친구가 페이스북에 이 블로그를 링크해놨더군요.

나도 1년 전에는 니키처럼 느꼈지만, 상황이 점점 나아졌다는 말을 해주고 싶었어요. 너무 걱정하지 말아요. 평화를 빌어요!

니키가 스크롤을 더 내렸다. 메시지가 끝도 없이 이어졌다. 니키는 구글에서 자신의 이름을 검색해봤다. 블로그가 복사되고 링크된 것이 수백, 수천 건에 이르렀다. 니키는 방문자 통계 수치를 보고, 의자 뒤로 기대어 앉아서 믿기지 않는다는 듯 화면을 빤히 봤다. 2,876명이 그의 글을 읽었다. 1주 동안에 말이다. 3,000명에 가까운 사람들이 그가 하는 말에 귀를 기울인 것이다. 그리고 400명이 넘는 사람들이 그에게 글을 남겼다. 그중에 오직 두 명만이 니키에게 재수 없는 자식이라고 했다.

하지만 그게 다가 아니었다. 사람들이 돈을 보내왔다. 진짜 돈을 말이다. 누군가 노먼의 치료비를 돕기 위해 온라인 기부 계좌를 연 후, 인터넷 결제서비스인 '페이팔' 계정으로 돈을 찾는 법을 설명하는 메시지를 남겼다.

안녕하세요, 고스 보이(이게 진짜 이름인가요??). 구조견에 대해 생각해본 적 있나요? 작은 관심이 좋은 결실로 이어질 수 있답니다. 기부금을 보냅니다! 구조견 센터는 항상 기부를 기다립니다. ;-)

치료비에 조금이나마 보탬이 되었으면 좋겠네요. 저 대신 동생을 꼭 안아주세요. 가족들에게 생긴 일에 정말 화가 났어요.

우리 개도 차에 치었는데 '병든 동물 치료 협회'인 PDSA의 도움으로 살아났어요. 그쪽 동네 근처에는 없나보네요. 그때 누군가 저를 도와줬듯이 저도 돕고 싶다는 생각이 들었어요. 개의 회복에 도움이 되었으면 해서 10파운드를 보냅니다. 받아주세요.

또 한 명의 수학광 소녀로부터. 동생에게 부디 포기하지 말라고 전해주세요. 그들이 이기게 그냥 두지 말라고요.

공유가 459건이나 됐다. 니키가 세어보니 기부 페이지에 130개의 이름이 올라 있었다. 가장 적은 금액이 2파운드였고, 가장 많은 금액은 250파운드였다. 니키 가족을 전혀 알지 못하는 사람이 250파운드를 보낸 것이다. 총액은 932파운드 5펜스로 되어 있었다. 마지막으로 들어온 건 한 시간 전이었다. 니키는 총액에 점이 잘못 찍혔나 싶어서 계속 페이지를 다시 열어 확인했다.

심장이 이상하게 움직였다. 가슴에 손바닥을 얹으며, 심장마비가 오면 이런 느낌일까 궁금했다. 그는 죽어가고 있는 건가. 그럼에도 니키는 웃고 싶은 기분이었다. 낯선 이들이 보여준 이 놀라운 일에 웃고 싶었다. 그들의 친절함과 선행, 그리고 한 번도 본 적이 없고 앞으로 볼 일도 없는 사람에게, 따뜻한 말을 건네고 돈을 보내는 사람들이 이 세상에 존재한다는 사실에, 크게 웃고 싶었다. 그리고 무엇보다 믿을 수 없게도, 그러한 친절과 놀라운 결과가 그의 글에서 비롯됐다는 사실에, 그는 웃고 싶었다.

니키가 주방으로 달려 들어갔을 때 제스는 찬장 옆에 서 있었다. 손에는 분홍색 종이로 싼 꾸러미를 들고 있었다.

"이리 좀 와서 보세요."

그가 제스의 팔을 잡고 소파로 이끌었다.

"뭔데 그래?"

"그건 내려놓고요."

니키가 노트북 컴퓨터를 열어서 제스의 무릎에 올려놓았다. 니콜스 씨의 물건에 닿는 게 고통스러운 듯 제스가 몸을 움찔했다.

"보세요."

니키가 기부 페이지를 가리켰다.

"이것 좀 보세요. 사람들이 돈을 보내왔어요. 노먼을 위해서요."

"무슨 소리야?"

"그냥 보세요, 제스."

제스가 눈을 가늘게 뜨고 화면을 보면서, 페이지를 오르락내리락하며 읽고 또 읽었다.

"하지만…… 우린 이 돈을 받을 수 없어."

"우리에게 보낸 게 아니에요. 탠지에게 보낸 거죠. 그리고 노먼에게요."

"이해할 수가 없구나. 왜 모르는 사람들이 우리한테 돈을 보내주니?"

"우리한테 일어난 일에 화가 났기 때문이죠. 부당한 일이라고 생각하기 때문에. 우리를 돕고 싶기 때문에. 저도 잘 모르겠어요."

"하지만 그 사람들이 어떻게 알았는데?"

"제가 블로그에 썼거든요."

"뭘 했다고?"

"니콜스 아저씨가 해보라고 하셨던 거요. 전 그냥…… 거기다 털어놨어요. 우리한테 무슨 일이 일어났는지."

"보여줘봐."

니키가 페이지를 넘겨서 블로그를 보여줬다. 제스가 미간에 주름을 잡으며 집중해서 천천히 글을 읽어나가자, 니키는 갑자기 어색해졌다. 누구에게도 보여주고 싶지 않은 자신의 일부를 드러내는 기분이었다. 아는 사람에게 자신의 감정을 보여주는 일은 훨씬 힘들었다.

"그래서, 치료비는 전부 얼마예요?"

제스가 끝까지 읽은 것 같자, 니키가 물었다.

제스는 멍한 상태에 빠져 있는 사람처럼 말했다.

"878파운드. 48펜스. 지금까지는."

니키가 허공으로 양손을 들어올렸다.

"그럼 괜찮은 거네요. 그죠? 총액을 보세요. 우린 괜찮아요!"

제스가 니키를 쳐다봤고, 니키는 제스의 얼굴에서 한 시간 전에 자신이 지었을 것과 정확히 똑같은 표정을 봤다.

"이건 좋은 소식이에요, 제스! 기뻐하시라구요!"

제스의 눈에 눈물이 그렁그렁해졌다. 그러고는 너무나 혼란스러운 표정이 되어서, 니키는 몸을 기울여 제스를 꼭 안아줬다. 3년 동안 자청해서 한 세 번째 포옹이었다.

"마스카라."

제스가 몸을 빼며 말했다.

"오."

니키가 눈 아래를 닦아냈다. 제스도 똑같이 했다.

"됐니?"

"됐어요. 저는요?"

제스가 상체를 기울여 엄지로 그의 눈 아래를 닦았다.

그러고 나서 숨을 길게 내쉬자, 제스는 예전의 자신으로 돌아온 기분이었다. 제스가 일어나서 청바지를 쓸어내렸다.

"물론 우린, 그 돈을 다시 갚을 거야. 모두에게."

"대부분이 3파운드 정도 되는 돈이에요. 어떻게 하실지 모르겠지만 행운을 빌게요."

"탠지가 해결할 거야."

제스가 분홍색 꾸러미를 집어 들었다. 그런 다음, 생각을 고쳐 먹은 듯 찬장으로 밀어 넣었다. 그녀가 얼굴로 흘러내린 머리칼을 뒤로 넘겼다.

"그리고 넌 그 수학에 관한 메시지들을 꼭 탠지에게 보여줘야해. 그건 정말 중요한 일이야."

니키의 시선이 탠지의 방이 있는 위층으로 향했다.

"그럴게요."

그러고는 잠깐 기분이 저조해졌다.

"하지만 그런다고 달라질지 모르겠어요."

37
제스 JESS

노먼이 집에 왔다.

"우리 영웅하고 이별할 시간이 왔네, 그렇지 챔피언?"

수의사는 노먼의 옆구리를 토닥거리며 말했다. 그가 노먼에게 말하는 모습과, 노먼이 즉시 바닥으로 털썩 쓰러져 배를 긁으라고 다리를 드는 모습으로 보아 이번이 처음은 아닌 것 같았다. 의사가 바닥으로 주저앉을 때, 제스는 의사로서의 신중한 태도 너머로 그의 본모습을 언뜻 본 듯했다. 개를 바라보며 눈가에 주름이 잡히도록 환하게 웃는 모습에서. 그러자 지난 며칠간 그랬듯, 니키의 말이 머릿속에 떠올랐다. 낯선 이들의 친절.

"부인께서 그런 결정을 내려주신 걸 다행으로 생각해요, 토머스 부인."

의사가 일어서면서 말했다. 다리에서 권총이라도 발사되듯 우두둑 소리가 났지만, 모두 못 들은 척했다. 노먼은 여전히 바닥에 드러누워 혀를 축 늘어뜨리고 기대에 차 기다리고 있었다. 아니면 그저 너무 뚱뚱해서 일어나지 못하는 것인지도 모르고.

"그런 대우를 받아야 마땅한 녀석이에요. 어쩌다 사고가 났는지 알았다면, 저도 치료를 진행하는 일에 덜 망설였을 겁니다."

느릿느릿 걸어서 집으로 돌아올 때, 탠지는 노먼의 목줄을 두 번이나 손에 감고 거대한 검은 몸에 바짝 달라붙어 걸었다. 그 길 은 지난 3주를 통틀어서 탠지가 처음으로 바깥에서 제스의 손을 잡지 않고 걸은 길이었다.

노먼을 집으로 데려온 일이 탠지의 기운을 북돋아주기를 제스 는 간절히 바랐다. 하지만 탠지는 여전히 집 안에서 그림자처럼 조용히 엄마를 따라다녔다. 수업이 끝나면 학교 정문 앞에서 담임 선생님과 함께 서서 불안한 표정으로 두리번거리며 제스가 오기 를 기다렸다. 집에 오면 자기 방에서 책을 읽거나 소파에 누워 조 용히 티비를 봤다. 한 손은 곁에 앉은 노먼에게 얹은 채로. 창가 레이 선생님은 개인적인 일이 있어서 학기가 시작된 이후로 계속 결근 중이었다. 탠지가 인생에서 수학을 밀어내기로 한 결심을 알 게 될 선생님의 모습을 떠올리자, 그 독특하고 기발한 작은 소녀 가 사라져버린 사실을 알게 될 선생님의 모습을 떠올리자, 제스는 반사적으로 슬픔을 느꼈다. 이따금 제스는, 불행하고 조용한 아이 하나를 또 다른 불행하고 조용한 아이와 맞바꾼 게 아닌가 하는 생각이 들었다.

세인트 앤에서 탠지의 오리엔테이션 날짜를 상의하려고 전화 를 해왔다. 제스는 탠지가 그 학교에 다니지 않을 거라는 사실을 전해야 했다. 목이 조이고 바짝 말라 끽끽거리는 소리가 나왔다.

"저희는 오리엔테이션을 권장하고 있습니다, 토머스 부인. 학교 에 익숙해진 아이들이 훨씬 쉽게 적응한다는 사실을 알고 있거든요. 동급생 몇 명을 미리 만나보는 것도 도움이 되고요. 지금 다니는 학교에서 시간을 빼기가 어렵나요?"

"아뇨. 그러니까 제 말은, 탠지는…… 가지 않을 거예요."

"아예 못 온다는 말씀인가요?"

"네."

짧은 침묵이 흘렀다.

"오."

입학담당자가 입을 열었다. 제스는 그녀가 종이를 넘기는 소리를 들었다.

"90퍼센트 장학금을 받는 그 학생 아닌가요? 코스탠자요?"

제스는 얼굴이 달아오르는 걸 느꼈다.

"맞아요."

"그럼 혹시 피터필드 아카데미로 가나요? 거기서도 장학금을 제안했나요?"

"아뇨. 그래서 그런 게 아니에요."

그러고는 두 눈을 질끈 감고 말을 이었다.

"저기요, 이런 말은…… 혹시 어떻게든…… 장학금을 조금 더 받는 방법이 없을까요?"

"더요?"

입학담당자는 깜짝 놀란 목소리였다.

"토머스 부인, 이 정도면 이미 저희 학교에서 유래가 없을 정도로 큰 금액입니다. 죄송하지만 그런 일은 불가능할 것 같습니다."

수치심으로 벌게진 그녀의 얼굴을 누구도 볼 수 없다는 사실을 다행으로 여기며, 제스는 계속 밀고 나갔다.

"제가 내년까지 돈을 마련할 수 있다면, 우리 아이 자리를 비워

놓아줄 수는 없을까요?"

"그런 일이 가능할지 모르겠네요. 다른 지원자들에게 불공평한 일이 아닌가, 하는 생각도 들고요."

그녀가 잠시 망설이다가, 불현듯 제스의 침묵을 의식하고 덧붙였다.

"하지만 언제든 코스탠자가 다시 지원하면, 저희는 당연히 긍정적으로 검토할 겁니다."

제스는 카펫의 기름 자국을 뚫어지게 바라봤다. 마티가 오토바이를 응접실로 가지고 들어올 때 기름이 흘러 생긴 자국이었다. 목구멍으로 커다란 덩어리가 올라왔다.

"아무튼 고맙습니다."

"저, 토머스 부인."

입학담당자의 목소리가 돌연 부드럽게 바뀌었다.

"아직 등록 마감까지는 1주가 남아 있어요. 혹시 모르니까 마지막 순간까지 기다리고 있겠습니다."

"고맙습니다. 정말 친절하시네요. 하지만 소용이 없을 거예요."

제스도 알고 입학담당자도 알았다. 그런 일은 일어나지 않을 것이다. 도약하기에는 너무 먼 거리도 있는 법이었다. 입학담당자는 탠지에게 새로운 학교에서 잘 지내길 바란다고 전해달라고 했다. 제스는 전화기를 내려놓을 때, 서둘러 다음 지원자를 찾아 목록을 훑는 입학담당자의 모습이 머릿속에 그려졌다.

제스는 탠지에게 말하지 않았다. 이틀 전에 제스는, 탠지가 자기 책꽂이에서 수학 책을 전부 뽑아서 2층 층계참에 있는 제스의 책들과 함께 쌓아 놓은 사실을 발견했다. 그녀가 눈치채지 못하게 스릴러와 역사로맨스 소설 사이에 끼워놓았다. 제스는 수학 책들을 가져다가 누구의 눈에도 띄지 않게 옷장 안에 차곡차곡 쌓아두었다. 그것이 탠지의 기분을 위해서인지 자신의 기분을 위해서인지, 제스는 확실히 알 수 없었다.

변호사의 편지를 받은 마티가 전화를 걸어서, 돈을 보낼 수 없는 이유에 대해 고함치며 늘어놨다. 제스는 이미 자신의 손을 떠난 일이라고 대꾸하고, 이 문제가 원만히 해결되기를 바란다고 말했다. 제스는 그의 아이들에게 신발이 필요하다고 했다. 마티는 중간 방학에 아이들을 보러 오겠다는 말을 하지 않았다.

제스는 펍의 일자리를 다시 얻었다. '시티 오브 파리'에서 왔다는 여자는 일을 시작하고 세 번 나오더니 '텍사스 립'으로 사라진 모양이었다. 그곳이 팁도 나았고, 시시때때로 엉덩이를 움켜쥐는 스튜어트 프링글도 없기 때문이다.

"내 그럴 줄 알았지. 그 여자는 '라일라' 기타 솔로 부분에서 말을 하면 안 된다는 것도 모르더라고."

데스가 골똘히 생각했다.

"어떻게 바에서 일하면서 '라일라' 기타 솔로 부분에서 입 다물고 있어야 한다는 걸 몰라?"

제스는 1주에 나흘을 나탈리와 청소하며, 비치프론트 2호는 피해 다녔다. 제스는 오븐을 벅벅 문질러 닦는 일이 더 좋았다. 우연히 고개를 돌렸다가 창문 너머로 푸른색과 흰색으로 쓰인 '매매' 표지판을 보게 될 확률이 없는 곳에서 말이다. 나탈리가 제스의 행동을 이상하게 생각하는지는 모르겠지만, 그녀는 아무 말도 하지 않았다.

제스는 동네 신문 판매소에 잡역부 광고를 붙였다. '작은 일도 해드립니다.' 그러고 나서는 스물네 시간도 되지 않아 첫 일을 의뢰받았다. 에이든 크레센트에 사는 노부인을 위해 욕실 수납장을 다는 일이었다. 노부인은 결과가 몹시 흡족하다면서 팁으로 5파운드나 지불했다. 부인은 남자를 집 안에 들이는 일이 탐탁지 않다고 했다. 42년간 결혼 생활을 하면서도 남편에게 양모 조끼를 입지 않은 모습을 보인 적이 없었다면서. 부인은 제스에게 사설 요양원을 운영하는 친구를 소개해줬고, 그곳에서는 세탁기를 교체하고 카펫 그리퍼를 설치할 사람을 필요로 했다. 이후 연금으로 생활하는 노인들로부터 두 개의 다른 일도 들어왔고, 제스는 두번째 납입금을 비치프론트 2호로 보냈다. 나탈리가 배달해줬다. '매매' 표지판은 여전히 붙어 있었다.

니키는 가족 중에 유일하게 활기차 보였다. 블로그가 그 아이에게 새로운 목적의식을 불어넣은 듯했다. 매일 저녁 블로그에 노면의 회복 과정을 적고, 자신의 생활을 담은 사진을 올리고, 새로운 친구들과 이야기를 나눴다. 그들 중에 한 명과 '벙개'를 했다면서, 제스를 위해 '벙개'가 '온라인이 아닌 오프라인 상에서 실제로 만나는 것'이라고 통역해줬다. 니키는 그 아이가 괜찮은 아이 같더라고 했다. 그리고 그런 식으로 괜찮다는 말은 아니라고 덧붙였다. 니키는 두 대학의 학교 체험 행사에 참석하고 싶어 했다. 담임 교사에게는 재정 지원금을 신청하는 방법에 대해 물어봤고, 직접 찾아보기도 했다. 자주, 하루에도 여러 번 자청해서 웃어줬고, 주방에서 꼬리를 흔드는 노면을 보면 흔쾌히 주저앉아 배를 긁어줬다. 47번지에 사는 롤라라는 소녀에게 남의 눈을 의식하지 않고 손을 흔들어줬다(제스는 그 소녀도 니키와 똑같은 색으로 머리를 염색한 것을 눈치챘다). 응접실에서 기타 연주 흉내를 내기도 했다. 시내에 다녀오는 일도 잦아졌는데, 비쩍 마른 다리로 전보다 더 성큼성큼 걸었고, 어깨가 뒤로 완전히 젖혀지지는 않아도 전처럼 구부정하지도 않았다. 한 번은 심지어 노란 티셔츠를 입기까지 했다.

"노트북 컴퓨터는 어쨌니?"

어느 날 오후 니키의 방에 들어갔다가, 예전 컴퓨터로 작업을 하는 모습을 보고 제스가 물었다.

"가져다줬어요."

니키가 어깨를 으쓱했다.

"나탈리 아줌마가 들여보내줬어요."

"아저씨 봤니?"

제스가 미처 가로막기 전에 입에서 말이 튀어나갔다.

니키가 슬그머니 시선을 돌렸다.

"죄송해요. 아저씨 물건들은 거기 있는데 전부 박스에 담겨 있었어요. 이젠 거기 살지 않나봐요."

놀랄 것도 없는 소식이었지만, 제스는 아래층으로 내려가면서 얻어맞기라도 한 듯 양손으로 배를 감싸고 있다는 것을 깨달았다.

38

에드 ED

에드는 몇 주 후, 바람이 없고 무덥게 시작되던 날, 누나와 함께 법원으로 향했다. 어머니에게는 오시지 말라고 했다. 이제는 아버지를 잠시라도 혼자 두는 게 좋은 생각 같지 않았다. 런던의 거리를 달리는 동안, 누나는 몸을 앞으로 기울인 채 안달하듯 손가락으로 무릎을 톡톡 두드리며 어금니를 앙다물고 택시 좌석에 앉아 있었다. 에드는 오히려 마음이 느긋했다.

법정 안은 거의 비어 있었다. 중앙 형사 법원에서 유난히 소름 끼치는 살인 사건 재판이 진행 중이었고, 정치인의 연애 스캔들과 젊은 영국 여배우가 공개적인 망신을 당한 일이 화제가 된 덕분에 이틀짜리 재판은 큰 뉴스거리에 속하지도 못했다. 법정 속기사와 「파이낸셜 타임스」의 수습기자 한 명이 나와 있을 뿐이었다. 그리고 에드는 법률 팀의 충고에 반하여 이미 유죄를 인정한 상태였다.

아무것도 몰랐다는 디나 루이스의 주장은, 그녀가 하려는 일이 내부자거래에 해당된다고 분명히 알려준 은행가 친구의 증언으로 힘을 잃었다. 친구는 그 같은 내용을 담아 디나에게 보낸 이메일과 디나의 답장을 보여줬다. 디나는 그 친구가 '까다롭고', '짜증스럽다'고 비난하며, '솔직히 내 일에 너무 관여하는 것 같아. 내가 새롭게 시작할 기회를 잡는 걸 바라지 않는 거야?'라고 답장을 보냈다.

에드는 자리에서 일어선 채, 글씨를 휘갈겨 쓰는 법정 속기사를 지켜봤다. 변호사들은 문서를 손가락으로 가리키며 서로에게 몸을 기울이고 있었다. 이 모든 것이 어쩐지 김빠진 듯 느껴졌다.

"니콜스 씨가 죄를 자백했다는 사실과, 루이스 씨와 니콜스 씨가 한 일에 대해서는 돈보다는 다른 요인이 동기가 된, 단발적인 범죄 행위로 보인다는 사실을 염두에 두고 있습니다. 마이클 루이스 씨에 대해서는 그렇게 말할 수가 없어요."

FSA는 디나의 오빠가 행한 스프레드 베팅과 옵션 등의 다른 '의심스런' 거래들을 추적했다.

"하지만 이런 종류의 행위는, 어떻게 해서 발생했건 간에, 전적으로 용납될 수 없다는 메시지를 전할 필요가 있습니다. 이런 행위는 시장에서 정직하게 움직이려는 투자자들의 자신감을 저해하고, 우리 금융 제도의 구조 전체를 약화시킵니다. 그러한 이유로 본인은 이런 행위가 '피해자 없는' 범죄라고 믿는 사람들에 대해 명백한 억제 효과를 발휘하도록 처벌의 수준을 결정해야 할 의무가 있습니다."

에드는 피고석에 선 채, 어떤 표정을 지어야 할지 난감해하며, 벌금 75만 파운드와 징역 6개월, 집행유예 12개월을 선고받았다.

모두 끝났다.

제마가 떨리는 숨을 길게 토해내며 머리를 손안으로 떨어뜨렸다. 에드는 이상하게도 아무 느낌이 없었다.

"이게 끝이야?"

에드가 조용히 내뱉자, 제마가 믿을 수 없다는 듯이 그를 올려다봤다. 직원이 피고석 문을 열고 그를 밖으로 안내했다. 에드가 복도로 나오자 폴 와익스가 그의 등을 두드렸다.

"고마워요."

에드가 말했다. 그게 가장 적절한 말인 듯했다. 에드의 눈에 디나 루이스의 모습이 들어왔다. 복도에서 붉은 머리 남자와 기운차게 대화를 나누고 있었다. 남자는 디나에게 뭔가 설명하려는 듯했고, 디나는 계속 고개를 저으며 남자의 말을 잘랐다. 에드는 잠시 지켜보다가, 거의 무의식 중에, 사람들을 헤치고 그녀에게로 다가갔다.

"미안하다는 말을 하고 싶었어."

그가 말했다.

"내가 1분이라도 생각을 했다면⋯⋯."

빙글 돌아선 디나의 눈이 휘둥그레졌다.

"오, 저리 꺼져."

분노로 얼굴이 시뻘겋게 달아오른 디나가 그렇게 말하고는 그를 확 밀치고 지나갔다.

"빌어먹을 지질한 자식."

디나의 목소리에 돌아본 사람들이 에드를 알아보고 당혹스러운 표정으로 고개를 돌렸다. 키득거리는 사람들도 있었다. 에드가 한 손을 반쯤 올린 채 그대로 서 있는데, 귓가에 목소리가 들려왔다.

"너도 알겠지만, 디나는 바보가 아니야. 오빠한테 말하지 말았어야 한다는 걸 알았을 거야."

에드가 돌아서자, 거기에 로넌이 서 있었다. 로넌의 체크무늬 셔츠, 두꺼운 검은 테 안경, 어깨에 걸린 컴퓨터 가방을 눈으로 좇던 에드는 안도감으로 긴장이 풀렸다.

"너…… 너 오전 내내 여기 있었어?"

"사무실이 조금 지루해서. 실제 법정 소송은 어떤가 싶어서 와봤지."

에드는 그에게서 시선을 떼지 못했다.

"과대평가 됐지."

"그래. 그런 것 같더라."

에드의 누나가 폴 와익스와 악수를 나누고, 재킷을 정돈하며 에드 옆으로 다가왔다.

"자. 엄마한테 좋은 소식을 알려드려야지? 엄마가 휴대전화를 계속 켜놓겠다고 하셨어. 잘 하면 잊지 않고 충전도 해놓으셨을 거야. 아, 로넌."

로넌이 제마의 볼에 키스했다.

"뵙게 되어서 반가워요, 제마. 오랜만이죠?"

"너무 오랜만이지! 우리 집으로 가자."

제마가 에드에게 돌아서며 말했다.

"우리 애들 본 지도 무지 오래 됐잖아. 냉장고에 볼로네즈 스파게티가 있으니까 저녁에는 그걸 먹으면 되고. 로넌, 괜찮으면 너도 같이 가자. 파스타를 좀 더 넣으면 되니까."

로넌이 열여덟 살 때처럼, 슬그머니 시선을 돌렸다. 그러고는 바닥에서 뭔가를 발로 툭 찼다. 에드가 누나에게로 돌아섰다.

"저…… 제마…… 오늘은 여기서 그만 헤어졌으면 하는데 괜찮을까?"

그는 제마의 미소가 흐려지는 걸 애써 모른 척했다.

"다음에 꼭 갈게. 난…… 로넌에게 꼭 해야 할 얘기가 있어서. 한동안……."

제마의 시선이 그들 사이를 오락가락했다.

"물론이지."

눈으로 흘러내린 앞머리를 쓸어 넘기며 제마가 밝게 말했다.

"그럼, 전화해."

그녀가 가방을 어깨에 둘러메고 계단으로 걸어가기 시작했다.

에드가 북적이는 복도를 향해 "제마!" 하고 외쳐 부르자, 몇 명이 서류에서 눈을 떼고 쳐다봤다. 제마가 가방을 팔 아래 끼고 돌아봤다.

"고마워. 전부 다."

제마는 반쯤 돌아선 채 그를 보고 있었다.

"정말이야. 진심으로 고마워."

제마가 엷은 미소를 지으며 고개를 끄덕였다. 그러고는 계단을 내려가는 군중 속으로 사라졌다.

"그럼. 저. 어디 가서 한잔할까?"

에드는 간청하듯 들리지 않게 하려고 애썼다. 완벽하게 성공한 것 같지는 않았다.

"내가 살게."

로넌이 잠깐 뜸을 들였다. 얄밉게도.

"네가 사겠다면 뭐……."

에드의 어머니는 그에게 이런 말을 했다. 일주일만이든 2년만

이든 어제 만나고 오늘 만나는 것처럼 대화를 이어가는 게 진짜 친구라고. 에드는 그 말을 시험해볼 정도로 친구가 많지 않았다. 북적이는 펍에서, 그는 흔들거리는 목제 탁자를 사이에 두고 로넌과 마주앉아 맥주를 마셨다. 처음에는 약간 어색했지만, 시간이 흐르면서 분위기가 풀어지고 익숙한 농담이 튀어나왔다. 맞춰주길 기대하며 톡톡 튀어오르는 두더지 게임의 타깃처럼. 에드는 마치 밧줄이 풀려 몇 달간 가라앉아 있다가, 누군가에 의해 육지 위로 끌어올려진 기분이었다. 에드는 자꾸만 친구의 모습을 훔쳐봤다. 그의 웃음, 커다란 발, 펍의 탁자 앞에서도 컴퓨터 화면을 보듯 구부정하게 앉은 자세. 그리고 전과 다른 모습도 눈에 들어왔다. 그는 전보다 잘 웃었고, 안경테가 유명 브랜드로 바뀌었고, 조용한 자신감이 느껴졌다. 돈을 꺼내려고 로넌이 지갑을 여는데 여자 사진이 얼핏 보였다. 로넌의 신용카드를 향해 환하게 웃고 있는 여자.

"그래서…… 그 수프 여자는 어떻게 지내?"

"캐런? 잘 지내지."

로넌이 미소를 지었다.

"실은 우리 같이 살기로 했어."

"와. 벌써?"

로넌은 거의 반항적인 시선으로 쳐다봤다.

"여섯 달이나 됐는데 뭐. 런던은 집세도 비싸고, 자선 단체에서 일하는 걸로는 떼돈을 벌지도 못하니까."

"잘 됐네."

에드가 더듬거렸다.

"멋진 소식이야."

"그래. 잘 됐지. 캐런은 좋은 여자야. 난 정말 행복해."

그들은 잠시 말없이 앉아 있었다. 에드는 로넌이 머리를 자른 사실을 눈치챘다. 그리고 입고 있는 것은 새 재킷이었다.

"그런 말을 들으니 나도 기뻐, 로넌. 두 사람이 잘 어울린다고 늘 생각했거든."

"고마워."

에드가 웃어 보였고, 로넌도 웃으면서 익살맞게 인상을 썼다. 행복 어쩌고 하는 말이 낯간지러운 모양이었다. 에드는 술잔을 빤히 응시했다. 가장 오랜 친구가 행복하고 밝은 미래를 향해 나아가는 동안 자신만 홀로 뒤처졌다고 느끼지 않기 위해 기를 썼다. 하루 일과를 마치고 퇴근한 회사원들이 펍 안으로 밀려들기 시작했다. 에드는 불현듯 시간이 얼마 없는 것처럼 다급해졌다. 그의 앞에 문제들을 정직하게 꺼내놓는 일이 무엇보다 중요하게 느껴졌다.

"미안하다."

에드가 입을 열었다.

"뭐가?"

"전부 다. 디나 루이스에 대해서도. 왜 그런 짓을 했는지 나도 잘 모르겠어."

목소리가 낮고 거칠게 나왔다.

"모든 걸 망쳐버린 나 자신이 증오스러워. 물론 직장을 잃은 것도 슬프지만, 무엇보다 우리 관계를 엉망으로 만든 게 가장 가슴 아파."

로넌을 쳐다볼 수 없었지만, 에드는 말을 할수록 마음이 가벼워졌다.

로넌이 맥주를 쭉 들이켰다.

"걱정 마. 지난 몇 달간 나도 곰곰이 생각해봤는데 말이야, 솔직히 인정하고 싶지는 않지만, 디나 루이스가 나한테 왔어도 똑같은 일을 했을 가능성이 높더라."

그가 씁쓸하게 웃었다.

"디나 루이스잖아."

그들은 말없이 앉아 있었다. 로넌이 의자 뒤로 기댔다. 그러고는 맥주잔 받침을 반으로 접고, 또 반으로 접었다.

"그런데 말이야…… 너 없이 거기서 일하는 게 조금 흥미롭기도 했어."

로넌이 마침내 입을 열었다.

"어떤 사실을 깨닫게 해줬어. 내가 메이플라이에서 일하는 걸 별로 좋아하지 않는다는 거. 너랑 둘이서 일할 때가 훨씬 좋았지. 그 양복들, 손익 계산, 주주들, 그런 건 내 타입이 아니야. 내가 좋아하는 건 그런 게 아니라고. 그런 것들 때문에 회사를 시작한 게 아니야."

"나도 그래."

"그 끝없이 이어지는 회의들…… 기본적인 코드를 진행하는 일조차도 마케팅 부서와 의논해야 하고, 모든 활동에 대해 해명해야 하고. 그 사람들 출퇴근 카드시스템을 도입하고 싶어 하는 거 알아? 진짜 출퇴근 카드 말이야."

에드는 기다렸다.

"너도 별로 그립지 않을 거야."

로넌이 머리를 설레설레 흔들었다. 더 말하고 싶지만 참는다는 듯이.

"로넌?"

"응?"

"나한테 아이디어가 하나 있는데 말이야. 1~2주 전에 떠오른 거야. 새로운 소프트웨어에 관한 건데, 사람들의 재정 계획을 도와주는 정말 단순한 예측 소프트웨어를 작업 중이거든. 말하자면 스프레드시트를 좋아하지 않는 사람들을 위한 스프레드시트라고 할 수 있어. 돈 관리를 제대로 하지 못하는 사람들을 위한 거지. 은행에서 연체료를 부과하기 전에 알림창을 띄우고, 약정 기간 동안의 이자가 얼마나 다른지 보여주는 옵션 계산 기능도 넣고. 너무 복잡하지 않게 만드는 거야. 시민 무료 상담소 같은 데서 배포할 수 있게."

"흥미로운데."

"싸구려 컴퓨터에서도 돌아가게 해야겠지. 몇 년이 지난 소프트웨어를 사용해도 돌아가게 말이야. 간단한 휴대전화로도 사용할 수 있게 하고. 이걸로 큰돈을 벌어들이지는 못하겠지만, 그냥 한번 생각해봤어. 대강 윤곽도 잡아놨고. 하지만……."

로넌은 생각했다. 에드는 그가 이미 매개변수를 따져보는 중이라는 걸 알았다.

"문제는 코딩에 아주 능숙한 사람이 필요하다는 거야. 소프트웨어 제작할 때 말이야."

로넌이 무표정하게 술잔을 응시했다.

"너 메이플라이로 돌아올 수 없다는 건 알고 있지?"

에드가 고개를 끄덕였다. 대학 때부터 가장 친한 친구에게.

"그래. 알아."

로넌이 에드의 눈을 마주보자, 둘은 갑자기 빙그레 웃기 시작했다.

39

에드 ED

오랜 세월이 흐르도록 에드는 누나의 전화번호를 외우지 못했다. 누나는 12년째 같은 집에 사는데도, 에드는 여전히 주소를 찾아 보아야 했다. 후회스러운 일의 목록은 계속 늘어나기만 하는 듯 했다.

에드는 펍 앞에 서 있었다. 로넌은 그의 삶에 새로운 차원을 부여한 착한 여성, 수프를 만드는 그 여성에게 가기 위해 지하철역으로 떠났다. 에드는 박스로 둘러싸인 아파트로는 돌아가고 싶지 않았다.

제마는 벨이 여섯 번 울린 후에 전화를 받았다. 그러고는 뒤쪽에서 누군가의 비명이 들리고 나서야 누나의 목소리가 들려왔다.

"제마?"

"그래."

누나가 숨 가쁘게 외쳤다.

"레오, 그거 계단 아래로 던지지 마!"

"그 말은, 볼로네즈 스파케티를 아직 먹을 수 있다는 얘긴가?"

누나의 가족들은 당황스러울 정도로 에드를 반겨줬다. 핀즈베리 파크에 있는 작은 주택의 문이 열리고, 자전거와 신발 더미를 넘어서 그가 안으로 들어갔다. 복도 끝까지 이어지는 코트 걸이에는 겉옷들이 겹겹이 걸렸다. 위층에서 쿵쿵거리는 팝음악 소리가 벽 너머로 들려왔다. 거기에 질세라 비디오 게임기의 영화 음향 같은 전쟁 게임 소리도 들려왔다.

"왔어!"

누나가 에드를 끌어당겨 꼭 안아줬다. 누나는 정장을 벗고 청바지와 스웨터로 갈아입었다.

"네가 여길 마지막으로 온 게 언제인지 이제 기억나지도 않아. 얘가 마지막으로 온 게 언제지, 필?"

"라라하고 왔었잖아."

복도 끝에서 목소리가 들려왔다.

"2년 전에?"

"여보, 코르크 마개뽑이 어디 있어?"

주방은 마늘 냄새가 가득했고, 냄비에서는 김이 풀풀 피어올랐다. 안쪽 끝에는 여러 번 빨아 축 늘어진, 천으로 만든 말 인형 두 개가 놓여 있었다. 대부분이 소나무 재질인 주방 안의 모든 표면은 책과 종이 더미, 그리고 아이들의 그림으로 뒤덮여 있었다. 필이 악수를 청하고 에드에게 양해를 구했다.

"저녁 먹기 전에 답장을 보내야 하는 이메일이 있어. 괜찮지?"

"충격을 받은 얼굴이네."

에드 앞에 잔을 놓으며 누나가 말했다.

"집 안이 엉망이어도 이해해줘. 나는 밤 근무였고, 필은 지쳐빠진 데다, 로사리오가 떠난 후로 청소하는 사람을 구하지 못했어. 다들 너무 비싸게 불러서 말이야."

에드는 이런 난장판이 그리웠다. 요란하게 쿵쿵대는, 심장 안에 묻힌 듯한 이 느낌이 그리웠다.

"좋은데 뭐."

그가 빈정거린 건가 싶어서 누나가 흘끗 봤다.

"아니. 정말 좋아. 여긴……."

"어수선하지."

"그렇긴 하지만, 그래도 좋아."

식탁 의자에 기대어 앉은 에드가 길게 숨을 내쉬었다.

"안녕하세요, 에드 삼촌."

에드가 눈을 껌뻑였다.

"누구야?"

반짝이는 금발을 하고 마스카라를 여러 겹 바른 10대 소녀가 그를 보며 싱긋 웃었다.

"안 재밌어요."

에드가 도움을 청하는 듯한 눈빛을 하고 누나를 봤다. 제마가 양손을 들어 올렸다.

"못 본 지 오래 됐잖아, 에드. 아이들은 자란다고. 레오! 얼른 와서 에드 삼촌께 인사드려."

"에드 삼촌은 감옥에 가는 줄 알았는데."

어느 방에서 외치는 소리가 들려왔다.

"잠깐만."

소스가 끓는 냄비를 남겨두고 누나가 복도로 사라졌다. 에드는 멀리서 들려오는 새된 소리를 못 들은 체했다.

"엄마가 그러는데 삼촌이 재산을 몽땅 잃었다면서요."

저스틴이 에드의 맞은편에 앉아 바게트 조각의 딱딱한 표면을 벗겨내며 말했다. 에드의 뇌는 그가 마지막으로 본, 갈대처럼 마르고 쑥스러워하던 아이를, 황갈색 머리를 나부끼는 미녀와 결합시키려고 필사적으로 노력 중이었다. 아이는 박물관의 진귀한 골동품을 바라보듯 희미한 즐거움을 띠고 에드를 바라보고 있었다.

"비슷해."

"그 멋진 아파트도 잃은 거예요?"

"곧 그럴 거야."

"젠장. 열여섯 살 생일 파티를 거기서 하면 안 되냐고 물어보려고 했는데."

"네가 거절할 수고를 덜어줬네."

"아빠도 삼촌이 그렇게 말할 거라고 했어요. 삼촌은 이제 감옥에 안 가게 돼서 기쁘세요?"

"그래도 한동안은 내 얘기가 가족 훈화에 등장할 거 같은데?"

저스틴이 웃어 보였다.

"에드워드 삼촌처럼 못되게 굴지 마."

"그런 식으로 등장하는 거야?"

"엄마가 어떤지 아시잖아요. 이 집에선 도덕적 교훈이 될 이야기를 그냥 넘기는 법이 없어요. '잘못된 길로 들어서는 게 얼마나 쉬운지 봤지? 삼촌은 세상을 전부 가졌지만 지금은……'"

"난 남의 집에 밥을 얻어먹으러 다니고, 7년 된 차를 모는 사람인데."

"시도는 좋았어요. 하지만 저희 차가 3년 더 됐네요."

저스틴이 복도 쪽을 흘깃 봤다. 동생에게 이야기하는 엄마의 나지막한 목소리가 들려왔다.

"솔직히, 삼촌은 엄마한테 심술궂게 굴면 안 돼요. 엄마는 어제 삼촌을 개방 교도소로 보낼 방법을 찾으려고 하루 종일 전화를 붙잡고 있었어요."

"그래?"

"엄마가 얼마나 걱정했는데요. 누군가한테 말하는 걸 들었는데, 삼촌은 펜톤빌 교도소에서는 5분도 못 버틸 거라고 했어요."

정확히 알 수 없는 어떤 감정이 에드의 가슴을 날카롭게 찔렀다. 그동안 자기 연민에만 빠져 있느라, 그가 감옥에 가면 다른 사람의 마음이 어떨지에 대해서는 전혀 생각해보지 않았던 것이다.

"엄마 말이 맞을 거야."

저스틴이 머리 몇 가닥을 입으로 가져갔다. 에드와 이야기하는 게 즐거운 듯했다.

"앞으로 뭘 하실 거예요? 이제 직장도 없고 집도 없는 집안의 망신거리가 되셨는데?"

"글쎄. 마약이라도 해야 하나? 마무리로?"

"윽. 마약중독자들은 재미없어요."

아이의 긴 다리가 의자에서 떨어졌다.

"그리고 안 그래도 엄마는 정신없이 바쁘고요. 어쩌면 그렇게 하시라고 말씀드려야 하는 건지도 모르겠지만요. 삼촌이 저하고 레오한테 돌아올 압력을 엄청 줄여주셨거든요. 저희에 대한 기대가 완전히 낮아졌으니까."

"도움이 됐다니 기쁘네."

"뵙게 되어서 반가웠어요."

저스틴이 몸을 기울여 속삭였다.

"삼촌은 오늘 엄마를 기쁘게 해주셨어요. 엄마는 삼촌이 올지도 모른다고 아래층 화장실까지 청소했다구요."

"그래. 앞으로는 좀 더 자주 오도록 해야겠네."

저스틴은 에드의 말이 농담인지 가늠하려는 듯 눈을 가늘게 뜨고 쳐다보고는 돌아서서 2층으로 사라졌다.

"그래서 어떻게 된 거야?"

제마가 그린샐러드를 덜었다.

"병원에서 만난 그 여자는 뭐해? 조슨가 제슨가 하는 여자? 오늘 법정에 올 줄 알았는데."

에드는 아주 오랜만에 집에서 한 요리를 맛봤고, 요리는 맛은 기가 막혔다. 다른 식구들은 식사를 마치고 자리를 떴지만, 에드는 세 그릇째 먹고 있었다. 지난 몇 주 동안 사라졌던 식욕이 갑자기 되살아났다. 마지막 한 입은 조금 과욕을 부려서, 한동안 씹고 나서야 누나의 물음에 답할 수 있었다.

"그 얘기는 하고 싶지 않아."

"네가 무슨 얘긴들 하고 싶겠니. 그러지 말고 털어놔봐. 집에서 요리한 음식 값이다 생각하고."

"헤어졌어."

"뭐? 왜?"

세 잔의 와인이 제마를 수다스럽고 고집스럽게 만들었다.

"너 정말 행복해 보였는데. 라라랑 살 때보다는 행복해 보였어."

"맞아. 행복했어."

"그런데? 맙소사, 넌 가끔 못 말리게 멍청이처럼 굴 때가 있어, 에드. 모처럼 정상으로 보이는 여자를 만나놓고, 널 제대로 이해하는 것 같은 여자를 만나놓고 도망을 치다니."

"그 얘기는 정말 하고 싶지 않아, 제마."

"왜 그런 거야? 한 여자에게만 전념할 일이 두려웠어? 이혼한 지 얼마 안 돼서 그래? 너 설마 라라를 못 잊어서 그런 건 아니지?"

에드는 빵 조각으로 접시에 남은 소스를 싹싹 닦아서 입에 넣었다. 그러고는 필요 이상으로 오래 씹었다.

"내 돈을 훔쳤어."

"뭐?"

그는 비장의 카드라도 내놓듯 말을 꺼내놨다. 위층에서 아이들이 다투는 소리가 들렸다. 에드는 차 뒷좌석에서 내기를 하던 니키와 탠지가 떠올랐다. 누군가에게 진실을 털어놓지 않으면 폭발할 것 같았다. 그래서 그는 누나에게 털어놨다.

에드의 누나는 접시를 밀어냈다. 몸을 앞으로 기울이고 한 손으로 턱을 괸 채, 미간에 희미한 주름을 잡으며 그의 말을 들었다. 에드는 CCTV에 관해 얘기했다. 서랍장을 옮기려고 당겼는데, 서랍 안에, 깔끔하게 접힌 파란 양말 위에, 자신의 얼굴이 박힌 보안카드가 놓여 있던 장면을.

말하려고 했어요.

보이는 것과는 달라요. 입으로 올라가는 손.

그러니까, 보이는 건 그렇지만, 오, 맙소사, 오, 맙소사…….

"제스는 다른 줄 알았어. 내가 만난 최고의 여자라고 생각했어. 용감하고, 원칙을 지키고, 놀라운……. 하지만 웃기지 말라고 그래. 라라하고 다를 거 하나 없어. 디나하고도 똑같아. 나한테 얻어낼 것에만 관심이 있지. 제스가 어떻게 그럴 수가 있어, 제마? 어째서 난 그런 여자들을 알아보지 못하는 거야?"

에드가 말을 마치고 뒤로 기대어 앉아서, 기다렸다.

제마는 말이 없었다.

"뭐야? 아무 말도 안 할 거야? 사람 보는 눈이 그렇게 없냐고 안 해? 어떻게 또다시 여자가 내 곁으로 날 엿 먹이게 놔뒀냐고? 아무리 생각해도 내가 얼마나 멍청한지 모르겠다고?"

"그런 말을 하려던 건 분명히 아니야."

"그럼 무슨 말을 하려고 했는데?"

"모르겠어."

제마는 접시를 물끄러미 바라봤다. 그의 말에 놀란 표정은 전혀 아니었다. 10년간의 사회복지사 경력이 그렇게 만든 건지 에드는 궁금했다. 아무리 충격적인 소리를 들어도 중립적인 표정을 유지하는 게 습관이 된 건지.

"더 심한 일들도 봐왔다는 말?"

에드가 그녀를 빤히 봤다.

"내 돈을 훔치는 것보다 더?"

"오, 에드. 넌 궁지에 몰린 절박한 심정이 어떤 건지 몰라."

"그렇다고 남의 돈을 훔쳐도 되는 건 아니잖아."

"그건 물론 아니지. 하지만……저…… 여기 누군가는 오늘 법정에서 내부자거래의 죄를 인정했어. 그런 사람이 도덕 문제를 심판하는 게 적절한지 난 모르겠네. 살다보면 별일이 다 있어. 사람은 누구나 실수를 저지르고."

제마가 자리에서 일어나 접시를 치우기 시작했다.

"커피 마실래?"

에드는 여전히 누나를 빤히 쳐다봤다.

"마시겠다는 뜻으로 알게. 넌 내가 치우는 동안 그 여자 얘기 좀 더 해봐."

누나는 에드가 말하는 동안 작은 주방에서 우아하고도 효율적으로 움직였고, 그와는 시선을 한 번도 마주치지 않았다.

마침내 에드가 이야기를 마쳤을 때, 제마는 마른 행주를 그에게 내밀었다.

"그럼 내가 이해한대로 한번 말해볼게. 제스는 곤경에 처했어. 맞지? 아이들은 괴롭힘을 당해. 아들은 누군가에게 머리통을 채였고. 딸아이에게도 그런 일이 생길까봐 걱정이야. 그러다 펍인지 어디에선지 돈뭉치를 발견했어. 그래서 그걸 가졌어."

"제스는 내 돈이라는 걸 알았어, 제마."

"하지만 널 몰랐잖아."

"그런다고 사실이 달라져?"

누나는 어깨를 으쓱했다.

"보험 사기꾼의 세계에서는 그럴걸."

에드가 다시 항변하기 전에 제마가 얼른 말을 이었다.

"솔직히 말할까? 나도 제스가 무슨 생각으로 그랬는지는 말해줄 수 없어. 하지만 궁지에 몰린 사람들이 어리석고 충동적이고 분별없는 일들을 한다는 건 말해줄 수 있어. 매일 보는 장면이니까. 그들은 옳다고 생각하는 일을 위해 미친 짓들을 해. 그러고도 일부는 무사히 넘어가지만, 나머지는 그렇지 못하지."

에드가 대꾸하지 않자 제마가 말했다.

"좋아, 그럼 넌 회사에서 볼펜을 집어온 적이 한 번도 없니?"

"그건 500파운드였어."

"주차 요금 징수기에 돈 넣는 걸 '잊었는데' 걸리지 않았다고 좋아한 적은?"

"그거랑은 다른 문제잖아."

"운전하면서 제한 속도 넘긴 적은 없어? 돈을 위해 일한 적은? 다른 사람 와이파이를 잡아 쓴 적은?"

제마가 몸을 앞으로 기울였다.

"세금 신고할 때 경비를 부풀린 적은?"

"이건 전혀 다른 문제야, 제마."

"어느 편에 서느냐에 따라 범죄행위가 얼마나 다르게 보이는지를 짚어보려는 거야. 너는 오늘 그 사실을 훌륭하게 입증했고, 동생. 난 지금 제스가 한 일이 잘못되지 않았다고 말하는 게 아니야. 그 순간만으로 제스가 어떤 사람인지 규정해서는 안 된다고 말하는 거지. 너와 제스의 관계도."

제마는 설거지를 마치고, 고무장갑을 벗어 식기 건조대에 가지런히 얹어 놓았다. 그런 다음 머그잔 두 개에 커피를 따르고 싱크대에 기대어 섰다.

"모르겠어. 어쩌면 난 그냥 누구에게든 다시 한 번 기회를 줘야 한다고 믿는 건지도 몰라. 나처럼 매일 근무시간에 인간의 불행에 대해 끝도 없이 듣다보면, 너도 분명히 그럴 거야."

제마가 몸을 똑바로 세우고 에드를 바라봤다.

"내가 너라면, 적어도 제스가 뭐라고 말하는지 들어보고 싶을 거 같아."

제마가 에드에게 머그잔을 내밀었다.

"제스가 그립니?"

제스가 그립냐고? 에드는 제스가 자신의 신체 일부인 것처럼 그리웠다. 그녀를 생각하지 않으려고, 자신의 생각에서 도망치려고 매일같이 안간힘을 쓰며 보냈다. 음식, 자동차, 침대처럼 일상에서 마주하는 모든 것이 그녀를 떠올리게 한다는 생각을 하지 않으려고 기를 썼다. 에드는 아침을 먹기 전에 그녀와 열두 번도 넘게 언쟁을 벌였고, 자러가기 전에 수천 번의 열정적인 화해를 나눴다.

위층 방에서 쿵쿵거리는 음악 소리가 정적을 깨고 들려왔다.

"제스를 믿을 수 있을지 모르겠어."

에드가 말했다.

제마는 그가 뭔가 할 수 없다고 할 때마다 짓는 표정을 지었다.

"넌 제스를 믿어, 에드. 마음 한 구석으로. 내가 보기엔 그래."

에드는 남은 와인을 혼자 모두 마시고, 자신이 가져온 와인까지 마시고 난 후에야 누나의 소파로 쓰러졌다. 다음 날 새벽 다섯 시 십오 분에, 땀에 젖고 엉망인 꼴로 깨어난 그는, 누나에게 고맙다는 메모를 남기고 집을 나서 관리 대리인과 매매 문제를 마무리하기 위해 비치프론트로 향했다. 런던에서 타던 BMW와 함께 아우디를 지난주에 판매업자에게 넘겼기에, 에드는 이제 두 주인을 거친, 뒷 범퍼가 움푹 들어간 중고 미니를 몰았다. 하지만 생각보다 마음이 쓰이지 않았다.

온화한 아침이었고, 도로는 시원스레 트였다. 그곳에 도착한 시간이 열 시 반이었는데도 홀리데이 파크는 방문객으로 생기가 넘쳤다. 바와 레스토랑이 보인 중심가는, 어쩌다 한 번 고개를 내미는 태양을 한껏 즐기려는 사람들과, 수건이며 파라솔이 든 가방을 둘러메고 해변으로 향하는 사람들로 북적거렸다. 에드는 천천히 차를 몰아가며, 그곳의 개성 없는 외관에 불합리할 정도로 분노를 느꼈다. 구성원들이 모두 비슷한 수준의 수입을 올리고, 완벽하게 줄을 맞춘 화단 너머로는 너저분한 현실이 조금도 침범하지 못하는 작은 사회에.

비치프론트 2호의 깔끔한 진입로에 차를 세운 후, 에드는 밖으로 나와 잠시 파도 소리를 들었다. 집 안으로 들어서면서, 이번이 마지막 방문일 거라는 사실에도 별 감흥이 없었다. 런던 아파트는 거래가 완료되기까지 1주가 남았을 뿐이었다. 그는 막연하게 아버지와 남은 시간을 함께 보내겠다는 계획만을 세워뒀다. 그 외에는 아무 계획도 없었다.

복도에는 박스들이 줄지어 놓여 있었다. 박스에는 짐을 싼 보관회사의 상호가 찍혀 있었다. 빈 공간으로 울려 퍼지는 자신의 발소리를 들으며 에드가 문을 닫았다. 그는 천천히 2층으로 올라가서 텅 빈 방들을 지나갔다. 다음 주 화요일에 트럭이 나와서 박스들을 싣고 갈 것이다. 그리고 그가 어떻게 할지 결정할 때까지 그 짐들을 보관해줄 것이다.

에드는 그 순간까지, 인생 최악의 몇 주를 결연하게 헤쳐 나왔다고 생각했다. 밖에서 바라보면, 그는 주어진 벌을 달게 받기로 결심한 사람처럼 보였다. 고개를 숙이고 계속 움직였다. 술은 조금 많이 마셨을지 모르지만, 12개월 조금 넘는 기간 안에 직장과 집과 아내를 잃고, 부모 한 분도 곧 잃을 걸 생각하면, 그런대로 잘해왔다고 주장할 수 있었다.

그러고 나서 조리대 위에 놓인 담황색 봉투 네 개를 발견했다. 봉투에는 볼펜으로 그의 이름이 적혀 있었다. 처음에는 관리 대리인이 놓고 간 서류들인 줄 알았지만, 하나를 열어보자 보라색 줄무늬가 들어간 20파운드짜리 지폐가 나왔다. 에드는 돈을 꺼내고, 함께 들어 있는 메모도 꺼냈다. 메모에는 간단히 '세 번째 납입금'

이라고만 적혀 있었다.

에드는 다른 봉투들도 열어봤고, 첫 번째 봉투도 조심스레 뜯어봤다. 제스의 메모를 읽는 순간, 원하지 않았음에도 아주 자연스럽게 그녀의 모습이 머릿속에 불쑥 떠올랐다. 그녀가 가까이 있다는 사실이, 거기서 줄곧 기다리고 있었다는 사실이 충격처럼 느껴졌다. 그녀의 표정, 긴장하고 어색해하며 글을 쓰는 모습, 단어를 지우고 다시 쓰고 했을 그녀의 모습이 눈에 선했다. 이쯤에서 멀쩡한 머리를 풀었다가 다시 묶었겠지.

머릿속에서 그녀의 목소리가 들렸다.

미안해요.

무언가 쩍 갈라지기 시작한 것은 그 순간이었다. 에드는 돈을 쥐고 어찌할 바를 몰랐다. 그는 제스의 사과를 듣고 싶지 않았다. 한 마디도.

그는 돈을 움켜쥔 채 주방을 나와 복도로 되돌아갔다. 그 돈을 전부 버리고 싶었다. 그 일을 그냥 잊고 싶지 않았다. 에드는 이쪽 끝에서 저쪽 끝까지 걸어갔다. 반대로 갔다가 다시 되돌아왔다. 그는 흠집을 낼 기회가 없었던 벽들을 둘러봤다. 어떤 손님도 즐기지 못한 바다의 풍경을 내다봤다. 앞으로 어디에서도 마음을 놓지 못하리라는 생각이, 어느 곳에도 속하지 못하리라는 생각이 그를 압도해왔다. 에드는 다시 복도를 걸었고, 지치고 불안했다. 파도 소리가 마음을 진정시켜줄까 싶어 창문을 열었지만, 바깥에서 들려오는 행복한 가족들의 외침은 그를 향한 비난처럼 들렸다.

한 박스 위에 신문이 접힌 채 놓여 있었다. 아래 있는 뭔가를 덮어둔 것 같았다. 무자비하게 꼬리를 무는 생각들로 지친 에드가 걸음을 멈추고 멍하니 신문지를 들어올렸다. 거기에 노트북 컴퓨터와 휴대전화가 놓여 있었다. 그게 왜 거기 있는지 생각하느라 잠시 시간이 걸렸다. 에드는 망설이다 전화를 집어 들어 살펴봤다. 그가 에버딘에서 니키에게 줬던 전화기였다. 지나다니는 사람들의 눈에 띄지 않게 세심하게 숨겨둔 것이었다.

지난 몇 주간 에드를 움직인 것은 배신에 대한 분노였다. 처음의 열기가 사그라지자 구석까지 꽁꽁 얼어붙었다. 에드는 격분하는 동안에는 안심이 되었고, 부당하다고 느끼는 동안에는 안전했다. 그런데 이제, 아무것도 가진 게 없는 10대 소년이 그에게 돌려줘야 한다고 느낀 휴대전화를 손에 들고 있었다. 에드가 대체 무엇을 안단 말인가? 대체 누구를 심판한단 말인가?

'그만둬.'

그는 자신에게 말했다.

'제스를 보러 갈 수 없어. 보러 갈 수 없다고.'

'왜 안 되는데?'

'가서 무슨 말을 할 건데?'

에드는 빈집의 이쪽 끝에서 저쪽 끝으로 걸어 다녔다. 손에는 지폐를 꽉 움켜쥔 채로. 발소리가 목제 바닥을 울렸다. 창밖으로 바다를 바라보며, 문득 감옥에 있었으면 좋겠다고 생각했다. 오로지 안전과 생존 같은 육체적인 문제로 정신을 쏟을 수만 있다면 소원이 없을 것 같았다.

에드는 그녀를 생각하고 싶지 않았다. 눈을 감을 때마다 그녀의 얼굴을 보고 싶지 않았다.

에드는 떠날 것이다. 이곳을 떠나 새로운 곳에 자리 잡고, 새로운 일을 하며 다시 시작할 것이다. 그리고 모든 것을 뒤로하고 앞으로 나아갈 것이다. 그러면 사는 게 조금 수월해질 것이다.

적막을 가르며 날카로운 소리가 날아들었다. 에드가 모르는 전화벨 소리였다. 니키가 자신의 취향대로 벨소리를 바꾼 에드의 예전 전화기. 리드미컬하게 화면이 반짝이는 전화기를 에드가 노려봤다. 발신자가 누군지는 알 수 없었다. 벨이 다섯 번 울린 후, 더는 소리를 견딜 수가 없어졌을 때, 에드가 전화기를 홱 집어 들었다.

"토머스 부인 계신가요?"

마치 방사능 물질이라도 되듯, 에드가 잠시 전화기를 멀찍이 떼어들었다.

"장난하는 겁니까?"

재채기 소리가 나고, 뒤이어 코 막힌 목소리가 들려왔다.

"죄송합니다. 꽃가루 알레르기가 심해서요. 제가 맞게 전화했나요? 탠지 코스탠자의 부모님 되십니까?"

"뭐라…… 누구시죠?"

"저는 앤드류 프렌티스라고 합니다. 수학 올림피아드 문제로 전화를 드렸어요."

에드가 생각을 모으는 데에는 시간이 걸렸다. 그는 계단에 걸터앉았다.

"올림피아드요? 죄송하지만…… 이 번호를 어떻게 아신 거죠?"

"저희 연락처 목록에 있었습니다. 시험 때 이 번호를 남겨주셨어요. 제가 맞게 전화한 건가요?"

에드는 제스의 전화기에 요금이 떨어진 일을 기억했다. 그래서 그녀의 번호 대신 그가 니키에게 준 이 전화기의 번호를 남긴 것이다. 에드는 손으로 머리를 떨궜다. 저 위의 어떤 분은 유머 감각이 상당한 것 같았다.

"맞아요."

"아, 다행입니다. 통화를 하려고 며칠간 계속 전화를 드렸어요. 메시지도 남겼는데 받지 못하셨습니까? 그 시험 문제로 전화를 드렸는데…… 저희가 채점을 하는 동안 변칙을 발견했습니다. 첫 번째 문제에 오식이 있었어요. 그래서 연산을 푸는 게 불가능해진 거죠."

"뭐라고요?"

그는 뻔하고 진부한 성명서를 낭독하듯 말했다.

"최종 결과를 분석한 후에 그 사실을 알게 되었습니다. 모든 학생이 첫 번째 문제를 틀렸다는 점이 결정적인 증거였죠. 채점자가 여러 명이어서 처음에는 알아채지 못했습니다. 아무튼 정말 죄송합니다……. 그래서 저희가 따님께 재시험의 기회를 드리려고 합니다. 모든 시험을 다시 치르기로 결정했습니다."

"올림피아드를 다시 치른다고요? 언제요?"

"그게 조금 문제예요. 시험이 오늘 오후거든요. 학생들에게 학교를 빠지게 할 수가 없어서 주말에 밖에 치를 수가 없었습니다. 이 번호로 이번 주 내내 연락을 드렸지만, 답변이 없으셔서요. 마지막으로 한 번 더 전화를 드려본 겁니다."

"그러니까 탠지가 스코틀랜드까지…… 네 시간 안에 도착하길 바라는 건가요?"

프렌티스 씨가 재채기를 하느라 말이 중단됐다.

"아뇨. 이번에는 스코틀랜드가 아닙니다. 가능한 장소에서 치를 수밖에 없어서요. 하지만 기록을 보니 따님에게는 이번 장소가 더 낫겠네요. 남쪽 해안에 사시니까요. 행사는 베이싱스토크에서 열릴 예정입니다. 이 소식을 코스탄자에게 전하게 되어 기쁘시지요?"

"그게……."

"정말 고맙습니다. 아마도 이런 일은 시행 첫 해에나 일어나는 거겠죠. 그래도 한 명은 해결했네요! 이제 한 명만 더 연락하면 됩니다! 다른 정보가 필요하시면 웹사이트를 방문해주세요."

엄청나게 큰 재채기 소리가 나고, 전화가 끊겼다. 그리고 전화기를 뚫어지게 쳐다보는 에드만이 빈집에 남았다.

40

제스 JESS

제스는 탠지가 대문을 열도록 계속 설득해왔다. 학교 상담 교사는 그것이 바깥 세상에 대한 자신감을 회복하는 첫걸음이 될 거라고 했다. 제스가 뒤에 있다는 걸 알고 안전하게 느끼면서 문을 여는 것이다. 그렇게 해서 자신감을 얻고, 그 자신감이 점차 다른 사람에게로, 정원에 나가는 일로 뻗어나갈 것이다. 그 일은 디딤돌이 되어줄 것이었다. 이런 일들은 점점 늘어가게 되어 있었다. 훌륭한 이론이었다. 탠지가 따라주기만 한다면.

"누가 왔어요, 엄마."

만화영화 소리 너머로 탠지의 목소리가 들려왔다. 제스는 언제부터 티비 시청에 대해 강경하게 나가야 할지 알 수가 없었다. 지난주에 계산해보니, 탠지는 하루에 깨어 있는 시간 중 다섯 시간을 소파에 누워 보냈다.

"충격을 받아서 그래요."

상담 교사는 말했다.

"하지만 뭔가 건설적인 일을 하면 곧 나아지리라 생각합니다."

"엄마는 못 나가, 탠지."

제스가 아래층으로 외쳤다.

"표백제에 손을 담그고 있단 말이야."

탠지가 칭얼거리는 목소리로 말했다. 요 며칠 사이에 새로 시작한 버릇이었다.

"오빠한테 열라고 하면 안 돼요?"

"니키는 가게 갔잖아."

침묵.

녹음된 웃음소리가 계단을 타고 올라왔다. 제스는 문밖에서 누군가 기다리는 것이 느껴졌다. 유리 뒤로 검은 그림자가 어른거렸다. 에일린 트렌트일지도 모른다는 생각이 들었다. 지난 2주간 부르지도 않았는데 네 번이나 방문했다. '놓칠 수 없는 가격'으로 아이들 물건이 나왔다면서 말이다. 니키가 블로그로 돈을 모은 이야기를 에일린도 들었는지 궁금했다. 동네에서 그 얘기를 모르는 사람은 없는 듯했다.

제스가 아래층을 향해 소리를 질렀다.

"엄마가 계단 끝에 서 있을게. 넌 가서 문을 열기만 하면 돼."

초인종이 다시 울렸다. 두 번.

"얼른, 탠지. 아무 일도 없을 거야. 노먼한테 목줄 채워서 데려가면 되잖아."

침묵.

탠지에게 보이지 않는 곳에서, 제스는 머리를 떨어드리고 팔뚝으로 눈물을 훔쳤다. 제스는 모른 척할 수가 없었다. 탠지는 점점 더 나빠지고 있었다. 나아지는 게 아니라. 지난 2주 동안 아이는 제스의 침대에서 잠이 들었다. 이제는 울며 깨어나지 않았지만, 한밤중에 복도를 살그머니 걸어와 제스의 침대로 기어들었다. 제스가 눈을 뜨면, 언제 왔는지 모르게 탠지가 곁에서 자고 있었다. 제스는 차마 그러지 말라고 할 수 없었지만, 상담 교사는 그런 행동을 계속 묵인하기에는 탠지의 나이가 조금 많다고 날카롭게 말했다.

"탠지?"

아무런 대꾸가 없었다. 초인종이 세 번째로, 안달하듯 울렸다.

제스는 기다렸다. 그녀가 내려가 문을 열어야 할 것이다.

"잠깐만요."

제스가 지친 듯이 외쳤다. 고무장갑을 벗다가, 복도에서 들려오는 발소리에 손을 멈췄다. 노먼이 씩씩대며 느릿느릿 움직이는 소리가 들렸다. 탠지가 노먼에게 다정한 목소리로 같이 가달라고 부탁하는 소리도. 요즘에는 오직 노먼에게만 그런 어조로 말했다.

그러고 나서 대문이 열렸다. 그러나 제스의 가슴에 차오르던 만족감은, 에일린을 집으로 들이면 안 된다는 말을 탠지에게 하지 않은 사실을 깨닫고 바로 반감됐다. 작은 기회만 주어져도 에일린은 바퀴 달린 검은 가방을 끌고 쌩하니 안으로 들어와 소파에 자리를 잡을 것이었다. 그러고는 탠지의 약점을 공략하며 거실 바닥에 스팽글이 달린 '싼 값의 물건'을 펼쳐놓아 제스로 하여금 안 된다는 말을 하지 못하게 만들 것이다. 하지만 아래에서 들려온 건 에일린의 목소리가 아니었다.

"안녕, 노먼."

제스는 얼어붙었다.

"아니. 노먼 얼굴이 왜 이래?"

"이제 노먼은 눈이 하나밖에 없어요."

탠지의 목소리가 들렸다.

제스는 뒤꿈치를 들고 계단 꼭대기로 걸어갔다. 그의 발이 보였다. 그의 컨버스 운동화가. 제스의 심장이 쿵쿵거리며 뛰기 시작했다.

"사고라도 당한 거야?"

"얘가 저를 구해줬어요. 피셔 형제들한테서요."

"뭐라고?"

그러고는 탠지의 목소리가 들렸다. 입이 열리고, 단어들이 급하게 쏟아져 나왔다.

"피셔 형제가 저를 차에 태우려고 했는데 노먼이 울타리를 뚫고 달려 나와서 저를 구했지만 차에 치였어요. 그런데 우리는 돈이 없었고 그래서……."

제스의 딸은, 멈추지 않을 것처럼 계속 말했다. 제스는 한 계단을 내려서고, 또 한 계단 내려섰다.

"노먼은 거의 죽을 뻔했어요."

탠지가 말했다.

"죽은 거나 다름없었어요. 의사는 노먼의 내상이 너무 심하다면서 수술을 안 해주려고 했어요. 노먼을 그냥 보내주는 게 낫다고요. 하지만 엄마는 그러고 싶지 않다고, 노먼에게 기회를 줘야 한다고 했어요. 그러고 나서 니키 오빠가 블로그에 무슨 일이 일어났는지 적었고, 그래서 사람들이 오빠한테 돈을 보내줬어요. 그래서 우린 노먼을 살리기에 충분한 돈을 얻게 되었고요. 그러니까 노먼이 저를 구해줬고, 우리가 알지도 못하는 사람들이 노먼을 구해줬어요. 그건 정말 멋진 일 같아요. 하지만 노먼은 이제 눈이 하나밖에 없고, 아직도 회복 중이어서 엄청 피곤해하고 많이 움직이 지도 않아요."

제스는 이제 그가 보였다. 그는 웅크리고 앉아서 노먼의 머리를 쓰다듬고 있었다. 그리고 제스는 눈을 뗄 수가 없었다. 검은 머리와, 티셔츠가 꼭 맞는 어깨에서. 저 회색 티셔츠. 속에서 뭔가 솟구쳐 올랐고 억눌린 흐느낌이 터져 나왔다. 제스는 팔뚝으로 입을 틀어막았다. 그러고 나자 그가 앉은 자세로 그녀의 딸을 올려다보며, 아주 진지한 표정으로 물었다.

"넌 괜찮니, 탠지?"

탠지가 손으로 머리카락을 비비 꼬았다. 얼마나 얘기할지 생각해보는 것처럼.

"대강요."

"오, 탠지."

탠지는 바닥에 발끝을 대고 빙글 돌리며 잠시 망설이다가, 앞으로 걸어 나가서 그의 품에 안겼다. 그는 원하던 것이 바로 그것이었다는 듯, 탠지를 꼭 끌어안고 어깨 위에 아이의 머리를 얹은 채 한동안 그러고 있었다. 제스는 눈을 꼭 감는 그의 모습을 바라보다가, 그에게 보이지 않도록 한 걸음 뒤로 올라갔다. 그가 보면 울음을 멈추지 못할 것 같아서 두려웠기 때문이다.

"있잖니, 아저씬 알고 있었어."

포옹을 푼 그가 마침내 그렇게 말했을 때, 목소리가 이상할 정도로 단호했다.

"노먼에게 뭔가 특별한 점이 있다는 걸 말이야. 아저씨 눈에는 보였거든."

"정말요?"

"정말이야. 너하고 노먼은 한 팀이었지. 제정신인 사람이라면 누구라도 알 수 있을 거야. 그리고 한쪽 눈만 있는 것도 꽤 멋진데? 터프해 보이고. 누구도 노먼을 건드리지 못할 거야."

제스는 어떻게 해야 할지 몰랐다. 그가 그때처럼 바라보는 것은 견딜 수가 없으므로 아래층으로 내려가고 싶지 않았다. 그리고 움직일 수도 없었다. 제스는 아래로 내려갈 수도 움직일 수도 없었다.

"아저씨가 이제는 우릴 보러 오지 않을 거라고 엄마가 말해줬어요."

"그랬어?"

"엄마가 아저씨 돈을 가져갔기 때문이라고요."

고통스럽도록 긴 침묵이 흘렀다.

"엄마는 커다란 실수를 저질렀고, 우리는 같은 실수를 저지르지 않기를 바란다고 했어요."

또 다시 침묵이 흘렀다.

"그 돈을 받으러 오신 거예요?"

"아니. 그건 절대 아니란다."

그가 뒤를 돌아봤다.

"엄마 계시니?"

이제는 피할 길이 없었다. 제스는 한 걸음 아래로 내려섰다. 그리고 또 한 걸음. 한 손으로 난간을 잡았다. 고무장갑을 낀 채 계단에 서서, 그가 눈을 들어 그녀를 보기를 기다렸다. 그리고 그의 입에서 나온 다음 말은 전혀 예상치 못한 것이었다.

"우린 탠지를 베이싱스토크로 데려가야 해요."

"네?"

"수학 올림피아드 때문에요. 지난번 시험지에 실수가 있었대요. 그래서 시험을 다시 치르기로 했대요. 오늘."

탠지가 계단에 서 있는 엄마를 돌아보며 인상을 썼다. 제스만큼 혼란스러운 표정이었다. 그러다 다음 순간, 전구에 반짝 불이 들어온 듯 탠지가 물었다.

"1번 문제였나요?"

그가 고개를 끄덕였다.

"그럴 줄 알았어!"

그러고는 탠지가 웃었다. 갑작스럽고 환한 미소였다.

"그 문제에 뭔가 잘못이 있다는 걸 알았어요!"

"전체 시험을 다시 치르게 한다구요?"

"오늘 오후에요."

"하지만 그건 불가능하잖아요."

"스코틀랜드가 아니에요. 베이싱스토크에요. 그 정도면 해볼 만해요."

제스는 뭐라고 해야 할지 몰랐다. 지난번에 올림피아드로 몰고 가는 것으로 딸아이의 자신감을 완전히 꺾어버린 일을 떠올렸다. 말도 안 되는 계획들과, 한 번의 여행으로 초래된 상처와 손해가 얼마나 컸는지도 떠올렸다.

"모르겠어요……."

그는 여전히 웅크린 자세로 균형을 잡고 있었다. 손을 뻗어 탠지의 팔에 얹었다.

"다시 한 번 해볼래?"

탠지의 망설임이 제스의 눈에 보였다. 탠지가 노면의 목줄을 꽉 움켜쥐었다. 한쪽 다리에서 다른 다리로 체중을 옮겼다.

"하고 싶지 않으면 안 해도 돼, 탠지."

제스가 말했다.

"안 하겠다고 해도 전혀 문제되지 않아."

"하지만 누구도 제대로 풀지 못했다는 걸 알아야 해."

에드의 목소리는 차분하고 확신에 넘쳤다.

"푸는 게 불가능했다고 전화한 남자가 말해줬단다. 시험을 친 아이들 중에는 1번 문제를 맞힌 아이가 한 명도 없었대."

가게에서 돌아온 니키가 그의 뒤로 나타났다. 손에는 문구류가 가득 든 비닐봉지를 들고 있었다. 언제부터 와 있었는지 알 수 없었다.

"그러니까, 엄마 말이 맞아. 꼭 가야 하는 건 절대 아니야."

에드가 말했다.

"하지만 솔직히 말하면, 아저씨는 네가 거기서 다른 녀석들을 가뿐하게 눌러버리는 모습을 보고 싶어. 네가 그럴 수 있다는 걸 아저씨는 아니까."

"가는 거야, 탠지."

니키가 말했다.

"가서 네가 어떤 아이인지 보여주자."

탠지가 제스를 돌아봤다. 그러고는 다시 앞을 보며, 코에 걸린 수선한 안경을 밀어 올렸다.

네 사람 모두 숨을 죽였다.

"좋아요."

탠지가 말했다.

"하지만 노먼도 데려가야 해요."

제스의 손이 입으로 올라갔다.

"정말 하고 싶어?"

"네. 다른 문제는 다 풀 수 있을 거예요, 엄마. 그때는 첫 문제를 풀 수가 없어서 당황했던 거예요. 그리고 거기서부터 모든 게 잘 못됐고요."

제스는 두 계단 더 내려갔다. 심장이 마구 날뛰었다. 고무장갑 안에서 손에 땀이 맺히기 시작했다.

"하지만 어떻게 거기까지 제 시간에 가죠?"

에드 니콜스가 몸을 펴고 일어나서 그녀를 똑바로 쳐다봤다.

"내가 데려다줄 거예요."

네 사람과 커다란 개 한 마리가 미니를 타고 어딘가로 간다는 건 쉬운 일이 아니었다. 푹푹 찌는 날씨에 에어컨이 없는 미니로 는 더욱 그랬다. 특히 그 개의 소화기관이 전보다 더욱 문제가 있 을 경우에는, 그리고 시속 65킬로미터 이상으로 달리며 그로 인 해 발생하는 불가피한 일들을 감수해야 할 경우에는 더더욱 그랬 다. 그들은 창문을 모두 내리고, 침묵에 가까울 정도로 조용히 달 렸다. 탠지는 잊어버린 게 분명한 내용들을 기억해내느라 중얼거 리다가, 가끔씩 멈추고 전략적으로 배치된 비닐봉지에 얼굴을 묻 었다.

에드의 새 차에는 GPS가 달려 있지 않아서 제스가 지도를 봐 야 했다. 그의 전화기를 이용해서 정체 구역이나 꽉 막힌 쇼핑센 터 길을 피해갔다. 한 시간 사십오 분 후, 기이할 정도로 모든 것 이 조용하게 진행된 후에, 그들은 목적지에 도착했다. 유리와 콘 크리트로 지은 1970년대 건물이었다. '잔디에 들어가지 마세요'라고 쓰인 푯말에 붙은 '올림피아드'라고 쓰인 종이가 바람에 펄럭였다.

이번에는 그들도 준비가 되어 있었다. 제스는 탠지의 이름을 올리고, 여분의 안경("이젠 여분의 안경 없이는 아무 데도 안 가요." 라고 니키가 에드에게 말해줬다)과 펜, 연필, 지우개를 탠지에게 건넸다. 그들은 모두 탠지를 안아주며, 중요한 시험이 전혀 아니라고 안심시켰다. 한 무더기의 숫자들, 그리고 머릿속의 악마들과 싸우기 위해 탠지가 안으로 들어갈 때, 모두가 말없이 지켜봤다.

제스는 접수처에서 서류 작성을 마무리하며, 문 밖에서 이야기를 나누는 니키와 에드를 날카롭게 의식했다. 곁눈으로 훔쳐보니, 니키가 니콜스 씨의 예전 전화기로 뭔가 보여주고 있었다. 니콜스 씨는 이따금씩 머리를 흔들었다. 제스는 니키가 블로그를 보여주는 건지 궁금했다.

"탠지는 잘 할 거예요, 엄마."

밖으로 나온 제스에게 니키가 쾌활하게 말했다.

"너무 걱정 마세요."

니키는 노먼의 목줄을 잡고 있었다. 시험장 벽 건너에서도 탠지가 노먼과의 특별한 유대감을 느낄 수 있게, 건물에서 150미터 이상 떨어지지 않겠노라고 약속을 했다.

"그래요. 탠지는 훌륭히 해낼 거예요."

주머니 깊이 양손을 찔러 넣은 에드가 말했다.

니키의 시선이 둘 사이를 오가다가, 개에게로 향했다.

"그럼, 저희는 볼일을 좀 보고 올 게요. 저 말고 노먼요."

그러고는 덧붙였다.

"조금 이따가 돌아올게요."

건물을 따라 천천히 걸어가는 니키를 지켜보면서 제스는 따라가고 싶은 충동을 억눌렀다. 그러고 나자 그와 둘만 남았다.

"그러니까."

제스는 청바지에 페인트가 묻은 사실을 발견했다. 뭔가 말쑥한 옷으로 갈아입고 올 걸 그랬다는 생각이 들었다.

"네."

"우릴 다시 한 번 구해주셨네요."

"당신이야 말로 가족들을 훌륭하게 구한 것 같던데요."

그들은 말없이 서 있었다. 주차장으로 요란하게 차 한 대가 들어오고, 엄마와 어린 소년이 뒷좌석에서 뛰쳐나와 문을 향해 달려갔다.

"발은 좀 어때요?"

"많이 나아졌어요."

"슬리퍼는 안 신고요?"

제스는 하얀 테니스화를 내려다봤다.

"아뇨. 슬리퍼는 이제 안 신어요."

그가 머리를 쓸어 넘기고 하늘을 쳐다봤다.

"봉투들을 받았어요."

제스는 아무 말도 할 수가 없었다.

"오늘 아침에 받았어요. 알고도 모른 척한 거 아니에요. 그 전에 알았다면…… 모든 걸…… 당신 혼자 모든 걸 감당하게 두지 않았을 거예요."

"아니에요."

제스가 씩씩하게 말했다.

"이미 충분히 해줬잖아요."

커다란 돌멩이 하나가 바닥에 박혀 있었다. 제스는 다치지 않은 발로 돌을 땅에서 빼내려고 흙을 조금 차냈다.

"그리고 올림피아드까지 우릴 데려다준 것도 정말 고마운 일인데요. 무슨 일이 일어나든 난 항상……."

"그만 좀 할래요?"

"네?"

"발로 차는 거요. 그리고 그렇게 말하는 거……."

그가 다시 제스를 바라봤다.

"가요. 차에 가서 앉아 있죠."

"네?"

"얘기하자고요."

"아뇨…… 고맙지만 사양할게요."

"뭐라고요?"

"난 그냥…… 우리 여기서 얘기하면 안 될까요?"

"차에서는 왜 안 되는데요?"

"그러지 않았으면 좋겠어요."

"이해가 안 돼요. 어째서 차에 앉아 있으면 안 된다는 거죠?"

"모르는 척하지 말아요."

제스는 눈물이 차올랐다. 성난 듯이 손바닥으로 눈물을 닦아냈다.

"모르겠어요, 제스."

"그럼 나도 말할 수 없어요."

"이러는 건 웃기는 일이에요. 그냥 차에 가서 앉아 있어요."

"싫어요."

"왜요? 그럴만한 이유를 말해주지 않으면 여기 이렇게 서 있지 않을 거예요."

"그건……."

제스의 목소리가 끊겼다.

"…… 우리가 행복했던 곳이기 때문이에요. 내가 행복했던 곳이기 때문에. 수년간의 어떤 순간보다도 행복했어요. 그래서 난 그럴 수가 없어요. 그 안에 앉아 있을 수가 없다구요. 당신하고 나하고 그렇게, 지금은……."

제스는 말을 잇지 못했다. 그에게 감정을 보이고 싶지 않아서 뒤로 돌아섰다. 그에게 눈물을 보이고 싶지 않았다. 제스는 그가 다가와서 바로 뒤에 서는 소리를 들었다. 그가 가까이 다가올수록 숨 쉬기가 힘들었다. 그에게 가달라고 말하고 싶었지만, 그가 가버리면 견디지 못하리라는 걸 잘 알았다. 제스의 귓가에 나직하게 그의 목소리가 들려왔다.

"당신한테 하고 싶은 말이 있어요."

제스는 땅만 뚫어져라 쳐다봤다.

"당신과 함께 있고 싶어요. 우리 둘 다 터무니없는 실수를 저질렀다는 것을 알지만, 그래도 난 당신과 함께 있으면서 잘못을 저지르는 게, 모든 것이 제대로 된 듯 느끼면서 당신이 없는 것보다 좋아요."

그러고는 잠시 침묵이 흘렀다.

"젠장. 난 이런 거 정말 못해요."

제스가 천천히 돌아섰다. 그는 발을 쳐다보고 있다가, 갑자기 고개를 들었다.

"그들이 탠지의 잘못된 시험 문제에 대해 말해줬어요."

"네?"

"창발론에 관한 거예요. 강한 창발은 어떤 수의 합이 그것을 구성하는 요소들 이상의 것이 될 수 있음을 보여줘요. 무슨 말인지 알겠어요?"

"아뇨. 난 수학엔 영 꽝이에요."

"그러니까 난 되돌아보고 싶지 않다는 뜻이에요. 당신이 한 일. 우리 모두가 한 일. 하지만 그냥…… 난 시도해보고 싶어요. 당신과 나요. 엄청난 실수였다고 생각하면서 끝맺을지도 모르죠. 하지만 그런 위험은 감수할 거예요."

그가 손을 뻗어 제스의 청바지의 벨트 고리를 조심스레 잡았다. 그러고는 그에게로 끌어당겼다. 제스는 그의 손에서 눈을 떼지 못했다. 마침내 고개를 들어 그의 얼굴을 봤을 때, 그는 똑바로 그녀를 바라보고 있었고, 제스는 자신이 울면서 웃고 있다는 걸 알게 됐다.

"우리가 함께 하면 어떤 모습이 될지 보고 싶어요, 제시카 레이 토머스. 우리 모두 함께 하면요. 어떻게 생각해요?"

41

탠지 TANZIE

그러니까 세인트 앤의 교복은 감청색에 노란 테두리가 있다. 세인트 앤의 블레이저를 입고서는 어디에도 숨지 못한다. 우리 반의 어떤 여자애들은 집에 갈 때 블레이저를 벗기도 하지만, 나는 전혀 신경 쓰이지 않는다. 어딘가에 속하기 위해 열심히 노력했다면 사람들에게 내가 그곳에 속해 있음을 보여주는 것도 꽤 흐뭇하니까. 재밌게도 세인트 앤은 학교 밖에서 같은 학교 학생을 만나면 손을 흔들며 인사하는 것이 관습이다. 때로는 스리티처럼 크게 손을 흔드는 아이도 있다. 스리티는 나랑 가장 친한 친구인데, 그 애는 항상 무인도에서 지나가는 비행기를 향해 손을 흔드는 사람처럼 흔든다. 그런가 하면 책가방 옆으로 손가락만 살짝 들어 올리는 아이도 있다. 딜런 카터처럼. 딜런은 누구에게든 말을 할 때 굉장히 쑥스러워한다. 심지어 자기 형한테도 그런다. 아무튼 모든 학생이 손을 흔든다. 손을 흔드는 사람이 누군지 몰라도, 교복을 보고 손을 흔든다. 이것은 세인트 앤에서 오랫동안 이어져온 전통이다. 우리가 모두 가족이라는 걸 보여주는 전통인 것 같다.

나는 항상 손을 흔든다. 특히 버스에 타고 있을 때면 더욱 그렇다.

에드 아저씨는 화요일과 목요일에 나를 데리러 온다. 수학 클럽이 있는 날인데 엄마가 인력 파견 업체를 꾸리느라 늦게까지 일을 하기 때문이다. 엄마는 이제 직원을 셋 두었다. 엄마는 그분들을 '함께' 일하는 사람들이라고 말하지만, 늘 그분들에게 일하는 법을 알려주고 어디로 가라고 일러준다. 에드 아저씨는 엄마가 아직 사장이라는 직함을 약간 불편해해서 그러는 거라고 말해줬다. 아저씨는 엄마가 익숙해져가고 있다고 했다. 그 말을 하면서 마치 엄마가 아저씨의 사장이라도 되듯 익살스러운 표정을 지었지만, 아저씨가 그 생각을 마음에 들어 한다는 건 누구라도 알 수 있었다.

9월에 학교가 시작된 후, 엄마는 금요일 오후면 일을 쉬고 학교로 나를 데리러 온다. 그리고 우리는 함께 비스킷을 만든다. 엄마하고 나하고만. 그동안은 즐거운 시간을 보냈지만, 조만간 엄마에게 학교에 좀 더 늦게까지 남아 있겠다는 말을 해야 할 것이다. 이제 봄이 되면 A레벨 과정을 시작하게 되니까 더욱 그랬다. 아빠는 아직 우리를 보러 오지 못했다. 하지만 우리는 매주 스카이프로 통화를 하는데, 분명히 보러 올 거라고 한다. 아빠는 롤스로이스를 견인 차량 보관소에 있는 사람에게 팔았다. 다음 주에 두 군데 면접이 있고, 이 일 저 일에 손을 대는 중이라고 했다.

니키 오빠는 사우스햄프턴에 있는 대학 준비 과정인 식스폼 컬리지에 다닌다. 오빠는 예술 학교에 가고 싶다고 한다. '라일라'라는 여자 친구도 생겼는데, 엄마는 그것이 모든 면에서 놀랍다고 했다. 오빠는 여전히 아이라이너를 진하게 하고 다니지만, 머리는 염색한 부분이 잘려 나가고 원래의 진한 갈색이 나오게 그냥 두었다. 이제는 엄마보다 머리 하나는 더 큰데, 주방에 있을 때면 엄마 어깨가 조리대라도 되듯 팔꿈치를 올려놓는 일에 재미를 붙였다. 아직도 가끔 블로그에 글을 쓰지만, 주로 너무 바쁘다는 말뿐이고 요즘에는 트위터를 쓰니까, 내가 잠시 이용해도 괜찮을 것 같다. 다음 주에는 개인적인 이야기는 줄이고 수학에 관한 이야기를 더 많이 할 생각이다. 이곳을 방문하는 분들 중에 수학을 좋아하는 분이 많으면 좋겠다.

우리는 노먼에게 돈을 보내온 분들 중 77퍼센트에 해당하는 분들께 돈을 되돌려드렸다. 14퍼센트는 차라리 자선단체에 보내라고 했고, 9퍼센트는 연락이 닿지 않았다. 엄마는 괜찮다고 했다. 중요한 건 우리가 노력했다는 사실이고, 때로는 다른 사람이 너그럽게 베푸는 걸 받아들이는 것도 좋다면서 말이다. 물론 고맙다는 말을 하는 한에서 그렇지만. 엄마는 그분들이 들어올지 모른다며 블로그에 고맙다는 말을 전해달라고 했다. 낯선 분들의 친절을 절대로 잊지 않겠다고.

에드 아저씨는 문자 그대로 항상 이곳에 있다. 아저씨는 비치프론트의 집을 판 후 런던에 작은 아파트를 샀지만, 대부분의 시간을 우리와 함께 지낸다. 오빠와 내가 갔을 때 이동식 침대에서 자야 할 정도로 런던의 아파트는 작았다. 아저씨는 우리 주방에서 노트북 컴퓨터로 일하면서 정말 멋진 헤드폰을 쓰고 런던에 있는 친구와 통화한다. 그리고 회의가 있을 때마다 미니를 타고 런던을 다녀온다. 우리 가족이 모두 그 차를 타고 이동하는 건 보통 일이 아니어서, 아저씨는 계속 새 차를 사려고 했지만, 이상하게도 가족 중 누구도 아저씨가 진짜 차를 바꾸기를 원하지 않는다. 작은 차 안에 찌부러지듯 타고 있는 것이 나름대로 즐겁기도 하고, 그 차에서는 노먼이 침을 흘려도 덜 미안하니까.

노먼은 행복하게 지내고 있다. 수의사 아저씨가 말한 모든 것을 할 수 있게 되었고, 엄마는 그만하면 우리에게는 충분하다고 했다.

대수의 법칙과 결합한 확률 법칙에 따르면, 불리함을 극복하고 원하는 결과를 얻으려면 어떤 일을 점점 더 많이 반복해야 한다고 한다. 더 많이 할수록 성공에 더 가까워지는 것이다. 아니면 내가 엄마에게 설명한 것처럼, 때로는 그냥 계속해서 하는 수밖에 없다.

나는 노먼을 정원으로 데리고 나가서 이번 주에만 86번째로 공을 던졌다. 노먼은 여전히 그 공을 물어오지 않는다.

하지만 우리가 언젠가는 해낼 거라고, 나는 믿는다.

원 플러스 원 : 가족이라는 기적

| 펴낸날 | 초판 1쇄 2014년 11월 25일 |
| | 초판 17쇄 2015년 1월 15일 |

지은이	조조 모예스
옮긴이	오정아
펴낸이	심만수
펴낸곳	(주)살림출판사
출판등록	1989년 11월 1일 제9-210호

주소	경기도 파주시 광인사길 30
전화	031-955-1350 팩스 031-624-1356
기획·편집	031-955-4675
홈페이지	http://www.sallimbooks.com
이메일	book@sallimbooks.com

| ISBN | 978-89-522-3028-7 03840 |

※ 값은 뒤표지에 있습니다.
※ 잘못 만들어진 책은 구입하신 서점에서 바꾸어 드립니다.

이 도서의 국립중앙도서관 출판예정도서목록(CIP)은 서지정보유통지원시스템 홈페이지
(http://seoji.nl.go.kr)와 국가자료공동목록시스템(http://www.nl.go.kr/kolisnet)에서
이용하실 수 있습니다.(CIP제어번호: CIP2014032895)

책임편집 구민준

Moyes is the queen of the classy weepy and this won't
disappoint. A masterclass in story-telling that
fans of 『Me Before You』will adore.

_「Elle」

A love story, a road trip and family drama all rolled into
one brilliant page turner. Jojo Moyes has triumphed again.

_「Hello! Book of the month」

This amazing novel is about more than a road trip; it is
about trust, dignity, desperation, and, ultimately, love.
Moyes has a remarkable gift for creating balanced, deep
characters who struggle to find their own way.
With humor, and insight, and an amazing ability to see how
personal hitting rock bottom can become,
she has written an emotional, rich, and satisfying novel.
Highly recommended.

_「Literary Journal」

Moyes creates tremendously enticing worlds populated with
believable, likeable characters complete with all-too-human
flaws and foibles, who are often engaged in extraordinarily
testing emotional and practical situations...
A beautifully written love story.

_「Daily Mail」

A real delight to read... a funny, sweet, honest and tender
portrait of modern life in Britain.

_ The Little Reader Library

Every now and then, a book comes along that is so
absolutely perfect that it stops you in your tracks and you
think you'll never read anything so perfect ever again.
This is one of those books.

Being Anne

I really enjoyed seeing how everyone grew and changed
throughout the book.

Amy gilbert

You'll simply fall in love with the characters as you laugh
and cry and hope with them. And as the journey ends, you'll
be thinking about them for quite some time. Enjoy!

S. Kaiser

This is a tale of hardship, trust, romance, psychology,
relationships... and will make you laugh and make you cry.

Helen Laycock

Highly recommend this book I just didn't want it to end,
it is so well written. Very heart warming.

Katie

The 『ONE PLUS ONE』 shows us a completely different
side of Jojo Moyes than what was seen in 『ME BEFORE
YOU』. Jojo Moyes has created another masterpiece!

Susan R